FREDERIC HECKER

Totenblass

Autor

Frederic Hecker wurde 1980 in Offenbach am Main geboren. Er studierte Medizin in Frankfurt und hat nach seiner Promotion im Institut für Rechtsmedizin zwei chirurgische Facharztbezeichnungen erlangt. Heute lebt er mit seiner Frau und ihren beiden Hunden in Hannover, wo er als Plastischer Chirurg tätig ist. Seine Freizeit widmet er dem Schreiben. Sein Debüt »Totenblass« ist ein Thriller mit medizinischem Hintergrund rund um das Ermittlerpaar Lara Schuhmann und Joachim Fuchs.

Frederic Hecker

Totenblass

Thriller

blanvalet

Dieser Roman ist im September 2019 bei Weltbild erschienen.

FSC www.fsc.org MIX Papier aus verantwortungsvollen Quellen FSC® C014496

Klimaneutral* Druckprodukt ClimatePartner.com/14044-1912-1001

Penguin Random House Verlagsgruppe FSC® N001967

3. Auflage

Redaktion: Ivana Marinović
Umschlaggestaltung: © www.buerosued.de
Umschlagmotiv: © Hanka Steidle/Arcangel Images
JaB · Herstellung: sam
Satz: Buch-Werkstatt GmbH, Bad Aibling
Druck und Bindung: GGP Media GmbH, Pößneck
Printed in Germany
ISBN 978-3-7341-0735-1

www.blanvalet.de

Für Vicy

Und der zweite Engel goss aus seine Schale ins Meer;
und es wurde zu Blut wie von einem Toten,
und alle lebendigen Wesen im Meer starben.

Neues Testament. Die Offenbarung des Johannes

Prolog

Das Töten ist eine Sucht.

Verglichen mit einem Alkoholiker wäre ich ein Epsilon-Trinker. Monaten der Abstinenz folgen Phasen exzessiven Konsums. Ein Trigger löst die Mordlust aus, und rasch nimmt sie Ausmaße an, die jedes Hungergefühl in den Schatten stellt. Ich habe nie geraucht, niemals Drogen genommen, doch ich schätze, ein Junkie weiß, wovon ich rede. Der Unterschied zwischen diesem Abschaum und mir ist der, dass ich nach dem Konsum meiner Droge nicht auf dem Boden einer Bahnhofstoilette herumliege, die Pupillen klein wie Stecknadelköpfe, Speichelfäden im Mundwinkel und ein seliges, aber dämliches Grinsen im Gesicht. Nein, meine Droge beflügelt mich. Sie schärft meine Sinne, lässt mich zur Höchstform auflaufen. Dopamin, Serotonin und Adrenalin strömen zu ihren Rezeptoren und docken an. Sie bilden ein Ensemble, das mein Gehirn beschallt wie ein eingespieltes Orchester eine Philharmonie.

Frierend stehe ich in dem Waldstück, den Rücken gegen den Stamm einer Erle gepresst. An den Zweigen hängen noch die Reste des Sommers, vertrocknete Blüten, die aussehen wie Würmer. Darüber spannt sich der schwarz-graue Himmel, und unter meinen Füßen liegt gefrorenes Laub, eine Schicht, die knistert, als hätte jemand

Cornflakes verstreut. Das ist zu meinem Vorteil, denn so höre ich nicht nur, wann sie kommt, sondern ich kann sie präzise orten. Ich kenne das Geräusch, das entsteht, wenn ihre Fahrradreifen durch das Laub pflügen und das feine Skelett der Blätter zerbrechen. Es klingt ein bisschen wie Regenprasseln. Ich beobachte sie schon länger, doch in den letzten Tagen hat ein Plan in meinem Kopf Gestalt angenommen. Der leise Sog, der von ihr ausging, als ich sie zum ersten Mal sah, gewann an Kraft und wandelte sich zu einem Druck. Ein Druck, der aus meinem tiefsten Inneren stammt und seither auf Erleichterung pocht.

Mit Mühe halte ich meine Erregung im Zaum, stehe bewegungslos da und kontrolliere meine Atmung – atme ein und atme aus. Ganz bewusst. Die warme Luft dringt wie Nebelschwaden aus meiner Nase, kräuselt sich in gespenstischen Fäden vor meinem Gesicht und verschwindet dann im Nichts. Ich lausche der geräuschvollen Stille des Waldes. Die Vögel, die nicht in den Süden gezogen sind, geben keinen Laut von sich, als wollten sie mich nicht verraten. Als wären sie meine Verbündeten, die nur auf das Schauspiel warten, das ich ihnen gleich bieten werde. In der Dämmerung bin ich mit meinem Tarnanzug beinahe unsichtbar. Meine Hand gleitet seitlich an mir hinab, ergreift das Messer, das in der Scheide an meinem Gürtel steckt. Der angeraute Hartgummigriff weist ringförmige Rillen auf. Am Endstück ertaste ich die Kunststoffkuppel, unter der sich ein Kompass dreht. Ich brauche ihn nicht, doch er ist hübsch. Er lässt sich mit der letzten Rippe des Griffs abdrehen, wodurch sich ein Geheimfach im hohlen Schaft öffnet. Als ich das Messer kaufte, steckte darin ein

Plastiktütchen mit diversen Gegenständen: zwei Sicherheitsnadeln, fünf Streichhölzer mit einer Reibefläche, eine Angelschnur mit drei Haken, Pflaster, Nähzeug sowie ein Skalpell. All das habe ich bisher nie gebraucht, beließ es aber dort. Man weiß ja nie.

Ich ziehe die Klinge aus der Scheide und fahre mit den Fingern über beide Seiten. Während mein Daumen über die Schneide gleitet, hüpft mein Zeigefinger über die Sägezähne auf dem Rücken, bis die Finger nach fünfundzwanzig Zentimetern wieder aufeinandertreffen. Mit einem kurzen Blick prüfe ich die Daumenkuppe. Sie ist unverletzt. Dann kippe ich die Klinge, sodass sich ein Teil meines Gesichts darin spiegelt. Meine Lippen sind noch schmaler als sonst, und meine Augen wirken in der Dämmerung graphitfarben statt blau. Es sind schöne Augen, wie Larissa einmal sagte. Ausdrucksstark. Schlau. Zufrieden stecke ich das Messer zurück.

Da höre ich endlich das ersehnte Geräusch. Es nähert sich wie eine Gewitterwolke, die den Regen vor sich hertreibt. Ich schaue auf die Uhr. Fünf vor sechs. Das Mädchen ist pünktlich. Wie immer. Am Klappern ihres Fahrradkorbs und dem Scheppern der Klingel erkenne ich, dass sie gerade den Abschnitt passiert, wo sich Wurzeln über den Weg schlängeln. An dieser Stelle bremst sie immer. Sie hat Angst, dass die Reifen auf dem feuchten Holz wegrutschen. Auch das kommt mir entgegen. Der Wald ist mein Verbündeter. In jeder Hinsicht.

Von jetzt an sind es noch sieben Sekunden. Sieben Sekunden, bis sie auf meiner Höhe ist. Acht Sekunden, bis ich loslaufe und aus dem Versteck hervorspringe. Zehn, bis ich sie vom Rad stoße. Elf, bis sie das Gleichgewicht verliert. Zwölf, bis sie in einem Bett aus Herbstlaub im Graben landet. Dann kommt der knifflige Teil, der keinen Fehler erlaubt. Ich muss ihr die Hand auf den Mund und das Messer an die Kehle drücken. Bisher bin ich unerfahren. Wahres Neuland. Aber ich habe es geplant, und ich werde es vollenden.

Ich setze zum ersten Sprung an, achte darauf, nur auf die Stellen zu treten, von denen ich zuvor Laub und Zweige entfernt habe. Und meine Mühe wird belohnt. Fast lautlos komme ich auf, um im nächsten Augenblick wieder abzuheben. Ich spanne die Arme wie zwei Federn, halte die Hände wie ein Basketballspieler bei einem Pass und stoße mich ein letztes Mal kraftvoll ab. Doch in diesem Moment bemerkt sie mich. Vermutlich hat sie die Bewegung im Augenwinkel wahrgenommen. Sie wirft ihren Kopf zur Seite, reißt die Augen auf, und aus ihrer Kehle dringt ein Laut wie das letzte Luftholen einer Ertrinkenden. Instinktiv weicht sie der Gefahr aus. Ihr Rad macht einen Schlenker. Kurz trifft mich ihr entsetzter Blick, bevor sie wieder nach vorne sieht und ihr ganzes Gewicht in die Pedale legt. Doch es hilft nichts. Meine Handflächen rammen sie, pressen die Luft aus ihrem Brustkorb, und einen Sekundenbruchteil später erfüllt metallisches Scheppern den Wald. Für einen Moment verliere ich sie aus den Augen, aber als sie sich bewegt, verrät mir das Rascheln des Laubs, wo sie ist. Im Graben. Vor mir auf dem Weg liegt ihr Fahrrad. Das Hinterrad dreht sich mit einem hypnotischen Rattern, der Lenker steckt mit einem Ende im Boden. Ich folge ihrem Wimmern, gehe schnurstracks auf sie zu, während sie noch versucht zu verstehen, was hier geschieht. Ihre Augen scheinen zu fragen, was ich im Schilde führe. Ob es eine harmlose Erklärung für ihre Lage gibt.

Ich mag vieles sein, doch ein Sadist bin ich nicht. Ich werde sie nicht auf die Folter spannen.

Gleich wird sie es wissen.

1

»Arschkalt«, brummte Kriminalhauptkommissar Joachim Fuchs seiner Kollegin zu, als sie die Stufen der Kaimauer hinabstiegen.

Das Licht der Laternen oben an der Straße quoll über den Mauervorsprung und färbte das Bollwerk aus Sandstein orange. Unter anderen Bedingungen und bei besserem Wetter hätte die Szenerie mit Blick auf die beleuchteten Brücken der Stadt romantisch sein können, aber mit dem Wissen, was sie unten erwartete, kam höchstens ein Rendezvous mit dem Teufel in Betracht. Am Flussufer zuckten Kamerablitze auf.

Fuchs hob den Blick. »Hoffentlich ist das die Spurensicherung und keine Geier von der Presse.«

»Was wissen wir?«, nuschelte Lara Schuhmann in ihren dicken Strickschal, den sie sich bis übers Kinn gezogen hatte.

»Bisher nicht viel. Der Hund eines Obdachlosen hat eine Leiche aufgespürt und dann die Polizei verständigt.«

»Schlaues Tier.«

Fuchs bemerkte den Fehler und warf ihr einen Seitenblick zu. »Wohl noch zu Scherzen aufgelegt. Gar nicht nervös?«

Sie schüttelte den Kopf. »Kann ich mich trotzdem vorerst im Hintergrund halten?«

»Wieso?«

»Na ja«, sie sah ihn mit großen Augen an, »Welpenschutz.«

»Welpenschutz?«, entgegnete Fuchs mit erhobener Braue. »Also ich war bei meinem ersten Mordfall kaum zu bremsen …«

»Woher wissen wir, dass es sich um Mord handelt?«

»Was glaubst du denn, warum eine nackte Frauenleiche im November im Main treibt?«

»Nackt? Das hattest du nicht erwähnt.«

Am Fuße der Treppe bedeutete Fuchs ihr zu warten. Er nahm die letzten Züge seiner Zigarette und steckte sie, nachdem er in unmittelbarer Umgebung keinen Mülleimer entdeckte, in ein Filmdöschen, das er aus der Tasche seines Parkas hervorkramte. Die verschlossene Dose steckte er wieder ein und marschierte los Richtung Fundort.

Als sie den abgesperrten Bereich erreichten, duckten sie sich unter dem rot-weißen Flatterband hindurch.

Ein blutjunger Polizist eilte herbei. »Halt! Das ist eine polizeiliche Ermittlung hier.«

»Mordkommission«, klärte Fuchs ihn auf und streckte ihm seinen Ausweis entgegen.

»Oh, entschuldigen Sie bitte.« Der Jüngling errötete. »Ich dachte, Sie seien Spaziergänger.«

Spaziergänger? Fuchs blinzelte in den tiefschwarzen Himmel, der schon den ganzen Tag, vielleicht schon die ganze verdammte Woche, Regen auf die Stadt hinabsandte.

»Sie liegt da drüben.« Der Knabe deutete Richtung Ufer, wo bereits zwei Personen in weißen Overalls knieten. Auf dem Boden standen Spurentafeln. Fuchs zählte drei. Dem Anschein nach waren sie noch nicht weit gekommen.

»Der Mann, der sie entdeckt hat, wird oben im Wagen verhört.«

»Wer hatte bis jetzt die Leitung?«, fragte Fuchs.

»Kommissar Heckmann.«

Als hätte er seinen Namen gehört, löste sich ein Hüne von einem Mann aus einer Gruppe von Polizisten vor einem Einsatzwagen. Das halblange Haar struppig, der dunkelblonde Vollbart getrimmt. »Gott zum Gruße! Was für eine Überraschung! Muss eine Ewigkeit her sein.«

»Unter diesen Umständen hätte ich drauf verzichten können«, antwortete Fuchs mit einem Lächeln. »Trotzdem schön, dich zu sehen!«

»Joachim Fuchs«, sagte der Hüne, während er ihn von den Schuhen bis zum Scheitel musterte. »Siehst ja noch genauso aus wie damals. Frechheit! Wahrscheinlich rennen dir die Frauen noch immer die Tür ein. Aber was ist denn das?« Fuchs' Schläfen fixierend trat er einen Schritt näher. »Wird da etwa jemand grau?«

Fuchs grinste und deutete auf Heckmanns Bauch. »Und was ist das? Wird da etwa jemand fett?«

»Das sind die Drüsen.«

»Die Drüsen?« Fuchs bedachte ihn mit einem skeptischen Blick.

»Der Arzt sagt, ich hätte einen latenten Diabetes.«

»Mal daran gedacht, dass die Drüsen nur unter deinem Gewicht kapitulieren?« Er zwinkerte seinem Kollegen zu und wies auf Lara. »Darf ich dir Lara Schuhmann vorstellen? Sie ist neu in meinem Team. Lara, das ist Udo Heckmann. Wir kennen uns von der Polizeischule.«

»Sehr erfreut!«, säuselte Heckmann, schüttelte Laras

Hand und bedeutete ihnen zu folgen. »Um 19:50 Uhr ging der Notruf ein. Ein verängstigter Mann hat die Polizei verständigt, dass unten am Schleusentor eine Leiche im Wasser treibt. Wir sind etwa zehn Minuten später hier eingetroffen. Der Anrufer stand zu diesem Zeitpunkt wild gestikulierend dort oben am Straßenrand.« Er deutete auf den Absatz der Kaimauer. »Er gibt sich als Hermann Rothe aus, ist wohl seit vielen Jahren ohne festen Wohnsitz. Wir prüfen das gerade.«

»Was wissen wir über die Leiche?«, fragte Fuchs.

»Weiblich, schätzungsweise zwischen fünfundzwanzig und fünfunddreißig Jahre alt, vollständig entkleidet. Persönliche Gegenstände oder Personalien für eine Identifizierung haben wir nicht gefunden. Der Notarzt war auch schon da und hat den Tod festgestellt. Ich habe das K11 und die SpuSi verständigt, die praktisch sofort hier waren.«

Fuchs schielte auf seine Uhr. Wahrscheinlich wollte Heckmann damit andeuten, dass sie spät dran waren. Immerhin war Fuchs durch die halbe Stadt gegurkt, um Lara einzusammeln, die einen Führerschein, aber kein Auto besaß. Für gewöhnlich fuhr sie mit dem Rad oder öffentlichen Verkehrsmitteln zur Arbeit, doch das hatte Fuchs ihr bei diesem Sauwetter ersparen wollen.

»Dass es sich um Mord handelt, dürfte klar sein«, fuhr Heckmann fort. »Ihre Haut weist eine Reihe seltsamer Wunden und Blutergüsse auf. Ob das alles von ihrer Reise als Treibgut herrührt oder das Werk des Täters ist, kann uns hoffentlich der Gerichtsmediziner sagen.«

»Wenn die Leiche oben trieb, muss sie seit mindestens vier Tagen tot sein«, sagte Lara.

»Nicht unbedingt«, entgegnete Heckmann. »Bei diesen Temperaturen kann der Verwesungsprozess mit der Bildung von Fäulnisgasen, die der Leiche den Auftrieb verleihen, stagnieren und erst bei wärmerer Witterung wieder einsetzen. Unter Umständen erst im nächsten Frühjahr.«

»Warum trieb die Leiche dann auf dem Wasser?«, fragte Fuchs. »Lufteinschlüsse unter Kleidung scheiden ja aus.«

»Das haben wir der Druckluftsperre zu verdanken.« Heckmann deutete auf eine helle Linie, die das schwarze Wasser vor dem Wehr wie eine Narbe durchzog. »Am Grund liegt ein langes Rohr mit zahlreichen Öffnungen, aus denen Luftblasen austreten. Dadurch entsteht an der Oberfläche in beide Richtungen eine Strömung, die Treibgut von den Turbinen fernhält. Ohne diese Anlage wäre die Leiche wahrscheinlich in den Fanggittern hängen geblieben. Wer weiß, wann sie dann entdeckt worden wäre.«

Sie näherten sich der Toten. Die Plane, auf der sie lag, war zusätzlich mit einem Rechteck aus Flatterband eingezäunt. Der Nahbereich. Flutlichter auf Stativen stanzten grelle Kegel in die feuchte Luft.

»Die Kripo ist da!«, rief Heckmann den anderen Beamten zu, was auf das Treiben vor Ort aber keinen Einfluss nahm. Nur einer der Spurensicherungsbeamten sah zu ihnen auf.

»Wir brauchen hier nicht mehr lange«, sagte er und richtete sich auf. Sein weißer Anzug flackerte im Blaulicht der Einsatzfahrzeuge rhythmisch auf. »Es gibt wahrscheinlich nur wenige konkrete Hinweise. Erwartungsgemäß liegt hier am Flussufer jede Menge Müll rum«, erklärte er und hielt drei durchsichtige Beutel in die Höhe. Ein Taschentuch, ein Zigarettenstummel und ein Schnürsenkel. »Ob überhaupt irgendwas davon mit dem Fall zu tun hat, ist fraglich. Aber da diese Stelle hier als Fundort gilt, bleibt uns wohl nichts anderes übrig, als den ganzen Mist einzusammeln. Vermutlich hat man die Tote flussaufwärts entsorgt. Sie hat Schleifspuren an den für Flussleichen üblichen Stellen: Fußspitzen, Handrücken, Knie und Stirn. Die Stelle könnte ein paar Kilometer entfernt liegen, wobei ich nicht glaube, dass sie sehr weit getrieben ist. Wir hatten ja schon Fälle, bei denen Wasserleichen extrem lange Strecken zurückgelegt haben, und die sahen anders aus. Bei einer war der Schädel so heruntergeschliffen, dass das Gehirn herausgespült worden war. Na ja, wie dem auch sei – vielleicht findet ein Fährtenhund die Stelle. Max macht jetzt noch ein paar Untersuchungen und präpariert dann alles für den Transport.« Er reckte das Kinn zu seinem Kollegen, der neben der Leiche hockte. »Ich nehme an, Sie möchten sich gerne selbst ein Bild machen, bevor sie abtransportiert wird?«

Fuchs nickte.

»Die Spurengasse verläuft dort drüben.« Er zeichnete einen Pfad in die Luft, der von der Öffnung in der Absperrung bis an die Tote heranführte. »Schutzkleidung können Sie sich aus meinem Koffer dort nehmen.«

Lara und Fuchs schlüpften in Overalls, zogen Latexhandschuhe sowie Überschuhe aus raschelndem Kunststoff an und klemmten sich die Schlaufen des Mundschutzes hinter die Ohren. Dann stiegen sie vorsichtig die rutschige Böschung hinab. Das Stauwerk im Hintergrund wirkte wie eine kleine, plumpe Ausgabe der Londoner Tower Bridge.

Ein Metallsteg, der über zwei aus dem Wasser ragende Betonpfeiler führte, verband die beiden Ufer miteinander. Der verglaste Kontrollraum auf der anderen Seite weckte Erinnerungen an die Grenztürme der DDR. Kurz vor dem Ufer bogen sie links ab und passierten den freigegebenen Zugangsweg.

»Die Spurengasse wurde bereits auf Beweisstücke untersucht«, sagte Fuchs, »und ist somit freigegeben.«

»Ich weiß«, antwortete Lara.

Ihre Stimme klang eindeutig anders, bemerkte er. Leiser. Dünner. Sie war also nervöser, als sie zugab. Sie griff in den Overall und zog ein Diktiergerät aus ihrer Manteltasche. Trotz aller Bemühungen zitterte ihre Hand, und sie sah, dass es auch ihrem Vorgesetzten aufgefallen war.

»Es ist wirklich schweinekalt«, presste sie hervor.

Fuchs schmunzelte. Er wusste nur zu gut, dass die erste Begehung eines Mordschauplatzes mit höchster Anspannung verbunden war. Selbst nach all den Jahren als Ermittler bei der Mordkommission verspürte er jedes Mal ein mulmiges Gefühl, und er hatte sich von der Hoffnung verabschiedet, dass es jemals verschwinden würde. Trotzdem würde er seine junge Kollegin nicht in Watte packen. Jetzt konnte sie zeigen, was sie draufhatte. Nur wenige Wochen zuvor hatte er ihre Bewerbungsmappe auf dem Tisch liegen gehabt und zunächst das Foto der braunhaarigen Frau mit der spitzen Nase betrachtet. Nachdem er sie unwillkürlich für durchschnittlich attraktiv befunden hatte, war er die restliche Mappe mit dem Empfehlungsschreiben eines Schweizer Professors der forensischen Psychiatrie durchgegangen. Lara Schuhmann hatte die ersten drei Stufen der Ausbildung zur Fallanalystin mit Bravour bestanden und eine herausragende Abhandlung über das Generieren von Täterprofilen verfasst. Das Schmuckstück in ihrem Lebenslauf war aber zweifelsohne ihre Schulung beim FBI in Quantico. Ungeachtet Frankfurts Spitzenstellung als kriminellste Stadt Deutschlands hatte Fuchs daher befürchtet, dass sich Lara bei den weitaus weniger spektakulären Verbrechen hierzulande langweilen könnte. Doch schon an ihrem ersten Arbeitstag war ihm klar geworden, dass ihr Wissen vor allem theoretischer Natur war, woraufhin sich seine Sorge gelegt hatte. Und spätestens jetzt, als sie vor dieser grausam entstellten Leiche standen, waren auch die letzten Bedenken verpufft.

»Guten Abend«, sagte Max, als er die beiden bemerkte. »Ich nehme an, mein Kollege hat Sie schon über alles informiert?«

»Zum Teil«, antwortete Fuchs.

»Wenn Sie noch Fragen haben – nur zu!«

»Gibt es schon eine Einschätzung bezüglich des Todeszeitpunkts?«

In der Nähe setzte ein gedämpftes Piepen ein.

»Moment …« Der Spurensicherungsbeamte zog ein Thermometer aus dem After der Leiche und linste aufs Display. »Die rektale Temperatur beträgt einundzwanzig Grad. Wir wissen nicht, ob sie noch gelebt hat, als sie ins Wasser geworfen wurde, oder ob ihr Körper bis dahin schon eine Weile ausgekühlt war. Die Außentemperatur liegt aktuell bei vier Grad über null.« Er blickte auf seine Uhr und legte den Kopf in den Nacken. »Viertel vor neun, minus ein bis zwei Stunden Plateauphase … ein Temperaturabfall von 0,5 Grad pro Stunde … obwohl … bei dieser Kälte vielleicht sogar mehr. Ein Grad. Tagsüber war es jedenfalls deutlich wärmer …« Nach einer Weile schaute er zu Fuchs auf. »Bei all den Faktoren, die Einfluss auf die Leichentemperatur genommen haben könnten, will ich mich ungern zu voreiligen Schlüssen verleiten lassen. Mit den klassischen Gleichungen komme ich hier nicht weiter. Ich werde alle Daten notieren, und der Rechtsmediziner kann Ihnen später bestimmt mehr sagen. Aber bei einem bin ich mir fast sicher: Dass die Frau heute Morgen noch gelebt hat.« Er stand auf, trat beiseite und machte eine Geste, als würde er ein Buffet eröffnen. »Bitte sehr. Wenn Sie möchten, dürfen Sie die Leiche jetzt in Augenschein nehmen.«

Fuchs ging neben der Toten in die Hocke, während Lara sich nur ein Stück vornüberbeugte, die Handballen auf ihre Knie gestützt.

Im Scheinwerferlicht wirkte die Haut der Toten wie Alabaster. Ihre Hände steckten in Plastikbeuteln, die auf Höhe der Handgelenke mit Gummibändern fixiert waren. Spuren unter den Fingernägeln des Opfers waren somit vor Kontamination oder Verlust geschützt. Auf dem Rücken und an den Flanken der Leiche prangten seltsame Striemen, die Fuchs unwillkürlich an Bilder vom geschundenen Leib Jesu Christi denken ließen. Bei den meisten schien es sich nur um Blutergüsse zu handeln, doch bei einigen klaffte das Fleisch zentimeterweit auseinander.

»Was sind das für Verletzungen?«, fragte Fuchs den Beamten.

»Kann ich Ihnen nicht sagen. Auf mich wirken sie jedenfalls nicht wie Schleifspuren.«

»Wir sollten die Leiche drehen.«

Der Mann nickte und rief seinen Kollegen zu Hilfe. Der stellte sich mit gespreizten Beinen über die Tote und umfasste ihr Becken, während Max beide Knöchel, Lara und Fuchs jeweils einen Arm packten.

Das Fleisch war kalt und fest, die Gliedmaßen steif wie bei einer Schaufensterpuppe.

»Der Rigor Mortis ist noch voll im Gange«, stöhnte Max, während sie die Frau behutsam auf den Rücken drehten.

»Da komme ich ja gerade richtig!«, ertönte eine Stimme aus einiger Entfernung.

Alle Blicke richteten sich auf den Mann, der gerade in einen Overall schlüpfte.

»Bitte nicht«, murmelte Fuchs.

»Wer ist das?«, fragte Lara im Flüsterton.

»Nikolaus Becker, der Staatsanwalt. Ein Arschloch vor dem Herrn.«

Während der hochgewachsene Mann auf sie zukam, strich er sich das grau melierte Haar hinter die Ohren. Einen Meter vor ihnen blieb er stehen, musterte das Szenario und spitzte die Lippen. »So was hat man nicht alle Tage.«

»Ziehen Sie bitte die Kapuze über Ihren Kopf«, schnarrte Fuchs.

»Damit es mir nicht geht wie Ihnen damals?«

Fuchs ignorierte die Anspielung auf einen früheren Fall. Becker wollte ihn ganz offenbar provozieren.

Der Staatsanwalt verstaute seine Mähne unter dem Overall und stemmte die Fäuste in die Hüften. »Was gibt es zu berichten?«

»Wir würden die Leiche gerne erst inspizieren, wenn Sie gestatten?«

»Nur zu.« Becker blinzelte und zeigte eine Reihe weißer Zähne.

Fuchs atmete durch und wandte sich seiner Kollegin zu. »Also gut – was siehst du?«

Lara ließ ihren Blick konzentriert über den Leichnam wandern und führte anschließend das Diktiergerät an die Lippen. Ihr Zittern hatte sich etwas gelegt. »Die Tote ist weiblich, jung, schätzungsweise um die dreißig. Circa ein Meter siebzig. Schlank. Gut gebaut. Fein geschnittenes Gesicht. Wenn man von den Abschürfungen absieht, hat sie eine makellose Haut. Gepflegte, kurz geschnittene Nägel ohne Nagellack. Kein Schmuck, keine Piercings, keine Tattoos. Nicht mal Spuren von Schminke. Trotzdem hat sie auf ihr Äußeres geachtet. Eine attraktive Frau. Der Täter hat also einen guten Geschmack.«

»Wenn Sie das hier unter gutem Geschmack verstehen«, warf Becker schnaubend ein.

Lara sah irritiert zu ihm auf.

Fuchs unterdrückte den Impuls, den Staatsanwalt zurechtzuweisen, und redete stattdessen auf seine Kollegin ein: »Nicht ablenken lassen! Nur weiter so. Alles aussprechen, was dir in den Sinn kommt. Ungefiltert. Der assoziative Ansatz, du kennst das ja. Analysieren und aussortieren kannst du später immer noch.«

»Okay.« Lara richtete den Blick wieder auf die Tote, räusperte sich. »Ein Teil der Schürfwunden ist vermutlich postmortal entstanden, als sie von der Strömung mitgerissen wurde. Da Wasserleichen in der Regel auf dem Bauch treiben, könnte das die Abschürfungen an ihrer Vorderseite erklären. An den Oberschenkelinnenseiten und den Flanken finden sich dagegen längs verlaufende, streifenförmige Blutergüsse. Teilweise ist die Haut dort sogar eingerissen. Diese Verletzungen sind zu gleichmäßig, als dass sie durch zufälliges Anprallen im Fluss entstanden sein könnten. Die Hämatome weisen zudem darauf hin, dass diese Verletzungen vor dem Tod entstanden sind, was wiederum auf einen sadistischen Täter schließen lässt.« Sie stand auf, um sich einen Überblick zu verschaffen. »Ich nehme an, dass er sie zügig entsorgen wollte. Sie sollte nicht gefunden werden. Vielleicht hat er ihren Körper sogar in irgendeiner Form beschwert und die Gewichte haben sich bloß gelöst.«

»Sie interpretieren da aber eine Menge hinein«, sagte Becker.

»Da mir die Frau nicht selbst erzählen kann, was passiert ist, bleibt mir vorerst nichts anderes übrig.«

Fuchs grinste. Schlagfertig war sie also auch. Er war stolz, wie professionell Lara die Situation meisterte.

»Sie sollten sich beeilen«, erwiderte der Staatsanwalt unbeirrt. »Ich habe den Abtransport der Leiche bereits veranlasst.«

Ihre Blicke folgten Beckers Fingerzeig zu zwei Herren in schwarzen Regencapes, die eine Rollbahre in ihre Richtung schoben.

»Wir sehen uns morgen bei der Obduktion, nehme ich an?«, fragte Becker.

Lara schielte zu Fuchs hinüber, der Beckers Frage geflissentlich ignorierte, doch seine Miene verriet eine Mischung aus Wut und Abscheu.

»Ich lasse den Termin für sechzehn Uhr ansetzen, ja?«, hakte Becker im Gehen nach. »Mittags habe ich noch eine wichtige Anhörung. Arrivederci. Bis dann …«

Fuchs sah ihm nach und stöhnte. »Das kann ja heiter werden.«

2

Bei Tagesanbruch durchkämmte ein dreißigköpfiges Polizeiteam das Gebiet um den Leichenfundort. Die Sonne war nur als blasser Lichtfleck zu erahnen, und die Wolken schienen sich redlich Mühe zu geben, ihr das Durchkommen zu erschweren. Auf der anderen Flussseite ragten Hochhäuser und Bankentürme aus dem grauen Dunst empor. Trotz der vielen Menschen herrschte eine fast andächtige Stille, die nur vom Piepen der Metalldetektoren gestört wurde.

»Die Nacht fehlt mir schon«, ächzte Lara und hockte sich neben Fuchs auf eine Bank.

»Kannst dich schon mal dran gewöhnen.« Er steckte sich eine Zigarette zwischen die Lippen.

Lara musterte ihn von der Seite. In dem tristen Licht wirkte er um Jahre gealtert. »Du siehst müde aus.«

»Um ein Haar hätte der Arzt *mir* den Totenschein ausgestellt.«

»Wie lange bist du eigentlich schon bei der Kripo?«

»Zu lange.« Er unterdrückte ein Gähnen, zündete die Zigarette an und nahm einen tiefen Zug.

»Was hat dich dazu bewogen? Warum gerade die Mordkommission?«

Fuchs blies eine schier endlose Rauchwolke hervor. »Ursprünglich sahen meine Pläne anders aus. Nach dem

Studium an der Polizeihochschule habe ich bei der Schutzpolizei angefangen, hatte aber schon bald das Gefühl, dass das noch nicht alles gewesen sein konnte. Deshalb habe ich am Eignungstest der GSG 9 teilgenommen.«

»Bei der GSG 9?«

»Ja.« Er lachte, als könne er es selbst kaum glauben. »Die Tests waren happig. Drei Tage lang wurde man in die Mangel genommen. Die Ansprüche an die körperliche Leistungsfähigkeit der Bewerber sind so hoch, dass einem die Eignungsprüfung des Sportstudiums dagegen wie ein Vorsingen bei den Wiener Chorknaben erscheint. Hinzu kamen Konzentrations- und Geschicklichkeitstests und psychologische Untersuchungen.«

Lara versuchte, sich Joachim in der Montur des SEK vorzustellen – mit Sturmhaube, Schutzhelm und schwarzem Overall. Den Habitus hatte er. Er war groß, sportlich, hatte breite Schultern und strahlte Souveränität aus. Nur seine blauen Augen waren einen Tick zu gütig.

»Wie ging es aus?«, fragte sie.

»Bestanden.«

»Deine Stärken?«

»Psychologie und Umgang mit Schusswaffen.«

»Und das SEK war von Anfang an dein Ziel?«

»Nein. Aber die Tätigkeit bei der Schutzpolizei hat mich nicht erfüllt. Wobei – die Faszination für Spezialeinheiten reicht tatsächlich bis in meine Kindheit zurück …«

»Erzähl!«

Er sah sie mit ernster Miene an. »Wirklich?«

»Ja, bitte!«

»Na gut … ich war noch ganz klein, als im Fernsehen

über die Geiselnahme bei den Olympischen Spielen in München berichtet wurde. Meine Eltern schimpften wie die Rohrspatzen über die Polizei, die mit der Situation vor Ort total überfordert war. Fünf Jahre später gab es dann den ersten spektakulären Einsatz einer Antiterroreinheit im Rahmen der Operation Feuerzauber.«

»Hilf mir auf die Sprünge.« Lara war ihr Unwissen beinahe peinlich, andererseits trennten sie siebzehn Jahre von Joachim, und sie war damals noch nicht einmal geboren gewesen.

»Die Geiselbefreiung aus der Landshut.« Er erkannte, dass bei ihr immer noch nichts klingelte. »Die entführte Lufthansa-Maschine in Mogadischu.«

»Ach ja!«

»Wegener hatte den Spezialtrupp unter Anweisung des damaligen Innenministers Genscher begründet. So sollten Fiaskos wie in München zukünftig verhindert werden. Das hatte mich ziemlich beeindruckt, weiß ich noch wie heute.«

Lara fiel auf, dass seine Augen plötzlich glänzten wie die eines Kindes, dem man einen Zaubertrick vorführt. Sie musterte ihn. »Was genau hat dich daran fasziniert?«

»Soll ich mich vielleicht hinlegen, Doktor Freud?«

»Sorry, wenn ich …«

»Nein, schon gut.« Fuchs zog an seiner Zigarette und richtete den Blick in die Ferne. »Diese maskierte Truppe hat im Handumdrehen ein Geiseldrama beendet, das tagelang alle in Atem gehalten hatte. Das war gigantisch! Bestimmt so ein Männer-Ding. Macht, Überlegenheit und so. Besonders spannend fand ich, dass niemand wusste, wer sich unter den Sturmhauben verbarg.«

»Anonyme Helden.«

Fuchs nickte. »Immer inkognito. Hat aber auch eine tragische Seite, wenn man sich nie für seine Heldentaten bejubeln lassen kann.«

»Mhm. Aber werden Ärzte bejubelt, wenn sie einen Patienten retten?«

»Vielleicht erhalten die wenigstens hin und wieder ein Dankeschön.«

»Und was hielten deine Eltern von deinem Berufswunsch?«

Joachim zuckte die Schultern. »Mein Vater war Physiker. Die humorloseste Spezies Mensch, die man sich vorstellen kann. Hatte für meine Spinnereien nicht viel übrig. Polizisten betitelte er gerne als uniformierte Proleten. So war er eben.«

»Wann ist er gestorben?«

»Er lebt noch.«

»Oh, entschuldige! Ich dachte …«

»Alles gut, habe mich unglücklich ausgedrückt.« Fuchs nahm einen weiteren Zug von der Zigarette. »Er hat Demenz. Vielleicht spreche ich deswegen in der Vergangenheitsform von ihm.«

»Oh, das tut mir leid. Schlimm?«

»Mhm. Es fing bei ihm an, da war er nicht mal siebzig. Inzwischen erkennt er mich oft nicht mehr.«

»Okay, das ist übel.«

»Er hat auch seine klaren Momente, aber …« Er machte eine wegwerfende Handbewegung.

»… das Thema väterlicher Stolz hat sich erledigt?«, beendete Lara den Satz für ihn.

Joachim sah sie eine Weile an. Dann lächelte er. »Du hättest eine wunderbare Psychologin abgegeben.«

»Habe ich schon mal gehört. Auf Dauer zu langweilig. Jetzt hast du mir trotzdem noch nicht erzählt, wie du bei der Mordkommission gelandet bist.«

Fuchs spürte ein Kribbeln in der Narbe auf seiner Brust. Ein ähnliches Phänomen wie plötzlicher Juckreiz bei Gesprächen über Flöhe oder Krätze. »Die Geschichte heben wir uns für ein andermal auf.« Er trat seine Zigarette aus und stopfte den Stummel wieder in ein Filmdöschen. »Soll ich dir was sagen?«

»Hm?«

»Ich habe kein gutes Gefühl bei diesem Fall.«

»Weshalb?«

»Ich weiß nicht. So viele Fälle in den letzten Jahren – aber der hier ist anders.«

»Du glaubst, es wird nicht bei einem Opfer bleiben, stimmt's?«

Joachim nickte. Plötzlich lichtete sich sein finsterer Blick. »Sieh mal, da kommen Ernie und Bert!«

Lara schmunzelte. Diese Spitznamen waren ihren Kollegen wie auf den Leib geschneidert: der gut zwei Meter lange Martin Huber mit der Monobraue und den klodeckelgroßen Händen und der kleinwüchsige Olaf Kern mit seiner zerzausten Frisur. Ähnlich wie die Handpuppe Ernie wirkte auch Kern etwas naiv und begriffsstutzig, war aber in Wirklichkeit blitzgescheit.

Huber hob die Hand. »Servus! Wir hören uns dann mal bei den Anwohnern um.«

»Klinken putzen«, fügte Kern matt hinzu.

Fuchs grinste. »Was hat eigentlich die Befragung des Obdachlosen ergeben?«

Huber schnaubte. »Nichts natürlich. Er hat seinen Schlafplatz unter der Brücke hergerichtet, während sein Köter die Leiche erschnüffelt und angeschlagen hat. Dann sah er sie im Wasser treiben. Wenn du mich fragst, einfach eine arme Sau. Zur falschen Zeit am falschen Ort.«

Unvermittelt stöhnte Fuchs auf. »Nicht schon wieder!«

Huber und Kern warfen sich einen fragenden Blick zu.

»Staatsanwalt Becker«, murmelte Lara und machte eine kaum merkliche Kopfbewegung in dessen Richtung.

»Was will der denn schon wieder?«, fragte Huber.

»Sich einmischen, was sonst«, antwortete Fuchs. »Der Fall wird einiges an Aufsehen erregen. Das lässt der sich doch nicht entgehen.«

Huber nickte. »Du hättest ihn mal gestern Abend sehen sollen. Hat sich regelrecht angebiedert, mit der Presse zu reden.«

»Für die Staatsanwaltschaft ein gefundenes Fressen«, sagte Fuchs. »Erstens lenkt das wunderbar von dem Eklat neulich ab, und zweitens gibt es ihnen die Möglichkeit, sich wieder ins rechte Licht zu rücken.«

»Wahrscheinlich hast du recht. Also, wir gehen dann mal.« Grinsend klopfte er Fuchs auf die Schulter. »Und viel Spaß noch!«

Wie gerne hätte Joachim jetzt das Klinkenputzen übernommen.

»Guten Morgen zusammen!«, rief Becker, mittlerweile in Hörweite angelangt.

Im Tageslicht sah Fuchs nun den intensiven Teint des Staatsanwalts. »Sie sind wohl auf der Sonnenbank eingeschlafen?«

»Urlaub. Ich war bis letzte Woche in Thailand. Herrlich!« Im Kontrast zu der braunen Haut erstrahlten Beckers Zähne in unnatürlichem Weiß.

Thailand, dachte Fuchs, bestimmt nicht nur wegen des schönen Wetters. »Was können wir an diesem wunderschönen Morgen für Sie tun, Herr Becker?«

»Ich wollte Sie auf den neuesten Stand bringen.«

»Aha.«

»Man hat wohl die Stelle gefunden, an der die Leiche ins Wasser geworfen wurde.«

»Sehr gut! Worauf stützt sich diese Vermutung?« Fuchs versuchte, sich den aufkeimenden Zorn nicht anmerken zu lassen. Er freute sich zwar über diese Nachricht, verstand jedoch nicht, warum man Becker, nicht aber ihn darüber informiert hatte.

»Auf einen Mantrailer.«

Fuchs hob die Brauen. »Wo ist die Stelle?«

»An der Main-Neckar-Brücke. Von hier etwa fünfhundert Meter flussaufwärts.«

»Das würde ich mir gerne ansehen«, sagte Lara.

»Ich auch. Spaziergang gefällig?« Becker bot ihr einen Arm zum Einhaken an, doch sie tat die Geste mit einem charmanten Lächeln ab.

»Übrigens«, sagte Becker, nachdem sie losgelaufen waren, »entschuldigen Sie, falls ich mich Ihnen gegenüber gestern Abend etwas kritisch geäußert habe. Ich wollte nicht despektierlich erscheinen.«

Lara winkte ab. »Schon gut. Psychologie ist nicht jedermanns Sache. Ist eben keine exakte Wissenschaft.«

»Das haben Sie jetzt gesagt.«

»Ich kenne die Ansichten. Damit muss man leben, wenn man diesen Beruf ergreift. Das wurde uns gleich zu Beginn der Ausbildung vermittelt.«

»Wo haben Sie Ihre Ausbildung gemacht?«

»Einen Teil in der Schweiz, einen Teil in den Staaten.«

Joachim folgte den beiden widerwillig, schnappte dabei Gesprächsfetzen ihrer Unterhaltung auf. Aus unerfindlichen Gründen wuchs die Abneigung gegen den Staatsanwalt von Minute zu Minute. Mehr als einmal widerstand er dem Impuls, ihm ein Bein zu stellen wie ein Raufbold auf dem Schulhof. Die Vorstellung, wie dieser Lackaffe bäuchlings auf dem Pflaster landete, amüsierte ihn.

Der Radweg verlief neben dem Main, parallel zu einer Straße. Nach acht Gehminuten erblickten sie die Eisenbahnbrücke, die den Fluss vom Westhafen nach Niederrad überspannte. Ein hässliches Bauwerk mit grünen Stahlstreben, unmittelbar angrenzend an das Gelände des Universitätsklinikums. Nördlich davon lag der Hauptbahnhof. Schon aus der Entfernung sahen sie auf dem Bordstein einen Polizeiwagen mit Blaulicht stehen. Dahinter parkte ein Transporter, an dem ein Mann in neongelber Warnweste mit Reflektorstreifen lehnte.

»Da ist der Mantrailer«, verkündete Becker. »Sieht aus wie einer von der Müllabfuhr.«

»Das ist nicht der Mantrailer!«, rief Fuchs nach vorne.

Becker ignorierte den Einwurf. Er winkte dem Mann in der Weste zu, als würde er einen alten Bekannten grüßen.

Der öffnete daraufhin die Heckklappe des Wagens, und ein brauner Hund sprang heraus. Ohne Aufforderung setzte sich das Tier und wartete, bis sein Herrchen ihm die Leine am Halsband befestigt hatte.

»*Das* ist der Mantrailer«, sagte Fuchs, der mittlerweile zu ihnen aufgeschlossen hatte.

»Ein Bloodhound«, sagte Becker.

»Ein Schweißhund«, korrigierte ihn Fuchs. »Hervorragender Geruchssinn, ruhiges Wesen und ein unbändiger Finderwille. Der ideale Spürhund.«

»Vielen Dank für diesen Exkurs, Herr Fuchs.« Er marschierte auf den Hundeführer zu und streckte ihm die Hand entgegen. »Becker, ich bin der leitende Staatsanwalt.«

»Victor Braun«, stellte sich der Hundeführer vor und schüttelte jedem die Hand.

Becker ging in die Hocke und hielt dem Tier den Handrücken hin. »Na, wer bist du denn?«

»Bitte nicht!«, fuhr Victor Braun dazwischen.

»Beißt er?«

»Nein, aber wir sollten ihn jetzt nicht mit zu vielen Gerüchen verwirren. Ich hatte extra deswegen den Wagen herbringen lassen und den Hund noch mal in den Kofferraum bugsiert. Er heißt übrigens Grenouille.«

Becker zog die Stirn kraus. »Komischer Name.«

»Wegen der guten Nase«, sagte Victor Braun.

»Eine Romanfigur mit einem außergewöhnlichen Geruchssinn«, erklärte Lara.

Braun tätschelte dem Hund den Kopf. »Genau der. Dann fangen wir mal an.«

Sie folgten dem Gespann über die Straße, überquerten S-Bahnschienen und steuerten auf eine Metalltreppe zu. Am Brückenfundament erstreckten sich rostige, mit Graffiti verzierte Rohre. Oben erreichten sie einen Fußgängerüberweg, der neben den Gleisen verlief und so schmal war, dass kaum zwei Personen nebeneinander Platz fanden. Der Hund schien immer wieder etwas wahrzunehmen, verfolgte die Spur jedoch zunächst nicht weiter.

In der Mitte der Brücke blieb der Hundeführer stehen, um den anderen mitzuteilen, dass sie die Stelle erreicht hatten, wo sich die Duftspur verlor, die Leiche also mit großer Wahrscheinlichkeit in den Fluss geworfen worden war. Seine Worte gingen im Lärm eines vorbeiratternden Zugs unter. Er gab Grenouille ein Kommando, woraufhin der den Kopf zu Boden senkte. Seine Nasenflügel zuckten ein paarmal, dann nahm er die Witterung auf. Sogleich straffte sich die Leine, und der Hund trabte mit wedelnder Rute los, als wäre alles nur ein Spiel. Nun würden sie also zum Ursprung der Duftspur geführt werden.

Das Trio folgte den beiden, den Fußweg zurück, die Treppe hinunter und wieder über die S-Bahnschienen, bis der Hund auf dem Bordstein der Gegenfahrbahn stehen blieb. Dort schnüffelte er am Asphalt, um einen Augenblick später wieder die Fährte aufzunehmen. In diesem Zickzackkurs ging es mit abnehmendem Tempo weiter. Zwischendurch reckte Grenouille den Kopf, als würde er einer Fliege nachsehen, bis er sich schließlich hinsetzte und sein Herrchen erwartungsvoll ansah.

»Fein! Super!« Victor kramte ein Leckerli aus seiner

Tasche und belohnte den Hund. »Er zeigt uns das Ende der Spur an.«

»Da ist doch gar nichts«, murrte Becker.

»Was soll ich sagen? Hier verliert sich die Duftspur.«

»Dann müssen wir davon ausgehen, dass der Täter sie hier aus einem Fahrzeug ausgeladen hat.« Fuchs richtete den Blick nach Westen und deutete die Fahrbahn entlang. »Demnach kam er am ehesten aus dieser Richtung.«

»Direkt an der Straße?«, fragte Lara ungläubig.

»Hier ist nachts tote Hose«, sagte Fuchs.

Lara zog die Stirn kraus. »Trotzdem riskant.«

»Ich glaube dem Hund.«

»Ja, ich eigentlich auch.«

»Trotzdem hilft uns das weiter«, erklärte Fuchs. »Wir können jetzt davon ausgehen, dass der Täter ein Auto besitzt und über gewisse Ortskenntnisse verfügt. Und er wird einen Grund gehabt haben, sie genau dort ins Wasser zu werfen.«

3

Hinter Sophia krachte die Flügeltür ins Schloss. Gott sei Dank war dieser Dienst vorbei! Den ganzen Tag war sie durch die Klinik gehetzt, von einem Notfall zum nächsten, bis sie gegen einundzwanzig Uhr ihre wohlverdiente Pause hatte nehmen wollen. Doch gerade als sie den Deckel ihres Pizzakartons aufklappte, wurde ein Polytrauma in den Schockraum gebracht. Ein neunzehnjähriges Mädchen war betrunken aus einem Fenster im zweiten Stock gestürzt und hatte sich beim Aufprall ein offenes Schädel-Hirn-Trauma zugezogen. Also war Sophia der Rest der Nacht neben ihrem Narkosegerät im OP-Saal vergönnt gewesen, während ihr ätzender Exfreund Torben Domschek, diensthabender Neurochirurg, keine Gelegenheit ausgelassen hatte, sie über das grüne Tuch hinweg anzublaffen.

Doch nun war es vorbei. Sophia sog die kühle Luft ein und schaute in den Himmel. Bei dem Gedanken an die freien Tage, die vor ihr lagen, spürte sie trotz des trüben Wetters und der Müdigkeit einen Anflug von Euphorie. Ausschlafen, fernsehen, sich mit Freunden treffen. Sie überlegte, wann sie sich zuletzt mit jemandem verabredet hatte, doch es fiel ihr nicht ein. War es wirklich so lange her, oder spielte ihr das Gedächtnis bloß einen Streich? Elender

Schlafmangel … Bevor sie nach Hause fuhr, brauchte sie unbedingt einen Kaffee. Am besten Espresso. Doppelt. Extrastark.

Vor dem Gebäude bog sie rechts ab. Dabei blieb ihr Blick an dem neuen OP-Trakt hängen, von dem sie nicht wusste, ob sie ihn schick oder hässlich finden sollte. Der Hubschrauberlandeplatz schien über dem Gebäude zu schweben wie ein Ufo bei der Landung. Sie ließ den anthrazitfarbenen Block hinter sich, überquerte den Platz vor der kleinen Ladenzeile und steuerte das Café an. Doch als sie an einem Bistrotisch davor zwei Kolleginnen mit dampfenden Pappbechern in der Hand entdeckte, machte sie geflissentlich einen Schlenker um das Gebäude. Auf Small Talk hatte sie im Moment wirklich keine Lust. Stattdessen wählte sie den Weg durch den Rosengarten, eine schnuckelige Parkanlage, die ihren Namen im Sommer verdiente. Doch zu dieser Jahreszeit ragten nur grün-braune Stängel aus der Erde, und der faulige Geruch von Rindenmulch hing in der Luft. Kiesel knirschten unter ihren Sohlen, während sie konzentriert größeren Pfützen auswich.

»Guten Morgen! Das Fräulein von Münch.« Die Stimme ertönte direkt vor ihr.

Sie zuckte zusammen. »Oh! Hallo, Professor Lenk.«

»Habe ich Sie erschreckt?«

»Ein bisschen.«

»Das ist das schlechte Gewissen, meine Liebe. Wann gedenken Sie denn, sich mal wieder im Labor blicken zu lassen?« Er rückte die Brille auf seiner knolligen Nase zurecht.

Das schlechte Gewissen habe ich eher, wenn ich daran denke, was ich im Labor tun muss, dachte Sophia, sagte aber stattdessen: »Ich hatte in letzter Zeit viel um die Ohren. Aber Sie werden es nicht glauben – ich wollte gerade in die Bibliothek und mir einige Artikel bestellen.«

Er hob eine Augenbraue und deutete in die Richtung, aus der sie gekommen war. »Die Bibliothek liegt aber dort. Das wissen Sie schon?«

Vergeblich suchte sie den Anflug eines Lächelns in seinem Gesicht und sah dann verlegen zu Boden. Hätte sie sich doch bloß für Kaffee und Klatsch entschieden. »Ich muss meinen Bibliotheksausweis holen. Den habe ich im Auto vergessen.«

»Na, dann möchte ich Sie gar nicht weiter aufhalten, bevor Sie es sich noch anders überlegen.«

»Ich komme in den nächsten Tagen ins Labor«, versicherte sie, während sie seinem Blick jetzt bewusst standhielt. »Ich habe heute und morgen frei und hatte mir fest vorgenommen, die Zeit für die Forschungsarbeit zu nutzen.« Sie hatte das Gefühl zu erröten.

Professor Lenk neigte den Kopf leicht zur Seite und grinste. »Das würde ich begrüßen. Selbst Frau Luzius hat sich in den letzten Wochen blicken lassen. Ich möchte fast sagen: regelmäßig.«

Das überraschte Sophia. Ihre beste Freundin hatte die Arbeit wahrlich nicht erfunden. Zudem hätte sie sich ruhig einmal melden und sie dank ihrer neu entflammten Liebe für die Wissenschaft mitreißen können. Stattdessen war sie klammheimlich losgezogen. Wie auch immer – die Aussicht, ihr Leid mit Christina teilen zu können, war zumindest ein Lichtblick.

»Ich komme morgen vorbei. Versprochen!«

»Da bin ich ja mal gespannt. Ich vermisse nämlich meine kompetenten Laboranten, erst recht, wenn sie eine derart … wie soll ich sagen … optische Aufwertung des Teams sind.« Er reichte Sophia seine rötliche Hand, und während er ihre schüttelte, zitterten seine fleischigen Wangen wie die Lefzen eines Boxers. Sophia schauderte innerlich.

Nachdem Lenk weitergegangen war, durchquerte sie den Rosengarten und überzeugte sich davon, dass der Ausweis in ihrem Portemonnaie steckte. Als der Professor endlich außer Sichtweite war, kehrte sie um und steuerte die Bibliothek an. Verdammter Mist! Doch was blieb ihr jetzt übrig, außer Wort zu halten.

Noch vor einem Jahr war sie fast täglich hier gewesen, hatte Bücher gewälzt, das Internet durchforstet und nach monatelanger Schreibarbeit ihre Dissertation endlich fertiggestellt. Als sie diesen Meilenstein ihrer Laufbahn bewältigt hatte, waren Stolz und Freude so groß gewesen, dass in ihr der Wunsch aufgekeimt war weiterzuforschen. Sogar ans Habilitieren hatte sie gedacht. *Professor Sophia von Münch.* Aus heutiger Sicht geradezu lächerlich, denn als sie den Doktortitel in der Tasche und der Berufsalltag sie fest im Griff hatte, waren diese Ambitionen rasch verebbt. Mittlerweile fehlte ihr jedweder Funke an Motivation. Doch sie hatte sich der Forschungsgruppe angeschlossen und würde die Studie abschließen. Fertig. Bestimmt fehlte nicht mehr viel. Noch ein paar Experimente, damit die Fallzahl stimmte, die Sondierung des aktuellen Forschungsstands und zu guter Letzt das Verfassen des Artikels. Doch zuallererst musste sie sich die neuesten Papers zu der Thematik besorgen. Ihr graute vor der Lektüre dieser öden Artikel. Sie stieg die Stufen zur Bibliothek hinauf. Es half ja alles nichts.

Die Glastür schwang auf, und sie betrat das Gebäude. Es hatte sich einiges geändert. Der Tisch in der Nähe des Eingangs war einem stattlichen Informationstresen gewichen, aus demselben hellen Holz, das nun auch die Wände vertäfelte. Es roch nach Holzschnitt, Papier und Silikon. Auch die Bücherregale waren umgestellt worden. Obwohl sie um die Ecke arbeitete, hatte sie von den Modernisierungsmaßnahmen nichts mitbekommen. Fester Bestandteil des Inventars schien lediglich der Bibliothekar hinter dem Tresen zu sein, dessen Augen von einer Sonnenbrille verdeckt wurden. Kurz überlegte sie, an einem anderen Tag wiederzukommen, gab sich dann aber einen Ruck. Couch und Kaffee mussten jetzt warten.

»Guten Morgen!«, rief der Blinde. »Kann ich Ihnen helfen?«

Natürlich hatte er sie schon gehört. »Morgen«, grüßte sie betont höflich und reichte ihm ihren Bibliotheksausweis, den er in ein Lesegerät schob. »Ich forsche im Institut für Neuroanatomie und wollte gerne Artikel über Neurogenese bestellen.«

Er dachte einen Augenblick lang nach und schien dann zu einer Erkenntnis zu gelangen. »Haben Sie nicht vor einer Weile schon Papers zu diesem Thema bestellt?«

»Ja, das stimmt«, antwortete sie erstaunt.

»Mir kam Ihre Stimme so bekannt vor. Jetzt kann ich Sie zuordnen.« Er tippte sich an die Schläfe.

»Allerdings muss ich mich mit dem aktuellen Forschungsstand befassen und brauche daher Nachschub.«

»Kein Problem. Aber Sie müssen die Artikel nicht mehr hier bestellen und darauf warten, bis die Zentralbibliothek sie endlich herschickt.«

»Nicht?«

»Nein. Gott sei Dank gehen auch wir mit der Zeit. Mittlerweile wurde alles digitalisiert. Sie können sämtliche Artikel an einem der Computer hier über das Intranet suchen und die gewünschten Dateien einfach herunterladen. Haben Sie einen USB-Stick dabei?«

»Leider nicht.«

»Dann laden Sie sich einfach den VPN-Client von unserer Homepage runter. Damit können Sie gemütlich von zu Hause aus im Archiv stöbern. Oder ich schicke Ihnen das Tool zu.«

»Das geht?«

Er nickte. »Aber hallo geht das!«

Vielleicht war heute doch kein so schlechter Tag, dachte sie. Wenn das alles so klappte, wie der Mann sagte, konnte sie das Notwendige mit dem Angenehmen verbinden. Arbeit auf der Couch mit einer ganzen Kanne Kaffee.

Sie gab ihm ihre E-Mail-Adresse, bedankte sich und verließ das Gebäude. Jetzt nichts wie nach Hause. Und keiner würde sie davon abhalten. Nicht einmal der fette Professor. Sollte ihn doch der Teufel holen!

4

»Was läuft da eigentlich zwischen dir und Becker?«, fragte Lara.

»Wieso?« Fuchs hob den Blick vom Schaumteppich seines Cappuccinos.

Nachdem sich die beiden von Victor Braun und dem Spürhund verabschiedet hatten, waren sie mit dem Staatsanwalt im Schlepptau zu ihren Fahrzeugen zurückgelaufen. Auf dem Weg hatte Fuchs seiner Kollegin vorgeschlagen, einen Kaffee trinken zu gehen, und dabei penibel darauf geachtet, dass sie außerhalb Beckers Hörweite waren. Hätte sich dieser schmierige Sack an ihre Fersen geheftet, wäre sein Tag gelaufen gewesen.

Das Café in der Innenstadt war für die Uhrzeit erstaunlich gut besucht. Stimmengewirr, das Fauchen der Espressomaschine und das Klimpern von Besteck summierten sich zu einer beachtlichen Kakophonie.

»Du scheinst ihn nicht besonders zu mögen.«

»Gut beobachtet.«

»Warum?«

»Na ja … hast ihn doch erlebt.«

Lara zuckte die Schultern. »Ich fand ihn nicht so schlimm.«

»Im Ernst? Mir reicht es schon, seine Visage zu sehen!«

»So schlecht sieht er doch gar nicht aus.« Sie stützte ihr Kinn auf die Faust.

»Du verarschst mich!«

»Nein, wieso?«

»Dieser … dieser Flavio-Briatore-Verschnitt?«

»Der war immerhin mit Heidi Klum zusammen.«

»Bestimmt nicht wegen seines Aussehens.«

»Dann eben wegen der Aura von Macht und Erfolg. Ich finde, der Staatsanwalt hat auch so etwas an sich …«

»Ach, jetzt hör aber auf! Dieser alte Sack?«

Lara spitzte die Lippen. »Was ist schon alt?«

Joachim schüttelte den Kopf, konnte sich aber ein schiefes Grinsen nicht verkneifen. Offenbar wollte Lara ihn aufziehen.

»Was war das eigentlich vorhin, dein Kommentar Huber gegenüber?«, fragte sie, nachdem sie einen Schluck von ihrem Latte macchiato getrunken hatte.

»Was meinst du?«

»Dass sich Becker nach der Sache damals wieder in ein besseres Licht rücken müsse.«

»Das war eher auf die Staatsanwaltschaft allgemein gemünzt. Vor einigen Monaten gab es einen Riesenskandal. Einige hohe Tiere sollen wilde Partys mit Drogen und Prostituierten veranstaltet haben.«

»Oha!«

»Das ist aber noch nicht alles. Im Rahmen der Untersuchung entdeckte man wohl auch ziemlich delikates pornografisches Material, das über die Computer der Staatsanwaltschaft heruntergeladen worden war. Die offizielle Begründung lautete, man habe einen Kinderpornoring aushebeln wollen. Aber just in dem Moment, als eine übergeordnete Instanz das prüfen sollte, waren die Daten verschwunden.«

»Wie das?«

»Die Festplatten waren formatiert worden oder defekt. Ich weiß es nicht genau. Komischer Zufall, nicht wahr?«

»Hm. Klingt schon verdächtig. Und man konnte niemandem etwas nachweisen?«

»Nein.«

»In dubio pro reo.«

»Ja, ja … ich weiß. Becker ist trotzdem ein Arsch.«

»Und seine Anspielung gestern Abend?«

Joachim hob fragend die Augenbrauen.

»Nachdem du ihm gesagt hast, er soll die Kapuze überziehen.«

Fuchs dachte kurz nach. »Ach, das! Ja. Du erinnerst dich an diese Filmdöschen, in die ich immer meine Zigarettenstummel stecke?«

Lara nickte.

»Die Idee stammt aus Australien. Dort verteilt man sie in manchen Hostels an Gäste, quasi als mobile Mülleimer, damit an Stränden und in Nationalparks nicht überall Kippen oder Kaugummis rumfliegen. Der eigentliche Grund für meine Umsicht geht aber auf einen alten Fall zurück, bei dem eine achtlos weggeworfene Kippe im Beweisbeutel der Spurensicherung landete.«

»Deine?«

Fuchs grinste. »Hat mich zwar nicht wirklich in die Bredouille gebracht, war aber von lehrreicher Peinlichkeit.« Gedankenverloren zog er den Löffel durch den

Milchschaum und hinterließ dabei ein Muster aus Kakao, das ihn an einen Palmwedel erinnerte. Gab es dafür mittlerweile nicht eine eigene Berufsbezeichnung? Barista oder so ähnlich. Ein Spezialist für die Zubereitung von Kaffee und Milchschaum. Vielleicht hätte er das machen sollen. Klang jedenfalls nach einem überschaubaren Maß an Verantwortung. Und die Kundschaft war sicher auch angenehmer als Ermordete und deren Angehörige. Oder ein Job als Surflehrer in Byron Bay. Australien. Gott, war das lange her! Es fühlte sich an, als stammten die Erinnerungen aus einem anderen Leben. Und was tat er stattdessen? Täglich stieg er in die tiefsten Abgründe der menschlichen Psyche hinab. Bilder des gestrigen Opfers tauchten vor seinem inneren Auge auf. Das weiße Fleisch. Die klaffenden Wunden. Was hatte es damit auf sich? Vielleicht würde die Obduktion etwas Licht ins Dunkel bringen.

»Woher kennst du dich eigentlich so gut mit Hunden aus?«, riss ihn Lara aus seinen Gedanken.

»Hm?«

»Deine Kenntnisse in Sachen Hunden. Mir schien vorhin, als wärst du ein regelrechter Fachmann.«

»Bestimmt nicht. Bin nur mit Hunden aufgewachsen.«

»Hast du noch einen?«

»Schon ewig nicht mehr.« Fuchs dachte darüber nach, während er das Kunstwerk in seiner Tasse bearbeitete. So gerne er sich wieder einen Hund zugelegt hätte – dafür gab es in seinem Leben momentan keinen Platz. Wer sollte sich um das Tier kümmern, während er bei der Arbeit war? Immerhin hatte er keinen Nine-to-five-Job. Damals hatte seine Exfrau dem Thema Hund einen Riegel vorgeschoben, weil sie den

Geruch im Haus nicht ertragen konnte. Und Zwingerhaltung war für ihn nicht in Frage gekommen. Somit hatte es nach dem Tod von Lotta keinen neuen Hund gegeben. Vielleicht würde er sich als Rentner wieder einen ins Haus holen. Allerdings dauerte es bis dahin noch zwei Jahrzehnte.

»Willst du dir irgendwann wieder einen zulegen?«, fragte Lara, als hätte sie seine Gedanken gelesen.

Fuchs sah zu ihr auf, grinste. »Jetzt aber Schluss mit diesem Verhör. Du bist dran! Wir arbeiten jetzt schon ein Weilchen zusammen, und ich weiß so gut wie überhaupt nichts über dich.«

»Was willst du denn wissen?«

»Hm. Wie wäre es zum Beispiel damit: Was war dein Antrieb, Polizistin zu werden?«

Lara wandte den Blick ab und sah auf die Tischplatte. Unmerklich hatte sich ihr Körper versteift.

»Oder wie kam das mit dem Praktikum beim FBI?«

Sie zwang sich zu einem Lächeln. »Ich habe eine Schwester, die in den Staaten lebt. Das erleichterte den Aufnahmeprozess und ließ sich zudem gut mit einem Besuch bei ihr verbinden.«

»Aha. Und wie bist du in der Schweiz gelandet?«

»Ich wollte einfach mal ein bisschen raus. Außerdem hat Professor Tizian einen hervorragenden Ruf, weit über die Landesgrenzen hinaus.«

»Was genau war der Beweggrund, Fallanalystin zu werden?«

Sie zuckte die Schultern. »Ich schätze, ich wollte einfach wissen, was die Menschen zu ihren Taten treibt. Sag mal, für wie viel Uhr war noch mal die Obduktion angesetzt?«

»Für vier, wieso?«

»Nur so.«

Die Obduktion. Fuchs hatte die Gedanken daran gerade erst verdrängt. Jetzt musste er wieder an den Keller der Rechtsmedizin denken, wo sie später dabei zusehen würden, wie man den Leichnam in seine Einzelteile zerlegte. Trotz der forensischen Rahmenbedingungen jedes Mal eine barbarische Prozedur. Natürlich war er über die Jahre abgestumpft, doch an den Anblick und vor allem den Geruch der geöffneten Körper würde er sich wahrscheinlich nie gewöhnen.

Er senkte den Blick in seine Tasse. Der Milchschaum war inzwischen zusammengefallen und hatte eine bräunliche Farbe angenommen. Barista ... ja, vielleicht wäre das auch ein schöner Beruf gewesen.

5

Lara bestaunte die graue Villa mit dem Spitzdach auf dem Erker, während Fuchs klingelte und ein Ohr an die Gegensprechanlage hielt. Eine Frauenstimme ertönte, blechern und unverständlich.

»Kriminalpolizei, wir kommen wegen der Obduktion.«

Das Türschloss summte. Fuchs drückte die verschnörkelte Holztür auf, und sie durchquerten einen Vorraum ohne erkennbaren Zweck, passierten eine weitere Tür und fanden sich in einem langen Flur mit Teppichläufer wieder. Halogenspots spiegelten sich in der dunklen Wandvertäfelung aus Mahagoni.

»Beeindruckendes Gebäude«, sagte Lara. »Jugendstil.«

Fuchs rümpfte die Nase. »In meiner Jugend hatte ich einen anderen Stil.«

Vor ihnen baten zwei goldene Abgrenzungsständer um Beachtung. Statt einer Kordel aus rotem Samt war ein Schild zwischen ihnen befestigt, das Besucher aufforderte, sich im Sekretariat anzumelden. Die Tür zu ihrer Linken stand offen, und aus dem Raum drang die Stimme der Dame, die sie kurz zuvor über die Gegensprechanlage vernommen hatten. Sie traten ein. Als Erstes fielen die deckenhohen Regale auf, die bis auf den letzten Platz mit Ordnern gefüllt waren. Die Sekretärin saß hinter zwei wuchtigen Schreibtischen, die fast den gesamten Raum einnahmen, und telefonierte. Sie bedeutete den beiden zu warten.

»Wie gelangt die hinter dieses Bollwerk aus Tischen«, flüsterte Fuchs. »Klettern oder Kriechen, was meinst du?«

Lara verkniff sich ein Lachen. »Hör auf«, zischte sie und stieß ihm spielerisch den Ellenbogen in die Seite.

Derweil stand die Sekretärin von ihrem Stuhl auf, zog scheinbar blindlings einen Ordner aus dem Regal, schlug etwas nach, teilte ihrem Gesprächspartner die Information mit und legte auf.

Sie strahlte den Kommissar an. »Herr Fuchs, schön, Sie zu sehen! Der Professor erwartet Sie unten. Sie kennen ja den Weg.«

Verstohlen schielte er auf das Namensschild auf dem Tisch. »Vielen Dank, Frau Küpper. Einen schönen Tag noch.«

Lara folgte Joachim den Flur entlang. Ihr Blick glitt durch einen Raum zu ihrer Rechten, wo sich in einer mächtigen Glasschrankwand eine beachtliche Büchersammlung drängte, sämtliche Fächer darüber vollgestopft mit Stapeln aus Mappen und Papierkram. Auf dem Schreibtisch in der Mitte lagen neben einem Laptop Akten und lose Zettel verstreut. Das Messingschild neben der Tür verriet, um wessen Büro es sich handelte:

Professor G. Lehnhardt

Leiter des Instituts für Rechtsmedizin

Lara hatte Mühe, sich vorzustellen, was für ein Typ der Professor war, wenn er in einem solchen Chaos arbeiten konnte. Sie war gespannt, ihm gleich zu begegnen.

Am Ende des Gangs erreichten sie eine Holztreppe mit geschnitztem Geländer, die ins Obergeschoss führte.

»Oben befinden sich die Labore«, sagte Fuchs, deutete aber in eine Nische unter dem Treppenaufgang, wo eine niedrige Metalltür eingelassen war. »Wir müssen in den Keller. Nach dir.«

Als er die Tür öffnete, schlug Lara ein Gestank nach faulen Eiern entgegen. Der Geruch der Verwesung. Sie duckten sich unter dem Türrahmen hindurch und stiegen mit eingezogenen Köpfen die Stufen hinab. Ihre Sohlen quietschten auf dem Holz, dessen grauer Lack an den Kanten abblätterte. Mit jedem Schritt verstärkte sich der Gestank. Lara stieß die Luft aus ihren Backen und spürte, wie sich ihr Herzschlag beschleunigte. Unten gibt es sicher mehr Platz, versuchte sie, sich zu beruhigen. Falls hier nicht nur Pygmäen arbeiteten, konnten die Decken unmöglich überall so tief hängen.

Im Keller konnten sie zumindest wieder aufrecht stehen, dafür erschien ihr das Rauschen der an der Decke montierten Rohre wie das Zischen einer angriffslustigen Kobra.

»Alles gut bei dir?«, fragte Fuchs, der ihr Unbehagen offenbar bemerkt hatte.

»Ja, geht schon. Bin nur kein Fan von engen Räumen.«

»Das Schlimmste hast du hinter dir. Da müssen wir hin.« Er deutete zu einer Stahltür, auf der in schwarzen Lettern das Wort *Sektionsraum* angeschlagen war. Fuchs klopfte, und sie warteten, bis geöffnet wurde. Der Gestank, der Lara bisher schon zugesetzt hatte, explodierte in ihrer Nase. Im Türrahmen stand ein hagerer Mann.

»Herein!«, sagte Lehnhardt, schüttelte beiden die Hand

und ging voraus. »Ich habe schon mal mit der äußeren Leichenschau begonnen und Abstriche aus After und Vagina entnommen.« Sein Ton klang wie der eines Befehlshabers. Vermutlich war er früher beim Militär gewesen, dachte Lara. Wobei das wiederum überhaupt nicht zu dem Chaos in seinem Büro passte. Als sie den Sektionssaal betrat, beruhigte sie sich etwas, denn der Raum war groß und hatte vor allem hohe Decken. Jetzt musste sie bloß noch diese olfaktorische Tortur überstehen. Kurz überlegte sie, durch den Mund zu atmen, doch der Gedanke, die Geruchsmoleküle dann auf der Zunge zu haben und die Verwesung am Ende noch zu schmecken, ließ sie davon absehen.

»Entschuldigen Sie, dass ich Sie unterbreche«, sagte Fuchs, »aber sollten wir nicht auf den Staatsanwalt warten?«

Lehnhardt linste auf die Wanduhr und sah Fuchs an, als hätte der ihm einen völlig abwegigen Vorschlag unterbreitet. »Nein. Herr Becker hat die Uhrzeit selbst festgelegt. Dafür vereinbart man doch Termine. Und seien wir mal ehrlich – was soll dieser Winkeladvokat zu einer Autopsie beitragen? Wenn Herr Becker es mal wieder nicht für nötig erachtet, pünktlich zu erscheinen, kann er die Ergebnisse genauso gut meinem Abschlussbericht entnehmen.«

Lara beobachtete, wie die Falten neben Lehnhardts Nasenflügeln an seinen Mundwinkeln zupften, und vermutete, dass das ein Lächeln war. Der Professor wurde ihr immer sympathischer.

Sie schaute sich um. Neben den blickdichten Milchglasfenstern, durch die das Tageslicht nur spärlich in den Raum drang, hing eine Schiefertafel, darauf Körpergröße und Gewicht einer Leiche notiert. In der Mitte des Raums standen zwei Aluminiumtische mit Leichnamen. Laras Blick wanderte über den ersten, den faltigen Körper einer alten Frau, der äußerlich unversehrt schien. Die Haut war stumpf, beinahe wächsern, und hatte einen grau-gelben Teint.

»Das ist eigentlich unser tägliches Brot«, sagte Lehnhardt, der Laras Blick bemerkt hatte. »Eine Dame in gehobenem Alter, höchstwahrscheinlich eines natürlichen Todes gestorben, aber die Angehörigen wollen nicht wahrhaben, dass das Leben irgendwann endet, und wünschen dann eine Autopsie. Wer weiß – vielleicht steckt ja die Pflegerin aus Polen dahinter? Die hatte es sowieso nur auf Mamas Geld abgesehen! Aber so etwas hier«, er wandte sich der Leiche auf dem hinteren Sektionstisch zu, »das haben wir wirklich selten.«

Lara erkannte die junge Frau sofort wieder. Der Anblick ihres geschundenen Leibs hatte sich in der vergangenen Nacht tief in ihre Netzhaut eingebrannt. Erst jetzt, in dem steril und gleichmäßig ausgeleuchteten Sektionsraum bemerkte sie die grün-bräunliche Zeichnung, die die Haut der Leiche durchzog wie ein Straßennetz eine Landkarte. Noch ein Detail erweckte ihre Aufmerksamkeit. Wie elektrisiert beugte sie sich zu der Toten hinunter. Die Haut war übersät von winzigen Erhebungen.

»Sie hat ja eine Gänsehaut«, flüsterte Lara und spürte, wie sich ihre eigenen Nackenhaare aufrichteten.

»Gut beobachtet«, sagte Lehnhardt. »Dieses Phänomen sieht man hin und wieder. Es entsteht durch die postmortale Erregbarkeit der Musculi arrectores pilorum. Das sind die klitzekleinen Muskeln, die für das Aufstellen der Härchen verantwortlich sind.« Lehnhardt ließ seine Worte einen Moment im Raum stehen und klatschte plötzlich in die Hände. »Gut, fangen wir an! Mein erster Eindruck war, dass der Tod durch Exsanguination, also Verbluten, eingetreten ist. Ein erster Anhaltspunkt für diese These ist das Fehlen von Leichenflecken. Um die Hand- und Fußgelenke sind Strangmarken zu erkennen. Ein Hinweis, dass sie gefesselt war. Nur hierauf kann ich mir noch keinen Reim machen …« Er deutete auf die seltsamen Blutergüsse, wo an einigen Stellen die Haut aufgeplatzt war. »Ich habe schon an eine Peitsche gedacht, aber ich glaube, das ist es nicht. Irgendwie ist mir, als hätte ich das schon einmal gesehen.«

Lara und Fuchs sahen sich fragend an, während Professor Lehnhardt sich wieder von dem Gedanken losriss.

»Abgesehen davon«, fuhr er fort, »fallen bei näherer Betrachtung weitere Besonderheiten auf. Schauen Sie sich Folgendes an: Diese Wunden wirken wie ausgewaschen. Damit meine ich nicht das Ausspülen des Bluts durch das Treiben im Fluss. Die Beschaffenheit des Wundgrunds ist sonderbar. Die Ränder sind blasser als die Umgebung. Als hätte man die Blutzellen aus der Hautmatrix herausgesaugt. Vielleicht hilft uns das Mikroskop weiter. Jedenfalls haben wir wie üblich auch unter den Fingernägeln des Opfers Proben auf Hautrückstände genommen.« Er sah die Ermittler an, ob sie ihm folgten. »Fehlanzeige. Aber es kommt noch besser! Normalerweise schilfert ein Mensch im Rahmen der Zellerneuerung pro Tag etwa ein bis zwei Gramm Hautzellen ab. Das klingt erst mal nicht besonders beeindruckend, aber auf ein Jahr gerechnet macht das ein halbes Kilo. An dieser Leiche haben wir aber an den meisten Stellen nicht mal eine einzige davon gefunden. Als wäre sie gepeelt worden.«

»Gepeelt?«, fragten die Ermittler wie aus einem Mund.

Lehnhardt zuckte die Achseln und nickte. »Nageln Sie mich bitte nicht darauf fest. Das sind nur meine ersten Eindrücke. Diese Wunden dürften jedenfalls ordentlich geblutet haben, sind aber meiner Meinung nach nicht die Todesursache.«

»Sondern?«, fragte Fuchs irritiert.

Lehnhardt ging um den Tisch herum, nahm den bleichen Arm der Toten und drehte ihn mit der Ellenbeuge nach außen. »Die Todesursache vermute ich hier.«

»Eine Einstichstelle«, murmelte Fuchs.

»Ganz genau. Für mich sieht es so aus, als hätte der Täter das Opfer zur Ader gelassen. Wir machen nun eine weitere Untersuchung zur Eingrenzung des Todeszeitpunkts. Alexandra, das Adrenalin und das Azetylcholin bitte.«

Die Sektionsassistentin kam aus einem Nebenraum und brachte zwei aufgezogene Spritzen, die sie gelangweilt zwischen ihren Fingern baumeln ließ.

»Zuerst das Adrenalin.« Er griff nach der Spritze, die sie ihm reichte.

Als Lara sah, wie sich der Schliff der Kanüle in den Augapfel bohrte, wandte sie den Blick ab. Auch Fuchs blinzelte unwillkürlich.

Lehnhardt betrachtete die Pupille der Toten. »Keine Reaktion. Jetzt das Azetylcholin.« Er wiederholte die Prozedur am anderen Auge. Nach einer Weile schien er die gewünschte Reaktion zu erhalten. »Aha! Das hilft uns weiter!«

Lara hoffte auf eine Erklärung, wollte den Rechtsmediziner jedoch nicht unterbrechen, der nahtlos dazu übergegangen war, den Mundraum der Toten auszutasten. Anschließend sprach er in ein Diktiergerät:

»Nach Öffnung der Augen und des Mundraums bis auf blasse Schleimhäute keinerlei Auffälligkeiten. Keine petechialen Einblutungen der Bindehäute. Gepflegter Zahnstatus. Auf die Injektion von Adrenalin in die vordere Augenkammer keine Erweiterung der Pupille, allerdings deutliche Miosis auf der Gegenseite beim Azetylcholintest.«

Nun konnte ihr Vorgesetzter seine Neugier offenbar nicht länger im Zaum halten. »Was bedeutet das?«, fragte Fuchs.

»Miosis ist die Verengung der Pupillen. Man findet sie bis zu achtundvierzig Stunden post mortem, während Adrenalin höchstens bis zur dreißigsten Stunde das Gegenteil, also eine Pupillenerweiterung, bewirkt. Damit kann ich die Todeszeit also auf ein Fenster von vor etwa dreißig bis achtundvierzig Stunden eingrenzen.« Lehnhardt legte das Diktiergerät zur Seite und nahm ein blitzendes Skalpell vom Tisch, dessen Griff Lara unwillkürlich an eines ihrer Gemüsemesser erinnerte. »Dann wollen wir mal mit der Sektion beginnen.« Mit einem großzügigen Bogen führte er die Schneide von einer Schulter zur anderen. »Ich wähle eine Abwandlung des Y-Schnittes, weil Leichenhemden für Frauen oft einen tieferen Ausschnitt haben und ich den Angehörigen den Anblick der Obduktionsspuren nicht zumuten möchte.«

Ohne den Blick zu heben, führte er die Leichenöffnung fort, indem er vom unteren Scheitelpunkt des Bogens, am Solarplexus, einen tiefen Schnitt bis zum Schambein vollzog. Das Fettgewebe unter der Haut quoll hervor wie gelber Schaumstoff aus einer aufgeschlitzten Matratze. Mit wiederholten abgehackten Bewegungen löste er die Verwachsungen der Brusthaut mit der darunter liegenden Muskulatur und klappte den Hautlappen anschließend über den Hals.

Lara fühlte sich beim Anblick des hageren Professors mit seinen raschen und doch akkuraten Bewegungen an ein Insekt erinnert, das ein Beutetier zerlegt. Eine Stabheuschrecke oder eine Gottesanbeterin vielleicht.

Vorsichtig fuhr der Professor nun mit der Klinge den senkrechten Schnitt auf der Bauchdecke nach, bis sich Darmschlingen aus dem Schlitz zwängten. Als die Bauchhöhle vollständig geöffnet war, wand sich der hervorquellende Darm wie ein Haufen grauer Schlangen.

»Ist das normal?«, fragte Lara mit belegter Stimme.

»In der Tat. Das ist ähnlich wie bei Aalen, denen man den Kopf abschneidet. Die zucken und zappeln auch noch eine Weile. Sehen Sie die helle Graufärbung des Darmes? Das weist auf eine starke Anämie hin. Alexandra, gib mir doch bitte mal die Rippenschere.«

Die Assistentin reichte ihm ein Instrument, das einer Astschere aus dem Baumarkt glich. Die Rippen knackten wie morsche Zweige, als sich die Scherenblätter Richtung Schulter arbeiteten. Nachdem der Professor die Rippen entlang beider Seiten durchtrennt und mit dem Messer einige Verwachsungen gelöst hatte, hob er den Brustkorb ab, der die Organe wie ein Schutzpanzer bedeckt hatte.

Lara schnaubte und wandte sich ab. »Okay, das reicht«, sagte sie mehr zu sich selbst.

Professor Lehnhardt, der mit solchen Reaktionen bestens vertraut schien, schenkte ihr keine Beachtung und führte seine Arbeit fort. »Ich werde nun die Pulmonalarterie und eine Herzkammer eröffnen.« Nachdem er mit dem Skalpell zwei gezielte Schnitte gesetzt hatte, hielt ihm Alexandra eine Art Suppenkelle hin, mit der er etwas Blut aus dem Herzen schöpfte.

»Das ist für die toxikologische Untersuchung. Mal sehen, ob sie unter Drogen gesetzt wurde. Und schauen Sie!«

Fuchs beugte sich vor und folgte Lehnhardts Zeigefinger, der auf eine kleine, fast schwarze Blutpfütze in der Herzkammer deutete.

»Normalerweise fließt einem schon bei Eröffnung des Herzmuskels das Blut entgegen. Diese Pumpe hier ist aber fast leer. Mein Verdacht scheint sich also zu bestätigen.« Er nickte nachdenklich. Nach einer Pause stieß er hervor: »Gut, dann ist es jetzt an der Zeit, die Organe zu entnehmen!« Nacheinander plumpsten Lungenflügel, Herz, Leber und Nieren auf einen separaten Tisch. »Denen werden wir uns später widmen.«

Fuchs schaute zu Lara hinüber, die sich an der Fensterbank abstützte, den Rumpf leicht vornübergebeugt.

In diesem Moment ging die Tür zum Sektionssaal auf, und Becker trat ein.

»Guten Tag alle miteinander!«

Lara richtete sich auf und straffte die Schultern.

Beckers Grinsen erstarb, als er den eröffneten Leichnam sah. »Sie haben ja schon angefangen.«

Ohne ihn eines Blickes zu würdigen, entgegnete Lehnhardt: »Der Termin war für Punkt vier angesetzt.«

Becker lupfte den Ärmel seines Sakkos und entblößte eine klobige Uhr. »Ich hatte eine wichtige Anhörung. Herr Fuchs, Sie wussten doch davon!«

Joachim zuckte die Schultern.

»Es ging um Steuerhinterziehung in Millionenhöhe! So was kann schon mal dauern. Wird sicher vier Jahre aufgebrummt bekommen.«

»Bei einem solchen Kapitalverbrechen«, murmelte Fuchs. »Vier Jahre für Steuerhinterziehung? Bin mal gespannt, was unser Täter bekommt, falls wir ihn schnappen.«

Professor Lehnhardt, der Fuchs' Einstellung offenbar teilte, nickte ihm zu, hob dann den Blick und schaute Becker über die Gläser seiner rahmenlosen Brille hinweg an. »Es wäre angebracht gewesen, mich gestern zum Fundort der Leiche zu rufen und nicht erst zu informieren, nachdem die ganze Chose schon vorbei war.«

Becker warf Fuchs einen vernichtenden Blick zu, doch der hob die Hände als Geste seiner Unschuld.

»Ich wollte Ihnen gestern Abend nur ersparen, bei diesem Sauwetter unter widrigen Bedingungen arbeiten zu müssen. Heute können Sie hier in der warmen Stube agieren.«

Lehnhardt ignorierte Beckers Erklärung, streifte seine Handschuhe ab, warf sie in einen Abfalleimer und führte erneut das Diktiergerät an seine Lippen. »Die Öffnung der Bauchhöhle und des Brustkorbs zeigt anämische Organe, der rechte Ventrikel ist nur spärlich mit Blut gefüllt. Kein Thrombus in der Arteria pulmonalis.«

Er bedeutete seiner Assistentin, mit der Obduktion fortzufahren, die sofort nach dem Skalpell griff, als hätte sie die ganze Zeit auf diesen Moment gewartet. Ihr gelangweilter Gesichtsausdruck wich einer Mischung aus Konzentration und Begeisterung, als sie einen Schnitt von Ohr zu Ohr über das Schädeldach setzte. Anschließend zog sie den Skalp über das Gesicht, als wäre er eine Faschingsmaske aus Latex.

»Reizend«, warf Becker ein.

»Nach Öffnung der Bauchhöhle und des Brustkorbs nun Inspektion der Schädelhöhle«, diktierte Lehnhardt aufs Band.

Wie aufs Stichwort sprang die Oszillationssäge an, die sich kreischend in die Kalotte fraß. Knochenspäne wirbelten wie Staubwölkchen durch die Luft. Nachdem die Assistentin die Säge im Verlauf einer Hutkrempe um das Schädeldach herumgeführt hatte, wurden Laras Knie weich, und sie spürte Joachims besorgten Blick auf sich. Wahrscheinlich war sie mittlerweile selbst blass wie der Tod.

Rasch ging er auf sie zu und legte ihr eine Hand auf die Schulter. »Ist dir nicht gut?«

»Es geht schon.«

»Willst du nicht lieber an die frische Luft gehen?«

Sie schüttelte den Kopf. »Es geht mir gut. Wirklich.«

»Da ist wohl jemand zart besaitet«, bemerkte Becker.

Lara, die mittlerweile wieder wie ein Fragezeichen an der Fensterbank lehnte, blickte kurz über ihre Schulter und mühte sich ein tapferes Lächeln ab.

Derweil griff die Sektionsassistentin zu einem Messer, das an eine Machete erinnerte. Sie schob die Klinge in den Knochenspalt an der Stirn und führte sie unter gleichförmigen Schneidebewegungen durch die Hirnmasse Richtung Hinterkopf.

»Das sollten Sie sich mal ansehen!«, lachte Becker. »Das ist ja wie in Phuket, wenn sie dir am Strand eine Melone aufschneiden.«

Professor Lehnhardt ging einen Schritt auf den Staatsanwalt zu und wies in eine Ecke des Raums. »Tun Sie mir bitte einen Gefallen, Herr Becker: Stellen Sie sich dorthin und halten Sie sich mit diesen unqualifizierten Kommentaren zurück!«

Becker öffnete den Mund, schloss ihn aber kommentarlos wieder. Mürrisch trat er einen Schritt zurück.

Die Sektionsassistentin mühte sich inzwischen mit dem Messer ab, das irgendwo im hinteren Schädeldrittel auf einen Widerstand gestoßen war. Sie ging in die Hocke und beäugte den Knochenspalt, bis ein Ausdruck von Erkenntnis über ihr Gesicht huschte und sie erneut zur Säge griff.

In diesem Augenblick vibrierte Fuchs' Handy in seiner Hosentasche.

Er nahm den Anruf entgegen. »Fuchs.«

Das Kreischen der oszillierenden Säge tönte wieder durch den Raum. Er wandte sich ab und drückte das Handy fester ans Ohr. »Was? Bitte noch mal! Ich verstehe kein Wort!«

Lara registrierte, wie sich Joachims Gesichtszüge anspannten. Nachdem er aufgelegt hatte, sah er sie an.

»Du bist erlöst. Es geht aufs Revier. Wir haben die Tote identifiziert.«

6

Obwohl die Sonne es an diesem Tag wieder nicht geschafft hatte, die Wolkendecke zu durchbrechen, bezeugte das schwindende Tageslicht zwischen den cremeweißen Lamellen vor dem Fenster zumindest ihre Existenz. Fuchs rieb sich die Augen, denen das Kunstlicht der Neonröhren zu schaffen machte. Lara starrte auf das Foto auf dem Tisch, um den sich das Ermittlerteam versammelt hatte. Die Hände in das Revers eines Blazers gegraben, lächelte ihr eine junge, hübsche Frau keck entgegen.

»Nancy Blum, neunundzwanzig Jahre, ledig und ursprünglich aus Leipzig«, fasste Martin Huber zusammen. »Nach dem vorklinischen Studienabschnitt ist sie von Leipzig nach Frankfurt gezogen und hat nach ihrem Abschluss eine Stelle im Uniklinikum angenommen, wo sie seither als Neurologin arbeitete. Ihr Mitbewohner beschreibt sie als lebensfrohe Person, die zwar auf keiner Party fehlte, ihren Job aber äußerst ernst nahm.«

Jetzt, da Lara langsam einen Eindruck gewann, wie die Ermordete zu Lebzeiten gewesen war, drangen die Bilder der Obduktion wie Speerspitzen in ihr Bewusstsein. Das Opfer war nun keine namenlose Leiche mehr. Die Identifizierung hatte ihr ein Gesicht verliehen. Eine junge Frau mit Träumen und Zielen, die Angehörige, Freunde und Kollegen hinterlassen hatte.

»Was gibt es über den Mitbewohner des Opfers zu berichten?«, wollte Fuchs wissen.

»Er heißt Michael Höffner, ist fünfundzwanzig Jahre alt, ebenfalls ledig, studiert Maschinenbau an der TU Darmstadt und ist das, was man landläufig als Nerd bezeichnet. Als ich ihm das Foto des Opfers vorgelegt habe, ist er völlig zusammengebrochen. Er ist gerade erst von einem zweiwöchigen Auslandspraktikum zurückgekehrt. Ihm ist der vernachlässigte Zustand der Wohnung sofort aufgefallen. Alle Pflanzen vertrocknet, und dann noch das tote Kaninchen.«

»Wann hat er sie das letzte Mal lebend gesehen?«, fragte Fuchs.

»Am Abend vor seiner Abreise. Sie stand immer sehr früh auf, und als er am nächsten Morgen die Wohnung verließ, nahm er an, dass sie schon bei der Arbeit war. Wir haben das natürlich überprüft. Er war in besagtem Zeitraum in Tallinn.«

»Estland?« Fuchs schaute Huber an, als hätte der behauptet, Höffner wäre auf dem Mond gewesen.

»Ja. Die Handyverbindungen beweisen, dass er in dieser Zeit nicht mit Nancy telefoniert hat. Ihre Beziehung sei rein freundschaftlicher Natur gewesen, sagt er, obwohl ich glaube, dass er es gerne anders gehabt hätte. Nur so ein Gefühl.«

»Meinst du, er hat trotz des Alibis etwas mit dem Mord zu tun?«

Huber dachte darüber nach, während er sich über seinen

Bürstenschnitt fuhr. »Nein, ich denke nicht.« Er sah zu seinem Kollegen Olaf Kern. »Olaf, was meinst du?«

»Nein.« Kern wandte sich den anderen zu. »Bei der Arbeit ist Frau Blum zuletzt vor fünf Tagen erschienen. Ihr zuständiger Oberarzt hat mehrfach versucht, sie auf dem Handy zu erreichen, aber stets die Mailbox erwischt. Er sagte, sie sei sehr zuverlässig und pünktlich gewesen und selten krank.«

»Und wieso meldet sie erst ihr Mitbewohner eine knappe Woche nach ihrem Verschwinden als vermisst?«

»Sie nahmen an, die Krankmeldung sei auf dem Postweg verschüttgegangen oder käme eben mit Verzögerung an. Niemand rechnete damit, dass etwas Schlimmes passiert sein könnte.«

»Das muss man sich mal vorstellen!« Fuchs schüttelte den Kopf. »Eine Ärztin – so wie das hier klingt, eine Vorzeigemitarbeiterin – erscheint tagelang nicht bei der Arbeit, und niemand hält es für nötig, dem nachzugehen. In was für einer Gesellschaft leben wir eigentlich? Interessieren sich die Menschen so wenig füreinander?«

Betretenes Schweigen.

Er wandte sich an Huber. »Haben eure Befragungen in der Nachbarschaft des Fundortes was ergeben?«

»Fehlanzeige. Niemand hat etwas gesehen oder gehört.«

»Klasse.« Während Fuchs von den vorläufigen Obduktionsergebnissen berichtete, öffnete er ein Kuvert und zog einen Stapel Fotos heraus, die er auf dem Tisch verteilte. Dann schnappte er sich fünf Tassen, die neben einer Thermoskanne auf dem Tisch standen und füllte sie mit Kaffee. »Willst du mal deine Gedanken resümieren, Lara?«, fragte er und stellte jedem eine Tasse vor die Nase. Nur ihr Chef, Hermann Kreiling, lehnte dankend ab.

Lara nickte und nahm eine Nahaufnahme vom Gesicht des Opfers zur Hand. Sofort kreisten wieder die drei elementaren Fragen zur Tatortanalyse wie ein Mantra in ihrem Kopf:

Was ist passiert?

Was waren die Motive des Täters?

Warum hat er so und nicht anders gehandelt?

Obwohl sie die Fragen im Geiste schon etliche Male durchgegangen war, erschien ihr das Bild vom Täter noch äußerst verschwommen. Vielleicht half es, ihre Gedanken laut auszusprechen.

»Der Täter hat bei jedem einzelnen Schritt, von der Planung der Tat bis zur Beseitigung der Leiche, Entscheidungen getroffen«, begann sie schließlich. »Er hat sie in den Main geworfen, nicht etwa im Wald abgelegt oder in seinem Garten verscharrt. Ich denke, dass er primär pragmatisch vorgegangen ist. Er musste die Leiche loswerden, und das Wasser sollte Spuren verwischen. Er verfügt also zumindest über Grundlagenwissen in Kriminalistik. Ich stelle mir vor, dass er die Leiche beschwert hat, damit sie untergeht. Allerdings weiß ich nicht, wieso er dann derart geschlampt hat.«

»Was ist mit dem unterschwelligen Wunsch mancher Täter, dass ihre Taten aufgedeckt werden?«, schlug Kern vor.

»Kann sein. Andererseits gibt es für meine Vermutung bisher ohnehin noch keinen Beweis. Was wir sicher wissen, ist, dass die Entsorgung des Leichnams in einer nachts ruhigen Gegend erfolgte, was von einer gewissen Ortskenntnis des Täters zeugt. Oft legen sie ihr erstes Opfer unweit des Wohnorts ab, in Gebieten, in denen sie sich auskennen und daher sicher fühlen. Später werden sie mutiger, stiften häufig sogar absichtlich Verwirrung, indem sie einen ferneren Ablageplatz wählen. Interessanterweise überschreiten sie dabei selten die magische Grenze von zwanzig Kilometern.«

Huber runzelte skeptisch die dunklen, buschigen Brauen. »Ein Gebiet von hier bis in den Taunus, bis nach Darmstadt und nach Hanau. Offenbach inklusive. In unserem Ballungsraum sind das über eine Million Menschen.«

»Die gute Nachricht ist, dass laut einer Studie Tatort und Ablageort in Stadtgebieten, im Gegensatz zu ländlichen Regionen, selten mehr als zehn Kilometer voneinander entfernt liegen.«

»Sind immer noch jede Menge potenzielle Verdächtige«, entgegnete Huber.

»Stimmt, können wir aber weiter eingrenzen: Die erwähnte Distanz korreliert nämlich signifikant mit dem Alter des Täters.«

»Das ist mir neu.« Fuchs sah sie erstaunt an.

»Je jünger, umso geringer die Entfernung. Uns spielt das in die Karten, weil ich das Alter des Täters zwischen fünfundzwanzig und fünfunddreißig ansiedle.«

»Bauchgefühl?«, fragte Fuchs.

»Statistik«, antwortete Lara und machte eine entschuldigende Geste, denn sie wusste, dass ihr Partner – im Gegensatz zu ihrem Chef – Bauchgefühlen und Intuition unter Umständen mehr Bedeutung beimaß als irgendwelchen

Statistiken. Grund hierfür waren die seiner Meinung nach häufigen Fehlinterpretationen von statistischen Daten. Als amüsantes Beispiel führte er gerne eine norwegische Studie an, die anhand des Patientenkollektivs einer Osloer Klinik Vorlieben im Beißverhalten von Tieren nachweisen wollte. Das wahnwitzige Ergebnis besagte, dass Hunde am liebsten Männer beißen, Katzen ältere Damen bevorzugen und Pferde kleine Mädchen. Dass eher Männer die bissigen Hunderassen wie Rottweiler oder Dobermänner hielten, ältere Damen gerne Katzen besaßen und vor allem Mädchen dem Reitsport frönten, schien die Forschergruppe dabei völlig ausgeblendet zu haben.

Lara stand auf, um ans Flipchart zu gehen, da meldete sich Hermann Kreiling zu Wort, der dem Meeting bisher schweigend beigewohnt hatte. Seine Trump-Frisur saß wie üblich perfekt.

»Was halten Sie davon, wenn wir die Daten mal ins Dragnet eingeben?« Selbst nach über dreißig Jahren in Deutschland hörte man dem Dezernatsleiter die Wiener Abstammung noch an. Er hielt sich offiziell zu Anfang gerne aus den Ermittlungen heraus, angeblich, um keinen Sand ins Getriebe zu streuen. Fuchs vermutete dahinter jedoch System. Der Chef war clever und ließ sich nicht zu Spekulationen hinreißen. Er wartete, bis genügend Fakten zusammengetragen waren. Dann verschaffte er sich einen Überblick aus der Vogelperspektive, während der Rest des Teams schon bis zum Hals in den Ermittlungen steckte und den Wald vor lauter Bäumen nicht sah. Im Anschluss pickte er sich seelenruhig ausgewählte Leckerbissen heraus, kombinierte Indizien und Beweise und zauberte schließlich

Ideen aus dem Hut wie ein Magier weiße Kaninchen. Joachim bewunderte diese Herangehensweise, wusste aber auch, dass sich Kreilings Zurückhaltung im Laufe einer Ermittlung meistens wandelte.

»Dragnet?«, fragte Huber mit eingezogenem Kopf und sah in die Runde.

»Eine Software aus England«, antwortete Kreiling.

»Ein virtueller Profiler«, ergänzte Lara, die sofort wieder Platz genommen hatte, nachdem ihr Chef das Wort ergriffen hatte.

»Richtig«, sagte Kreiling. »Das Konzept ist nicht neu, aber bisher gab es das Programm nur als Betaversion, die für einen ernsthaften Einsatz nicht ausgereift war.«

Als Huber die Gesichter seiner beiden Kollegen studierte, wurde ihm klar, dass auch sie besagte Software nicht kannten. »Wie kann ich mir das vorstellen?«, fragte er nun selbstbewusster.

»Dragnet, das Schleppnetz, ist eines von mehreren Unterprogrammen zur Täterprofilerstellung. Es verarbeitet vornehmlich geografische Daten. Schauen Sie …«, Kreiling machte eine Geste, als hielte er einen imaginären Ball in den Händen, »… nehmen Sie einen Serienmörder, der nach und nach Menschen tötet …«

Joachim sah Hubers vielsagenden Blick und musste grinsen. Bisher konnte er offenbar noch folgen.

»Jetzt tauchen nacheinander Leichen auf«, fuhr Kreiling fort. »Wie Frau Schuhmann bereits sagte, trauen sich Täter anfangs nicht weit raus. Im Laufe der Zeit verlassen sie aber ihre Komfortzone – erstens, um ihr Jagdrevier zu vergrößern, und zweitens, um nicht haufenweise Leichen um sich herum zu scharen. Eher halten sie dann sogar eine Mindestdistanz zu ihrem Wohnort ein, weil es ihnen sicherer erscheint. Die Täter werden zum einen mutiger, fürchten aber zugleich die erhöhte Aufmerksamkeit ihrer Mitmenschen. Die nächsten Opfer findet man also jenseits der alten Jagdgründe. Und hier kommt Dragnet ins Spiel. Es zeichnet Zonen auf eine Landkarte, ähnlich einer Klimakarte, und sagt uns durch die Farbwahl, ob das Gebiet warm, heiß oder kalt ist.«

»Virtuelles Topfschlagen also«, sagte Kern und grinste zu Huber hoch, der ihn um zwei Köpfe überragte.

»Mich wundert ein wenig, dass man für diese ›Rechenoperation‹«, Huber malte Gänsefüßchen in die Luft, »einen Computer braucht. Nennen Sie mich altmodisch, Chef, aber früher reichten dafür eine Landkarte, ein Zirkel und ein Stift.«

»Das Programm kann natürlich einiges mehr«, entgegnete Kreiling geduldig. »Ich kenne zwar nicht alle Algorithmen, aber es berücksichtigt eine Menge von Daten. Da kommen wir mit reinem Hirnschmalz nicht mit. Zeitliche Abstände zwischen den Taten oder auffällige Pausen, weil der Täter beispielsweise erkrankt oder wegen eines anderen Delikts inhaftiert worden ist. Uhrzeiten, Berufe, Arbeitszeiten von Verdächtigen, Wohnorte und so weiter und so fort.«

»Wenn ich das jetzt mal so ketzerisch sagen darf«, warf Huber ein, »das Programm übernimmt also unsere Arbeit als Ermittler?«

Fuchs schmunzelte. Martin war offenbar in Kampflaune.

»Wenn Sie so wollen – ja. Doch ich glaube, wir brauchen

deswegen nicht um unsere Jobs bangen. Den Tag, an dem ein Computer ohne menschliches Zutun Kriminalfälle löst, erleben wir nicht mehr. Das ist Science-Fiction. Jedenfalls gibt es noch andere Module wie iOPS und iMOP und wie sie alle heißen, die zusammen ein hilfreiches Tool zur Täteridentifikation und -lokalisation abgeben. Ich werde Frau Kubicki mit dieser Aufgabe betrauen. Damit fahren wir zweigleisig.«

Fuchs dachte an Olga Kubicki, diese seltsame Frau aus der Abteilung für Computerkriminalität. Sie war üblicherweise darauf spezialisiert, in die Untiefen des Darknets abzutauchen. Selbst nach gründlicher Überlegung fiel ihm niemand aus dem Kollegenkreis ein, der so distanziert wirkte. Wahrscheinlich verbrachte sie zu viel Zeit vor ihren Computern. Wobei sein bester Freund, Andreas Bosch, ebenfalls in dieser Abteilung arbeitete. Im Gegensatz zu Frau Kubicki war er aber ein wirklich geselliges Kerlchen.

»Entschuldigen Sie, Frau Schuhmann«, sagte Kreiling, »ich wollte Sie nicht unterbrechen.«

Lara sortierte sich kurz, stand auf und ging erneut zum Flipchart. Sie blätterte die erste Seite mit den Kritzeleien von der letzten Teamsitzung um. »Ungleich bedeutsamer als der Leichenfundort«, fuhr sie fort, »ist der Ort der ersten Kontaktaufnahme mit dem Opfer, dargestellt durch dieses Symbol.« In der linken oberen Ecke skizzierte sie zwei einander zugewandte Köpfe mit einer Sprechblase. In die Blattmitte zeichnete sie einen Anker. »Der sogenannte Ankerpunkt – das kann der Wohnort, das Elternhaus oder auch der Arbeitsplatz des Täters sein – liegt in der Regel nur fünf Kilometer vom Ort der ersten Kontaktaufnahme entfernt.«

»In unserer Gleichung sind aber beide Orte noch Variablen«, merkte Martin an.

»Das stimmt, doch wir können uns diesen Unbekannten nähern, das Pferd quasi von hinten aufzäumen.« Nun zeichnete Lara rechts oben ein Haus und links unten ein Messer, die sie jeweils durch eine Linie mit dem Anker verband. »Jeder Täter hat ein Zuhause, und es gibt immer einen Tatort. Sie können genauso gut miteinander übereinstimmen wie mit dem Ankerpunkt. Zumeist erfolgen die Taten jedoch an mindestens zwei unterschiedlichen Orten. Entweder weil der Kontaktort für die Tatausführung ungeeignet ist, zum Beispiel eine Bar, oder der Tatort dem Ankerpunkt entspricht. Dann will er die Leiche in der Regel an einen anderen Platz transportieren. Ich nehme an, das war hier der Fall. Was auch immer er mit Nancy Blum angestellt hat, er brauchte dafür einen abgeschiedenen Ort.« Lara zeichnete nun eine Lupe in die rechte untere Ecke und hakte das Symbol ab. »Den Fundort haben wir. Tatort und Ankerpunkt bleiben dagegen noch Variablen, vermutlich sind sie aber identisch.« Sie hielt inne, betrachtete die Skizze.

»Was denkst du?«, fragte Fuchs.

Nach einer Weile drehte sich seine junge Kollegin zu ihm um. »Ich glaube, ich muss mich korrigieren. Vor lauter Theorie habe ich das Offensichtliche übersehen.«

»Was?«, fragten Joachim und Martin wie aus einem Mund.

»Überlegt doch mal, wo sich der Fundort befindet!«

7

Die ersten Sonnenstrahlen der Woche bahnten sich ihren Weg durch das große Giebelfenster ihrer Wohnung und wärmten Sophias Gesicht. Sie streckte sich und blieb noch eine Weile liegen, bevor sie ihr Handy vom Nachtschrank nahm und aufs Display schaute. Zehn nach neun. So erholt hatte sie sich ewig nicht mehr gefühlt. Sie stand auf, schaltete das Radio ein und machte sich einen Espresso. Während sie daran nippte, schrieb sie Christina eine WhatsApp. Die Antwort ließ nicht lange auf sich warten, und ihre Freundin schlug prompt ein Treffen am Nachmittag im Labor vor. Sophia überlegte einen Moment, bevor sie antwortete. Das Bedürfnis, sich einfach auf die Couch zu pflanzen und die Glotze einzuschalten, war übermächtig. Doch dann ermahnte sie sich, dass sie die Gelegenheit nutzen und sich von Christinas Motivation mitreißen lassen sollte. Zudem hatte sie dem Professor ihr Wort gegeben.

Sie tippte ihre Antwort: *Alles klar. 15:00 Uhr im Labor. Freu mich!*

Sie sah auf die Uhr. Gleich halb zehn. Am besten sie überflog schon mal ein paar Papers, um ihr eingerostetes Wissen wiederzubeleben. Nachdem sie ihren Laptop hochgefahren hatte, kontrollierte sie ihre E-Mails. Sieben neue Nachrichten, doch nur eine davon war relevant. Sophia öffnete die Mail mit der angehängten Datei und folgte den Anweisungen auf dem Bildschirm. Kurze Zeit später bestand tatsächlich eine Verbindung zur Bibliotheksdatenbank, und sie hatte Zugriff auf zigtausend Artikel. Anfangs stöberte sie nur planlos in der Flut aus Texten umher und fragte sich, warum es diese Möglichkeit nicht schon gegeben hatte, als sie noch an ihrer Dissertation schrieb. Dann tippte sie als Suchbegriff *Neurogenese* ein und erhielt 6867 Treffer. Durch weitere Stichworte gelang es ihr schließlich, diese auf 23 Ergebnisse zu begrenzen.

Während der Drucker noch ratterte, setzte sich Sophia mit einem Textmarker bewaffnet an den ersten Artikel. Anfangs zwang sie sich ständig, nicht alles hinzuschmeißen, doch nach zwei weiteren Tassen Espresso und ein paar guten Liedern im Radio ging ihr die Arbeit zunehmend leichter von der Hand. Ihre Augen huschten von Zeile zu Zeile, und der Textmarker senkte sich immer öfter auf das Papier, um neongelbe Beweisspuren für ihren Tatendrang zu hinterlassen.

Punkt 15:00 Uhr traf Sophia im Institut für Neurowissenschaften ein. Ihr Bauch grummelte angesichts der bevorstehenden Experimente, und als sie den Korridor zum Labortrakt entlangging, wuchs ihr Unmut mit jedem Schritt. Durch die Glastür des Labors konnte sie einige Mitarbeiter erkennen. Manche von ihnen drückten ihre Augen an die Okulare von Mikroskopen, andere hantierten mit Handschuhen in Käfigen herum. Nachdem sie ihren

Mitarbeiterausweis durch das Lesegerät an der Wand gezogen hatte, sprang das Türschloss auf. In der Luft mischte sich der beißende Geruch von Mäuseurin mit der hölzernen Note von Einstreu.

Professor Lenk bemerkte ihr Eintreffen sofort. »Was für eine Überraschung! Ich muss zugeben, dass ich nicht daran geglaubt habe.«

Alle Blicke waren plötzlich auf Sophia gerichtet. Sie strich sich eine Haarsträhne hinters Ohr und bemühte sich, in Ermangelung einer passenden Antwort, um ein fröhliches »Hallo!«. Einige erwiderten ihren Gruß, andere nickten nur knapp, bevor sie sich wieder ihrer Arbeit zuwandten.

Professor Lenk trat an ihre Seite und geleitete sie zu ihrem Platz, eine Hand auf ihrem Rücken. »Ich schlage vor, Sie fragen Herrn Askold, was Sie am sinnvollsten tun können. Ansonsten wissen Sie ja hoffentlich noch, wo alles steht?«

Sophia zwang sich zu einem Lächeln. Sie wusste nicht, was sie mehr störte: die verschwitzte Hand des Professors auf ihrem Kreuz oder die Bitte, sich an Matthias Askold zu wenden. Schon seit ihrem ersten Tag im Labor machte er ihr den Hof. Nachdem sie ihn einmal in die Schranken gewiesen hatte, ließ er sie seine Missbilligung bei jeder Gelegenheit spüren, was ihn jedoch nicht davon abhielt, immer mal wieder einen neuen Versuch zu starten.

»Hallo, Matthias.« Ihre Begrüßung klang fast wie eine Frage.

»Hallo.« Askold vermied jeden Blickkontakt und versuchte stattdessen, eine Maus aus dem Käfig einzufangen, die panisch in ein Tunnelsystem aus Plastikrohren geflüchtet war.

»Kann ich mich irgendwie nützlich machen?«, fragte sie.

»Ja, kannst du.« Unbeherrscht zog er das Rohrstück mit der Maus darin von der Konstruktion ab und schüttelte es, bis die Maus in seine Hand plumpste. Mit der anderen Hand packte er das panische Tier am Schwanz und hielt es Sophia vor die Nase. »Kannst mit der hier anfangen! Weißt ja, was zu tun ist.«

Die Maus strampelte so wild, dass ihr Körper wie ein Pendel hin- und herschwang. Sophia warf Askold einen verächtlichen Blick zu, was der jedoch bloß mit einem Grinsen quittierte. Nachdem sie sich Schutzhandschuhe übergezogen hatte, umschloss sie das Tier behutsam mit den Händen und legte es widerwillig auf den Opferaltar, wie der Metalltisch mit dem Ablauf scherzhaft genannt wurde. Auf einem Tablett lagen Spritzen mit Ketamin bereit. Das Mittel konnte Tier wie Mensch in eine Art Wachkoma versetzen und dabei Schmerzempfindungen vom Bewusstsein abkoppeln.

Sophia nahm eine der Spritzen und setzte die Kanüle auf den Bauch der Maus, die sie mit ihren dunklen Knopfaugen ansah, als würde sie um Gnade betteln. Wenn es wenigstens eine Garantie gäbe, dass die Versuche bahnbrechende Ergebnisse erzielen würden, dachte Sophia. Ein Mittel gegen Demenz oder multiple Sklerose zum Beispiel. Doch noch wusste niemand, ob all diese Tiere nicht völlig umsonst starben.

Sie biss die Zähne zusammen und stach zu. Rasch drückte sie den Stempel runter, woraufhin die Maus zu strampeln begann. Ihre Muskeln zuckten ein paarmal, bis die Bewegungen träge wurden und endgültig erstarben.

Sophia fuhr zusammen, als sich von hinten Arme um sie schlossen.

»Na, quälst du wieder kleine Tiere?«

»Mensch, Christina! Du erschreckst mich noch zu Tode!« Sie drehte sich um und erwiderte die Umarmung. »Schön, dass du da bist. Ich werde langsam zu sentimental für diesen Mist hier.«

»Ach, komm – ich bitte dich. So ist das nun mal in der Forschung. Ohne Tierversuche geht es nicht.«

»Ich weiß nicht … Mir fällt es immer schwerer, den Sinn darin zu sehen.«

Christina umrahmte Sophias Gesicht mit den Händen. »Och, Süße, nimm dir das nicht so zu Herzen. Ich finde die Viecher ja auch niedlich. Aber ich will endlich meinen Doktortitel haben.« Christina verstellte ihre Stimme und machte mit der Faust eine hackende Bewegung, die an den Messermörder aus *Psycho* erinnerte. »Und deswegen müssen sie sterben.«

»Du bist doof! Wieso eilt es plötzlich so mit dem Titel?«

»Damit die Patienten mich endlich nicht mehr mit *Schwester* ansprechen.«

Sophia schmunzelte. »Immer noch?«

»Kommt vor. Aber du müsstest mal ihre Gesichter sehen, wenn ich mich als ihre Operateurin vorstelle …«

»Wie weit bist du eigentlich mit den Experimenten?«

»Wir müssen noch die Schnittserien anfertigen und den Marker aufbringen. Dann geht es schon an die Auswertung.«

»Nicht schlecht.« Sophia schaute auf die Maus, die in hypnotischer Starre alle viere von sich streckte, und sah dann flehend zu Christina. »Kannst du das bitte machen?«

»Frag doch mal Matthias. Der übernimmt das bestimmt gerne für dich.« Sie zwinkerte ihr zu.

Askold hatte offenbar seinen Namen gehört und sah zu den beiden herüber.

»Da mache ich es lieber selbst«, zischte Sophia. »Bitte!«

Christina zog sich Latexhandschuhe über. »Hast du immer noch Stress mit ihm?«

»Was heißt Stress – aktuell straft er mich mal wieder mit Missachtung.«

»Du wirst es überleben.« Sie nahm eine kleine Schere, stach sie der Maus in den Bauch und schnitt ihn der ganzen Länge nach auf. »Aber dann hat er ja vielleicht endlich kapiert, dass du kein Interesse hast.« Sie deutete auf ein Regal. »Gib mir mal ein Infusionsbesteck und das Formaldehyd.«

Sophia reichte ihr die gewünschten Utensilien. »Da bin ich mir nicht so sicher. War nicht die erste Abfuhr und bestimmt auch nicht sein letzter Versuch.«

»Und wenn schon – an wem hat der bitte noch nicht rumgegraben? Sogar bei mir hat er es neulich versucht. Aber jetzt, wo er weiß, dass ich verheiratet bin, gibt er Ruhe. Sieh dir den Typen doch mal an! Die Frauen stehen bei ihm garantiert nicht Schlange.«

Sophia schielte zu Askold rüber und hatte den Eindruck, dass er sie belauschte. »Nicht so laut. Ich glaube, er hört uns.«

»Soll er doch! Hier erfährt er nichts, was er nicht sowieso schon weiß.« Mit geübter Hand punktierte Christina die linke Herzkammer der Maus und öffnete den Zulauf für das Fixiermittel, das sogleich durch den Körper des Nagers gepumpt wurde, bis sein winziges Herz stillstand. »Soll ich auch das Gehirn rausholen?«

»Ja, bitte.«

Christina schnappte sich ein Skalpell.

Sophia legte ihrer Freundin eine Hand auf die Schulter. »Danke.«

»Kein Problem.«

»Die Hirnschnitte kann wieder ich machen. Da fehlt mir der Bezug zum Tier, wenn du weißt, was ich meine.«

»Klar. So wie du kein Fleisch vom Knochen isst.«

Sophia lächelte. Christina hatte ihr gefehlt. Genau solche Kleinigkeiten machten eine Freundschaft doch aus. Man kannte Details über den anderen, die über den Lieblingsfilm oder die Augenfarbe hinausgingen. Zum ersten Mal waren sie sich auf einer Erstsemesterparty begegnet. Sie hatten sich gerade einmal ein paar Minuten unterhalten, als Christinas Magen sich umstülpte. Nachdem sie Unmengen von Erdbeerbowle erbrochen hatte, war sie von Sophia nach Hause gebracht worden. In den Wochen darauf waren sie zu einem unzertrennlichen Team zusammengewachsen, hatten gemeinsam für Klausuren gelernt und waren stets im Doppelpack erschienen: in Vorlesungen, auf Partys und außerhalb der Uni. Diese enge Bindung hatte ihnen unter Kommilitonen den Spitznamen *Sophina* eingebracht. Als Christina dann mit Roger zusammengekommen war, hatte sich alles verändert.

»Voilà!« Christina hielt ihr das winzige Gehirn hin, das sie mit spitzen Fingern entgegennahm.

Sie legte es auf einen Kupferblock, spannte diesen im Mikrotom ein und schob vorsichtig den Schlitten über das Präparat.

»Halt! So doch nicht!« Wie aus dem Nichts war Askold neben ihr aufgetaucht und hatte ihre Bewegung mit seiner Hand gestoppt. »Du musst erst die Inklination ändern! Der Winkel der Klinge ist noch auf Lebergewebe eingestellt. Außerdem machst du das viel zu langsam.«

Sophia zog ihre Hand zurück und sah ihm zu, wie er einige Einstellungen an dem Gerät vornahm und dann nach ihrem Handgelenk griff. Widerwillig ließ sie ihn ihre Hand auf dem Schlitten platzieren und anschließend mit raschen Bewegungen vor- und zurückführen. Aus dem Augenwinkel nahm sie wahr, dass Christina nur mühsam einen Lachanfall unterdrückte.

»Wenn du es zu langsam machst«, sagte Askold jetzt mit weicher Stimme, »zerreißt das Messer das Gewebe bloß.«

Sophia nickte. »Okay. Danke.«

Askold stand nun so nah vor ihr, dass sie seinen Atem riechen konnte. Ihre Nackenhaare richteten sich auf.

Er schien kurz etwas abzuwägen und holte dann Luft. »Du … du könntest mir danken, indem du dich mal mit mir zum Essen triffst.«

Sophia warf Christina einen Blick zu, die belustigt die Augen aufriss. Offenbar war Matthias doch nicht so lernfähig, wie sie gedacht hatte. Oder er war einfach nur unglaublich penetrant.

Askold lächelte verlegen und entblößte einen Teil seiner Zähne. Ein verschlagenes Lächeln, wie Sophia fand. Ein Lächeln, wie es Menschen hatten, die sich für ihren schlechten Zahnstatus schämten. Dabei waren Askolds Zähne nicht ungepflegt, sondern nur etwas schief. Sie rief sich Christinas Worte ins Gedächtnis und fällte binnen Sekundenbruchteilen eine Entscheidung. Vielleicht funktionierte es auch bei ihr, wenn Askold glaubte, sie sei liiert.

»Matthias, ich habe einen Freund«, log sie. »Dem würde das sicher nicht gefallen.«

Askolds Lächeln war wie eingefroren, doch der Ausdruck in seinen Augen veränderte sich. Er setzte an, etwas zu sagen, machte dann aber nur eine wegwerfende Handbewegung.

In diesem Moment platzte es aus Christina heraus, und sie prustete hinter vorgehaltener Hand los.

Zum Glück besaß sie genügend Anstand, sich abzuwenden, dachte Sophia, aber Askold schien es ebenfalls bemerkt zu haben. Er warf Christina einen vernichtenden Blick zu, drehte sich auf dem Absatz um und verschwand durch die Tür.

Als Sophia und Christina später das Labor verließen, war es bereits dunkel. Ein frostiger Wind blies ihnen entgegen. Sie bogen in die Sandhofstraße ein und nahmen die Abkürzung hinter dem Blutspendedienst. Der Pfad führte unter einer Brücke hindurch auf das Campusgelände.

»Schön, dass wir uns mal wieder gesehen haben«, sagte Sophia.

»Fand ich auch. Wollen wir morgen zusammen frühstücken?«

»Gerne! Wann?«

»Egal. Roger ist nicht da. Sagen wir um zehn?«

»Zehn ist gut. Wo ist er denn?«

»New York.«

»Urlaub?«

»Nein, bei einem Kongress.«

»New York … Cool!«

»Ja.« Christina seufzte. »Könntest du dann mal einen Blick auf meine Doktorarbeit werfen?«

Sophia schaute sie erstaunt an. »Du hast sie schon geschrieben?«

»Nein, wo denkst du hin? Aber immerhin angefangen.«

»Hast du schon die ganze Literaturrecherche gemacht?«

»Ich habe gefühlt tausend Papers gelesen. Von zweitausend, die ich runtergeladen habe.«

»Das ist Jammern auf hohem Niveau. Als ich meine Arbeit geschrieben habe, musste ich noch jeden Artikel in Papierform bestellen.«

»Klingt, als hättest du im letzten Jahrhundert studiert.«

Sophia lachte. »Stimmt. Und klar helfe ich dir. Hast eh was gut.«

»Wieso?«

»Wegen dem Zerlegen der Maus vorhin.«

»Ach Quatsch!« Christina winkte ab.

»Was machst du heute Abend noch? Lust auf ein Glas Wein?«

Christina zögerte. »Ich erwarte eigentlich noch einen Anruf von Roger. Er müsste gegen acht landen.«

»Ah, okay.« Sophia versuchte, sich ihre Enttäuschung nicht anmerken zu lassen. Wo war das Problem? Sollte er doch anrufen. Dafür gab es schließlich Handys. Christina musste ja nicht wie früher zu Hause neben einem Schnurtelefon sitzen und auf den Anruf warten. Oder hatten sie sich zum Telefonsex verabredet? Egal. Das war Christinas Sache. Wenigstens hatte sie ihre Freundin mal wieder gesehen und würde morgen zusammen mit ihr frühstücken. Das war doch ein Anfang.

8

Die Kälte frisst sich durch meine Kleidung, und die Haut meiner Oberschenkel ist schon ganz taub. Aber ich kann meinen Posten nicht verlassen, denn die Beute wird kommen. Wie damals, mit meinem Vater auf der Jagd. Ich erinnere mich gut an diese Zeit, denn sie gehört zu meinen schönsten Erinnerungen. Frühmorgens, wenn die meisten noch schliefen, brachen wir auf und legten uns am Rande einer Lichtung ins Unterholz. Das Gewehr im Anschlag, reglos. Häufig stundenlang. Wenn der erste Schuss fiel, war mit einem Schlag die Luft raus, wie bei einem geplatzten Ballon. Im Winter hatte ich oft Mühe, das Zähneklappern zu unterdrücken. So wie jetzt.

Die an wärmeren Tagen geharkte Erde ist zu harten Brocken gefroren, die schmerzhaft gegen mein Becken drücken. Ich drehe mich ein Stück zur Seite, um die Stelle zu entlasten. Dabei bohrt sich ein Zweig der Hecke in meine Flanke. Ich muss Acht geben, dass er nicht den Stoff meiner Jacke zerreißt.

»Stell dich nicht an wie ein Mädchen!«, herrscht mich die Stimme meines Vaters in Gedanken an. Ich schiebe den Jackenärmel hoch, der meine Uhr verdeckt. Das Leuchtdisplay zeigt, dass es gleich achtzehn Uhr ist. Ich sehe zu der Eisenbahnbrücke, die den Weg überspannt. Das ferne

Ende der Unterführung wird von einer Laterne erleuchtet. Das einzige Licht weit und breit. Auch die Fenster des Gebäudes zu meinen Füßen sind dunkel. Tagsüber tummeln sich dort Studenten der Zahnmedizin. Sie machen sich mit Bohrern und Spritzen an Gebissphantomen oder waghalsigen Patienten mit schmalem Geldbeutel zu schaffen. Ich hasse das penetrante Pfeifen ihrer Bohrer, obwohl ich bislang verschont geblieben bin. Entweder hatte ich Glück oder gute Gene.

Meine Aufmerksamkeit wird ins Hier und Jetzt katapultiert, als sich lange Schatten über die Tunnelwand schieben. Wie dünne Finger, die in meine Richtung zeigen. Die Kälte ist schlagartig vergessen, und ich rolle mich auf den Bauch zurück. Dann klappe ich das Objektiv herunter, und ein leiser, ansteigender Pfeifton erklingt. Mit einem Schlag wird es hell. Wie ein schwarzes Loch im Weltraum saugt das Gerät jeden Lichtstrahl aus der Umgebung, bündelt diese und schleudert sie mit der Kraft einer Supernova auf meine Netzhaut. Kurz schließe ich die Augen und gebe ihnen einen Moment der Erholung. Dann schraube ich den Helligkeitsregler runter und riskiere einen zweiten Blick. Ich sehe ein grünes Bild, wie man es von Tierfilmern kennt, die das nächtliche Treiben an einem Wasserloch beobachten. Wenn Zebras, Büffel, Gnus und Giraffen mit gespreizten Beinen ihren Durst löschen, jede Sekunde auf der Hut vor den Jägern, die in der Dunkelheit lauern. Meine Beute ahnt jedoch nichts. Sie schlendern den Pfad entlang, als gäbe es keine Gefahren auf dieser Welt.

Siebzig Meter trennen uns. Ich nehme das zweite Werkzeug zur Hand und ziehe den Kopfhörer auf. Wie ein

Parabolspiegel auf Sendersuche richte ich das Gerät aus, bis ich jedes ihrer Worte so deutlich verstehe, als lägen sie neben mir. Mitten im Satz ihrer Unterhaltung steige ich ein. Sophia schlägt ihrer Freundin einen gemeinsamen Absacker vor, doch Christina gibt ihr einen Korb. Obwohl ich das Mienenspiel auf ihren grünen Gesichtern nicht erkennen kann, spüre ich Sophias Enttäuschung. Christina hingegen scheint nichts zu bemerken.

Hellhörig macht mich allerdings erst der Grund für ihre Absage. Er veranlasst mich, meine Pläne zu ändern. Ganz spontan. Und das, obwohl ich ein Planer bin. Durch und durch. Doch die Geschenke des Himmels nehme ich gerne an.

9

Das Haus lag am Ende eines Weges, der sich an Obstbäumen und einem Teich vorbeischlängelte. Die Bäume hatten ihr Laub längst abgeworfen. Ein brauner Teppich, der einen modrigen Geruch verströmte. Vor dem Eingang standen zwei Büsten Spalier, deren Blicke sich im Nachthimmel verloren. Nur das Licht im oberen Stockwerk verriet, dass jemand zu Hause war.

Christina ließ gerade das Badewasser ein, als ihr Telefon klingelte. Sie hastete die Treppe hinunter und lief in die Diele, wo ihr Handy auf der Kommode neben der Haustür lag. Obwohl relativ instabil, war der Empfang dort noch am besten. In anderen Teilen des Hauses hatte sie nicht mal einen einzigen Balken. Sie schaute auf das Display. Es war Roger. Endlich!

Schon den ganzen Tag fieberte sie diesem Anruf entgegen, obwohl eine innere Stimme ihre Freude trübte. In den letzten Wochen war ihr Mann distanziert gewesen, hatte die Telefonate immer viel zu schnell beendet und beim Abschied auf Liebesbekundungen verzichtet. Das war neu. Sie erinnerte sich an den vorletzten Sommer. An ihre Märchenhochzeit mit langer Schleppe, der Predigt unter blühenden Bäumen und der mehrstöckigen Torte. Da war alles noch anders gewesen. Mehrmals täglich hatte Roger ihr Nachrichten gesandt, zwischendurch angerufen, um ihr seine Liebe zu beteuern. Was war nur passiert? War das der Lauf der Dinge? Der normale Entwicklungszyklus einer Ehe? Oder gab es einen anderen Grund? Seine Beförderung? Vor zwei Monaten war er in die Riege der Oberärzte aufgestiegen. Das Maß an Verantwortung, die auf ihm lastete, hatte deutlich zugenommen. Vielleicht lag es daran.

Sie nahm das Gespräch entgegen. »Hallo, Schatz! Wie geht es dir? Wie war der Flug?«

»Hallo, Maus! Wenn man von der fehlenden Beinfreiheit absieht, ganz passabel. Holzklasse eben.«

Sie wusste, wie sehr er das Fliegen hasste. Vermutlich hatte er wieder eine Schlaftablette eingeworfen. »Bist du schon im Hotel?«

»Nein, ich stehe noch am Gepäckband und warte auf den Koffer. Ein Taxi sollte ich in New York ja schnell bekommen, schließlich gibt es hier mehr davon als normale Autos. Später findet im Hotel noch ein Meeting statt. Da habe ich vielleicht Lust drauf …«

»Zum Kontakteknüpfen ist das sicher nicht schlecht.«

»Stimmt schon. Ich bin einfach nur müde vom Flug und könnte mir gerade Besseres vorstellen als Small Talk und Canapés.«

»Ich mir auch«, hauchte sie.

»Übrigens, ich glaube, ich habe mein Ladekabel zu Hause vergessen. Es kann also sein, dass ich zwischendurch nicht erreichbar bin, wenn der Akku schlappmacht. Vielleicht schaffe ich es aber die Tage mal in ein Geschäft, dann kaufe ich ein neues.«

Christina schwieg.

»Schatz, hörst du mich noch? Ich glaube, hier ist ein Funkloch.«

»Nein, ich höre dich«, sagte sie. »Die Verbindung ist gut.«

»Gibt es bei dir was Neues?«

»Ich habe mich heute mit Sophia getroffen.«

»Ach ja? Gibt's die auch noch?«

»Wir treffen uns morgen zum Frühstück.«

»Klingt doch gut! Du, da kommt der Koffer.«

Gleich würde er das Telefonat beenden. Koffer schleppen, ein Taxi suchen *und* telefonieren? Das war zu viel für ihn. Zu viel für diesen neuen Roger, den distanzierten.

Gehetzt nuschelte er ein Ich-liebe-dich, bevor die Verbindung abbrach. Immerhin. Die drei magischen Worte. Nur dass sie heute nichts mehr von ihrem einstigen Zauber besaßen. Ihre Stimmung steuerte auf den Nullpunkt zu. Sie hasste es, allein zu sein. Gedankenverloren legte sie das Handy ab und schaute sich um. Das weiß geflieste Wohnzimmer mit dem schwarzen Flügel wirkte plötzlich kühl und unpersönlich. Wann hatte sie das Instrument zuletzt gespielt und sich mit dem Adagio der »Mondscheinsonate« eine Gänsehaut beschert? Es war eine Ewigkeit her. Ihr Blick wanderte über die Polstermöbel vor den Fenstern. Protzige Teile. Überhaupt nicht ihr Geschmack. Aber Roger hing an den Stücken, da sie aus dem Nachlass seiner Eltern stammten. Draußen zeichneten sich die Umrisse der Bäume wie Scherenschnitte vor dem Himmel ab. Im Frühjahr, wenn die Tage wieder länger wurden, würde sie es sich in einem der hässlichen Sessel bequem machen und die Aussicht auf den Garten genießen. Vielleicht würde sie auch mal wieder ein Buch lesen.

Stöhnend ließ sie sich auf das Sofa sinken und blieb eine Weile reglos sitzen. Dann klappte sie ihren Laptop auf, der auf dem Wohnzimmertisch stand, und öffnete einen medizinischen Artikel, den sie am Morgen heruntergeladen hatte. Nachdem sie den ersten Satz dreimal gelesen hatte, ohne den Inhalt zu verstehen, ließ sie das Dokument mit einem Mausklick verschwinden. In dieser Verfassung war das die reinste Zeitverschwendung. Sie überprüfte ihre E-Mails und fand eine Nachricht von Sophia.

Freue mich auf morgen!

Darunter war ein Foto angehängt: ein Frühstückskorb mit Backwaren und Marmelade.

Christinas Laune hob sich ein wenig. Sie überlegte, ob sie noch Aufbackbrötchen im Gefrierschrank hatte. Sie würde später nachsehen. Wann hatte sie sich eigentlich das letzte Mal privat mit Sophia getroffen? Es musste Wochen her sein. Oder Monate? Was war nur geschehen? Früher hatten sie sich doch täglich gesehen. Irgendwie schien im Leben niemals alles rundzulaufen. Doch wenigstens im Job hatte sie zurzeit keine Probleme. Sie klappte den Computer zu und ging nach oben.

Schon auf der Treppe schlug ihr dichter Dampf entgegen. Das Badewasser! Sie hatte es völlig vergessen. Schnell lief sie ins Bad und drehte den Hahn zu. Das war knapp! In ein paar Minuten hätte sie eine Überschwemmung gehabt. Mit den Fingern strich sie durch das Wasser. Ziemlich heiß. Aber ein Bad war genau das, was sie jetzt brauchte. Sie streifte die Kleidung ab, tauchte ihre Zehen ins Wasser und schreckte zusammen, als das kalte Hämmern des Türklopfers durch das Haus hallte.

Wer konnte das sein? Roger schied aus, und ihre Eltern kamen nie ohne Ankündigung. Erst recht nicht um diese Uhrzeit. Vielleicht hatte sich Sophia zu einem Spontanbesuch entschieden, weil sie wusste, dass sie allein war. Doch sie hätte bestimmt vorher angerufen.

Widerstrebend zog sie ihren Bademantel über, ging runter und blieb vor der Haustür stehen. In diesem Moment verfluchte sie Roger, der eine Sicherheitskette und einen Türspion für überflüssig hielt. »Paranoid«, hatte er sie genannt, als sie ihn auf die Sicherheitsmängel des Hauses hingewiesen hatte. »Wir sind hier nicht in Amerika. In Kanada schließen die Leute nicht mal ab.«

Aber sie waren hier nicht in Kanada, dachte sie auch jetzt wieder. Erneut fuhr sie zusammen. Das Klopfen klang ungeduldig und fordernd, fast schon unverfroren.

»Ja, ja! Ich komm ja schon!« Sie öffnete die Tür einen Spalt. Ihr entfuhr ein Schrei. Auf dem Treppenabsatz kniete ein Mann, den Rücken gekrümmt, die Hände auf den Bauch gepresst.

»Helfen Sie mir!«, stöhnte er.

Christina wich alle Farbe aus dem Gesicht. »Was ... was ist passiert?«

Doch der Mann brachte kein weiteres Wort heraus. Er kippte vornüber, fing sich mit einer Hand auf dem Granit ab. Erst jetzt sah sie das Blut, das von seiner Kleidung tropfte. All ihr medizinisches Wissen war wie weggeblasen.

Rufe ich die Polizei? Den Rettungsdienst? Und wenn er stirbt, während ich telefoniere? Dort, vor meiner Tür. Ich bin Ärztin. Ich muss ihm helfen! Ein Krankenwagen! Sofort!

Ihr Puls rauschte in den Ohren. Sie griff nach dem Handy. Doch was, wenn der Empfang abbrach? Wie ferngelenkt rannte sie zum Festnetztelefon, nahm das Mobilteil aus der Ladeschale und hämmerte die Notrufnummer in die Tasten. Sie musste sich konzentrieren! Als Ärztin sollte sie die Lage angemessen schildern.

Christina ging gedanklich ihren Text durch: verletzter Mann, um die dreißig, mit stark blutender Wunde des Abdomens, hämodynamisch vermutlich instabil.

Woher wollte sie das wissen? Sie hatte ja nicht mal seinen Puls gefühlt! Eine tolle Ärztin war sie. Aber der Mann war auf die Knie gesunken und vornübergekippt. Inzwischen war er vielleicht schon bewusstlos. Hämorrhagischer Schock, schoss es ihr durch den Kopf.

Sie lauschte am Hörer und vernahm nur Stille. Bestimmt hatte sie sich in der Hektik verwählt. Noch mal.

Nichts. Die Leitung war tot.

Das Handy! Sie hechtete um die Ecke und steuerte auf die Kommode zu. Aber ihr Blick fiel ins Leere. Eben noch hatte es doch dort gelegen. Ganz sicher!

Plötzlich beschlich sie eine ungute Ahnung. Wer war dieser Mann? Und wie war er überhaupt auf ihr Grundstück gelangt? Hatte sie das Tor offen gelassen?

Hektisch spähte sie durch den Türspalt …

… und erstarrte.

Der Mann war verschwunden.

Das Letzte, was sie wahrnahm, war das Rascheln von Kleidung. Hinter ihr.

Ein Lufthauch. Ein Blitz.

Dann wurde es dunkel.

10

Ihr Handywecker klingelte um acht. Sophia erstickte das Keyboard-Intro, noch bevor die Sängerin den Refrain schmetterte.

When love takes over, yeah

You know you can't deny

Langsam ging ihr der Song auf die Nerven.

Der sonnige Vortag war beim Anblick der trüben Suppe vor den Fenstern eine längst verblasste Erinnerung. Sophia schwankte in die Küche, steckte eine Kapsel in den Espressoautomaten und schaltete das Radio ein. Mit dem Laptop auf dem Schoß setzte sie sich auf die Couch und öffnete den Browser. Nachdem sie ihre E-Mails durchgesehen hatte, stattete sie Facebook einen Besuch ab. Als sie sich eingeloggte, poppte in der unteren Bildschirmecke ein Chat-Fenster auf.

Roman Frey: Na, wie geht's?

Sophia M: Gut, und dir?

Roman Frey: Geht so.

Sophia M: Klingt durchwachsen.

Roman Frey: Ach, im Großen und Ganzen ist eigentlich alles o.k.

Sophia M: Schon besser.

Roman Frey: Lust, mal wieder was zu unternehmen?

Sophia M: Zurzeit schlecht. Viel zu tun …

Roman Frey: Wie immer, was?

Sophia M: Ja. Wie läuft's bei dir? Was macht die Liebe?

Roman Frey: Schlechtes Thema …

Sophia M: Was war denn mit der letzten? Die war doch nett!

Roman Frey: Nett ist der Bruder von sch…!

Sophia M: So war das aber nicht gemeint.

Roman Frey: Wenn wir mit 35 noch Singles sind, müssen wir es wohl oder übel noch mal miteinander versuchen ;-)

Sophia überlegte, sich auf den Flirt einzulassen, doch der Gedanke, dass Roman vielleicht immer noch an ihr hing, hielt sie davon ab. Falsche Hoffnungen wollte sie keinesfalls wecken. Erstens hatte er das nicht verdient, und zweitens war er der einzige Exfreund, mit dem sie hin und wieder noch Kontakt hatte. Manchmal wusste sie nicht einmal, warum sie sich überhaupt getrennt hatten. Ihre Beziehung war harmonisch verlaufen. Vermutlich zu harmonisch. Langweilig.

Sophia M: Du wirst die Richtige schon noch finden!

Einen Augenblick später ertönte ein anderes Signal. Eine Anfrage für ein Videotelefonat. Obwohl sie noch in ihrer Schlafmontur steckte und ihr Haar zerzaust war, nahm sie den Anruf entgegen.

Roman winkte ihr ruckelnd vom Bildschirm entgegen.

»Viel besser«, sagte er, die Lippenbewegungen asynchron zur Tonausgabe. »Bin doch so schreibfaul.«

»Wow! Schick bist du. Der Anzug steht dir. Ich nehme an, du bist bei der Arbeit?«

»Ganz genau. In der Bank herrscht doch Krawattenpflicht. Und wie schick *du* erst bist! Hast ja mein Lieblings-Shirt an.«

Sophia zog den Stoff straff und musterte den verwaschenen Aufdruck mit dem Pferdekopf. »Mindestens so sexy wie deine Boxershorts.«

»Hey, nichts gegen Snoopy! Wie sieht es denn nun aus mit einem Treffen? Hast du wirklich so viel zu tun?«

»Ja, tatsächlich. Ich gehe wieder ins Labor, um meine Forschungsarbeit endlich fertigzustellen.«

»Und was machst du dann noch zu Hause?« Mit hochgezogener Braue sah er sie an, als hätte er sie bei einer Lüge ertappt.

»Eigentlich habe ich frei, aber mein Prof hat mich morgens nach dem Dienst erwischt und direkt verhaftet.«

»Das nenne ich Pech.«

»Allerdings. Der Trost ist: Ich teile mir das Leid mit Christina. Treffen uns davor noch bei ihr zum Frühstück.«

»Sag ihr liebe Grüße!« Roman sah auf seine Uhr. »Dann will ich dich gar nicht länger aufhalten. Wünsche dir noch einen schönen Tag. Ich muss auch mal wieder an die Arbeit.«

Nachdem Roman vom Bildschirm verschwunden war, bemerkte Sophia mit Schrecken, dass es schon neun war. Jetzt aber Beeilung!

Nachdem Sophia geduscht, sich angezogen und quer durch die Stadt gefahren war, bog sie in Christinas Straße ein. Überrascht bestaunte sie die Häuser. So prächtig hatte sie die Immobilien in dieser Gegend nicht in Erinnerung gehabt. Vielleicht lag es daran, dass die alten Baumbestände in den Vorgärten jetzt kahl und die Einblicke dadurch unverstellt waren. Um an Christinas Haus zu gelangen, musste sie zuerst auf einen unbefestigten Weg abbiegen, eine Verlängerung der Dompfaffgasse. Schotter knirschte unter ihren Reifen, als sie vor dem Hoftor einparkte. Sie stieg aus und ging zu dem verschnörkelten Tor. Efeu rankte sich an der Mauer empor, und in den Zweigen eines nackten Strauches kauerten Spatzen wie zum Gemeinschaftsgelage gegen den nahenden Winter. Sophia drückte den Metallknopf unter dem Briefkasten und wartete eine Weile, bevor sie ein zweites Mal klingelte. Vielleicht war die Klingel defekt?

Sie holte ihr Handy hervor und wählte Christinas Nummer, doch nur die Mailbox ging ran. Sophia klingelte noch einmal, diesmal länger – wieder keine Antwort. Vielleicht stand ihre Freundin unter der Dusche. Oder schlief sie etwa noch? Möglicherweise war sie auch nur schnell zum Bäcker gefahren. Sophia erinnerte sich an den Türöffner hinter dem Torpfosten, aber als sie durch die Gitterstreben nach dem Knopf greifen wollte, bemerkte sie, dass das Tor nur angelehnt war und sich unter quietschendem Protest öffnen ließ. Sie betrat das Grundstück. Vor der Garage stand Christinas Auto. Sie war also doch zu Hause. Es sei denn, sie war mit dem Rad unterwegs, um Brötchen zu holen. Christina? Nie im Leben!

Sophia folgte dem geschlängelten Pfad zum Haus. Der Gartenteich glänzte wie ein schwarzer Spiegel, und die Fische am Grund waren nur als rote Striche erkennbar. Schon aus dieser Entfernung sprang ihr der Türklopfer ins Auge, ein goldener Löwenkopf mit einem Ring im Maul.

Damit würde sie Christina schon wach bekommen. Egal wie tief sie schlief.

Sie setzte einen Fuß auf die erste Stufe und erstarrte.

Langsam stieg sie die Treppe empor, den Blick auf die dunklen Kleckse vor der Haustür gerichtet. Ihr Magen verkrampfte. War das Blut? Sie sah sich um. Hektisch. Ein Flugzeug, vereinzeltes Vogelgezwitscher, sonst nichts. Alles ruhig. Sie schaute die Fassade empor und sah in einem der Zimmer Licht brennen. Das Fenster war gekippt. Sie rief nach Christina, erst zögerlich, dann immer lauter.

Nachdem sie auch beim fünften Mal keine Reaktion erhalten hatte, ging sie zur Tür und schlug den Klopfer gegen das Holz. So fest, dass es in ihren Ohren schmerzte. Dann wählte sie den Notruf.

11

»Das ist harter Tobak!« Fuchs war vom Stuhl aufgesprungen und lief im Büro umher. »Und Sie sind sich absolut sicher?«

»Ziemlich«, antwortete Professor Lehnhardt. »Ich habe mich schon während der Leichenschau gefragt, wo ich dieses Verletzungsmuster schon mal gesehen habe.«

»Sie spannen mich ganz schön auf die Folter!«

»Vor ein paar Jahren wurden im Rahmen einer Expertenrunde bei einem Kongress Bilder von einer Leiche gezeigt, die ganz ähnliche Wunden aufwies. Man stellte dort besondere Fälle vor, und die Fachleute durften ihren Senf dazu abgeben. Solche Sitzungen lockern das Kongressprogramm etwas auf. Jedenfalls glaube ich, mich zu erinnern, dass dies einer der unaufgelösten Fälle war, bei dem es nur bei Spekulationen blieb. Auch weil das Gewebe der Leiche aufgrund fortgeschrittener Verwesung schon ziemlich ledrig war, was eine ordentliche Analyse sehr erschwert.«

»Wissen Sie noch, wo sich dieser Fall ereignet hat?«

»Ich meine, der Kollege kam aus Leipzig, ich bin mir aber nicht sicher. Dafür müsste ich erst die alten Programmhefte auftreiben. Ich weiß nicht mal mehr, bei welchem Kongress das war. Vielleicht der in Berlin? Na, das finde ich schon noch heraus.«

»Und wie sind Sie jetzt auf die Ursache für die Verletzungen gekommen?«, wollte Fuchs wissen.

»Sie erinnern sich doch noch an die seltsame Morphologie der Wunden? Die wie ausgewaschen erscheinenden Ränder?«

»Ja.«

»Die histologischen Untersuchungen haben bestätigt, dass ein gewaltiger Druck auf das Gewebe eingewirkt haben muss. Das kann nicht durch das Entlangschrammen der Leiche an Steinen oder Treibgut erklärt werden. Ich habe mich auch schlaugemacht, ob vielleicht die Druckluftsperre an der Schleuse in Frage kommen könnte. Doch dort strömt nur Luft raus, und der Druck ist zudem zu gering. Dann hatte ich eine Eingebung und habe es mir nicht nehmen lassen, die Probe aufs Exempel zu machen.«

»Bitte, machen Sie es nicht so spannend!«

»Ich habe die Auswirkung eines Hochdruckwasserstrahls aus einem Dampfstrahler auf Gewebe getestet.«

»Bitte?«, entfuhr es Fuchs entsetzt.

»Nicht mit einer der Leichen. Zu Hause, mit einem Schweinebauch vom Metzger.«

»Aha.«

»Sie hätten das Gesicht meiner Frau sehen sollen, als sie in die Garage kam, während ich das Teil mit einem Hochdruckreiniger bearbeitet habe.«

»Sie sollten mein Gesicht gerade sehen.«

Lehnhardt lachte. »Ich habe meiner Frau vorgeschlagen, später Rippchen daraus zu machen. Wollte sie aber nicht … Schweinehaut ist übrigens wesentlich zäher als menschliche Haut. Trotzdem konnte ich ein vergleichbares

Verletzungsmuster erzeugen, wenn ich mit der Düse nah genug an das Gewebe heranging.«

Fuchs wusste, dass es Maschinen gab, die mithilfe eines Wasserstrahls Stahl durchtrennen konnten. Die Vorstellung von Haut, die unter einem Dampfstrahler aufplatzte, fiel ihm daher leicht. »Ich weiß nicht, ob ich fasziniert, angewidert oder besorgt sein soll.«

»Das ist noch nicht alles, Herr Fuchs.«

»Bitte verschonen Sie mich!«

»Einen habe ich leider noch: Das Opfer wurde mit großer Wahrscheinlichkeit sexuell missbraucht. Darauf weisen Schleimhauteinrisse an Vagina und After hin. Wir haben Abstriche entnommen, aber die DNA-Analyse …«

»… dauert ihre Zeit, ich weiß.«

»Zudem wissen wir bei Wasserleichen nicht, ob die Abstriche überhaupt Ergebnisse hervorbringen. Sie kennen das ja.«

»Mhm.«

»Und jetzt kommt der Clou.«

»Noch was? Eigentlich habe ich schon genug.«

»Der Missbrauch erfolgte wahrscheinlich post mortem.«

»Das hätte ich in der Tat lieber nicht gehört.«

»Ich lasse Ihnen meinen Bericht zukommen, sobald er fertig ist.«

»Und falls Sie noch herausfinden könnten, wo sich dieser Fall damals ereignet hat …«

»Selbstverständlich.« Papier raschelte. »Ich mache mir eine Notiz.«

Fuchs dachte an das Chaos auf Lehnhardts Schreibtisch und bezweifelte, dass der den Zettel jemals wiederfinden würde. Falls nicht, müsste er ihn daran erinnern. Diese Spur war womöglich heiß.

Er beendete das Gespräch und rief Lara an, die gleich nach dem ersten Klingeln abhob.

»Endlich«, sagte sie aufgeregt, »ich habe die ganze Zeit versucht, dich zu erreichen. Mit wem hast du denn so lange gequatscht?«

»Mit Professor Lehnhardt. Du wirst nicht glauben … Aber nein, erst du. Was gibt es denn?«

»Huber hat mich vor einer halben Stunde angerufen. Beim KDD ist eine Meldung eingegangen. Eine Frau hat den Notruf gewählt, weil sie heute Morgen auf der Treppe vor dem Haus ihrer Freundin Blut vorgefunden hat. Von der Freundin fehlt jedoch jede Spur.«

»Und was hat das mit unserem Fall zu tun?«

»Rate, was diese Freundin von Beruf ist!«

Während Lara eine Kunstpause einlegte, stellten sich bei Fuchs instinktiv die Nackenhaare auf.

»Joachim? Bist du noch dran?«

»Ja.«

»Na, komm schon … meine Präsentation … der Fundort. Ich glaube, ich hatte recht.«

»Sie ist Ärztin?«

»Exakt. Und jetzt rate mal, wo sie arbeitet.«

»In der Uniklinik?«

»Ganz genau.«

Fuchs ballte eine Faust. Vielleicht wären sie schon bald in der Lage, Laras Gleichung zu lösen. Der Ankerpunkt war offenbar keine Unbekannte mehr. »Gut, wir treffen uns in fünf Minuten am Wagen.«

12

Fuchs parkte den Wagen vor einem modernen Wohnhaus. Da ein Team der Spurensicherung bereits das Haus der vermissten Ärztin untersuchte, war er mit Lara zur Befragung der Zeugin aufgebrochen. Während der Fahrt hatte er seiner Kollegin von Lehnhardts Garagenversuchen berichtet, was ihr kurzzeitig die Sprache verschlagen hatte.

Als sie ausstiegen, richtete Fuchs den Blick zum Himmel. In der Luft hing dieser ganz besondere Geruch, weshalb er annahm, dass es in den nächsten Stunden schneien würde. Bis heute glaubte ihm allerdings niemand, dass er über diese Gabe verfügte. Wie jeden Winter freute er sich auch jetzt schon darauf, weil er mit Schnee viele schöne Erinnerungen verband. Zudem liebte er die Stille, wenn Myriaden von Flocken den Lärm der Welt verschluckten.

»Von Münch?«, fragte Lara, als sie vor dem Hauseingang standen und sie die richtige Klingel gefunden hatte. Sie drückte den Knopf, und sofort sprang ein Leuchtring um ein Kameraauge an. Eine brüchige Stimme meldete sich.

»Wir sind von der Kriminalpolizei.«

»Ganz oben.« Der Türsummer ertönte.

»Warum müssen immer alle Leute oben wohnen?«, keuchte Fuchs, noch bevor sie das zweite Stockwerk erreicht hatten.

»Vielleicht solltest du weniger rauchen«, entgegnete Lara.

Im Türstock wartete eine große, schlanke Frau mit hellbraunem Haar und dunkelbraunen Augen. Sie war blass und wirkte bedrückt.

Fuchs trat einen Schritt auf sie zu. »Joachim Fuchs. Und meine Kollegin, Lara Schuhmann.«

»Kommen Sie bitte herein.« Die junge Frau ging voraus und führte die beiden Ermittler in ihr Wohnzimmer, wo sie ihnen einen Platz auf einer weißen Ledercouch anbot. Sie selbst setzte sich auf einen Hocker gegenüber. Die Hände in ihrem Schoß zitterten.

»Wann haben Sie Ihre Freundin zuletzt gesehen?«, fragte Fuchs und legte ein Notizbuch mit Stift auf den Glastisch.

»Gestern. Wir waren zusammen im Labor.«

»Labor? Sie sind beide Ärztinnen, oder?«, fragte Lara.

»Das stimmt, aber wir sind auch in einer Forschungsgruppe.«

»Darf ich fragen, woran Sie forschen?« Fuchs fiel auf, wie weich seine Stimme klang.

»Wir untersuchen an Mäusen, ob ein ausgewachsenes Gehirn, entgegen der bisherigen Annahme, doch die Fähigkeit hat, neue Zellen zu bilden.«

Lara zog die Stirn kraus, während Fuchs unweigerlich an seinen Vater und dessen demenzkrankes Hirn denken musste. Das war offenbar nicht in der Lage, sich zu erneuern, sondern glich von Tag zu Tag mehr einem Schweizer Käse. Fuchs fragte sich, ob eine Handvoll Labormäuse eben der Preis dafür waren, dass eines Tages niemand mehr den geistigen Verfall seiner Angehörigen miterleben musste.

»Arbeiten Sie im Krankenhaus in der gleichen Abteilung wie Frau Luzius?«, fragte er.

»Nein. Christina ist Chirurgin. Ich bin Narkoseärztin. Zu der Forschungsgruppe ist sie dazugestoßen, weil sie jetzt doch eine Doktorarbeit schreiben will.«

»Was heißt *jetzt doch*?«, hakte Lara nach.

»Na ja, früher war ihr das nicht so wichtig. Christina ist … sie ist ziemlich faul.« Sophia lächelte müde. »Aber ich nehme an, dass ihr Mann Roger sie gedrängt hat, sich endlich mal die beiden Buchstaben vor ihrem Namen zu holen. Ehrlich gesagt, gehört es in unserem Beruf auch irgendwie dazu. Gerade als junge Ärztin nehmen einen die Patienten eher für voll, wenn man einen Doktortitel hat.« Sie zuckte mit den Schultern und sah die beiden Ermittler verlegen an.

»Und Sie hatten sich für heute Morgen mit Ihrer Freundin verabredet, um zusammen ins Labor zu gehen?«, fragte Fuchs.

Sophia nickte, den Blick auf die Glasplatte ihres Wohnzimmertischs gerichtet.

»Haben Sie irgendeine Idee, wo sich Frau Luzius aufhalten könnte oder was dort passiert ist?«

Sophia schüttelte den Kopf, und eine Träne lief an ihrer Nase entlang. »Nein, ich weiß es nicht. Wir wollten zusammen bei ihr frühstücken, und als sie nicht auf mein Klingeln und meine Anrufe reagierte, dachte ich, sie würde vielleicht noch schlafen. Das Tor zum Grundstück war offen, daher bin ich zum Haus gegangen. Als ich dann das Blut auf der Treppe gesehen habe …« Sie wischte sich die Träne von der Wange.

»Sind Sie sicher, dass es sich dabei um Blut handelte?«

Sophia sah ihn entgeistert an. »Ich denke, dass ich durchaus in der Lage bin, Blut zu erkennen.«

Fuchs ärgerte sich über seinen Fauxpas. Es war nicht seine Absicht gewesen, ihre Glaubwürdigkeit in Frage zu stellen oder sie als hysterisches Weib abzustempeln. Durch seine jahrelange Berufserfahrung wusste er, dass diese Haltung bloß Widerstand bei den Befragten hervorrief. Ein Fehler, den er oft bei Kollegen beobachtete. Schnell stellte er gleich zwei Fragen hintereinander – ein Trick, wenn der Befragte zu blockieren drohte. »Ist Ihnen in der letzten Zeit etwas Ungewöhnliches an Ihrer Freundin aufgefallen? Gibt es jemanden, der vielleicht wütend auf sie war?«

Sophia dachte kurz nach, zog ihre Nase hoch, schüttelte erneut den Kopf und antwortete mit gemäßigter Stimme: »Wir haben uns in der letzten Zeit wenig gesehen …«

»Aber gestern waren Sie den ganzen Tag mit ihr zusammen, oder?«, fiel ihr Lara ins Wort.

»Ja, seit Ewigkeiten mal wieder.«

»Was heißt *seit Ewigkeiten*?«

»Seit sie mit Roger zusammen ist, sehen wir uns nicht mehr so oft.«

»Was glauben Sie, woran das liegt?«

»Sie ist verheiratet. Da geht man nicht mehr ständig aus oder trifft sich mit Freunden. Vielleicht liegt es aber auch einfach am Alter oder an unserem Job. Man ist froh, wenn man zu Hause ist und seine Ruhe hat.«

Lara hob die Brauen. »Das Verhältnis zu Ihrer Freundin hat sich also verschlechtert, seitdem sie verheiratet ist?«

Fuchs warf seiner Kollegin einen warnenden Blick zu.

»Was soll ich dazu sagen?«, antwortete Sophia. »Der eine meldet sich immer seltener, und irgendwann ist es der andere leid und ruft auch nicht mehr an.«

»Gab es irgendwelche Anzeichen für häusliche Gewalt in der Ehe?«, wechselte Joachim das Thema.

»Nein, für gewalttätig halte ich Roger nun wirklich nicht …«

»Aber?«, half ihr Lara auf die Sprünge.

»Ich … Nein, ich weiß nicht. Christina hat mir gegenüber nie etwas dergleichen erwähnt.«

»Wissen Sie, wo sich Herr Luzius derzeit aufhält? Wir konnten ihn bisher nicht erreichen.«

»Er ist gestern zu einem Kongress nach New York geflogen. Der findet wohl jedes Jahr um diese Zeit statt. Entschuldigen Sie.« Sie zog ein Taschentuch aus ihrer Hosentasche und schnäuzte sich.

Lara rutschte ungeduldig an den Rand der Couch. »Sie kennen also niemanden, der Ihrer Freundin nicht wohlgesonnen war? Sie haben keine Idee, wo sie sich aufhalten könnte, und auch keine Ahnung, was sich dort im Haus abgespielt hat?«

»Nein, verdammt noch mal! Das habe ich Ihnen doch schon gesagt!« Sie knüllte das Taschentuch zusammen und steckte es wieder ein, bevor ihre Hände sich in den Stoff ihrer Hose krallten.

Fuchs schaute zu Lara und deutete ein Kopfschütteln an.

»Sie verstehen sicher, dass jedes Detail wichtig für uns ist, Frau von Münch«, sagte er und wartete, bis sich ihre Hände entspannten. Dann fuhr er fort: »Hatte Ihre Freundin vielleicht einen Verehrer? Oder eine Affäre? Hat sie irgendetwas über ihre Ehe erwähnt? Wenn auch nur beiläufig. Lassen Sie sich Zeit. Manchmal kommen die Erinnerungen erst, wenn man nicht krampfhaft darüber nachdenkt.«

Sophia klemmte ihren Kopf zwischen die Hände.

Fuchs zuckte zusammen. Aus seiner Jackentasche dröhnte ein Klingelton wie von einem alten Wählscheibentelefon. Hatte er das Teil nicht lautlos gestellt? »Menschenskinder«, murmelte er, »nicht mal zehn Minuten …« Er zog sein Handy hervor, entschuldigte sich und verließ das Wohnzimmer, wobei er die Tür hinter sich schloss.

Lara überlegte, ob sie die Befragung ohne Fuchs fortführen sollte, doch nachdem er ihr signalisiert hatte, dass er mit ihrer Art der Gesprächsführung unzufrieden war, scheute sie davor zurück. Sie schaute sich um und wunderte sich, warum eine Ärztin ihr Zuhause ganz in Weiß hielt. Das Wohnzimmer glich dem Warteraum einer Praxis. An einer der beiden Wände des ansonsten üppig verglasten Raums hing ein großes, auf Leinwand gespanntes Bild. Ob Öl oder Acryl, konnte Lara nicht sagen. Sie sah nur bunte Kleckse und Striche auf weißem Grund, als hätte sich ein wütendes Kind mit Pinsel und Farbe ausgetobt.

Ihr Blick glitt zur Tür, hinter der Fuchs telefonierte. Seine Worte drangen nur als unverständliches Gemurmel unter dem Türspalt hindurch, doch da er den Raum fluchtartig verlassen hatte, vermutete sie ein wichtiges Gespräch. Dann schielte sie zu der Ärztin, die in unveränderter Haltung auf ihrem Hocker verharrte und nach wie vor angestrengt nachzudenken schien. Unwillkürlich dachte Lara an diese Modepüppchen, die mit strengen Mienen über Laufstege marschierten. Nur dass diese Frau offenbar keine Schminke brauchte, um umwerfend auszusehen. Außerdem waren ihre Züge weich, und der Blick wirkte verängstigt.

»Also mir fällt nichts ein«, sagte sie plötzlich. »Bei Christina war immer … bei ihr ist immer alles eitel Sonnenschein. Aber genau das schätze ich an ihr. Es gibt genügend Miesepeter auf der Welt. Da ist jemand wie Christina wirklich erfrischend.« Sophia lächelte zaghaft und zuckte zusammen, als Fuchs fast im selben Moment wieder das Wohnzimmer betrat.

Lara spürte sofort, dass etwas nicht stimmte. Joachim wirkte angespannt, beinahe verärgert. Sie nickte ihm auffordernd zu, doch er ließ sich nur auf dem Sofa nieder und schien einen inneren Kampf auszufechten.

»Frau von Münch, ich denke, es ist an der Zeit, uns die Wahrheit zu sagen!«

Lara sah irritiert auf. Joachims Stimme war zwar weiterhin ruhig, doch ihr fehlte nun dieses empathische Schnurren. Sie kam nicht umhin, diese Veränderung mit einem Gefühl von Erleichterung zu registrieren.

»Wo ist Roger Luzius wirklich?«

13

Fuchs saß hinter dem Steuer und fuhr Richtung Revier. Quietschend pflügten die Wischblätter den frisch gefallenen Schnee von der Scheibe.

»Wir müssen herausfinden, wo Dr. Luzius ist!«, sagte er mit verbissener Miene.

»Hast du gemerkt, wie sie herumgedruckst hat?«

»Wann?«

»Die ganze Zeit. Vor allem, als du nach der Ehe ihrer Freundin gefragt hast und ob Luzius gewalttätig ist.«

»Ich glaube eher aus Loyalität.«

»Wieso das denn?«

»Würdest du den Mann deiner besten Freundin bloß aufgrund vager Vermutungen als untreuen Prügelknaben bezeichnen?«

Lara schwieg einen Moment, und Fuchs hörte, wie ihr Magen knurrte, als die roten Leuchtlettern eines Thai-Imbisses am Straßenrand vorbeiflogen. Links passierten sie die Deutsche Nationalbibliothek, und vor ihnen tauchte der Europaturm auf, ein wie von einem Riesen in die Erde gerammter Degen aus Beton.

»Ich weiß nicht, was ich von ihr halten soll«, sagte sie schließlich. »Sie kommt mir vor wie eine Katze, die einem schmeichelnd um die Beine streift. Ich kaufe ihr diese

Engelchennummer nicht ab. Denkst du, sie sagt die Wahrheit?«

Fuchs öffnete das Fenster einen Spalt und steckte sich eine Zigarette an. »Ich sehe keinen Grund, ihr nicht zu glauben.« Er schaltete das Radio ein. Whitney Houston schwor ihrem Bodyguard lauthals die ewige Liebe. Er wählte den CD-Player an, und ein dröhnender Bass füllte die Stille.

Lara sah ihn irritiert von der Seite an. »Du hörst Techno?«

»Nicht wirklich«, rief er gegen den Lärm an. »Die CD ist von meinem Sohn. Hat er gemixt. Ist mächtig stolz drauf gewesen. Da sollte ich zumindest mal reinhören.«

»Dein Sohn ist DJ?«

»Seit Neuestem anscheinend. Ich war auch überrascht.«

»Wie alt ist er?«

Fuchs stellte die Musik leiser. Offenbar läutete seine Kollegin die nächste Fragerunde ein, doch irgendwie kam ihm der Themenwechsel ganz gelegen. »Achtzehn. Er quält sich derzeit durch die Oberstufe.«

»Hast du nicht auch eine Tochter?«

»Ja.«

»Was macht sie?«

»Lisa studiert Medizin.«

»Und weiß dein Sohn schon, was er später machen will?«

»Wenn er so weitermacht, jedenfalls nichts, wofür man studieren muss.«

»So schlimm?«

»Seine schulischen Leistungen sind im letzten Jahr ziemlich in den Keller gerauscht. Ich habe den Verdacht, dass er kifft.«

»Wegen seiner Noten? Dünne Beweislage für einen Kommissar.«

»Mag sein. Aber er lässt seine Hobbys schleifen, hängt nur noch mit Kumpels rum … Und hör dir das doch mal an!« Fuchs deutete auf das Radiodisplay, auf dem die Balken des Equalizers im Takt der Musik auf und ab hüpften. »Man muss doch drauf sein, um so was zu mögen.«

Lara lachte. »Adoleszenz. Ist bestimmt nur eine Phase.«

»Hoffentlich!«

»Und was sagt deine Frau dazu?«

Fuchs machte eine wegwerfende Handbewegung. »Vergiss es. Die Naivität in Person. Oder sie will es einfach nicht wahrhaben. Was weiß ich.«

»Ich … ich habe auf dem Revier aufgeschnappt, dass ihr getrennt seid.«

»Mhm.«

»Entschuldige bitte, falls ich zu neugierig bin.«

»Schon okay. Habe mich mittlerweile schon daran gewöhnt, von dir ausgehorcht zu werden.« Fuchs warf den Zigarettenstummel aus dem Fenster. »Ich bin vor einer ganzen Weile ausgezogen.«

»Auseinandergelebt?«

»Sie hatte eine Affäre.«

»Oh.«

»Mit ihrem Fitnesstrainer.«

»Autsch!« Lara zog eine Grimasse.

Auch wenn Joachim die Worte mit gebührender Herablassung gesagt hatte, wusste er, dass Claudines Neuer die Sportgruppe nur ehrenamtlich trainierte. Lothar, der Selbstlose. Das Geld hatte er nicht nötig, da er schon vor vielen Jahren die gut laufende Firma der Eltern übernommen hatte. Bonzen-Lothar. Außer hin und wieder nach dem Rechten zu sehen und am Monatsende den Kassensturz zu machen, war für Lothar dort nicht viel zu tun. Somit hatte er auch reichlich Zeit für Claudine. Freizeit-Lothar. Fuchs kannte ihn aus den Tagen, als er selbst noch in dem Studio trainiert hatte, und eigentlich hatte er ihn immer gemocht. Im Grunde war Lothar in Ordnung und sah auch nicht übel aus. Erinnerungen stiegen an die Oberfläche: Lothar, der nach dem Duschen in der Herrenumkleide das Handtuch ablegte. Lothar, das Dreibein. Verdammt! Musste das jetzt sein?

Zum Glück unterbrach das Handyklingeln seine Gedanken.

»Wenn man vom Teufel spricht«, murmelte er und drückte den Anruf weg.

»Deine Ex?«

»Mhm.«

An der gegenüberliegenden Straßenseite tauchte ein Supermarkt auf. Fuchs bremste scharf ab, machte eine Kehrtwende und fuhr auf den Parkplatz.

»Wo wir es eben von Drogen hatten – ich brauche meinen Schuss Koffein. Soll ich dir was mitbringen?«

»Nein, danke.«

Während Fuchs durch die Regalreihen schlenderte, rief er Claudine zurück. Was hatte er eigentlich noch im Kühlschrank? Einen welken Salatkopf, eine Tiefkühllasagne, Butter und ein Glas Rote Beete. Sollte er ein paar Lebensmittel besorgen? Aber was? Die Etiketten blitzten wie bunte Stroboskoplichter vor seinen Augen auf, und er fühlte sich von der Fülle des Angebots genervt. Vielleicht ein andermal. Er wählte den Gang Richtung Getränkeabteilung.

»Schön, dass du zurückrufst«, meldete sich Claudine mit ihrer etwas kratzigen Stimme, die immer klang, als wäre sie eben erst aufgewacht.

Fuchs spürte einen Stich in der Magengrube. »Was kann ich für dich tun?«

»Ich wollte dich nur an den Geburtstag deiner Tochter erinnern.«

Fuchs durchfuhr es wie ein Blitz. Verdammt!

»Du hast es vergessen, oder?«

Leugnen war zwecklos. Claudine hatte ihn durchschaut. »Ich rufe sie heute Nachmittag an. Nach der Uni.«

»Sie ist heute nicht in der Uni, aber mit etwas Glück könntest du sie im Stall antreffen.«

»Okay, danke.« Joachim nahm zwei Dosen Red Bull aus dem Regal. Lauwarm schmeckte das Zeug wie Gummibärchenpisse, aber darauf kam es jetzt nicht an. Wenn Red Bull schon keine Flügel verlieh, weckte es zumindest die Lebensgeister. Er ging zur Kasse. »War sonst noch was?«

»Hast du ein Geschenk?«

Fuchs stellte die Getränkedosen aufs Band und sah sich um, ob er auf die Schnelle etwas Brauchbares entdeckte. Er konnte wohl kaum mit einer Flasche Hochprozentigem oder einer Tafel Schokolade aufwarten.

»Ich weiß, was Lisa sich wünscht«, sagte Claudine. »Ich fahre heute noch mal in die Stadt. Wenn du willst, besorge ich es dir …«

Würde Lothar sicher nicht gefallen, wenn du es mir besorgst, dachte Fuchs, verkniff sich den Kommentar auf diese Steilvorlage aber. »Danke für dein Angebot, aber ich weiß schon, was ich ihr schenke. Bin nur noch nicht dazu gekommen, es abzuholen.«

»Okay.«

»Wir arbeiten gerade an einem ziemlich heiklen Fall.«

»Wie immer, nicht wahr?«

»Jetzt komm mir nicht so!«

»Ich sag doch gar nichts. Aber dein Beruf hatte schon immer Vorfahrt vor deinem Privatleben.«

»Es geht hier um Mord, nicht um Hanteln, Eiweißshakes oder Sonnenöl!« Fuchs bereute seinen Ausbruch augenblicklich. Eine ältere Dame am Ende der Schlange drehte sich zu ihm um und sah ihn irritiert an.

»Aber du hast auch eine Familie, Joachim.«

Familie, dachte er bitter, oder was davon übrig ist.

»Vergiss bitte vor lauter Gerechtigkeit für die Toten nicht die Lebenden.«

»Ich mache jetzt Schluss. Danke für deinen Anruf.« Mit einem Mal fühlte er sich kraftlos und ausgelaugt. Er steckte das Handy ein und drückte einen der beleuchteten Knöpfe des Zigarettenautomaten. Ein Päckchen Marlboro rutschte aus dem Schacht und landete neben den Dosen auf dem Band.

Die ältere Dame warf jetzt einen gehetzten Blick auf seine Einkäufe, als drohten die, ihre Waren auf dem Band zu überholen. Rasch legte sie einen der namenlosen Kunststoffklötze hinter ihr Gemüse, was sie augenblicklich zu entspannen schien. Joachim hatte dieses Verhalten schon öfter beobachtet. Er kam zu dem Schluss, dass die Klötze *Rentnerberuhiger* heißen sollten.

»Neun Euro und achtzehn Cent«, sagte die Kassiererin, als er an der Reihe war.

Er zückte sein Portemonnaie und stellte fest, dass er kein Bargeld bei sich hatte. Daher reichte er ihr seine EC-Karte.

»Geheimzahl eingeben und mit Grün bestätigen.« Ihr Ton ließ durchaus Zweifel an der Freude für ihren Beruf zu.

Joachim blickte sich um. »Sollte der Laden nicht leer sein, bevor ich die Alarmanlage aktiviere?«

»Geheimzahl eingeben und mit Grün bestätigen.«

Kein Lächeln. Die Frau war wohl ein Androide. Joachim verkniff sich einen weiteren Scherz, tat wie ihm geheißen und hatte, noch bevor er zur Tür hinaus war, die erste Dose geleert.

14

Nachdem Joachim seine Kollegin vor dem Revier abgesetzt hatte, damit sie sich mit der Suche nach Roger Luzius befassen konnte, fuhr er zu Lisa in den Stall. Obwohl er sich noch während der gesamten Fahrt über Claudines Anruf ärgerte, zeigte der Appell an seine väterlichen Pflichten Wirkung. Vermutlich hatte seine Ex sogar recht, gestand er sich ein. Wann hatte er Lisa das letzte Mal gesehen? War eine Weile her. Andererseits brauchte *er* sich zumindest keine Untreue vorzuwerfen. Ein Gefühl der Trauer beschlich ihn, als er den Weg vom Parkplatz zu den Stallungen einschlug. Was war nur aus ihrer Familie geworden? Ein Scherbenhaufen! Lauter Einzelgänger. Oder übernahm Lothar mittlerweile seinen Part? Lothar, der Supervater. Fuchs kämpfte gegen die aufsteigende Wut im Bauch an.

Unweit des Parkplatzes hörte er das hohle Klappern von Pferdehufen auf Kopfsteinpflaster. Er betrat den ersten der drei Stalltrakte. Längliche Gebäude mit Wänden aus rotem Klinker. Ein Hauch von Ammoniak lag in der Luft und mischte sich zu den Gerüchen nach Pferd, Silage, Leder und Heu. Am Ende der Stallgasse stand ein Pferd mit einer verzierten Decke auf dem Rücken. Es war angebunden und schnüffelte am Boden, offenbar auf der Suche nach etwas Fressbarem. War das Lisas Pferd? Woher sollte er das wissen? Er hatte die Viecher noch nie auseinanderhalten können, es sei denn, es handelte sich um Schimmel oder Rappen. Und auch nur dann, wenn sie nebeneinanderstanden. Als er außer dem Pferd niemanden entdeckte, verließ er die Stallgasse durch ein Tor auf der rechten Seite, das auf einen Verbindungsweg zum nächsten Gebäude führte. Draußen stand ein weiteres Pferd, das an der Knotenkette seines Stricks herumknabberte.

»Papa?«, hallte es von den Wänden wider.

Fuchs drehte sich um. Überrascht kam Lisa auf ihn zu. Die Riemen ihres Reithelms baumelten unter ihrem Kinn, die schwarzen Stiefel waren auf Hochglanz poliert.

»Ist das deins?« Er deutete auf das Pferd, das tatsächlich schon einen der Knoten gelöst hatte.

»Ja. Erkennst du ihn nicht?«

»Nicht direkt … Ein wahrer Entfesselungskünstler.«

»Deshalb heißt er auch Houdini. Was machst du hier?« Sie umarmte ihn.

»Ich wollte meinem Schatz zum Geburtstag gratulieren.« Er drückte sie.

»Dankeschön! Woher wusstest du, dass ich hier bin?«

»Von deiner Mutter. Ich habe dein Geschenk leider nicht dabei, aber …«

Lisa löste sich aus der Umarmung und sah ihn an. »Das macht doch nichts. Ich leg eh keinen besonderen Wert auf meinen Geburtstag.«

Seit wann denn das? Joachim erinnerte sich, wie Lisa ihn früher schon Wochen vor ihrem Geburtstag gelöchert hatte, wie oft sie noch schlafen müsse. An ihrem großen Tag hatte sie es dann nie erwarten können, dass Joachim sie endlich abholte und ins Wohnzimmer führte, wo Claudine mit den Geschenken wartete. Wann war aus seiner Lissi eine erwachsene Frau geworden?

»Ich möchte dich nächste Woche gerne zum Essen ausführen. Und anschließend gehen wir ins Varieté.«

»Tigerpalast?«

Er nickte.

Sie gab ihm einen Kuss auf die Wange.

»Was macht die Uni?«

»Läuft. Heute hab ich mir mal frei genommen. Ist schließlich mein Geburtstag.«

So viel zum Thema, der Tag bedeutet ihr nichts, dachte Fuchs.

»Außerdem stand heute eh nur eine Vorlesung an, und die auch noch in Gynäkologie. Todlangweilig, sage ich dir.« Lisa las dem Pferd Stroh aus dem Schweif.

»Weißt du inzwischen, in welche Richtung du später gehen willst?«

»Neurologie oder Psychiatrie. Mal sehen.«

»Hattest du nicht auch schon mit deiner Doktorarbeit angefangen?«

»Ja.«

»Was war noch gleich das Thema?«

»Das ist etwas kompliziert …«

»Nur grob.«

»Gehirnforschung.« Sie öffnete eine Metallkiste und holte einen Striegel heraus. Staubwölkchen stoben auf, als sie das Pferd in kreisenden Bewegungen damit bearbeitete. »Das Gehirn ist echt der Wahnsinn.«

»Inwiefern?«

»Überleg doch mal: Ein Klumpen aus Gewebe macht es sich zur Aufgabe, sich selbst zu erforschen.«

»Wenn unser Gehirn so einfach gebaut wäre, dass wir es verstehen könnten, dann wären wir zu dumm, es zu begreifen.«

Lisa sah ihn erstaunt an. »Das ist ja der Hammer! Wo hast du das denn her?«

»Aus einem Buch, aus dem ich dir früher vorgelesen habe. *Sofies Welt*. Erinnerst du dich?«

»Nicht wirklich. Aber cooles Zitat. Muss ich mir merken.«

»Wie läuft es mit deinem Freund? Alwin hieß er, oder?«

»Pa-pa!« Die beiden langgezogenen Silben trafen ihn wie zwei Ohrfeigen.

»Von Alwin habe ich mich noch in der Zwölften getrennt. Und falls du Stefan meintest – mit dem bin auch schon länger nicht mehr zusammen.«

»Ach«, entfuhr es Fuchs, »das tut mir leid. Wusste ich nicht. Wieso habt ihr euch getrennt, wenn ich fragen darf?«

»Darfst du. Hat einfach nicht geklappt. Wie bei dir und Mama, schätze ich.«

Wie bei dir und Mama, wiederholte er stumm. Bei ihm und Claudine hatte es nicht einfach eines Tages nicht mehr funktioniert – Claudine hatte ihn betrogen. War das seiner Tochter überhaupt klar? Er überlegte, ob er sie darauf hinweisen sollte, verkniff es sich aber.

»Außerdem habe ich für eine Beziehung keine Zeit«, sagte Lisa, nahm den Sattel von einem Holzbock und hievte ihn auf das Pferd. »Die ganze Lernerei, dazu noch das Reiten … Außerdem hat das Single-Leben auch seine Vorzüge.« Sie grinste breit.

»Dein Ehrgeiz in allen Ehren – aber deshalb kein Interesse an einer Beziehung? Verstehe ich nicht.«

»Gerade du solltest mich verstehen.«

Jetzt war er baff. Lisa hatte offenbar ein völlig verzerrtes Bild von ihm. Sicher hatte Claudine ihren Teil dazu beigetragen. Er spürte wieder diesen Wust unangenehmer Gefühle in ihm aufsteigen, wehrte sich aber erneut gegen den Drang einer vorschnellen Rechtfertigung. Stattdessen dachte er einen Moment über Lisas Aussage nach. Er trat an das Pferd heran, tätschelte ihm den Hals und blickte in das braune, sanftmütige Auge. Ihm war, als könne das Tier in sein Innerstes blicken. Trug er vielleicht wirklich einen Schuldanteil am Scheitern ihrer Ehe? Wenn er genau darüber nachdachte, war er gleichermaßen mit seinem Job verheiratet gewesen. Er war oft spätabends nach Hause gekommen, als alle schon schliefen, und hatte Claudine an etlichen Wochenenden und Feiertagen gar nicht zu Gesicht bekommen, weil er Bereitschaftsdienst schieben musste.

Lisa zurrte den Sattelgurt fest, woraufhin Houdini seine Zähne in den Holzbalken schlug. Offenbar missfiel ihm diese Prozedur. Als daraufhin der Deckel des Putzkastens mit einem Knall zuschlug, machte Houdini einen Satz nach hinten. Erst jetzt sah Fuchs, dass der Strick lose vom Halfter baumelte. Hatte sich dieses Biest doch tatsächlich befreit.

Nachdem Lisa Houdini gezäumt hatte, gab sie ihrem Vater einen Kuss auf die Wange und schwang sich in den Sattel. »Rufst du mich an?«

»Versprochen!«, sagte Fuchs und winkte ihr nach.

15

Fuchs stellte den Motor ab und schaute hinauf zu der Fensterfront im zweiten Stock. Was machte er hier bloß? Abgesehen von der hellen Beleuchtung war nicht ersichtlich, ob jemand zu Hause war. Keine Silhouette am Fenster, kein Schatten, der über die Wände huschte.

Er schaltete die Innenraumbeleuchtung seines Wagens ein und betrachtete sich im Rückspiegel. An das melierte Grau seiner Haare hatte er sich inzwischen gewöhnt. Trotzdem rief er sich bei dem Anblick gerne Lisas Kommentar ins Gedächtnis, er sähe damit aus wie George Clooney. Bestimmt hatte sie ihn nur auf den Arm nehmen wollen. Weitaus mehr störten ihn jedoch die Geheimratsecken. Wahrscheinlich hatte seine Tochter auch dafür einen schmeichelhaften Vergleich. Jude Law vielleicht. Von ihr wusste er auch, dass die Ursache für männlichen Haarverlust oft in einem zu hohen Testosteronspiegel lag. Androgenetischer Haarausfall. Na dann …

Er warf einen prüfenden Blick auf seine Zähne, schob sich einen Kaugummi in den Mund und knipste das Licht aus. Mit einem leichten Grummeln im Bauch lief er zum Hauseingang und klingelte. Es dauerte eine Weile, bis sich jemand meldete.

»Hier ist noch mal Joachim Fuchs von der Kripo.«

Kurzes Zögern. »Ja?«

»Ich wollte mich gerne noch einmal mit Ihnen unterhalten.«

»Ähm, okay. Einen Moment bitte.«

Während Joachim darauf wartete, dass ihm geöffnet wurde, inspizierte er seine Hände und schob die Nagelhaut einiger Finger zurück. Irgendwann ertönte der Türsummer, und das Licht im Treppenhaus sprang an. Er stieg die Stufen hinauf. Ein durchdringender Geruch nach exotischen Gewürzen hing in der Luft. Im ersten Stock kam ihm ein junger Mann in Anzug und Krawatte entgegen. Aus dem Augenwinkel bemerkte er, dass ihm der Schlipsträger nachschaute. Fuchs starrte zurück, woraufhin der andere den Blick senkte.

Ein Keuchen unterdrückend stemmte er sich die letzten Stufen hinauf. Er war schon besser in Form gewesen. Lara hatte vermutlich recht – er sollte das Rauchen reduzieren. Oder ganz aufgeben.

Die junge Ärztin stand im Türrahmen und wirkte besorgt. »Gibt es etwas Neues wegen Christina?«

Er schüttelte den Kopf. »Aber mir sind noch ein paar Fragen eingefallen.«

Die Sorgenfalten auf ihrer Stirn verschwanden, und plötzlich wirkte sie überrascht, so als wunderte sie sich, dass der Kommissar alleine um diese Uhrzeit bei ihr auftauchte.

Fuchs fragte sich sofort, ob es ein Fehler war, hergekommen zu sein. Unten fiel die Tür ins Schloss.

»Ich hoffe, ich störe nicht?«

»Nein.«

»Ich dachte nur«, er deutete hinter sich, »Sie hätten vielleicht gerade Besuch gehabt.«

»Kein Problem. Das war Roman, ein Freund. Er hat das mit Christina gehört und wollte nach mir sehen.«

Fuchs lächelte und fühlte sich plötzlich unbeholfen. Was zum Teufel machte er hier?

Sophia trat zur Seite. »Möchten Sie vielleicht reinkommen?«

»Ja, gerne.« Er trat ein und zog die Schuhe aus.

In der Diele glitt sein Blick über gerahmte Fotos, die ihm bei seinem ersten Besuch nicht aufgefallen waren. Sie zeigten Sophia in unterschiedlichen Lebensphasen. Auf einem Bild grinste sie mit Zahnlücke in die Kamera und drückte eine Schultüte an ihre Brust. Ein anderes Foto zeigte sie in Tauchermontur, schwerelos in cyanblauem Wasser, Daumen und Zeigefinger formten einen Ring. Alles okay. Ihre Augen strahlten, das lange braune Haar breitete sich wie ein Fächer hinter ihrem Kopf aus. Fuchs blieb an einem anderen Bild hängen. Sophia mit Zylinder und Frack auf einem Pferd.

»Sie reiten?«

»Früher. Leider fehlt mir mittlerweile die Zeit dazu.«

»Meine Tochter reitet auch.«

»Dressur oder Springen?«

»Ich weiß nicht genau. Das, wo die Pferde so tänzeln.«

»Klingt nach Dressur.« Sie lächelte matt und ging voran ins Wohnzimmer. »Sie sagten, dass Ihnen noch Fragen eingefallen sind.«

»Ja, richtig.« Fuchs überlegte, wie viel er von dem erzählen konnte, was er am Nachmittag im Präsidium erfahren hatte. Allerdings wollte er ihre Meinung dazu unbedingt hören, denn bisher konnte er sich auf diese Erkenntnis keinen Reim machen. »Eigentlich darf ich keine Details zu den laufenden Ermittlungen herausgeben, aber da ist eine Sache, die mir Kopfzerbrechen bereitet.«

»Ja?«

»Die Blutstropfen auf der Treppe vor dem Haus Ihrer Freundin …«

»Was ist damit?«

»Es war nicht echt.«

»Wie bitte?«

»Die Analyse hat ergeben, dass es sich um Kunstblut handelt.«

»Kunstblut?« Sophia errötete. »Das verstehe ich nicht.«

»Wir auch nicht. Noch nicht jedenfalls.«

»Hätte man das denn nicht direkt vor Ort feststellen können?«

»Doch, mit Wasserstoffperoxid. Aber den Test würde man nur bei einem unklaren Fleck anwenden, um zu sehen, ob es sich überhaupt um Blut handelt und eine teure DNA-Analyse sich lohnt. Nicht, wenn ohnehin jeder glaubt, es sei Blut. Sie sind also in guter Gesellschaft. Die Beamten der Spurensicherung sind schließlich genauso darauf reingefallen.« Er machte eine Pause und wappnete sich gegen ihre Reaktion auf seine nächste Frage. Zugleich hoffte er, dass sie bei ihr keine falschen Hoffnungen weckte. »Frau von Münch, würden Sie Ihrer Freundin zutrauen, dass sie das alles bloß inszeniert hat?«

Sophia riss die Augen auf. »Inszeniert? Ich weiß nicht … Nein, das wäre selbst für Christina zu heftig.«

»Wie meinen Sie das?«

»Christina ist für fast jeden Spaß zu haben«, antwortete

sie mit einem angedeuteten Lächeln, doch in ihren Augen schimmerten wieder Tränen, »aber so geschmacklos ist sie nicht.«

»Und wenn sie damit bei irgendjemandem eine bestimmte Reaktion hervorrufen wollte? Vielleicht bei ihrem Mann. Womöglich steckten die beiden in einer Ehekrise?«

»Wie gesagt, mir ist nichts dergleichen bekannt. Haben Sie inzwischen herausgefunden, wo Roger ist?«

»Nein, noch nicht. Aber wir sind dran.« Eigentlich wollte Fuchs den Ehemann der Vermissten nicht wieder zur Sprache bringen, nachdem er Sophia am Vormittag hinsichtlich ihrer Aussage, Dr. Luzius sei in New York, der Lüge bezichtigt hatte. Ihre Reaktion auf seine Anschuldigung hatte ihn jedoch überzeugt, dass sie die Wahrheit sagte. Nur Lara war seltsamerweise skeptisch geblieben. Dabei hatte *sie* doch beim FBI diesen Kurs über mimische Mikroexpressionen besucht. Die Erklärung für ihr Verhalten lag womöglich auf einer emotionalen Ebene. Vielleicht war sie stutenbissig? Es war jedenfalls gut möglich, dass Laras Abneigung der jungen Ärztin gegenüber ihr Urteilsvermögen trübte.

»Möchten Sie etwas trinken?«, fragte Sophia.

»Gerne.«

Sie ging in Richtung Küche. »Alkoholfrei, nehme ich an?«

Fuchs sah auf die Uhr. »Nun ja, eigentlich ist meine Dienstzeit vorbei!«, rief er ihr hinterher. »Ich mache wohl inoffiziell Überstunden. Was haben Sie denn da?«

Aus der Küche drang dezentes Schnäuzen. Ein Kühlschrank wurde geöffnet. »Wasser, Wein, Sekt, Martini. Und Roman hat Bier mitgebracht.«

»Wein wäre prima.«

»Rot oder weiß?«

»Gerne einen Roten.«

Erneutes Schnäuzen. Dann das zarte Klirren von Weingläsern, gefolgt vom Quietschen eines Korkenziehers und einem verheißungsvollen Ploppen. Fuchs' Füße versanken in dem weißen Flokati. Er sah sich um. Auf dem Wohnzimmertisch stand eine halb volle Bierflasche neben einem aufgeklappten Laptop. Eine weiße Felldecke lag zerknautscht auf der Couch. Kein eindeutiges Indiz für einen Mann in ihrem Leben, dachte er. An der Wand hing ein großes Bild mit wirren bunten Mustern. Auch das war ihm bei seinem Besuch am Vormittag nicht aufgefallen.

»Das ist doch kein echter Pollock, oder?«, scherzte er.

»Schön wär's! Das habe ich gemalt!«

»Sie könnten versuchen, es zu verkaufen.«

»Meinen Sie wirklich, dafür bekomme ich was?«

»Pollocks *No. 5* ist immerhin für einhundertvierzig Millionen Dollar über die Ladentheke gegangen und sah nicht besser aus als Ihr Bild.«

Sophia kehrte ins Wohnzimmer zurück, in jeder Hand ein halb volles Weinglas. Ihre Augen waren zwar immer noch gerötet, aber offenbar begrüßte sie den Themenwechsel, denn ihre Miene wirkte etwas entspannter. »Sie interessieren sich für Kunst?«, fragte sie, während sie ihm ein Glas reichte.

»Oh ja! Malen ist ein Hobby von mir. Allerdings versuche ich mich eher in abstrakten Landschaftsbildern.«

»Acryl oder Öl?«

»Beides.«

»Was mögen Sie lieber?«

»Puh ... schwer zu sagen. Beim Öl mag ich die Geschmeidigkeit und den Schmelz der Farben. Allerdings nervt mich die lange Trockenzeit.«

Sophia nickte, doch ihr Blick glitt ins Leere. Fuchs überlegte, ob er mit ihr anstoßen sollte, entschied sich aber dagegen. Sie nahmen auf der Couch Platz und tranken einen Schluck.

»Der ist gut«, sagte er. »Chianti?«

»Nein, ein Rioja.«

»Wirklich gut.«

Sie schwiegen eine Weile. Schließlich fragte Sophia: »Haben Sie denn wirklich keinen Anhaltspunkt, wo Christina steckt?« Ihre kurzzeitig erlangte Fassung schien wieder zu schwinden.

Joachim betrachtete ihre grazilen Finger, die den Stiel des Weinglases hielten. Am liebsten hätte er die Ärztin in den Arm genommen, ihr einen Kuss auf die Stirn gedrückt und versprochen, dass alles gut werden würde, doch stattdessen sagte er: »Wir haben den Verdacht, dass es eine Verbindung zu einem anderen Fall gibt.«

»Zu einem anderen Fall?« Eine tiefe Falte grub sich in ihre Stirn.

»Es gibt Hinweise, dass Ihre Freundin ...« Er zögerte. Wie sollte er ihr die Umstände schonend beibringen? Zudem konnte er nicht ständig gegen seine Dienstauflagen verstoßen. Andererseits war sie eine wichtige Zeugin. Genau genommen die einzige. »Es gibt eine weitere Frau, die verschwunden ist«, brachte er schließlich heraus.

»Was? Wer?«

Fuchs kratzte sich am Hinterkopf. Es war zwar nur die halbe Wahrheit, da Nancy Blum noch *vor* ihrer Vermisstenmeldung gefunden worden war – und zwar tot –, doch Sophia würde die Parallelen sicher selbst erkennen, sobald sie von der ermordeten Ärztin erfuhr. Mehr durfte er ihr im Moment aber wirklich nicht verraten. Er stellte das Glas ab und wandte sich ihr zu. »Ich habe eine Bitte: Würden Sie noch einmal intensiv darüber nachdenken, ob Ihnen Personen einfallen, die mit dem Verschwinden Ihrer Freundin zu tun haben könnten. Freunde, Kollegen, Vorgesetzte. Egal, wie abwegig Ihnen der Gedanke anfangs erscheint – schalten Sie den inneren Zensor aus. Gab es Personen, mit denen Christina im Streit lag? Oder wissen Sie, ob ihr jemand nachgestellt hat? Hat sie jemanden zurückgewiesen oder gekränkt? Hat sie irgendwann jemanden erwähnt, der ihr auffällig erschienen ist? Machen Sie eine Liste und markieren Sie bitte alle Personen, die in irgendeiner Verbindung zur Uniklinik stehen.«

»Zur Uni? Sie glauben, jemand aus der Klinik hat etwas mit ihrem Verschwinden zu tun?«

»Das wissen wir noch nicht. Wir gehen nur Hinweisen nach. Wenn Sie diese Liste erstellen könnten, würden Sie uns wirklich weiterhelfen.«

»Ich kann es versuchen, aber spontan fällt mir niemand ein.«

Fuchs öffnete seine Brieftasche und holte eine Visitenkarte hervor, die er auf den Glastisch legte. Dann stand er auf und berührte Sophia sanft an der Schulter. »Vielen Dank für den Wein. Wenn Ihnen etwas einfällt, rufen Sie mich an!«

Nachdem der Kommissar gegangen war, war es unangenehm still in der Wohnung. Sophia verbarg ihr Gesicht in den Händen. Was hatte es mit Christinas Verschwinden nur auf sich? Kunstblut … Was sollte das? Dann die andere Frau, die vermisst wurde. Der Kommissar war nicht näher darauf eingegangen. Durfte er vermutlich nicht. Wie alt er wohl war? Anfang vierzig vielleicht. Oder jünger? Schlafmangel und Stress konnten einem so manche Falte ins Gesicht zeichnen, wie sie aus eigener Erfahrung wusste. Zudem ließ ihn das ergraute Haar vermutlich älter wirken. Ist doch völlig egal, schalt sie sich in Gedanken und ließ sich zurück auf das Sofa sinken.

Der Kommissar hatte sie um eine Liste gebeten. Aber wen konnte sie bloß mit Christinas Verschwinden in Verbindung bringen? Allein die Vorstellung war völlig abwegig! Hatte ihre Freundin vielleicht doch etwas erwähnt? Nicht dass sie wüsste. Wer hatte sich auffällig verhalten?

Markieren Sie bitte alle Personen, die in irgendeiner Verbindung zur Uniklinik stehen, hörte sie die Stimme des Kommissars in Gedanken. Die Arbeit …

Eigentlich fiel ihr nur Roger ein, doch den hatte die Polizei schon selbst im Visier. Wieso hatte Christina ihr erzählt, er sei in New York? Wahrscheinlich hatte sie das selbst geglaubt. Roger … Steckten nicht meistens die Angehörigen dahinter? Sie verdrängte den Gedanken wieder, da er implizierte, dass ihrer besten Freundin etwas Schreckliches zugestoßen war. Noch gab es bestimmt andere Erklärungen für ihr Verschwinden – auch wenn ihr keine überzeugenden einfallen wollten. Das ergab doch alles keinen Sinn!

Sophia griff nach dem Weinglas und stürzte es in einem Zug hinunter. Dann lehnte sie sich zurück, massierte ihre Schläfen und ließ den gestrigen Tag Revue passieren, an dem sie Christina zuletzt gesehen hatte. Ihre Verabredung über WhatsApp. Ihr Zusammentreffen im Labor. Das Zerlegen der Maus. Nach Beendigung ihrer Versuchsreihe hatten sie gemeinsam das Labor verlassen und waren quer über den Campus zu ihren Autos gelaufen. Sie hatten das Frühstück für den nächsten Morgen geplant …

Doch was war das? Eine Erinnerung zupfte an ihrem Bewusstsein. Schlagartig war sie da. Wie hatte sie das vergessen können? Der erste sinnvolle Name für die Liste!

Sie nahm ihren Laptop vom Tisch und strich über das Touchpad. Der Bildschirm leuchtete auf und zeigte die Startseite eines E-Mail-Anbieters. Roman hatte offensichtlich vergessen, ihren Rechner auszuschalten, nachdem er in der Zeit, in der sie duschen gewesen war, damit herumgespielt hatte. Über den oberen Bildrand schoben sich Fotos mit Schlagzeilen und verkündeten den Klatsch und Tratsch aus aller Welt. Sophia wollte das Fenster gerade schließen, um Word zu öffnen, als ihr eine Meldung ins Auge sprang:

Grausiger Leichenfund in Frankfurt

Darunter ein Foto, aufgenommen bei Nacht. Flutscheinwerfer erleuchteten eine Plane, unter der sich die Konturen eines menschlichen Körpers abzeichneten. Sie klickte die Nachricht an.

Ein Obdachloser machte am Montagabend eine grausame Entdeckung. Er stieß auf die im Main treibende Leiche einer jungen Frau. Bei der Toten handelt es sich um die 29-jährige

Ärztin Nancy B. Die Polizei geht derzeit von einem Gewaltverbrechen aus.

Sophia schlug sich die Hand vor den Mund. Nancy B.? Ärztin? War das möglich? Wer sollte es sonst sein? Wie viele Ärztinnen gab es schon, die auf diesen Namen hörten? Das Alter passte auch. Nancy Blum. Tot? Ermordet? Sophia schossen Erinnerungen an ihre Kollegin durch den Kopf. Ihre Gespräche waren zwar nie über Small Talk und berufliche Themen hinausgegangen, doch sie hatte Nancys aufgeschlossene Art wirklich gemocht. Sie loggte sich bei Facebook ein und sah, dass Nancy auch auf ihrer Freundesliste stand. Ihr Profilbild zeigte sie vor der Frankfurter Skyline, und sie lachte in die Kamera, als wäre ihr nie etwas Schlechtes widerfahren. Sophias Magen zog sich zusammen. Rasch suchte sie nach gemeinsamen Freunden und stieß dabei auf das Profil von Marisa Jung. Marisa arbeitete in Nancys Abteilung, und soweit Sophia wusste, war sie eine gute Freundin von ihr gewesen. Statt eines Fotos von sich hatte Marisa als Profilbild eine brennende Kerze hochgeladen. Auf ihrer Pinnwand darunter hagelte es Beileidsbekundungen, auf die Marisa bisher noch nicht reagiert hatte.

Nachdem Sophia den ersten Schock verdaut hatte, kam ihr ein Gedanke. Der Kommissar hatte einen weiteren Fall erwähnt. Er hatte zwar nur von einer »verschwundenen« Frau gesprochen, aber sein Zögern war nicht zu überhören gewesen. Klauen gruben sich in ihre Magenwand. Vermutete er etwa, dass Christina ein ähnliches Schicksal ereilt hatte? Wo war seine Nummer? Hektisch suchte sie nach der Visitenkarte, fand sie schließlich unter dem Laptop, nahm ihr Handy und tippte die Ziffern ins Display. Während das Freizeichen ertönte, entschied sie, zuerst ihren Verdächtigen zu präsentieren, bevor sie die brennende Frage stellte. Vielleicht würde er im Gegenzug über seine Verschwiegenheitspflicht hinwegsehen.

Endlich meldete er sich mit müder Stimme.

»Hier ist Sophia Münch. Sie sagten, ich solle mich melden, falls mir etwas einfällt.«

»Ja.« Plötzlich klang er hellwach.

»Als ich mit Christina im Labor war, hatten wir eine merkwürdige Begegnung mit einem der Laboranten. Er ist ein ziemlich seltsamer Kerl und hat uns schon öfter Avancen gemacht. Tatsächlich ist er ziemlich aufdringlich, und gestern habe ich ihn mal wieder abblitzen lassen, woraufhin eine ziemlich peinliche Situation entstanden ist. Christina musste deswegen lachen, und Matthias ist daraufhin wütend aus dem Labor gestürmt.« Nachdem sie fertig war, stellte sich ein Gefühl der Verunsicherung bei Sophia ein, ob der Kommissar diesen Hinweis überhaupt ernst nehmen würde, doch er notierte sich den Namen des Laboranten und stellte ihr weitere Fragen über ihn, von denen sie jedoch nur wenige beantworten konnte. Dann versprach er, Askold gleich morgen zu überprüfen.

In der Leitung entstand eine Pause, während Sophia mit sich haderte, ihm nun die Frage zu stellen: Glaubte er an eine Verbindung zwischen Nancys Tod und Christinas Verschwinden? Noch viel mehr als Zurückweisung fürchtete sie, dass er ihre Annahme bestätigen könnte. Schließlich brachte sie es heraus.

»Sie kannten Nancy Blum?«, fragte der Kommissar.

Sophias Magen zog sich unwillkürlich zusammen. Seine Gegenfrage war viel zu schnell gekommen. »Flüchtig«, hörte sie ihre eigene Stimme wie durch eine Schicht Watte, und das Wohnzimmer um sie herum begann sich zu drehen.

16

Joachim und Lara überquerten den Parkplatz und gingen unter einem gigantischen Vordach hindurch, das zur gläsernen Empfangshalle des Klinikums führte. Die schiere Größe der Konstruktion beeindruckte Fuchs, und er dachte, dass Albert Speer sie nicht imposanter hätte gestalten können. Vor dem Komplex bogen sie ab und passierten ein pastellrotes Hörsaalgebäude, aus dem Studenten strömten. Fuchs sah in die Gesichter, doch Lisa war nicht dabei. Wahrscheinlich handelte es sich um ein anderes Semester. Diese Studenten wirkten älter. Zudem war der Campus groß, die Chance einer zufälligen Begegnung somit gering. Er steckte sich eine Zigarette an.

»Was wissen wir über den Kerl?«, fragte Lara, die offenbar ihre Stimme wiedergefunden hatte, denn nachdem Fuchs ihr während der Fahrt zum Campus erzählt hatte, woher der Tipp mit Askold stammte, war sie auffällig still gewesen und hatte regelrecht angefressen gewirkt.

»Er hatte mal eine Anzeige wegen Stalkings an der Backe. Eine ehemalige Mitschülerin gab an, der Kerl sei ihr nachgestiegen. Allerdings ist es nie zur Anklage gekommen, obwohl sie ihn zwei Jahre später wegen der gleichen Sache nochmals angezeigt hat. Da waren die beiden schon gar nicht mehr in der Schule.«

»Keine Anklage?«

»Nein. Es gab irgendeine außergerichtliche Einigung. Askold musste versichern, dass er sich ihr höchstens bis auf einhundert Meter nähert und auch sonst keinen Kontakt zu ihr aufnimmt.«

»Eine Gewaltschutzanordnung? Interessant. Und sonst?«

»Ist sein Führungszeugnis sauber. Lass mal sehen, wo wir hinmüssen.« Fuchs überflog den Lageplan und ließ seinen Finger auf die Abbildung eines Gebäudes am Rand der Tafel sausen. »Das ist ja am anderen Ende des Geländes. Da hätten wir auch direkt hinfahren können.«

»Dann machen wir eben einen Spaziergang«, entgegnete Lara. »Außerdem wollten wir später noch die Kollegen von Frau Luzius befragen, und dafür müssen wir sowieso wieder her.« Sie nickte in Richtung des weiß vertäfelten Klinikgebäudes zu ihrer Linken. Fuchs schaute an dem Monstrum empor. Schlagartig begann es in seinen Eingeweiden zu rumoren. Ihm fröstelte bei dem Gedanken, das Klinikum zu betreten. Seit dem Vorfall damals hatte er stets einen Riesenbogen um Krankenhäuser gemacht. Die einzigen beiden Ausnahmen waren die Geburten seiner Kinder gewesen, aber trotz dieser guten Erinnerungen überwogen für ihn beim Anblick solcher Einrichtungen Assoziationen zu Siechtum und Tod. Wie zur Bestätigung fiel ihm ein hagerer Mann mit Glatze auf, der im Bademantel vor dem Eingang stand und eine Zigarette rauchte. Mit der anderen Hand umklammerte der Patient einen Tropfständer. Der signalrote Aufkleber auf der Infusionsflasche verriet, dass sich darin ein Zytostatikum befand. Eine Chemo, dachte Fuchs, und der Rauch seiner Zigarette schmeckte plötzlich bitter, brannte auf der Zunge. Er betrachtete den Glimmstängel wie ein giftiges Insekt und warf ihn angewidert zu Boden.

Das Institut für Neurowissenschaften war ein notdürftig restaurierter Block aus den Sechzigerjahren mit einem schlanken Anbau und verwittertem Paneel. Sie betraten das Gebäude und fuhren mit dem Fahrstuhl in den fünften Stock. Dunkle Flure erstreckten sich zu beiden Seiten. Sie folgten der Beschilderung zum Sekretariat und klopften an. Fuchs trat ein, ohne eine Antwort abzuwarten.

Hinter einem Schreibtisch saß eine rothaarige Matrone, die ihnen einen strengen Blick zuwarf. »Ja, bitte?«

»Kriminalpolizei. Wir möchten mit Herrn Askold sprechen.«

Das Gesicht der ohnehin blassen Frau wirkte sogleich eine Nuance heller. »Die Polizei?«

»Ja, die Kripo gehört zur Polizei. Wo finden wir Herrn Askold?«

»Im Labor, nehme ich an.«

»Wären Sie so freundlich, uns den Weg dorthin zu zeigen?«

»Selbstverständlich. Aber ohne Karte kommen Sie da nicht rein.« Das Doppelkinn der Frau zitterte, während sie sich erhob und eine Schlüsselkarte vom Schreibtisch nahm. »Kommen Sie bitte mit!« Sie führte Fuchs und Lara durch den Korridor zurück und blieb vor einer Glastür stehen. »Das ist ein Sicherheitsbereich. Ich weiß nicht, ob Sie da hineindürfen«, erklärte sie, während sie die Karte durch das Lesegerät zog.

»Keine Sorge, wir sind nicht an Ihren Experimenten interessiert.«

»Ist was passiert? Hat er etwas angestellt?«

»Ich fürchte, darüber dürfen wir nicht sprechen.«

»Natürlich. Bitte warten Sie einen Augenblick!« Sie quetschte sich durch den Türspalt, als befürchtete sie, die beiden Beamten würden ansonsten unaufgefordert eintreten, und ging auf einen jungen Mann in weißem Kittel zu, der irgendeine Apparatur bediente. Sie wechselten ein paar Worte, woraufhin er einen gehetzten Blick zur Tür warf. Er zögerte einen Moment, bevor er der Matrone wie ein Schatten folgte. Die Frau nickte den Ermittlern zum Abschied zu und verschwand wieder in dem dunklen Flur.

Der Laborant stand nun im Türspalt, die Glasscheibe wie einen Schild vor der Schulter. Auf seiner Nase saß eine Schutzbrille, die wie das Requisit eines Chemiebaukastens wirkte.

»Matthias Askold?«, fragte Fuchs.

»Ja.«

»Wir sind von der Kriminalpolizei und hätten ein paar Fragen an Sie. Wo können wir uns denn ungestört unterhalten?«

»Können Sie mir erst mal sagen, worum es überhaupt geht?« Er sah die beiden im Wechsel an.

Wegen der großen, schiefen Zähne konnte er den Mund nicht ganz schließen, und die dicken Wangen ließen ihn vermutlich jünger aussehen, als er war. Auf Fuchs wirkte sein Blick etwas dümmlich, jedoch lag darin eine unverkennbare Spur Überheblichkeit. Zwei Eigenschaften, die er ähnlich mochte wie Herpes.

»Sie wollen doch nicht, dass Ihre Kollegen das mitbekommen?« Fuchs deutete auf die anderen Kittelträger, die sich vergeblich bemühten, ihre Neugier zu verbergen.

Askold zog die Schutzbrille ab. »Ich habe nichts getan, okay?«, zischte er. »Also bitte, worum …?«

»Wir können unsere Befragung auch auf dem Revier fortsetzen.« Den Kerl hatte er gefressen. Am liebsten hätte er ihn am Ohr hinter sich hergezogen wie einen unartigen Bengel.

»Gehen wir doch ins Besprechungszimmer«, lenkte Askold überraschend ein und zog die Tür hinter sich zu. Er führte die Ermittler in einen durch Stofflamellen abgedunkelten Raum und ließ sich dort auf einen Stuhl fallen.

Fuchs blieb stehen und sah auf Askold hinab. »Was fällt Ihnen zu dem Namen Christina Luzius ein?«

Der Laborant wirkte überrascht. »Sie ist eine Doktorandin von uns. Wieso?«

»Wann haben Sie Frau Luzius zuletzt gesehen?«

»Vor ein paar Tagen. Vor drei oder vier.«

»Ist an diesem Tag irgendetwas vorgefallen?«

»Nein, nicht dass ich wüsste.« Er zog eine Grimasse.

»Wie würden Sie Ihr Verhältnis zu Frau Luzius beschreiben?«

»Was für ein Verhältnis? Also, ich … sie ist eine der Laborantinnen. Da gibt es nichts zu erzählen.«

Fuchs schaute ihn wie über den Rand einer imaginären Brille hinweg an. Askold begann, unruhig auf dem Stuhl hin und her zu rutschen. Als ihm seine Körpersprache bewusst wurde, lehnte er sich lässig zurück.

»Ich weiß nicht, worauf Sie hinauswollen.«

Schweigend zog sich Fuchs einen Stuhl heran und setzte sich.

»Ich kenne sie doch kaum«, sagte Askold schließlich und klang jetzt wie ein quengelndes Kind. »Sie kommt ab und zu ins Labor, um Experimente für ihre Doktorarbeit zu machen. Ich weiß nicht, was Sie von mir wollen.«

»Und Sophia von Münch? Kennen Sie die besser?«

»Was soll das?«

»Das kann ich Ihnen verraten, Herr Askold. Ist es nicht so, dass Sie trotz eindeutiger Körbe immer wieder versuchen, bei den beiden zu landen?«

»Pfff ... vielleicht habe ich mal ein wenig mit ihnen geflirtet, aber das ist wohl kaum ein Grund, dass hier gleich die Kripo aufschlägt! Oder haben mich diese Zicken beim Frauenbeauftragten angeschwärzt?« Er grinste über seinen Scherz, doch seine Züge froren schlagartig ein, als Lara die nächste Frage stellte.

»Herr Askold, wo waren Sie am Dienstagabend, beziehungsweise in der Nacht von Dienstag auf Mittwoch?«

»Diesen?«

»Ja.«

»Zu Hause.«

»Kann das jemand bezeugen?«

»Nein, ich war allein.«

»Was haben Sie zu Hause gemacht?«

»Ferngesehen.«

»Was lief denn Schönes?«, hakte Fuchs nach.

Askold schien einen Augenblick lang nachzudenken und sagte dann: »Ich weiß es nicht mehr. Können Sie mir denn sagen, was Sie am Dienstagabend gemacht haben?«

»Sie scheinen die Regeln nicht ganz zu kapieren. Wir fragen – Sie antworten! Ist das klar?« Fuchs bemerkte Laras Blick aus dem Augenwinkel, doch er kam gerade erst richtig in Fahrt.

»Ich muss Ihnen gar nichts sagen«, nörgelte Askold.

»Dann führen wir diese Unterhaltung auf dem Revier fort.«

»Worum geht es denn überhaupt?« Askold wippte auf dem Stuhl, und Fuchs musste unwillkürlich an den Zappelphilipp aus dem Kinderbuch denken.

»Wir untersuchen das Verschwinden von Christina Luzius.«

»Welches Verschwinden? Davon weiß ich nichts. Und was habe ich überhaupt damit zu tun?«

»Um das herauszufinden, sind wir hier. Die Spuren haben uns direkt zu Ihnen geführt.«

»Zu mir? Aber wieso denn? Ich weiß doch nichts.« Das Wippen wurde stärker.

Fuchs warf Lara einen Blick zu. Offenbar verlor Askold die Nerven. Es war an der Zeit, einen Schritt weiter zu gehen. »Was sagt Ihnen der Name Nancy Blum?«

»Wieso?«

»Wir stellen hier die Fragen! Schon vergessen?«

»Kann sein, dass die auch mal hier Doktorandin war. Ist Ihnen zu Ohren gekommen, dass ich bei der auch mal angeklopft habe?«

»Haben Sie denn?«

»Nein!«

»Was haben Sie in der Nacht vom ersten auf den zweiten November gemacht?«

Askold hob kapitulierend die Hände und schaute sich hilfesuchend im Raum um. »Ich habe keine Ahnung!«

»Nancy Blum ist ermordet worden. Und momentan sind Sie unser Hauptverdächtiger.« Fuchs wusste, dass er zu dick aufgetragen hatte, denn im Grunde hatten sie nichts in der Hand. Aber er genoss den Anblick, wie dem Kerl die Farbe aus dem Gesicht wich.

Doch Askold hatte sich rasch wieder gefangen. »Ich möchte mit meinem Vater sprechen. Sonst sage ich gar nichts mehr.«

»Der wird Ihnen jetzt auch nicht helfen.«

»Er ist der Dekan!«

»Selbst wenn er der Papst wäre.«

»Er hat Freunde bei der Polizei. Ganz oben.«

Langsam hatte Fuchs die Faxen dicke. Wahrscheinlich lag es an der eben erwähnten Freundschaft zwischen Askolds Vater und irgendeinem hohen Tier bei der Polizei, dass ihn die Stalking-Vorwürfe damals nicht vor Gericht gebracht hatten. Fuchs kannte solche Typen. Sie wiegten sich aufgrund ihrer Beziehungen zu einflussreichen Personen in Sicherheit und nahmen sich Dinge heraus, die ihnen nicht zustanden. Zum Beispiel das Bedrängen von Schulmädchen. Laut Aussage von Sophia von Münch hatte er sie und Frau Luzius ebenfalls belästigt. Wiederholt! So fängt es mit diesen Kerlen doch an, dachte Fuchs. Damit, dass sie ein *Nein* nicht akzeptieren wollen. Es war an der Zeit, diesem Backpfeifengesicht eine Lektion zu erteilen.

»Herr Askold, wären Sie bereit, uns eine Spermaprobe abzugeben?«

»Was?«

Jetzt schaute auch Lara irritiert zu ihm rüber. Fuchs konnte ihre Fragen förmlich hören: Hatte man nun doch Spermaspuren an der Leiche gefunden? Und wieso wusste sie nichts davon? Was war überhaupt mit ihrem Partner los? So hatte sie ihn ja noch nie erlebt. Und sie hatte recht. Er verbiss sich förmlich in diesem Bübchen, dabei hatten sie außer der vagen Aussage dieser Ärztin nichts gegen ihn vorzubringen.

»Ich werde ganz bestimmt nicht in ein Reagenzglas wichsen«, sagte Askold.

»Nein, bitte in dieses Gefäß hier«, sagte Fuchs, griff in seine Jackentasche und holte ein neues Filmdöschen hervor.

Askold sah erst den Behälter und dann Fuchs völlig entgeistert an.

»Gut, dann hätten wir das geklärt.« Fuchs erhob sich. »Geben Sie die Probe bitte bis morgen Vormittag im Präsidium im Nordend ab! Falls Ihnen noch etwas einfällt, können Sie sich jederzeit bei uns melden.« Er legte seine Visitenkarte auf den Tisch und drehte sich in der Tür noch einmal um. »Ach, und bevor ich es vergesse – kommen Sie nicht auf die Idee, einen Freund um einen Schuss zu bitten. Selbstverständlich prüfen wir die Herkunft des Spermas.«

17

»Was sollte das denn?« Laras Tonlage schwankte irgendwo zwischen Fassungslosigkeit und Belustigung.

»Der Kerl hat mich genervt«, antwortete Fuchs lapidar, hoffte aber insgeheim, dass die Aktion kein Nachspiel haben würde.

»Und wenn sein Vater nun wirklich Freunde bei der Polizei hat?«

»Wir werden sehen«, wiegelte Fuchs ab und ging schweigend weiter. Was hatte ihn nur geritten? Aus irgendeinem Grund waren ihm während der Befragung die Sicherungen durchgebrannt. Doch jetzt war es schon passiert. Vielleicht verlief die Sache ja im Sand. Ein Gutes hatte seine Aktion womöglich: Wenn Askold die Probe bereitwillig abgab, hatte er wahrscheinlich nichts zu verbergen, was ihn als Tatverdächtigen zwar nicht ausschloss, aber zumindest als Hinweis auf seine Unschuld gewertet werden konnte.

Vor dem Hauptgebäude trennten sich ihre Wege. Fuchs war heilfroh, dass Lara die Befragungen auf der Station übernahm, er also nicht mit ins Klinikum musste. Obwohl es längst an der Zeit war, sich seinen Dämonen zu stellen. Andererseits wollte er etwas recherchieren, was ihm seit dem Gespräch mit Professor Lehnhardt keine Ruhe ließ.

Und dafür gab es keinen besseren Ort als die Medizinische Hauptbibliothek.

Er folgte der Wegbeschreibung vom Lageplan und erreichte das Gebäude nach wenigen Minuten.

»Schönen guten Tag, der Herr«, begrüßte ihn der Mann hinter dem Tresen. Ein Blindenstock lehnte in Griffweite.

»Hallo«, antwortete Fuchs irritiert, »woher wussten Sie …?«

Der Mann deutete in seine Richtung. »Ihre Schuhe. Klingen eindeutig nach Herrenschuhen.«

»Beeindruckend«, sagte Fuchs. Während seiner Laufbahn hatte er zweimal auf die Hilfe von Blinden zurückgegriffen, die Tontechniker dabei unterstützten, Nebengeräusche von Telefongesprächen zu identifizieren. Beide Male war es um Erpresseranrufe gegangen, und in einem Fall hatte der Tipp des Blinden zum Erfolg geführt. In beiden Fällen jedoch hatten die Tontechniker mit ihrem teuren Equipment – den Filtern, Rauschunterdrückern und Mischpulten – den Wettstreit gegen das geschärfte Gehör der Blinden verloren. Zwei zu null im Kampf Mensch gegen Maschine.

»Was kann ich für Sie tun?«

»Ich suche ein Buch über Aderlass.«

»Aderlass? Lassen Sie mich überlegen.« Der Mann legte einen Finger an die Lippen. »Das müsste bei Geschichte der Medizin stehen.«

»Geht das etwas präziser?«, hakte Fuchs nach, nachdem der Blinde anscheinend nichts mehr hinzufügen wollte. »Es gibt hier doch bestimmt Tausende von Büchern.«

»Rund 120.000«, erwiderte er stolz. »Aber Bücher mit solch speziellen Themen werden nur selten ausgeliehen.

Warten Sie einen Augenblick, dann sehe ich im PC nach.« Er tippte etwas in die Computertastatur und ließ seine Finger anschließend über ein Braille-Display gleiten. »Es gibt einmal den Titel *Medizin des Mittelalters* und dann noch *Die kleine Aderlass-Fibel* von Hildegard von Bingen. Beide stehen in Regal zwölf, Reihe zwei.«

»Muss ich nach rechts oder nach links?«

»Von Ihnen aus nach links. Sie waren wohl noch nicht oft hier, was?«

»Mein erstes Mal.«

»Haben Sie denn Ihren Studentenausweis dabei? Sonst können Sie sich keine Bücher ausleihen.«

»Ich bin kein Student, sondern von der Polizei.«

»Polizei?« Die Augenbrauen sprangen über den Rand der Sonnenbrille. »Seit wann interessiert sich die Polizei für antiquierte Medizin?«

»Leider streng geheim. Hat mit einem aktuellen Fall zu tun.«

»Verstehe. Schade, das hätte mich in der Tat interessiert.«

Fuchs entschuldigte sich für seine Verschwiegenheit, wünschte dem Blinden einen schönen Tag und ging den Gang entlang. In einem großen Raum mit hoher Decke angekommen ließ er den Blick über die Regale wandern und fragte sich, wie viele dieser Bücher seine Tochter wohl im Laufe ihres Studiums lesen würde. Dann entdeckte er die Regalnummerierung und machte sich sogleich auf die Suche nach Nummer zwölf. Als er sie gefunden hatte, ging er in die Hocke, um das zweite Fach durchzugehen. Sofort fiel ihm die dicke Staubschicht auf den Büchern auf. Geschichte der Medizin war offenbar nicht sehr gefragt.

Fuchs zog eines der staubigen Werke aus dem Regal und betrachtete es. Auf dem Buchdeckel sah er ein Gemälde, hinter dem er den Renaissancemaler Hieronymus Bosch vermutete. Es zeigte einen Arzt mit einer Art Trichter auf dem Kopf, der ein Skalpell in die Stirn eines Greisen rammte. Der Alte warf dem Betrachter einen gequälten Blick zu. Fuchs blätterte mit einer Mischung aus Faszination und Ekel durch die Seiten, betrachtete Radierungen und Skizzen, auf denen die Menschen den unvorstellbarsten Qualen ausgesetzt waren. Da gab es Starstecher, die Messer in Augäpfel bohrten, und Bader, die mit glühenden Eisen Wunden ausbrannten. Einer trennte einem Mann bei vollem Bewusstsein mit einer Säge ein Bein ab, und Joachim schauderte bei der Erkenntnis, dass alle Patienten mit geöffneten Augen und schmerzverzerrten Gesichtern dargestellt waren. Unvorstellbar, was die Menschen vor Erfindung der Narkose hatten durchmachen müssen. Er klappte das Buch zu, stellte es zurück und suchte nach den Titeln, die ihm der Blinde genannt hatte. Nachdem er das Regal dreimal durchgegangen war, ohne dass er die beiden Bücher entdeckt hatte, fielen ihm an zwei Stellen schmale Lücken in der Buchreihe auf. Er fuhr mit dem Finger über das Metall und betrachtete anschließend seine Fingerbeere. Interessant. Kniend ging er auf Augenhöhe mit dem Regalboden. Aus der Nähe betrachtet, war die Staubschicht dort, wo sein Finger die Spur hinterlassen hatte, wesentlich dünner. Vor nicht allzu langer Zeit mussten dort noch Bücher gestanden haben. Fuchs verspürte unwillkürlich ein elektrisierendes Prickeln auf seiner Haut. Er erhob sich und ging zurück zum Eingangsbereich.

»Die beiden Bücher sind nicht da«, sagte er.

»Nicht da?« Der Bibliothekar vollführte eine halbe Pirouette mit dem Drehstuhl. Die Sonnenbrille steckte jetzt mit einem Bügel in der Brusttasche seines Hemds. Zwei milchige Augäpfel starrten Fuchs entgegen. Da er auf diesen Anblick nicht gefasst gewesen war, brauchte er einen Moment, um sich zu sammeln.

»Hornhautdystrophie«, sagte der Blinde, als hätte er Joachims Gedanken gelesen.

»Bitte?«

»Meine Augen. Ein Gendefekt, der zu irgendwelchen Ablagerungen in der Hornhaut führt.«

»Sie sehen gar nichts?«, brach Fuchs sein peinliches Schweigen und bemerkte im selben Moment, wie dämlich seine Frage geklungen haben musste. Doch er wusste, dass unter dem Begriff der Blindheit verschiedene Sehstörungen vereint waren. Während manche noch Schemen erkennen und andere lediglich Hell von Dunkel unterscheiden konnten, herrschte nur für einige die ewige Nacht.

»Absolut gar nichts. Deswegen dieses tolle Gerät hier.« Lächelnd gab er etwas in die Tastatur ein und las die gewünschte Information mit den Fingerkuppen ab. »Nein, wie ich es mir dachte. Beide Bücher sind nach dem letzten Verleih zurückgebracht worden, und das ist schon eine Ewigkeit her. Sie müssen hier sein. Haben Sie richtig geguckt?«

»In dem Regal fehlen zwei Bücher, das kann man deutlich erkennen.«

»Kann es sich dabei nicht um zwei andere Titel handeln? Vielleicht sind die Bücher, die Sie suchen, falsch einsortiert worden.«

»Wie wahrscheinlich ist das?«

»Hm. Die Studenten haben zwar freien Zugriff auf die Bücher, aber normalerweise herrscht hier Ordnung.«

»Können Sie mir sagen, wer sich das Buch zuletzt ausgeliehen hat?«

»Einen Moment ...« Wieder tippte er etwas ein und befühlte die Zeile. »Ein gewisser Daniel Ebert. Aber wie gesagt, ist schon lange her. Das war 2006.«

Fuchs bedankte sich und verließ die Bibliothek.

Es kostete ihn nur einen Anruf bei seinem Freund und Kollegen Andreas Bosch von der Abteilung für Computerkriminalität, um herauszufinden, dass Daniel Ebert immer noch im Uniklinikum tätig war. Andreas hatte ihm auch erklärt, wie er zur Dermatologischen Klinik fand, wo Ebert als Facharzt angestellt war. Ein Hoch auf Google Maps. Mit heftigem Grummeln im Bauch betrat Fuchs das Gebäude, doch da das Innere des Flachbaus vom Ambiente her eher einer Behörde glich, beruhigte er sich erstaunlich schnell wieder. Kurze Zeit später hatte er den Arzt ausfindig gemacht.

»Ich verstehe nicht, weshalb ich wegen dieser alten Schinken befragt werde«, sagte Dr. Daniel Ebert und machte sich gar nicht erst die Mühe zu verbergen, dass Fuchs ungelegen kam. Ebert war groß und hatte breite Schultern, auf denen die Spitzen seines gegelten Haars zu liegen kamen. Fuchs schätzte, dass diese Haarpracht unter einem Fön zu einer richtigen Löwenmähne aufpoppte. Die goldbraune Haut des Arztes zeugte von regelmäßigen Sonnenbankbesuchen, mit denen er vermutlich seine Augenringe zu bekämpfen versuchte.

»Vertrauen Sie einfach darauf, dass alles seine Richtigkeit hat«, sagte Fuchs. »Ich möchte Sie nicht zu meinem Vergnügen schikanieren.«

Der Arzt warf einen gehetzten Blick ins überfüllte Wartezimmer und wies dann auf eine Tür. »Hier hinein. Aber bitte schnell! Wie Sie sehen, warten Patienten.«

Sie betraten einen Raum mit Milchglasfenstern, durch die diffuses Tageslicht hereindrang. An einem Schwenkarm hing eine OP-Leuchte von der Decke, die einen Lichtkreis auf eine Untersuchungsliege warf. Sämtliche Schubladen und Schranktüren waren beschriftet. Fuchs fühlte sich in dem Raum voller medizinischem Inventar plötzlich unwohl. Er versuchte, den Schildern keine Beachtung zu schenken, konnte aber den Blick einfach nicht abwenden. Einige Worte jagten ihm regelrechte Schauer über den Rücken. *Spritzen. Drainagen. Skalpelle. Kanülen.*

»Worum geht es denn nun?«

Fuchs riss seinen Blick von den Schränken los. »Ich würde gerne wissen, weshalb Sie sich diese Bücher ausgeliehen haben.«

»Das ist doch ewig her. Ich habe mich als Student mal dafür interessiert.«

»Ziemlich überholte Behandlungsmethoden, oder nicht? War Ihr Interesse beruflicher oder rein privater Natur?«

»Ich verstehe nicht. Wirft man mir einen Kunstfehler vor?«

»Ich bin von der Mordkommission. Vielleicht beantwortet das Ihre Frage.«

Ebert wich alle Farbe aus dem Gesicht. »Hat mich ein Patient verklagt?«

Fuchs schwieg, ließ die Stille für sich arbeiten, während sich die Muskeln um den kantigen Kiefer des Doktors spannten. Für gewöhnlich ließ sich dieses Mienenspiel vermutlich beobachten, wenn Ebert auf seinem Rennrad einen Bergpass hinaufjagte oder nach Klimmzügen vor dem Spiegel posierte. Ebert verkörperte den erfolgreichen Typus. Gut aussehend, intelligent und ehrgeizig. Ein wahres Alpha-Männchen, dachte Fuchs.

»Ich versichere Ihnen, dass ich keine dieser vorsintflutlichen Praktiken anwende«, sagte Ebert. »Weder brenne ich Patienten die Wunden aus, noch lasse ich sie zur Ader.«

Fuchs horchte auf. »Wie kommen Sie jetzt ausgerechnet auf Aderlass?« Diesen Aspekt hatte er bei der Erwähnung der beiden Bücher ausgelassen und absichtlich nur den einen Titel, *Medizin des Mittelalters*, genannt.

»Keine Ahnung … exemplarisch für den ganzen Wahnsinn, der damals betrieben wurde.«

»Wo waren Sie in der Nacht vom ersten auf den zweiten November?«

»Das weiß ich jetzt so spontan nicht.«

Der Nächste ohne Alibi, dachte Fuchs und erinnerte sich sogleich an die Befragung des Laboranten. Daran, wie er mit seiner Aktion geradezu um eine Beschwerde gebettelt hatte. Dieses Mal würde er korrekt vorgehen. Einhundertzehn Prozent.

»Wenn Sie kein Alibi haben, muss ich Sie leider mit aufs Revier nehmen.«

18

»Ich bin es«, sagte Joachim mit einer Selbstverständlichkeit, als stünde er jeden Abend vor Laras Tür.

»Joachim? Was machst du denn hier?« Sie klang müde.

»Ich wollte mit dir über den Fall sprechen und mal hören, wie es bei dir gelaufen ist.«

Nachdem er Lara auf dem Campus telefonisch nicht erreicht und ihr daher per SMS mitgeteilt hatte, dass er einen Verdächtigen auf dem Revier verhören wolle, war Lara später mit der Bahn ins Präsidium zurückgefahren, wo die beiden sich jedoch verpasst hatten.

»Jetzt?«

Joachim sah auf die Uhr. Es war erst zwanzig nach acht. »Ja. Hast du schon geschlafen?«

»Nein. Gibt es denn was Wichtiges?«

»Nicht direkt, aber … Lässt du mich nun rein, oder müssen wir uns über die Gegensprechanlage unterhalten? Ich habe auch Bier dabei.« Er hob das Sixpack vor die Sprechmuschel.

»Hm … ist gerade etwas ungünstig.«

»Hast du Besuch?«

»Nein, es ist nur … weil … Ach, warte kurz!«

Es knackte im Lautsprecher, und nach ungefähr zwei Minuten ging im Treppenhaus endlich das Licht an.

Joachim hörte den Widerhall von Schritten und sah Lara dann die Treppe runterkommen. Sie trug eine Jeans und eine zerknitterte Bluse, die sie wahrscheinlich auf die Schnelle übergezogen hatte. Sie öffnete.

»Geht der Türsummer nicht?«

»Doch, aber abends ist meistens abgeschlossen.«

»Hast du geweint?«, fragte er, als er ihre geröteten Augen bemerkte.

»Nein. Bin nur müde.«

»Wir können das auch verschieben. Dann machen wir unser Brainstorming ein andermal.«

»Was für ein Brainstorming?«

»Zeige ich dir dann. Habe ich immer mit meinem früheren Partner bei neuen Fällen gemacht, wenn die Spuren zwar dürftig, aber dafür noch frisch waren. Erst der Blick aus der Ferne, dann der Zoom aufs Detail.«

»Klingt interessant.« Sie deutete auf das Sixpack in seiner Hand. »Und das?«

»Gehört obligatorisch dazu.«

Sie lachte. »Na gut, komm rein.«

Fuchs stapfte die Stufen zum zweiten Stockwerk hoch und folgte Lara in den Flur ihrer Wohnung. Es war kalt, und in der Luft hing der Geruch von Duftkerzen und Deo.

»Meine Güte, hast du deine Heizungsrechnung nicht bezahlt?«

»Das Fenster ist offen. Ich habe gelüftet.«

Joachim behielt den Parka und seine Stiefel an, während er ihr weiter ins Wohnzimmer folgte. Der Geruch aus dem Flur war hier stärker und wies zudem eine Note auf, die ihm seltsam vertraut erschien. Er sah sich um. In einer Ecke lagen orientalisch gemusterte Kissen auf dem Boden, und von der Decke hing eine marokkanische Lampe, die bunte Punkte an die Wände warf. Auf dem Couchtisch darunter lag eine aufgeschlagene Akte neben einem Fächer aus Fotos. Obenauf eine Nahaufnahme von Nancy Blum. Ihr bleiches Gesicht war der Kamera zugewandt, doch ihr Blick schien irgendeinen Punkt hinter dem Fotografen zu fixieren. Fuchs riss sich von dem Anblick los. Der Flachbildfernseher an der Wand zeigte eine Dokumentation ohne Ton, und im Schrank darunter reihten sich Bücher aneinander. Die meisten kannte er. Fachbücher über Kriminalistik. Pflichtlektüre. Daneben standen diverse Reiseführer. Asien, Australien, USA. Der Rest sah nach Unterhaltungsliteratur aus.

»Schön hast du es hier.«

»Danke.« Lara ging zum Fenster, um es zu schließen. »Setz dich! Ist zwar keine Couch, aber trotzdem sehr gemütlich.«

Joachim stellte die Bierflaschen auf den Tisch, legte das Handy daneben und zog den Parka aus, in der Hoffnung, dass sich der Raum mit geschlossenem Fenster bald aufheizen würde. Mit einem Seufzer ließ er sich in die Kissen sinken.

»Ich hole einen Flaschenöffner«, sagte Lara.

»Nicht nötig.« Er riss die Kartonage ein und zog zwei Flaschen heraus, die er mit einem Feuerzeug öffnete. Eine reichte er seiner Kollegin. »Voilà.«

Lara setzte sich neben ihn, und sie stießen an.

»Hat die eine bestimmte Bedeutung für dich?«, fragte er und zeigte auf die Anstecknadel mit Pandabär-Motiv an Laras Bluse.

»Ich bin Fördermitglied des WWF. Die gab es mal als Dankeschön.«

»Sehr lobenswert. Wie war es eigentlich im Klinikum?«

Lara stöhnte. »Ich war auf der chirurgischen Station, bin in die Übergabe der Schwestern hineingeplatzt, die ziemlich genervt wirkten, obwohl ihr Gelage auf mich eher wie ein Kaffeekranz wirkte. Der reinste Hühnerhaufen, sage ich dir. Von ihnen gab es keine wertvollen Informationen. Die meisten ärztlichen Kollegen waren im OP, und der Rest konnte ebenfalls nichts Hilfreiches beisteuern. Alles in allem würde ich sagen: ein Flop. Und bei dir?«

Joachim berichtete von seinem Besuch in der Bibliothek, von den verschwundenen Büchern und dem Arzt, der sie zuletzt ausgeliehen hatte. Dann wiederholte er Dr. Eberts verdächtige Aussage, die ihn dazu bewogen hatte, ihn mit aufs Revier zu nehmen.

»Das Verhör verlief zäh, er druckste viel rum, und ich dachte schon, wir hätten unseren Mann, doch dann platzte er plötzlich mit einem Alibi heraus.«

»Schon überprüft?«

»Teilweise. Er behauptete, er habe sich an besagtem Abend mit einer Frau getroffen, die er über eine Partnerbörse kennengelernt hat.«

»Und das hatte er vergessen?« Lara sah ihn ungläubig an.

»Offensichtlich. Ich habe ihn gefragt, ob das Date wirklich so schlecht war.«

»Was hat er gesagt?«

»Dass er bei den vielen Frauen wohl den Überblick verloren hat.«

»Oh mein Gott! Ich glaub, ich muss kotzen.«

Fuchs lachte. »Ich bat ihn jedenfalls, sich bei dieser Partnerbörse einzuloggen, und er zeigte mir dort einen Chatverlauf, der seine Aussage untermauert. Da er aber keine Handynummer von der Dame besaß, weil er einen Nummerntausch beim ersten Date grundsätzlich meidet, hat er ihr eine Nachricht geschrieben, dass sie sich bei mir auf dem Revier melden soll, um sein Alibi zu bestätigen.«

»Na toll! Und jetzt?«

»Ich musste ihn ziehen lassen.«

»Nein, ich meine, was machen *wir* jetzt?«

»Wir könnten mit unserem Brainstorming loslegen.«

»Okay. Hast du schon gegessen?«

»Hatte auf dem Weg hierher ein Schawarma.«

»Würde ich auch nehmen. Ist es okay, wenn ich mir noch schnell was mache? Ich sterbe vor Hunger! Und du willst sicher nichts?«

Fuchs hielt sein Bier hoch. »Danke, ich bin versorgt.«

Lara verschwand in der Küche, und Joachim hörte das schmatzende Geräusch eines Kühlschranks, gefolgt von Verpackungsknistern und dem Klappern von Besteck. Er stand auf, ging zum Fenster und schaute hinaus. Der nasse Asphalt wirkte wie ein schwarzer Fluss, der zwischen den Reihen geparkter Autos dahinfloss. Um die Straßenlaternen hatten sich Lichthöfe gebildet, und im oberen Teil der Scheibe spiegelte sich die orientalische Lampe. Als Joachim sich abwenden wollte, erblickte er zu seiner Verwunderung einen Aschenbecher draußen auf der Fensterbank. Lara rauchte doch nicht, oder? Wahrscheinlich war er für Gäste gedacht. Dann hatte sie bestimmt nichts dagegen, wenn er eine paffte.

»Darf ich bei dir rauchen?« Er öffnete das Fenster. Noch

bevor Lara antworten konnte, hielt er den Aschenbecher in der Hand und stutzte.

Er fasste es ja nicht! Auf dem Boden des Aschenbechers lag etwas Weißes, Längliches. Er nahm es heraus und roch daran. Kein Zweifel, das war ein Joint!

»Warte«, rief sie von hinten, »ich bringe dir einen Aschenbecher!«

»Nicht nötig, ich habe schon einen gefunden.«

»Aber ich …«

Joachim machte eine halbe Drehung und begegnete dem Blick von Lara, die mit einem Aschenbecher in der Hand im Türrahmen stand. Der Joint klemmte in seinem Mundwinkel wie die selbstgedrehte Zigarette bei einem Westernheld. Er hoffte, dass ihm sein Gag geglückt war, doch Lara schien wie vom Donner gerührt. Offenbar war ihr jeder Sinn für Humor abhandengekommen.

Er lachte und hoffte, die Situation dadurch aufzulockern. »Ich wusste doch, dass ich den Geruch kenne.«

Lara wich seinem Blick aus. »Ich habe versucht, ihn mit Deo zu überdecken.« Sie deutete auf die Akte mit den Fotos. »Das Zeug hilft mir beim Denken. Damit komme ich auf neue Ideen, wenn ich mal festhänge.«

»Na dann.«

»Wirst du …? Also … hat das jetzt irgendwelche Konsequenzen?«

»Natürlich nicht.« Fuchs gab sich pikiert.

Sie beäugte ihn skeptisch.

»Im Ernst! Alles gut. Ist deine Sache.«

Lara schien sich etwas zu entspannen, fuhr aber bei einem *ping*, das aus der Küche tönte, zusammen.

»Dein Essen«, bemerkte er.

Lara nickte und betrachtete den Joint zwischen den Fingern ihres Vorgesetzten, als würde sie abwägen, ob es eine gute Idee war, ihn mit dem Beweisstück ihres Vergehens alleine zu lassen. Schließlich ging sie in die Küche, um ihr Essen aus der Mikrowelle zu holen.

Joachim schmunzelte. Er hatte sie wirklich eiskalt erwischt. Im Gegensatz zu seinem Sohn störte es ihn bei Lara aber tatsächlich nicht, dass sie kiffte. Vielleicht half es ihr wirklich beim Denken. Die bewusstseinserweiternde Wirkung der Droge war ja bekannt. Er roch nochmals an der Tüte. Wenn ihn sein Gedächtnis nicht täuschte, war das Gras. Das schmeckte nicht nur besser als Hasch, sondern sorgte auch für einen angenehmeren Kick. Von Hasch war er oft träge geworden und nicht selten eingeschlafen. Meine Güte, war das lange her! Ewig. Mittlerweile gehörte er zum alten Eisen und hörte sich wahrscheinlich schon genauso spießig an wie damals seine Eltern.

Lara kehrte mit einem Teller in der Hand zurück, darauf Reis und eine seltsame Pampe. Dem Geruch nach etwas Indisches. Sie setzte sich an den Couchtisch, und Joachim leistete ihr Gesellschaft, während sie das Gericht förmlich hinunterschlang.

»So – das Brainstorming«, sagte Lara, nachdem sie fertig war.

Joachim sah sie von der Seite an und grinste.

»Was?« Lara lächelte verlegen.

»Ich hätte da eine Idee.«

»Und zwar?«

Er schien kurz abzuwägen, ob er den Gedanken wirklich

aussprechen sollte, hielt aber schließlich den Joint in die Höhe wie ein Schmuckhändler einen Opal. »Vorher rauchen wir den hier zusammen fertig.«

Lara musterte ihn, als suche sie nach einem Anzeichen, dass er scherzte. »Ich weiß nicht …«

»Komm schon! Mitgehangen, mitgefangen.«

»Im Ernst?«

»Mein voller Ernst.«

Ihr Lächeln wurde breiter, und sie strich sich eine Haarsträhne hinters Ohr. »Ja, okay.«

Der Joint knisterte, als Joachim daran zog. Nach einigen Sekunden stieß er den Rauch aus der Lunge und betrachtete die Glut. »Schmeckt nicht übel«, sagte er mit kloßiger Stimme.

»Sieht jedenfalls sehr professionell aus.«

»Ist womöglich nicht mein Erster.«

Nach ein paar Zügen versank Joachim in den Kissen, bis er mehr lag als saß. Dann reichte er den Joint an Lara weiter, die die Asche abklopfte und ebenfalls daran zog.

Die Wirkung der Droge setzte überraschend schnell ein und war stärker, als Fuchs vermutet hatte. Wenn er seinem Gehirn etwas Brauchbares abverlangen wollte, sollte er lieber bald mit dem Brainstorming beginnen. »Dann lass uns mal loslegen!«

»Okay.«

»Hast du Stifte und Zettel?«

Lara besorgte beides und legte es vor ihnen auf den Tisch.

Mühsam rappelte sich Fuchs aus der Liegeposition auf, nahm sich einen Stift und zeichnete eine Wolke in die

Mitte des Blatts. »Was ist das Erste, das dir zu dem Fall einfällt? Nicht lange überlegen – einfach raus damit!«

»Aderlass.«

Er schrieb das Wort in die Wolke.

»Weiter.«

»Ritual.«

Er zeichnete einen länglichen Kringel, verband ihn durch einen Strich mit der Wolke und schrieb *RITUAL* hinein. »Was noch?«

»Blut.«

Ein weiterer Kringel, diesmal mit einer Verbindungslinie zu *RITUAL*. Allmählich entstand auf dem Papier ein Netzwerk aus Schlagwörtern.

»Kindheitstrauma«, sagte Lara. »Vielleicht ein Suizid der Mutter. Sie könnte sich beispielsweise die Pulsadern aufgeschnitten haben. Oder vielleicht waren die Eltern des Täters auch Metzger wie bei dem Kirmesmörder Jürgen Bartsch. Er könnte dabei zugesehen haben, wie man die Tiere ausbluten lässt. Bartsch hatte das Töten der Tiere anfangs auch abgeschreckt.«

»Langsam! Du bist ja der helle Wahnsinn!« Fuchs unterstrich *KINDHEITSTRAUMA* und zeichnete davon ausgehend mehrere Linien, an deren Enden er stichpunktartig Laras Einfälle notierte. Offenbar hatte das Kraut auf sie tatsächlich eine beflügelnde Wirkung, denn die Worte sprudelten nur so aus ihr hervor. Er selbst kam dagegen kaum mit dem Schreiben hinterher. Fühlte es sich bloß so an, oder dachte er wirklich wie in Zeitlupe?

Irgendwann merkte er, dass Lara verstummt war und ihn von der Seite ansah. Er hob langsam den Kopf, erwiderte ihren Blick und fühlte sich urplötzlich unwohl. Deplatziert. Als hätte er gleich mehrere Grenzen überschritten.

Er fuhr hoch, als sein Handy auf dem Tisch vibrierte. Als er es zur Hand nahm und die Nachricht ihres Kollegen Martin öffnete, ahnte er noch nicht, dass das Brainstorming ein abruptes Ende finden würde. Denn nachdem er die Nachricht erst im Stillen und anschließend laut vorgelesen hatte, waren weder er noch Lara in der Lage, einen klaren Gedanken zu fassen. Nach einer Inkubationszeit von zwei Sekunden brachen beide in ein solches Gelächter aus, dass Joachim von den Polstern rutschte und sich auf dem Boden krümmte.

WAS HAT ES MIT DIESER FILMDOSE AUF SICH, DIE DER TYP HEUTE FÜR DICH ABGEGEBEN HAT? IST DAS ETWA SPERMA?!?

19

Fuchs schreckte hoch. Ein Geräusch hatte ihn geweckt. Doch jetzt war es wieder still. Dunkelheit umhüllte ihn wie ein Sarg. Wo war er? Vorsichtig betastete er die Umgebung und spürte samtweiches Bettzeug. Wo kam das denn her? Er schob die Decke beiseite und merkte, dass er darunter Kleidung trug. Sogar die Stiefel hatte er noch an. Allmählich lichtete sich der Nebel. Er lag immer noch bei Lara in der orientalischen Ecke und war offenbar nach der Pizza, die sie ihm wegen seiner plötzlichen Hungerattacke aufgebacken hatte, eingeschlafen. Sicher hatte Lara ihn auch zugedeckt und war anschließend ins Bett gegangen. Langsam kehrten die Erinnerungen zurück. An Martins Nachricht. An den Lachkrampf. An ihr anschließendes Rumalbern. Irgendwann hatte Lara scheinbar beiläufig eine Hand auf sein Knie gelegt und ihm angeboten, bei ihr im Bett zu schlafen. Doch er hatte abgelehnt. Versucht, seine Begründung in einen Scherz zu verpacken, doch soweit er sich erinnern konnte, war ihm das nur bedingt gelungen. Obwohl Lara scheinbar ungerührt reagiert hatte, war Fuchs der Meinung gewesen, Enttäuschung in ihrem Blick erkannt zu haben. Oder war das nur eine dieser paranoiden Nachwehen der Droge?

Menschenskinder! So etwas konnte er jetzt wirklich

nicht gebrauchen. Wie spät war es überhaupt? Im nächsten Moment hörte er neben sich ein Brummen wie von einem Käfer in einer Pappschachtel. Synchron dazu flackerte schwaches Licht auf. Das Handy. Hatte ihn dieses Geräusch geweckt? Er nahm das Telefon vom Tisch. Martin rief an. Verdammt! Was war denn jetzt wieder?

Er hob ab. »Fuchs.«

»Mein Gott, endlich! Du schläfst wohl den Schlaf der Gerechten, was?«

»Was ist denn los?«

»Eine weitere Leiche.«

»Was?«

»Du hast schon richtig gehört.«

»Warte mal kurz ...« Fuchs setzte sich auf, versuchte, sich zu sammeln. »Wie spät ist es?«

»Kurz nach vier.«

»Scheiße. Unser Täter?«

»Lässt sich so nicht mit Sicherheit sagen. Jedenfalls wurde die Leiche diesmal drapiert.«

»Was soll das heißen?«

»Das solltest du dir am besten selbst ansehen.«

»Wo seid ihr?«

»Mainzer Landstraße. Wir treffen uns bei der Krawatte.«

»Im Bankenviertel?«

»Ja.«

»Gib mir eine Viertelstunde.«

»Bringst du Lara mit?«

»Klar. Bis gleich.« Nachdem er das Gespräch beendet hatte, kam ihm Martins letzte Frage noch einmal in den Sinn. Ob sein Kollege ahnte, dass er bei Lara war?

Schwachsinn! Woher denn? Lara war seine Partnerin, die zudem kein eigenes Auto besaß. Da war es doch selbstverständlich, dass er sie mitbrachte. Aber unter diesem Aspekt wirkte Martins Frage noch dubioser. Fuchs wischte die seltsamen Gedanken beiseite. Jetzt bloß keine Paranoia!

Er nutzte die Displaybeleuchtung seines Handys, um den Lichtschalter der Wohnzimmerlampe zu finden. Sein Kopf fühlte sich seltsam an, ganz leicht, so als wäre er mit Gas gefüllt. Die Droge steckte ihm zweifelsohne noch in den Gliedern. Nachdem er das Licht angemacht hatte, hörte er im Nachbarzimmer das Knarren eines Betts. Wahrscheinlich hatte er Lara durch das Gespräch mit Martin geweckt. Oder sie bekam gerade selbst einen Anruf, was bedeuten würde, dass Martin wirklich nicht wusste, dass er hier war. Mensch, jetzt hör aber auf!

Er rieb sich das Gesicht, als könnte er damit den Nebel vertreiben. Als eine Diele knarzte, schaute er auf und sah Lara im Türrahmen stehen.

»Alles okay?« Sie klang verschlafen.

»Mhm. Haben sie dich auch angerufen?«

»Ja. Sogar vor dir. Martin dachte, er gibt mir etwas Vorlauf, da ich länger bräuchte, um mich fertig zu machen.«

»Wenn ich mir deine Frisur angucke, könnte er recht haben.«

Lara schüttelte ihr Haar. »Gib mir fünf Minuten.«

Eine Viertelstunde später trafen Joachim und Lara am vereinbarten Treffpunkt ein. Das Autofahren schien ihm erstaunlich leichtgefallen zu sein, auch wenn sie selbst ständig das Gefühl gehabt hatte, viel zu schnell unterwegs zu sein. Doch der Blick auf den Tacho hatte sie immer wieder eines Besseren belehrt. Am Straßenrand parkte ein Krankenwagen, dessen Blaulicht gespenstische Blitze durch den Nachthimmel jagte.

Lara ließ ihren Blick an dem Wolkenkratzer auf der gegenüberliegenden Straßenseite emporwandern – ein stählernes Monstrum in der Form einer Säule. Das beleuchtete Konstrukt an der Spitze erinnerte sie an eine Dornenkrone. Je länger sie hinsah, umso mehr hatte sie den Eindruck, das Hochhaus würde sich neigen wie ein gefällter Baum. Sie wandte den Blick ab und sah am Fuß des Gebäudes Huber und Kern mit vier Streifenpolizisten stehen. Sie schienen eine große Skulptur zu betrachten.

Lara und Fuchs überquerten die Straße. Regen hatte den Asphalt rutschig gemacht. Allmählich schälte sich die Skulptur aus dem Dunkel. Zuerst dachte Lara, es handle sich um eine zweiköpfige Schlange, doch als sie näher kamen, erkannte sie es: Auf einem quaderförmigen Sockel ruhte ein riesiger Hemdkragen, aus dem eine gut zehn Meter hohe Krawatte ragte. Die Enden schienen lose im Wind zu flattern. Vermutlich eine Anspielung auf die Banker, die sich täglich in den Bürotürmen tummelten.

Sie duckten sich unter dem Absperrband hindurch und traten an ihre Kollegen heran. Dann folgten sie deren Blicken auf die Rückseite der Skulptur. Der Anblick war grotesk. In der Wölbung oberhalb des Krawattenknotens lehnte der Körper einer Frau. Ihr Kopf hing vornüber, und das Gesicht war hinter einem Vorhang aus Haaren verborgen.

Fuchs sah zu Martin. »Wer hat sie gefunden?«

»Ein paar Jugendliche. Haben sich hier herumgetrieben und wollten da hochklettern.«

Joachim sah wieder zur Leiche. »Was ist mit der Staatsanwaltschaft?«

»Die Entscheidung wollten wir dir überlassen. Eigentlich müssten wir Becker informieren.«

Fuchs stöhnte. »Und wenn wir einfach den Bereitschaftsstaatsanwalt anrufen?«

»Genau deswegen haben wir auf dich gewartet. Natürlich könnten wir behaupten, dass es zunächst keinen Grund zu der Annahme gab, dass es sich um denselben Täter handelt, aber seien wir mal ehrlich ...«, er deutete auf das bizarre Arrangement des Todes, »... eine nackte junge Frau? Solche Leichen tauchen nicht jeden Tag in Frankfurt auf. Es ist wohl anzunehmen, dass wir es mit unserem Freund zu tun haben. Oder was meinst du?«

»Ich wünschte, ich könnte widersprechen.«

»Damit wäre Becker zuständig. Wenn wir ihn außen vor lassen, macht er uns die Hölle heiß.«

Fuchs nickte und kratzte sich nachdenklich den Nacken. Einer Eingebung folgend zog er sein Handy aus der Tasche und wählte einen Kontakt aus dem Telefonspeicher. »Fuchs hier. Bitte schickt mir die Nummer von Nikolaus Becker und dem heute zuständigen Bereitschaftsdienst der Staatsanwaltschaft ... Ja, per SMS.« Er legte auf. Nachdem die Nachricht angekommen war, wählte er die erste Nummer, ließ es einmal klingeln, legte wieder auf und schob das Handy zurück in die Tasche.

»Was hast du vor?«, fragte Martin.

»Ich warte jetzt kurz, und wenn mich Becker nicht

gleich zurückruft, muss ich wohl oder übel den Bereitschaftsstaatsanwalt informieren.«

Ein leises Lächeln huschte über Martins Gesicht.

»Der Leichenschauschein.« Der Notarzt überreichte Martin einen farbigen Durchschlag. »Eindeutig tot, zweifelsfrei nicht natürlich.«

Auf der Oberlippe des Arztes glänzten Schweißperlen. Fuchs fragte sich, ob sie vom Schock, von der Aufregung oder daher rührten, dass der arme Teufel bestimmt fünfzig Kilo zu viel mit sich herumschleppte. Vermutlich ein bisschen von allem.

»Ich nehme an, für uns gibt es dann nichts mehr zu tun?«, fragte der Arzt.

Martin schüttelte den Kopf. »Danke. Ruhigen Dienst noch.«

»So, die Zeit ist um«, sagte Fuchs, nachdem der Notarzt gegangen war, und wählte die zweite Nummer. Während er darauf wartete, dass abgehoben wurde, schaute er Martin mit entschuldigender Miene an, als wollte er sagen: Becker hatte seine Chance. Nach dem neunten Klingeln hob eine Staatsanwältin ab, die er in Kürze über die Sachlage informierte.

Es kam ihm wie eine Ewigkeit vor, bis Spurensicherung und Staatsanwältin endlich eintrafen. Irgendwie war sein Zeitempfinden aus den Fugen geraten. Er steckte sich eine Zigarette an, obwohl er eigentlich kein Verlangen danach verspürte, und beobachtete die Staatsanwältin, eine junge Frau mit Schmollmund und Pagenschnitt. Ihr Lippenstift wirkte in dem Licht schwarz, was Joachim an eine Domina denken ließ. Der lange schwarze Ledermantel unterstrich diesen Eindruck. Nachdem sie sich einen Überblick verschafft hatte, kam sie auf ihn zu.

»Keine Frage, Herr Fuchs, eine Obduktion ist unumgänglich. Aber ich denke, Sie haben die Sache im Griff. Wenn Sie einverstanden sind, mache ich mich wieder vom Acker.«

»Sicher. Vielen Dank.«

»Wenn Sie möchten, stoße ich morgen zur Obduktion dazu, wobei ich zugegebenermaßen nicht besonders scharf darauf bin.«

»Würde Ihnen der Bericht des Rechtsmediziners reichen?«

Sie setzte ein professionelles Lächeln auf, nickte und reichte allen die Hand.

So angenehm kann die Zusammenarbeit mit der Staatsanwaltschaft sein, dachte Fuchs, als er ihr hinterherschaute. Dann wandte er sich Lara zu. »Bist du bereit?«

Sie nickte.

Nachdem sie in Overalls geschlüpft waren und sich Überschuhe sowie Latexhandschuhe übergestreift hatten, stiegen sie auf den feuchten Betonsockel der Krawattenskulptur. Lara wirkte unsicher und forsch zugleich, wie eine Archäologin, die als Erste eine Grabkammer betreten wollte, aber Angst vor tödlichen Fallen hatte. Joachim half ihr über den gut einen Meter hohen Hemdkragen des überdimensionierten Kunstwerks und kletterte anschließend hinterher. Dann schaltete er eine Taschenlampe ein und ließ den Lichtkegel über die Leiche wandern. Sie war fahl wie eine römische Statue, aber ihre Haut schien auf den ersten Blick unversehrt. Auch aus der Nähe war das Gesicht nicht zu erkennen.

Lara tastete sich mit den Füßen bis zur Kante des Sockels vor und stützte sich vornübergelehnt an der Krawatte ab. Mit Mühe bekam sie das Handgelenk der Toten zu fassen und drehte den Arm nach außen, bis die Ellenbeuge zu sehen war.

»Hier ist nichts«, stöhnte sie.

Um den rechten Arm zu erreichen, musste sie ein Knie zwischen die Beine der Leiche stützen und sich gleichzeitig mit einer Hand am Krawattenrand festhalten. Stück für Stück verlagerte sie das Gewicht nach vorne, während sie ihre freie Hand nach dem Arm der Leiche ausstreckte. Joachim ging in Stellung, für den Fall, dass sie das Gleichgewicht verlor.

Als sie das kalte Handgelenk erreichte und auch diesen Arm drehte, sah sie es. »Er ist es!«, keuchte sie und stieß fast im selben Moment einen Schrei aus.

Fuchs reagierte blitzschnell und packte sie am Hosenbund. »Hab dich!«

Lara ruderte mit den Armen und spuckte wiederholt aus, während er sie zurückzog.

»Was ist passiert?«, fragte er, als sie beide wieder einen festen Stand hatten. Doch Lara antwortete nicht. Sie würgte und wischte sich hektisch mit dem Jackenärmel über den Mund. »Hey, alles okay?«

»Bestens«, gab sie schroff zurück und machte sich daran, seitlich am Sockel hinunterzuklettern.

Fuchs ließ sie in Ruhe und verzichtete auf tröstende Worte, denn er ahnte, dass Beschwichtigungen sie nur zusätzlich verärgern würden. Sie kriegt sich garantiert wieder ein, dachte er und wandte sich stattdessen der Leiche zu. Nachdem er sich den Griff der Taschenlampe in den Mund gesteckt hatte, setzte er vorsichtig einen Schuh auf die Skulptur, genau auf die Stelle, wo Lara ihr Knie abgestützt hatte. Das Teil war wirklich rutschig. Aufgrund seiner Größe fiel es ihm jedoch leichter, den Arm der Toten zu erreichen. Wie Lara zuvor überzeugte er sich von der Einstichstelle. Das Licht streifte hierbei die Flanke der Toten mit dem Ausläufer eines blassen, streifenförmigen Hämatoms. Eindeutig die Handschrift ihres Mörders. Langsam richtete er den Schein der Lampe auf den Vorhang aus dunklen Haaren. Mit zitternden Fingern schob er die nassen Strähnen beiseite. Nein! Unwillkürlich fuhr er zurück. Die Taschenlampe fiel ihm aus dem Mund. »Scheiße!« Nicht die Entstellungen der Leiche hatten ihm diesen Aufschrei entlockt – es war das Gesicht der Toten, das er sofort wiedererkannt hatte.

20

Es war die vierte oder fünfte Tasse Kaffee, die er hinunterkippte. Dabei hatte ihn der Anblick der Toten eine knappe Stunde zuvor ausreichend wachgerüttelt. Zudem wusste er, dass Koffein ab einer gewissen Dosis völlig kontraproduktiv war, und seine Nerven surrten schon jetzt wie Hochspannungsleitungen. Bei dem Gedanken, Sophia von Münch die Nachricht vom Tod ihrer besten Freundin zu überbringen, drehte sich ihm der Magen um. Trotzdem wollte er es selbst erledigen und nicht einem Kollegen überlassen. Lara wäre dafür zwar grundsätzlich empathisch genug gewesen, aber wie er bei der Zeugenbefragung bemerkt hatte, ging ihr die junge Ärztin gewaltig gegen den Strich. Warum auch immer.

Joachim horchte auf, als sich jemand um Aufmerksamkeit heischend räusperte. Erster Polizeihauptkommissar Christian Röhm, der wegen der aktuellen Wendung im Fall ausnahmsweise zu dieser frühen Stunde aus dem Bett gestiegen war, saß am schmalen Ende der Tischgruppe und sah über die Gläser seiner rahmenlosen Brille hinweg in die Runde. Das zum Kaschieren seiner beginnenden Glatze meist streng gescheitelte Haar wirkte wie ein unfertiges Vogelnest, was verriet, dass er vor Kurzem noch im Bett gelegen hatte. Dagegen waren seine Augen hellwach mit einem fast fiebrigen Glanz.

»Ihr alle wisst, warum wir hier sind. Es wurde wieder eine Leiche gefunden. Bei der Toten handelt es sich allem Anschein nach um diese vermisste Ärztin, Sabine Luzius.«

»Christina«, korrigierte ihn Fuchs. »Und sie ist es ganz sicher.«

»Es gibt Hinweise, dass es sich um unseren Täter handelt«, fuhr Röhm fort. »In beiden Fällen haben wir es mit jungen Ärztinnen zu tun, die Einstichstellen in den Armbeugen aufweisen, wobei diese beim jüngsten Opfer natürlich auch von Drogenmissbrauch herrühren könnte.«

»Äußerst unwahrscheinlich«, brummte Fuchs, sichtlich genervt von Röhms Gehabe.

»Doch wir haben auch eindeutige Unterschiede zu dem anderen Casus, die wir nicht außer Acht lassen dürfen. Die erste Leiche wurde still und heimlich beseitigt, die zweite dagegen öffentlich zur Schau gestellt. Man stelle sich mal vor, sie wäre erst morgens entdeckt worden, wenn es dort von Menschen nur so wimmelt. Die markanteste Abweichung im Täterverhalten ist sicher die Art und Weise, wie er das Opfer exponiert hat: Mund und Augen wurden zugenäht. Diese Schändung schreit einen ja geradezu an. So etwas habe ich noch nicht gesehen. Was könnte das bedeuten?« Er schaute zu Lara hinüber, die ebenfalls darüber nachzudenken schien.

»Diese Symbolik lässt viel Spielraum für Spekulationen zu«, sagte sie schließlich. »Das Opfer könnte beispielsweise zu Lebzeiten etwas gesehen haben, das sie nicht hätte sehen sollen. Vielleicht hat sie darüber gesprochen und den Täter dadurch kompromittiert. Eine andere Möglichkeit wäre, dass er sie zum Schweigen bringen wollte und es nicht ertragen hat, dass sie ihn ansieht.«

»Hätten es da nicht auch eine Augenbinde und ein Knebel getan?«, fragte Röhm blasiert.

»An was denkst du denn schon wieder?«, fragte Huber und grinste. Offenbar konnte er dem Drang nicht widerstehen, seinen prüden Vorgesetzten aus der Reserve zu locken. Röhms Blick nach zu urteilen hatte der den Scherz aber nicht verstanden.

Lara zuckte die Schultern. »Schon – schließt aber die anderen Möglichkeiten nicht aus. Ich sammle bloß Ideen. Wir könnten mal recherchieren und mögliche Bedeutungen zusammentragen.«

»Glaubt ihr, er will damit irgendeine Botschaft übermitteln?« Röhm nahm seine Brille ab und hielt sie gegen das Licht. Nachdem er sie für sauber befunden hatte, setzte er sie wieder auf. »Ich persönlich glaube ja nicht, dass jeder Künstler etwas transportieren möchte. Der eine malt eben ein Bild, weil ihm die Farben und Formen gefallen. Der andere spielt ein Stück auf dem Klavier, ohne damit gleich das zerrüttete Verhältnis zu seiner Mutter zum Ausdruck zu bringen.«

»Damit machst du es dir aber ziemlich einfach«, entgegnete Fuchs.

»Der Typ ist ein Psychopath. Ende des Gesprächs.«

»Nur weil er Frauen ermordet, ist er nicht zwingend ein Psychopath«, wandte Lara ein.

»Was muss er dafür denn noch tun?« Röhm sah sie an.

»Für diese Diagnose müssen ganz bestimmte Kriterien erfüllt sein und auf der sogenannten ›Hares-Checkliste‹ mindestens dreißig von vierzig Punkten ergeben. Dafür kennen wir unseren Täter noch nicht gut genug.«

»Ich weiß nicht, wie es euch geht«, sagte Fuchs, »aber mir bereitet der Fall Bauchschmerzen. Egal ob der Kerl eine Botschaft übermitteln oder uns gezielt verwirren will – sein Vorgehen ist äußerst bedacht. Täter, die so verfahren, halten sich in der Regel nicht nur für besonders schlau, sie sind es auch.«

Lara sah zu ihm. »Ich fürchte, du hast recht. Man erinnere sich an den Zodiak-Killer, der Rätsel mit angeblichen Hinweisen auf seine Identität an die Presse verschickt hat.«

»Und im ganzen Land brach das Rätselfieber aus«, sagte Kern.

»Hat nicht ein älteres Ehepaar einen der Codes geknackt?«, fragte Huber.

Kern nickte. »Das war wie bei einem Fernsehquiz.«

»Geholfen hat es trotzdem nichts«, sagte Fuchs. »Zodiak wurde nie gefasst.«

»Es gibt übrigens noch einen Unterschied zwischen den beiden Opfern«, sagte Lara. Alle Blicke waren nun wieder auf sie gerichtet. »Wir haben diesmal keine klaffenden Wunden durch den Hochdruckreiniger, nur Hämatome. Es scheint, als hätte er ihn diesmal mit mehr Umsicht eingesetzt.«

»Ich frage mich immer noch, was diese Prozedur soll«, überlegte Huber laut.

»Ein Dampfstrahler ist doch ein Reinigungsgerät«, bemerkte Kern nachdenklich. »Was, wenn er damit nur seine Spuren verwischen will?«

»Das wäre eigentlich naheliegend«, sagte Röhm.

»Vielleicht hat diese Reinigung auch einen tiefergehenden Sinn«, schlug Lara vor. »Ein symbolischer Akt – wie bei dem zugenähten Mund und den zugenähten Augen. Zum Beispiel eine Reinigung von vergangenen Sünden, welche die Opfer möglicherweise in den Augen des Täters begangen haben.«

Röhm schüttelte den Kopf. »Jetzt kommt sie schon wieder mit ihren Symbolen.«

Lara sah ihn an und versuchte auszumachen, ob er sie bloß neckte oder bereits verspottete.

»Dazu fällt mir etwas ein …«, sagte Fuchs. »Der Tod scheint ja in beiden Fällen durch Abzapfen großer Blutmengen eingetreten zu sein. Ich habe mich mittlerweile etwas eingelesen – früher war der Aderlass eine gängige Therapie, um den Körper von Giften zu befreien. Auch hier könnte man wieder den Aspekt der Reinigung sehen, nur diesmal eher im Sinne einer Katharsis, also einer Reinigung von innen.«

»Ach herrje!« Röhm zog ein Gesicht, als hätte er in eine Zitrone gebissen. »Das klingt mir alles ziemlich weit hergeholt.«

»Was daran liegen mag, dass wir es hier auch mit einem völlig anderen Tätertypus zu tun haben als sonst«, entgegnete Fuchs.

»Willst du jetzt die Verbrecherjagd revolutionieren?«

»Ich denke, dass der eine oder andere alternative Denkansatz durchaus angebracht ist, findest du nicht?«

»Ich bin ein Freund des Bewährten.«

»Dann lass uns doch an deinem reichen Erfahrungsfundus teilhaben.«

»Das Motiv dieses Spinners ist ganz primitiv: Geilheit, Mordlust oder Wahnsinn.«

Fuchs hob die Augenbrauen und warf Lara einen genervten Blick zu.

»Ich bezweifle, dass wir diese Typen jemals begreifen werden«, fuhr Röhm fort. »Wichtig ist nur, dass wir sie stoppen.«

»Wofür wir ihnen aber erst mal auf die Schliche kommen müssen. Und das geht umso schneller, je eher wir sie verstehen. Es kann daher nicht schaden, gedanklich offen zu bleiben.«

Röhm stand auf. »Aber wir müssen unsere Kräfte bündeln und können nicht jeder abstrusen Theorie hinterherjagen. Dazu fehlen uns einfach die Ressourcen. Bisher tappen wir trotz etlicher Spuren im Dunkeln.«

»Ich weiß nicht, was du an unseren Gedankengängen nicht verstehst«, entgegnete Fuchs.

Huber hatte die Augen zusammengekniffen und sah Fuchs und Röhm im Wechsel an, als würde er einem Tennismatch beiwohnen. Schließlich hakte er ein: »Was haltet ihr eigentlich von dem Fundort? Das ist der ungewöhnlichste Schauplatz, der mir je untergekommen ist.«

Röhm nickte. »Gibt es irgendeine Verbindung des Opfers zu dieser Bank?«

»Bisher nichts bekannt. Wäre sie Bankerin und nicht Ärztin gewesen, würde ich zwangsläufig an einen politisch motivierten Mord im Stil der RAF denken«, sagte Fuchs und spürte sogleich ein Ziehen in der Narbe auf seiner Brust. »Aber wisst ihr, was mich stört? Das alles erscheint mir so inszeniert. Als würde er versuchen, uns vom Campus wegzulocken.«

»Mag sein«, grummelte Röhm. »Was ist eigentlich mit den Verdächtigen?«

Fuchs schüttelte den Kopf. »Überprüfen noch die Alibis, sieht aber nicht so aus, als wäre unser Mann dabei.«

Die Tür zum Besprechungsraum ging auf, und Hermann Kreiling kam herein. Fuchs vermutete, dass der Chef gleich den Platz neben Röhm einnehmen und die beiden sich dann in gewohnter Manier die Bälle zuspielen würden. Batman und Robin. Sancho und Pancho. Pinky und Brain.

Doch stattdessen grüßte Kreiling knapp in die Runde und deutete auf Fuchs. »Kann ich Sie bitte mal unter vier Augen sprechen?«

Joachim erhob sich und folgte ihm aus dem Besprechungsraum. Währenddessen überlegte er fieberhaft, was sein Vorgesetzter wohl von ihm wollte. In Anbetracht der tiefen Falte auf dessen Stirn würde es sich aber kaum um eine Gehaltserhöhung handeln. Kreiling bedeutete ihm, die Tür zu schließen.

»Herr Fuchs, man hat sich bei mir über Ihre kruden Ermittlungsmethoden beschwert.«

»Wie bitte?«

»Sie haben mich schon verstanden. Zudem kommt die Beschwerde vom Dekan der medizinischen Fakultät.«

»Der heißt nicht zufällig Askold?«

»Sie wissen also, worum es geht?«

»Na ja …« Fuchs hatte das Gefühl zu schrumpfen.

»Soll ich Ihnen auf die Sprünge helfen?«

»Vielleicht habe ich einen etwas unhöflichen Eindruck bei Herrn Askold hinterlassen, aber ich habe ihn sicher nicht zu hart angepackt.«

»Das sieht Matthias aber anders.«

»Matthias?«

»Ja, Matthias. Sein Vater und ich sind seit vielen Jahren eng befreundet.«

Irgendwie gelang es Fuchs, ein Entgleiten seiner Gesichtszüge zu verhindern. »Tut mir leid, Chef, das wusste ich nicht. Aber wir sind einem Hinweis gefolgt. Es war eine ganz normale Befragung.«

»Und die Sache mit der Spermaprobe? Ist das Ihr übliches Vorgehen?«

Fuchs errötete.

»Das ist kein Lausbubenstreich, Herr Fuchs. Für gewöhnlich zieht so etwas Sanktionen nach sich.«

»Der Bengel war rotzfrech! Er kann froh sein, dass ich ihn nicht einkassiert und mit aufs Revier geschleift habe.«

»Dann hätten Sie das tun sollen! Das wäre wenigstens lege artis gewesen.« Kreilings versteinerte Miene entspannte sich etwas. »Ich bin ja nicht von gestern, Herr Fuchs, und kann mir Matthias' Gebaren durchaus vorstellen. Er ist speziell, keine Frage. Bestimmt leidet er auch darunter, dass er den Ansprüchen seines Vaters nicht gerecht wird. Immerhin arbeitet er als Laborant auf dem Campus, an dem sein Vater der Dekan ist, weil er den Numerus clausus für das Medizinstudium nicht geschafft hat. Aber …«

»… aber das alles darf mich doch nicht davon abhalten, einen Verdächtigen zu überprüfen.«

»Natürlich nicht. Jedenfalls können Sie hinter sein Alibi einen Haken setzen. Sein Vater hat mir bestätigt, dass er in der Tatzeit mit ihm zusammen war.«

»Aha. Mir hat Askold junior erzählt, er wäre allein zu Hause gewesen und hätte ferngesehen.«

»Dann hat er sich vielleicht geirrt. Sie wissen doch, unter

welchem Stress man steht, wenn einen zwei Kripobeamte in die Mangel nehmen.«

»Aber …«

Kreiling hob die Hand. »Kein Aber mehr! Für Otto lege ich beide Hände ins Feuer. Wenn er sagt, er war in dieser Zeit mit seinem Sohn zusammen, dann ist das so. Er ist ein ehrenwerter Mann. Bis zum Beweis des Gegenteils gilt Matthias also als entlastet.«

»Bis zum Beweis des Gegenteils? Heißt das, ich soll ihn weiter im Auge behalten?«

»Nein! Spreche ich Chinesisch? Er hat ein Alibi. Im Übrigen sieht Matthias von einer offiziellen Beschwerde ab, was Ihnen ein Disziplinarverfahren erspart. Allerdings hat mich sein Vater im Gegenzug darum gebeten, ein Auge auf die Ermittlungen zu haben.«

»Was? Wie soll ich das verstehen?«

»Sie sollen auf dem Campus nicht unnötig Staub aufwirbeln.«

»Aber wenn uns die Spuren doch dort hinführen …«

»Dann ist das so. Aber wie ich gehört habe, hatten Sie auch schon einen Arzt zum Verhör geladen und sich ebenfalls geirrt. Er wurde ja inzwischen von dieser Dolores Irgendwas entlastet. Das wirft weder ein gutes Licht auf das Klinikum noch auf die Polizei.«

»Ich kann die Ermittlungen doch nicht von den Befindlichkeiten Dritter abhängig machen.«

»Natürlich sollen Sie den Spuren und Hinweisen auch weiterhin nachgehen, aber ich möchte nicht, dass Sie aus lauter Verzweiflung Leuten auf die Füße treten.«

»Ich weiß nicht genau, was Sie von mir wollen, Chef.

Soll ich den Fall lösen oder die Ermittlungen nach Askolds Wünschen gestalten?«

»Schauen Sie«, sagte Kreiling in einer Tonlage, als würde er einen letzten Anlauf unternehmen, einem begriffsstutzigen Kind das Einmaleins zu erklären, »das Uniklinikum ist im Grunde auch nur ein Wirtschaftsunternehmen. Es ist sogar mehr als die meisten anderen Betriebe vom Vertrauen ihrer Kundschaft abhängig. Stellen Sie sich die Auswirkungen vor, wenn verbreitet wird, dass sich womöglich ein Mörder auf dem Campus herumtreibt. Die Angelegenheit ist ohnehin brisant genug und wird auch so für extreme Medienresonanz sorgen. Ermittlungsfehler dürfen wir uns daher auf keinen Fall leisten. Das wäre der reinste Zündstoff für die Presse!«

»Was heißt das nun konkret?«

»Ich denke, ich habe mich klar ausgedrückt. Schalten Sie einen Gang runter. Keine Verhöre, wenn Sie nicht ausreichend Indizien haben, und bitte nicht noch mal so einen Unsinn wie mit Matthias. Finden Sie lieber heraus, was es mit der Symbolik des jüngsten Mordes auf sich hat. Durchforsten Sie die Archive. Vielleicht war unser Täter ja früher schon aktiv. Möglicherweise war er bereits psychiatrisch in Behandlung. Stellen Sie eine Anfrage bei der forensischen Psychiatrie. Seien Sie kreativ!«

»Alles klar, Chef.«

Fuchs ging zurück ins Besprechungszimmer. Was für ein verdammter Mist! *Seien Sie kreativ* … Wen wollte der denn verarschen? Wie sollte man mit einer solchen Fußfessel eine anständige Ermittlung leiten? Nicht mal seine Vorgesetzten waren sich hinsichtlich der Ermittlungsprioritäten einig, denn während Röhm jede Art von Symbolik belächelte, hatte Kreiling ihn soeben klipp und klar angewiesen, Untersuchungen in diese Richtung anzustellen. Nun, wenn der Chef das so will, dachte Fuchs und sah mit einer gewissen Schadenfreude zu Röhm, der gerade mit Händen und Füßen auf seine Kollegen einredete.

Fuchs nahm Platz und versuchte, einen Einstieg in die Gesprächsrunde zu finden, merkte aber bald, dass er nach der Unterredung mit Kreiling weder die notwendige Konzentration dazu aufbringen konnte noch den Nerv hatte, Röhms Ausführungen zu folgen. Er sah auf die Uhr. Wann begannen wohl Klinikärzte mit ihrer Arbeit? Vermutlich um sieben. Das war in einer knappen Stunde. War Sophia von Münch erst einmal auf Station, wäre es nur noch eine Frage der Zeit, bis sie vom Tod ihrer Freundin erfuhr. So etwas machte schnell die Runde. Da half meist nicht einmal eine Nachrichtensperre. Früher oder später tauchten erste Gerüchte auf, die sich bei hinreichender Brisanz ausbreiteten wie ein Tumor. Ihm missfiel der Gedanke, dass die junge Ärztin auf diesem Weg davon erfuhr. Wenn er sich beeilte, konnte er sie womöglich noch zu Hause abfangen.

Er sah ein letztes Mal in die Runde. Röhm dozierte, und Lara hörte ihm aufmerksam zu, während Olaf und Martin in ein Privatgespräch vertieft waren.

Sie würden auch eine Weile ohne ihn auskommen.

21

Er stieg aus dem Wagen und ging auf das Haus zu. Oben brannte wieder die Festtagsbeleuchtung, sie war also noch zu Hause. Eine ganze Weile blieb er vor der Tür stehen und zögerte, die Klingel zu drücken, als würde er damit eine Bombe aktivieren. Es war mit Abstand der unangenehmste Teil seiner Arbeit. Obwohl er schon etliche Male solche Nachrichten überbracht hatte, war ihm speiübel. Er gab sich einen Ruck, drückte den Knopf und atmete tief durch, während er auf ihre Stimme aus der Gegensprechanlage wartete. Sie meldete sich und machte ihm sofort auf. Er ging hoch. Seine Muskeln sträubten sich vor jeder einzelnen Stufe, die Beine fühlten sich an wie Stelzen. Während der Fahrt war er in Gedanken immer und immer wieder seinen Text durchgegangen, doch dann war ihm klar geworden, dass es die richtigen Worte nicht gab. Er ging ohnehin davon aus, dass sie überflüssig waren. Sophia würde es wissen, sobald sie seinen Gesichtsausdruck sah. So war es meistens. Eltern verschollener Kinder, Frauen verunglückter Männer – fast alle wussten es in der Sekunde, in der er vor ihrer Tür stand und sie mit einem bestimmten Blick bedachte. Aber egal, was er sagte – nichts davon konnte den Schmerz der Betroffenen lindern.

»Hallo.« Ihre Stimme klang überrascht, fast heiter.

Wie schon die Male zuvor stand sie in der Tür, als er den Treppenabsatz erreichte. Er hatte den Blick bis zur letzten Stufe zu Boden gerichtet, wollte den Moment der Wahrheit so lange wie möglich hinauszögern, doch als er zu ihr aufsah, bemerkte er augenblicklich die Veränderung in ihrem Gesicht, den fragenden und doch wissenden Blick. Die Ahnung. Fuchs presste die Lippen zusammen und nickte. Ihr Körper versteifte sich, und aus ihrem Mund drang ein qualvoller Laut, der dünner wurde und schließlich in ihrer Kehle versiegte. Wie in Zeitlupe rutschte sie mit dem Rücken an der Türzarge hinab. Fuchs machte einen Satz nach vorne, nahm sie in die Arme und drückte sie fest an sich. Sie ließ es geschehen. Ihr Körper bebte und wurde von heftigen Schluchzern geschüttelt. Fuchs spürte ihre warmen Tränen an seiner Brust und einen Druck hinter seinen eigenen Augen.

Was war das nur für ein Job, den er da tagein, tagaus machte? Seine Mutter hatte recht. Es war schrecklich. Wäre er doch in die Fußstapfen seines Vaters getreten. Dann dürfte er sich mit Formeln herumschlagen, anstatt eine derartige Bürde zu tragen. Was hatte ein Physiker schon zu verlieren? Oder ein Bäcker? Ein Friseur? Einen verpatzten Haarschnitt vielleicht oder ein Blech verbrannter Croissants. Wenn er hingegen keinen guten Job machte, starben Menschen. So wie jetzt.

Das alles war eine riesengroße Scheiße!

Er musste dieses Schwein fassen!

Egal um welchen Preis.

22

Fuchs verspürte eine gewisse Genugtuung, als er bemerkte, dass sich das Institut für forensische Psychiatrie ebenfalls auf dem Campus befand und nur eine Querstraße von dem Gebäude entfernt lag, in dem Askold vermutlich gerade Ratten sezierte. Aber Kreiling hatte ihn selbst damit beauftragt, sich hinter die Symbolik des Falls zu klemmen. Somit konnte er später wohl kaum meckern.

Fuchs parkte den Wagen im eingeschränkten Halteverbot und legte einen Zettel mit seiner Handynummer hinter die Windschutzscheibe.

Kriminalpolizei im Einsatz. Bevor Sie mich aufschreiben oder abschleppen lassen – rufen Sie an!

Das klappte immer. Er stieg aus, überquerte die Straße und betrat das Gebäude. Sowohl die Fassade als auch das Interieur ließen vermuten, dass sich Fördergelder eher selten in diesen Wissenschaftszweig verirrten. Fuchs fragte sich, ob es um das Institut wirklich so schlecht bestellt war, dass man die Flurbeleuchtung aus Spargründen ausließ. Vielleicht sollte dieses Halbdunkel aber auch den düsteren Ruf der hier beheimateten Disziplin unterstreichen. Er klopfte an eine Holztür, an der er mit Mühe ein Schild entziffern konnte:

Professor Dr. Reinhold Stein
Institut für Sexualforschung und forensische Psychiatrie

Die Tür ging auf und gab den Blick auf ein holzvertäfeltes Büro frei. Die schwache Beleuchtung setzte sich hier zwar fort, allerdings wirkte die Innenausstattung hochwertig. Vor Joachim stand ein älterer Herr, der ihm die Hand entgegenstreckte.

»Sie müssen Herr Fuchs von der Kripo sein. Ich bin Reinhold Stein. Kommen Sie herein.«

Fuchs überlegte, ob der Professor nicht längst emeritiert war, doch sein kraftvoller Händedruck stand in krassem Kontrast zu der greisenhaften Erscheinung. Das Deckhaar war einer wettergegerbten Glatze gewichen. Er sah Fuchs aus wasserblauen Augen an, der Blick offen und ruhig.

»Danke. Ich habe ja vorhin am Telefon schon angedeutet, dass ich mir Informationen von Ihnen erhoffe, die uns in einem aktuellen Fall weiterhelfen könnten.«

»Ja, das sagten Sie. Es geht vermutlich um den Mordfall mit dieser Wasserleiche?«

»Richtig.«

»Ich habe in der Zeitung darüber gelesen. Besuch von Polizeibeamten hatte ich schon häufiger. Aber meist vom Sittendezernat. Die Mordkommission war noch nicht so oft hier.«

Fuchs sah sich um. In hohen verglasten Regalen türmten sich Unmengen von Büchern. Er blieb vor einer Vitrine stehen und musterte eine Skulptur aus Speckstein in der obersten Etage. Ihr beleibter Körper mit dem hängenden Busen erinnerte an eine Fruchtbarkeitsgöttin fremder Kulturen.

»Nehmen Sie doch bitte Platz.« Steins faltige Hand wies auf einen barocken Stuhl vor dem Schreibtisch.

Fuchs setzte sich und schilderte dem Professor, der ihm konzentriert zuhörte, sein Anliegen. Zwischendurch senkte der seinen wachen Blick und nickte.

»Sie ahnen nicht, in wie vielen Menschen das Böse steckt«, sagte er schließlich. »Das Einzige, was den Großteil der Bevölkerung von den Monstern unserer Gesellschaft unterscheidet, ist die Möglichkeit, bestimmte Impulse zu unterdrücken.«

»Sprechen Sie von der Menschheit im Allgemeinen?«

»Sicher. Egal wo Sie hinschauen. In jedem Land dieser Welt das Gleiche.«

»Hm. Es muss doch regionale Unterschiede geben? Wenn ich mich recht entsinne, haben die Vereinigten Staaten die längste Liste von Serienmördern.«

»Vor allem solche, die zu Berühmtheit gelangten. Aber die Geschichte zeigt, dass wir auch hierzulande einige äußerst pervertierte Persönlichkeiten hervorgebracht haben. Ich weiß das, denn immerhin betreibe ich meine Forschungen in Deutschland. Doch meine Probanden sind von unterschiedlicher Herkunft. Bisher konnte ich keine nennenswerten Differenzen bezüglich triebhafter Verhaltensstörungen in Abhängigkeit von der ethnischen Zugehörigkeit entdecken.«

»Sie sprachen von Probanden. Wie gewinnen Sie Ihre Versuchspersonen?«

»Ein bisschen anwerben muss man sie schon.« Er lächelte spitzbübisch.

»Sie werden wohl kaum Plakate aufstellen. ›Treten Sie ein! Heute untersuchen wir Ihre perverse Veranlagung.‹«

»Nein, das nicht. Aber Sie wären erstaunt, was die Leute

für einen kleinen Obolus im Dienste der Wissenschaft alles tun.«

»Amüsieren Sie mich doch mit ein paar Details!«

Der Professor neigte abschätzend den Kopf. »Ich wüsste nicht, was das mit Ihrem Fall zu tun hat.«

»Mein Gehirn bringt oft gute Ideen hervor, wenn es neuen Input bekommt.« Als Fuchs merkte, dass er Stein noch nicht überzeugt hatte, setzte er nach: »Sie würden mir möglicherweise helfen, einen Mörder besser zu verstehen.«

Der Professor musterte Fuchs und verzog seinen Mund zu einem wissenden Lächeln.

»Erwischt.« Fuchs hob kapitulierend die Hände. »Ich gebe zu, dass Sie auch meine persönliche Neugier befriedigen würden.«

Die Ehrlichkeit seiner Aussage schien den Professor zufriedenzustellen. Er nickte und faltete die Hände wie ein Pastor, der zur Gemeinde spricht. »Sie wissen, was ein Phallograf ist?«

Fuchs schüttelte den Kopf.

»Ein Phallograf ist ein Instrument, mit dem man feinste Änderungen des Penisumfangs messen kann. Er besteht aus einem elastischen Ring, den man über den Penisschaft zieht. Der Ring wiederum ist mit einem Computer verbunden. Ursprünglich wurde das Gerät in den Fünfzigerjahren entwickelt, um Wehrpflichtige zu überführen, die versuchten, sich durch die Angabe homosexueller Neigungen vor dem Wehrdienst zu drücken.«

»Wie genau hat man das bitte gemacht?«

»Man hat den Personen gewisse Bilder oder auch Filmchen gezeigt und beobachtet, ob sich etwas bei ihnen regt.«

»Tatsächlich?« Fuchs schmunzelte.

»Mittlerweile werden Phallografen jedoch überwiegend zum Aufspüren der Ursachen für erektile Dysfunktionen verwendet. Allerdings setzt man sie auch in der Sexualwissenschaft und Kriminalistik ein. Wenn der Proband das Gerät auf seinem Penis platziert hat, spielen wir ihm zum Beispiel Tonbandaufzeichnungen mit sexuellen Inhalten vor. Dabei registrieren wir im Grunde bei jedem eine Änderung der Tumeszenz, sprich ein Anschwellen des Penis.«

»Vorausgesetzt, derjenige ist grundsätzlich dazu imstande, nehme ich an?«

»Ja, das natürlich vorausgesetzt.« Professor Stein räusperte sich. »Als Nächstes spielt man dem Probanden eine ähnlich erotisierende Szene vor …«

»Entschuldigen Sie, nur damit ich mitkomme – Sie spielen Triebtätern Tonspuren von Pornos vor?«

»Stellen Sie sich das eher wie eine erotische Lesung vor. Im zweiten Versuchsaufbau ist diese sinnliche Szene jedoch von gewalttätigen Inhalten geprägt. Zum Beispiel wird nicht einvernehmlicher Sex geschildert. Interessanterweise zeigen auch hier fast alle Probanden eine Regung in ihrem Schwellkörper. Auch die angeblich gesunden.« Er sah Fuchs eindringlich an, während er die letzten Worte im Raum stehen ließ.

»Soll das heißen, jeder Mann hat eine perverse Ader? Ich kann mir kaum vorstellen, dass sich da bei mir etwas regen würde.«

»Vorausgesetzt, das ist kein grundlegendes Problem bei Ihnen.«

Fuchs grinste. »Touché.«

»Wir können es gerne versuchen, wenn Sie wollen?«

»Vielleicht ein andermal, vielen Dank.«

»Ich würde an Ihrer Stelle jedenfalls keine Unsummen darauf verwetten. Glauben Sie mir, ich habe viele Probanden untersucht. Aber um Sie zu beruhigen, ich würde daraus nicht zwangsläufig ableiten, dass jeder Mann positiv auf gewaltträchtige Sexualität anspricht.« Er zwinkerte Joachim versöhnlich zu. »Es ist nicht ganz klar, ob die messbaren physischen Änderungen einfach auf die sexuellen Inhalte zurückzuführen sind oder ob tatsächlich die gewalttätigen Aspekte erotisierend wirken. Das Experiment wird übrigens erst im nächsten Schritt so richtig interessant: Wir fordern die Probanden dabei auf, ihre Erregung, so gut es geht, zu unterdrücken. Und hier trennt sich die Spreu vom Weizen. Während es vielen gelingt, ihre Erregung bei rein sexuellem Geschehen zu unterdrücken, schaffen es einige nicht, sobald es sich um sexuelle Gewalt oder rein gewalttätige Inhalte handelt. Im Grunde haben wir damit einen neurobiologischen Nachweis für Sadismus erbracht.«

»Das heißt, manche Personen werden allein durch Gewalt sexuell stimuliert?«

»Ganz genau. Und der Computer lügt nie. Stellen Sie sich das ruhig wie einen genitalen Lügendetektor vor. Um Ihre Frage von vorhin zu beantworten: Meine Forschung ist kein Screening der Gesellschaft, um verkappte Triebtäter zu entlarven. Ich muss bereits im Vorfeld sicher sein, dass die Probanden das gewünschte Merkmal auch tragen.«

»Das gewünschte Merkmal tragen?« Fuchs runzelte die Brauen.

»Ganz einfach: Für die Erforschung des HI-Virus hat es beispielsweise wenig Sinn, nur gesunde Personen zu untersuchen. Wirklich schlau werden Sie erst, wenn Sie die Untersuchungsergebnisse Gesunder in Kontrast zu denen AIDS-Kranker stellen.«

»Mit anderen Worten, Sie untersuchen aktenkundige Triebtäter?«

»Das ist korrekt. Ich arbeite mit einigen Anstalten zusammen, die verurteilte Sexualstraftäter arrestiert haben. Einige der Probanden sind aber auf freiem Fuß, weil sie ihre Strafen abgesessen oder bestimmte Auflagen erfüllt haben. Sie stellen sich dann entweder freiwillig oder aufgrund eines Dekrets für die Untersuchungen zur Verfügung.«

»Interessant.«

»Wir arbeiten aber auch Hand in Hand mit Dr. Hansen aus der Abteilung für Forensik und Sexualverhalten der psychiatrischen Klinik zusammen. Wir sind hier lediglich das Forschungszentrum.« Professor Stein nahm eine Blechdose vom Schreibtisch, öffnete sie und bot Fuchs eine Pfefferminzpastille an, der dankend ablehnte. Dann schob er sich selbst eine in den Mund und fuhr fort: »Das heißt, Professor Hansen führt therapeutisch aus, was unsere Forschung theoretisch als wirksam erachtet. Antiandrogen-Behandlungen zur chemischen Kastration und solche Dinge.«

»Ich habe jetzt mal eine Frage.«

»Nur zu.« Er schenkte Fuchs ein freundliches Lächeln.

»Schildern Ihnen die Versuchspersonen auch ihre Fantasien? Erfahren Sie mehr über ihre Vergangenheit, Details zu ihren Taten?«

»Ab und zu kommt das vor. Das ist natürlich eine recht intime Wissenschaft, die ich hier betreibe. Da redet sich der ein oder andere schon mal was von der Seele … Worauf zielt Ihre Frage ab?«

»Kriminalpsychologisch gilt es ja als erwiesen, dass bei fast allen Verbrechen dieser Art eine Entwicklung dahintersteckt. Es gibt also kaum einen Serienmörder, der seine Karriere gleich mit einem Mord begonnen hat. Da wurde zuerst die Katze des Nachbarn gemeuchelt, die Scheune eines Bauern abgefackelt, den Freundinnen der Schwester nachgestiegen und so weiter. Sehr viele Serienverbrecher sind vor ihrer Festnahme bereits mit dem Gesetz in Konflikt geraten oder haben sich einer Therapie unterzogen. Der Täter unseres aktuellen Falls ist zweifelsohne sexuell orientiert.«

»Und nun erhoffen Sie sich von mir, dass ich meine Probanden nach Ihrem Täter durchforste?«

»Stimmt.«

»Das ist leider unmöglich.«

»Unmöglich?«

»Ja. Ich kann meine Schweigepflicht nicht einfach über Bord werfen. Am Ende mache ich noch jemanden bloß wegen fragwürdiger Parallelen zu Ihrem Fall zu einem Verdächtigen. Das geht nicht.«

»Ich habe mir das folgendermaßen gedacht«, sagte Fuchs und stützte seine Unterarme auf Steins Schreibtisch. »Ich nenne Ihnen bestimmte Details zu dem Fall, die den Täter profilieren, und Sie überlegen, ob da etwas bei Ihnen klingelt.«

»Ich habe Sie schon verstanden, Herr Fuchs. Aber wie ich bereits sagte: Das geht nicht.«

»Sie wissen, dass man Sie von der Schweigepflicht entbinden kann, wenn dadurch eine Straftat vereitelt werden könnte.« Fuchs wusste, dass dies nicht so einfach war, denn das Anliegen musste in solchen Fällen einem Richter vorgetragen werden, der knallharte Fakten und nicht wachsweiche Indizien verlangte. Die Erfolgsaussichten für eine Anklage mussten zudem ziemlich groß sein. Der Besuch hier im Büro des Professors war dagegen kaum mehr als ein Schuss ins Blaue.

»Weiß ich. Dann gehen Sie aber bitte auch den offiziellen Weg und lassen Sie mich richterlich von der Schweigepflicht entbinden.«

Nicht auch das noch, dachte Fuchs. Wenn der Richter nicht gerade bei bester Laune war, weil er im Lotto gewonnen oder Nachwuchs bekommen hatte, konnte er das vergessen. Üblicherweise war der offizielle Weg eine Tortur. Nervtötend hoch zehn. Er überlegte. Vielleicht gab es noch eine andere Möglichkeit … Die war zwar keineswegs angenehmer, führte aber mit etwas Glück schneller zum Ziel: Er könnte Staatsanwalt Becker mit dem Anliegen beknien. Aber vermutlich würde das Arschloch vor dem Herrn zunächst seine Machtposition auskosten und Joachim als Gegenleistung durch einen brennenden Reifen springen lassen. Verdammt!

»Soll ich Ihnen mal Fotos von den Opfern zeigen?«, fragte Fuchs und bedachte Stein mit einem eisigen Blick. »Möglicherweise ändert das Ihre Meinung?«

»Ich kann Sie ja verstehen, Herr Fuchs, aber ohne richterlichen Beschluss sage ich kein Wort.«

»Ich kann *Sie* aber nicht verstehen! Stellen Sie sich vor,

Ihre Frau oder Ihre Tochter wird von einem Wahnsinnigen gefoltert und verstümmelt!«

»Ich habe weder Frau noch Tochter.«

»Dann Ihre Exfrau oder Ihr Sohn – wie auch immer.«

»Weder noch. Ich hätte den Phallografentest in den Fünfzigern bestanden und wäre ausgemustert worden.«

Fuchs sah Stein irritiert an. »Ihre sexuelle Gesinnung ist mir einerlei, Professor. Die meines Täters dagegen nicht.«

»Es tut mir wirklich leid, Herr Fuchs.«

Fuchs erhob sich und schob den Stuhl an seinen Platz. Sein Gefühl sagte ihm, dass hier nichts zu holen war. Professor Stein würde verschlossen bleiben wie eine Auster. »Wenn eine weitere Leiche auftauchen und sich herausstellen sollte, dass der Täter in Ihrer Kartei war, Sie den Mord also hätten verhindern können, werde ich der Presse von Ihrer Hilfsbereitschaft berichten. Das findet sicher nicht nur in der Öffentlichkeit großen Anklang, sondern auch bei den Angehörigen der Opfer. Dann können Sie sich auf den Shitstorm des Jahrhunderts einstellen, falls Sie wissen, was das ist. Und Ihr Institut wird auf der Prioritätenliste für Fördergelder noch weiter nach hinten rutschen. Wer weiß, wann das Gebäude dann die längst überfällige Renovierung erhält.«

Wenige Sekunden nachdem der Hall der hinter ihm ins Schloss krachenden Tür im Flur verebbt war, hörte Fuchs, wie diese wieder geöffnet wurde.

»Sie suchen einen Mann um die dreißig!«, rief ihm der Professor hinterher. »Kaukasischer Typ. Überdurchschnittlich intelligent, sexuell motiviert mit sadistischen Zügen. Die Ursachen hierfür sind meist in der Kindheit zu finden.

Ein gestörtes Verhältnis zur Mutter würde mich nicht wundern. Mehr kann ich Ihnen leider nicht sagen.«

Mit diesen Worten ließ er Fuchs allein im Halbdunkel zurück. Joachim wollte dem Professor gerade folgen, um nachzuhaken, da klingelte sein Handy. Er sah aufs Display und nahm den Anruf sofort entgegen. »Martin, was gibt es?«

»Wenn du gerade nichts Besseres zu tun hast, mach dich auf die Socken und komm aufs Revier! Wir haben Roger Luzius gefunden.«

23

»Er lügt«, sagte Martin Huber und deutete auf den Einwegspiegel des Verhörraums, in dem Roger Luzius reglos auf einem Stuhl saß und wie hypnotisiert einen Punkt an der gegenüberliegenden Wand anstarrte.

»Wieso bist du dir so sicher?«, wollte Fuchs wissen.

»Weil ich eben erfahren habe, dass er für die fraglichen Tage ein Doppelzimmer in einem Wellnesshotel bei Füssen gebucht hatte. Er war nicht in New York. Das ließ sich auch anhand der Kreditkartenabrechnung nachweisen. Olaf hat bereits mit dem Rezeptionisten des Hotels gesprochen. Der hat sich anfangs auf seine Diskretion berufen, letztendlich aber zugegeben, dass Luzius dort eingecheckt hat. Und zwar mit einer jungen Blondine.«

»Hast du ihn schon damit konfrontiert?«

»Nein, wie gesagt, ich habe es eben erst erfahren.«

»Dann habt ihr ihn inzwischen ein Weilchen da drin schmoren lassen?«

Martin grinste. »Ein wenig.«

»Gut, ich gehe rein.«

Fuchs betrat den Raum und schloss die Tür hinter sich. Er stellte sich vor und nahm Platz. »Ich leite die Ermittlungen in diesem Fall. Mein Kollege sagte mir, Sie seien bis gestern bei einem Kongress in New York gewesen?«

»Ja.«

»Wie haben Sie davon erfahren, dass Ihre Frau vermisst wird?«

»Ich habe mit einer ihrer Freundinnen telefoniert.«

»Mit Sophia von Münch?«

»Ja.«

»Wann haben Sie mit ihr gesprochen?«

Luzius dachte kurz nach. »Das muss gestern Abend gewesen sein.«

Fuchs überlegte, warum Sophia ihm nichts von diesem Telefonat erzählt hatte. »Weshalb haben Sie mit Frau von Münch gesprochen?«

»Weil sich meine Frau nicht gemeldet hat und ich sie auch nicht erreichen konnte.«

Fuchs sah Luzius an, ohne eine Miene zu verziehen.

»Das ist untypisch für sie«, erklärte er. »Normalerweise meldet sie sich regelmäßig. Mindestens dreimal am Tag. Da habe ich mir Sorgen gemacht.«

»Was haben Sie getan, nachdem Sie erfahren haben, dass Ihre Frau vermisst wird?«

»Ich bin sofort zurückgekommen.«

»Aus New York?«

»Ja.«

»Was ziemlich schnell ging.«

»Wenn man hört, dass die eigene Frau vermisst wird …«

Fuchs lehnte sich im Stuhl zurück. Luzius war ein gut aussehender Kerl, das musste er zugeben. Doch warum betrog er seine Frau? Wahrscheinlich aus demselben Grund, warum sich ein Rüde die Eier leckt: Weil er es kann. Roger Luzius hatte den Job, das Aussehen und vermutlich auch den Charme, um die schönsten Frauen um den Finger zu wickeln. Aber allem voran besaß er auch die notwendige Skrupellosigkeit, trotz Ehefrau von diesen Vorzügen Gebrauch zu machen. Gab es heutzutage überhaupt noch integre Menschen? Wahrscheinlich gehörte der Homo sapiens einfach nicht zu den monogamen Spezies, und die Leute waren bloß zu optimistisch, zu stur oder zu ignorant das einzusehen? Automatisch musste er an Claudine denken, an den Tag, als sie ihm ihre Affäre gebeichtet hatte und er keine Stunde später mit gepackter Tasche im Holiday Inn eingezogen war. Sicher war ihre Ehe bis dahin schon eine ganze Weile nicht mehr auf dem Zenit gewesen, aber kommen sehen hatte er dieses Ende nicht. Der blinde Kommissar. Womöglich funktionierte sein Spürsinn nur im Job.

»Was wissen Sie über die Umstände, unter denen Ihre Frau verschwunden ist?«

»Nur dass auf unserer Treppe Blut war.« Luzius' Kinn begann zu zittern.

»Hat Ihnen das ebenfalls Frau von Münch erzählt?«

»Ja.«

Fuchs überlegte, wie viel er preisgeben durfte. Immerhin war zu diesem Zeitpunkt der Ermittlung noch alles möglich. Vielleicht saß der Mörder gerade vor ihm – mit einem moralisch zwar verwerflichen, dafür aber umso glaubhafteren Alibi. Er entschied sich, Luzius' Reaktion abzuwarten, wenn er das Kunstblut erwähnte.

»Das Blut auf der Treppe war übrigens Theaterblut.«

»Was?« Luzius wirkte tatsächlich überrascht. »Was soll das?«

»Ich dachte, das können Sie mir sagen?«

»Ich? Wieso?«

»Wie lange dauert so ein Flug nach New York?«

»Bitte?«

»Ich war noch nie dort. Soll eine tolle Stadt sein.«

»Etwa achteinhalb Stunden. Aber …«

»Sie werden vermutlich kaum Zeit für Stadtbesichtigungen gehabt haben, oder?«

»Na ja … das Kongressprogramm dauert nicht den ganzen Tag. Für einen Abstecher hier und dort reicht es schon.«

»Wie erklären Sie sich dann, dass Ihr Name auf keiner der Passagierlisten erscheint?«

»Das muss ein Fehler sein.«

»Eine andere Frage: Sie kommen vermutlich ziemlich viel rum. Waren Sie schon einmal im Schloss Neuschwanstein?«

»Nein …«, sagte er zögerlich. »Ich verstehe nicht, worauf Sie hinauswollen.«

Langsam hatte Joachim genug von den Lügen. Glaubte der Kerl, es ginge hier um ein gestohlenes Plätzchen aus Mutters Keksdose? Er würde das Verhör abkürzen, schließlich hatte er keine Lust, sich bei diesem Schummerlicht die Nacht um die Ohren zu schlagen.

»Sie waren in Füssen und haben keinen Schlossbesuch geplant? Lassen wir doch den Quatsch! Erzählen Sie mir jetzt bitte die Wahrheit!«

»Sie wissen es doch ohnehin schon. Wozu die Umschweife?«

»Weil Sie gelogen haben und ich Ihnen die Chance geben wollte einzulenken.«

Luzius schwieg.

»Sie sind sich des Ernstes der Lage bewusst?«

»Ich war mit einer anderen Frau unterwegs.« Plötzlich standen Tränen in den Augen des Arztes.

»Wissen wir. Weiter!«

»Nichts weiter. Sie ist eine Famulantin, die ich aus der Klinik kenne. Sie können das überprüfen.«

»Werden wir tun. Wie heißt die Frau?«

»Elena Grabitz.«

»Wusste Ihre Frau von der Affäre?«

»Nein!«

»Sind Sie sich sicher?«

Roger Luzius' gerötete Augen zuckten von links nach rechts. »Ich wüsste nicht woher. Ist das denn wichtig? Sollten Sie nicht den Mörder meiner Frau finden, anstatt mich hier auseinanderzunehmen?«

»Dazu gehört aber auch, Sie von der Liste der Verdächtigen streichen zu können.«

»Mich?«

»Sie wären nicht der Erste, der seine Frau um die Ecke bringt, damit der Weg frei für die Neue ist. Und die Tatsache, dass Sie eine Affäre haben, lässt Sie auch nicht in einem besseren Licht dastehen.«

»Haben Sie nie Scheiße gebaut?« Luzius begann zu schluchzen. »Es tut mir so leid. Es tut mir so leid. Es tut mir so leid …«

Als Fuchs sah, dass der Chirurg wie ein Häufchen Elend in sich zusammenfiel, ließ er von ihm ab. Roger Luzius litt nicht nur unter dem Verlust seiner Frau, sondern zusätzlich unter einem ganzen Berg von Schuldgefühlen. Dieser

Mann war vielleicht untreu gewesen, aber ein Mörder war er nicht. Das sagte ihm sein Bauch. Er stand auf, legte Luzius eine Hand auf die Schulter und sagte: »Falls Ihnen dieser Gedanke gekommen sein sollte – Sie hätten es wahrscheinlich nicht verhindern können.« Dann verließ er den Raum.

Für sechzehn Uhr hatte man ein außerplanmäßiges Meeting einberufen. Olaf, Martin, Lara, Röhm und Becker saßen schon in der Runde, als Joachim eintraf. Was machte denn Becker hier? Vermutlich hatte er sich selbst eingeladen, um wieder allen auf die Nerven zu gehen. Fuchs warf eine Mappe auf den Tisch und nahm Platz. »Er ist es nicht.«

Becker unterbrach ein schallendes Lachen und wandte sich entschuldigend von Lara ab. Auch der Rest des Teams, der bis dahin in Gespräche vertieft gewesen war, drehte die Köpfe.

»*Wer* ist *was* nicht?«, fragte Becker gedehnt.

»Roger Luzius, der Ehemann des zweiten Opfers, ist nicht unser Täter.«

»Woher wissen Sie das?«

»Weil ich mit ihm gesprochen habe.«

»Geht das auch etwas konkreter?«

»Erstens war er zum mutmaßlichen Tatzeitpunkt mit einer anderen Frau in einem Wellnesshotel bei Füssen, wo er sich, so nehme ich an, diversen körperlichen Anwendungen hingegeben hat. Zweitens …«, er dachte kurz nach und machte eine wegwerfende Handbewegung, »… ist mir gerade entfallen. Drittens sagt mir das mein Bauchgefühl.«

»Ihr Bauchgefühl?«

»Ja.«

»Ich nehme an, das wird noch auf ein solideres Fundament gestellt?«

»Sicher. Übrigens ist das nicht der erste Mordfall, den wir lösen, Herr Becker, und mein Bauch hat mir bisher immer gute Dienste erwiesen.«

»Ich denke nur, dass wir zuerst Beweise haben sollten, bevor wir einen Haken hinter das Alibi des Ehemanns machen.«

»Ich habe mit dem Rezeptionisten des Hotels gesprochen, in dem Luzius eingecheckt hatte«, warf Olaf ein.

»Und der hat Dr. Luzius eindeutig identifiziert?«

»Luzius hat mit seiner Kreditkarte bezahlt und musste beim Einchecken seinen Perso vorlegen.«

»Haben Sie diesem Hotelmenschen ein Foto von Luzius gefaxt?«

Kern warf Fuchs einen hilfesuchenden Blick zu, doch der war zu sehr damit beschäftigt, wegen Becker nicht aus der Haut zu fahren. Bestimmt war der Staatsanwalt sauer, weil er nicht zum Fundort der zweiten Leiche gerufen worden war. Doch da er am Morgen den versäumten Anruf von Fuchs auf seinem Handy gesehen haben musste, gab es keine Angriffsfläche für eine Beschwerde.

»Seit wann hängt sich die Staatsanwaltschaft eigentlich so in die Ermittlungen rein?«, platzte es aus Joachim heraus.

»Für gewöhnlich leitet die Staatsanwaltschaft Mordermittlungen, Herr Fuchs.«

»Vielen Dank für den Hinweis.«

»Gerne.«

»Mir geht das gewaltig auf den Sack. Unter Ihrer Führung kommt man sich vor wie ein unmündiges Kind. Ihre Kollegen hängen sich nicht so rein, und wir lösen die Fälle trotzdem. Letztes Jahr hatten wir eine Mordaufklärungsquote von einhundert Prozent. Also bitte halten Sie mal die Bälle flach!«

»Was ist nun eigentlich mit eurer Symbolik?«, grätschte Röhm dazwischen und schob seine Brille zurecht.

»Auf mich wirkt es so«, meldete sich nun Lara, »als wollte uns der Täter auf etwas hinweisen. Selbst wenn er das nur unbewusst tut. Aber hinter der Symbolik verstecken sich meiner Meinung nach seine wahren Beweggründe für den Mord.«

Während sie sprach, ruhte Beckers Blick auf ihren Lippen, was Joachim nicht entging. Offensichtlich gefiel dem Staatsanwalt, was er dort sah.

»Vielleicht gab es beim ersten Mord auch eine Symbolik, die wir nur noch nicht entdeckt haben«, merkte Martin an.

»Möglich – wenn man ausblendet, dass die erste Leiche in den Fluss geworfen wurde«, wandte Röhm blasiert ein, »wo die Chancen gut standen, dass sie niemals oder erst völlig verwest gefunden wird.«

»Das stimmt.« Martin tippte sich an die Schläfe. »Aber wir sollten die Idee trotzdem im Hinterkopf behalten. Wenn wir nicht gezielt nach etwas suchen, finden wir es mit großer Wahrscheinlichkeit auch nicht. Dieser neue Modus Operandi muss ja eine Bedeutung haben.«

»Bei Mord geschieht nichts zufällig«, pflichtete Lara

ihm bei. »Es gibt immer ein tieferes Motiv. Vielleicht nicht bei einem Auftragsmord, wenn es schlicht und einfach ums Geld geht, aber im Übrigen ist Mord eine äußerst persönliche Sache.«

Fuchs hob einen Finger. »Auf Wunsch des Direktors war ich übrigens bei einem forensischen Psychiater und wollte ihm auf den Zahn fühlen. Hätte ja durchaus sein können, dass er jemanden betreut, der mal von Fantasien berichtet hat, die zufällig zu unseren Morden passen. Aber außer einer oberflächlichen Einschätzung zu Ethnie und Alter des Täters sowie einem Hinweis auf Kindheitstraumata als Auslöser für das Täterverhalten, hat er sich strikt auf die Schweigepflicht berufen und jede Zusammenarbeit abgeblockt.«

»Bei wem waren Sie?«, wollte Becker wissen.

»Professor Stein.«

»Hervorragender Wissenschaftler. Mit der Verschwiegenheit nimmt er es aber äußerst genau. Ohne richterlichen Beschluss rückt er nichts raus, das können Sie vergessen. Was man natürlich verstehen kann, wenn man bedenkt, wie delikat sein Tätigkeitsfeld ist.«

Fuchs zögerte einen Augenblick, sprang dann aber über seinen Schatten. »Könnten Sie nicht Ihre Beziehungen spielen lassen?«

Becker schürzte die Lippen. »Lassen Sie mich überlegen – Richter Kempf ist im Urlaub, und von Richterin Weinert bekämen wir den Wisch auch nur mit handfesten Beweisen. Schwierig. Die ärztliche Schweigepflicht ist ein hohes Gut. Aber ein Doppelmord ist natürlich ein Argument. Ich lasse mal meinen Charme spielen.«

Fuchs hätte beinahe gelacht, verkniff es sich aber, weil sich Becker überraschenderweise kooperativ zeigte. Das hatte er sich schwieriger vorgestellt. Bestimmt wollte dieser Schnösel Lara imponieren, die seinen Beitrag tatsächlich mit einem Lächeln quittierte. Joachim überlegte, einen anderen Punkt anzusprechen, der ihn schon vor einer Weile beschäftigt hatte und ihm durch Beckers Aussage nun wieder eingefallen war: Der Staatsanwalt hatte von einem Doppelmord gesprochen, doch Fuchs befürchtete, dass mehr dahintersteckte. Bisher hatte bloß noch niemand gewagt, die zutreffende Bezeichnung für ihren Täter laut auszusprechen. Da er aber bereits zweimal und zu jeweils unterschiedlichen Zeitpunkten zugeschlagen hatte, waren die Kriterien dafür erfüllt.

»Der Definition nach haben wir es mit einem Serienmörder zu tun«, sagte er schließlich.

Becker sah ihn verdutzt an. »Sind Sie da nicht etwas voreilig?«

»Er hat recht«, sagte Lara. »Ein Mörder, zwei Opfer, zwei zeitlich getrennte Ereignisse.«

»Das ist Ihr Spezialgebiet, oder?«, fragte Becker.

»Ein bisschen.«

»Nicht so bescheiden. Frischen Sie unser Wissen doch etwas auf!«

»Ich weiß nicht … So aus dem Stegreif?«

»Keine falsche Scham. Ich glaube, ich spreche hier für die meisten, wenn ich sage, dass wir nicht mal merken würden, wenn Sie uns Unfug erzählen.«

Lara sah ihre Kollegen an und erntete ermunterndes Nicken. »Na gut … also, es gibt verschiedene Arten von

Serienmördern. Man kann in solche unterteilen, die verrückt sind, also den psychotischen Typus, und jene, die einen ganz normalen Eindruck bei ihrer Umwelt hinterlassen. Ein Beispiel für den erstgenannten Typus wäre David Berkowitz, besser bekannt als Son of Sam. Er bekam seine Morde angeblich vom Hund des Nachbarn befohlen. Für weitaus gefährlicher halte ich jedoch die soziopathischen Killer, weil diese Mörder sozial ausgezeichnet integriert sind. Einige sind charismatisch, attraktiv oder auch intelligent, wie Ted Bundy. Er vereinte alle drei Eigenschaften. Bundy hat sich sogar selbst vor Gericht vertreten und die Verhandlung in eine Art Bühnenshow verwandelt. Andere Mörder wie beispielsweise Dennis Rader sind respektierte Mitglieder der Gesellschaft. Er war sogar Präsident der örtlichen Kirchengemeinde. Rader wurde unter dem Pseudonym BTK bekannt. Er gab sich diesen Namen in Anlehnung an seinen Modus Operandi: bind, torture, kill. Also fesseln, foltern und töten. Rader ist in vielerlei Hinsicht ein besonders interessanter Fall, weil er über ein äußerst intaktes soziales Gefüge und höchste Anerkennung in der gesamten Gemeinde verfügte. Darüber hinaus gehört auch er zu der Sorte Mörder, die mit Polizei und Medien in Kontakt treten – ähnlich dem Zodiak, über den wir ja bereits gesprochen haben. Letztlich ist aber jede Merkmalskombination denkbar. Die Antwort auf die Frage, zu welcher Sorte unser Täter zählt, werden wir uns daher mühsam erarbeiten müssen.«

»Aber ein Serienmörder hier in Frankfurt? Wir sind doch nicht in den Staaten«, wandte Becker ein.

»Dann kennen Sie sich wohl in dieser dunklen Sparte deutscher Geschichte einfach nicht aus«, sagte Lara.

Becker lehnte sich lächelnd zurück und machte eine einladende Geste in ihre Richtung. »Ändern Sie das!«

»Nehmen wir zum Beispiel Fritz Honka«, fuhr Lara fort. »Er ermordete vier Prostituierte, zersägte ihre Körper und bewahrte Teile davon in seiner Wohnung auf. Jack the Ripper hat zwar ebenfalls vier Frauen ermordet, sie jedoch nicht in ihre Einzelteile zerlegt. Trotzdem ist sein Name jedem ein Begriff. Dann hätten wir Joachim Kroll. Acht Morde. Bei seiner Festnahme fand man in seiner Gefriertruhe Leichenteile, und auf dem Herd stand ein Topf, in dem Hände und Füße eines vierjährigen Mädchens aus der Nachbarschaft schwammen. Jetzt kommt der Hammer: Man kam ihm nur auf die Spur, weil die Rohrleitung des Hauses verstopfte, nachdem er die Eingeweide des Kindes die Toilette hinuntergespült hatte.«

»Unvorstellbar«, sagte Becker, von Laras improvisiertem Referat offenbar bestens unterhalten.

»Heinrich Pommerenke, das Ungeheuer vom Schwarzwald, tötete elf Frauen. Carl Großmann ermordete und verspeiste rund zwanzig Menschen. Friedrich Haarmann, der Schlächter von Hannover, tötete vierundzwanzig junge Männer, Bruno Lüdke sogar vierundachtzig Frauen … Die Liste ließe sich noch ein Weilchen fortsetzen.«

»Ich glaube, das reicht.« Röhm schüttelte entsetzt den Kopf.

»Wollen wir hoffen, dass wir unseren Burschen erwischen, bevor sich die Leichen derart stapeln«, sagte Becker.

»Sollten wir«, antwortete Lara, »denn ich bin überzeugt, dass das Morden weitergeht. Zwei Leichen in der kurzen Zeit … Falls unser Täter früher schon einmal aktiv war, könnte er jetzt in die Phase der Eskalation eingetreten sein. Das hieße, er läuft sich gerade erst warm.«

Stuhlbeine scharrten über den Boden, als Röhm näher an den Tisch heranrückte. Laras Ausführungen hatten ihn sichtlich nervös gemacht. »Welchen fallanalytischen Ansatz gibt es?«

»Wir arbeiten an einem riesigen Mosaik, das irgendwann ein Bild ergibt. Wann wurden die Morde begangen? Am Wochenende oder unter der Woche? Zu welcher Tageszeit? Das lässt beispielsweise Rückschlüsse auf seinen Beruf zu. Was hat es mit dem Aderlass auf sich? Dann die zugenähten Augen, der zugenähte Mund. Alles scheint darauf hinzudeuten, dass unser Täter nicht nur sadistisch, sondern auch gebildet ist. Zumindest halte ich ihn für belesen. Seine Triebfeder ist die sexuelle Begierde, doch er geht dabei überlegt vor. Er weiß offenbar, wie er seine Spuren verwischt.«

»Apropos Spuren verwischen«, unterbrach sie Martin. »Ich habe mit dem Rechtsmediziner gesprochen, und er sagt, ein Rückschluss von den Dampfstrahlerwunden des ersten Opfers auf den Gerätetypus sei nicht möglich.«

Resigniertes Nicken. Die meisten hatten offenbar mit diesem Ergebnis gerechnet.

Mit einer entschuldigenden Geste wandte sich Martin seiner Kollegin zu, die daraufhin den Gesprächsfaden wieder aufnahm.

»Das abrupte Ändern der Vorgehensweise unseres Täters kann sowohl Intention sein als auch auf Ausprobieren hindeuten. Vielleicht will er uns aber auch täuschen.«

»Eins, zwei oder drei, letzte Chance … vorbei!«, witzelte Becker.

Am liebsten hätte Fuchs ihm seine Mappe ins Gesicht geschlagen und damit zu einem Faustkampf herausgefordert. Diese Tradition mit dem Fehdehandschuh hatte schon etwas für sich gehabt. »Abgesehen von der Fahndung nach dem Täter müssen wir auch präventiv tätig werden«, sagte er stattdessen. »Wenn er seinem Beuteschema treu bleibt, wird das nächste Opfer ebenfalls jung, gut aussehend und braunhaarig sein und in einer Verbindung zur medizinischen Fakultät stehen.«

»Wie sollen wir denn alle Frauen mit diesen Merkmalen auf dem Campus überwachen?«, fragte Röhm.

»Wird schwierig, gebe ich zu. Vielleicht reicht es schon, das nähere Umfeld der beiden Opfer im Auge zu behalten. Immerhin gibt es ja auch zwischen ihnen eine Verbindung. Das könnte somit genauso auf ein potenzielles nächstes Opfer zutreffen.«

»Wie stellst du dir das konkret vor?«, fragte Röhm. »Wir haben doch kaum Leute.«

»Indem wir die Personen unterrichten, die ins Raster des Täters fallen. Wir müssen die Risikogruppen sensibilisieren und sie dazu anhalten, sofort Meldung zu machen, wenn sie etwas Auffälliges beobachten. Ich kann das gerne übernehmen.«

Lara taxierte Fuchs von der Seite, als missfiele ihr dieser Vorschlag, und er fühlte sich auf seltsame Weise ertappt.

»Vielleicht reicht es auch, den Medien einen ausgewählten Hinweis zu liefern«, schlug sie vor. »Wenn die Parallelen zwischen den Opfern von der Presse aufgegriffen werden, könnten sich Personen mit den entsprechenden Merkmalen selbst angesprochen fühlen und wären gleichzeitig gewarnt.«

»Im Angstsäen sind die Medien super«, sagte Olaf.

Auch Becker gefiel die Idee, denn er streckte einen Daumen in die Luft. Lara lächelte schüchtern, während Röhm den Vorschlag innerlich zu sezieren schien.

»Da ist was dran«, sagte er schließlich. »Angst macht wachsam. Wir wollen natürlich keine Panik schüren, aber wenn wir die Information nicht an die Medien weitergeben und es taucht noch eine Leiche auf – wieder jung, hübsch und brünett –, würde es sicher nicht lange dauern, bis ein Journalist diese Parallelen entdeckt. Und dann stünden wir saublöd da.«

Becker formte mit den Fingern eine Pistole und deutete damit auf Röhm wie zum Zeichen, dass auch er endlich begriffen hatte.

Röhm klatschte in die Hände. »Gut, dann lasst uns an die Arbeit gehen. Martin und Olaf, ihr checkt bitte im SIS und POLAS alle ungelösten Fälle der letzten Jahre. Prüft, ob es Fälle mit Verbindung zu medizinischen Fakultäten gibt. Lara, du kümmerst dich bitte um die Recherche im ViCLAS. Ich treibe die Arbeit mit Dragnet weiter voran. Wer kümmert sich um die Prävention?«

»Mit der Presse kann ich reden«, erbot sich Becker.

»Von mir aus gerne. Was macht Herr Fuchs dann?«

»Keine Sorge, gibt genug zu tun«, wiegelte Joachim Röhms Bemühungen ab und stand auf. Er hatte keine Lust, sich wie ein Schwarm Möwen um die Brotkrumen zu prügeln, die Röhm ihnen zuwarf. Außerdem wusste er genau, wo er um sechzehn Uhr sein würde. Dass Röhm vergessen hatte, die bevorstehende Obduktion zu erwähnen, bedeutete entweder, dass er von dem Termin nichts wusste oder davon ausging, dass ohnehin wieder Joachim mit Lara vor Ort sein würde. Der Umstand, keine Aufgabe zugeteilt bekommen zu haben, bot ihm zudem die Chance, die Supervision der Ermittlung zu übernehmen. Er konnte überall die Nase hineinstecken und war somit stets auf dem Laufenden. Die Kreiling-Technik. In Hinblick auf das Beuteschema des Mörders sorgte er sich außerdem vor allem um eine Person, und auf die würde er ein Auge haben. Ob es Lara gefiel oder nicht.

Joachim goss sich einen Kaffee aus der Kanne ein, die er nach dem Koffeinexzess am Morgen bisher ignoriert hatte. Inzwischen konnte er wieder einen Schuss Muntermacher vertragen. Trotz Röhms Appell wollte sich die Runde nicht so recht auflösen. Stattdessen nahmen die Grüppchen wieder ihre Gespräche auf, die sie vor der Besprechung geführt hatten. Becker hatte seinen Stuhl gedreht und redete auf Lara ein. Seiner Körperhaltung nach wollte er sie in Beschlag nehmen, doch sie schien sich davon nicht bedrängt zu fühlen. Joachim entschied, sie später an die Obduktion zu erinnern und den Kaffee stehen zu lassen. Als er den Raum verließ, begleitete ihn Laras Lachen, das irgendwo auf dem Korridor verhallte.

24

Der Korridor mit der edlen dunklen Holzvertäfelung hatte etwas Herrschaftliches, das so gar nicht zu der morbiden Zweckentfremdung der alten Villa passen wollte. Noch dominierte der Geruch von Bohnerwachs, doch das würde sich gleich ändern. Aber diesmal war sie darauf vorbereitet. Lara konzentrierte sich auf ihre Atmung. Drei Sekunden ein, sechs Sekunden aus. Das Problem war, dass sie beim Ausatmen automatisch langsamer zählte, sodass ihr meist schon bei der Zahl fünf die Puste ausging. Trotzdem, die Atemtechnik zeigte allein schon deshalb Wirkung, weil sie von ihren unangenehmen Gedanken ablenkte. Bevor sie sichs versah, war sie die Stufen zum Keller des rechtsmedizinischen Instituts hinabgestiegen, in die Tiefen des Gebäudes und zugleich in die Abgründe der menschlichen Psyche.

Joachim hatte während der ganzen Fahrt geschwiegen. Vermutlich ging ihm der letzte Mord nah, weil er die Freundin des Opfers kannte. Dass dieses *Fräulein von und zu* unverschämt gut aussah, kam erschwerend hinzu. Er war eben auch nur ein Mann. Aber vielleicht tat sie ihm auch unrecht. Es war ebenso möglich, dass ihn Versagensgefühle plagten. Trotz fieberhaften Ermittelns waren sie ein zweites Mal mit den sterblichen Überresten einer jungen Frau konfrontiert worden. An den Fundort einer Leiche gerufen zu werden, war etwas völlig anderes, als vom Verschwinden der Person zu hören. Es war etwas Endgültiges. Lara spürte selbst, wie ihr das an die Substanz ging.

Professor Lehnhardt trug wieder eine Plastikschürze über dem Kittel, was ihn eher wie einen Metzger als wie einen Mediziner aussehen ließ. Nach einer ähnlich knappen Begrüßung wie bei ihrem ersten Besuch wandte er sich der Leiche zu. Mit einem Finger umkreiste er die Armbeuge. »Auch hier haben wir wieder eine Einstichstelle. Und sehen Sie: das gleiche fahle Hautkolorit wie beim letzten Opfer. Es wird sich somit um dieselbe Todesursache handeln. Exsanguination. Ganz anders dagegen das hier.« Er wies auf Christina Luzius' Gesicht.

Ihre Lider waren mit blauem Garn vernäht worden. Falls sie dieses Martyrium bei lebendigem Leib hatte ertragen müssen, war ihr zudem jeder erlösende Schmerzensschrei verwehrt geblieben, da der Täter auch ihre Lippen mit einer fortlaufenden Fadenspirale zusammengenäht hatte.

Die Sektionsassistentin Alexandra – in ihrem grünen Kasack einem Chirurgen wesentlich ähnlicher als ihr Chef – nahm eine Schere vom Tisch, auf dem wieder ein Sammelsurium unterschiedlichster Instrumente lag. Lara musste unwillkürlich an die Folterwerkzeuge aus einem Horrorfilm denken. Auf Anweisung des Professors schnitt Alexandra die Fäden durch, während Lara sich scheinbar unbeeindruckt ans Kopfende der Leiche stellte. Ihr peinlicher Auftritt beim Fundort der Leiche wurmte sie noch immer. Es war an der Zeit, sich zusammenzureißen, bevor am Ende noch jemand auf die Idee kam, sie hätte den falschen Beruf gewählt.

Die Assistentin zog den Faden durch die bleichen Lippen, während sich Lara vornüberbeugte, als wolle sie kein Detail der Darbietung verpassen. Da fiel der Unterkiefer der Toten plötzlich wie zu einem letzten Schrei herunter, und ein kehliger Laut drang aus ihrem Mund. Lara fuhr unwillkürlich zurück.

»Was war das?«, fragte sie, ohne den Blick von der Leiche abzuwenden.

»Eine ganz natürliche Reaktion«, erklärte Lehnhardt, und sie wusste nicht, ob der Professor das Geräusch oder ihr instinktives Zurückweichen meinte. Doch dann nutzte Lehnhardt die Gelegenheit, das Phänomen zu erklären.

»Wenn man nicht darauf gefasst ist, kann das einen schon erschrecken. Es entsteht durch Fäulnisgase, die sich in den Körperöffnungen sammeln und schlagartig entweichen, wenn man diese öffnet. Übrigens ist das die Grundlage für die Entstehung des Vampirmythos – schmatzende Leichen.« Er lächelte ihr aufmunternd zu.

Die Sektionsassistentin hatte inzwischen zu einer Pinzette gegriffen und zupfte die Nähte aus den Augenlidern der Toten. Im Gegensatz zum Mund öffneten sich die Augen nicht von selbst. Alexandra ließ die Fäden in einen Plastikbeutel gleiten, während Professor Lehnhardt den nächsten Schritt erläuterte:

»Das Nahtmaterial lassen wir extern analysieren. Für mich sieht das aber nach Seide aus. Das sind chirurgische Fäden, die aber kaum mehr Verwendung finden. Heute verwendet man fast nur noch synthetische Fäden.«

»Und wofür wird Seide noch benutzt?«, fragte Fuchs.

»Soweit ich weiß, nur noch selten und in ganz bestimmten

Bereichen: Mund- und Kieferchirurgie, Ophthalmologie und Neurochirurgie. Beziehen kann man die Fäden allerdings problemlos über das Internet.« Er streifte sich Latexhandschuhe über und schob Christinas Lider auseinander. Ihre trüben Augen starrten leblos in den Raum.

In diesem Moment flog die Tür auf, und Becker trat ein.

»Netter Versuch!«, blaffte er Fuchs an. »Sie haben wohl gedacht, ich bekomme hiervon nichts mit.«

»Klopfen Sie eigentlich nie an?«, fragte Professor Lehnhardt ungehalten.

»Entschuldigung, Herr Professor«, sagte er mit ironischem Unterton. »Ist es denn nicht mehr üblich, die Ermittlungsleitung zumindest zu fragen, ob sie bei der Obduktion anwesend sein möchte?«

»Habe ich vergangene Nacht bereits getan«, entgegnete Fuchs. »Aber im Gegensatz zu Ihnen war Ihre Kollegin nicht so scharf drauf.«

»Die ist ohnehin nicht zuständig.«

»Im Gegensatz zu Ihnen war sie heute Nacht aber erreichbar.«

»Ich möchte, dass Sie mich in Zukunft auf dem Laufenden halten.«

Fuchs ignorierte ihn, was Becker nur noch wütender machte.

»Ich möchte«, wiederholte er seinen letzten Satz, »dass Sie mich in Zukunft …«

»Okay, Schluss jetzt!« Der Ausdruck in Lehnhardts Gesicht war furchteinflößend. Er sah Becker unverwandt an. »Zur Wahrung der Pietät in diesen vier Wänden bitte ich Sie ein letztes Mal um Ruhe! Sie können sich gerne mit sachdienlichen Aussagen einbringen. Alles andere ante portas!« Er wies zur Tür.

Keine Frage, dachte Lara, die das Wortgefecht stumm beobachtete, das hier war das Revier des Professors. Und in diesen vier Wänden, im Kellergeschoss des rechtsmedizinischen Instituts, ließ er sich von niemandem auf der Nase herumtanzen. In Joachims Zügen spiegelte sich Genugtuung wider, und als Becker dies bemerkte, färbte sich sein Gesicht puterrot. Doch dann begegnete er Laras Blick und schien sich augenblicklich zu besinnen. Beinahe verlegen nickte er ihr zu und schaute anschließend auf seine Uhr. »Habe ohnehin noch einen Termin«, grummelte er. »Und Ihren Bericht, Herr Professor, erwarte ich morgen auf meinem Schreibtisch!« Dann verließ er den Raum.

Professor Lehnhardt lächelte müde. »Eine wirklich akzentuierte Persönlichkeit.«

25

Das sanfte Schaukeln des Wagens weicht einem Rumpeln, als ich auf den Waldweg abbiege. Die Stoßdämpfer, die eben noch gutmütig und träge quietschten, spielen jetzt das Lied vom Tod. Die Teile haben es hinter sich. Kein Wunder, denn der Transporter stammt aus den Neunzigern. Ein T4 von Volkswagen. In poppigen Farben könnte er einem Surfer gehören, doch in dem matten Weiß wirkt er wie ein gewöhnliches Handwerkerfahrzeug. Die Besonderheiten finden sich im Wageninneren, denn durch die zweite Trennwand ist er ein Prachtstück der Täuschung. Die Konstruktion erinnert mich an die Requisite eines Magiers. Eine Zauberkiste mit doppeltem Boden, in der man Dinge verschwinden und wiederauftauchen lässt.

Ich betätige einen Hebel unter dem Sitz und sehe im Rückspiegel, wie sich das Sichtfenster der Originaltrennwand öffnet.

Zusammengerollt wie eine Larve liegt sie dort, und selbst als wir über Schlaglöcher fahren, rührt sie sich nicht. Die Kälte macht ihre Haut körnig wie Schleifpapier. Ich drehe den Rückspiegel wie eine Radarantenne und lasse ihn über ihren Körper wandern, von der hautengen Jeans zu ihrem weißen Top. Kurz verweile ich auf ihren Brüsten und der Spalte dazwischen. Ich nehme ihren gleichmäßigen Atem wahr. Dann betrachte ich ihr Gesicht. Mein Magen zieht sich zusammen. Sie ist nicht so hübsch, wie ich sie in Erinnerung hatte. Die Deckenbeleuchtung ist unvorteilhaft. Bei der nächsten Gelegenheit tausche ich die Birne aus. Ein weißes, ein kühleres Licht muss her.

Ich richte den Blick wieder nach draußen. Die Scheinwerfer huschen über Bäume und Büsche, der restliche Wald ist ein optisches Vakuum. Kurz lenkt mich eine Reflexion am Wegesrand ab, als die Wagenfront urplötzlich abtaucht, doch im nächsten Moment schießt sie wieder aus einer Senke hervor. Wasser klatscht gegen den Unterboden, und auf den Seitenfenstern bleibt ein Schlammschweif zurück. Der befestigte Weg wäre mir lieber gewesen, doch um diese Zeit bleibt mir keine Wahl. Hier bin ich sicher, dass mich niemand entdeckt.

Von hinten höre ich ein Stöhnen, weshalb ich das Tempo drossle. Als ich einen Blick in den Rückspiegel werfe, sehe ich, dass sie sich regt. Die Wirkung des Mittels lässt nach, doch es ist nicht mehr weit.

Vier Minuten später sind wir da. Ich öffne das Tor, parke den Wagen im Schuppen und lege anschließend die schwere Kette ums Tor. Zurück im Schuppen erwartet mich eine Überraschung. Durch die Frontscheibe sehe ich, dass sie sich aufgerichtet hat. Sie starrt mich durch die Luke hindurch an. Fast muss ich lachen, weil sie im Sitzen so taumelt. Ihr Gesicht ist jetzt noch gelber, als leide sie an Hepatitis. Sie richtet den Blick nach unten und nestelt dort angestrengt herum. Ich stelle mir vor, dass sie ihre Hose öffnet, weil sie es, genauso wie ich, kaum erwarten kann. Dann sieht sie wieder auf und hält inne. Ihr Blick wirkt klarer, als ich erwartet hätte. Ich wünsche keinerlei Gegenwehr, und so hole ich das Chloroform aus dem Seitenfach, schüttle die Flasche und höre die Lösung darin umherschwappen. Viel ist nicht mehr drin, doch für heute wird es reichen.

Nachdem ich den Wagen umrundet habe und auf die Ladefläche gestiegen bin, löse ich den Arretierungshebel der zweiten Wand und verschiebe den Motorblock, den ich zur Stabilisierung aber auch Ablenkung dort festgezurrt habe. Vor der Geheimtür positioniert, schraube ich den Deckel von der Flasche und tränke ein Stück Stoff mit der Lösung. Der vertraute süßliche Geruch steigt in meine Nase. Ich halte die Luft an und öffne die Tür.

Ihre Augen sind glasig, die Pupillen weit. Sie wehrt sich nicht, schreit nicht einmal. Vielleicht weil sie weiß, dass es zwecklos ist. Als ich ihr den Lappen aufs Gesicht drücke, zucken ihre Glieder, bevor sie in sich zusammenfällt wie eine Marionette mit gekappten Fäden. Erstaunt von dem raschen Wirkungseintritt, hebe ich sie aus dem Wagen und lege sie auf dem Boden ab. Die Wagentür kracht ins Schloss, und mit ihr erlischt die Innenraumbeleuchtung, lässt uns im Dunkeln zurück. Dann umgreife ich ihre Knöchel und schleife sie zum Haus.

26

1048. 1048. 1–0–4–8. Sie musste sich diese Zahlen merken!

Eine Tür füllte ihr Blickfeld. Schlüssel klimperten. Ein Schloss wurde entriegelt, die Tür ging auf. Irgendwo in der Nähe war ein seltsames Klackern zu hören. Was war das? Noch bevor sie sich weitere Gedanken über das Geräusch machen konnte, wurde sie am Arm gepackt und Stufen hinaufgezerrt. Ihr Brustkorb rutschte schmerzhaft über eine Kante, es knackte, und für einen Moment blieb ihr die Luft weg. Sterne tanzten vor ihren Augen. Irgendwie gelang es ihr, einen Aufschrei zu unterdrücken, doch vor Schmerz war sie kaum imstande zu atmen. Bestimmt war eine Rippe gebrochen. Sie musste sich beherrschen, ihre Atmung kontrollieren. Wenn sie keuchte oder stöhnte, ging er vielleicht davon aus, dass die Betäubung nachließ. Bisher schien er ihr Schauspiel nicht durchschaut zu haben. Aber was, wenn er ihr den Lappen noch einmal aufs Gesicht drückte? Ihr war speiübel, und alles drehte sich, obwohl sie versucht hatte, nichts von dem stinkenden Mittel einzuatmen. Doch ein bisschen musste in ihre Lunge gelangt sein.

Als die Wand des Verschlags aufgegangen war und er vor ihr gestanden hatte, war sie in eine Art Schockstarre verfallen wie bei einer Feldmaus, in deren Rücken sich urplötzlich die Fänge eines Falken graben. Sie hatte eingenässt und die Luft angehalten, doch schon nach wenigen Sekunden den Drang zum Atmen verspürt. Ihre Starre hatte sich gelöst, worauf sie begonnen hatte, mit den Armen zu rudern wie eine Ertrinkende, bis sie irgendwann dem Verlangen nach frischer Luft nachgegeben und etwas von dem Zeug inhaliert hatte. Der Einfall mit der vorgetäuschten Ohnmacht war ihr in letzter Sekunde gekommen. Der rettende Impuls zur schlagartigen Erschlaffung aller Muskeln. Zum Glück war der Mann auf ihre Darbietung hereingefallen und hatte das Stofftuch direkt von ihrem Gesicht genommen. Erst jetzt wurde ihr bewusst, dass ihr die Erinnerung an ein über zwanzig Jahre zurückliegendes Kindheitserlebnis zu Hilfe geeilt sein musste: Ihr großer Bruder hatte sie damals mit einem Spiel namens *Friedhof* geärgert. Dabei hatte er eine Bettdecke über sie geworfen, sich draufgelegt und mit dunkler, dröhnender Stimme immer wieder »FRIEDHOF!« gebrüllt. Die ersten Male war sie vor Platzangst fast gestorben. Sie hatte geweint und geschrien, was ihren Bruder aber nur noch mehr animiert hatte weiterzumachen. Doch eines Tages war sie einfach liegen geblieben wie eine Tote, woraufhin er bald die Lust verloren hatte. So hatte sie gelernt, dass sie Kontrolle erlangte, sobald sie ihre Angst kontrollierte.

Aber das damals war ein SPIEL, und er war dein BRUDER! Nicht irgendein VERRÜCKTER, der dich wahrscheinlich TÖTEN will! Ihre Gedanken schrien, überschlugen sich. *Ruhig! Keinen Mucks! Das ist deine einzige Chance!*

Irgendwie gelang es ihr, die Ruhe zu bewahren, und plötzlich musste sie an Soldaten denken. Die mussten im Krieg schließlich auch funktionieren, obwohl sie bei

Gefechtsübungen nur mit Platzpatronen schossen. Ganz ruhig!

In einer Diele wurde sie abgelegt. Der Mann schloss die Haustür und ging mit knacksenden Knien neben ihr in die Hocke. Dann schob sich sein Gesicht in ihr Blickfeld, und einen Moment betrachtete er sie wie ein Forscher einen seltenen Vogel.

Sie konzentrierte sich, einen leeren Blick zu bewahren, versuchte, durch ihn hindurchzusehen, doch das Herz hämmerte ihr so heftig gegen die Rippen, dass sie glaubte, auch er müsse es hören. Er schien jedoch keine Notiz davon zu nehmen, sondern richtete sie seelenruhig in eine Sitzposition auf, schob seinen Kopf unter ihrer Achsel hindurch und schulterte sie wie einen Zementsack. Dann ging er schwankend auf eine Kellertreppe zu. Bei jedem Schritt jagten höllische Schmerzen durch ihren Brustkorb. Als er die ersten Stufen genommen hatte, kam ihr der Gedanke, sich mit Händen und Füßen zwischen den Wänden zu verkeilen, um ihn irgendwie zu Fall zu bringen. Doch am Ende würde sie sich bei dem Sturz nur selbst das Genick brechen. Sie musste Ruhe bewahren! Abwarten. Ihre Chance erkennen. Immerhin steckte hinten in ihrem Slip noch ihr Handy. Zum Glück war sie so geistesgegenwärtig gewesen und hatte schnell reagiert. Jedenfalls hatte er nicht bemerkt, dass sie es dort versteckt hatte, und solange er es weiterhin nicht entdeckte, war noch nicht alles verloren. Vielleicht konnte man eine Adresse auch über ein unvollständiges Nummernschild herausfinden? *1048.* Wie viele Transporter mit dieser Nummernfolge konnte es schon geben?

Mit jeder Stufe schien die Luft dichter zu werden. Es roch nach Erde, Mörtel und faulem Obst. Unter seinen Sohlen knirschte Sand. Am Fuß der Treppe blieb er stehen und schaltete ein Licht an. Jetzt erkannte sie einen Flur, von dem drei Türen abgingen. Jede mit einem Riegel versehen. Verwittertes Holz. Wieder klimperten Schlüssel. Lautes Klacken. Das Scharren eines Riegels. Türangeln quietschten. Es ging weitere Stufen hinunter, drei oder vier, sie konnte aber wenig erkennen, da das Flurlicht kaum bis in den Raum vordrang. Nach sechs Schritten auf ebenem Boden bog er in einen anderen Raum ab, wo er sich mit ihr über der Schulter durch einen Spalt in der Wand quetschte. Es war stockdunkel. Er ging ein paar Meter und blieb unvermittelt stehen, beugte sich vor und lud sie auf einer harten Unterlage ab. Eine Liege? Ihre Haut berührte kaltes Metall. Nein, das war ein Tisch. Ein Tisch aus Metall. Unwillkürlich kam ihr das Bild eines Obduktionstischs in den Sinn, und schlagartig strömte Adrenalin durch ihre Glieder. Es klickte, eine Glühbirne flackerte über ihrem Kopf auf. Der Mann entfernte sich ein paar Schritte. Aus dem Augenwinkel sah sie, dass er irgendetwas aus einem Regal holte und neben ihr ablegte. Dann griff er nach etwas auf Höhe ihrer Hüfte. Metall rasselte. Er packte ihr Handgelenk und schlang etwas darum. Eine Fessel? Bevor sie den nächsten Gedanken fassen konnte, spürte sie einen Stich in der Ellenbeuge. Fast hätte sie aufgeschrien. Was war das? Es hatte höllisch wehgetan. Zu schmerzhaft für eine gewöhnliche Nadel. Was hatte dieser Verrückte mit ihr vor? Wollte er ihr etwas injizieren? Was, wenn er ihr ein Muskelrelaxan spritzte? Sie wäre nicht mehr imstande, mit der

Wimper zu zucken, geschweige denn zu atmen. Sie würde ersticken. Nein! Das ergab keinen Sinn. Weshalb sollte er das tun?

Der Mann ging um das Fußende des Tischs herum und griff nach ihrer noch freien Linken. Wenn sie jetzt nichts unternahm, war sie verloren. Dann half ihr das Handy auch nicht mehr. Plötzlich vernahm sie ein Brummen. Das Herz rutschte ihr in die Hose. Ein Handy im Vibrationsmodus? Da war es wieder. Eindeutig. Das konnte doch nicht wahr sein! Lieber Gott, bitte nicht jetzt! Mach, dass es aufhört, bevor er es merkt. Das Telefon ist meine letzte Rettung!

Zu spät. Ihr Entführer hielt inne und murmelte etwas, das sie nicht verstand. Gleich würde er ihr das Telefon abnehmen, ihr damit den letzten Strohhalm entreißen. Oder war gerade dieser Anruf ihre Rettung? Eine Hand hatte sie noch frei. Und die Beine. Sie könnte nach ihm treten. Falls sie seinen Unterleib traf, könnte ihr das die nötige Zeit verschaffen. Zeit zur Flucht. Alternativ könnte sie ihre Finger in seine Augen bohren. Genau in dem Moment, wenn seine Hand in ihrer Hose verschwand, um sich das Telefon zu schnappen. Beides dürfte ihn so lange außer Gefecht setzen, bis sie sich befreit hätte. Wieder brummte es. Erst jetzt fiel ihr auf, dass sie die Vibrationen nur hörte, nicht wie erwartet an ihren Pobacken spürte.

Der Mann trat auf sie zu, kam ihrem Gesicht so nah, dass sie seinen Atem auf ihrer Haut fühlte. Ein Schauder lief ihr über den Rücken. Anstatt nach ihrem Handy zu greifen, schlug er ihr fest auf die Wange, taxierte sie. Hatte er das Zucken ihrer Lider bemerkt? Sie blieb liegen, unbewegt, richtete den Blick auf eine Stelle an der Decke, wo ein Stück Fuge abgebröckelt war. Der Moment wollte einfach nicht enden, aber irgendwann wich er einen Schritt zurück. Stoff raschelte.

Erst jetzt verstand sie. Es war nicht ihr Handy, das vibrierte. Es war seins.

»Hallo? … Hallo? … Ich kann Sie leider kaum verstehen.«

Seine Stimme war ruhig. Nicht die geringste Spur von Anspannung. Sie kannte diese Stimme. Aber woher?

»Einen Augenblick bitte.« Der Mann verschwand aus ihrem Blickfeld. Schritte entfernten sich, bis sie in einiger Entfernung das Quietschen einer Tür und das Scharren des Riegels hörte.

Jetzt oder nie!

Schnell machte sie den Lederriemen von ihrem rechten Handgelenk los, zog die dicke Kanüle aus ihrer Ellenbeuge und kramte hektisch ihr Handy hervor. Blut rann an ihrem Arm herab. Sie ignorierte es und drückte den Knopf für die Displaybeleuchtung. Mit Schrecken stellte sie fest, dass sich nichts tat. Sie betätigte den Knopf noch einmal. Und noch einmal. Das konnte doch nicht wahr sein! Lieber Gott, bitte hilf mir! Lass mich jetzt nicht im Stich! Sie begann zu weinen, schluchzte leise. Bitte! Ich werde alles tun, was du von mir verlangst. Ich werde in die Kirche gehen, wenn du das willst. Aber bitte hilf mir!

Nichts tat sich. Das Display blieb schwarz, und ihre Verzweiflung schlug in Zorn um. Gerade als sie das Handy quer durch den Raum schleudern wollte, bemerkte sie feine Risse auf dem Display. Ihr Weinen verstummte abrupt. Wahrscheinlich war das Glas gebrochen, als sie die

Stufen vor dem Haus hinaufgezerrt worden war. Dann war das Knacken vielleicht daher gekommen. Wenn sie Glück hatte, war nur das Display kaputt und das Telefon funktionierte noch. Ihre Freundin Vanessa war monatelang mit einem Handy mit zerbrochenem Display herumgelaufen, und das hatte einwandfrei funktioniert.

Mit der Wischgeste zum Entsperren des Bildschirms fuhr sie über das gesprungene Glas und tippte in die linke untere Ecke, wo sich normalerweise das Hörersymbol befand. Sobald man diesen Bereich berührte, erschienen das Tastenfeld zum Eingeben von Nummern und darüber der zuletzt gewählte Kontakt. Sie erinnerte sich zwar nicht, mit wem sie zuletzt telefoniert hatte, aber das war egal. Hauptsache, irgendjemand ging ran. Ihr blieb nur diese Chance. Sie tippte in das obere Displaydrittel und wartete. Die Sekunden verstrichen, zogen sich wie eine Ewigkeit.

Nachdem sie schon aufgeben wollte, kam es: Zwar mit Knistern und Rauschen – aber sie hatte eine Verbindung. Danke, lieber Gott!

»Hallo …«, meldete sich eine ihr vertraute Stimme, »… ailbox von … ell …«

»Nein!« Sie sprang auf, hielt das Handy in die Höhe, hoffte auf besseren Empfang, doch der Ansagetext der Mailbox drang weiterhin nur in Fetzen zu ihr durch.

Sie hechtete den Weg zurück, den der Mann sie hergeschleppt hatte, und stand dann in einem Raum mit verschlossener Tür. Es war dunkel. Lediglich durch den unteren Türspalt fielen ein paar Lichtstrahlen herein. Als sie das Telefon wieder ans Ohr hielt, hörte sie einen krächzenden Ton, wie das schwache Piepen einer Mailbox. Oder

der Hinweiston auf eine abgebrochene Verbindung. Tränen stiegen ihr in die Augen.

»Hier ist Merit. Wenn du das hier hörst, musst du die Polizei rufen. Ich wurde entführt. Wir sind irgendwo im Wald.« Sie hatte wieder angefangen zu schluchzen. »Hörst du mich? Du musst mir helfen.« Stille.

Merit tastete nach der Türklinke und drückte sie vorsichtig herunter. Verschlossen. Sie rüttelte an der Tür, Holz und Riegel erzitterten, und in diesem Moment brach es aus ihr heraus: »Ich bin in einem Keller eingesperrt! Er hat mich betäubt! Ihr müsst mich hier rausholen! Er hat einen Transporter. Das Kennzeichen hat die Nummer 1048!« Als sie bemerkte, dass sie aus voller Kehle schrie, war es bereits zu spät.

Schritte näherten sich, rasch und polternd. Sie wich zurück, stolperte rückwärts die letzte Stufe hinunter, verlor das Gleichgewicht, stürzte, ließ dabei das Handy fallen und stieß gegen einen an der Wand hängenden Gegenstand, der scheppernd zu Boden fiel. Panisch tastete sie die Umgebung ab, riss sich einen Fingernagel ein und bekam einen auf dem Boden liegenden Stab zu fassen. Was war das? Vielleicht taugte es als Waffe? Sie packte das Teil. Irgendein Stiel aus Holz. Sie registrierte das Gewicht am anderen Ende, tastete danach, spürte das kalte Metallblatt einer Schaufel.

Die Schritte waren mittlerweile vor der Tür angekommen. Das hektische Klimpern eines Schlüsselbunds. Sie brachte sich neben der Tür in Position, stellte sich auf wie ein Baseballspieler zu einem Homerun, und in diesem Moment flog die Tür auf. Eine Silhouette füllte den

Türrahmen. Er musste sich ducken, um hindurchzutreten. Sie zielte auf seinen Kopf, legte all ihre Kraft in den Schlag. Das Schaufelblatt zischte durch die Luft und gab einen melodischen Gong von sich. Treffer! Mit einem dumpfen Laut ging er zu Boden.

27

Mein Schädel dröhnt, als hätte ich gegen Mike Tyson geboxt, und an meiner Schläfe ertaste ich eine Schwellung, groß wie eine Faust. Zum Glück sehe ich an meinen Fingerspitzen kein Blut. Es ist also bloß eine Beule. Keine Ahnung, wie lange ich so dagelegen habe – erbärmlich wie ein auf den Rücken gedrehter Käfer. Los! Steh auf, du Idiot! Benommen rapple ich mich auf. Dabei fällt mein Blick auf die Schaufel. Dieses Miststück! Aber warte nur, ich kriege dich.

Bevor ich die Treppe nach oben hechte, suche ich den Keller ab. Nicht, dass sie aus einem Versteck hervorkriecht, während ich draußen einem Phantom hinterherjage. Doch hier ist sie nicht. Sie muss oben sein. Oder schon weg. Heißer Zorn wallt in mir auf, und ich beiße mir in den Arm, gerade so fest, dass die Zähne einen Abdruck hinterlassen. Der Schmerz tut gut und hilft, mich zu fokussieren. Als ich mich zum Gehen wende, sehe ich auf dem Boden einen Gegenstand. Ich bücke mich danach und erkenne, dass es ein Handy ist. Siedend heiß fällt mir ein, warum ich so hirnlos in den Keller gestürzt bin. Ich bin sicher, dass ich gehört habe, wie sie telefonierte und einen Teil meines Kennzeichens in den Hörer brüllte. Als ich sie nach einem Handy durchsuchte, muss ich geschlampt haben, und jetzt erhalte ich meine gerechte Strafe. Viele große Persönlichkeiten wurden schon durch Kleinigkeiten zu Fall gebracht …

Ich hebe das Handy auf. Das Display ist gesplittert. Trotzdem stecke ich es ein. Während ich die Treppe hinaufsprinte, fällt mir etwas ein: Wenn sie den Wagen genommen hat, bin ich verloren! Hektisch klopfe ich meine Hosentasche ab, und als ich die Konturen des Autoschlüssels fühle, beruhige ich mich ein wenig.

Oben angekommen steht die Haustür weit offen. Verdammter Scheiß, sie ist mir entwischt! Urplötzlich packt mich eine Schwindelattacke, weshalb ich mich an den Türrahmen stützen muss, doch sie geht so schnell, wie sie gekommen ist. Dann stehe ich vor dem Haus und spitze die Ohren, lausche in die Dunkelheit. Erstaunlich, welche Geräusche der Wald produziert. Überall raschelt und knackt und knistert es. Ich suche nach einer hektischen Geräuschabfolge, flüchtende Füße im Unterholz. Sie kann nicht weit sein. Wieder meldet sich der Gedanke, dass sie vielleicht hier in der Nähe hockt, dass sie abwartet, mir zusieht, wie ich hier stehe und lausche. So würde ich mich an ihrer Stelle verhalten. Aber wie soll ich sie so finden? Um mich herum ein tiefschwarzes Panorama. Bäume, Büsche, Hecken und Sträucher. Etliche Verstecke. Wäre ich bloß nicht an dieses verdammte Telefon gegangen! Elender Idiot, denk nach!

Genau genommen gibt es nur drei Möglichkeiten: das Haus, das Grundstück, der Wald. Zuerst muss ich oben die Räume durchsuchen, falls die offene Haustür eine Finte ist. Ein zweites Mal werde ich sie nicht unterschätzen. Im

Wohnzimmer schalte ich das Licht ein. Hinter der Couch? Oder im Schrank? Rasch lasse ich mich auf die Knie fallen und spähe unter das Sofa. Nur Staub, Wollmäuse und anderer Dreck. Auf leisen Sohlen gehe ich auf den Bauernschrank zu, packe mit jeder Hand einen Knauf und reiße die Türen auf. Wieder nichts. Als Nächstes die Küche, doch dort kann sie nicht sein. Es sei denn, das Miststück wäre in den Ofen geklettert. Ich widerstehe dem Impuls, darin nachzusehen, dann dem, gegen den Mülleimer aus Blech zu treten. Stattdessen lasse ich meine Zähne knirschen. Im Anschluss sehe ich noch im Arbeitsraum nach, aber auch dort ist sie nicht. Bliebe nur noch das Bad. Ich bezweifle jedoch, dass sie hinter dem Duschvorhang steckt. Die Szene aus Hitchcocks *Psycho* kommt mir in den Sinn. *Sei auf alles gefasst*, mahnt eine Stimme, *diese Hure ist gewieft!* Ganz leise schiebe ich die Tür zum Badezimmer auf, und in diesem Moment höre ich von draußen Geräusche. Das Schwirren von Draht und das Rasseln einer Kette. Metall schlägt gegen Metall. Ich reagiere blitzschnell, presche aus dem Haus und sehe gerade noch, wie sie sich auf der anderen Seite des Tors aufrappelt, lossprintet und im nächsten Moment von der Schwärze des Waldes verschluckt wird.

Sofort nehme ich die Verfolgung auf, lasse mich leiten vom Rascheln des Laubs. Fast glaube ich, sie keuchen zu hören. Auch ich bin außer Atem, doch mein Ziel treibt mich an. Zweige peitschen mir ins Gesicht, Dornen reißen an meiner Hose. Allmählich sehe ich ihre Umrisse. Sie stolpert, springt auf, rennt weiter. Ich komme näher, sie bemerkt es und legt einen Zahn zu. Wir beide sind bis zum Anschlag mit Adrenalin vollgepumpt, jeder aus einem anderen Grund. Sie kann unmöglich wissen, in welche Richtung sie läuft. Sie rennt einfach nur planlos einer Hoffnung entgegen. Ich dagegen weiß, dass wir bald auf die Landstraße treffen. Doch das darf nicht passieren! Die Straße ist rege befahren. Meine Kiefer mahlen, die Schläfe schmerzt, meine Beine brennen und die Lunge pfeift. Nur noch wenige Meter, dann habe ich sie, doch da taucht die Böschung vor uns auf. Lichter huschen über die Baumkronen, und ich höre ein vorbeifahrendes Fahrzeug. Meine Hand greift nach ihr, doch das Miststück gibt Gas. Die nahende Rettung hat ihr Antrieb verliehen. Mit langen Schritten läuft sie den Hügel hinauf, und plötzlich ist sie aus meinem Blickfeld verschwunden. Als ich kurz nach ihr die Kuppe erreiche, sehe ich, wie sie den Abhang hinunterkullert. Ein Lichtschein kündigt das nächste Fahrzeug an. Mir bleibt keine Zeit. Ich nehme Anlauf, springe. Ein gewaltiger Satz, beinahe weltmeisterlich. Als ich lande, schießt mir ein heftiger Schmerz in die Knöchel. Stöhnend rolle ich mich zur Seite, schnappe nach Luft, werde mir aber im selben Moment wieder meiner Zeitnot bewusst. Mittlerweile sind die Scheinwerfer des Wagens zu sehen, es kann sich nur noch um Sekunden handeln. Ich stoße mich ab, lande bäuchlings auf dem Seitenstreifen und bekomme ihren Schuh zu fassen. Sie tritt nach mir, kriecht auf allen vieren davon. Meine Finger packen zu wie die Kiefer eines Pitbulls. Dann ein Ruck und ich halte einen Schuh in der Hand. Während ich das realisiere, springt sie auf. Sie macht einen Satz auf die Straße, reißt die Arme hoch, und im Scheinwerferlicht erinnert mich ihre Silhouette an einen Engel.

Reifen quietschen, das Fahrzeug schlingert, ein dumpfer Knall, dann Stille. Für einen Moment scheint die Zeit stehen zu bleiben. Nur das monotone Surren des Motors ist zu hören, begleitet von rötlichen Abgaswolken, die hinter dem Wagen emporsteigen. Der Fahrer versucht, die Lage zu erfassen. Er möchte glauben, dass es ein Reh war, doch seine Augen haben etwas anderes gesehen. Sein Hirn geht die Optionen durch, genau wie das meine. Er erwägt Fahrerflucht, ich eine Flucht vor dem Fahrer. Vielleicht fährt er weiter, lässt sie liegen? Aber ich tippe, dass Neugier oder Pflichtgefühl siegen. Sekunden verstreichen, in denen ich verschiedene Szenarien durchspiele. Irgendwann geht die Fahrertür auf, und ein Mann steigt aus. Ich drücke mich flach auf den Boden und beobachte, wie er auf den reglosen Körper der Frau zugeht, als trüge sie eine Sprengstoffweste, die jeden Augenblick explodieren könnte.

»Hallo?«, ruft er mit einer Stimme so hell, so zerbrechlich wie eine Christbaumkugel. Ich könnte mich anschleichen, ihn mit bloßen Händen erwürgen, wenn er sich hinkniet, um ihren Puls zu fühlen. Dann könnte ich beide ins Auto laden, davonfahren und ihre Leichen entsorgen. Genau das sollte ich tun, und zwar schnell, bevor ein weiteres Auto kommt. Ich richte mich auf und erstarre in der Bewegung. Das Klacken einer Türverriegelung. Da ist noch jemand im Wagen! Das durchkreuzt meinen Plan.

»Was ist es?«, ruft eine Frau, die recht abgeklärt klingt.

Ganz langsam kauere ich mich wieder hin.

»Schatz?«, hakt sie schon eine Spur unsicherer nach.

Schatz beugt sich über die Frau wie über die Kante eines Abgrunds, tippt sie mit seiner Schuhspitze an.

»Ich glaube, sie ist tot«, sagt er mit kraftloser Stimme.

»WAS?!?«

»Ich glaube, sie ist tot.«

»*Was* haben *wir* angefahren?« Sie betont die Worte, als wäre Schatz begriffsstutzig, aber die Panik in ihrer Stimme ist nun nicht mehr zu überhören.

Wie ferngesteuert greift er in seine Tasche und holt ein Handy hervor. Er tippt etwas ein und führt das Gerät an sein Ohr. »Hallo, ich brauche einen Krankenwagen. Ich glaube, ich habe jemanden überfahren.«

Elender Scheiß! Was heißt hier, du glaubst? Ich könnte diesem Idioten den Schädel einschlagen. Jetzt nichts wie weg! Gleich wird es hier von Polizei nur so wimmeln!

Ich krieche den Hang hinauf und verschwinde im Wald.

28

Sophia lehnte sich an die Wand, schloss die Augen und atmete ein paarmal tief durch. Sie unterdrückte die Tränen, die schwer gegen ihre Lider drängten. Der Tag konnte kaum schlimmer werden. Höchstens, wenn sie an die Stille später in ihrer Wohnung dachte, an das sinnlose Grübeln. Daher hatte sie auch keine Sekunde gezögert, die Spätschicht zu übernehmen, als sich ihre Kollegin krankgemeldet hatte. Im Gegenteil. Die zusätzliche Arbeit war ihr willkommen gewesen, denn sie lenkte sie ab. Außerdem hoffte sie, sich so richtig auszupowern, um später wenigstens einschlafen zu können. Nur ihre Vorgesetzten durften nichts von dem Verstoß gegen das Arbeitszeitgesetz erfahren, denn seit einem Jahr wurde penibel darauf geachtet. Sophia nahm an, dass dies mit dem tragischen Fall einer Ärztin zu tun hatte, die nach deutlicher Überschreitung der Dienstzeit auf dem Heimweg mit ihrem Auto verunglückt war.

Das Telefon klingelte. Nachdem sie abgenommen und dem Anrufer eine Weile zugehört hatte, zog sie den Zettel mit dem Belegungsplan aus ihrer Kitteltasche.

»Ja, ein Bett ist noch frei«, sagte sie müde. »Verstanden. Intubiert und beatmet, in fünf Minuten.« Sie legte auf und half einer der Schwestern, den Bettplatz für die angekündigte Patientin vorzubereiten.

Wenige Minuten später war Stimmengewirr und das Piepen eines Überwachungsmonitors zu hören. Schon bog ein Patientenbett ums Eck, umringt von einem Tross aus Ärzten und Pflegern.

»Man weiß nicht, wer sie ist«, sagte Julia, eine Kollegin, die für ihre Ohne-Punkt-und-Komma-Erzählweise bekannt war. Dabei konnte einem fast schwindlig werden. Sie drückte den Beatmungsbeutel am Kopf der Patientin zusammen. »Wir schätzen sie auf Mitte zwanzig. Sie kam kurz vor Schwanheim aus einem Waldstück gerannt, blieb dann wohl mitten auf der Landstraße stehen und fuchtelte mit den Armen herum. Schräg, oder? Ich meine, wer macht denn so was? Als wäre der Teufel hinter ihr her gewesen. Wahrscheinlich wollte sie das Auto anhalten. Jedenfalls war der Fahrer des Autos zu schnell unterwegs. Bei seiner Vollbremsung geriet das Fahrzeug ins Schlingern und touchierte sie. Vermutlich ist ihr Kopf dabei gegen die Motorhaube oder die Windschutzscheibe geprallt. Stell dir das doch mal vor: Du fährst gemütlich über die Landstraße und …*peng!* … rennt dir eine Frau vors Auto! Der arme Kerl war total fertig.«

»Was hat sie für Verletzungen?«

»Laut Traumaspirale hatte sie Glück. Nur eine offene Unterschenkelfraktur links. Ansonsten hat sie natürlich noch einen Haufen Prellungen und sicherlich eine schwere Kommotio. Ich hatte zuerst auf eine Hirnblutung getippt, weil sie sich so seltsam verhalten hat. Sie war regelrecht hysterisch, nachdem sie wieder zu sich gekommen war. Hat rumgeschrien, um sich geschlagen und sich überhaupt nicht mehr eingekriegt. Da wir dachten, sie hätte Schmerzen, hat sie jede Menge Morphin bekommen, aber sie hat trotzdem keine Ruhe gegeben. Irgendwann ist sie uns dann leider mit der Sättigung eingebrochen, weshalb wir letztendlich intubieren mussten.«

»Wie war die Temperatur?«

»Initial 32,6 Grad.«

»Ganz schön unterkühlt.«

»Ist auch eisig draußen, und sie hatte kaum was an. Hat aber von uns eine Heizdecke und gewärmte Infusionen bekommen.« Sie sah zu einem Pfleger hinüber. »Wie ist die Temperatur jetzt?«

Der junge Mann schob ein elektronisches Thermometer ins Ohr der Patientin. »34,9 Grad.«

»Wird langsam«, sagte Julia und versorgte Sophia mit den restlichen Fakten.

Während ihre Kollegin im Anschluss das Rettungsdienstprotokoll auf dem Fensterbrett ausfüllte, begann Sophia mit der Untersuchung der Unbekannten. Sie registrierte Blutergüsse an Stirn und Becken, die am ehesten vom Aufprall des Wagens herrührten, dann zahlreiche Schürfwunden, wohl vom Sturz auf den Asphalt. Der provisorisch geschiente Unterschenkel war mit Mullbinden umwickelt, auf denen sich ein handtellergroßer Blutfleck ausgebreitet hatte. Ihr Blick glitt an den Armen der Frau hinab. In der linken Ellenbeuge steckte eine grüne Venüle, durch die Narkosemittel und Kochsalzlösung einliefen. Rechts hatte jemand eine Kompresse fixiert, die ebenso wie der Heftpflasterstreifen darüber blutgetränkt war. Sicher hatte dort jemand versucht, einen Zugang zu legen. Sophia holte eine frische Kompresse, riss einen Streifen Heftpflaster von einer Rolle und entfernte den blutigen Verband.

Sie stutzte. Was war denn das? Kein Wunder, dass die Stelle nachgeblutet hatte. Welcher Amateur war hier am Werk gewesen? Die Beugefalte war blutunterlaufen und der Einstich für einen Venenzugang viel zu groß. Nicht mal Dialysekanülen oder die orangefarbenen Monster hinterließen solche Löcher. Sophia beschlich eine dunkle Ahnung, und ihr Herzschlag beschleunigte sich. Der Kommissar hatte ihr am Morgen eine Frage gestellt, doch sie war nicht imstande gewesen, sie zu beantworten. Nicht nur, weil sie sich von seiner Nachricht über Christinas Tod wie betäubt gefühlt hatte, sondern auch, weil sie sich mit der Thematik nicht auskannte.

Was wissen Sie über Aderlass?

Worauf hatte seine Frage abgezielt? Er hatte bestimmt nicht aus reiner Neugier danach gefragt. Es musste etwas mit den Morden zu tun haben.

»Hat jemand der Patientin an diesem Arm Blut abgenommen?«, fragte sie und sah in die Runde.

Die Anwesenden, denen ihr beunruhigter Ton nicht entgangen war, schauten sie verdutzt an.

»Nicht dass ich wüsste«, ergriff schließlich Julia das Wort und deutete auf die Venüle in der anderen Armbeuge. »Ich habe das Blut da abgenommen. Warum?«

»Hat jemand vom Rettungsdienst versucht, hier einen Zugang zu legen?« Sophia hielt den Arm der Patientin hoch, sodass jeder die Einstichstelle sehen konnte.

»Ganz schön blau«, bemerkte Julia. »Keine Ahnung. Ist das denn wichtig?«

Sophia antwortete nicht. Sie musste sich beruhigen! Sonst würde man sie noch als hysterische Kuh abstempeln.

Außerdem durfte sie keine Aufmerksamkeit bei den anderen erregen. Stand schon etwas über dieses Detail in den Zeitungen? Falls ja, brauchte bloß noch einer der altklugen Pfleger den richtigen Schluss zu ziehen, und schon wäre der Raum voll von Hobby-Kriminalisten à la Miss Marple.

»Möglicherweise ist sie ein Junkie«, sagte Julia. »Oder was meinst du?«

»Bitte?« Sophia hatte Mühe, sich auf die Worte ihrer Kollegin zu konzentrieren.

»Ich sagte, sie ist möglicherweise ein Junkie. Das würde auch ihr durchgeknalltes Verhalten erklären. Kein normaler Mensch läuft doch bei dem Wetter so leicht bekleidet draußen im Wald rum, und dann auch noch direkt in ein fahrendes Auto.«

Sophias Gedanken überschlugen sich. Handelte es sich tatsächlich um einen Junkie im Drogenrausch? Möglich war es. Einige Drogen überhitzten den Körper und trieben die Konsumenten zu den schwachsinnigsten Taten. Manche rissen sich ihre Kleider vom Leib. Ein Phänomen, das paradoxes Entkleiden oder Kälteidiotie genannt wurde und vor allem bei Erfrierenden auftrat. Allerdings waren die entsprechenden Drogen kaum verbreitet, und zudem spritzte man sie auch nicht.

Als wäre der Teufel hinter ihr her gewesen, hallten Julias Worte in ihrem Kopf nach. Irgendetwas oder irgendjemand musste die Frau dazu getrieben haben, auf die Straße zu rennen, um ein Auto anzuhalten. Nein, unter normalen Umständen machte das niemand. Höchstens in Todesangst!

Sophias Blick fiel auf die Unterarme ihrer Patientin, und urplötzlich hatte sie das Gefühl, dass der Boden unter ihr schwankte.

An einem Handgelenk befand sich ein Abdruck. Rötlich-violett. Zirkulär. Wie von einer Fessel. An einigen Stellen fehlte die Haut.

»Sophia?«

Sophia riss sich von dem Anblick los. »Ja?«

»Was meinst du?«

»Entschuldige bitte. Junkie … ja, vielleicht. Wir machen ein toxikologisches Screening«, antwortete sie und hoffte, dass endlich all die Leute aus dem Zimmer verschwanden. Das schnurlose Telefon umklammernd, taumelte sie aus dem Raum. Sie musste den Kommissar informieren.

29

Sein Magen rebellierte. Er wehrte sich gegen die Nüchternheit, den Schlafmangel, den Espresso und die Zigaretten. Vor allem aber sträubte er sich vor dem, was ihm bevorstand. Fuchs öffnete den obersten Hemdknopf und fächerte sich Luft zu. Als die Fahrstuhltür aufging, schlug ihm der Geruch von Desinfektionsmitteln und den Ausdünstungen kranker Menschen entgegen. Wie er Krankenhäuser hasste! Er trat an den Empfangstresen, hinter dem eine Schwester in einer Krankenakte blätterte. Auf einem Monitor flimmerten farbige Linien und Ziffern, die alle Vitalwerte der Patienten anzeigten. Er stützte sich am Tresen ab.

»Entschuldigen Sie bitte! Fuchs, von der Kriminalpolizei. Ich komme wegen der heute eingelieferten …«

»Ja, ich weiß«, sagte die Schwester. »Sie liegt auf Bettplatz sieben. Das ist die zweite Box auf der rechten Seite. Schlimme Sache, was dem armen Mädchen passiert ist. Sie müssen sich aber vorher einen Schutzkittel anziehen. Die finden Sie auf dem Wagen gleich um die Ecke.«

Fuchs nickte. Sein Mund war staubtrocken. Er wartete einen Moment, ob ihn die Schwester zu der Patientin begleiten wollte, aber als er sah, dass sie ihren Blick wieder auf die Akte richtete, wandte er sich ab und betrat den Flur mit den Patientenzimmern. Zu beiden Seiten des grauen Linoleumstreifens erstreckten sich Scheiben aus satiniertem Glas, hinter denen sich verschwommene Silhouetten bewegten. Er ging zu dem Rollwagen, auf dem ein Stapel gelber Einmalkittel lag, zog einen aus der Plastikhülle und streifte ihn über. Dabei fiel sein Blick auf einen Patienten im ersten Behandlungsraum, dessen Bauch sich unter dem Flügelhemd wie eine Domkuppel wölbte. Zwischen seinen Beinen ragten zwei Schläuche hervor, die zu am Bettrahmen hängenden Beuteln führten. Einer war mit Urin gefüllt, in den anderen tropfte unablässig ein brauner Brei. Fuchs wandte den Blick ab und kämpfte gegen die aufsteigende Übelkeit an. Vor Box zwei blieb er stehen und erblickte am hinteren der beiden Betten eine Krankenschwester, die einen Absaugkatheter in den Beatmungsschlauch schob. Synchron zu den scharfen Schlürflauten beim Absaugen des Speichels bäumte sich der Körper der Patientin ruckartig auf. Wie bei einem Exorzismus, dachte Fuchs.

»Ruhig! Alles ist gut. Ich muss nur eben Ihren Speichel absaugen«, hörte er die Schwester sagen, doch ihr Ton verriet ihre Ungeduld.

Die Patientin riss die Augen auf und zerrte mit aller Kraft an den Fixiergurten.

»Das hat so keinen Sinn! Die ist viel zu unruhig«, murmelte die Schwester, zog den Katheter heraus und schleuderte ihn in den Abfalleimer. Dann wühlte sie in einer Schublade neben dem Bett herum und stieß sie unter Flüchen mit einem Knall wieder zu. »Wer sind *Sie* denn?«, spie sie Fuchs entgegen, als sie ihn erblickte.

»Fuchs, Kriminalpolizei«, antwortete er, löste seine Hand vom Türrahmen und trat auf die Schwester zu.

»Also eine Befragung können Sie jetzt vergessen!« Sie nickte in Richtung der Patientin. »Ist völlig agitiert. Die muss ich erst mal sedieren.«

Er dachte daran, was die Frau möglicherweise durchgemacht hatte. Gefesselt in den Fängen eines Irren. Und niemand wusste, wie lange ihre Qualen angedauert hatten. Niemand wusste, wer diese Frau überhaupt war.

Er räusperte sich. »Könnten Sie bitte die Gurte lösen?«

Die Augenlider der Schwester flackerten zornig. »Damit die Patientin sich alle Schläuche und Katheter zieht, die wir mühevoll gelegt haben? Ich werde jetzt Propofol holen, und Sie lassen derweil bitte Ihre Finger von den Gurten!« Sie stampfte an ihm vorbei und verschwand auf dem Flur.

Er spürte, wie sein Hals anschwoll, seine Fäuste sich ballten, doch er hielt sich zurück. Langsam ging er auf das Bett zu. Die Patientin lag inzwischen wieder reglos da, nur der hektisch über den Schirm zuckende Lichtpunkt ihres Herzschlags zeigte an, wie es in ihr aussah. Ihr blutverklebtes Haar stand stachelig ab wie bei einem Medusenhaupt, und ihre Augäpfel ruckten unter den Lidern hin und her. Das gleichmäßige Zischen des Beatmungsgeräts wirkte beinahe beruhigend. Aber Fuchs erinnerte sich an seine eigene Angst und Hilflosigkeit, als er in einer ähnlichen Situation gefangen gewesen war. Die verzweifelten Versuche, sich zu orientieren, den vergeblichen Kampf gegen den Würgereiz, den der Beatmungsschlauch hervorrief, und die Panik, daran zu ersticken. Der Piepton des EKG war damals sein einziger Beweis gewesen, dass er noch lebte. Die Schnittstelle zur Außenwelt.

Piep.

Piep.

Er war regelrecht fixiert gewesen auf dieses Geräusch, hatte jede minimale Veränderung im Rhythmus registriert und war jedes Mal vor Schreck erstarrt, wenn der Monitor Alarm schlug.

Der eindringliche Ton aus dem Überwachungsmonitor der Patientin schien plötzlich seinen eigenen Herzschlag wiederzugeben. Viel zu schnell, viel zu heftig. Wie von einer riesigen Hand wurde sein Brustkorb zusammengepresst. Der Boden unter ihm schwankte. Er umfasste das Bettgitter, ließ den Kopf sinken und holte Luft.

Nicht hyperventilieren! Einatmen, die Luft anhalten, bis drei zählen und ausatmen. Kann doch wohl nicht sein!, herrschte er sich in Gedanken an. Du schaust im Keller der Rechtsmedizin bei Obduktionen zu, da wirst du wohl jetzt nicht im Krankenhaus am Bett einer Patientin kollabieren!

»Hallo, Herr Fuchs.« Obwohl die Stimme sanft und vertraut klang, zuckte er zusammen.

Er hob den Blick und schaute sie einen Moment lang an. Dann ließ er das Bettgitter los und richtete sich auf. »Hallo, Frau von Münch«, krächzte er.

»Ist alles in Ordnung? Sie sehen blass aus!«

»Ja, ja … alles in Ordnung. Es ist nur …« Er fühlte sich ertappt. Beobachtet in einem Augenblick der Schwäche. Er sah sich im Raum um, als würde die Antwort dort irgendwo geschrieben stehen. Schließlich schaute er auf die Patientin. »Wie geht es ihr?«

»Ich denke, sie kommt durch.«

Er schwieg eine Weile, bevor er sie fragte: »Wie kommen Sie damit zurecht? Gerade jetzt, nachdem …«

Sophia lächelte, aber in ihren Augen schimmerten Tränen. »Die Arbeit lenkt mich ab. Deswegen bin ich auch immer noch hier. Habe noch eine Schicht drangehängt.«

Er nickte. Er konnte ihren Schmerz nachvollziehen, spürte ihn in diesem Augenblick beinahe am eigenen Leib. Wie gerne hätte er sie in den Arm genommen, ihr die Chance gegeben, ihrem Kummer Luft zu machen. Noch einmal diesen intimen Moment der Trauer mit ihr geteilt. Aber er widerstand dem Impuls. Er war bereits zu weit gegangen, hatte den Fall und Sophia von Münch zu nah an sich herangelassen.

Sophia hob das Laken an und entblößte die bleiche Haut ihrer Patientin, die an rechter Ellenbeuge und Handgelenk durch Mullverbände verdeckt war.

»Er war das, nicht wahr?«, fragte sie mit zittriger Stimme.

Fuchs musste nicht unter die Verbände schauen, um eine Antwort auf ihre Frage zu finden, um zu wissen, was sich darunter verbarg.

»Wann hört das auf?«, fragte sie. »Wann finden Sie diesen Kerl endlich?«

Fuchs antwortete nicht, sah bloß auf das Opfer hinab und ließ Sophias Worte in seinen Ohren nachklingen. Versuchte, den Vorwurf darin auszublenden. Versuchte, seine innere Stimme zu ignorieren, die ihm zuflüsterte, versagt zu haben. Versuchte, sich einzureden, dass er sein Bestes tat, um diesen Fall zu lösen, dieses Schwein zu schnappen und für alle Zeit hinter Schloss und Riegel zu bringen.

Schließlich suchte er Sophias Blick, schaute sie lange und eindringlich an und sagte: »Ich verspreche Ihnen, dass es bald ein Ende haben wird.«

30

Joachim pflanzte sich zu Hause in seinen Sessel, ein Bein auf dem Couchtisch, das andere wie ein Anker auf dem Boden. Wie sinnbildlich, dachte er, denn er hatte tatsächlich langsam Sorge, den Boden unter den Füßen zu verlieren. Was war das bloß für ein Fall? Alles hatte mit dieser Wasserleiche begonnen, der Neurologin, die blutleer in den Main geworfen worden war. Dann die verschwundene Chirurgin und das Kunstblut auf der Treppe vor ihrem Haus. Mittlerweile war auch sie tot. Gestorben durch die Hand desselben Täters. Wie sicher war das überhaupt? Ziemlich sicher. Die Punktionsmale in den Armbeugen beider Opfer waren kein Zufall. Und erst recht nicht die Spuren des Hochdruckreinigers. Doch was hatte es mit der Schändung von Christina Luzius auf sich? Professor Lehnhardt hatte gesagt, dass keine Leukozyten in die Stichkanäle eingewandert waren und das Garn ummantelt hatten, was bedeutete, dass ihr wenigstens dieses Martyrium erst post mortem zugefügt worden war. Anders als bei den Dampfstrahlerwunden. Unvorstellbar grauenhaft. Wer tat so etwas?

Er ist überdurchschnittlich intelligent, sexuell motiviert und hat sadistische Züge, hörte er Professor Steins Stimme in seinem Kopf. *Die Ursachen hierfür sind meist in der Kindheit zu finden.*

Warum Seide? Weshalb Augen und Mund vernähen? Wollte der Mörder ihnen tatsächlich eine Botschaft übermitteln, oder führte er sie bloß an der Nase herum? Was, wenn er die Ermittlungen mit aller Macht in eine falsche Richtung lenken wollte? Aktuell würde seine Rechnung aufgehen. Der Täter legte eine vermeintliche Spur aus, und sie jagten wie ein Rudel Windhunde hinter dem künstlichen Hasen her.

Plötzlich stellte sich bei ihm ein sonderbares Gefühl ein, wie der Anflug einer inneren Gewissheit. Der Kerl verarschte sie nach Strich und Faden! Im Umkehrschluss mussten sie aber den Hinweisen nachgehen. Es war unmöglich, sie zu ignorieren. Erst recht, nachdem Kreiling ihn dezidiert darauf angesetzt hatte.

Und nun, als wäre nicht alles kompliziert genug, tauchte diese junge Frau auf. Angefahren bei ihrer Flucht vor dem Mörder. War das Fakt? Wahrscheinlich. Wie es aussah, rührten die Spuren an ihrem Handgelenk von einer Fessel, gegen die sie sich gewehrt hatte. Zusätzlich gab es die Einstichstelle in der Armbeuge, und Sophia von Münch war überzeugt, dass dafür keiner der Ärzte oder Sanitäter verantwortlich war.

Diese Ärztin war tapfer, dachte er. Sie stürzte sich aus Kummer in die Arbeit und bot dem Schmerz über den Verlust ihrer besten Freundin die Stirn. Und nun bekam sie auch noch ein überlebendes Opfer auf ihre Station. Irgendwie schien sie auch das zu meistern. Dabei hatte sie einen Beruf, der ein hohes Maß an Verantwortung erforderte, jedoch keine Fehler verzieh. Ähnlich wie bei ihm. Er sah sie vor sich, mit den großen, traurigen Augen, die vor Kurzem wahrscheinlich noch Lebensfreude und Elan versprüht hatten. Nun hatte ihre Seele eine Narbe davongetragen.

Er hatte Sophia nach Schichtende nach Hause gebracht. Bei dem Gedanken, sie am späten Abend mit der Bahn fahren zu lassen, war ihm unwohl gewesen. Nicht heute. Zudem hatte er sich erhofft, während der Fahrt zu erfahren, wie es ihr wirklich ging, denn er wurde einfach nicht schlau aus ihr. Er konnte schlecht einschätzen, ob ihre Stärke nur Fassade war und sie in Wahrheit innerlich an den Geschehnissen zerbrach. Ihm war auch egal, was seine Kollegen vielleicht dachten, falls sie davon erfuhren. In einem solchen Fall war es nur anständig, sich so zu verhalten. Man kümmerte sich um seine Mitmenschen. Seine Frage an Sophia war daher keine Floskel gewesen, ihr Befinden hatte ihn wirklich interessiert.

Wie geht es Ihnen?, hörte er die Worte in seinem Kopf widerhallen, und vor seinem geistigen Auge sah er Sophia, wie sie den Kopf schüttelte und mit den Schultern zuckte.

»Ich fühle mich so leer«, hatte sie gesagt und dabei ausgesehen, als würde sie im Sitz seines Wagens versinken. »Ich kann nicht mal mehr weinen.«

»Das ist oft so.«

»Es ist wie ein Albtraum, aus dem man nicht aufwacht. Alles ist so unwirklich.«

Er war rechts rangefahren und hatte ihr eine Hand auf die Schulter gelegt. »Für so etwas gibt es keine tröstenden Worte, das weiß ich, aber mir ist wichtig, dass Sie eins wissen: Wenn Sie reden möchten, bin ich für Sie da.«

Sophia hatte ihn daraufhin lange angesehen, schließlich genickt und ein schwaches Lächeln zustande gebracht.

Herrgott, weshalb so theatralisch? War er zu weit gegangen? Wie hatte sie das aufgefasst? Er schob die Selbstzweifel beiseite. Denk an den Fall! Wer ist diese Patientin? Er hätte Wetten darauf abgeschlossen, dass es eine Verbindung zum Campus gab. Früher oder später käme sie ans Licht. Mal sehen, ob Olaf tatsächlich wie versprochen bis morgen herausfinden könnte, wer die junge Frau war. Wenn es einer schaffte, dann er. Olaf Kern war diesbezüglich wie ein Terrier.

Joachim gähnte und spürte, wie die Müdigkeit mit einem Schlag Besitz von ihm ergriff. Er lehnte sich zurück und schloss die Augen. Sofort spielte sich ein Film hinter seinen Lidern ab, hektisch und verstörend wie das Werk eines verrückten Regisseurs. Eindrücke der letzten Tage. Fetzen eines aufkeimenden Traums. Scheinwerfer auf Stativen. Die Wasserleiche mit den seltsamen Schnitten in ihrer Haut. Christina Luzius, an die Skulptur gelehnt, Mund und Augen mit blauem Seidengarn vernäht. Ein weißes Laken, die Konturen eines Körpers, darunter die unbekannte Patientin … Sophia umrundet das Bett, tritt auf ihn zu, schaut ihn an, senkt den Blick. Eine Haarsträhne löst sich hinter ihrem Ohr, und er streicht sie ihr aus dem Gesicht. Wortlos schmiegt sie ihre Wange an seine Hand. Ihre Haut fühlt sich warm an und weich. Eine Weile verharrt sie in dieser Position, und er überlegt, ob sie ihn abweisen würde, wenn er einen Schritt weiter ginge, doch irgendwas stört den Moment. Ein Geräusch. Unnachgiebig. Penetrant. Sophia zieht sich zurück, greift in ihre Kitteltasche und holt ein Schnurlostelefon hervor. Dann schaut sie irritiert auf das Display und reicht ihm den Hörer.

»Ist für dich«, sagt sie.

»Für mich?«

»Ja, geh ran!«

Fuchs öffnete die Augen. Es vibrierte in seiner Hosentasche. Verdammt! Es war Kern.

31

Hermann Kreiling hatte umgehend eine Teambesprechung einberufen, nachdem ihm Fuchs am Morgen von der unbekannten Patientin berichtet hatte. Bestimmt wollte er sich ein Bild vom Ermittlungsstand machen. Er saß am schmalen Ende der Tischgruppe und sah in die Runde, unbewegt wie eine Wachsfigur. Fuchs beobachtete ihn, während sein Chef offenbar darauf wartete, dass Ruhe einkehrte. Er fragte sich, ob Kreiling sich die Haare tönte oder ob dieses eigentümliche Beige seine Naturhaarfarbe war. Außerdem waren es regelrechte Borsten. Hätte Fuchs es nicht besser gewusst, hätte er angenommen, dass Kreiling ein Toupet aus Wildschweinhaar trug, gefertigt aus den hellen Streifen eines Frischlings. Röhm rückte mit seinem Stuhl ums Eck und zwängte sich an Kreilings Seite. Fuchs musste unweigerlich an Smithers denken, den speichelleckenden Assistenten von Mister Burns aus den *Simpsons*.

Kreiling ergriff das Wort, und alle Gespräche verstummten. »Guten Morgen. Kurzes Update für alle: Gestern Abend gab es gegen acht Uhr in einem Waldstück in der Nähe von Neu-Isenburg einen Verkehrsunfall mit Personenschaden. Eine junge Frau ist in ein Fahrzeug gelaufen, mutmaßlich handelt es sich bei ihr um ein entflohenes

Opfer unseres Täters. Gründe zu dieser Annahme sind, dass sie optisch und altersmäßig ins Beuteschema passt und zudem wieder eine dieser auffälligen Einstichstellen in der Armbeuge aufweist. Herr Fuchs war so freundlich, gestern Abend vor Ort Erkundigungen für uns einzuholen. Möchten Sie uns kurz davon berichten?«

»Könnte der Einstich in diesem Fall nicht auch vom Rettungsdienst stammen?«, warf Röhm ein, noch bevor Fuchs den Mund aufmachte.

»Laut behandelnder Ärztin und Rettungsdienstprotokoll nicht«, antwortete Fuchs. Röhm schien skeptisch, was ihn zu einer weiteren Erklärung veranlasste. »Die zuständige Ärztin war sich diesbezüglich absolut sicher. Zudem wird jeder Arbeitsschritt solcher Einsätze haarklein protokolliert. Auf der Skizze des Protokolls war der linke Arm markiert und eine 18-G-Venüle, also ein mittelgroßes Kaliber, eingetragen.«

»Zu meiner Zeit beim Sanitätsdienst der Bundeswehr wurden zwar auch die Zugänge notiert, nicht aber die Fehlversuche durch Rettungsassistenten. Aber mag sein, dass sich das mittlerweile geändert hat.«

Fuchs schüttelte den Kopf. »Die Fehlversuche werden nach wie vor nicht protokolliert.«

»Also ist mein Gegenargument noch nicht vom Tisch?«

»Nein, Christian, dein Gegenargument ist noch nicht vom Tisch. Allerdings ist dieses Punktionsmal in der Armbeuge ziemlich groß, was laut behandelnder Ärztin eher nicht von einer Kanüle herrührt, die der Rettungsdienst üblicherweise benutzt.«

»Wenn ich überlege, was wir damals manchmal

rumgebohrt haben, bis wir einen Zugang hatten – das gab auch ordentliche Löcher.«

Fuchs verdrehte die Augen. Langsam hatte er das Gefühl, dass Röhm gar nicht anders konnte, als etwas gegen seine Aussagen einzuwenden. Wie ein Neurotiker mit einem Waschzwang, der sofort zu Wasser und Seife griff, sobald ihn jemand berührte. »So wie es aussieht, ist das aber nur ein einzelnes Loch, nicht das Ergebnis von dilettantischem ›Rumgebohre‹.« Er malte Gänsefüßchen in die Luft, um Röhms Zitat zu unterstreichen, und beobachtete mit einer gewissen Genugtuung, dass diese Spitze ihre Wirkung nicht verfehlte, denn Röhm rückte zum Zeichen seiner Verlegenheit die Brille zurecht. »Zudem ist die Frau wieder braunhaarig.«

»Offenbar hat unser Täter ein Faible für diese Haarfarbe«, sagte Kreiling.

»Und wir sollten nicht die Fesselmale an ihrem Handgelenk vergessen«, ergänzte Fuchs. »Jedenfalls hat sich Herr Kern freundlicherweise dazu bereit erklärt, noch gestern am späten Abend nachzuforschen, wer diese Frau ist. Wie es aussieht, waren seine Bemühungen erfolgreich.«

Er nickte seinem Kollegen auffordernd zu, der sich räusperte, ein Glas Mineralwasser einschenkte und einen Schluck trank.

»Sie heißt Merit Ohlsen. Medizinstudentin an der hiesigen Uni. Wohnt in Sachsenhausen, in der Textorstraße. Ist ledig. Zuletzt wurde sie gestern am frühen Abend gesehen. Sie war mit einer Freundin nach einem Seminar noch in dem italienischen Restaurant auf dem Campus. Die beiden haben dort eine Kleinigkeit gegessen, zwei oder drei

Weinschorlen getrunken und sich gegen achtzehn Uhr dreißig getrennt. Die Freundin hat die Bahn genommen, und Frau Ohlsen wollte wohl mit dem Auto heimfahren. Falls sie tatsächlich in der Gewalt unseres Täters war, muss er sie auf dem Weg zu ihrem Wagen abgepasst und dann verschleppt haben, denn ihr Auto stand nach wie vor am Ende der Töplitzstraße im Wendehammer, wo sie ihn am Morgen abgestellt hatte.«

»Wo ist das?«, fragte Kreiling.

»Direkt am Osteingang des Geländes.«

»Okay. Das heißt, sie ist vermutlich auf dem Weg vom Restaurant zu ihrem Wagen verschleppt worden. Was liegt auf dem Weg?«

»Der Patientengarten«, antwortete Kern.

»Könnte das dort passiert sein?«

»Auf den Satellitenbildern von Google Maps ist das nur ein kleines Quadrat, das von Gebäuden umringt wird. Nicht gerade der ideale Ort, um jemanden ungesehen zu überwältigen.«

Fuchs schüttelte den Kopf. »Herr Kern hat recht. Wir sprechen hier mehr von einem großen Garten als von einem Park. Diese Fläche bietet kaum Sichtschutz zu den umliegenden Gebäuden. Ein solches Risiko wäre unser Täter nicht eingegangen.«

»Wir sollten nicht vergessen, dass es um achtzehn Uhr dreißig schon stockfinster war«, wandte Kreiling ein. »Aber gut – stellen wir diesen Punkt erst mal zurück. Wir können zumindest davon ausgehen, dass der Täter ein Fahrzeug besitzt, in das er die Opfer verfrachtet. Wahrscheinlich etwas Größeres, wie einen Transporter.«

Ein Ruck ging durch Fuchs. »Haben wir eigentlich mal darüber nachgedacht, dass er die Opfer vielleicht gar nicht überwältigen musste?«

»Sie meinen, dass sie freiwillig zu ihm in den Wagen gestiegen sind?«, fragte Kreiling.

»Genau.«

»Warum dann die Fesselmale?«, warf Röhm ein.

»Vielleicht, weil die Stimmung irgendwann kippte«, antwortete Fuchs genervt.

»Das würde bedeuten, dass die Opfer ihren Peiniger kennen«, resümierte Kreiling, »ihm sogar so weit vertrauen, dass sie zu ihm in den Wagen steigen. Wir sollten das mal im Hinterkopf behalten.« Er sah zu Olaf Kern. »Entschuldigung, wir haben Sie unterbrochen. Gibt es sonst noch was? Oder waren Sie fertig?«

Kern trank noch einen Schluck. »Nein. Sie ist ebenfalls Doktorandin, allerdings nicht im Institut für Neuroanatomie, sondern in der Pharmakologie. Zwar keine wirkliche Übereinstimmung, aber wir gehen der Sache mal nach.«

»Falls ihr auf Schnittstellen zwischen diesen beiden Instituten stoßt, sollten wir diesem Askold noch mal auf den Zahn fühlen«, sagte Fuchs.

Kreiling warf ihm einen ermahnenden Blick zu. »Ich dachte, das Thema hätten wir durch? Herr Askold hat ein Alibi.«

»Jedenfalls«, fuhr Kern zögernd fort, nachdem offenbar niemand etwas erwidern wollte, »forscht sie dort über Medikamentenwirkungen bei irgendwelchen Rezeptormutationen. Der Laborleiter hat versucht, mir das am Telefon zu erklären, aber ich habe kein Wort verstanden.«

»Von untergeordneter Wichtigkeit«, sagte Kreiling. »Gibt es Verbindungen zu den anderen Opfern?«

»Dafür müssen wir erst noch mit ein paar Leuten sprechen«, sagte Huber. »Sie sind zumindest nicht in denselben Semestern.«

»Wann können wir Frau Ohlsen eigentlich befragen?« Kreiling sah Fuchs an. »Hat man sich dahingehend geäußert?«

»Sie liegt noch immer im künstlichen Koma.«

»Lässt sich sagen, wie lange noch?«

»Nein.«

»Pi mal Daumen?«

Fuchs zuckte die Schultern. »Hängt von zu vielen Faktoren ab.« Als er Kreilings Blick sah, der zu fragen schien, ob man ihm nun die Würmer aus der Nase ziehen sollte, fuhr er fort: »Man wollte die Narkosemittel zeitnah reduzieren und sehen, was passiert. Frau Ohlsen hat sich bei dem Unfall eine schwere Gehirnerschütterung zugezogen, sodass ihr Gehirn noch eine Weile in einer Art Selbstschutzmodus verweilen kann.«

»Das bedeutet?«

»Im Standby«, antwortete Fuchs.

»Aha. Gut, gehen wir einmal zu dem Abend, als die Frau angefahren wurde.« Kreiling legte seinen Füllfederhalter an die Lippen. »Was könnte Ihrer Meinung nach passiert sein?«

»Es gibt dazu mehrere Theorien«, sagte Kern. »Eine ist die, dass sie es geschafft hat, sich aus den Fängen des Täters zu befreien und bei ihrer Flucht in Panik vor ein Auto gelaufen ist.«

»In Ordnung, bleiben wir einmal bei dieser Annahme. Wie könnte uns das in der Akutphase weiterhelfen?«

»Im Moment nur bedingt«, warf Huber ein. »Das Problem ist, dass wir keine Ahnung haben, aus welcher Richtung sie gekommen ist. Das Pärchen, das sie angefahren hat, ist sich ebenfalls uneinig. Die Frau meinte, Merit Ohlsen wäre auf ihrer Seite aus dem Wald gelaufen, was bedeuten würde, dass sie aus Richtung Heusenstamm kam. Sie war sich aber nicht sicher. Er hingegen schwört Stein und Bein, die junge Frau hätte plötzlich einfach dagestanden.«

Kern hob die Hand. »Ich bin für die Aussage des Mädels.«

»Na super«, brummte Kreiling, »die Zeugenaussagen sind also mal wieder unzuverlässig und wir genauso schlau wie zuvor.«

»Sollten wir nicht einen Suchtrupp losschicken, um die angrenzenden Wälder zu durchforsten?«, schlug Fuchs vor.

»Das sind die Ausläufer des Frankfurter Stadtwalds«, sagte Kern mit großen Augen. »Der ist riesig.«

»Kostet Manpower ohne Ende«, murmelte Röhm.

»Ganz zu schweigen von den Steuergeldern«, fügte Kreiling hinzu. »Sicher, wir sollten keine Kosten und Mühen scheuen, aber nur, wenn eine solche Aktion erfolgversprechend ist. Soweit ich weiß, ist der Frankfurter Stadtwald einer der größten Deutschlands.«

»Über fünftausend Hektar mit einem fast fünfhundert Kilometer langen Wegenetz«, ergänzte Kern.

»Aber wenn wir es bei Frau Ohlsen nicht mit einer Olympionikin im Langstreckenlauf zu tun haben«, wandte Fuchs ein, »müssten wir den Radius doch zumindest eingrenzen können. Falls sie aus dem Wald gerannt kam, könnte dort in der Nähe der Unterschlupf unseres Täters sein.«

Kreiling neigte abwägend den Kopf. »Ja, das stimmt. Aber kennen Sie diese Gegend? Dort wimmelt es nur so von potenziellen Verstecken: verlassene Firmengebäude, Aussiedlerhöfe und abgelegene Häuschen von irgendwelchen Naturfreunden. Ganz zu schweigen von den alten Bunkern aus dem Zweiten Weltkrieg. Soweit ich weiß, ist allein der Tunnel von Schwanheim bis zum Flughafen acht Kilometer lang. Dazu soll es noch einen Bunker in Goldstein geben, der mit dem anderen Tunnelnetz verbunden ist. Noch mal rund acht Kilometer. Beide Zugänge befinden sich in der Nähe der Unfallstelle. Vielleicht nicht gerade ums Eck, aber durchaus fußläufig erreichbar. Macht also zusätzlich sechzehn Kilometer unterirdisches Versteck, das es zu durchkämmen gäbe.«

»Wer sagt überhaupt, dass sie aus dem Wald gekommen ist?«, fragte Kern.

»Ich«, antwortete Fuchs.

»Vielleicht hat sie sich auch irgendwie aus dem Fahrzeug des Täters befreit und ist dann der vermeintlichen Rettung in die Arme beziehungsweise vor die Stoßstange gelaufen.«

Diese Möglichkeit war nicht von der Hand zu weisen, dachte Fuchs. Allerdings hatte der Einwand eine ähnliche Wirkung auf das Konstrukt, das in seinem Geist langsam Gestalt annahm, wie ein Windstoß auf ein Kartenhaus. So drehten sie sich nur im Kreis, und der Nebel in ihren Köpfen wurde trotz neuer Spuren nur noch dichter. Zudem hatte er das Gefühl, dass jeder seiner Kollegen in eine andere Richtung drängte.

»Ist denn dem Pärchen etwas aufgefallen?«, wollte Kreiling wissen. »Zum Beispiel ein vorausfahrendes Fahrzeug, das plötzlich anhielt?«

»Nein«, sagte Kern. »Allerdings macht die Landstraße in der Mitte einen scharfen Knick, sodass man nicht die ganze Strecke einsehen kann. Vorausfahrende Autos, welche diesen passiert haben, hat man also so lange nicht mehr im Blick, bis man selbst durch die Kurve gefahren ist.«

Fuchs ließ nicht locker. »Wenn wir nicht die Manpower haben, sämtliche Theorien zu prüfen, sollten wir uns erst recht für die naheliegendste entscheiden. So hätten wir wenigstens einen Ansatz zum Handeln. Bei einem unbekannten Fahrzeug, das inklusive des Fahrers mittlerweile über alle Berge ist, hätten wir das nicht. Sicher, an Herrn Kerns Einwand ist was dran – aber die Wahrscheinlichkeit, dass sie sich aus dem Versteck des Täters irgendwo in diesen Wäldern befreit hat, ist mindestens genauso groß, oder nicht? Meines Erachtens nach sogar wesentlich größer. Ich erkläre auch, warum: Wenn sich Frau Ohlsen um halb sieben auf den Heimweg gemacht hat und kurz vor acht in diesen Wagen gelaufen ist, sind das knapp neunzig Minuten von ihrer letzten Sichtung bis zum Unfall. Die Fahrt von der Uni bis zur Unfallstelle dauert höchstens zwanzig Minuten. Was soll in der Zwischenzeit passiert sein?«

Seine Kollegen schwiegen, warteten offenbar darauf, dass er fortfuhr.

»Wir haben demnach eine gute Stunde übrig, in welcher der Täter sie problemlos in seinen Unterschlupf gebracht haben könnte, aus dem sie sich befreite und anschließend vor das Auto lief. Wie viel Strecke könnte sie in dieser Stunde zu Fuß zurückgelegt haben?«

Kreiling zog die Mundwinkel herunter. »In Todesangst vielleicht zehn, maximal fünfzehn Kilometer.«

Fuchs nickte. »Gut. So groß werden wir den Radius gar nicht ziehen müssen, da sie keine ganze Stunde für die Flucht zur Verfügung hatte. Der Täter könnte sie überwältigt, ins Auto verfrachtet und irgendwo mit ihr hingefahren sein. Das müssen wir alles überschlagen und von der Zeit abziehen.«

Kreiling seufzte. »Nehmen wir an, Sie haben recht, dann müsste das Versteck des Täters irgendwo zwischen dem Uniklinikum und der Unfallstelle liegen. Am ehesten in der Schnittfläche beider Aktionsradien. Dann könnten wir das Gebiet zumindest eingrenzen. Dafür sollten wir auch wieder Dragnet einbinden. Und Christian, prüfe bitte, wie viele Männer wir für die Suche abstellen können!«

Röhm nickte. Sein blasiertes Lächeln vom Beginn der Besprechung schien immer mehr Opfer schlechter Laune zu werden.

»Apropos Dragnet«, sagte Kreiling zu Röhm, »was hast du bisher damit herausgefunden?«

»Ich habe eine Karte erstellen lassen. Aufgrund der spärlichen Daten gibt es aber bisher noch keine Hotspots. Maximal orangefarbene Zonen. Zeige ich dir später.«

»In Ordnung. Vielleicht ändert sich das auch mit den neuen Daten. Füttere das Programm, dann wird es gedeihen. Herr Huber, Herr Kern, wie schaut es mit den Einträgen im SIS und POLAS aus?«

Huber schüttelte den Kopf. »Keine vergleichbaren Fälle

an anderen medizinischen Fakultäten. Nur der Fall einer Leiche mit seltsamen Verletzungen, deren Ursache bis heute nicht geklärt wurde. Von der Beschreibung her könnten die Wunden denen unserer ersten Leiche ähneln. Sonst gab es aber nichts.«

Fuchs wurde hellhörig. »Wo war das?«

»Oh, frag mich was Leichteres.«

»Zufällig in Leipzig?«

»Irgendwo im Osten, ja. Woher weißt du das?«

»Professor Lehnhardt hatte so etwas erwähnt. Der Fall einer Leiche mit ähnlich ominösen Verletzungen war auf einem Kongress vorgestellt worden. Er konnte sich nicht mehr erinnern, wo genau das war, wollte aber versuchen, es herauszufinden.«

»Lassen Sie sich von den Kollegen die Akte schicken«, sagte Kreiling. »Das könnte interessant sein. Und sonst? Neues zur möglichen Botschaft dieses Verrückten?«

Kollektives Kopfschütteln, nur Fuchs hob einen Finger. »Ich würde gerne den Aspekt des Aderlasses etwas genauer unter die Lupe nehmen.«

Kreiling runzelte die Stirn. »Fällt das nicht in die Rubrik Profiling, sodass sich Frau Schuhmann darum kümmern sollte?«

Sicher hatte Kreiling Sorge, dass er wieder auf dem Campus herumschnüffelte und der Dekan ihm die Hölle heißmachte. Fuchs sah zu Lara, doch die zuckte nur die Schultern.

»Dann werde ich noch einmal mit der behandelnden Ärztin von Merit Ohlsen sprechen, ob sich etwas Neues ergeben hat.«

Kreiling bedachte Joachim mit einem undurchsichtigen Blick. »Es handelt sich dabei nicht zufällig um diese Narkoseärztin, die Freundin von Frau Luzius?«

Fuchs spürte Hitze in seinen Kopf steigen. »Das ist korrekt. Das Gute ist, dass sie auch das andere Opfer kannte und somit in mehrfacher Hinsicht eine wichtige Zeugin ist.«

Ein Klopfen an der Tür rettete Fuchs, der sich sicher war, dass sich zu der Hitze mittlerweile auch eine verräterische Röte hinzugesellt hatte.

»Herein!«, rief Kreiling in einem Ton, dass die Person vor der Tür vermutlich zusammenzuckte.

Die Tür ging einen Spalt auf, und eine der Sekretärinnen linste unsicher ums Eck. »Verzeihung, aber eine Frau von Münch hat angerufen. Sie hat Herrn Fuchs auf seinem Handy nicht erreicht und sagte, es sei wichtig. Ich soll Ihnen ausrichten, die Patientin sei aufgewacht.«

32

Sie standen um das Bett herum und blickten mit der stummen Anteilnahme einer Trauergemeinde auf die Frau hinab. Ohne das entsprechende Hintergrundwissen hätte man sie für eine Patientin mit unruhigem Schlaf halten können. Doch jeder der Anwesenden ahnte, dass die Ursache für die Zuckungen in Albträumen begründet lag, die von schrecklichen Erinnerungen gespeist wurden.

»Der Tubus wurde vor etwa vier Stunden gezogen, aber sie bekommt noch eine Spur Midazolam«, erklärte Sophia und deutete auf die elektronische Spritzenpumpe am Kopfende des Betts. »Das ist ein Benzodiazepin, ähnlich wie Valium.«

»Ich dachte, sie wäre wach«, sagte Röhm enttäuscht.

»Es ist ein Dämmerzustand wie im Halbschlaf. Man träumt, registriert, dass man schläft, nimmt aber auch Teile seiner Umwelt wahr.«

»Ist sie ansprechbar?«, fragte Röhm.

»Ansprechbar schon«, entgegnete Sophia, »aber ich fürchte, sie wird Ihnen noch nicht antworten. Zudem hat sie eine schwere Gehirnerschütterung, was oft mit einer Amnesie einhergeht. Es kann also gut sein, dass sie sich an nichts erinnert.«

»Aber wir können es versuchen, ja?« Röhm nickte, als

hätte diese Geste unweigerlich eine positive Antwort zur Folge.

»Ich würde Sie bitten, sich während des Aufwachprozesses noch etwas zurückzuhalten. Die Patienten sind in dieser Phase sehr geräuschempfindlich und müssen sich erst noch orientieren. Mir war nicht bewusst, dass Sie gleich zu dritt hier aufkreuzen.«

»Hatte die Patientin irgendwelche persönlichen Dinge bei sich?«, erkundigte sich Röhm.

Sophia schüttelte den Kopf. »Soweit ich weiß, nur einen Schlüsselbund.«

»Olaf hat sie doch anhand der Sicherheitsnummer des Haustürschlüssels identifiziert«, erinnerte ihn Fuchs.

»Ich lasse Sie dann mal alleine«, sagte Sophia leise. »Sollten noch Fragen auftauchen, finden Sie mich hier auf Station oder vorne im Arztzimmer.« Während sie sich zum Gehen wandte, bedachte sie Joachim mit einem Blick, der zu sagen schien, dass es nun an ihm lag, dass ihre Patientin nicht unnötig bedrängt wurde. Dann verschwand sie durch die Tür.

Fuchs sah ihr nach. Erstaunlich, wie tapfer diese Frau war. Er bezweifelte, dass er bei der Arbeit erschienen wäre, wenn sein bester Freund ermordet worden wäre. Undenkbar. Er schüttelte den Gedanken ab, und als er wieder zu Merit Ohlsen sah, bemerkte er aus dem Augenwinkel, dass Lara ihn taxierte. Fast glaubte er, ihren forschenden Blick auf seiner Haut spüren zu können, und fühlte sich wieder seltsam ertappt.

»Hallo, Frau Ohlsen?«, sagte Röhm, lehnte sich über das Bettgitter und legte eine Hand auf Merits Schulter. Ein

Ruck ging durch ihren Körper, und sie warf den Kopf zur Seite.

Kurz dachte Fuchs daran, Röhm zu bremsen, doch sie hatten nicht ewig Zeit. Für das Fortkommen der Ermittlung war es von größter Bedeutung, dass Merit aufwachte und preisgab, was sie wusste. Sicher war es auch in ihrem Interesse, dass der Kerl schnellstmöglich gefasst wurde, und im Moment war sie die wertvollste Zeugin.

»Können Sie mich hören? Mein Name ist Christian Röhm. Ich bin von der Kriminalpolizei. Wir haben ein paar Fragen an Sie.«

Als Antwort schnellte der Kopf zur anderen Seite.

»Das ist doch reine Zeitverschwendung«, murmelte Röhm.

Als Fuchs seinen Kollegen mit dessen Unterbiss ansah, musste er unweigerlich an einen Barrakuda denken. Einen, dem gerade ein Fisch durch die Lappen gegangen war.

»Lara, versuch du es mal!«, sagte Röhm. »Vielleicht reagiert sie auf eine Frauenstimme entspannter.«

Lara versteifte sich. »Ich weiß nicht … Ich glaube, mir fehlt dafür das nötige Feingefühl.«

Joachim zuckte die Schultern und ging zum Kopfende des Betts. »Dann versuche ich es eben.«

Röhm machte Platz und klopfte ihm auf die Schulter. »Jetzt kommt der Frauenflüsterer.«

Fuchs ignorierte ihn und legte eine Hand auf Merit Ohlsens Kopf. Es behagte ihm zwar nicht, dabei beobachtet zu werden, aber er blendete die Anwesenheit seiner Kollegen einfach aus. »Sie sind in Sicherheit«, sagte er mit so sanfter Stimme wie möglich, als wollte er sie hypnotisieren. »Ihnen kann nichts passieren.«

Wieder ging ein Ruck durch Merits Körper.

»Sie sind im Krankenhaus. Auf der Intensivstation. Wenn Sie Ihre Augen öffnen, sehen Sie, dass Sie in Sicherheit sind. Aber lassen Sie sich Zeit. Keiner drängt Sie.«

Diesmal nur ein leichtes Zucken.

»Wohl doch kein Frauenflüsterer«, sagte Röhm zu Lara und richtete seine Brille, als er bemerkte, dass sie über seinen Spruch nicht lachte.

Joachim bedachte ihn mit einem eisigen Blick, wandte sich dann wieder Merit zu und streichelte ihr vorsichtig über den Haaransatz. »Alles ist gut. Keiner wird Ihnen was tun.«

»Mm … Mm … Mandy.« Ihre Stimme war brüchig, die Augen weiterhin geschlossen.

Fuchs sah zu seinen Kollegen. Alle hielten die Luft an. Mandy? Was sollte das bedeuten? Joachim dachte an das erste Opfer: Nancy Blum. Nancy und Mandy. Beides waren Vornamen, die man eher im Osten des Landes antraf. Der Name des Täters? Nein. Die Erfahrung hatte ihn gelehrt, dass hinter solchen Gräueltaten fast immer Männer steckten. Aber vielleicht gab es eine Komplizin. Mordende Pärchen waren zwar selten, hatte es aber schon gegeben.

»Ja, das ist gut. Weiter so!« Seine Stimme wurde eine Spur fordernder.

»Mm … Mandy.«

»Was ist mit Mandy?«

»Mm … Mm …« Ihr Unterkiefer zitterte, als würde sie frieren.

»Wir wollen herausfinden, wer Ihnen das angetan hat. Doch das geht nur, wenn Sie uns helfen! Wer ist Mandy?«

Merit begann mit den Beinen zu strampeln, woraufhin das Laken verrutschte und ihre Brüste entblößte.

»Mm … Mandy! Ma …! Mmanandy!«

Der Monitor schlug Alarm.

Joachim zog das Laken zurecht, und kaum einen Wimpernschlag später betrat die Schwester den Raum, mit der er beim letzten Mal bereits aneinandergeraten war. Er trat vom Bett zurück und hob beschwichtigend die Hände.

In Sekundenschnelle hatte die Schwester die Situation erfasst, stampfte an Röhm und Lara vorbei und drückte eine Taste am Monitor, woraufhin dieser verstummte. Dann schlug sie das Bettlaken beiseite, prüfte die Verkabelung und befestigte eine verrutschte EKG-Elektrode an Merits Brustkorb.

»Ich denke, das reicht fürs Erste, meine Herrschaften«, sagte sie und hob mit einem Knopfdruck die Stummschaltung des Alarms wieder auf.

Joachim atmete tief durch. »Ich weiß, dass das eine enorme Belastungssituation für die Patientin darstellt und möglicherweise auch für Sie …«, sagte er mit derart gedämpfter Stimme, dass die Krankenschwester gezwungen war, an seinen Lippen zu hängen, um ihn verstehen zu können, »… aber wir müssen den Kerl, der hierfür verantwortlich ist, schnappen. Die letzten Opfer hatten nicht so viel Glück.«

»Das ist Ihr Problem. Ich trage lediglich Sorge für den Gesundheitszustand meiner Patientin.«

Joachim verstand ihren Standpunkt zwar, wäre ihr aber

trotzdem am liebsten an die Gurgel gesprungen. Diese Hexe! »Sie wird vermutlich nicht das letzte Opfer bleiben«, presste er hervor. »Verstehen Sie das?«

»Ich bin ja nicht bescheuert.«

»Das wollte ich auch nicht andeuten. Haben Sie Kinder?«

Die Schwester schien einen Moment abzuwägen, ob sie seine Frage beantworten sollte, seufzte aber schließlich und nickte. »Eine Tochter.«

Fuchs schätzte die Schwester auf Anfang fünfzig. Ihre Tochter konnte also durchaus in Merits Alter sein.

»Dann wissen Sie, für wen wir das hier tun«, sagte er und deutete auf Merit. »Es könnte jede treffen. Und denken Sie daran, dass es in diesem Fall noch glimpflich ausgegangen ist.«

Joachim konnte förmlich dabei zusehen, wie sich im Kopf der Schwester etwas in Bewegung setzte, ein Schalter umgelegt wurde, denn plötzlich nickte sie einsichtig.

»Was glauben Sie, wie lange es dauert, bis wir die Patientin befragen können«, fragte er dann und schluckte seinen restlichen Ärger hinunter.

»Schwer zu sagen. Im Moment steht sie noch unter dem Einfluss der Beruhigungsmittel. Wenn wir die reduzieren, kann sich das Bewusstsein sehr schnell wieder entfalten. Aber wir wollen die Entwöhnungsphase von den Medikamenten so sanft wie möglich gestalten.«

»Würden Sie mich anrufen, wenn Sie glauben, dass der richtige Zeitpunkt gekommen ist?« Joachim reichte ihr seine Visitenkarte und registrierte, dass die stämmige Frau ein Stückchen wuchs, als sie die Karte entgegennahm.

»Natürlich«, antwortete sie, und zum ersten Mal kräuselten sich die Lippen unter ihrem Damenbart zu einem Lächeln.

»Da hast du deinen Frauenflüsterer«, zischte Fuchs seinem Kollegen im Vorbeigehen zu und verließ den Raum.

33

Fehler passieren. Selbst mir.

Gestern Mittag blätterte ich noch durch den Bildband aus Kindheitstagen – wie damals voller Faszination für all die Wesen mit ihren Waffen und Gewändern. Ich staunte über Bolaspinnen, die Insekten mit einer Art Lasso fangen, und Schützenfische, die einen so harten Wasserstrahl speien, dass sie ihre Beute von umliegenden Uferpflanzen herunterschießen. Ein hungriger Tintenfisch gibt psychedelische Farbenspiele ab, woraufhin die Krabben glatt das Flüchten vergessen, und der Schwarzmilan legt tatsächlich Feuer, um Nager aus ihren Löchern zu treiben. Sosehr mich dieses Buch schon als Kind begeistert hat – den wahren Wert erkannte ich erst später. Es ist ein Quell der Inspiration. Die Tierwelt ist ein außergewöhnlicher Lehrmeister.

Gestern inspirierte mich ein Bild auf Seite 211. Die meisten erkennen darauf nur eine Blume, doch das geschulte Auge kann die Orchideenmantis ausmachen. Die Fangschrecke sieht aus wie eine Blüte. Sie hockt auf dem Stängel einer exotischen Pflanze und lauert dem Käfer auf, der unbedarft in ihre Richtung krabbelt, blind für ihre Tarnung und blind für ihre Absicht. Als Kind glaubte ich, dass sich diese Gottesanbeterin ihren Tarnanzug aus Blüten basteln würde, so wie Vater und ich uns bei der Jagd mit Zweigen bedeckten. Heute weiß ich natürlich um die Evolution, ich kenne den Unterschied zwischen Mimikry und Mimesis und kann ihn anhand von Beispielen jedem Tölpel erläutern. Die Mimikry ist eine Warntracht, bei der harmlose Arten aufgrund ihrer Ähnlichkeit zu gefährlichen Genossen gemieden werden. Fast jeder hat schon einmal beobachtet, wie Menschen vor Schwebefliegen zurückscheuen, weil sie eine Wespe vermuten. Doch Mimikry ist noch mehr. Sie muss sich nicht zwingend auf das Aussehen beziehen. So gibt es eine Spinnenart namens Spinnenfresser, die ihresgleichen aus den Verstecken locken, indem sie an deren Fangnetzen zupfen und damit den Befreiungskampf eines Beutetiers imitieren. Mimesis dagegen ist eine Tarntracht, wie sie einige Falter oder auch das Wandelnde Blatt praktizieren. Eine Camouflage in Perfektion. Ich bevorzuge eine Mischung aus beidem. Tarnen und Täuschen. Ich will unsichtbar sein wie ein Wandelndes Blatt und gleichzeitig am Netz meiner Beute zupfen.

Niemand kann mir vorwerfen, ich sei nicht vorbereitet gewesen. Ich wusste, wo ihr Auto steht, ich wusste, wann sie kommt. Sie hatte mir all das mitgeteilt. Unwissentlich. In unserer hochtechnisierten Zeit ist es ein Leichtes, die intimsten Details über die Menschen in Erfahrung zu bringen. Selbst Vorlieben und Neigungen, die sich früher nur in ihren Köpfen abspielten, werden heute im arglosen Irrglauben einer Anonymität in die Suchfenster von Pornoseiten eingegeben. Ich musste nur noch auf die Studentin warten. Geduldig lehnte ich an meinem Wagen, die Heckklappen geöffnet, im Gesicht einen großen Verband. Um ein Auge hatte ich mir ein Veilchen geschminkt, die Bindehaut mit etwas Seife gereizt. Detailverliebt wie eh und je! Mein rechter Arm ruhte in einer Schlinge, und als sie kam, knipste ich schnell das Lämpchen an, ein billiges Werbegeschenk, das an meinem Schlüsselbund hängt. Mit stierem Blick folgte ich dem Lichtkreis auf dem Boden. Mir war klar, dass sie anbeißen würde. Eine angehende Ärztin kann da nicht widerstehen, denn sie hat sich in den Dienst der Menschheit gestellt. Besonders in den der Kranken.

»Kann ich Ihnen helfen?«, fragte sie, und ich stellte triumphierend fest, dass ich sogar den genauen Wortlaut antizipiert hatte.

»Ja, mir ist mein Autoschlüssel runtergefallen. Ich kann ihn nicht finden.«

»Was ist Ihnen denn passiert?«, fragte sie mit deutlich mehr Fürsorge als Neugier in ihrer Stimme. »Sieht ja übel aus.«

»Ein Fahrradsturz.«

»Oje. Was gebrochen?« Sie ging in die Hocke und spähte unter den Wagen.

»Orbitaboden, Nasenbein und Humerus.«

»Da haben Sie ja ganze Arbeit geleistet.« Sie kam wieder hoch und lugte in den Laderaum, deutete auf die seltsamen Konturen in der Dunkelheit. »Könnte der Schlüssel da drunter gerutscht sein?«

»Vielleicht.« Ich leuchtete hinein. Der große Gegenstand auf der Ladefläche war in dem schwachen Lichtschein der Taschenlampe kaum zu erkennen.

»Was ist das?«, fragte sie und setzte einen Fuß auf das Trittbrett.

In diesem Moment schnellten meine Arme vor. Wie bei der Mantis, die den Käfer packt. Ich drückte ihr den Lappen auf Mund und Nase und wartete, bis sie zusammensackte. Dann legte ich sie im Laderaum ab, stieg hinterher und schloss die Türen.

Das ist vierzehn Stunden her. Jetzt schreite ich im Keller die Räume ab und starre auf das von mir ausgetauschte Display ihres Handys, registriere mit beschwörendem Blick, wie der Empfangsbalken wächst und wieder verschwindet. Seltsamerweise ist der Empfang in der Nähe der Kellertür schlechter als weiter hinten. Wenn ich nur wüsste, ob sie eine Verbindung hatte … Erneut drücke ich auf die Wahlwiederholung, und im Display erscheint wieder dieser Name.

Wer bist du? Hat sie tatsächlich mit dir gesprochen? *1-0-4-8.* Die Zahlen hallen immer noch mit der Wucht von Hammerschlägen in meinen Ohren nach. Hat sie dir das vollständige Kennzeichen genannt? Was hat sie dir noch erzählt? Wie kann ich das je herausfinden? Spätestens dann, wenn mir das SEK die Tür eintritt.

Da schießt mir eine Idee in den Sinn wie eine göttliche Eingebung – wobei ich nicht so vermessen bin zu glauben, die Götter stünden auf meiner Seite. Die Sorge aufzufliegen hatte meinen Verstand gelähmt. Nur so lässt sich erklären, weshalb ich nicht längst darauf gekommen bin. Rasch klicke ich mich durch das Menü und erhalte im Anrufprotokoll meine Antwort. Siebzehn Sekunden hat ihr Gespräch gedauert! Ausreichend Zeit, mich zu kompromittieren, meine Identität preiszugeben. Falls sie wusste, wer ich bin.

Ich sprinte hoch in mein Arbeitszimmer, schnappe mir das Prepaidhandy mit der deaktivierten Rufnummernübermittlung, tippe die Ziffern von ihrem Display ab und lausche gespannt. Der Äther scheint sich eine Weile zu überlegen, ob er den Anruf durchstellen soll, aber irgendwann ertönt eine fröhliche Stimme. Eine junge Frau, die mich willkommen heißt, mich einlädt, ihr eine Nachricht zu hinterlassen. Stumm lehne ich ab und lege auf. Stattdessen setze ich mich an den Computer und logge mich ein. Das World Wide Web. Ein Fenster in Millionen von Haushalte. Im Telefonbuch werde ich fündig. Zwei Einträge, nur die Vornamen sind falsch. Womöglich Verwandte. Die jungen Leute heutzutage stehen nicht mehr im Telefonbuch, die meisten haben nicht mal mehr einen Festnetzanschluss. Ich wähle die erste der beiden Nummern, die mir der Bildschirm zeigt, und als sich die Frau meldet, weiß ich sofort Bescheid. Bestimmt ihre Mutter. Die gleiche Stimme, nur älter. Sie nimmt mir meine Lüge ab, rückt die Adresse ihrer Tochter raus, als wäre ich ein alter Freund der Familie, buchstabiert sogar den Namen der Straße. Wieder einmal bin ich überrascht. Sowohl von meiner Gabe als auch von der Naivität der Menschen.

Ich starte Google Earth, und ein Abbild der Erde erscheint, als würde man sie vom Mond aus betrachten. In das Eingabefeld links oben tippe ich die Adresse ein, die mir die Alte genannt hat, und rase sogleich sturzflugartig auf den Erdball zu. Weltmeere verschwinden, Wälder tauchen auf, und in einer geschätzten Höhe von dreitausend Fuß bleibe ich abrupt stehen. Verpixelte Rechtecke schärfen sich wie von Geisterhand und entpuppen sich als

Straßenzüge und Grünanlagen. Händisch zoome ich das Ziel heran, bis die Perspektive wechselt und ich zwischen Wohnhäusern auf einem Gehweg stehe. Jemand scheint die Zeit angehalten zu haben. Passanten verharren reglos an der Ampel, Autos bleiben mitten auf der Kreuzung stehen. Autokennzeichen und einige Gebäude sind verwischt, als wären Fettflecken auf der Kameralinse gewesen. Das Verdienst von Paranoikern, die ihre Persönlichkeitsrechte verletzt sahen, als Google die Welt in Panoramabildern kartografierte. Ich muss schmunzeln, denn sie hatten recht. Doch in dem Haus, dem mein Interesse gilt, scheint keiner von diesen Leuten zu wohnen, die ihre Privatsphäre schätzen.

Das dreistöckige Haus ragt gestochen scharf vor mir auf. Als ich ganz nah heranzoome, lässt sich sogar die Struktur der Fassade erkennen. Leider kann ich die Klingelschilder nicht lesen. Aber man darf das Glück auch nicht überstrapazieren. Ich betrachte das Haus von vorne und von den Seiten. Umrunden kann ich es leider nicht. Also wechsle ich wieder in die Vogelperspektive. Seitlich gibt es einen Streifen Grün, der nach hinten zum Garten führt. Büsche und Bäume bilden einen Wall zu den Nachbarn. Ich habe genug gesehen. Im Kopf mache ich mir eine Liste, steige in den Werkzeugkeller hinab und suche das Equipment zusammen: Brecheisen, Sturmhaube, Overall, dann noch das Wurfseil, den Glasschneider und das Handpick-Set. Den Elektro-Pick lasse ich in seinem Koffer. Er ist zwar effizienter, aber viel zu laut. So geschickt, wie ich mit den Handpicks bin, kann ich ohnehin darauf verzichten. Für den Notfall packe ich noch die Garotte dazu. Ein altmodisches, aber effektives Gerät. Lautlos wie die Handpicks. Mehrmals gehe ich die Abläufe durch, erwäge Abweichungen, errechne Eventualitäten. Als sich ein Gefühl innerer Ruhe einstellt, weiß ich, dass ich so weit bin. Jetzt muss ich nur noch warten, bis es dunkel ist.

34

Durch den Türspalt erblickte Fuchs die Ärztin. Sie saß vor einem Computer, die Tastatur klackerte unter ihren schlanken Fingern. Sachte klopfte er an.

»Hallo, dürfte ich Sie noch mal stören?«

Sophia von Münch sah über ihre Schulter. »Hallo. Sie stören nicht. Kommen Sie rein. Wo sind Ihre Kollegen?«

»Schon auf dem Weg ins Revier.« Er hatte Röhm darum gebeten, Lara mit ins Präsidium zu nehmen, weil er noch etwas erledigen wollte. Zum Glück waren sie mit getrennten Fahrzeugen gekommen. Während Röhm sichtlich zufrieden gewirkt hatte mit dem Auftrag, schien Lara sich redlich Mühe geben zu müssen, ihre Verärgerung darüber zu verbergen. Fuchs fragte sich, ob ihr Missmut wirklich nur daher rührte, dass sie den ganzen Weg allein mit Barrakuda-Röhm im Auto sitzen musste.

»Nehmen Sie Platz.« Sophia wies auf eine ausrangierte Schlafcouch, und als Joachim sich setzte, hatte er das Gefühl, aus dem Polster entwiche der Mief tausender Nachtschichten. Angstschweiß, Stresshormone und kalter Kaffee. An den Rest wollte er gar nicht erst denken.

»Sie reagiert«, sagte er.

»Ich weiß. Aber noch wird sie Ihnen nichts mitgeteilt haben, oder?«

»Sie wiederholt ständig einen Namen.«

»Einen Namen?«

»Ja. Mandy.«

»Mandy«, wiederholte Sophia nachdenklich.

»Sagt Ihnen das etwas?«

Sophia schüttelte den Kopf.

»Hat sie mal Besuch bekommen?«

»In meiner Schicht nicht. Da müssten Sie jemanden von der Pflege fragen. Aber wird nicht jeder Besucher dieser Patientin in ein Buch eingetragen?«

»Das Besucherprotokoll – Sie haben recht.«

Er sah sich um. Es gab einen PC-Arbeitsplatz mit einem Drehstuhl, und in einer Ecke stand eine Reihe verbeulter Spinde. An der Wand hing eine große Pinnwand, die überquoll von Grußkarten, Fotos, Dankesschreiben und Dienstplänen. Er überlegte, ob er schon einmal eine Dankeskarte erhalten hatte.

Vielen Dank, dass Sie den Mörder meiner Frau gefunden haben. Endlich kann ich wieder gut schlafen.

Nein, er konnte sich nicht erinnern.

Sophia sah ihn erwartungsvoll an, ob er noch etwas sagen wollte.

Als sich ihre Blicke wieder trafen, fragte er: »Wie geht es Ihnen eigentlich? Kommen Sie zurecht?«

Sophias Gesichtszüge spannten sich an. »Ich kann kaum an etwas anderes denken. Und die Medien tun ihr Übriges, einen ständig daran zu erinnern. Muss ich mir jetzt eigentlich Sorgen machen? Immerhin bin ich auch braunhaarig und verkehre auf dem Campus.«

»Machen Sie sich wegen der jüngsten Schlagzeilen bitte

nicht verrückt. Wir müssen der Presse gewisse Informationen zuspielen, bevor sie anfangen, selber zu spekulieren. Natürlich sollte man wachsam sein. Aber niemandem ist damit gedient, wenn alle brünetten Medizinerinnen in Panik verfallen.«

Sophias Augen schimmerten feucht.

»Ich kann mir vorstellen, wie schwierig das alles für Sie ist«, sagte er. »Aber ich bewundere Ihre Tapferkeit. Ehrlich. Dass Sie trotz alldem bei der Arbeit erscheinen und einen so verantwortungsvollen Beruf ausüben.«

»Ich tue das nur, weil ich es allein zu Hause nicht aushalte.« Sie legte den Kopf etwas nach hinten und versuchte, ihre Tränen wegzublinzeln.

Joachim überlegte, ob er sie trösten sollte. Obwohl es ihm schwerfiel, blieb er sitzen.

»Gestern Abend habe ich mehrmals auf Christinas Handy angerufen«, sagte Sophia. Sie sah Joachim unverwandt an. Die Tränen liefen jetzt ungehindert über ihre Wangen. »Ich habe gehofft, sie würde rangehen und mir sagen, dass alles gut ist. Dass alles nur ein böser Traum ist. Stattdessen hörte ich ihre Stimme von der Mailbox. Als wäre nichts geschehen. Wie krank ist das denn?«

Fuchs stand auf, ging zu ihr hinüber und zog behutsam ihren Kopf an seine Brust. »Ist doch gut, ist doch gut«, flüsterte er und versuchte gleichzeitig, einen Gedanken einzufangen, der ihm nur Augenblicke zuvor gekommen war. Sophia hatte irgendwas gesagt … Doch dann waren ihr die Tränen gekommen, und nun war der Gedanke weg.

Hinter seinem Rücken hörte er das schabende Geräusch

einer Tür, und er wich unwillkürlich einen Schritt von Sophia zurück.

»Oh, Entschuldigung!«, sagte eine junge Schwester, die betreten im Türrahmen stehen blieb. »Ich wusste nicht, dass …«

»Schon gut. Was gibt es?«, fragte Sophia, nachdem sie sich die Tränen mit dem Handrücken weggewischt hatte.

»Herr Otte hat einen Blutdruck von über zweihundert.«

»Läuft das Arterenol noch?«

»Nein.«

»Dann gib ihm bitte fünfundzwanzig Milligramm Ebrantil.«

»Okay, danke. Und noch mal Entschuldigung.« Die Schwester verschwand wieder.

Fuchs räusperte sich. »Ich gehe dann auch mal zurück aufs Revier. Es gibt noch eine Menge zu tun. Ich … Sie können sich jederzeit melden, falls Sie … jemanden zum Reden brauchen.« Er lächelte, spürte aber zum zweiten Mal an diesem Tag, wie ihm die Hitze in den Kopf stieg. Unbeholfen hob er zum Abschied die Hand und verließ das Arztzimmer.

Auf dem langen Korridor vor dem Ausgang meldete sich dieses Gefühl zurück, als suchte er nach einem Wort, das ihm auf der Zunge lag. Welche von Sophias Aussagen hatte diesen Gedanken angestoßen? Er rief sich das Gespräch ins Gedächtnis. Was hatte ihn hellhörig gemacht? Welcher Satz, welches Wort hatte die Stimmgabel in seinem Kopf in Schwingung versetzt? Er kam einfach nicht darauf. Am Empfangsbereich nahm er seine Jacke vom Garderobenhaken und schlüpfte hinein. Erst jetzt fiel ihm auf, dass er alle seine Wertsachen im Parka gelassen hatte. Rasch klopfte er die Taschen ab. Alles schien noch da zu sein: die Zigaretten, sein Portemonnaie, seine Schlüssel und …

Aber natürlich! In dieser Sekunde wusste er es.

Hektisch kramte er sein Handy aus der Tasche und wählte Laras Nummer. Nachdem sie nicht rangegangen war, rief er bei Röhm an.

»Was gibt es?«, meldete er sich. Seine Stimme hallte, als stünde er in einem Kirchenschiff.

»Handy! Was ist, wenn sie Handy gesagt hat?«

»Bitte?«

»Frau Ohlsen! Was ist, wenn sie nicht Mandy, sondern Handy gesagt hat?«

»Kann sein. Und?«

»Habt ihr die Anrufliste ihres Anschlusses überprüft?«

»Wann denn bitte? Wir sitzen noch im Auto.«

»Würdet ihr das machen, sobald ihr zurück seid?«

»Bitte doch Martin oder Olaf darum. Aber ist das nicht sowieso Routine?«

»Gib mir mal bitte Lara.«

»Du bist auf Lautsprecher.«

»Ach so. Lara?«

»Ja.«

»Ähm, schon okay. Wir sehen uns ja später auf dem Revier.«

Er legte auf und wählte Martins Nummer, der bereits nach dem ersten Klingeln abhob, als hätte er Joachims Anruf sehnsüchtig erwartet.

»Habt ihr die Anrufliste von Merit Ohlsen überprüft?«

»Ja.«

»Ernsthaft?«

»Ja, wieso?«

»Du bist ein Schatz!«

»Danke.« Im Hintergrund war Papierrascheln zu hören. »Was genau willst du wissen?«

»Wann war das letzte Gespräch?«

»Gestern Abend gegen halb acht.«

»Anrufeingang?«

»Ein ausgehender Anruf.«

»Okay. Ich brauche alle Kontaktdaten der ... sagen wir ... letzten fünf Personen von ihrer Anrufliste.«

»Kann ich dir nicht einfach die E-Mail von Andreas weiterleiten? Dort findest du noch mehr Informationen.«

»Kannst du machen.«

»Verrätst du mir auch, was du dir davon versprichst?«

»Merit hatte kein Handy bei sich, als sie vom Rettungsdienst aufgegriffen wurde.«

»Vielleicht hat sie es beim Unfall verloren, und es liegt dort noch irgendwo im Straßengraben.«

Joachim schnaubte. »Kann sein. Aber bitte fang du nicht auch noch an wie Röhm und mach mir jeden Einfall madig.«

»Hey, jetzt werde mal nicht unfair. Mich mit Röhm zu vergleichen ist schon ein fieser Tritt in die Eier.«

»Pass auf – nach unseren Berechnungen müsste Merit zum Zeitpunkt des letzten Anrufs schon in der Gewalt des Täters gewesen sein. Warum sollte sie da telefoniert haben?«

»Kann ich dir nicht sagen. Ist aber seltsam, da gebe ich dir recht.«

»Ich habe das Gefühl, das ist eine heiße Spur. Bitte schick mir die Mail gleich rüber, ja? Du kennst mich – das lässt mir sonst keine Ruhe.«

»Eine Handyortung ist aber technisch nicht möglich, falls du daran gedacht hast.«

»Wieso?«

»Weil ihr Telefon ausgeschaltet ist. Wir können über die Telefongesellschaft höchstens erfahren, in welchem Sendemast es zum Zeitpunkt des letzten Telefonats eingewählt war.«

»Von was für einer Fläche sprechen wir?«

»Hängt von verschiedenen Faktoren ab.«

»Die da wären?«

»Zum Beispiel von der Lage des Masts, ob er sich auf einem Berg oder einem hohen Gebäude befindet. Vom umliegenden Gelände – sprich, sind dort Bäume, Häuser oder sonstige Störquellen im Weg? Und zuletzt natürlich von der Empfangsstärke des Masts selbst.«

»Okay. Und das bedeutet?«

»Hier im Rhein-Main-Gebiet wird das ein Radius von drei bis sieben Kilometern sein, schätze ich.«

»Na toll! Nicht gerade präzise.«

»Nein, leider nicht. Vielleicht ließe sich der Umkreis aber mittels Triangulation weiter eingrenzen. Das heißt, im besten Fall ist ein Handy während eines Gesprächs in drei Masten gleichzeitig eingewählt und eine Ortung kann über die Signalstärken zu den jeweiligen Masten erfolgen. Aber wie gesagt, nur wenn das Handy eingeschaltet ist.«

»Das bedeutet, wir könnten höchstens herausfinden,

in welchem Bezirk sich das Telefon während des letzten Anrufs befunden hat?«

»Wie ich schon sagte.«

»Immerhin. Wieso bist du überhaupt plötzlich technisch so versiert?«

»Lehrstunde bei Andreas.« Martin lachte. »Wir sitzen hier ja auch nicht untätig rum. Guck mal in deinen Posteingang. Die Mail müsste da sein.«

»Mache ich, sobald ich auf dem Revier bin.« Fuchs bedankte sich, legte auf und verließ die Klinik über den Haupteingang.

Draußen war es inzwischen dunkel geworden, und die sterile Beleuchtung des langen Vordachs unterstrich die kleiderdurchdringende Kälte. Er fröstelte. Ein Grund mehr, schnell zurück aufs Revier zu fahren, dachte er, denn zumindest an Heizkosten wurde dort wahrlich nicht gespart. Eher bekam man noch Nasenbluten von der trockenen Heizungsluft.

Zurück in seinem Büro wählte er sich als Erstes im Intranet ein und gab anschließend die Zugangsdaten für sein E-Mail-Postfach ein. Dann öffnete er die erste Datei im Anhang. Auf dem Bildschirm erschien die Kopie einer Anrufliste mit Telefonnummern und Verbindungszeiten. Wie Martin gesagt hatte, war der letzte Anruf um 19:32 Uhr erfolgt und hatte nur siebzehn Sekunden gedauert. Das Interessante jedoch war, dass es kurz davor einen weiteren Anruf gegeben hatte. Zu derselben Nummer. Allerdings hatte dieser vier Minuten und dreiundzwanzig Sekunden gedauert. Joachim öffnete die zweite Datei und stellte erstaunt fest, dass für fünfzehn Posten der Liste die jeweiligen Gesprächspartner bereits mit Namen identifiziert worden waren. Auf seine Jungs war Verlass. Die Anschlussinhaberin, zu der die beiden letzten Anrufe durchgestellt worden waren, hieß Michelle Mignat. Joachim wählte die angezeigte Nummer, aber es schaltete sich nur die Mailbox ein. Michelle Mignat erklärte mit piepsiger Stimme, dass sie derzeit leider nicht zu erreichen sei, ermutigte ihn jedoch, eine Nachricht zu hinterlassen. Er legte auf, ohne ihrem Wunsch nachzukommen. Stattdessen hechtete er über den Flur zu Martins Büro, der vor Schreck einen Satz aus seinem Stuhl machte, als Fuchs die Tür aufriss.

»Zieh deine Jacke an! Wir machen einen Hausbesuch.«

35

Draußen ist es dunkel. Nur ein paar Laternen spenden Licht. Im Schatten eines Baums beobachte ich die Straße. Ich sehe alles – niemand sieht mich. Auf der anderen Seite läuft eine fette Frau mit einem Hund an der Leine. Sie hebt ihren Pinscher vom Boden, als ihr ein Pärchen mit freilaufendem Bobtail entgegenkommt. Sie erwidert den Gruß der beiden nicht, sondern straft sie mit einem erbosten Blick. Nachdem das Paar vorüber ist, dreht sie sich mehrmals nach ihnen um, bevor sie ihre Ratte wieder absetzt. Sicher hat sie Sorge, der Fellklops des Pärchens könne aus dem Hinterhalt angreifen und ihre Töle verspeisen. Für ihn wäre dieser Pinscher höchstens ein Gruß aus der Küche. Am liebsten hätte ich laut gelacht, aber meine Mission lässt das nicht zu. Ich versuche, alle Begebenheiten dieses Ortes in mich aufzusaugen, lote Blickwinkel aus Nachbarhäusern aus und stelle fest, in welchen Fenstern Licht brennt. Durch eines davon kann ich eine Frau erkennen, die am Herd steht und kocht. Dämpfe steigen vor ihr auf und verschwinden im Abzug. Konzentriert rührt sie in einem Topf. Ich bin sicher, dass sie anderes im Blick hat als die Straße. Um diese Zeit sind die meisten von der Arbeit zurück, sodass kaum noch Autos verkehren. Bis auf gelegentliche

Spaziergänger ist die Gegend ruhig. Geradezu ideal für mein Vorhaben.

Als die Luft rein ist, husche ich vor den Hauseingang und verschmelze mit einer dunklen Nische. Die Klingelschilder lassen sich trotz der schwachen Beleuchtung gut lesen. Sie wohnt im dritten Stock. Das war irgendwie klar. Niemand, den ich kenne, wohnt im Parterre. Ich gehe seitlich am Haus nach hinten, balanciere geduckt auf dem Kantstein, der das Kiesbett um die Fassade säumt, wobei das Brecheisen wie ein Samuraischwert aus meinem Rucksack ragt. Ich komme mir vor wie ein Ninja. Wenn ich gleich meine Sturmhaube überziehe, sehe ich auch so aus.

An der Rückseite des Hauses werfe ich einen Blick nach oben. In der unteren Wohnung brennt kein Licht. Im zweiten und dritten Stock kann ich dagegen schwache Beleuchtung erahnen. Schwungvoll hieve ich mich auf den ersten Balkon. Gegen das Ablaufrohr der Dachrinne gestützt, steige ich auf das Geländer und bleibe dort stehen. Doch die zweite Etage lässt sich nicht so einfach erreichen. Die Distanz ist zu groß, und zu allem Überfluss haben die Bewohner außen einen bodentiefen Sichtschutz aus Bambusmatten angebracht. Ich könnte die Stangen nicht einmal greifen, wenn ich rankäme. Doch für diesen Fall bin ich gerüstet. Ich streife den Rucksack von meinen Schultern, hole das Wurfseil mit dem Haken heraus und ziehe mir die Sturmhaube über den Kopf. Die vier Arme des Hakens sind mit Vlies ummantelt, damit er sich leise an der Reling verhakt. Gleich der erste Wurf ist ein Treffer. Wie ein Turner klettere ich an dem Seil empor und wiederhole den Vorgang auf dem nächsten Balkon. Flugs bin ich im dritten Stock und spähe durch das Fenster. Ein Plissee ist zur Hälfte hochgezogen. Das Schlafzimmer. Der Lichtschein, den ich von unten erahnt habe, kommt aus dem Flur und fällt als schmaler Streifen über ein ungemachtes Bett. Auf einem Stuhl daneben liegt eine Katze und schläft. Eine Weile beobachte ich nur die Vorgänge in der Wohnung, doch nichts rührt sich. Dann richte ich mich auf und taste jeden Winkel des Zimmers mit meinen Augen ab. Was ich dann sehe, lässt mir den Atem stocken. Auf der Kommode neben dem Bett liegt ein Handy. Ob es wirklich so einfach wird? Ich hole mein eigenes Handy hervor und wähle die Nummer. Tatsächlich! Das Display leuchtet auf. Sofort beende ich den Anruf und warte noch eine geschlagene Minute, ob jemand reagiert, doch nicht einmal die Katze rührt sich. Kurz inspiziere ich das Hindernis zwischen mir und meinem Ziel und überlege, welches Werkzeug ich einsetzen soll, um es zu öffnen. Das Fenster sollte sich aufhebeln lassen, was schnell geht, aber laut ist. Die zweite Option ist der Glasschneider. Soweit ich das in der Dunkelheit erkenne, handelt es sich um eine Einfachverglasung. Damit sind die Würfel gefallen. Ich hole den Glasschneider aus der Tasche, lege das Brecheisen aber für alle Fälle parat. Nachdem der Saugnapf haftet, führe ich den Schneidekopf mit etwas Druck über die Oberfläche der Scheibe, wobei ein Geräusch entsteht, das mich ans Schlittschuhlaufen erinnert. Zurück bleibt ein hauchzarter Kreis, rau und weiß wie bei einer Eisblume. Irgendwo im Haus schrillt eine Klingel. Jetzt bemerke ich auch, dass die Katze aufgewacht ist und mich mit ihren reflektorartigen Augen anstarrt. Die Viecher mochte ich nie. Bei ihrem durchdringenden

Blick hat man immer das Gefühl, sie könnten Gedanken lesen. Bei dieser Katze scheint das aber nicht der Fall zu sein, denn sie rührt sich nach wie vor nicht von der Stelle. Wüsste sie, was ich vorhabe, würde sie das Weite suchen. Mit einer Hand halte ich das Schneidewerkzeug fest, damit das Glasfragment, das daran haftet, nicht in die Wohnung fällt und auf dem Boden zerschellt. Außerdem habe ich vor, es im Anschluss wieder einzusetzen. So wird es eine Weile dauern, bis das Loch jemandem auffällt. Mit dem Daumen der anderen Hand drücke ich entlang der kreisrunden Fissur, bis es knackt und das Glasstück sich löst. Die Öffnung ist gerade so groß, dass meine Hand und der Unterarm hindurchpassen.

Plötzlich eine Bewegung. Ich erstarre. Jemand ist am Zimmer vorbeigegangen, doch ich konnte nicht sehen, wer es war. Einen Augenblick später höre ich Stimmen. Offenbar ist jemand an der Tür. Also kam das Klingeln aus dieser Wohnung. Ich versuche, etwas von der Unterhaltung aufzuschnappen, doch zu mir dringt nur dumpfes Gemurmel durch. Meine Chance. Jetzt oder nie. Ich greife durch das Loch in der Scheibe, lege den Griff wie in Zeitlupe um und drücke das Fenster auf. Als ich den leichten Widerstand bemerke, ist es bereits zu spät. Ich ahne, was gleich passiert, erschrecke aber trotzdem fast zu Tode, als es scheppert und die Katze wie ein Marschflugkörper aus dem Zimmer schießt. Irgendwas stand auf der Fensterbank, und wegen des Plissees habe ich es übersehen.

Keine Zeit zum Überlegen. Höchstens zwei Meter trennen mich von meinem Ziel. Ich versetze dem Fenster einen Stoß und schwinge ein Bein über das Fensterbrett.

»Kommen Sie doch herein«, sagt eine weibliche Stimme jetzt klar und deutlich, doch ich bin sicher, dass die Einladung nicht mir gilt. Keine Sekunde später verbreitert sich der Lichtspalt im Türrahmen, und ein menschlicher Umriss erscheint. Dann höre ich einen gellenden Schrei.

36

Michelle Mignat, knapp über einen Meter fünfzig, musterte die beiden Männer mit großen Augen, die unter einem schwarzen Pony hervorlugten. »Hallo?«

Ihre Stimme war kindlich, hatte etwas Naives, und Fuchs fühlte sich bei ihrem Anblick an eine Manga-Figur erinnert.

Nachdem er Martin und sich vorgestellt hatte, kam er gleich zur Sache. »Kennen Sie eine Merit Ohlsen?«

»Ja, sie ist eine Freundin von mir.«

»Wir haben Fragen zu Ihrem Telefonat gestern Abend.«

Michelle sah die beiden verdutzt an. »Wir haben gestern nicht miteinander telefoniert.«

Joachim warf Martin einen Blick zu, aber der zuckte nur die Schultern.

»Wir haben die Verbindungsnachweise von Frau Ohlsen durchgesehen«, sagte Fuchs, »und die letzten beiden Telefonate wurden definitiv zu Ihrem Anschluss durchgestellt. Das erste Gespräch dauerte mehrere Minuten, das zweite nur ein paar Sekunden.«

»Aber ich habe nicht mit ihr telefoniert. Worum geht es denn überhaupt?«

»Frau Ohlsen hatte gestern einen Unfall. Sie liegt im Krankenhaus.«

Die Augen des Manga-Mädchens wurden noch größer.

»Es geht ihr den Umständen entsprechend gut, aber ich hoffe, Sie verstehen, dass wir Ihnen keine Details nennen dürfen.«

»Nein, das verstehe ich nicht.«

Fuchs sah erneut zu Martin, der kaum merklich nickte.

»Ihre Freundin ist gestern möglicherweise um ein Haar einem Gewaltverbrechen entgangen.«

»Was?« Manga-Mädchen schlug sich die Hand vor den Mund. »Ein Gewaltverbrechen?«

»Helfen Sie uns?«

»Ja, natürlich.« Ihre Hand zitterte jetzt.

»Könnte jemand anderes die Telefonate entgegengenommen haben?«

»Nein. Ich wüsste nicht wer. Ich wohne allein.«

»Aber irgendjemand muss den Anruf doch … Warten Sie – haben Sie mitbekommen, dass ich Sie vorhin angerufen habe?«

»Nein. Mein Handy ist meistens lautlos, und oft habe ich es überhaupt nicht dabei. Ich weiß noch nicht einmal, wo es gerade ist.« Sie fuhr über ihre Hosentaschen, als wollte sie ihre Aussage überprüfen.

»Hören Sie Ihre Mailbox regelmäßig ab?«

Mit herabgezogenen Mundwinkeln schüttelte sie den Kopf.

»Könnten Sie Ihr Handy bitte holen?«

»Muss erst gucken, wo es liegt.«

Michelles Kopf schnellte herum, als aus dem hinteren Teil der Wohnung ein Scheppern zu hören war.

»Was war das?«, fragte Fuchs.

»Meine Katze. Hat wahrscheinlich wieder was umgeworfen. Ich sehe kurz nach.« Bevor sie im Halbdunkel ihrer Wohnung verschwand, drehte sie sich noch einmal zu den beiden Ermittlern um. »Kommen Sie doch herein!«

Joachim und Martin klopften die Schuhe über der Fußmatte ab, doch noch bevor sie einen Fuß über die Türschwelle gesetzt hatten, zerriss ein Schrei die Luft. Es folgte ein Poltern. Dann ein weiterer Schrei. Die beiden sahen sich kurz an und zogen simultan ihre Waffen. Joachim gab ein Handzeichen und ging voran, dorthin, wo Michelle Mignat kurz zuvor verschwunden war.

Stresshormone verzerrten das Zeitempfinden, wie Fuchs auch jetzt wieder bemerkte, denn in Sekundenbruchteilen prasselten mehrere Eindrücke auf ihn ein: rechts die Küche, links das Wohnzimmer. Gedämpftes Licht. Ein aufgeschlagenes Buch auf einem Tisch. Geradeaus, am Ende des Flurs, das Gästebad. Leer. Der Flur bog nach rechts ab. Von dort war ein hektisches Scharren zu hören. Dann ein Trampeln. Hinter ihm Martins schwere Schritte. Fuchs prallte mit der Schulter gegen die Wand. Noch bevor er einen Blick ums Eck werfen konnte, kam ihnen Michelle Mignat wie von Sinnen entgegengerannt. Sie stieß mit Martin zusammen. Ihre Socken verloren auf dem Parkett den Halt, und sie stürzte. Wieder schrie sie. Während Martin ihr aufhalf, sich flüchtig davon überzeugte, dass sie unversehrt war, preschte Fuchs vor, erreichte nach vier Schritten eine weitere Tür, drückte sich dort mit dem Rücken an die Wand und spähte mit der Waffe im Anschlag kurz in den Raum. Er erblickte helles Laminat, darauf eine umgestürzte Vase aus Metall und ein Bett mit zerwühlten Laken.

Aber da war noch etwas gewesen … Hatte er richtig gesehen? Noch einmal ließ er seinen Kopf nach vorne schnellen und zog ihn sofort wieder zurück. Jetzt war er sich sicher. Das Bild klebte einen Moment lang auf seiner Netzhaut wie der schwarze Fleck nach dem Blick in die Sonne.

»Polizei! Keine Bewegung!«

Die Gestalt hielt inne, ein Bein noch auf dem Balkon, das andere ragte bereits über die Fensterbank in den Raum.

»Keine Bewegung!«, rief Fuchs noch einmal, während er wie in Zeitlupe auf den Einbrecher zuging. Das Gesicht des Mannes war nicht zu erkennen, da er eine schwarze Sturmhaube trug. Auch seine Augen waren bloß dunkle Höhlen. Ganz langsam, wie eine Kobra vor dem Biss, richtete sich die Gestalt auf und hob demonstrativ die Arme. Fuchs konzentrierte sich auf die Hände des Eindringlings, die in weißen Latexhandschuhen steckten und im Gegensatz zu dessen schwarzer Kleidung halbwegs gegen den Nachthimmel abgrenzbar waren. Vermutlich bemerkte Fuchs auch deshalb nicht, dass der Mann sein vorderes Bein langsam zurückzog.

Endlich stieß Martin dazu. »Ich hab ihn!«, rief er, visierte die Gestalt mit seiner Waffe an und klapperte hinter Joachims Rücken mit den Handschellen. »Leg ihm die Acht an.«

Fuchs griff blind hinter sich, und im selben Moment, in dem er die Handschellen zu fassen bekam, duckte sich die Gestalt aus seinem Blickfeld.

»Scheiße! Los, raus!«, rief er Martin zu. »Fang ihn draußen ab!«

Huber stürmte los, während Fuchs sich zum Fenster

vortastete. Mit jedem Schritt schob sich ein weiterer Teil des Fliesenbodens in sein Blickfeld, bis er vor dem Fenster angelangt war und den ganzen Balkon einsehen konnte. Der Einbrecher war verschwunden. Nur ein länglicher Gegenstand lag auf dem Boden. Joachims Blick fiel auf die Balkontür. Ein Sicherheitsschloss. Deshalb hatte sich der Einbrecher für das Fenster entschieden. Mühsam gelang es Fuchs, den Schlüssel zu drehen und die hakende Tür zu öffnen. Er trat auf den Balkon hinaus und schaute über die Brüstung. Unter ihm klaffte ein schwarzes Loch. Lediglich die Umrisse einiger Pflanzen und Büsche waren zu erkennen.

Weit konnte der Kerl nicht sein. Und keinesfalls war er gesprungen, immerhin waren sie im dritten Stock. Als Joachim das Geländer umfasste, spürte er eine sanfte Vibration. Dann entdeckte er die verzinkten Metallpfeiler, die seitlich am Balkon nach unten führten und vermutlich die Geländer der Balkone miteinander verbanden. Der Einbrecher kletterte demnach gerade daran hinunter. Noch einmal beugte sich Joachim über das Geländer. Diesmal weiter. Keine Chance, es war einfach zu dunkel. Wo zum Teufel blieb Martin?

Wenn er jetzt nicht handelte, würde der Kerl entwischen. Fuchs steckte seine Waffe ins Holster und schwang erst das eine, dann das andere Bein über die Reling. Nachdem er sich mit dem Rücken zum Garten gedreht hatte, zwängte er seine Schuhe von außen zwischen die Streben des Geländers und ging in die Hocke. Die feuchten Metallstäbe glitten durch seine Hände. Wie ein Wasserskifahrer beim Start hing er da, ruckelte seinen rechten Fuß frei und tastete damit die Dunkelheit nach der Reling des darunterliegenden Balkons ab. Verdammt! Wo war dieses verfluchte Teil? Er streckte das Bein, versuchte, es so lang wie möglich zu machen, doch sein Fuß stieß erneut ins Leere. So würde das nichts werden. Die Zeiten, in denen er einen Spagat schaffte, waren längst vorbei. Mit kippelnden Bewegungen befreite er den anderen Schuh aus der Umklammerung der Streben. Wenn er sich ganz ausstrecken könnte, würde er vielleicht die entscheidenden Zentimeter gewinnen. Plötzlich rutschte sein linker Fuß ab. Die Streben glitten durch seine Hände. Er schabte mit der Narbe auf seiner Brust über die Fliesenkante, blieb mit einem Ruck stehen und baumelte in der Luft. Erst jetzt setzte der Schmerz in seiner Brust ein. Verdammte Scheiße … Seine Füße tasteten erneut nach dem Geländer, traten aber wieder nur ins Leere. Das durfte doch alles nicht wahr sein! Lange würde er sich nicht halten können.

Unten am Haus sprang die Außenbeleuchtung an. Das musste Martin sein! Vermutlich hatte er einen Bewegungsmelder aktiviert und kam jeden Augenblick um die Ecke. Mit vor Schmerz und Anstrengung verzerrtem Gesicht schielte Fuchs über seine Schulter, konnte aber nur einen kleinen Teil des nun spärlich beleuchteten Gartens überblicken. Von Martin keine Spur. In diesem Moment war ein metallischer Ton zu vernehmen. Das Geländer war offenbar wie eine riesige Stimmgabel in Schwingung versetzt worden. Fuchs hörte das Platschen von Füßen auf feuchtem Boden und nahm eine Bewegung wahr. Dann sah er ihn. Eine verschwommene schwarze Gestalt in der Peripherie seines Gesichtsfelds, die dastand und zu ihm hinaufsah, wie er hilflos am Balkongeländer baumelte. Warum rannte der Kerl nicht weg? Er hatte doch gesehen, dass sie zu zweit waren, und musste jeden Moment damit rechnen, dass der andere um die Ecke gebogen kam. Stattdessen stand er einfach nur da … und hob in Seelenruhe seinen gestreckten Arm. Der Schreck der Erkenntnis durchfuhr Fuchs wie eine eisige Injektion. Der Kerl hatte eine Waffe!

Als Fuchs sich entschlossen hatte, die Verfolgung aufzunehmen und über das Geländer zu steigen, war er so von der Jagd berauscht gewesen, dass er keinen Gedanken daran verschwendet hatte, dass sich das Blatt blitzartig wenden konnte. Sein Magen krampfte sich zusammen, und die Gedanken in seinem Kopf überschlugen sich. Wenn er sich fallen ließe, würde er sich sämtliche Knochen brechen, so viel war sicher. Aber er hätte Chancen, den Sturz zu überleben. Bliebe er dagegen hängen, wäre reichlich Zeit für seinen Gegner zum Zielen, und er würde mit einer Kugel im Leib abstürzen; womöglich ohne jedweden Reflex. Doch wer sagte, dass der Unbekannte nicht auf ihn schoss, wenn er verletzt am Boden lag? Fuchs schielte seitlich an sich hinunter. Er maß die Entfernung bis zum Boden, dachte an die Sekunden des freien Falls, die Wucht beim Aufprall, den einschießenden Schmerz beim Bersten seiner Knochen … die Intensivstation … Nein! Unmöglich konnte er sich fallen lassen. Vielleicht verfehlte ihn der Kerl, wenn er schoss. Herrgott noch mal, wo blieb Martin?

Fuchs schloss die Augen, wartete auf den dumpfen Einschlag des Projektils. Der war auch damals nicht schmerzhaft gewesen. Zumindest nicht in den ersten Minuten. Dafür hatte das Adrenalin gesorgt. Und es würde auch jetzt dafür sorgen. Er atmete ein, spürte seinen Pulsschlag im Hals, das Flimmern der Nerven, ja, die Vibration jeder einzelnen Zelle. Wie damals, als er aus der Narkose erwacht war. Und zum ersten Mal seit jenem Tag, als er mit einer Kugel in der Brust festgezurrt auf einer Trage im Rettungswagen lag, flehte er Gott um Hilfe an.

»Joachim?«

Martin! Seine sonst so dunkle Stimme klang in Joachims Ohren in diesem Moment wie der Sopran eines Engels. Seltsamerweise wirkte sein Kollege entspannt, zwar außer Puste, aber nicht, als hätte er gerade den schwarzen Mann im Visier.

»Hier oben«, presste Fuchs hervor.

»Scheiße! Was machst du da?«

»Ist er weg?«

»Ja.«

»Bist du sicher? Er war eben noch da.«

»Hier ist niemand.«

Fuchs sah über seine Schulter, wie um sich zu vergewissern, dass Martin sich nicht irrte. Dann warf er erneut einen Blick an sich hinunter.

»Du kannst auf keinen Fall springen!«, rief Martin.

»Habe ich auch nicht vor. Wie weit ist es bis zum Geländer?«

»Zu weit. Ich komme hoch und helfe dir von oben!«

»Ich weiß nicht, ob ich mich so lange halten kann.«

»Was dann?«

»Ich muss es allein schaffen!« Fuchs spannte seinen Körper an und begann wie ein Pendel hin- und herzuschwingen. Irgendwann, kurz vor dem Umkehrpunkt, nahm er all seine Kraft zusammen, riss ein Bein hoch und erreichte mit dem Fuß das Geländer, wo er sich einhakte. Dann zog er sich mit dem Bein zur Balkonkante hinauf, bis er das Knie absetzen konnte.

»An dir ist ja ein richtiger Turner verloren gegangen«, rief Martin hörbar erleichtert.

»Blödmann«, stöhnte Fuchs, nachdem er sich am Geländer hochgezogen hatte.

»Doch, mein voller Ernst. Am Huschenpferd wärst du bestimmt der Knaller.«

Fuchs kletterte über die Reling und sah zu seinem Kollegen runter. »*Pauschen*pferd, du Arsch! Hast du Verstärkung gerufen?«

»Ja, müsste jeden Moment da sein. Was sollte eigentlich diese Aktion? Bist du lebensmüde?«

»Mein Fuß ist abgerutscht, und schon hing ich da.«

»Das hätte ins Auge gehen können.«

»Sag mir mal lieber, was das für ein seltsamer Zufall war. Wir wollen jemanden vernehmen und vereiteln dabei einen Einbruch?« Er ging in die Hocke, um den Gegenstand zu betrachten, den der Einbrecher zurückgelassen hatte. Ein Brecheisen. Er ließ es liegen. Darum konnten sich gleich die Kollegen von der Schutzpolizei kümmern. Denn trotz des Zwischenfalls war ihm wohl bewusst, weshalb sie eigentlich hergekommen waren.

Als er in die Wohnung zurückkehrte, stand Michelle Mignat im Flur und plärrte in einen klobigen Telefonhörer, der zu einem Telefon aus dem letzten Jahrhundert gehörte.

»Mama, ich muss Schluss machen. Der Polizist ist

gerade wiedergekommen. Ja ... Ja ... Mach ich. Bis später.« Sie legte auf und sah den Kommissar fragend an.

Fuchs schüttelte den Kopf. »Er ist uns leider entwischt, aber mein Kollege hat die Polizei verständigt, die werden jeden Augenblick mit einem Streifenwagen hier sein. Haben Sie den Mann zufällig erkannt?«

»Nein.«

»Haben Sie eine Idee, wer das gewesen sein könnte?«

Sie schüttelte den Kopf.

»Ich weiß, dass Sie das mitnimmt«, sagte Fuchs, »aber ich muss Sie trotzdem noch mal nach Ihrem Handy fragen.«

Anhand ihres Blicks vermutete er, dass sie den ursprünglichen Grund für den Besuch der Kripo vor lauter Schreck längst vergessen hatte. Schließlich nickte sie und sah in Richtung Flur, rührte sich jedoch nicht vom Fleck. »Es liegt im Schlafzimmer.«

Fuchs legte ihr die Hand auf die Schulter. »Ich komme mit.«

Zögerlich setzte sich die junge Frau in Bewegung. »Ich weiß nicht, ob ich mich hier je wieder wohlfühlen werde«, sagte sie und sah Fuchs mit ihren großen Augen an.

»Vielleicht sollten Sie heute woanders übernachten?«

Im Schlafzimmer schaltete Michelle das Licht an und ging zum Nachtschrank, auf dem das Handy lag. Dabei ließ sie das geöffnete Fenster keine Sekunde aus den Augen, als könnte der schwarze Mann jeden Moment dort auftauchen und sich aus der Dunkelheit auf sie stürzen.

»Hören Sie bitte Ihre Mailbox ab«, bat Fuchs.

Michelle nickte und nahm das Handy zur Hand. Dann

drückte sie eine Tastenkombination auf dem Display, und während sie die erste Nachricht abhörte, schüttelte sie langsam den Kopf. »Die war von meiner Mutter.« Sie drückte eine Ziffer und führte den Hörer wieder ans Ohr. Eine Weile verharrte sie reglos, und während sie lauschte, bildete sich zwischen ihren Augenbrauen eine Furche.

Fuchs nickte ihr auffordernd zu.

»Komisch«, sagte sie, »da sind nur Geräusche drauf.«

»Ist das die Nachricht von Merit?«

Michelle nickte, reichte ihm das Telefon und rieb sich die Arme, als würde sie frösteln.

Fuchs hörte sich beide Nachrichten an. Dann beendete er die Verbindung. »Würden Sie uns eine Vollmacht ausstellen, damit wir bei der Telefongesellschaft eine Aufzeichnung der Nachrichten anfordern können? Das würde uns den Weg über die Staatsanwaltschaft ersparen.«

Wieder nickte Michelle. »Natürlich.«

Während sie eine handschriftliche Vollmacht aufsetzte, beantwortete Fuchs Martins Frage, was auf der Aufzeichnung zu hören gewesen war: »Rascheln und Rauschen. Aber auch ein paar sehr markante Geräusche, die ich nicht zuordnen konnte.«

Martin hob die buschigen Brauen. »Rascheln und Rauschen ist doch schon überaus präzise.«

»Blödmann.«

»Glaubst du denn, das bringt uns weiter?«

»Die gleiche Frage hast du mir vorhin schon gestellt.«

»Du meinst mit der Handyspur?«

»Ganz genau. Und ich hatte recht.«

»Du hattest recht? Ach ja, stimmt – ich vergaß: Wir

haben eine Mailboxnachricht von unserem Opfer, auf der Geräusche zu hören sind. Der Fall ist quasi gelöst.«

Joachim sah seinen Kollegen mit einem schiefen Grinsen an. »Du kleiner Drecksack. Wo kommt denn plötzlich dieser Zynismus her?«

»Ich mache nur Spaß. Allerdings bezweifle ich, dass uns Kreiling hierfür einen Orden verleihen wird.«

»Der Alte kann mich mal.«

37

Joachim steckte das Lautsprecherkabel in den Laptop und richtete die kleinen Boxen, die Andreas ihm mitgegeben hatte, auf die Zuhörer im Besprechungsraum aus. Selbst Röhm und Kreiling, das dynamische Duo am Kopf der Tafel, schienen neugierig, was das zu bedeuten hatte. Doch aus Kreilings Blick sprach wie so häufig zugleich seine Ungeduld. Oft gab er einem das Gefühl, es ginge ihm nicht schnell genug voran, als könne er jeden Augenblick aus der Haut fahren, wenn man sich nicht beeilte. Doch Fuchs ließ sich Zeit. Er war gespannt, was seine Kollegen von der Aufzeichnung hielten. Vielleicht hatte ja jemand eine zündende Idee. Ganz besonders interessierte ihn jedoch, was die anderen zu seiner Theorie sagen würden. Die Theorie über den Einbrecher in Michelle Mignats Wohnung, die ihm am Abend zuvor gekommen war, als er nicht hatte einschlafen können. Irgendwann war ihm klar geworden, dass der Grund für die Rastlosigkeit seiner Gedanken in seinem Dogma lag, welches besagte, dass Zufälle nicht existierten. Zudem gab es da ein wesentliches Detail, das ihn in seiner Annahme bestärkte: Der Verbindungsnachweis der Telefongesellschaft hatte gezeigt, dass nur wenige Augenblicke vor dem Einbruch ein Anruf auf Mignats Handy eingegangen war – und zwar mit unterdrückter Nummer.

Bis auf seine Eltern kannte Fuchs niemanden, der inkognito anrief. Selbst Callcenter waren seit 2009 verpflichtet, ihre Nummer zu übermitteln. Auch Michelle hatte keine Ahnung, wer der unbekannte Teilnehmer gewesen sein könnte. Leider herrschte, wie Fuchs anschließend herausgefunden hatte, seit Jahren politische Uneinigkeit hinsichtlich der sogenannten Vorratsdatenspeicherung. Anrufer mit deaktivierter Rufnummernübermittlung waren also nachträglich nicht zu identifizieren. Dafür hätte Frau Mignat schon eine Fangschaltung gebraucht.

Nachdem Fuchs die erste Tondatei auf der Festplatte gefunden hatte, startete er kommentarlos den Mediaplayer. Es knackte in den Boxen, dann war leises Rauschen zu hören. Nach siebzehn Sekunden war die Aufnahme zu Ende.

»Es handelt sich hierbei um die Aufzeichnungen von zwei Mailboxnachrichten. Genau genommen um die beiden letzten Anrufe, die von Merit Ohlsens Mobiltelefon getätigt wurden. Während man auf der Aufnahme eben nur Rauschen hört, ist das bei dieser etwa vier Minuten langen Nachricht anders.«

Er spielte die zweite Datei ab. Abgesehen von den Geräuschen aus den Boxen, war es mucksmäuschenstill im Raum. Alle lauschten gespannt, kniffen die Augen zusammen, neigten den Kopf oder hielten sich eine Hand hinter die Ohren. Doch zu Joachims Enttäuschung blieb jeder Begeisterungsfunke in den Gesichtern aus. Nur bei einem merkwürdigen, in der Frequenz variierenden Rattern schien bei allen kurz Neugier in den Augen aufzuflackern. Als das Ende der Aufzeichnung erreicht war, schaute Fuchs jedoch abermals in ratlose Mienen.

Röhm zog die Stirn kraus. »Das ist deine Spur? Ich weiß wirklich nicht, wie uns das weiterbringen soll.«

Kreiling stierte auf einen Stapel Papiere, die er akkurat zur Tischkante ausgerichtet hatte, und Martin bedachte Joachim mit einem Blick, der zu sagen schien: *Ich habe dich gewarnt, aber du wolltest nicht auf mich hören.*

Obwohl Fuchs zwar nicht mit Begeisterungsstürmen gerechnet hatte, enttäuschte ihn die Teilnahmslosigkeit seiner Kollegen. »Wir sind uns doch einig, dass dies die beiden letzten Anrufe sind, die von Frau Ohlsens Handy getätigt wurden?« Er sah in die Runde und wartete, bis jeder seine Aussage bestätigt hatte. »Diese Aufzeichnung ist sozusagen unser Zeuge, der zuletzt Kontakt mit dem Opfer hatte.«

Röhm brummte. »Na ja, also …«

»Warte!«, unterbrach ihn Fuchs. »Genau wie wir jedem Zeugen ein Ohr schenken würden, sollten wir das auch bei dieser Aufzeichnung tun. Findet ihr nicht auch, dass da ein paar ziemlich markante Geräusche drauf sind? Wenn wir die identifizieren, könnte uns das vielleicht dabei helfen, den Ort einzugrenzen, an dem sich Frau Ohlsen zum Zeitpunkt des Anrufs befand. Erinnert euch an den Fall mit den Erpresseranrufen damals! Da hat uns die Geräuschanalyse auch den entscheidenden Hinweis geliefert.«

»Ja, aber auf der Aufzeichnung damals«, blökte Röhm, »war im Hintergrund eine Durchsage zu hören gewesen, die lediglich gefiltert und verstärkt werden musste. Hier höre ich bis auf dieses komische Klappern nur Geraschel.«

»Dann solltest du dir mal die Ohren putzen.«

»Bevor das hier gleich wieder eskaliert«, schaltete sich Kreiling ein, »muss ich Christian leider recht geben, Herr

Fuchs. Ich glaube ebenfalls nicht, dass uns diese Aufzeichnung weiterbringt.«

»Aber vielleicht lassen sich auch hier noch Hintergrundgeräusche herausfiltern, die unseren Ohren entgehen. Fluglärm, ein vorbeifahrender Zug … was auch immer.«

»Herr Fuchs«, erwiderte Kreiling beschwichtigend, »Sie wissen selbst, wie schwierig solche Geräuschanalysen sind. Sie sind nicht nur recht teuer, sondern auch ziemlich zeitaufwendig. Bevor wir ein halbwegs verwertbares Ergebnis von einem dieser Spezialisten haben, ist Frau Ohlsen sicher längst vernehmungsfähig. Ihre Zeugenaussage ist es, die wir brauchen!«

»Wir wissen aber nicht, wann sie uns die liefern wird. Ich finde, wir sollten unsere Zeit nicht mit Warten vergeuden.«

»Lässt sich das mit der Befragung nicht irgendwie beschleunigen?«, fragte Kreiling. »Ich weiß ja, dass uns Ärzte in dieser Hinsicht häufig blockieren. Lassen Sie doch mal Ihren Charme spielen, Herr Fuchs. Sie haben doch einen guten Draht zu dieser Ärztin.«

»Frau Ohlsen kann uns derzeit keine Auskunft geben. Davon haben wir uns selbst überzeugt, oder nicht?« Fuchs sah auffordernd zu Röhm, der aber bloß betont auf die Tischplatte starrte. »Vielen Dank auch. Dann kümmere ich mich eben selbst um eine Auswertung der Aufnahmen.« Er wandte sich an Kreiling. »Und keine Sorge, Chef – nicht auf unseren Etat.«

Kreiling schmunzelte. »Wenn Sie sich während Ihrer regulären Arbeitszeit damit befassen, geht das ebenso zu unseren Lasten.«

»Alles klar. Verstanden.«

»Gut.«

»Da es ja gerade so fantastisch läuft und wir uns alle so einig sind«, blaffte Fuchs, »würde ich gerne noch die Meinung der Anwesenden zu einer Theorie von mir hören.«

»Welche Theorie?«, fragte Kreiling.

Joachim holte Luft. Wahrscheinlich war dies der denkbar ungünstigste Augenblick, seine waghalsige These vorzubringen, aber es war unter Umständen auch die letzte Chance, das Ruder herumzureißen. »Der Einbrecher, den Martin und ich gestern Abend bei Frau Mignat auf frischer Tat ertappt haben …«

»Der Typ, der euch entwischt ist?«, fragte Röhm feixend und schob seinen Unterkiefer vor. Als keiner lachte, nahm er seine Brille ab, um sie zu putzen.

»Richtig, Christian, den meine ich. Einerseits hoffe ich, dass ich falschliege, denn sonst wäre die Tatsache, dass der Kerl uns entwischt ist, ein wahres Desaster – andererseits wünsche ich mir, recht zu haben, weil wir dann wüssten, dass wir auf der richtigen Spur sind.«

Kreiling hob die Augenbrauen. Eine stumme Aufforderung fortzufahren.

»Was ist, wenn dieser Einbrecher unser Mörder war?«

Kurz herrschte Stille. Blicke wurden getauscht, Gemurmel brach los.

»Das wird ja immer besser«, war Röhms Stimme aus dem Tumult herauszuhören.

»Wie kommen Sie auf diese Idee?«, fragte Kreiling.

»Weil ich nicht an Zufälle glaube.«

»Reden Sie weiter!«

»Wir wissen, dass Frau Ohlsen sich zum Zeitpunkt des Anrufs bereits in der Gewalt unseres Täters befand. Entweder hat das Handy in ihrer Tasche von selbst gewählt, oder aber sie hat absichtlich jemanden angerufen, was ich für wahrscheinlicher halte. Möglicherweise wollte sie damit auf sich aufmerksam machen, konnte sich aber unter Umständen nicht verbal äußern.«

»Weiter.«

»Angenommen, unser Täter hat mit Frau Ohlsen gesprochen und ist irgendwann später dahintergekommen, dass sie ein Handy bei sich trug, das auch noch eine Verbindung aufgebaut hatte – wäre er dann nicht ziemlich besorgt, dass ihn am anderen Ende der Leitung jemand an seiner Stimme erkannt haben könnte?«

»Ich würde in einer solchen Situation erst mal die zuletzt gewählte Nummer anrufen«, sagte Röhm. »Und in diesem Fall hätte ich gemerkt, dass bloß eine Mailbox ranging.«

»Aber das ist ja noch schlimmer!«, rief Fuchs. »Überleg doch mal! Dann gäbe es auch noch eine Aufzeichnung von deiner Stimme.« Aus dem Augenwinkel sah Fuchs, dass Kreiling den Kopf wiegte. Vielleicht konnte er ihn doch noch überzeugen. Motiviert fuhr er fort: »Ich würde an seiner Stelle die Adresse des Anschlussinhabers ausfindig machen, was heutzutage kein Kunststück ist, und demjenigen anschließend einen Besuch abstatten.«

»Und wofür das Ganze?«, fragte Röhm.

»Och, komm, Christian, jetzt stell dich doch nicht absichtlich so blöd! Oder geht es dir einfach nur darum, mir Paroli zu bieten?«

Auf Röhms Hals erschienen rote Flecken.

»Um in den Besitz des Handys zu gelangen«, beantwortete Kreiling die Frage. »Um herauszufinden, ob auf der Mailbox irgendetwas zu hören ist, das ihn belasten könnte. Dann könnte er die Nachricht einfach löschen.«

»Oder die Zeugin töten, falls sie schon etwas weiß«, schlug Huber vor.

Joachim warf ihm einen dankbaren Blick zu. Das war Martins erster Beitrag in dieser Besprechung. Entweder fand er die These tatsächlich logisch, oder er hatte diese dramatische Möglichkeit nur aus Loyalität in den Ring geworfen.

»Zudem gab es nur Minuten vor dem Einbruch einen anonymen Anruf in Abwesenheit auf Frau Mignats Handy«, ergänzte Fuchs. »Vielleicht hat der Täter das Telefon beim Blick durchs Fenster auf dem Nachtschrank gesehen und wollte testen, ob es sich um das gesuchte Gerät handelt.«

Kreiling verzog das Gesicht. »Die Theorie ist nicht schlecht und spricht für Ihre Fähigkeiten als Querdenker – aber glauben Sie wirklich daran?«

Fuchs hatte zwar keine Beweise, doch inzwischen hatte sich bei ihm fast ein Gefühl von Gewissheit eingestellt. Ihm war klar, dass er Kreiling nicht mit seinem Bauchgefühl kommen brauchte, denn der war ein solch rationaler Mensch, dass er selbst Intuition als Begriff aus dem Reich der Esoterik abtat. »Ja«, sagte er daher im Brustton der Überzeugung.

»Sie verstehen aber sicher, dass ich nicht wieder wertvolle Ressourcen vergeuden möchte, Herr Fuchs?«

Joachim nickte betreten. Er wusste, dass sich diese rhetorische Frage auf den verpatzten Einsatz am Vortag bezog.

Ein riesiges Team hatte einen Teil des Waldes um die Unfallstelle herum durchkämmt, ohne auch nur den kleinsten Hinweis zu finden.

»Befragen wir doch erst einmal die Nachbarn dieser Frau Mignat«, schlug Kreiling versöhnlich vor. »Vielleicht hat ja jemand etwas beobachtet, das uns bei der Identifizierung des Einbrechers helfen könnte.«

»Schon passiert«, sagte Fuchs. »Die Kollegen der SchuPo haben das noch gestern Abend erledigt. Nichts. Die Mieter im ersten Stock waren nicht zu Hause, und die Dame, die unter Frau Mignat wohnt, hat E-Piano gespielt, mit Kopfhörern, und daher nichts von dem Vorfall mitbekommen.«

»Und in den Nachbarhäusern?«

Fuchs schüttelte den Kopf und sah Kreiling erwartungsvoll an.

Der verzog die Mundwinkel. »Dann bleibt das erst mal Angelegenheit der Schutzpolizei, würde ich sagen.«

In einer kapitulierenden Geste warf Fuchs die Hände in die Luft. »Ich weiß langsam nicht mehr, in welche Richtung die Ermittlung überhaupt noch gewünscht wird.«

»In eine sinnvolle, Herr Fuchs, in eine sinnvolle.«

»Wie zum Teufel sollen wir einen Mörder fassen, wenn wir aus diversen Richtungen und nun auch noch aus den eigenen Reihen blockiert werden?«

»Was heißt hier ›aus den eigenen Reihen blockiert‹?«

»Wie soll ich es denn sonst nennen, wenn unser Vorgehen von privaten oder politischen Beweggründen beeinflusst wird?«

»Was wollen Sie damit andeuten?«

»Erst sollen wir die Ermittlungen vom Campus fernhalten, weil Sie mit dem Dekan befreundet sind. Dann heißt es …«

»Also jetzt ist es mal gut, Herr Fuchs. Vielleicht haben Sie recht mit Ihrer These und es hat sich tatsächlich so ereignet. Trotzdem verspreche ich mir aus einer teuren und langwierigen Auswertung dieser Geräusche keinen Durchbruch bei der Ermittlung.« Er deutete auf den Laptop. »Sicher weiß ich dagegen, dass es horrende Summen an Steuergeldern und Ressourcen verschlingen würde. Ich wünsche daher lediglich eine strategisch sinnvolle Ermittlungsarbeit, sonst nichts. Konzentrieren Sie sich auf Überschneidungen im Bekanntenkreis der Opfer und auf die Auswertung handfester Spuren. Das Übliche eben. Aber das muss ich Ihnen wohl nicht erklären.«

Joachim blies die Luft aus seinen Backen, setzte an, etwas zu sagen, biss sich dann aber auf die Zunge. Er wusste, wann es an der Zeit war, den Mund zu halten. Wenn sich sein Chef derart stur stellte, würde er eben selbst aktiv werden. Kreiling musste ja nichts davon erfahren.

Allmählich löste sich die Versammlung auf, und Joachim erhob sich, um das Besprechungszimmer zu verlassen. Während Olaf und Martin in eine lautstarke Diskussion über das letzte Eintracht-Spiel verfielen, tippte Lara gedankenverloren auf ihrem Handydisplay herum. Schon während der Sitzung war sie merkwürdig still gewesen, fiel Fuchs nun auf. Er hatte überlegt, sie zu fragen, ob sie ihm bei der Auswertung der Aufnahme helfen könnte, denn vier Ohren hörten bekanntlich mehr als zwei. Zwar meldeten sich auch Bedenken, seine Kollegin anzustiften, sich den Anweisungen des Chefs zu widersetzen, aber er wollte es ihr überlassen, diese Entscheidung zu treffen. Besser so, als wenn sie am Ende sauer war, weil sie sich übergangen fühlte.

Gerade als er ihre Schulter berühren wollte, erhaschte er einen Blick auf ein paar Textzeilen auf ihrem Display.

Vielen Dank für den schönen Abend. Hat es dir auch gefallen? Ich hoffe auf eine baldige Wiederholung!

PS: Zur Not können wir das Abendessen beim nächsten Mal auch überspringen. ;-)

Niko

Fuchs war wie vom Donner gerührt. *Niko?* Hieß Becker nicht mit Vornamen Nikolaus? Das musste ein Zufall sein! Es gab keine Zufälle, erinnerte er sich an sein Dogma. Aber handelte es sich bei dem Verfasser dieser Nachricht tatsächlich um den Staatsanwalt, der Lara für ein gemeinsames Schäferstündchen dankte? Schwachsinn! Nie im Leben würde sie sich auf dieses Ekelpaket einlassen. Unwillkürlich kamen ihm die Bilder vom letzten Teammeeting in den Sinn, bei dem sich die beiden ganz offenkundig amüsiert hatten. Auch nach Ende der Versammlung waren sie noch eine Weile beieinander stehen geblieben und hatten geplaudert. Wenn er die Situation nun von dieser Warte aus betrachtete, hatte ihre Körpersprache durchaus etwas Vertrautes gehabt. Im Ernst? Lara und Becker? Möglich war alles. Er versuchte, die Gedanken abzuschütteln, doch sie hatten den Brunnen bereits vergiftet. Ohne ein weiteres Wort verließ er den Raum.

In seinem Büro nahm er Platz und setzte einen Kopfhörer auf, den er im Laptop einstöpselte. Einen Mausklick später startete die Tondatei. Fuchs schloss die Augen.

Da war dieses Rauschen. Irgendwie klang alles ziemlich gedämpft, als hätte sich Stoff über der Sprechmuschel befunden. Kleidung oder eine Tasche. *Wumm.* Ein dumpfer Knall. Eine Autotür, die ins Schloss fällt? Dann ein Augenblick der Stille, bis ein kontinuierliches Schleifgeräusch einsetzte, dazu Knistern und Rascheln. Schritte? Das war möglich. Schritte im Laub vielleicht. Er setzte den Cursor wieder an den Anfang und hörte sich die Stelle noch einmal an. Ja, das waren Schritte. Vermutlich auf einem belaubten Weg. In Kombination mit diesem Schleifen … Fuchs hielt inne. War hier etwa zu hören, wie der Täter Merit Ohlsen hinter sich herschleifte? Seine Nackenhaare richteten sich auf. Jetzt, da er die Aufzeichnung ganz alleine und ohne Ablenkung durch anwesende Kollegen hörte, hatte sie eine völlig andere Qualität. Zudem klangen die Geräusche mit dem Kopfhörer wesentlich klarer und waren deutlich besser voneinander zu unterscheiden. Kreiling sollte sich das Teil mal aufsetzen, dann würde er seine Meinung womöglich ändern. Andererseits war bisher noch nichts sonderlich Aufschlussreiches passiert. Aber die interessante Passage kam erst noch. Fuchs war sich sicher, dass diese Aufzeichnung ihm weiterhelfen würde. Seiner Intuition konnte er trauen. Immerhin handelte es sich bei ihr um keine Erkenntnis, die sich aus dem Übersinnlichen speiste, sondern um das Resultat einer eingehenden Beschäftigung mit dem Fall. Sie war eine Art Echo des Unterbewusstseins. Denn während das mit einem äußerst begrenzten Arbeitsspeicher ausgestattete Bewusstsein einen Berg Puzzleteile auf die Schnelle nicht immer zusammensetzen konnte, hatte das Unterbewusstsein alle Teile bereits eingehend studiert. Da die Sprache des Unterbewusstseins aber eine andere als die des Verstandes war, konnte der intuitive Impulse nicht verstehen. Oft erhob der Verstand sogar Einspruch, weil er sich nicht von einem Bauchgefühl dirigieren lassen wollte. Allerdings hatte Fuchs schon öfter Lehrgeld gezahlt, wenn er trotz eines protestierenden Bauchgefühls seiner Ratio gefolgt war. Diesmal nicht! Egal was Kreiling sagte.

Er richtete sich kerzengrade auf. Da war es! Dieses seltsame Geräusch, das ihm einerseits vertraut und zugleich völlig fremd erschien. Er presste die Kopfhörermuschel mit der Schulter gegen sein Ohr und positionierte den Mauszeiger noch mal auf der Stelle, bei der das Geräusch einsetzte. Erneut schloss er die Augen. Seine erste Assoziation war eine Roulettekugel gewesen, die im Kessel über die Nummernfächer sprang, doch das war natürlich völliger Quatsch. Falls er die Schritte im Laub korrekt identifiziert hatte, musste es etwas sein, das man draußen hörte. Das Knattern eines vorbeifahrenden Mofas zum Beispiel. Ja, das kam der Sache schon näher. Allerdings änderte das Geräusch nicht seine Lautstärke, wie man es erwarten würde, wenn ein Fahrzeug sich nähert oder entfernt. Nein, sie blieb ziemlich konstant. Nur die Frequenz änderte sich. Die einzelnen Klicks folgten immer schneller aufeinander, bis das Geräusch fast zu einem durchgängigen Ton anschwoll. Dann stoppte es urplötzlich. Kurze Zeit später endeten auch das Rascheln und das Schleifen, woraufhin dieses merkwürdige Rattern wieder einsetzte. Dann war ein leises Quietschen zu hören. Stufen? *Ratsch.* Wie ein Schlüssel, der in ein Schloss gesteckt wurde. Zweimaliges Klacken. Ja, das war ein Schloss. Ein altes Schloss.

Fuchs hielt die Aufnahme an, nahm einen Kugelschreiber zur Hand und notierte:

Parkplatz in der Nähe des Hauses. Laub auf dem Weg. Außentreppe aus Holz, die zu einer Tür mit einem alten Schloss führt.

Dann ließ er die Aufzeichnung weiterlaufen. Wieder knarzten die Stufen. Kurzes Rascheln, ein lautes Knacken, und dann herrschte Stille. Der Cursor sprang wieder an den Anfang. Das Ende der Aufnahme war erreicht. Jetzt startete er noch einmal die kürzere Tondatei. Rauschen, Knistern … und plötzlich war es, als hätte man jede Schallwelle aus dem Raum gesaugt. Stille. Ende. Ein Funkloch! Merit war an einen Ort gebracht worden, wo kaum Empfang herrschte. Vielleicht unter der Erde? Ein schallisolierter Raum?

Fuchs streifte den Kopfhörer ab und rieb sich das Gesicht. Die zweite Aufnahme brachte ihn vermutlich wirklich nicht weiter. Aber was war das für ein merkwürdiger Ton bei der langen Nachricht? Wer oder was machte ein solches Geräusch?

Etwas packte ihn an der Schulter. Er sprang vom Stuhl auf, als stünde die Sitzfläche plötzlich unter Strom. Vor ihm stand Lara, die wegen seiner heftigen Reaktion ebenfalls zusammenfuhr.

»Oh mein Gott!« Sie fasste sich an die Brust.

»Du hast Nerven!« Hörbar stieß er die Luft aus.

»Tut mir leid, ich wollte dich nicht erschrecken.«

»Schon gut.«

»Hörst du dir das Band an?«

»Ja.«

»So richtig angebissen hat der Chef ja nicht. Was ist denn mit ihm los?«

»Keine Ahnung. Ist mir mittlerweile aber auch egal. Ich bleibe so lange an der Sache dran, bis ich sicher bin, ob es sich um eine Spur oder eine Sackgasse handelt.«

Lara nickte. »Ist sonst alles in Ordnung?«

»Ja, ja … ganz hervorragend. Du, wenn es für dich okay ist, würde ich mich gerne noch ein wenig hiermit befassen.« Er griff demonstrativ zum Kopfhörer.

»Ja, sicher. Viel Erfolg weiterhin.«

Fuchs blickte ihr nach. Sie sah aus wie ein geprügelter Hund. Fast tat sie ihm leid, aber der Groll auf seine Kollegin überwog bei Weitem. Dabei wusste er nicht einmal recht, wieso. Er setzte den Kopfhörer wieder auf und hörte sich die Aufzeichnung wieder und wieder an, bis er keinen klaren Gedanken mehr fassen konnte. Schließlich musste er einsehen, dass er sich festgefahren hatte. Es war wie beim Malen. Wenn er zu lange vor der Leinwand stand, war er irgendwann nicht mehr in der Lage, sein Werk zu bewerten. Dann half es meist, ein paar Schritte zurückzutreten und das Bild von Neuem zu betrachten oder ihm sogar für eine Weile den Rücken zu kehren. Manchmal half auch der Rat einer anderen Person. Nur, wen konnte er jetzt schon fragen? Vielleicht Martin. Aber richtig überzeugt hatte auch er nicht gewirkt. Und auf Olaf hatte Joachim gerade wirklich keine Lust. Er war zwar ein netter Kerl und bewies auch als Ermittler immer wieder überragende Qualitäten, nichtsdestotrotz war er am besten in kleineren Dosen zu ertragen.

Plötzlich kam ihm eine Idee. Vielleicht gab es doch eine

Möglichkeit, mit nur einer einzigen Aktion herauszufinden, ob das Band als Spur taugte. Mit etwas Glück bekam er dadurch sogar weit mehr als das heraus. Es könnte den Ermittlungsstand in neue Sphären katapultieren. Doch dafür musste er zuvor jemandem einen Besuch abstatten. Schon wieder.

38

Fuchs hatte sich gefragt, wie sie reagieren würde, wenn er erneut vor ihrer Tür stand, aber dann war es ganz ungezwungen verlaufen. Er glaubte sogar, dass sie sich über sein Erscheinen gefreut hatte. Möglicherweise war dies aber auch bloß Wunschdenken. Im Grunde sollte er nicht hier sein, dessen war er sich bewusst. Aber wenn seine Kollegin mit dem Staatsanwalt in die Kiste hüpfte, brauchte er sich wohl keinen Kopf machen.

Die Frage war nun, ob er Sophia direkt mit seinem Anliegen konfrontieren sollte, denn falls sie seinen Plan missbilligte, wusste er nicht, ob er ihn überhaupt noch in die Tat umsetzen würde. Doch Aufschieben war auch keine Option.

»Bitte tun Sie mir den Gefallen und sprechen Sie mit niemandem darüber!« Er verlieh seinen Worten Nachdruck, indem er sich im Sessel leicht nach vorne lehnte. Das Leder knarzte unter seiner Jeans.

Sophia sah ihn mit einer Mischung aus Besorgnis und Neugier an, nickte dann aber entschlossen.

»Obwohl ich zurzeit zwar der Einzige im Kollegium bin, der darin eine verwertbare Spur sieht«, er zog das Diktaphon aus seiner Tasche und wedelte damit herum wie mit einem Bündel Geldscheine, »dürfte ich Ihnen das hier trotzdem nicht zeigen. Es gilt immer noch als Beweisstück einer laufenden Ermittlung.«

»Natürlich. Sie haben mein Wort. Hat das irgendetwas mit Merit Ohlsen zu tun?«

»Wie kommen Sie darauf?«

»Keine Ahnung. Ich dachte nur …«

Fuchs betrachtete sie. Hatte sie einfach ins Blaue geschossen, oder war sein Anliegen so offensichtlich? Andererseits war der Fall Merit Ohlsen brandaktuell, und Sophia musste nur eins und eins zusammenzählen. Mit etwas Glück kam sie sogar von selbst auf die Idee, der Patientin die Aufzeichnung vorzuspielen, um ihrem Gedächtnis auf die Sprünge zu helfen. Doch dafür musste er sie einweihen, ihr das Band nicht bloß kommentarlos vorspielen, in der Hoffnung, sie könne das eine oder andere Geräusch darauf identifizieren. Er musste ihr verraten, dass es sich dabei um den vorletzten Anruf ihrer Patientin handelte. Eigentlich kein Problem, dachte er. Bei der Umsetzung seines Vorhabens würde er ohnehin noch einige Grenzen überschreiten, wogegen die Einweihung Sophias in dieses Detail fast schon belanglos wirkte.

»Ja, hat es«, sagte er. »Bevor ich Ihnen mehr verrate, würde ich Sie jedoch bitten, sich die Aufzeichnung einmal unvoreingenommen anzuhören und mir dann zu sagen, was Ihnen dazu einfällt.«

Sophia stimmte zu, woraufhin Fuchs das Kopfhörerkabel entwirrte und Sophia einen der Ohrstöpsel reichte. Das andere Ende setzte er sich selbst ein und startete anschließend das Band. Während die ersten Geräusche einsetzten, hielt Sophia ihren Kopf geneigt, was Fuchs an einen

Welpen erinnerte, der versucht, die Worte seines Herrchens zu verstehen.

»Können Sie das noch mal zurückspulen?«

Fuchs folgte ihrer Bitte.

»Das ist ja wie bei diesem Geräuschraten im Radio«, sagte sie, und er hatte das Gefühl, dass sie beinah Spaß am Detektivspielen fand. »Kennen Sie das noch? Jedes Mal, wenn das Geräusch nicht erraten wurde, kamen zehntausend Euro in den Jackpot.«

»Mit einer solchen Belohnung kann ich leider nicht dienen.«

»Schon okay. Obwohl das mein üblicher Stundensatz ist.« Sie hielt inne, lauschte noch einmal und deutete dann auf den Rekorder. »Das war eine Autotür, würde ich sagen.« Sie sah Fuchs fragend an, doch der gab keine Rückmeldung. Er wollte sie nicht beeinflussen. »Jemand läuft auf einem Kiesweg … oder nein … Moment. Noch mal zurück!«

Fuchs spulte ein Stück zurück und ließ die Aufzeichnung weiterlaufen.

»Das sind Blätter, kein Kies. Aber ich habe keine Ahnung, was das im Hintergrund ist. Gar nicht so einfach, wenn man kein Bild dazu hat. Darf ich?« Sie deutete auf den Rekorder.

»Natürlich.« Joachim reichte ihr das Gerät, woraufhin Sophia zurückspulte, um sich die Stelle noch mal anzuhören. In wenigen Augenblicken würde das Klackern ertönen. Er war gespannt, was sie davon hielt.

Klack … klack … klack, klack-klack-ck-ck-klckklckklck …

Sophia rieb sich die Arme, als schauderte sie. »Wissen Sie, woran mich das erinnert?«

»Nein.«

»An einen japanischen Horrorfilm. *Der Fluch*.«

Fuchs zog die Mundwinkel herab und schüttelte den Kopf.

»Ziemlich gruselig. Jedenfalls kommt dort so eine bleiche Kreatur mit langen Haaren und großen schwarzen Augen vor, die genau solche Geräusche macht.«

Fuchs bezweifelte, dass dies der Hinweis war, nach dem er suchte, aber vielleicht würde er sich den Film bei Gelegenheit ansehen. »Andere Assoziationen?«, fragte er.

»Eine knarzende Tür?«

»Stimmt. Aber mir ist der Ton dafür eine Spur zu hell. Zudem klingt er auch irgendwie hohl. Aber eine knarzende Tür kommt der Sache schon recht nah, das gebe ich zu. Sonst noch eine Idee?«

»Ich weiß nicht … Es scheint ja draußen zu sein, in der Natur. Vielleicht ein Specht?«

»Auch nicht schlecht.« Fuchs nickte anerkennend. »Doch soweit ich weiß, bauen die ihre Nester nicht zu dieser Jahreszeit.«

»Dann fällt mir auch nichts weiter ein. An was hatten Sie gedacht?«

»Alles Mögliche, aber nichts wirklich Brauchbares. Eine Roulettekugel. Das Knattern eines Mofas. Da waren Ihre Vorschläge weitaus besser.« Er lächelte ihr zu, und sie sah verlegen zur Seite.

»Möchten Sie etwas trinken?«

»Gerne. Haben Sie noch von diesem Wein?«

Sie nickte, zog den Kopfhörer aus ihrem Ohr und stand auf. »Ich hole uns ein Glas davon.«

Während Sophia in der Küche herumhantierte, kam Fuchs in den Sinn, sie noch einmal explizit nach einer möglichen Verbindung zwischen Merit Ohlsen, Nancy Blum und Christina Luzius zu fragen. Doch dann überlegte er sich, dass sie längst etwas gesagt hätte, wenn ihr Merit bekannt vorgekommen wäre. Rein statistisch betrachtet war es ohnehin nicht wahrscheinlich, dass sie sich kannten. Aktuell gab es in Frankfurt fast dreitausend Medizinstudenten, und Sophia war längst keine Studentin mehr, die mit Merit Kurse belegte oder Vorlesungen besuchte. Die Chancen standen also schlecht. Andererseits war die Welt ein Dorf. Nach dem Kleine-Welt-Phänomen waren alle Menschen im Durchschnitt über lediglich sechs Personen miteinander verbunden. Dieses Phänomen hatte ihn schon als Kind fasziniert, als ihm sein Vater von dem amerikanischen Psychologen Stanley Milgram erzählt hatte, der diesen Begriff in den Sechzigerjahren geprägt hatte. Vielleicht konnte Sophia trotz geringer statistischer Wahrscheinlichkeit eine Verbindung zwischen den drei Opfern herstellen? Welche Alternativen gab es schon? Die Zeit drängte, denn die Taten folgten dicht aufeinander. Zudem hatten sich die Abstände dazwischen rapide verringert. Der Täter würde wieder zuschlagen, davon war er überzeugt. Die Frage war nur: Wo und wann? Derzeit war Merit Ohlsen ihr einziger Joker, womöglich der Heilige Gral der Ermittlung. Doch dafür musste sie erst mal wieder in der Lage sein, sich mitzuteilen. Im Moment brachte sie nur Gestammel hervor. Mit etwas Glück könnte die Aufzeichnung diesen Prozess beschleunigen.

Sophia kam mit zwei Weingläsern in der Hand zurück, die sie auf dem Tisch abstellte. Dann nahm sie Fuchs gegenüber Platz. Er sah sie eine Weile an und gab sich schließlich einen Ruck. »Was halten Sie davon, wenn ich Ihrer Patientin die Aufzeichnung vorspiele?«

Sophias Miene ließ vermuten, dass sie daran bisher weder gedacht hatte noch die Absicht dahinter verstand. »Sie haben mir immer noch nicht verraten, was es überhaupt damit auf sich hat«, erwiderte sie stattdessen.

»Es ist die Aufzeichnung einer Mailbox. Der vorletzte Anruf vom Handy Ihrer Patientin, bevor sie in den Unfall verwickelt wurde.«

Sophia hob die Augenbrauen. »Und der letzte Anruf?«

»Wurde ebenfalls auf dieser Mailbox aufgezeichnet, doch da ist kaum etwas zu hören.«

In Sophias Blick schien sich etwas zu klären. »Sie wollen sehen, wie Merit Ohlsen auf die Aufnahme reagiert?«

»Ich hoffe, dass ich dadurch etwas mehr aus ihr herausbekomme. Dass sie anfängt zu reden. Aber für den Anfang würde mir auch eine entsprechende Reaktion reichen, damit ich weiß, ob ich auf der richtigen Spur bin. Ich könnte mir damit eine Menge Ärger einhandeln. Da will ich schon wissen, ob sich eine weitere Auswertung der Aufzeichnung überhaupt lohnt.«

»Und Sie erhoffen sich nun von mir eine Legitimation dafür?«

»Vielmehr einen ärztlichen Rat.«

Sophia dachte nach, und Fuchs hatte den Eindruck, dass sie einen inneren Kampf ausfocht. Verständlicherweise, denn einerseits war sie die beste Freundin eines ermordeten Opfers, andererseits aber Ärztin, die Sorge für den Gesundheitszustand ihrer Patientin zu tragen hatte.

»Ich weiß nicht, wie sie darauf reagiert«, sagte sie schließlich.

»Was könnte im schlimmsten Fall passieren?«

»Sie ist schwer traumatisiert. Eine Konfrontation mit einem möglichen Trigger könnte sie nicht nur bei der Verarbeitung des Erlebten behindern, sondern sie zurückwerfen, sodass sie ganz dicht macht. Genauso gut könnte sie aber auch dekompensieren.«

»Das heißt?«

»Entgleisen. Ausrasten.«

»Wie wahrscheinlich ist das?«

»Keine Ahnung. Ich bin keine Psychologin.«

»Sie wissen, was auf dem Spiel steht. Meinen Sie, ich kann das riskieren?«

Sophia starrte in ihr Weinglas, als könnte sie die Antwort auf seine Frage darin lesen wie in einem Kaffeesatz. Dann warf sie einen kurzen Blick auf ihre Uhr und sah Joachim schließlich unverwandt in die Augen. »An Ihrer Stelle würde ich abends zwischen neun und halb zehn hingehen. Da ist die Übergabe vorbei, und die Ärzte der Nachtschicht ziehen sich erst mal in ihre Zimmer zurück. Sie haben dann etwa eine halbe Stunde Zeit, bis der erste Rundgang beginnt. Wie Sie an dem Polizisten vor Merits Zimmer vorbeikommen, wissen Sie selbst sicherlich am besten.«

39

Um diese Zeit war das Krankenhaus wie ausgestorben. Aufgrund der fehlenden Geräuschkulisse von Personal und Besuchern hallten Joachims Schritte durch die Flure wie in einer Kathedrale. Ein dicker Wachmann, der in einem blauen Hemd mit dem aufgestickten Logo einer Sicherheitsfirma hinter einer Glasscheibe saß, hob kurz den Blick von seiner Zeitung und nickte ihm zu. Fuchs fragte sich, wofür der Kerl überhaupt dort hockte, wenn er ohnehin jeden passieren ließ. Vielleicht verließ sich der Mann ja auf die Überwachungskameras, deren Bilder auf den Monitoren hinter ihm übertragen wurden. Fuchs hoffte, dass der Polizist vor Merits Zimmer von ähnlichem Kaliber war.

Er bog um eine Ecke und ging auf die Fahrstühle zu. Eine der Türen stand offen, als würde man ihn bereits erwarten. Er spürte, wie die Anspannung wuchs, während sich die Aluminiumtüren vor ihm verschlossen und die Kabine sich in Bewegung setzte. Verdammt noch mal, ging das schon wieder los? Er kämpfte gegen das Bedürfnis an, seinen Hemdkragen zu lockern. Stattdessen sah er sich in dem Spiegel neben der Notrufanlage in die Augen. Reiß dich zusammen! Die Türen öffneten sich mit einem *ping*, und nach einem letzten Blick löste er sich von seinem Spiegelbild. Er verließ den Fahrstuhl, bog nach links ab und betätigte die Klingel neben der Eingangstür der Intensivstation.

Eine blecherne Frauenstimme tönte aus der Gegensprechanlage.

»Fuchs von der Kriminalpolizei. Ich müsste noch mal mit meinem Kollegen sprechen, der Frau Ohlsen bewacht.«

Mit einem lauten Klacken wurde das Schloss entriegelt, und die Türblätter glitten surrend auf. Hinter dem Tresen saß eine korpulente Schwester mit tiefschwarzer Haut und der Kopfbedeckung einer Nonne, die ihn freundlich begrüßte und mit einer Reihe weißer Zähne anstrahlte. Joachim erwiderte das Lächeln, hatte jedoch den Eindruck, dass es verkrampft wirkte. Er drückte seine Hand auf die Jackentasche mit dem Rekorder, als hätte er Angst vor Taschendieben. Wie bei seinen vorangegangenen Besuchen schlüpfte er in einen der gelben Einmalkittel und steuerte dann das Patientenzimmer an, vor dem ein junger Polizist Wache hielt. Als Fuchs in den ersten Behandlungsraum auf der rechten Seite schielte, bemerkte er, dass der Mann mit dem Blähbauch verschwunden war. An dessen Stelle lag nun ein nahezu vollständig einbandagierter Patient, der ihn zwangsläufig an eine Mumie erinnerte. Unwillkürlich blieb er stehen und betrachtete die Gestalt. Unmöglich zu erkennen, ob sich unter den Binden ein Mann oder eine Frau verbarg. Ein Schauer lief ihm über den Rücken, denn er fürchtete zu wissen, was die Abwesenheit des anderen Patienten zu bedeuten hatte. Bestimmt war er zwischenzeitlich verstorben. Er schreckte zusammen und wurde aus seinen Gedanken gerissen, als er in einer dunklen Ecke im hinteren Teil des Raums eine Bewegung ausmachte. Dort stand eine Krankenschwester und werkelte an einem Geräteturm herum.

Das war doch nicht möglich! Schnell ging er weiter. Schon wieder diese Schwester. Wieso musste diese Hexe ständig Dienst haben, wenn er hier aufkreuzte? Obwohl ihre letzte Begegnung glimpflich ausgegangen war, bezweifelte er, dass sie sein heutiges Vorhaben billigen würde.

Er näherte sich dem Wachposten, der in irgendein Spiel auf seinem Smartphone vertieft war. Fuchs wusste, wie undankbar diese Überwachungsjobs waren. Zu seiner Zeit bei der Streife hatte es keine Handys gegeben. Zudem waren die Teile heutzutage ja mehr Computer als Telefone und offenbar ein derart guter Zeitvertreib, dass die Leute lieber auf ihre Handys als in die Gesichter ihrer Mitmenschen schauten. Als der Jungspund ihn bemerkte, zuckte er zusammen. Joachim hielt ihm seinen Ausweis entgegen.

»Alles gut. Ich bin von der Kripo.«

»Hallo. Axel Brinkmann.« Irritiert sah er sich nach einer Uhr um. »Sie sind aber nicht meine Ablösung, oder?«

Fuchs lächelte. »Nein. Aber falls du dir mal die Beine vertreten magst, kann ich gerne solange übernehmen.«

Brinkmann zögerte. »Danke, aber ich habe die strikte Order, meinen Platz nicht zu verlassen.«

»Und was ist, wenn du mal aufs Klo musst?«

»Ich trinke einfach nichts während der Schicht.«

Der Kerl war zäher als gedacht. Vielleicht dachte er, Fuchs wolle ihn auf die Probe stellen.

»Sieh mal«, er hielt ihm seinen Ausweis erneut hin, »ich bin von der Kripo. Ich weiß, wie ätzend es ist, Wache zu schieben. Habe das auch alles hinter mir.«

»Was machen Sie eigentlich hier, wenn ich fragen darf?«

»Kannst Joachim zu mir sagen. Und was ich dir jetzt sage, bleibt unter uns, okay?«

Axel nickte, und Fuchs beugte sich mit vorgehaltener Hand zu ihm runter.

»Man hat die Fingernagelproben des Opfers zur Sicherung von Gewebespuren vergessen.« Er holte einen Plastikbeutel hervor, in der eine Nagelschere steckte, die er zuvor zu Hause geholt hatte. Als Sophia ihn an den Wachmann vor Merits Zimmer erinnert hatte, war ihm klar geworden, dass er einen guten Grund brauchte, weshalb er um diese Zeit noch auf der Station aufschlug. Er tippte sich mit dem Zeigefinger an die Lippen und lächelte seinem jungen Kollegen verschwörerisch zu. Axel rutschte unbehaglich auf dem Stuhl umher. Dabei fiel Joachim an dessen rechter Hosentasche eine verräterische Ausbuchtung auf. Wenn er sich nicht irrte, wusste er, wie er den Kerl überzeugen konnte. Falls Axel wirklich derart verlässlich Wache gehalten hatte, saß er mittlerweile schon Stunden hier. Nach dieser langen Zeit der Abstinenz lechzte er sicher nach einer Zigarette.

»Während ich ihr die Nägel schneide, kannst du mal frische Luft schnappen.« Er zwinkerte ihm zu und nickte Richtung der mutmaßlichen Zigarettenschachtel in Axels Tasche. »Ich halte hier die Stellung. Auf!«

»Wirklich?« Er sah verunsichert zu ihm auf.

»Ja. Ich werde es niemandem verraten. Versprochen.«

Nachdem Axel dankbar und voller Vorfreude auf den erlösenden Glimmstängel abgedampft war, betrat Joachim das Zimmer und schob sogleich die Tür hinter sich zu. Das

Licht war auf ein Mindestmaß gedämpft, die Luft erfüllt von dem Geruch nach ätherischen Ölen. Bis auf das Zischen eines Beatmungsgeräts war es ruhig. Joachim spürte sein Herz dumpf, aber kräftig hinter dem Brustbein schlagen. Er betrachtete die junge Frau im ersten Bett. Sie war höchstens Anfang zwanzig, aus ihrem kahlrasierten Schädel ragte ein dünner Metallstab, der mit Kompressen und weißem Pflaster umwickelt war. Groteskerweise erinnerte ihn das Konstrukt an den Partyhut eines Kindergeburtstags. Vermutlich handelte es sich dabei um irgendeine Drainage, dachte er, und sah fast im selben Moment, dass über einen am Stab montierten Schlauch Flüssigkeit ablief und in einen Behälter tropfte. War das etwa Hirnwasser? Fuchs wandte den Blick ab und atmete ein paarmal tief durch, um eine Welle der Übelkeit zu unterdrücken. Reiß dich zusammen!

Schwankend trat er an das hintere Bett heran. Merit Ohlsen lag auf dem Rücken, die Arme seitlich von ihrem Körper. Um ihre Handgelenke waren wieder die blauen Klettbänder geschlungen, die mit gestrafften Gurten zum Bettrahmen führten. Vermutlich hatte man sie wieder wegen Unruhe fixiert. Doch in diesem Augenblick lag Merit regungslos da. Fuchs beobachtete, wie sich ihr Brustkorb unter dem dünnen Laken gleichmäßig hob und senkte.

»Hallo, Merit«, flüsterte er und zog sich einen Stuhl neben das Bett. »Erinnerst du dich an mich? Joachim Fuchs, von der Kriminalpolizei.«

Ihre Augen waren weiterhin geschlossen. Joachim ließ sich auf den Stuhl sinken, die Ellenbogen auf die Knie gestützt.

»Ich war mal in einer ähnlichen Situation wie du jetzt«, sagte er langsam und leise. »Ich kenne das Gefühl aufzuwachen, ohne zu wissen, wo man ist. Ständig wuselt jemand um einen herum. Man wird aufgedeckt, entblößt, auf die Seite gedreht, abgeputzt, gewaschen … Es ist unangenehm, peinlich und erniedrigend. Die Angst vor dem Ungewissen. Immer wieder bimmelt es. Man versteht nicht, warum, weiß aber instinktiv, dass es sich um eine bedrohliche Situation handelt. Dann stürzt irgendjemand an dein Bett, schaltet den Alarm aus und verschwindet einfach wieder, ohne dir zu sagen, was los ist. Oder man spritzt dir ein Mittel, und alles um dich herum versinkt im Nebel.«

Als er den Blick hob, sah er, dass Merits Augenlider flackerten. Er rückte näher an sie heran, löste den linken Fixiergurt und nahm ihre Hand in seine. Überraschenderweise beruhigte ihn diese Berührung selbst.

»In den Neunzigern, ich war noch blutjung, hatten wir einen Einsatz, bei dem wir Mitglieder der RAF festnehmen sollten. Wir sind mit drei Dutzend Männern angerückt. Es sollte der Durchbruch in der Terrorbekämpfung werden.« Er stieß ein leises, aber bitteres Lachen aus. »Stattdessen war es das reinste Fiasko. Es kam zu einem Schusswechsel. Ein Kollege und guter Freund von mir wurde getroffen. Ich hatte ihm signalisiert, dass ich ihm Deckung geben würde. Er war auf der Stelle tot. Ich selbst bekam eine Kugel in die Brust. Tagelang kämpften die Ärzte um mein Leben. Man musste ein Stück Lunge entfernen. Über drei Wochen lag ich im Krankenhaus. Zwei davon auf einer Intensivstation. So wie du jetzt. Aber ich habe überlebt.« Er räusperte sich, und nach einem prüfenden Blick zur Tür fuhr er stockend fort: »Mir wurde zum ersten Mal bewusst, wie verwundbar wir sind. Unser Verstand ist nicht dafür geschaffen, die eigene Sterblichkeit zu begreifen. Jede einzelne Zelle ist aufs Überleben programmiert. Auch du hast überlebt. Du bist eine Kämpferin. Und jetzt brauchen wir deine Hilfe, verstehst du? Damit wir den finden, der dir das angetan hat. Bevor er wieder Leben nimmt.« Seine Stimme wurde etwas lauter, sein Griff um ihre Hand fester. »Merit! Wir brauchen deine Hilfe!«

Merit Ohlsen öffnete die Augen, und Joachim erhob sich, hielt dabei jedoch weiterhin ihre Hand. Merit war ruhig, ihre Züge entspannt.

»Merit.« Er lächelte sie an. »Weißt du noch, wer ich bin?«

Sie musterte sein Gesicht und schüttelte dann zögerlich den Kopf.

»Ich bin Joachim. Joachim Fuchs von der Kriminalpolizei. Ich war schon einmal hier. Aber da warst du noch nicht richtig wach. Es ist also überhaupt nicht schlimm, wenn du dich nicht an mich erinnerst. Ich ermittle in deinem Fall und versuche herauszufinden, was dir zugestoßen ist, verstehst du?«

Ein angedeutetes Nicken.

»Ich bin hier, weil ich deine Hilfe brauche.«

Keine Reaktion.

»Ich habe etwas mitgebracht, das ich dir gerne vorspielen würde.« Er ließ ihre Hand los und holte den Rekorder aus seiner Tasche. »Wäre das okay für dich? Es ist eine Aufzeichnung mit einigen Geräuschen darauf. Meinst du, du kannst dir das anhören?«

Erneut ein verhaltenes Nicken.

»Gut. Sehr gut. Hör es dir erst mal an, ja? Wenn du magst und kannst, sagst du mir dann einfach, was dir dazu einfällt, okay?«

Er startete das Band. Mittlerweile kannte er die Aufzeichnung in- und auswendig, die Abfolge von Geräuschen, für die man ihn auf dem Revier belächelt hatte. Erst das Rauschen. Merit lag reglos da und starrte an die Decke. Es war nicht ersichtlich, ob die Aufnahme irgendeine Erinnerung bei ihr auslöste. Die Autotür schlug zu. Merits Blick huschte zu Fuchs, fixierte ihn einen Moment und entspannte sich wieder. Das Schleifgeräusch, dann die Schritte. Fuchs glaubte, eine Reaktion bei ihr gesehen zu haben. Wenn er sich nicht irrte, hatte sich ihr Körper unter dem Laken unmerklich angespannt. Er drehte am Lautstärkeregler und hielt ihr den Rekorder näher ans Ohr. Ihre Augen wurden größer. Sie erkennt es, dachte er und spürte sogleich das wohlbekannte Kribbeln im Nacken. Irgendein Teil ihres Gehirns hatte eine Antwort parat. Nun musste sie bloß noch darauf zugreifen können. Er war auf der richtigen Spur. Was er in der Aufregung jedoch übersah, war die grüne Zahl auf dem Monitor über Merits Bett, die besorgniserregend in die Höhe schnellte.

85 … 90 … 94 …

… 98 …

… 102.

Und in diesem Moment sprang der Alarm an.

Fuchs ergriff wieder ihre Hand. »Alles gut, Merit. Es ist alles gut. Du bist in Sicherheit. Ich bin bei dir.«

… 109 … 116.

Er musste sich beeilen. Gehetzt warf er einen Blick zur Tür, vergewisserte sich, dass niemand kam, und inspizierte das Bedienpanel des Monitors. Wo war diese verdammte Stummschaltung? Oben links in der Leiste wurde er fündig, drückte die gelbe Taste mit dem durchgestrichenen Lautsprechersymbol, und der Herzalarm verstummte. Auf dem Bildschirm erschien ein Hinweis:

Alle Alarme AUS 0:59

0:58

0:57

0:56

Durchatmend musterte er Merits Vitalwerte, doch ihr Herzschlag jagte immer noch jenseits der Hundertermarke über den Bildschirm. Rasch spulte er das Band vor zu der Stelle mit dem Geräusch, über das er sich den Kopf zerbrach. Das ominöse Klappern. Die vermeintliche Roulettekugel. Der winteraktive Specht. Das auf der Stelle fahrende Mofa. Was auch immer es war.

Dann ließ er das Band wieder laufen. Er kam nicht mehr dazu, Merit das Quietschen der Stufen, das Ratschen des Schlüssels oder das Klacken des Schlosses vorzuspielen, denn Merit Ohlsens Mund öffnete sich zu einem markerschütternden Schrei.

40

Dieser Tag konnte nur beschissen werden, dachte Fuchs. Er wusste nicht, wann er das letzte Mal verschlafen hatte. Wahrscheinlich als Schüler in der Mittelstufe. Nach dem Aufstehen hatte er als Erstes im Präsidium angerufen, kurz mitgeteilt, dass er später kommen würde, und anschließend eine schnelle Dusche genommen. Dann hatte er sich angezogen, einen starken Kaffee hinuntergekippt und war inmitten des Berufsverkehrs zum Revier gebraust. Dort angekommen schaute er zunächst in Laras Büro vorbei, doch da die Tür verschlossen war, entschied er, Martin einen Besuch abzustatten. Der führte gerade eine aufgebrachte Unterhaltung mit Olaf, stoppte jedoch abrupt, als Joachim zur Tür hereingeschneit kam.

»Morgen. Sorry, ging nicht früher.« Er zog seinen Parka aus und warf ihn über eine Stuhllehne. »Habt ihr eine Ahnung, wo Lara ist?«

»Hat sich krankgemeldet«, antwortete Martin.

»Oh, hoffentlich nichts Schlimmes?«

»Nein, klang nicht so.«

»Hattet ihr schon das Meeting?«

Synchrones Kopfschütteln.

»Was habt ihr dann die letzten zwei Stunden gemacht?«

Martin sah zu Olaf rüber, der kaum merklich nickte.

»Was ist los?«, fragte Joachim die beiden. »Komme ich ungelegen?«

Während sich Olaf scheinbar höchst konzentriert die Nagelhaut eines Fingers zurückschob, blickte Martin verlegen zu Boden.

»Kommt schon, raus mit der Sprache!«

»Kreiling war eben hier«, sagte Martin schließlich. »Du sollst zu ihm ins Büro kommen.«

»Hat er gesagt, worum es geht?«

»Bitte erspar uns das, Joachim. Geh einfach bei ihm vorbei und hör dir an, was er zu sagen hat.«

Fuchs versuchte, etwas an Martins Augen abzulesen, aber der hatte den Blick schon wieder gesenkt.

»Okay. Dann gehe ich mal zum Chef.« Er schnappte sich seinen Parka von der Stuhllehne und verließ Martins Büro.

Während die Bürotür des Direktors am Ende des langen Flurs immer näher rückte, grübelte er, was der Grund für die Unterredung sein mochte. Eigentlich konnte er es sich denken. Bestimmt hatte man Kreiling von seiner nächtlichen Aktion auf der Intensivstation unterrichtet, und dafür würde er nun einen mächtigen Einlauf kassieren. Mit ebenso hängenden Schultern wie am Abend zuvor, als er nach der Standpauke der Schwester die Intensivstation verlassen hatte, stand er nun vor Kreilings Büro. Wie er solche Situationen hasste!

Er sammelte sich, atmete tief durch und klopfte dreimal an. Nachdem er ein dumpfes »Herein« vernommen hatte, öffnete er die Tür.

»Morgen, Chef, Sie wollten mich sprechen?«

»Nehmen Sie bitte Platz.« Kreiling betrachtete ihn eine

Weile schweigend, als suche er nach den richtigen Worten. Dann schoben sich seine Augenbrauen zusammen, und dazwischen tauchte eine tiefe Falte auf.

Joachim erschrak bei dem stechenden Blick, den die sonst blassen Augen des Direktors plötzlich annahmen. In diesem Augenblick hatte Kreiling etwas von einem Stier, dem ein rotes Tuch vorgehalten wurde.

»Mir sind da ein paar Dinge zu Ohren gekommen, die ich leider nicht ignorieren kann.«

»Oha.« Fuchs verzog einen Mundwinkel.

»Fangen wir einmal bei der Beschwerde an, die mich heute früh erreichte. Sie haben laut Aussage der Pflegedienstleitung eine ohnehin traumatisierte Patientin starken psychischen Belastungen ausgesetzt. Was haben Sie dort gesucht?«

»Ich habe mich mit dem Fall beschäftigt. Mir ist etwas eingefallen, was ich überprüfen wollte. Mir war nicht klar, dass Sie meine Bemühungen außerhalb der regulären Arbeitszeit derart missbilligen.«

»Wie kamen Sie auf die Idee, dem Opfer das Band vorzuspielen?«

Fuchs sah seinen Chef an, als wäre ihm ein Geist erschienen. »Wie kommen Sie darauf …?«

»Bevor Sie jetzt versuchen, mich für dumm zu verkaufen«, fuhr ihm Kreiling über den Mund, »sagen Sie lieber gar nichts. Die Krankenschwester hat beobachtet, dass Sie einen Sprachrekorder in der Hand gehalten und ganz schnell eingesteckt haben, als sie den Raum betrat. Herr Fuchs, ich kann doch eins und eins zusammenzählen.«

»Aber Sie hatten doch selbst gefragt, ob man den

Erinnerungsprozess der Patientin irgendwie beschleunigen kann.«

»Ja, aber doch nicht so!« Er schlug mit der Hand auf den Tisch.

»Wie denn dann? Spricht die Reaktion der Patientin nicht dafür, dass ich auf der richtigen Spur bin?«

»Sie können jedenfalls nicht laufend meine Anweisungen in den Wind schlagen. Wie stehe ich denn dann da?«

Fuchs fehlten die Worte. Worum ging es hier überhaupt? Um Kreilings Reputation oder die Ergreifung eines Mörders?

»Aber das ist nur Beiwerk, Herr Fuchs. Das eigentliche Problem ist ein ganz anderes.«

Fuchs zögerte. »Ich fürchte, ich kann Ihnen nicht folgen.«

Wie von Zauberhand verschwand die Furche über Kreilings Nasenwurzel und machte fünf gekräuselten Stirnfalten Platz. »Ich habe einen Anruf erhalten. Man hat mich darüber in Kenntnis gesetzt, dass Sie im aktuellen Fall befangen sind, weil Sie eine Beziehung zu einer Zeugin unterhalten.«

»Wie bitte?« Fuchs unterdrückte den Impuls, eine Grimasse zu ziehen, wollte aber seine Empörung nicht verbergen. Eisern hielt er Kreilings Blick stand. Was sollte das? Der Alte hatte doch neulich schon eine Anspielung in diese Richtung gemacht … Garantiert wollte er ihn jetzt aus der Reserve locken, doch da konnte er warten, bis er schwarz wurde.

»Was haben Sie dazu zu sagen, Herr Fuchs? Immerhin ist das ein äußerst ernster Vorwurf. Nicht menschlich, aber politisch.«

»Woher haben Sie diesen Unsinn?«

»Von einer relativ zuverlässigen Quelle.«

»Von Frau Schuhmann?«

»Nein.«

»Dann hat Becker Ihnen diesen Schund erzählt?«

Kreiling richtete den Hemdsärmel, der unter seinem Anzug hervorlugte. »Sie verstehen sicher, dass ich eine solche Angelegenheit sehr ernst nehmen muss?«

Fuchs nickte zögerlich und fegte dann mit den Fingern eine imaginäre Stirnlocke beiseite.

»Ich gebe Ihnen jetzt die Möglichkeit, sich selbst dazu zu äußern, Herr Fuchs. Ansonsten muss ich Ihr Schweigen als stilles Bekenntnis deuten.«

»Dieses blöde Arschloch«, zischte Fuchs.

»Wie bitte?«

»Becker, dieses blöde Arschloch, sagte ich.«

»Das steht auf einem anderen Blatt«, murmelte Kreiling, und Joachim glaubte, die Andeutung eines Lächelns im Gesicht seines Chefs zu sehen, bevor seine Züge wieder zu einer Art Maske erstarrten.

»Was bezweckt dieser Mann damit, Chef? Wir sind ein eingespieltes Team und stecken mitten in den Ermittlungen. Und jetzt kommt dieser Drecksack daher und erzählt solche Geschichten.«

»Sind es denn nur Geschichten?«

»Worauf spielen Sie an? Darauf, dass ich ein paarmal außerhalb der Dienstzeiten mit ihr gesprochen habe?«

Kreiling zog eine Augenbraue hoch.

»Gut, ich war auch abends bei ihr zu Hause«, gab er zu. »Aber da lief nichts, so wahr ich hier stehe. Sie sieht in mir eine Art Vertrauten.« Als er merkte, dass Kreiling ihn immer noch ansah wie ein Kind, das einen Lausbubenstreich zugeben sollte, platzte es aus ihm heraus: »Herrgott noch mal, ihre beste Freundin ist ermordet worden!«

Kreiling lächelte undurchsichtig. »Hätten Sie sich denn genauso um die Dame gekümmert, wenn sie einen Buckel, ein Holzbein und eine Warze auf der Nase hätte?«

Fuchs schwieg. Unter anderen Umständen hätte er über Kreilings Bemerkung womöglich gelacht, doch die Wut auf Becker floss wie brennendes Kerosin durch seine Adern.

»Was soll ich Ihrer Meinung nach machen, Herr Fuchs?«

»Das müssen Sie entscheiden. Sie sind der Boss.«

»Es scheint ja durchaus was an dieser Beschuldigung dran zu sein. Und falls dem so wäre, wären Sie befangen. Dann hätte ich keine Wahl.«

»Was heißt, Sie haben keine Wahl? Man hat immer eine Wahl! Ich habe Ihnen gesagt, dass es keine Beziehung gibt.«

»Auch keinerlei Befangenheit? Wenn Sie mir jetzt hoch und heilig schwören, dass Sie keine unangemessenen Gefühle für diese Frau hegen, hat diese Unterredung nie stattgefunden.«

Fuchs hob resigniert die Arme. »Ich werde Sie nicht belügen, das ist nicht meine Art.«

Kreiling senkte den Blick, nickte. »Dann bleibt mir nichts anderes übrig, als Sie von dem Fall abzuziehen.«

»Wer soll dann bitte die Ermittlungen leiten? Wir haben doch kaum Leute. Heute hat sich auch noch Frau Schuhmann krankgemeldet.«

»Herr Röhm wird die Ermittlung übernehmen, und ich werde zusätzlich noch ein paar Leute aus einem der anderen Teams abziehen. Der Fall ist immer noch ziemlich frisch, da sollte man sich schnell eingearbeitet haben. Und ich könnte auch mal wieder etwas Arbeit abseits meines Schreibtischs vertragen. Jedenfalls würde ich vorschlagen, dass Sie sich bei dem Fall des erschossenen Zuhälters einklinken.«

»Bahnhofsmilieu. Super.«

»Jetzt ziehen Sie nicht so ein Gesicht. Wir können einfach nicht riskieren, dass am Ende ein gewitzter Anwalt unseren Täter herausboxt, weil er Wind davon bekommen hat, dass der leitende Ermittler befangen war. Das wäre ein Desaster, aber genau so läuft es vor Gericht. Alles schon erlebt.«

Fuchs klatschte auf seine Oberschenkel und stand unvermittelt auf. »Mir fällt gerade ein, dass ich noch über dreihundert Überstunden auf meinem Konto habe. Tragen Sie mir bitte für die kommenden zwei Wochen Freizeitausgleich ein.« Dann verschwand er ohne ein weiteres Wort durch die Tür.

Auf dem Weg nach unten widerstand er dem Impuls, gegen einen Schirmständer zu treten. Allmählich schloss sich der Kreis. Die Information hatte Kreiling garantiert nur erreicht, weil Lara zuvor mit Becker darüber gesprochen hatte. Es musste so gewesen sein. Und dieser Idiot war damit gleich zum Direktor gerannt. Joachim bezweifelte, dass Beckers Absichten dahinter so edel waren wie Kreilings Begründung für seine Entscheidung, ihn zu suspendieren. Die konnten ihn alle mal kreuzweise!

Er verließ das Gebäude über den Hinterausgang, wo sich der Parkplatz befand. Zu seiner Überraschung sah er

Lara, die vor der Zufahrtsschranke aus einem Taxi stieg, in der Hand einen gelben Schein. Sicher die Krankmeldung. Seit einiger Zeit wurde verlangt, dass Krankmeldungen bereits am ersten Tag abgegeben wurden. Auch so eine bescheuerte Regel, dachte Joachim. Das war vielleicht möglich, wenn man so wenig krank war, wie Lara in diesem Moment auf ihn wirkte, aber wohl kaum, wenn man seinen Kopf unter dem Arm trug.

Lara bedeutete dem Fahrer zu warten. Als sie Joachim erblickte, fuhr sie regelrecht zusammen. Sprach ihr Blick nicht Bände? Man musste wahrlich kein Orakel sein, um das schlechte Gewissen darin zu deuten. Doch das war jetzt auch egal. Dieser ganze Saftladen konnte ihm gestohlen bleiben!

»Hallo!«, rief Lara ihm zu.

Aus dem Augenwinkel nahm er wahr, dass sie auf ihn zusteuerte, doch er machte keine Anstalten stehen zu bleiben.

»Joachim?«

Fuchs hob beiläufig eine Hand, wie ein Filmstar, der einen Reporter abwehrt, und steuerte schnurstracks auf seinen Wagen zu. Dann stieg er ein, startete den Motor und fuhr, ohne sich noch einmal umzusehen, davon.

Kreuzweise! Sie alle!

Doch bevor er seinen unfreiwilligen Urlaub antrat, gab es da noch eine Sache zu erledigen. Sicher würde er damit in der Gunst des Direktors nicht steigen, aber es ging nicht anders.

Seine Wut brauchte ein Ventil.

41

Fuchs bereute seinen Ausflug. Zwar war sein Zorn tatsächlich etwas verraucht, doch das hätte er vermutlich ebenso erreicht, wenn er eine halbe Stunde auf einen Boxsack eingedroschen hätte. Jetzt hatte er aber zudem das Gefühl, eine weitere Niederlage eingesteckt zu haben. Daran hatte auch die letzte Stunde planlosen Umherfahrens nichts geändert. Nun betrat er sein Haus. Während er den Schlüsselbund auf die Kommode neben der Eingangstür legte, Parka und Schuhe auszog und in die Küche ging, um sich ein Bier zu holen, ließ er seinen Auftritt bei Becker Revue passieren.

»Ich möchte mit Herrn Becker sprechen«, hatte er gesagt und sich zu einem Lächeln gezwungen.

Die Sekretärin war daraufhin mit ihren manikürten Fingern über den Kalender gefahren. »Wie ich sehe, haben Sie keinen Termin.«

»Das ist nicht nötig, es handelt sich um eine dienstliche Angelegenheit.«

Als wäre damit alles geklärt, war er auf die Flügeltür zum angrenzenden Büro zugesteuert, woraufhin die Sekretärin alarmiert nach dem Telefonhörer gegriffen hatte.

»Einen Augenblick bitte! Ich werde fragen, ob der Herr Staatsanwalt Zeit hat, Sie zu empfangen.«

Doch da hatte Fuchs die Messingklinke bereits runtergedrückt und der schweren Tür einen Stoß versetzt.

Der Staatsanwalt saß hinter einem Mahagonischreibtisch und warf ihm einen überraschten Blick zu. Hinter Fuchs erklang das Stakkato von Absätzen auf dem Parkett, begleitet von den Zurufen der Sekretärin.

»Halt! Moment! Sie können doch nicht einfach …«

»Ist schon in Ordnung, Moneypenny!«, rief Becker und blinzelte ihr zu. »Seien Sie so gut, und schließen Sie die Tür.«

Becker klappte seinen Laptop zu und entblößte zwei Reihen schneeweißer Zähne. »Herr Fuchs! Was für eine Überraschung!«

»Genauso überraschend wie Ihr morgendliches Unterhaltungsprogramm dort?« Er deutete auf das soeben zugeklappte Notebook. »Was läuft denn Schönes? Tanzende Knaben in rosa Tutus?«

Becker lehnte sich zurück und stieß eine Lachsalve hervor, die in einem langgezogenen Seufzer mündete. Fuchs ließ sich auf einen Stuhl sinken, der gegen Beckers Schreibtischsessel wie die Requisite aus einem Puppenhaus wirkte. »Oder bevorzugen Sie weibliche Akteure? Lassen Sie mich raten – es ist Ihnen egal, solange ihnen noch keine Schamhaare wachsen.«

»Passen Sie auf, was Sie sagen! Sie wissen genauso gut wie ich, dass die Sache eine Presseente war.«

»Ach ja? Weiß ich das?«

»Ich denke, ich brauche Ihnen nichts über Verleumdung und Rufmord zu erzählen.«

»Mit Rufmord kennen *Sie* sich ja bestens aus!«

»Was meinen Sie?«

»Sie wissen genau, was ich meine!«

»Sie denken, es ist Rufmord, den Kriminaldirektor davon in Kenntnis zu setzen, dass der leitende Ermittler des spektakulärsten Mordfalls der letzten Jahre eher dem Rock einer Zeugin als dem Mörder hinterherjagt?«

Fuchs spürte das Pochen seines Herzens im Hals, und seine Kopfhaut begann zu kribbeln. Ein untrügliches Zeichen, dass er kurz davor stand, die Beherrschung zu verlieren. Er atmete tief durch und bemühte sich um einen gezügelten Ton. »Haben Sie eine Vorstellung, was es bedeutet, ein eingespieltes Team mitten in der Ermittlungsarbeit auseinanderzureißen?«

»Ihr Chef wird schon einen adäquaten Ersatz für Sie finden.«

Fuchs schnaubte verächtlich, und Becker griff sich einen Granny Smith aus der Obstschale auf dem Schreibtisch, den er von allen Seiten musterte. »Wenn es meine Entscheidung wäre, würde ich Ihre Kollegin Schuhmann die Ermittlungen leiten lassen.«

»Lara? Das ist unmöglich!«

»Nun, das ist zumindest das, was ich Ihrem Chef vorgeschlagen habe«, entgegnete Becker und schlug seine Zähne in den Apfel.

»Da muss ich Sie leider enttäuschen. Daraus wird nichts. Lara ist noch nicht lange genug dabei, um einen Fall diesen Kalibers zu leiten.«

»Aber sie hat gewisse Talente.« Becker kaute genüsslich seinen Bissen zu Ende, schluckte ihn runter und grinste Fuchs an.

Joachim fehlten die Worte. Ihm war klar, dass Becker

nicht Laras Fähigkeiten als Fallanalytikerin meinte. Das Arschloch wollte ihn provozieren, und obwohl er sich dessen bewusst war, konnte er seinen Zorn kaum zügeln. »Sie haben Lara ausgequetscht und sind dann wie eine kleine Petze zu Kreiling gerannt!«

»Von ausquetschen kann überhaupt keine Rede sein. Nach ein paar Gläsern Wein beim Italiener war ihre Zunge vielleicht etwas locker. Es war sicher nicht meine Absicht, Details aus Ihrem Privatleben zu erfahren, Herr Fuchs. Offenbar ist Ihre junge Kollegin äußerst ambitioniert und scheut auch nicht davor zurück, Rivalen im eigenen Team auszustechen.«

Die Stuhlbeine scharrten über das Parkett, als Fuchs mit geballten Fäusten aufsprang. »Ich hätte nicht übel Lust, Ihnen …«

»Immer mit der Ruhe! Sie wollen doch sicher genauso wenig wie ich, dass aus Ihrer Beurlaubung etwas Dauerhaftes wird?«

Joachim ließ die Arme sinken. In diesem Moment wusste er nicht, wem seine Wut mehr galt. Becker oder Lara. Hatte seine Kollegin dem Staatsanwalt diese prekären Informationen tatsächlich mit der Absicht geliefert, einen höheren Rang bei der Mordermittlung zu erlangen? Hatte sie sich krankgemeldet, um ihm aus dem Weg gehen zu können, bis er von dem Fall abgezogen war? Das wiederum passte nicht zu ihrer Begegnung vorhin auf dem Parkplatz des Präsidiums, denn Lara war auf ihn zugekommen. *Nach ein paar Gläsern Wein beim Italiener*, wiederholte er in Gedanken. Sie war doch tatsächlich mit diesem schmierigen Kerl essen gewesen. Und nicht nur das!

»Herr Fuchs, ich möchte, dass Sie eines wissen: Wir sind

vielleicht nicht die besten Freunde, aber ich schätze Sie als Ermittler. Ich habe diese Entscheidung allen Opfern und nicht zuletzt auch Ihnen zuliebe getroffen. Ein befangener Ermittler wäre ein gefundenes Fressen für den Anwalt der Verteidigung und der Prozess dadurch mitunter nur eine Farce.«

Fuchs hatte daraufhin nichts erwidert, denn Beckers Aussage hatte ihn überrascht. Erst recht, da der seinem Blick standgehalten hatte, ohne den Hauch von Ironie oder Häme in seinen Zügen.

Joachim nahm eine der Flaschen aus dem Kühlschrank, öffnete sie mit einem Feuerzeug und setzte an. Während das kalte Bier wohltuend seine Kehle hinabrann, ging ihm eine der Lebensweisheiten seiner Mutter durch den Kopf: *Wer dir schmeichelt, kann dein Feind sein, doch wer dich tadelt, ist dein Lehrer.* Wahrscheinlich hatte Becker ihn bloß um den Finger wickeln, ihn besänftigen wollen, damit er ihm nicht den Kopf abriss. Schwer zu glauben, dass seine Aussage aufrichtig gemeint war. Doch im Grunde konnte er darauf pfeifen, was der Staatsanwalt von ihm hielt. Mit einem hatte Becker zumindest recht: Sie waren keine Freunde. Und das würden sie auch nie werden!

Sein Blick streifte die aus zwei Chromzeigern bestehende Küchenuhr. Erst zwanzig nach elf. Normalerweise steckte er um diese Zeit bis zum Hals in Arbeit und trank nicht schon das erste Bier des Tages. *Kein Bier vor vier*, hieß es doch. Scheiß drauf! Heute war alles egal. Er nahm sich noch ein Reservebier heraus, ging ins Wohnzimmer, stellte beide Flaschen auf dem Couchtisch ab und ließ sich auf seinen Chesterfield-Sessel fallen. Was für ein beschissener

Tag! Man hatte ihn doch tatsächlich von dem Fall abgezogen, weil seine Kollegin, die noch grün hinter den Ohren war, ihn bei diesem Arsch von Staatsanwalt angeschwärzt hatte. So ein Miststück!

Er legte den Kopf in den Nacken und starrte an die Decke, versuchte, an etwas anderes zu denken, doch sein Gehirn wollte ihn offenbar quälen. Vor seinem geistigen Auge erschienen Bilder, aufdringlich und unerwünscht wie nervige Pop-ups im Internet. Eine beschwipste Lara, die den Staatsanwalt über eine weinrote Kerze auf einer gestärkten Tischdecke hinweg anhimmelte. Eine ausgelassen lachende, schwankende Lara, die sich vor dem Restaurant bei diesem schmierigen Kerl einhakte, um nicht das Gleichgewicht zu verlieren. Lara, die mit ihm in ein Taxi stieg. Bestimmt war sie mit ihm nach Hause gefahren und hatte ihn in ihre orientalische Freudenecke gelockt. *Zur Not können wir das Abendessen beim nächsten Mal auch überspringen*, erinnerte sich Joachim an die Nachricht auf Laras Handy. Um was zu tun? Gleich zur Sache zu kommen? Natürlich. Was sonst, du Idiot.

Fuchs spürte das Mahlen seiner Backenzähne und versuchte, die Bilder und seine Wut mit einem Schluck Bier hinunterzuspülen. Dann schaltete er den Fernseher ein. Auf der Bildfläche erschien eine rothaarige Frau in Richterrobe, die gerade ein Urteil verkündete und demonstrativ eine Akte zuklappte. In der nächsten Einstellung zeigte die Kamera eine junge Frau, die das Gesicht hinter den Händen verbarg und Laute von sich gab, die unmöglich einem Lachen oder Weinen zuzuordnen waren. Joachim stöhnte und schaltete um. Bei einer Tierdokumentation blieb er hängen und legte die Fernbedienung beiseite. Eine charismatische Stimme erzählte, dass das iltisartige Tier, das gerade mühelos auf einem dürren Ast balancierte, ein Fleckenmusang war.

»Diese Schleichkatzenart ist bei der Suche nach Nahrung sehr wählerisch. Sie frisst nur die schmackhaftesten Kaffeekirschen. Nach dem Verdauungsvorgang scheidet der Musang die unverdauten Kaffeebohnen wieder aus.«

Er legte die Stirn in Falten, als im Bildausschnitt die sonnengegerbte Hand einer Frau erschien, die Exkremente einsammelte und in einen Stoffbeutel warf.

»Durch die Verdauungsenzyme verlieren die Kaffeebohnen einen Großteil ihrer Säure und erhalten somit ein besonderes Aroma. Diese Eigenschaften machen Kopi Luwak zum teuersten Kaffee der Welt. In Europa werden Preise von über zweihundert Euro pro Kilogramm erzielt.«

Joachim stieß einen Pfiff aus. Wer zahlte denn hundert Euro für ein Pfund Kaffee, der aus dem Hintern einer Schleichkatze kam? Becker wahrscheinlich. Kaffee aus Arschlöchern für Arschlöcher. Er nahm noch einen Schluck Bier und streckte die Beine aus. Die Erschöpfung der letzten Tage machte sich bemerkbar. Schon bald begannen seine Lider zu flattern.

Er schlug die Augen auf, als sich etwas Nasskaltes auf seinem Bauch ausbreitete. Es dauerte einen Moment, bis er sich orientiert hatte und sah, dass ihm die Flasche aus der Hand geglitten und das restliche Bier aufs Hemd gelaufen war. Verdammt! Er rappelte sich hoch, sah auf die Uhr. Eine gute Stunde war vergangen, seit er nach Hause gekommen war. Er zog das nasse Hemd aus und richtete sich auf.

»Kommt ein Feind zu nah an den Brutplatz des Regenpfeifers heran«, sagte die Stimme aus dem Fernseher, *»täuscht dieser eine Verletzung vor, um sich als leichte Beute auszugeben. Damit lockt er den Jäger vom Nachwuchs fort.«*

Fuchs wollte gerade aufstehen, um sich ein frisches T-Shirt zu holen, als er innehielt. Mit Bewunderung beobachtete er den Vogel, der mit ausgebreiteten Flügeln über die Mattscheibe torkelte, während ihm ein Polarfuchs folgte, der sich siegessicher das Maul leckte. Als der Räuber zum Angriff überging, machte der Vogel einen Satz und segelte elegant durch die Luft. Ein Stück weit entfernt landete er wieder und begann sein Schauspiel von vorne.

Clever, dachte Fuchs. Wirklich clever. Er dachte an die Blutstropfen vor dem Hauseingang von Christina Luzius. Kunstblut. Zog auch ihr Täter nur eine Show ab, so wie dieser Regenpfeifer? Der Vogel nutzte die Schwachstelle seines Feindes, hier den Jagdtrieb, indem er in die Rolle eines verletzten Beutetiers schlüpfte. Der Jäger konnte gar nicht anders, als ihm zu folgen. Anscheinend war die Reaktion des Polarfuchses aus Sicht des Regenpfeifers völlig vorhersehbar. War es das, was auch der Mörder tat? Köderte er seine Opfer und wusste bereits im Vorfeld, wie sie reagieren würden? Was sollte eine Ärztin auch tun, wenn sie einen Verletzten sah? Ihre Reaktion war garantiert eine andere als die einer Friseurin. Und eine Chirurgin reagierte auf eine blutende Wunde vermutlich anders als eine Neurologin. Die Chirurgin würde wahrscheinlich reflexhaft versuchen, sich ein Bild von der Verletzung zu machen. Möglicherweise würde sie auch erst Hilfe anfordern, aber sie würde wohl kaum eine Falle wittern. Joachim richtete sich auf. Es kribbelte in seinem Nacken. Der Gedanke war zwar noch unausgegoren, aber ein brauchbarer Ansatz. Sollte er seine Kollegen informieren? Schmerzlich wurde ihm wieder bewusst, dass Kreiling ihn suspendiert hatte beziehungsweise auf einen anderen Fall ansetzen wollte. Egal, das machte jetzt auch keinen Unterschied mehr. Manchmal musste man die Dinge auf sich beruhen lassen. Er konnte nicht die Welt retten. Bestimmt würden sie seine Idee ohnehin nur wieder belächeln. Erst recht, wenn er ihnen sagte, der Einfall sei ihm beim Ansehen einer Tierdoku gekommen. Es gab noch andere Dinge im Leben als Mord, da hatte Claudine wieder einmal recht gehabt. Wie wäre es stattdessen, einen alten Freund anzurufen? Rainer, den Motorradfreak, zum Beispiel. Oder Mike, den ewigen Junggesellen. Der war zumindest erreichbar, da er nicht mehr arbeiten musste. Nachdem ihm ein Konzern das Patent für ein Bauteil von Biogasanlagen abgekauft hatte, ging er nur noch seinem Hobby nach, der Fliegerei. Die meiste Zeit hing er im Hangar hinter seinem Haus ab und bastelte an einem Nachbau der Fokker, einem Jagdflugzeug mit drei Decks. In einem solchen Modell war auch Manfred von Richthofen geflogen, der Rote Baron. Leider war er mit dem Teil auch tödlich verunglückt. Irgendwann wollte Mike mit der Maschine an den Start gehen. Da er wusste, wie ungern Joachim flog, hatte er ihm ständig angedroht, ihn bei seinem Jungfernflug begleiten zu müssen. Normalerweise hätte Joachim schon allein bei der Vorstellung die Hosen voll gehabt, doch da er wusste, dass es sich bei der Fokker um einen Einsitzer handelte, war er auf Mikes Foppereien entspannt eingegangen.

Eine halbe Ewigkeit ließ er es klingeln, doch niemand nahm ab. Das letzte Mal, dass er mit Mike gesprochen hatte, war bestimmt ein halbes Jahr her, wenn nicht länger. Gemeinsame Freunde hatten sie auch nicht. Theoretisch konnte Mike sterben, ohne dass Joachim etwas davon erfuhr. Nachdem er wieder aufgelegt hatte, wirkte das Haus noch stiller als zuvor. Er klickte sich durch sein Handyverzeichnis. Bei *S* blieb er stehen. *Sophia von Münch.* Eine Weile schwebte sein Finger über der Wähltaste, doch er entschied sich dagegen. Was sollte er ihr auch sagen? Dass man ihn rausgeschmissen hatte? Dass er schon mittags die Beine hochlegte und Bier trank, anstatt den Mörder ihrer Freundin zu jagen?

Er sah die Kontaktliste bis zum Ende durch, entdeckte aber sonst niemanden, mit dem er sprechen wollte. Vielleicht stieß er in seinem alten Adressbuch noch auf ein paar Namen. Mühsam rappelte er sich aus dem Sessel, ging zur Kommode in der Diele und kramte aus der unteren Schublade ein ledergebundenes Büchlein hervor. Gesichter längst vergessener Personen tauchten vor seinen Augen auf. Thomas. Jonas. Peter. Sven. Was trieb Sven eigentlich? Zuletzt hatte er irgendwas mit Computern gearbeitet und ständig davon gesprochen, sich selbständig zu machen. War er nicht an der Entwicklung einer Software beteiligt gewesen, mit deren Hilfe man fremde Rechner zu Reparaturzwecken fernsteuern konnte? Seine Gedanken machten einen Sprung: War es möglich, dass auch ihr Täter seine Opfer über deren Computer ausspioniert hatte? Durchaus. Dank dieser Gerätschaften waren die Menschen heutzutage gläsern. Jeder, der einen PC oder ein Smartphone besaß, führte unfreiwillig Tagebuch. Es war erstaunlich und erschreckend zugleich, was man über die Menschen herausfinden konnte, wenn man deren Computer oder Telefone hackte. Doch dann fiel ihm ein, dass die Rechner der Opfer längst geprüft worden waren. Er zwang seinen Fokus zurück auf die vergilbten Seiten des Adressbuchs, doch mit jedem Namen, den er las, schwand sein Verlangen nach Konversation. Vielleicht war es an der Zeit, sein altes Hobby wiederzubeleben.

Er ging in den Raum, den er als Malzimmer ausstaffiert hatte, und betrachtete das halb fertige Bild auf der Staffelei. Eine Frühlingslandschaft, die so gar nicht zu der Tristesse draußen vor den Fenstern passen wollte. Wann hatte er sich zuletzt die Zeit genommen, den Pinsel zu schwingen? Besser gesagt, wann hatte er zuletzt Zeit dazu *gehabt*? Stammte das Bild noch aus diesem oder schon aus dem letzten Jahr? Aus diesem oder einem anderen Leben? Wie auch immer – er würde ein neues malen. Eines, das zur Jahreszeit und zu seiner Stimmung passte. Ein düsteres.

Von einem Altpapierstapel in der Zimmerecke griff er ein paar Tageszeitungen, breitete sie auf dem Boden vor der Staffelei aus und öffnete den Schrank mit den Malutensilien. Der Geruch von Ölfarben stieg ihm in die Nase. Erstaunt stellte er fest, dass er keine weißen Leinwände mehr hatte. Aber jetzt noch einmal aus dem Haus gehen, zum Farben-Hannes in die Innenstadt fahren, um Spannrahmen zu kaufen … Seine Augen wanderten zurück zu dem Bild mit der Frühlingslandschaft. Ein letzter abschätzender Blick, dann war seine Entscheidung gefallen: Er würde es übermalen, wie auch große Künstler es getan hatten. Van

Gogh zum Beispiel. Bei diesem Gedanken zupfte etwas an seinem Unterbewusstsein, doch als er sich darauf konzentrierte, entglitt ihm die vage Idee wieder. Vielleicht zog sie sich noch einmal zum Reifen ins Unterbewusstsein zurück. Oder war es der Vorbote einer künstlerischen Inspiration?

Fuchs öffnete einen Eimer mit weißer Farbe und nahm sich einen breiten Pinsel. Während er mit gleichmäßigen Schwüngen die Leinwand weißte, fiel ihm auf, wie beruhigend diese Tätigkeit war. Beinah meditativ. Aus diesem Grund verbogen sich Menschen beim Yoga, rechten Zen-Gärten, machten Tai-Chi im Stadtpark oder malten eben Bilder. Trotzdem schienen manuelle Hobbys auszusterben. Heute hockten alle nur noch vor ihren Computern oder Smartphones und googelten, chatteten, surften oder zockten. Sicherlich hatte die Erfindung des Computers viel Gutes mit sich gebracht, aber wenn er darüber nachdachte, wie viel Zeit man selbst im Job vor diesen Kisten verbrachte, kam er nicht umhin, die Fortschrittlichkeit dieser Entwicklung anzuzweifeln. Wie hieß der Spruch doch gleich? *Computer lösen die Probleme, die wir ohne sie gar nicht hätten.* Genauso das Internet. Fluch wie Segen zugleich. Plötzlich hatte jeder Zugriff auf eine schier endlose Flut von Informationen, mit der nicht einmal die früher privilegierten Bürger mit einer Brockhaus-Enzyklopädie im heimischen Bücherregal mithalten konnten. Selbst wenn man der städtischen Bibliothek einen Besuch abstattete, fand man nicht annähernd so viel wie im Internet. Dort gab es einfach alles. Nicht nur Wissen. Man konnte Grundstücke auf dem Mond kaufen oder sich über das Darknet Drogen und Waffen beschaffen. Das Internet erleichterte einiges, brachte aber auch viel Schlechtes hervor. Manche Straftaten hätten sich ohne ein solches Netzwerk wohl kaum ereignet, sinnierte Fuchs, weil Menschen mit diversen speziellen Vorlieben im wahren Leben wahrscheinlich niemals aufeinandertreffen würden. Wie sonst konnten sich ein Kannibale und sein passendes Gegenstück finden? Die Anonymität des World Wide Web machte es möglich. Auch in ihrem aktuellen Fall besaß jedes Opfer einen Laptop, und alle waren in sozialen Netzwerken aktiv. Hatte ihr Mörder sie über das Internet gefunden, um ihnen im wahren Leben aufzulauern? Er stöhnte, als ihm auffiel, dass seine Gedanken schon wieder zum Job abgedriftet waren. Konnte er nicht mal zehn Minuten an etwas anderes denken? Er litt unter einem Affengeist, wie Buddhisten diese unsteten Denkmuster nannten. Sein Gehirn kam einfach nicht zur Ruhe, sondern sprang von einem Gedanken zum nächsten wie ein Affe von Ast zu Ast. Nur dass er dabei immer wieder beim Job landete. Vielleicht sollte er mit Meditation anfangen, Achtsamkeitsübungen machen.

Er tauchte den Pinsel in den Farbeimer und konzentrierte sich wieder auf das Gemälde. Strich für Strich verschwanden die Farben unter einer mattweißen Schicht. Wie bei van Gogh. Ob der niederländische Maler seine Werke in einer ähnlich trüben Verfassung überpinselt hatte? Joachim musterte die Leinwand. Das Weiß deckte die Farben so gut ab, dass man selbst aus verschiedenen Blickwinkeln nichts mehr hindurchschimmern sah. Er stockte. Da war es wieder! Dieses Zupfen. Das Gefühl. Der Gedanke. Vorhin nur für einen Sekundenbruchteil aufgeflackert und ebenso schnell wieder verglommen, war sie jetzt da: die Idee. Die Eingebung. Ein Aha-Erlebnis erster Güte! Für den Betrachter unsichtbar und doch existent … Übermalt. Verdeckt. Gelöscht.

Sollte sich dieser Einfall als richtig erweisen, hatten sie die ganze Zeit eine Spur übersehen. Ein Detail, das bei normaler Betrachtung unsichtbar war. So wie die Röntgentechnik bei den Gemälden van Goghs geholfen hatte, würde im Falle der Ermittlungen auch erst der Einsatz adäquater Mittel das Bild unter dem Bild zum Vorschein bringen. Der Pinsel klatschte auf die ausgelegten Zeitungsblätter, und Joachim hechtete zum Telefon.

Andreas Bosch sprach leise. Im Hintergrund war die Tonfolge eines herunterfahrenden PCs zu hören.

»Was kann ich für dich tun, mein Bester?« Obwohl Andreas seit über zwanzig Jahren in Frankfurt lebte, war die Berliner Mundart herauszuhören.

»Die Computer der Opfer hast du untersucht, oder?«, fragte Fuchs.

»Ja. Wieso fragst du? Ich dachte, die hätten dich von dem Fall abgezogen.«

»Scheint sich ja schnell herumzusprechen.«

»Du weißt doch, wie das ist. Aber über den Grund wird bisher nur spekuliert.«

»Erzähle ich dir bei Gelegenheit. Der Grund, warum ich anrufe, ist der: Könnte es sein, dass du bei der Überprüfung der Computer etwas übersehen hast?«

Am anderen Ende der Leitung war es kurz still. Joachim konnte förmlich vor sich sehen, wie Andreas sich umwandte, um sich zu vergewissern, dass er allein im Raum war. Dass keiner der Kollegen mitbekam, wie er sich mit Kriminalhauptkommissar Fuchs, dem Verstoßenen, über den Fall unterhielt. Als er weitersprach, war seine Stimme beinahe ein Flüstern.

»Glaube ich nicht. Wie kommst du darauf? Im Übrigen halte ich es für keine gute Idee, wenn du dich weiter in den Fall reinhängst. Ich möchte auch keinen Ärger bekommen. Schalt doch mal ab. Genieß es, dich vorübergehend nicht mit diesem Elend beschäftigen zu müssen. Geh raus an die frische Luft, treib Sport, widme dich einem Hobby.«

»Genau das habe ich eben getan.«

»Ohne Erfolg, wie ich merke.«

»Andreas, ich hatte einen Geistesblitz!«

»Aha.«

»Vielleicht können uns die PCs der Opfer doch wichtige Hinweise liefern.«

»Ich habe sie überprüft, Joachim. Da war nichts drauf. Harmlose Frauenrechner. Keine spannenden Cookies, keine versteckten Dateien mit irgendeinem brisanten Inhalt … Nur langweilige E-Mails, Musik und Fotos.«

»Lass mich erst mal ausreden, dann kannst du mir immer noch sagen, dass ich spinne.«

Andreas stöhnte. »Gut, aber bitte fass dich kurz! Ich darf heute Überstunden abfeiern und habe versprochen, dass ich was mit der Kleinen mache.«

Joachim spürte einen Stich im Bauch. Im Gegensatz zu ihm hatte Andreas es schon immer geschafft, Beruf und Familie unter einen Hut zu bringen. Nicht zuletzt wegen der besseren Work-Life-Balance hatte er sich damals für einen Job in der Abteilung für Computerkriminalität entschieden.

»Ich habe mich schon die ganze Zeit gefragt, woher der Täter wusste, wann ein guter Zeitpunkt war, die Opfer zu verschleppen. Die eine war allein zu Hause, die andere nach einem Abendessen ohne Begleitung auf dem Weg zu ihrem Wagen. Dann die Sache mit dem Kunstblut. Das alles deutet darauf hin, dass er geplant vorgeht. Ein Abgleich der Handyverbindungen der Opfer zeigte hinsichtlich ihrer Gesprächspartner keine Übereinstimmung. Demnach hatten sie zumindest telefonisch keinen Kontakt mit dem Täter. Und ebenso wenig haben sie per E-Mail oder in Chaträumen mit denselben Leuten kommuniziert. Zumindest mit niemandem, der als Täter in Frage käme.«

»Stimmt.«

»Wenn sie also keinen direkten Kontakt mit dem Täter hatten, bleiben nur wenige Alternativen. Vielleicht haben sie sich über soziale Medien mitgeteilt? Zum Beispiel bezüglich ihrer Pläne für die kommenden Tage, also indirekt auch darüber, zu welchem Zeitpunkt sie an welchem Ort sein würden.«

»Ich weiß immer noch nicht, worauf du hinauswillst.«

»Du hast doch letztens meinen PC bei der Arbeit repariert, ohne dein Büro zu verlassen, erinnerst du dich?«

»Ja, mit dem Teamviewer. Und weiter?«

»Wäre es möglich, dass das Gleiche mit den Computern der Opfer gemacht wurde?«

Andreas dachte kurz nach. »Theoretisch schon. Nicht unbedingt mit diesem Programm, aber mit Spyware wäre das möglich. Allerdings ist mir nichts dergleichen auf den Rechnern aufgefallen.«

»Hast du denn explizit danach gesucht?«

Andreas lachte, doch diesmal klang er etwas verunsichert. »Na ja, nicht explizit.«

»Wie sicher bist du dir, dass du so eine Spyware nicht doch übersehen hast?«

»Eigentlich schon ziemlich sicher.«

»*Eigentlich schon ziemlich?*«

»Na dann eben ziemlich sicher!«

»Und wenn unser Täter das Programm, nachdem er es auf den Computern seiner Opfer nicht mehr brauchte, wieder entfernt hat – würdest du das auch ohne Weiteres sehen?«

»Nein.«

»Ich habe mal gehört, dass man gelöschte, ja selbst überschriebene Dateien auf Computern wiederherstellen kann. Stimmt das?«

»Ja.«

»Andreas, du musst das unbedingt überprüfen! Okay?«

»Weißt du, was das für eine Arbeit ist?«

»Nein.«

»Sonst würdest du mich wahrscheinlich auch nicht darum bitten. Ich komme noch in Teufels Küche wegen deiner Schnapsidee!«

»Machst du es?«

Joachim hörte ein Zungenschnalzen, dann ein langes Stöhnen. »Aber heute nicht mehr, dass das klar ist!«

»Wann?«

»Sobald ich Zeit habe. Wahrscheinlich morgen.«

»Du bist ein Schatz!«

»Ich habe was gut bei dir!«

42

»Ich habe was gut bei dir!«, tönte die Stimme seines Freundes am nächsten Vormittag aufgekratzt aus der Hörmuschel.

»Du wiederholst dich«, sagte Fuchs.

»Und du hattest recht!«

»Im Ernst?« Joachim hätte Andreas am liebsten umarmt, doch der befand sich am anderen Ende der Leitung, hinter einem der Bildschirme in seinem Büro.

»Es ist ein Hintertür-Programm. Die Spyware wird über einen Trojaner an Bord gekommen sein und die Kiste gekapert haben.«

»Andreas, ich weiß gerade mal, wie man einen Wasserkocher anmacht. Geht das etwas simpler?«

»Du weißt, was ein Virus ist?«

»Ja. Ein infektiöses Partikel ohne eigenen Stoffwechsel.«

»Sehr witzig. Aber es gibt Parallelen. Daher nennt man auch die Computerschädlinge so. Wie jedes Virus zur Vermehrung einen Wirt braucht, benötigt auch ein Computervirus Hilfe, um sich auszubreiten. Und die bekommt es vom User, also dem Computerbenutzer.«

»Was ein User ist, weiß ich. Aber danke.«

»Computerviren sind zunächst passive Programme, die von den Usern aktiv weitergegeben werden müssen.«

»Okay, so weit komme ich mit.«

»Die nächsthöhere Stufe der Schadprogramme sind Würmer.«

»Das sagt mir was.«

»Genau – du hattest mal einen auf deinem Rechner zu Hause. Du erinnerst dich?«

»Dieses Blaster-Dings.«

»Ja, richtig. Der W32-Blaster.«

»Ich weiß bis heute nicht, wie du das Ding entfernen konntest, wo sich der Rechner doch Sekunden nach dem Start selbst wieder runtergefahren hat.«

»Tja, dafür treffe ich beim Schießen die Scheibe nicht mal, wenn ich zwei Meter davorstehe.«

Fuchs lachte. »Das stimmt. Du bist ein lausiger Schütze. Also gut, Viren und Würmer. Verstanden.«

»Dann gibt es noch Trojaner.«

»Sagt mir was.«

»Trojaner tarnen sich als nützliches Programm, und der User holt ihn sich in der Regel selbst auf seinen PC. Die Art des darin versteckten Schadprogramms kann nun von Spyware, also Hilfsmitteln zum Ausspionieren einer Person, bis hin zu sogenannten Hintertür-Programmen reichen, mit denen unter Umständen eine komplette Fernsteuerung des Computers möglich ist.«

»Wie dieser Teamviewer, den du auf dem Revier zur Wartung der Computer benutzt?«

»Richtig. Im Grunde ist das nichts anderes, nur mit dem kleinen, aber feinen Unterschied, dass du mir beim Teamviewer den Zugriff auf deinen PC gestatten musst, indem du mir deine IP-Adresse gibst. Doch ich bezweifle, dass das in diesem Fall so war.«

»Kannst du die Spur zurückverfolgen? Also bis zum Urheber des Programms?«

»Nein.«

»Wieso nicht?«

»Die Programme waren alle schon von den Rechnern gelöscht worden.«

»Aber du konntest es doch offenbar wiederherstellen.«

»Nur Teile.«

»Das heißt?«

»Wir haben einen Beweis, dass die Rechner mit irgendeinem Hintertür-Programm infiziert waren.«

»Und wie hilft uns das weiter?«

»Das müsstest du besser beantworten können. Vielleicht bei der Täterprofilierung? Immerhin ist nicht jeder in der Lage, so mit Computern umzugehen.«

»Mehr nicht?«

»Nicht dass ich wüsste.«

Joachim ließ die Luft aus seiner Lunge entweichen. »Mist.«

»Jetzt sei mal nicht so undankbar«, flachste Andreas, »mir ist bei dieser Entdeckung fast ein Ei aus der Hose gefallen.«

»Danke. Wirklich gute Arbeit. Ich hatte aber kurz die Hoffnung, wir hätten den Kerl.«

»Wäre ja noch schöner, wenn ich eure Fälle vom Büro aus lösen würde.«

Joachim schnaubte. »Da hast du wohl recht.«

Dann war es eine Weile still in der Leitung.

»Joachim? Bist du noch dran?«

»Mhm.«

»Was denkst du?«

»Mir kommt da gerade so ein Gedanke …«

»Kann ich dir dabei irgendwie helfen?«

»Vielleicht.«

»Das habe ich befürchtet. Hätte ich mal lieber nicht gefragt.«

»Wie sähe es aus, wenn du einen Rechner untersuchen könntest, von dem dieses Hintertür-Programm noch nicht gelöscht wurde?«

»Dann hätten wir eine Chance.«

43

An manchen Tagen war es eine Tortur, bei der Arbeit zu erscheinen. So wie heute. Sophia hatte das Gefühl, etwas auszubrüten. Vielleicht war eine Erkältung im Anmarsch. Oder sie bekam nun die Quittung für ihre Doppelschichten. Doch auch dieser Tag würde vorbeigehen. Hoffentlich schnell.

In frischer Bereichskleidung verließ sie die Umkleidekabine und steuerte auf das Arztzimmer zu, um sich den Belegungsplan der Station auszudrucken. Sie stellte ihre Tasche auf der Ausziehcouch ab und ging zum Schreibtisch. Als sie sich setzen wollte, wäre sie fast auf ein Bein getreten, das in einem Blaumann steckend unter dem Tisch hervorlugte. Ihr entfuhr ein überraschter Laut.

»Bitte lassen Sie sich nicht stören«, nuschelte eine Männerstimme aus dem Halbdunkel.

»Sie haben mich zu Tode erschreckt!«

»Entschuldigen Sie, war nicht meine Absicht. Ich muss was reparieren.«

»Kann ich nur schnell etwas ausdrucken?«

»Ist grad schlecht. Gibt Probleme mit dem letzten Update. Manche externen Geräte werden nicht mehr erkannt, deshalb musste ich die Verbindung zum Rechner kappen. Das Druckerkabel ist nicht eingesteckt.«

Sophia unterdrückte ein Stöhnen. Musste sie sich heute

etwa für sämtliche Computertätigkeiten an den PC der Schwestern hinter den Empfangstresen hocken? Das fehlte noch! Ständig bimmelten dort die Überwachungsmonitore, und vorbeikommende Besucher fragten einem Löcher in den Bauch.

»Wie lange brauchen Sie denn noch?«

»Zehn bis fünfzehn Minuten.«

»In Ordnung.«

Sie verließ das Arztzimmer und ging zu einem der Computer hinter dem Empfangstresen, druckte sich dort den Belegungsplan aus und überflog das Blatt. Automatisch fiel ihr Blick auf die Spalte von Merit Ohlsen. Das Opfer. Die Entkommene.

Commotio cerebri nach Verkehrsunfall. Distorsion der Hals- und Brustwirbelsäule. Offene Unterschenkelfraktur rechts. Schwere Beckenprellung.

In der untersten Zeile hatte jemand eine Notiz hinterlassen: *50 mg Promethazin bei Bedarf.*

Nach dieser Dosis zu urteilen, war Merit offenbar ziemlich unruhig gewesen, denn das verordnete Medikament war äußerst potent und wirkte Wunder, wenn Patienten agitiert waren oder unter Schlaflosigkeit litten. Nach allem, was Merit durchgemacht hatte, waren Erregungszustände aber nur zu verständlich. Sophia studierte die übrigen Nachträge ihrer Kollegen und ging im Anschluss zurück ins Arztzimmer, um mit der Kurvenvisite zu beginnen.

Der Techniker war inzwischen verschwunden, aber der Bildschirm vor ihr war schwarz. Lief die Kiste jetzt gar nicht mehr? Sie versetzte der Maus einen Stoß, woraufhin der Monitor zum Leben erwachte. Die Arbeitsfläche erschien, und sie rief die digitalen Patientenakten auf. Nachdem sie die Schnittstelle zum Laborserver angeklickt hatte, begann der Bildschirm zu flackern, und Sophia war geneigt, dem Monitor einen Klaps zu geben, doch dann war die Tabelle mit Merit Ohlsens Blutwerten plötzlich da. Schon auf den ersten Blick entdeckte sie Veränderungen, die einer umgehenden Korrektur bedurften. Allem voran der Kaliumwert von 6,4 Millimol pro Liter. Sie überlegte, was wohl die Ursache für diesen erhöhten Wert war. Hatte man Merit etwa eine Kaliuminfusion verabreicht und anschließend Blut über den kontaminierten Zugang entnommen? Ein Blick auf den Verlauf der Werte der letzten Tage machte diese Theorie jedoch zunichte. Merits Kaliumwert war kontinuierlich und nicht sprunghaft angestiegen, wie man es bei einer verunreinigten Blutprobe erwarten würde. Außerdem hatte die Patientin zu keinem Zeitpunkt einen erniedrigten Spiegel aufgewiesen, der einer Substitution bedurft hätte. Worin lag dann die Ursache für diese Hyperkaliämie? Und wieso war ihr diese nicht schon längst aufgefallen? Hatte sie das durch den Stress der vergangenen Tage etwa übersehen? Sophia öffnete den Medikamentenplan und sah, dass schon Ionenaustauscher und Diuretika eingesetzt worden waren, um dem Problem Herr zu werden. Offenbar ohne Erfolg. Wieso war dann noch niemand auf die Idee gekommen, Salbutamol oder Insulin zu geben? Sophia rief die aktuelle Kurve des Herzmonitors auf, aber zu ihrer Überraschung zeigte das EKG nicht die für eine Hyperkaliämie typische Wellenform. Doch dann fiel ihr ein, dass dies ein ohnehin äußerst unzuverlässiges Zeichen war, da es nur etwa in fünfzig Prozent der Fälle auftrat. Im Grunde brauchte sie diese indirekten Parameter nicht, denn die Laborwerte sprachen eine eindeutige Sprache. Sie musste handeln, denn die Kaliumkonzentration im Blut ließ nur wenig Spielraum zu. Nicht umsonst war dieses Elektrolyt eine der Zutaten der Giftspritze.

Da Salbutamol bei jedem Zweiten nicht wirkte, entschied Sophia, zusätzlich eine Glukoselösung mit Insulin anhängen zu lassen. Sie tippte die Medikamente in die Anordnungsspalte, setzte eine Kaliumkontrolle in zwei Stunden an und aktivierte das Kontrollfeld mit dem Ausrufezeichen – das Signal für die Pfleger, dass diese Anordnungen Priorität hatten. Spätestens in einer Stunde sollten sich Merits Werte normalisiert haben. Sie ging zum nächsten Patienten über, betrachtete Röntgenbilder, studierte Befunde und ordnete Medikamente an. Zwischendurch holte sie sich einen Kaffee und führte die Kurvenvisite fort. Bis ein Alarm auf ihrem Telefon einging.

Sophia war fassungslos. Wie versteinert stand sie im Türrahmen des Patientenzimmers und betrachtete die Szenerie. Geöffnete Verpackungen lagen verstreut auf dem Boden, und das Bett quietschte im Takt der Herzdruckmassage.

Kurz nach ihr traf Professor Lichte ein, wie üblich in gelbem Hemd und Krawatte mit Paisleymuster. Normalerweise kam Lichte nicht für eine Reanimation aus seinem Büro, doch in diesem Fall machte ihr Chef offenbar eine Ausnahme.

»Was ist denn hier los?«, rief er bestürzt. »Es gab bei dieser Patientin doch keinerlei Anlass für einen Herzstillstand!« Er betrachtete den Verlauf der Herzkurve.

Sophia tat es ihm gleich und suchte fieberhaft nach einer Erklärung. Eigentlich gab es nur eine: Man hatte ihre Anordnung nicht umgesetzt, und das überschüssige Kalium in Merits Blut hatte ihren Herzmuskel gelähmt. Kardioplegie.

Scheinbar hatte der Professor ihre Gedanken gelesen, denn er drehte die Flasche am Tropfständer so, dass er die Beschriftung des Etiketts lesen konnte: *Insulin.* Also hatte man ihre Anordnung doch umgesetzt. Zudem war die Flasche leer, die Lösung also bereits eingelaufen. Wie war der Herzstillstand dann möglich?

»Warum hat die Patientin das erhalten?«, fragte Lichte.

»Sie hatte eine Hyperkaliämie von 6,4«, antwortete Sophia.

Argwöhnisch betrachtete er sie und ging zur Akte, um ihre Aussage zu überprüfen.

In diesem Moment kam ein Pfleger um die Ecke gehechtet. Atemlos hielt er einen Papierstreifen in die Luft, der aussah wie der Kassenbon eines Supermarkts. »Das Ergebnis der BGA.«

Professor Lichte schnappte sich den Zettel, und nachdem er ihn kurz studiert hatte, schnellte sein Blick wie ein brennender Pfeil zu Sophia. »2,4 Millimol pro Liter? Wie erklären Sie sich das?«

Sophia fehlten die Worte. Das war doch alles ein schlechter Scherz! Ihre Verordnungen konnten niemals einen solch drastischen Abfall hervorgerufen haben.

Professor Lichte blätterte durch die Akte, bis er bei den Ausdrucken der Laborwerte angelangt war. Sein Finger fuhr über das Blatt und blieb demonstrativ auf einer der Zeilen stehen.

Mit weichen Knien kam Sophia näher, bis sie die Zahlen lesen konnte. Sie war wie vom Donner gerührt. »Aber … aber … ich habe es gesehen!«

»*Was* haben Sie gesehen?«

»Die Hyperkaliämie. Sie hatte einen Wert von 6,4.« Hektisch wandte sie sich einer Schwester zu, packte sie am Arm. »Kannst du bitte den aktuellen Laborausdruck holen?«

Mit strenger Miene sah die Schwester auf Sophias Hand hinunter, die ihren Arm viel zu fest umklammerte. Als wäre sie aus einem Traum erwacht, lockerte Sophia den Griff.

»Ich gehe!«, rief der Pfleger, der schon zuvor mit dem Zettel herbeigeeilt war.

Entweder er fühlte sich zum Boten berufen, oder er stürzte sich bewusst auf banale Tätigkeiten, um dem Chaos der Reanimation zu entgehen. Unpassenderweise fühlte sich Sophia an die Szene aus einem Asterix-Comic erinnert, in der ein Soldat bei Cäsar einen Widersacher verleumdete, der daraufhin den Krokodilen zum Fraß vorgeworfen wurde.

Mit Grauen dachte sie an ihre eigene »Verfütterung« zurück, als sie wegen einer ungünstigen Fügung des Schicksals ihren letzten Arbeitsplatz verloren hatte. Auch wenn vermutlich nicht jeder die damaligen Ereignisse als ungünstige Fügungen bezeichnet hätte … Professor Lichte hatte ihr gegenüber einmal geäußert, dass *er* keinerlei Ressentiments wegen dieses Makels in ihrer Vita habe, denn solche Dinge konnten jedem Narkosearzt widerfahren. Doch Sophia fürchtete, dass er diese Meinung ändern könnte, falls sich herausstellte, dass *sie* diesen Herzstillstand ausgelöst hatte.

Obwohl ihr der kontinuierliche Anstieg der Werte noch präsent war, ruhte der Finger des Professors weiterhin auf dem Ende einer Reihe von Normwerten. *4,1. 4,0. 3,9. 4,0.*

Wie war das nur möglich? Hatte sie versehentlich die Laborbefunde eines anderen Patienten aufgerufen? Zum Beispiel die von Frau Witte aus Zimmer fünf. Sie war Dialysepatientin. Niemand sonst auf der Station hatte einen Kaliumwert von über 6. Allerdings fielen die Werte von Frau Witte nur selten unter 5,0. Und das auch nur alle drei Tage, nämlich nach ihrer Blutwäsche. Wo blieb dieser Pfleger? Sophia fühlte sich wie eine zum Tode Verurteilte – den Strick schon um den Hals gelegt, die Füße auf der Falltür. Obwohl die Aufmerksamkeit aller Anwesenden offenkundig der Patientin galt, deren Herz noch immer keine Anstalten machte zu schlagen, meinte Sophia zu spüren, dass das Volk bereits nach der Urteilsvollstreckung lechzte, danach, dass der Henker endlich den Hebel umlegte.

»Hier ist es!«, rief der Pfleger.

Sophia riss ihm den Zettel aus der Hand, und Professor Lichte schaute ihr über die Schulter. Dort stand es. Schwarz auf weiß. Das Urteil war gefallen, und die Krokodile sperrten bereits die Mäuler auf.

»Menschenskinder!«, rief der Professor aus. »Wie konnten Sie der Patientin in dieser Situation nur Insulin geben? Sind Sie denn von allen guten Geistern verlassen?«

Seine Stimme drang dumpf an ihr Ohr, überlagert von einem penetranten Piepton. Schuldig im Sinne der Anklage. Das Zimmer begann sich zu drehen. Sie musste sich setzen. Sofort!

44

Sophia setzte das Weinglas an und leerte es in einem Zug. Das war doch alles nicht zu fassen! Ihre beste Freundin war tot. Nicht einfach nur gestorben, sondern ermordet. ERMORDET! Man hatte sie gequält, vergewaltigt und wie einen perversen Kunstgegenstand ausgestellt. Und dann hatte sie selbst heute um ein Haar ihre Patientin getötet. Verständlicherweise war sie daraufhin nach Hause geschickt worden. Beurlaubt. *So lange, bis die Sache geklärt ist*, hatte ihr Chef gesagt. Sophia befürchtete, dass dies eine Weile dauern würde. Immerhin hatte sie etwas Ähnliches schon einmal durchgemacht. Wobei sie damals wirklich keine Schuld getroffen hatte. Aber heute war sie zweifelsfrei für die Geschehnisse verantwortlich. Da war eine Beurlaubung noch eine milde Strafe. Ein solcher Fehler durfte einem Arzt nicht passieren. Niemals! Wie hatte sie sich überhaupt derart irren können?

Nachdem der Professor sie nach Hause beordert hatte, war sie ins Arztzimmer gegangen, um ihre Sachen zu holen. Bevor sie die Station verlassen hatte, war sie aber noch einmal sämtliche Laborwerte durchgegangen, doch zu ihrer Verzweiflung hatte auch bei keinem anderen Patienten der entsprechende Wert von 6,4 Millimol pro Liter vorgelegen. Selbst der Möglichkeit, dass sie sich in der Zeile von

Merits Laborwerten geirrt und einem anderen Parameter Beachtung geschenkt hatte, war sie nachgegangen. Jedoch hatte keiner dieser Werte auch nur eine entfernte Ähnlichkeit gehabt. Die Sache war ihr unerklärlich. Fest stand nur, dass es sich um einen Kunstfehler handelte. Behandlungsfehler, korrigierte sie sich in Gedanken. Vermutlich war der Begriff durch den neuen ersetzt worden, weil dieser Job überhaupt nichts mit Kunst zu tun hatte. Warnhinweise, Leitlinien, Gegenanzeigen und Dosierungsvorschriften – wenn man in der Medizin eines nicht hatte, dann künstlerische Freiheit.

Sophia betrachtete ihr Bild im Wohnzimmer, diese Explosion fröhlicher Farben – wie eine zynische, auf Leinwand gebannte Erinnerung an die glückliche Person, die sie vor Kurzem noch gewesen war. Was war davon übrig geblieben? Und was würde übrig bleiben, sobald die Sache geklärt war? Wenn sie Pech hatte, kam es zu einer Anklage. Sie könnte ihre Approbation verlieren. Oder schlimmer. Erst kürzlich war eine Ärztin mit Freiheitsentzug bestraft worden, weil sie einem Kind eine falsche Infusion angehängt hatte, das daraufhin verstorben war. Warum passierte das alles? Falls es einen Gott gab, hatte er sie definitiv auf dem Kieker. Aber warum nur? WARUM?

Unvermittelt sprang sie auf, stieß einen verzweifelten Schrei aus und schleuderte das Weinglas durch den Raum, das an der gegenüberliegenden Wand zerschellte. Als hätte dieser Akt ihre letzten Kraftreserven aufgebraucht, sackte sie in sich zusammen. Von Schluchzern geschüttelt, die in ihrer Kehle brannten, wartete sie auf die erlösenden Tränen, doch ihre Augen schienen nicht mehr imstande, auch nur einen einzigen Tropfen zu produzieren. Die Wut versiegte so rasch, wie sie gekommen war, und wich einem Gefühl innerer Leere, das Sophia schon binnen Sekunden als weitaus größeres Übel erschien. Zum ersten Mal in ihrem Leben konnte sie nachvollziehen, dass sich manche Menschen Schmerzen zufügten, um andere, schwerer erträgliche Gefühle zu übertünchen. Wie magisch davon angezogen, bückte sie sich nach einer Scherbe, die vor ihren Füßen gelandet war, und betrachtete sie eine Weile. Sie hatte die Form einer Haifischflosse mit einer rasiermesserscharfen Kante. Mit leichtem Druck fuhr Sophia damit über ihr Handgelenk und beobachtete, wie eine zarte weiße Linie auf ihrer Haut zurückblieb.

Wen würde es kümmern, wenn sie sich damit die Pulsadern aufschlitzte? Ihre Eltern. Ein paar Freunde. Vielleicht auch ein paar Kollegen. Aber wer davon würde auf ihrer Beerdigung erscheinen? Sie stellte sich eine Traube von Menschen vor, die im Halbkreis um ein Grab standen. Alle in Schwarz gekleidet, ihre Mienen reglos. Die Vorstellung rief eine tiefe Traurigkeit in ihr hervor, die ihr in diesem Moment jedoch wie eine Erlösung vorkam, weil sie die innere Leere mit einer greifbaren Emotion füllte. Allmählich zweifelte Sophia ernsthaft an ihrer psychischen Gesundheit. Drehte sie langsam durch? Erst diese Wahrnehmungsstörung bei der Arbeit und nun auch noch Suizidgedanken. Wäre sie wirklich imstande, sich etwas anzutun?

Die Türklingel ließ sie hochschrecken. Sophia starrte die Scherbe in ihrer Hand an, als hätte sie keine Ahnung, wie sie dorthin gelangt war. Wieder klingelte es. Sie erhob sich, ging zur Wohnungstür und hob den Hörer der Sprechanlage ab. Es war Roman. Erstaunlich, dachte Sophia, der Kerl hatte irgendwie ein Händchen für ihre schwachen Momente. Er war schon früher stets zur Stelle gewesen, wenn sie ihn gebraucht hatte, aber wahrscheinlich hatte sie nicht zuletzt auch diese Berechenbarkeit gelangweilt. Aus ihrer Beziehung war eines Tages einfach die Luft raus gewesen, wie bei einem Fahrrad, das jahrelang im Schuppen gestanden hatte. Sophia war drauf und dran, ihm eine Abfuhr zu erteilen, doch dann dachte sie an die Scherbe, an ihre verschrobenen Gedankengänge noch eine halbe Minute zuvor. Sie drückte ihm auf und öffnete die Tür einen Spalt. Während Romans Schritte durchs Treppenhaus hallten, ging sie schnell ins Wohnzimmer, um die gröbsten Scherben zu beseitigen.

Es klopfte an der angelehnten Tür. »Hallo?«

»Komm rein.« Sie kam um die Ecke, als er an den Schnürsenkeln seiner Chucks herumfingerte. »Lass die Schuhe ruhig an.«

»Du siehst fertig aus«, bemerkte er.

»Bin ich auch.«

»Gibt es was Neues?«

Sophia zuckte die Schultern. Sie hatte keine Lust, ihm ihr Herz auszuschütten, und befürchtete, dass es ein Fehler war, ihn hereingebeten zu haben. Doch im Grunde war Roman ein feiner Kerl und zudem der Einzige, der nach ihr sah. Ob seine Beweggründe rein kameradschaftlicher Natur waren, stand auf einem anderen Blatt, aber er hatte es sicher nicht verdient, schlecht behandelt zu werden. Sie ging voran ins Wohnzimmer und ließ sich auf die Couch nieder. Roman folgte ihr und fläzte sich auf den Einsitzer gegenüber.

»Ich dachte, ich sehe mal nach dir. Wie fühlst du dich?«

»Frag nicht.«

»So schlimm?«

»Ich glaube, ich bin verflucht.«

»Wieso? Was ist los?«

»Man hat mich heute …«, sie suchte nach dem richtigen Wort, »… zwangsbeurlaubt.«

»Ich wusste gar nicht, dass es so was bei Ärzten gibt. Weshalb?«

Sophia setzte an, doch als sie spürte, dass es ihr die Kehle zuschnürte, sagte sie: »Lass uns bitte über etwas anderes reden.«

»Okay.« Die Enttäuschung war Roman ins Gesicht geschrieben, aber er riss sich zusammen. Nachdem eine unangenehme Pause entstanden war, klatschte er unvermittelt auf seine Schenkel. »Wo ist dein Laptop? Ich muss dir was zeigen.«

Sophia lehnte sich zur Seite und griff nach dem Notebook auf dem Beistelltisch neben der Couch. Als sie sich wieder zurückbeugte, hatte Roman zu ihrer Linken Platz genommen und hielt erwartungsvoll die Hand auf.

»Hast du was zu trinken für mich?«, fragte er und nahm den Laptop an sich. »Gerne eins der Biere, die ich neulich mitgebracht habe.«

Während Sophia in die Küche ging, um Roman ein Bier einzuschenken, hörte sie aus dem Wohnzimmer das Klackern der Tastatur. Als sie zurückkam, öffnete Roman ein Video auf YouTube und wechselte in den Vollbildmodus.

»Hier«, sagte sie und reichte ihm das Getränk.

»Danke. Setz dich.« Er stellte das Glas auf den Tisch, klopfte neben sich auf die Sitzfläche und drückte den Abspielbutton für das Video. Es war eine Zusammenstellung lustiger Fernsehpannen. »Wenn dich das nicht aufmuntert, weiß ich auch nicht.«

Sophia hatte ihre Zweifel, doch zu ihrer Überraschung schaffte es der Clip tatsächlich, sie vom Stress der letzten Tage abzulenken. Sie bemerkte, dass sie sogar gelacht hatte. Doch sofort schoss ihr die schmerzliche Erinnerung an ihre Situation durch den Kopf, und sie ermahnte sich, dass diese Unbekümmertheit unangebracht war.

Roman registrierte ihre Stimmungsschwankung sofort, legte eine Hand auf ihre und sah sie von der Seite an. Sophia zog ihre Hand zurück und drückte Daumen und Zeigefinger in die Mulden neben ihrer Nasenwurzel, als massierte sie Akupressurpunkte gegen einen plötzlichen Migräneanfall.

»Hey, komm her.« Roman stellte den Laptop auf der Sofalehne ab, beugte sich zu ihr und nahm sie in den Arm. Behutsam streichelte er ihr über das Haar, und Sophia merkte sofort, wie die Zuwendung an ihren inneren Schleusen rüttelte. Hinter ihren Augen baute sich ein dumpfer Druck auf, der von Sekunde zu Sekunde stärker wurde. Sie spürte Romans Lippen, die sich, Worte des Trosts murmelnd, einen Weg durch ihr Haar bis auf die Kopfhaut gruben, doch sie wollte keinesfalls die Fassung verlieren. Vorsichtig löste sie sich aus der Umklammerung und spürte im nächsten Moment Romans Finger an ihrem Kinn. Sie gab ihrem leichten Zug nach, doch als sie sah, wie nah ihr Romans Gesicht gekommen war, zog sie rasch den Kopf zurück.

»Nein, tut mir leid«, sagte sie.

Doch Roman hatte bereits ein Knie links neben ihr auf das Polster gestützt und hob schon das andere Bein an, um es auf der anderen Seite zu platzieren.

»Roman, bitte!« Sophia spürte eine Mischung aus Wut und Panik in sich aufsteigen. Sie stemmte ihre Handteller gegen seine Brust, aber ihre Arme konnten dem Gewicht nichts entgegensetzen.

»Lass dich doch nicht so bitten. Merkst du nicht, wie sehr mich das verletzt?«

Sie spürte den warmen Hauch seines Atems an ihrem Hals, sah seine Lippen vor sich, die unbeirrt nach ihrer Haut suchten wie ein blutsaugendes Insekt.

»Ich habe *Nein* gesagt!« Mit aller Kraft stieß sie Roman von sich. Er verlor das Gleichgewicht und stürzte rücklings auf den Tisch. Mit einem lauten Knacken zerbarst die gläserne Platte in Abertausende Stücke. Auf dem Rücken liegend, betrachtete er fassungslos das Scherbenmeer um sich herum, das aussah wie ein Haufen Diamanten. Er fegte einige Glaskrümel von seinem Hemd, und Sophia entdeckte im Stoff seiner Jeans den Abdruck einer schwindenden Erektion. Langsam rappelte Roman sich auf.

Sophia hob schützend ihre Hände. »Tut mir leid, das wollte ich nicht.«

»Bist du jetzt völlig übergeschnappt?« Er zog sein Hemd hoch und verrenkte den Hals, um seinen Rücken nach Verletzungen zu untersuchen.

»Lass mich nachsehen«, bot Sophia an.

»Verpiss dich!« Nachdem er keine Verletzungen entdecken konnte, wandte er sich Sophia zu. Mit düsterer Miene streckte er ihr einen Finger entgegen. »Du solltest dich mal untersuchen lassen, du verrücktes Biest!«

»Okay, das reicht. Raus hier!«

»Darauf kannst du Gift nehmen! Ich bin ja nicht lebensmüde.« Gerade als er sich umdrehte, um den Raum zu verlassen, klingelte es an der Tür. Vermutlich einer der Nachbarn, aufgescheucht vom Krach. Roman hielt inne. Er schien abzuwägen, was er tun sollte. Auch Sophia zögerte. Was würde geschehen, wenn auch noch Dritte in die Angelegenheit involviert wurden? Nicht, dass Roman den Vorfall als tätlichen Angriff auslegte und sie am Ende ein Problem mehr am Hals hatte. Allerdings stünde dann Aussage gegen Aussage. Nur, wer würde ihr derzeit schon glauben?

Sie drängte sich an Roman vorbei in Richtung Diele, alle Sinne darauf fokussiert, ob er sie zurückhalten und die Situation damit weiter eskalieren würde, doch er rührte sich nicht vom Fleck. Sophia öffnete die Tür und stellte überrascht fest, dass dort niemand stand. Daher hob sie den Hörer der Gegensprechanlage ab. Egal, wer unten vor der Tür stand – sie würde jeden reinlassen, solange er dabei half, sie aus dieser Situation zu erlösen. Mit einem Gefühl größter Erleichterung drückte sie den Türsummer und kehrte ins Wohnzimmer zurück, wo Roman immer noch wie angewurzelt dastand, offenbar unschlüssig, ob er verschwinden und die Sache auf sich beruhen lassen oder lieber bleiben sollte, um sich im Falle einer Debatte verteidigen zu können.

»Du solltest jetzt gehen«, sagte Sophia und bemerkte, wie unendlich müde ihre Stimme klang. Als Roman nicht reagierte, setzte sie nach: »Gleich ist ein Kripobeamter hier oben. Wenn du jetzt ohne Theater verschwindest, werde ich den Grund hierfür verschweigen.« Sie deutete auf den glitzernden Scherbenhaufen, aus dem der Tischfuß hervorragte wie ein Fels in der Gischt.

In Romans Gesicht regte sich etwas, als wäre ihm erst in dieser Sekunde aufgegangen, dass man die Situation auch anders auslegen konnte. Dass es eine Sicht auf die Ereignisse gab, bei der nicht *er* das Opfer war. Doch zu ihrer Überraschung rührten seine aufklarenden Züge von einer anderen Erkenntnis her, denn mit unverhohlener Verachtung in seiner Stimme sagte er: »Jetzt weiß ich auch, warum du dich aufführst wie die eiserne Jungfrau – anscheinend wirst du ja schon bestens bedient.«

45

Schon wieder dieser Kerl, dachte Joachim, als ihm Sophias Exfreund im Treppenaufgang entgegenkam. Und wieder warf ihm der Typ diesen scheelen Seitenblick durch die Streben des Geländers zu. Allerdings hatte er den Blickkontakt diesmal gemieden, bis er an Fuchs vorüber gewesen war. Joachim bemerkte, dass es ihn störte, den Kerl erneut vor ihrer Wohnung anzutreffen. Roman, so hieß er doch. Im nächsten Atemzug ertappte er sich bei der Feststellung, dass ihm der Kerl, nur wenige Augenblicke nachdem er geklingelt hatte, entgegengekommen war. Falls die beiden keine Kleiderwechsel-Künstler waren, konnten sie also kaum … Aber wer weiß, schaltete sich der nächste Gedanke dazwischen, wie lange Roman schon bei ihr gewesen war … Was sollte der Quatsch? Er verhielt sich ja wie ein Teenager. Dabei war er doch früher nie eifersüchtig gewesen. Nicht während seiner Ehe. Was aber vermutlich daran gelegen hatte, dass ihm Claudine bis zum Tag ihrer Beichte nie einen Anlass dafür gegeben hatte.

Sophia empfing Joachim an der Tür. Ihre Miene zeigte keine Überraschung oder Freude über sein Erscheinen. Fuchs hatte eher das Gefühl, Erleichterung darin zu erkennen. Ohne nach dem Anlass für seinen spätabendlichen Besuch zu fragen, führte sie ihn herein.

»Herrje!«, entfuhr es Fuchs, als er den Scherbenhaufen im Wohnzimmer erblickte. »Was ist denn hier passiert?«

»Ein Missgeschick. Schlechte Konstruktion. Etwas zu viel Druck auf die Tischkante reicht offenbar aus, damit das Glas in tausend Teile zerspringt.«

Fuchs erinnerte sich an den Tisch mit der schweren Platte, die scheinbar auf dem schlanken Ausläufer des Fußes balancierte. Der Tisch hatte auf ihn hochwertig und ziemlich stabil gewirkt. Zwar zersprang Sicherheitsglas tatsächlich, wenn Druck an der falschen Stelle einwirkte, doch wie sollte das hier passiert sein? Sofort schoss ihm ein Bild in den Kopf, wie Roman Sophia entkleidete und im Eifer der Erregung auf dem Tisch absetzte. Mühsam schob er den Gedanken beiseite, konnte aber das Gefühl, dass Sophia ihm etwas verheimlichte, nicht abschütteln. Doch es stand ihm weiß Gott nicht zu, weiter nachzuhaken. Weder wollte er sie in Verlegenheit bringen noch den Stich der Eifersucht spüren, falls sie ausweichend antwortete. Obwohl selbst dann nicht gesagt wäre, dass zwischen den beiden etwas gelaufen war …

Fuchs ging in die Hocke, nahm eine Handvoll Glasstückchen und ließ sie durch seine Finger rieseln. »Ich habe einen Vorschlag«, sagte er und sah zu Sophia auf. »Sie geben mir Schaufel und Besen und machen uns etwas zu trinken, während ich mich um das hier kümmere.«

Sophia lächelte, doch sie schien über das Angebot nachdenken zu müssen. Oder war auch ihr die Sinnbildlichkeit dieser Situation aufgefallen: der Kommissar zu ihren Füßen, der versuchte, den Scherbenhaufen in ihrem Leben zusammenzukehren. Was auch immer ihr durch den Kopf gegangen war, sie nickte schließlich, und ihr Lächeln wurde breiter.

»In Ordnung.«

Während Sophia die Küchenschränke nach einem Kehrblech durchwühlte, ließ Fuchs seinen Blick umherwandern, der schließlich an dem selbst gemalten Gemälde hängen blieb. Was war das denn? Als er einen Schritt näher an das Bild herantrat, zog noch etwas anderes seine Aufmerksamkeit auf sich. Eine Reflexion auf dem Boden. Er bückte sich und hob den Gegenstand auf. Eine Glasscherbe. Gut zwei auf drei Zentimeter groß, hauchzart und leicht gewölbt. Die stammte nicht von der Tischplatte, so viel war sicher. Eher von einem zerbrochenen Trinkglas. Hatte vielleicht ein Wein- oder Sektglas auf dem Tisch gestanden, als die Platte zu Bruch gegangen war? Doch wo war dann der Rest des Glases? Bisher hatte Sophia sich ja nicht die Mühe gemacht, die Scherben zu entfernen. Joachim richtete sich auf und betrachtete nun die Leinwand aus nächster Nähe. Vorsichtig fuhr er mit den Fingern darüber. Tatsächlich, er hatte richtig gesehen: ein Riss. Mit den hellroten Farbklecksen drum herum sah er beinahe aus wie eine blutende Wunde. Möglicherweise waren mit Sophia die Nerven durchgegangen, und sie hatte im Zorn ein Glas gegen die Wand gepfeffert. In diesem Kontext lag es jedenfalls nahe, dass auch die Tischplatte keinem »Missgeschick« zum Opfer gefallen war, wie sie es genannt hatte.

»Ich hab's gefunden!«, hörte er Sophias Stimme hinter sich.

»Ah, sehr gut.« Er deutete auf das Gemälde. »Das schöne Bild ist ja kaputt.«

Sophia trat näher, und ihr Blick folgte seinem Fingerzeig. Sie hob die Brauen. »Tatsächlich.«

»Ist mir beim letzten Mal gar nicht aufgefallen«, sagte er und musterte sie von der Seite.

Sophia zog die Mundwinkel herab und zuckte die Schultern. »Fällt aber kaum auf. Dann erfülle ich jetzt mal meinen Teil der Abmachung.« Sie reichte ihm Schaufel, Besen und Plastiktüte und ging in die Küche zurück.

Fuchs sah ihr nach. Seltsam. Was hatte sich in dieser Wohnung abgespielt? Während er die Scherben aufkehrte, ging er im Geiste verschiedene Szenarien durch. Irgendwie ließ ihn die Sache nicht los. Nach einem letzten prüfenden Blick, ob auch alle Scherben vom Boden aufgelesen waren, ging er ebenfalls in die Küche, um die Tüte zu entsorgen. Sophia hatte derweil sämtliche Utensilien für ihre Getränke zusammengesucht und auf der Anrichte abgestellt. Sie reichte ihm einen Eiswürfelbehälter aus Edelstahl mit einer Zange, klemmte sich eine Martini-Flasche unter den Arm, griff noch zwei Gläser und ging voraus ins Wohnzimmer. Dort setzten sie sich nebeneinander auf die Couch. Während Joachim Eiswürfel auf beide Gläser verteilte, gab Sophia den Martini dazu. Gedankenverloren nippten sie an ihren Drinks.

»Man hat mich heute beurlaubt«, brach Sophia schließlich das Schweigen.

Fuchs hätte sich beinahe verschluckt. »Ist nicht Ihr Ernst!«

An Sophias ratloser Miene erkannte er, dass sie seine fast schon belustigte Reaktion darauf nicht nachvollziehen konnte, weshalb er rasch hinzufügte: »Dann sitzen wir wohl im selben Boot.«

»Wie?« Sophia schien von dieser Nachricht geschockt.

»Ich wurde heute Morgen von dem Fall abgezogen.«

»Was?«

»Was soll ich sagen?«

»Sie machen Witze!«

»Leider nein.«

»Aber warum?«

»Meinem Vorgesetzten haben meine Ermittlungsmethoden offenbar nicht gepasst.« Er überlegte, ob er ihr von dem wahren Grund für seine Suspendierung erzählen sollte, dass man ihm Befangenheit vorwarf, ihnen beiden eine Affäre unterstellte, aber er brachte es nicht heraus. »Das soll nicht heißen, dass ich ab jetzt die Füße hochlege«, versuchte er sie zu beruhigen, »aber offiziell arbeite ich nicht mehr an dem Fall.«

»Wie kann man Ihnen denn den Fall entziehen? Sie sind der leitende Ermittler! Sie haben alles von Anfang an mitverfolgt und kennen jede Spur. Das ist doch nicht wie bei einem Busfahrer, der das Steuer einfach an einen Kollegen abgeben kann. So finden die den Mörder doch nie!«

»Ich fürchte, Sie überschätzen meinen Wert bei der Ermittlung. Meine Kollegen leisten wirklich gute Arbeit, und ihnen liegen sämtliche Hinweise vor. Sollte es Unklarheiten oder Rückfragen geben, die nur ich beantworten kann, würden sie mich jederzeit kontaktieren. So unschön diese Einsicht auch sein mag, aber auch ich bin ersetzbar.«

Sophia schüttelte den Kopf. »Trotzdem … Ich verstehe das nicht.«

»Und wieso wurden Sie nach Hause geschickt?«, fragte er.

Sophia seufzte. »Weil ich heute um ein Haar eine Patientin umgebracht hätte.«

»Oha! Wollen Sie darüber reden?«

»Ich weiß auch nicht, was da los war.« Sophia rutschte auf dem Leder umher. »Es war völlig verrückt. Ich habe auf die Elektrolytentgleisung einer Patientin reagiert und ihr zwei Medikamente verabreicht, die den Wert senken sollten. Kurz darauf blieb ihr Herz stehen. Das Absurde daran war, dass sie offenbar nie einen Kaliumüberschuss, sondern eher einen niedrigen Spiegel hatte. Dabei habe ich die Laborwerte schwarz auf weiß gesehen.«

»Kann sich nicht jeder mal täuschen?«

»Aber nicht so. Ein solcher Fehler ist unverzeihlich.«

»Wird das Konsequenzen haben?«

»Abgesehen von den Einbußen im Ansehen bei meinen Kollegen und Vorgesetzten? Keine Ahnung. Mein Chef war trotz allem recht verständnisvoll, sagte, dass mir die Pause sicher guttun würde, da ich in der letzten Zeit viel durchgemacht habe. Aber so eine Geschichte geht rum wie ein Lauffeuer. Wenn Sie wollen, dass sich etwas verbreitet, erzählen Sie es im Krankenhaus. Wenn Sie wollen, dass es innerhalb kürzester Zeit jeder weiß, bitten Sie denjenigen, es für sich zu behalten.«

»Klingt wie im Präsidium.«

»Ich habe Angst, dass die Presse Wind davon bekommt.«

»Wieso glauben Sie, dass so etwas an die Presse weitergegeben wird? In Krankenhäusern passieren doch ständig Fehler.«

»Nicht solche.«

Fuchs winkte ab. »Wenn Sie wüssten …« Mit dieser

Materie kannte er sich aus. Untersuchungen von Todesfällen in Krankenhäusern waren keine Seltenheit, denn kreuzte ein Arzt auf dem Leichenschauschein *ungeklärte* oder *unnatürliche Todesart* an, wurde umgehend der Polizeiapparat in Gang gesetzt. Auch wenn er solche Einsätze aufgrund seiner Krankenhausphobie immer an Kollegen delegiert hatte, war er mit den entsprechenden Fakten vertraut.

»Leider habe ich schon Erfahrung in solchen Angelegenheiten«, gestand Sophia.

»Inwiefern, wenn ich fragen darf?«

Sie stöhnte. »Lange Geschichte.«

»Ich habe Zeit. Also nur, wenn Sie wollen.«

»Warum eigentlich nicht … Vor einigen Jahren hat eine Patientin, bei der ich die Narkose gemacht hatte, im Anschluss über sogenannte ›Awareness‹ geklagt.«

»Was ist das?«

»Ein Zustand von unerwünschter Wachheit während der Narkose.«

»Darüber lief mal was im Fernsehen.«

»Sehen Sie – so viel zur Medienwirksamkeit.«

»Sie sagten ›unerwünschte Wachheit‹. Ist Wachheit während der Narkose nicht immer unerwünscht?«

»Nicht unbedingt. Es gibt auch eine Narkoseform, bei der die Reaktionsfähigkeit des Patienten erhalten bleiben muss.«

»Bitte?«

Angesichts Joachims entsetzter Miene musste Sophia schmunzeln. »Ja, bei einigen Eingriffen am Gehirn wird eine sogenannte Neuroleptanalgesie angewandt. Dabei sind die Patienten wach und müssen dem Operateur ihre Empfindungen mitteilen, damit der weiß, in welchem Gehirnareal er gerade zugange ist.«

Joachim hob abwehrend die Hände. »Okay, ich glaube, auf die Details kann ich verzichten.«

»Jedenfalls durchläuft jeder Patient in Narkose tiefere und flachere Schlafphasen. Die meisten Menschen erinnern sich nach einer Narkose an nichts mehr. Manche schnappen Gesprächsfetzen auf, aber andere gelangen zu völliger Klarheit, erleben also alles live mit, teilweise sogar die Operationsschmerzen, ohne sich jedoch äußern zu können.«

Fuchs rutschte unbehaglich auf dem Sofa umher. Allein die Vorstellung trieb seinen Puls in die Höhe. Er trank einen Schluck, um den Mund zu befeuchten. »Wenn man wach ist, muss man sich doch irgendwie bemerkbar machen können.«

»Nicht, wenn man Ihnen ein Muskelrelaxan gespritzt hat. Mit einem solchen Mittel im Blut können Sie nicht mal mehr blinzeln, geschweige denn einen Mucks von sich geben.«

»Und was passiert mit dem Herzmuskel, wenn man ein solches Medikament gespritzt bekommt?«

»Nichts. Auf den Herzmuskel und die Muskulatur der Gefäßwände wirkt es wegen anderer Rezeptoren nicht.«

Fuchs nickte. »Wie oft kommt eine solche Wachheit denn vor?«

»Je nachdem, welcher Studie man Glauben schenkt, in einer von fünfzehntausend bis hin zu einer von eintausend Narkosen.«

Fuchs blähte die Backen. »Das ist nicht wenig.«

»Absolut nicht. Seltsamerweise ist es trotzdem nicht üblich, die Patienten im Vorfeld darüber zu informieren.«

»Wahrscheinlich würde sich sonst niemand mehr in Narkose legen lassen. Die Vorstellung, unter Narkose zu sterben, finde ich dagegen abstrakt.«

»Sie haben recht. Viele Patienten sagen, sie würden ja sowieso schlafen und bekämen also nicht mit, falls sie entschliefen. Aber während einer Operation aufzuwachen, das können sich komischerweise alle in den schillerndsten Farben ausmalen.«

Fuchs zog eine Grimasse. »Kann ich bestätigen.«

»Wenn dir nun eine Patientin während der Narkose unbemerkt aufwacht und deswegen im Anschluss an einer posttraumatischen Belastungsstörung leidet, ist das Pech«, nahm Sophia den Gesprächsfaden wieder auf, »aber wenn sie dich dafür zur Rechenschaft ziehen will, hast du wirklich ins Klo gegriffen.«

»Das ist Ihnen passiert?«

Sophia nickte.

»Und weshalb kann man Sie wegen einer offenbar unvermeidbaren Komplikation zur Rechenschaft ziehen? Weil Sie die Patientin nicht darüber aufgeklärt haben?«

»Auch. Diese Frau hat die ganz große Welle gemacht. Zu allem Überfluss war ihr Mann Journalist bei einem Regionalblatt und hat einen Artikel darüber verfasst. Dadurch fühlte sich der Krankenhausträger unter Druck gesetzt und musste einen Kopf rollen lassen.«

»Ihren.«

»Ja. Man durchforstete das Protokoll, ob ich vielleicht

vergessen hatte, das Narkosemittel zu verabreichen, und die Patientin nur mittels eines Relaxans gelähmt hatte.«

»Hatten Sie aber nicht.«

»Am Ende zählt eben das, was dokumentiert wurde. Und laut Protokoll war alles in Ordnung.« Sophia griff nach ihrem Martini und nahm einen Schluck.

Fuchs fragte sich, ob Sophia von ihrer Unschuld überzeugt war oder ob ihre Aussage eher im Sinne eines Schuldigen zu werten war, der eben einen guten Anwalt gehabt hatte. »Jetzt verstehe ich, warum viele sagen, als Arzt stünde man mit einem Bein im Knast. Habe das immer für überzogen gehalten.«

»Ist es eigentlich auch. Aber wenn Mediziner Fehler machen, sind die Folgen eben schwerer als bei anderen Berufsgruppen.«

»Kommt mir bekannt vor«, sagte Fuchs. »Ich hatte neulich einen ähnlichen Gedanken.«

Sophia stellte ihr Glas ab und musterte den Kommissar, der seinen letzten Worten nachzuhängen schien. Auch von der Seite betrachtet hatte er ein gutes Gesicht. Scharfe Konturen, ohne dabei zu hart zu wirken. Zudem war er klug und verständnisvoll. Als er zu ihr rübersah, wandte sie den Blick wieder ab. Sollte sie ihm wirklich weiterhin vorenthalten, um welche Patientin es sich bei ihrem Behandlungsfehler gehandelt hatte? Früher oder später würde er es erfahren. Immerhin ging es hier um Merit Ohlsen, die wahrscheinlich wichtigste Zeugin in dem Fall. Sie war im wahrsten Sinne des Wortes ein lebender Beweis. Merit war nicht nur einem Mörder entkommen, sondern hatte auch ihre ärztliche Fahrlässigkeit überstanden. Ja, dem

Kommissar würden die Geschehnisse trotz seiner Suspendierung zu Ohren kommen. Besser, er erfuhr es von ihr.

»Die Patientin, die heute beinah gestorben wäre …«, Sophia räusperte sich, »… ist Merit Ohlsen.«

Fuchs sah sie mit unergründlicher Miene an.

»Ich weiß, Sie halten mich jetzt wahrscheinlich für eine Idiotin.«

»Nein, tue ich nicht. Vielleicht fühlen Sie sich besser, wenn auch ich Ihnen etwas beichte.«

»Was denn?«

»Einer der Gründe für meine Suspendierung war mein Besuch bei Merit, um ihr das Tonband vorzuspielen.«

»Das hatte ich ganz vergessen. Was ist passiert?«

»Die Geschichte hat noch nicht die Runde im Krankenhaus gemacht?«

»Zumindest hat sie mich nicht erreicht. Weshalb sollte sie?«

»Merit hat ziemlich heftig auf die Aufzeichnung reagiert.«

»Ach ja?«

»Die Nachtschwester im Anschluss leider auch.«

»Jetzt weiß ich auch, warum Promethazin angesetzt wurde.«

»Wie bitte?«

»Man hatte Merit über Nacht ein starkes Beruhigungsmittel gegeben, das bei extremer Unruhe oder Angst eingesetzt wird.« Sophia schüttelte den Kopf und lächelte ungläubig. »Absurd, diese Parallelen, finden Sie nicht?«

Fuchs nickte.

Als Sophia sein leeres Glas bemerkte, schenkte sie ihm

nach und gab zwei frische Eiswürfel hinzu. Joachim hatte die Wirkung des Alkohols schon nach dem ersten Glas gespürt, und mittlerweile waren einige dazugekommen. Draußen schob sich allmählich der Mond in ihr Blickfeld, und auf dem Fenster waren erste Eisblumen erschienen.

»Vielleicht sollte ich einfach was anderes machen«, sagte Sophia.

»Und was?«

»Keine Ahnung.«

»Schlechte Alternative.« Fuchs sah gedankenverloren aus dem Fenster. Irgendwas von dem, was Sophia gesagt hatte, rumorte in seinem Hinterkopf, aber er bekam den Gedanken nicht zu fassen. Schließlich ließ er ihn fallen und nickte in Richtung des Tischfußes. »Man könnte ihn immer noch als Kunstobjekt verwenden.«

»Oder als Sitzplatz für unliebsame Gäste.«

Fuchs lachte. »Da bin ich ja froh, dass ich auf die Couch darf.«

Eine Weile sagten beide nichts, nur das leise Knacken der Eiswürfel in ihren Gläsern war zu hören.

Sophia sah ihn an. »Darf ich Ihnen eine Frage stellen?«

Er erwiderte ihren Blick.

»Ich nehme an, es gibt trotz Ihrer Beurlaubung einen beruflichen Anlass für Ihren Besuch?«

Fuchs lächelte. »Ist das eine Fangfrage?«

Sie sahen einander in die Augen, und Fuchs spürte, wie sich eine eisige Wärme in seinem Bauch ausbreitete. Nervöse Schmetterlinge. Gewissensbisse. Lust.

Sophias Pupillen zuckten von links nach rechts, von oben nach unten, so als würden sie sein Gesicht bis ins kleinste Detail scannen. Schließlich glitten sie in einer flüssigen Bewegung auf seine Lippen und verweilten dort.

»Vielleicht auch die Gretchenfrage«, hauchte Sophia, und urplötzlich schien eine Gravitation von ihr auszugehen, der Joachim hilflos ausgeliefert war. Wie von selbst wurde er in ihre Nähe gezogen. Sein Kopf neigte sich dem ihren zu, und sie hob im Gegenzug einladend ihr Kinn. Fuchs schloss die Augen und gab sich dem Sog hin. Er spürte ihre Lippen wie kleine weiche Kissen, roch den Duft ihres Parfums, schmeckte die Süße des Wermuts auf ihrer Zunge, und in seinen Unterleib strömte Blut, in einer Intensität, wie er sie längst vergessen geglaubt hatte.

46

»Nicht, dass ich den Verlauf dieses Abends auch nur ansatzweise bereuen würde …«, ging es Fuchs endlich über die Lippen, »aber ursprünglich gab es tatsächlich auch einen beruflichen Grund für mein Erscheinen.«

»Ach ja?« Sophia blies den Rauch durch das gekippte Dachfenster in die Nacht hinaus und reichte Fuchs die Zigarette. »Und der wäre?«

Der Mond war aus ihrem Blickfeld verschwunden, und die einzigen Lichtquellen im Raum stammten von der Zigarettenglut sowie Sophias Laptop unten neben der Couch, den sie beim Abstreifen ihres Slips versehentlich von der Lehne gestoßen hatte. Jetzt lagen sie nebeneinander im Bett, die Decke bis über die Brust gezogen und wegen der kalten Luft, die zu ihnen hereinströmte, mit einer leichten Gänsehaut auf den Armen. Fuchs hatte lange mit sich gehadert, aber nun war es raus. Er konfrontierte Sophia mit seiner Befürchtung, dass auch ihr Computer mit einem Spionageprogramm verseucht sein könnte, und bat sie darum, den Rechner überprüfen lassen zu dürfen.

»Natürlich«, antwortete Sophia mit blankem Entsetzen in ihren Augen. »Solange ich nicht sicher weiß, dass mein Rechner sauber ist, will ich das Teil keine Minute länger in meiner Wohnung haben!«

»Wie gesagt, es gibt dafür bisher keinen konkreten Anhaltspunkt, aber ich möchte kein Risiko eingehen.«

»Allein bei der Vorstellung, dass mein Laptop womöglich einem Mörder als Fenster in mein Privatleben dient, wird mir ganz schlecht.«

Fuchs nickte nachdenklich, und Sophia legte ihren Kopf auf seine Brust. Irgendwann schlief sie ein, aber Joachim lag noch Ewigkeiten wach und beobachtete sie, während seine Gedanken in einer unendlichen Schleife um den Fall, die jüngsten Ereignisse und seine Zukunft rotierten. Irgendwann wurde ihm klar, dass er keinen Schlaf finden würde. Er hielt es einfach nicht mehr aus, untätig zu sein. Vorsichtig schlüpfte er aus dem Bett, ging ins Badezimmer und schloss die Tür hinter sich, um Andreas anzurufen.

Trotz des Flüstertons war seinem Freund die Verärgerung anzumerken. »Hast du mal auf die Uhr geguckt?«

»Ja. Bist du aufnahmefähig?«

»Warte mal. Ich gehe raus, sonst wecke ich Magret noch auf.« Joachim hörte Bettzeug rascheln, dann das Tapsen nackter Füße auf Parkett. »Schieß los.«

»Du musst einen Rechner für mich überprüfen.«

»Jetzt?«

»Ja.«

»Du spinnst doch! Kann das nicht bis morgen warten?«

»Nein.«

»Du machst mich fertig. Was glaubst du, warum ich mich für einen Job ohne Nachtschichten entschieden habe?«

»Weil du ein Crack auf diesem Gebiet bist.«

»Jetzt komm mir nicht wieder mit Schmeicheleien.«

»Du bist der Beste auf dem Gebiet, und ich brauche

deine Hilfe. Jetzt. Wenn schon nicht als Kollege, dann eben als Freund.«

»Ich bin echt fix und fertig. Die Kleine hatte heute Nacht wieder Albträume und stand plötzlich vor unserem Bett. Ich musste sie erst mal beruhigen und ihr dann noch Geschichten vorlesen, bis sie endlich eingeschlafen ist. Ich war gerade erst wieder eingepennt, da rufst du an.«

»Das tut mir auch wirklich leid. Aber hilfst du mir jetzt oder nicht?«

»Mein Gott, du nervst! Dann bring die Kiste halt vorbei. Lass einmal auf meinem Handy klingeln, wenn du vor der Tür stehst. Ich komme dann runter.«

»Du hast was gut bei mir!«

»Die Liste wird immer länger.«

»Du bist der Beste!« Joachim legte auf und ging so leise wie möglich die Wendeltreppe mit den Holzstufen hinunter. Er schlüpfte in seine Klamotten, die noch immer verstreut vor der Couch lagen, und hinterließ Sophia eine kurze Nachricht auf einem Post-it, das er an den Spiegel im Wohnzimmer klebte. Dann schnappte er sich Sophias Laptop, klappte ihn zu und verließ die Wohnung.

Etwa fünfzehn Minuten später hielt er mit seinem Auto vor Andreas' Wohnhaus, wählte dessen Nummer und ließ es wie vereinbart einmal klingeln. Kurz darauf ging das Licht im Treppenhaus an, und Joachim sah die Silhouette seines Freundes im Eiltempo die Stufen hinunterkommen. Auf Andreas war wirklich Verlass. Langsam wurde es Zeit, dass er sich bei ihm revanchierte.

47

Joachim schreckte hoch. Nach dem Stand der Sonne musste es bereits Mittag sein. Er griff nach seinem Handy, das neben einem Blister Diazepam auf dem Nachtschrank lag, und lugte durch geschwollene Lider aufs Display. 11:10 Uhr. Diese verdammten Tabletten! Seit einer Ewigkeit hatte er nicht auf Schlafmittel zurückgegriffen, doch heute war es nicht anders gegangen. Nachdem er den Rechner zu Andreas gebracht hatte und wieder nach Hause gefahren war, waren sämtliche Versuche, den versäumten Schlaf der Nacht nachzuholen, gescheitert. Seine Gedanken wollten einfach nicht zur Ruhe kommen. Irgendwann rief auch noch Andreas an, um nach dem Passwort für den Laptop zu fragen, woraufhin Joachim wiederum versuchte, Sophia zu erreichen. Doch ihr Handy war ausgeschaltet. Anschließend lag er wieder wach und lauschte seinen Gedanken, die in atemberaubendem Tempo durcheinanderplapperten. Daher ging er völlig entnervt an sein Medizinschränkchen und suchte die Tabletten, die ihm Claudine vor Jahren aus der Apotheke mitgebracht hatte. Damals hatte er aufgrund eines aufreibenden Falls an einer regelrechten Insomnie gelitten, und alle Hausmittel wie Spaziergänge an der frischen Luft, heiße Milch mit Honig oder autogenes Training waren wirkungslos geblieben. Erst diese beigefarbenen Pillen hatten ihn ins Reich der Träume schicken können. Und ein paar davon hatte er am Morgen in der hintersten Ecke des Schränkchens gefunden. Das Valium war zwar abgelaufen gewesen, was ihn jedoch nicht davon abgehalten hatte, zwei Tabletten mit einem Schluck aus dem Wasserhahn hinunterzuspülen.

Auf seinem Handy waren zwei Nachrichten eingegangen, und er hoffte, dass zumindest eine davon von Sophia stammte. Enttäuscht stellte er fest, dass beide von Lara waren. In der ersten Nachricht bat sie ihn nur um Rückruf. Die zweite, etwa drei Stunden später verfasste Mitteilung war deutlich länger. Sie begann mit einem Satz des Bedauerns. Darüber, wie die Dinge sich entwickelt hatten. Doch schon im zweiten Satz kam sie zur Sache:

Habe eine neue Spur! Interessanter Treffer im ViCLAS. Unaufgeklärter Mord in einem Dorf in Mecklenburg-Vorpommern mit Parallelen zu unserem Fall. Das Kaff heißt Görmin. Ein Täter konnte nie ermittelt werden …

Der Chef befürwortet zwar eine Überprüfung, allerdings nur per Akteneinsicht. Wortlaut: zu wenige Leute. Zudem läge der Fokus der Ermittlung hier und nicht bei einem verstaubten Fall in Dunkeldeutschland. Kennst ihn ja …

Recherche vor Ort meines Erachtens unerlässlich. Sprich mit dem zuständigen Polizisten! Habe so ein Gefühl, dass du dort fündig wirst. Der Grund, warum Menschen töten, liegt immer in ihrer Vergangenheit …

Gib mir bitte Bescheid, ob ich auf dich zählen kann. Nicht, dass wir die Unterlagen auf dem Postweg anfordern und du plötzlich zwecks Akteneinsicht dort vor der Tür stehst. Würde nur unnötige Fragen aufwerfen.

Bitte melde dich!

Lara

Blöde Kuh! Ihm war klar, was sie mit dieser Nachricht bezweckte. Kreiling, der sture alte Bock, stellte sich mal wieder quer, und das Kollegium tanzte wie Marionetten an den Fäden in seiner Hand. Und Joachim Fuchs, der Geächtete, sollte sich um die Drecksarbeit kümmern, denn immerhin hatte er nichts mehr zu verlieren. Aber das stimmte nicht. Schließlich war er nur von diesem Fall abgezogen worden. Das Angebot, einen Fall im Bahnhofsmilieu zu übernehmen, hatte er selbst ausgeschlagen. Und nun sollte er in Mecklenburg-Vorpommern irgendwelchen Dorfbewohnern auf den Zahn fühlen? Er konnte sich Besseres vorstellen. Zum Beispiel, den Tag mit Sophia zu verbringen. Ihr einen Strauß Blumen zu kaufen, sie zum Essen auszuführen, mit ihr Martinis zu trinken …

Dabei klang die Sache mit dem Treffer im ViCLAS in der Tat interessant. Doch was, wenn es sich um eine Sackgasse handelte? Oder schlimmer noch: wenn Lara ihn endgültig in die Pfanne hauen wollte. Würde sie ihm tatsächlich eine Falle stellen, nur um ihm eins auszuwischen? *Unterschätze nie die Rache einer verletzten Frau*, mahnte die Stimme seines Großvaters in seinem Kopf. Joachim überlegte, ob sich eine plausible Erklärung für diese Annahme finden ließ, doch sämtliche Argumente wirkten an den Haaren herbeigezogen. Lara mochte ein hormongetriebenes Luder sein, vielleicht war sie sogar hinterhältig und hatte ihn tatsächlich gezielt aus den Ermittlungen ausschließen wollen, aber an der Lösung des Falls war sie genauso interessiert wie er. An ihrem Tipp war also sicher etwas dran. *Der Grund, warum Menschen töten, liegt immer in ihrer Vergangenheit …* Einen ähnlichen Satz hatte Professor Stein ihm auf dem Flur hinterhergerufen. Und noch ein weiterer Satz der Nachricht hatte eine fast magische Wirkung auf ihn, denn Lara sprach von ihrem »Gefühl«, dass er in Görmin fündig werden würde. Im Gegensatz zu Kreiling hielt er ein Bauchgefühl nämlich für einen der stärksten Indikatoren für eine heiße Spur.

Er quälte sich aus dem Bett, stützte sich, als ihm schwindlig wurde, an einem der Fachwerkbalken ab und tappte anschließend ins Bad, um sich kaltes Wasser ins Gesicht zu spritzen. Dann ging er in die Küche, füllte Kaffeebohnen in seinen Vollautomaten und startete das Selbstreinigungsprogramm. Während die Maschine zischte und gurgelte, setzte er sich an den PC und suchte bei Google nach diesem Dorf. Görmin. Nie gehört.

Auf dem Bildschirm erschien eine Karte, darunter ein Kasten mit einigen Daten.

Gemeinde in Mecklenburg-Vorpommern.

Fläche: 35,02 km²

Einwohner: 896

Was für ein Nest. Fuchs klickte auf den Google-Maps-Button und staunte nicht schlecht, als ihm die Entfernung zu Frankfurt angezeigt wurde: *752 Kilometer*. Er hatte nicht gewusst, dass man von Frankfurt aus innerhalb Deutschlands eine solche Strecke zurücklegen konnte, ohne dabei die Grenze zu überqueren. Der Ort lag etwa zweihundert Kilometer nördlich von Berlin unweit der polnischen Grenze. Wäre er nicht sicher gewesen, dass Pfeffer in diesen Breiten nicht wuchs, hätte er vermutet, dass Lara ihn genau deswegen dorthin schicken wollte. Der Kaffeeautomat hatte sein Getöse beendet. Fuchs stellte eine Tasse auf das Abtropfgitter und drückte den Knopf mit den drei Bohnen. Sofort verbreitete sich in der Küche der Geruch frischen Kaffees.

Bitte melde dich!

Was fing er nun mit ihrer Bitte an? Ein wenig Detektivarbeit war sicher besser, als zu Hause herumzuhocken, schon mittags Bier zu trinken und halbherzig Leinwände zu bepinseln. Andererseits wäre die Zeit mit Sophia zu verbringen eine tolle Alternative. Doch er wollte sie nicht gleich mit seiner Nähe erdrücken. Besser, er wartete ein, zwei Tage ab, bevor er sie das nächste Mal anrief. Falls sie sich melden wollte, hatte er sein Handy dabei. Und eins war sicher: Sophia würde es bestimmt nicht gutheißen, wenn er eine potenzielle Spur bei der Suche nach dem Mörder ihrer besten Freundin ignorierte. Nicht einmal dann, wenn der Grund dafür darin lag, dass er die Zeit lieber mit ihr verbringen wollte. Ihm blieb wohl nichts anderes übrig, als nach Görmin zu fahren, um nachzuforschen, was es mit den Parallelen der beiden Fälle auf sich hatte. Aber um was für einen Fall handelte es sich dabei überhaupt?

Er tippte *Görmin* und *Mord* in das Suchfeld, und sofort erschienen zahlreiche Berichte über die Ermordung eines jungen Mädchens im Jahre 2012. Fuchs las einige der Artikel und kam schon bald zu dem Schluss, dass eine weitere Internetrecherche wenig Sinn hatte, da er im Netz kaum die gewünschten Informationen finden würde. Die gab es höchstens im Intranet der Polizei, und darauf hatte er zurzeit keinen Zugriff. Oder eben bei dem zuständigen

Polizisten in Görmin. Fuchs überlegte, ob er noch etwas vergessen hatte, was gegen die inoffizielle Dienstreise sprach, glaubte aber, dass so weit alles in trockenen Tüchern war. Andreas war dabei, Sophias Laptop zu untersuchen, und würde sich melden, sobald er damit fertig war. Und Sophia müsste ohne den Rechner in ihrer Wohnung auch sicher sein, denn so konnte sie der Täter – falls ihr Computer überhaupt infiziert war – derzeit nicht ausspionieren.

Wenn Fuchs ehrlich war, fühlte sich der Gedanke, auf eigene Faust zu ermitteln, unwiderstehlich an. Geradezu fantastisch. Endlich einmal nicht in diesem Hamsterrad mitlaufen. Aber Görmin? 752 Kilometer irgendwo in die Walachei? Wo lag eigentlich die Walachei? Er gab das Wort in die Suchmaschine ein.

Historische Region im heutigen Rumänien.

Laut Google Maps war besagte Region von Frankfurt aus 1528 Kilometer entfernt. Dagegen war es nach Görmin ja beinahe ein Katzensprung. Er nahm sein Handy und tippte nur drei Wörter in das Antwortfeld unter Laras Nachricht:

Ich mache es.

48

Görmin war genau das Kaff, das er erwartet hatte. Nachdem er noch am Vortag losgefahren, wegen einiger Staus aber erst spätabends angekommen war, hatte er sich in einem kleinen Hotel am Ortsrand einquartiert. Nach einer wenig erholsamen Nacht in einem quietschenden Bett und einem spartanischen Frühstück war er sofort aufgebrochen.

Nun stellte er den Wagen auf einem Parkplatz ab, zündete sich eine Zigarette an und ging rauchend die Straße Richtung Polizeiwache entlang, wobei er an dem aus Feldstein gemauerten Schiff einer Dorfkirche vorbeikam. An der Stirnseite hatte man vermutlich zu einem späteren Zeitpunkt einen Turm aus rotem Backstein errichtet. Vor dem Gebäude lag der Friedhof. Zwischen moosbedeckten Grabsteinen, die wie eine Handvoll verstreuter Monolithen schief aus der Erde ragten, fanden sich auch moderne Gräber. Liegeplatten aus schwarzem Granit, Grabmäler aus Sandstein und regelrechte Meisterstücke der Bildhauerkunst. Erst als Fuchs ein Grab erblickte, das mit frischen Blumenkränzen übersät war, wurde ihm klar, dass dieser Friedhof kein Relikt vergangener Tage war. Im Gegensatz zu den Friedhöfen, die er kannte, wo die Toten chronologisch nach ihrem Sterbedatum verscharrt wurden, war hier keine Aufteilung in neue und alte Gräber erkennbar, was dieser Ruhestätte einen eigenen Charakter verlieh.

Hinter dem Friedhof bog er rechts ab und sah ein ginstergelbes Gebäude, in dem sich die Polizeiwache befand. Er trat die Zigarette aus, stieg die Stufen hinauf und schellte. Nach einer halben Minute wurde ein Schloss entriegelt und die hellblaue Stahltür von innen geöffnet. Ein untersetzter Mann mit Schmerbauch und Vollbart schaute zu ihm auf. Fuchs schätzte ihn auf Mitte fünfzig und einhundertzehn Kilo.

»Guten Tag. Bitte?« Sein sächsischer Dialekt war beeindruckend.

»Hallo. Fuchs, von der Mordkommission Frankfurt. Ich komme in einer dienstlichen Angelegenheit.«

»Juskowiak.« Er nickte Fuchs zu und legte die Stirn in Falten. »Aus Frankfurt?«

»Mhm.«

»Am Main?«

»Am Main«, echote Fuchs und hoffte, dass dieser Umstand die Hilfsbereitschaft des Dorfpolizisten nicht nachteilig beeinflusste. Leider waren Revierkämpfe unter Polizisten, wie man sie aus Film und Fernsehen kannte, kein Mythos. Und in einigen Köpfen gab es auch über zwanzig Jahre nach dem Mauerfall noch Vorbehalte zwischen Ost und West.

»Nichts für ungut, aber dürfte ich bitte Ihren Dienstausweis sehen?«

Fuchs zückte den Ausweis, den er schon griffbereit in seine Gesäßtasche gesteckt hatte.

»Frankfurt …«, der Mann kratzte sich am Kopf, drehte sich auf dem Absatz um und winkte Fuchs hinter sich her.

Sie durchquerten einen Flur, der sich einem länglichen Raum mit hoher Decke anschloss. Durch ein kleines Fenster fiel ein schmaler Streifen Tageslicht auf den Bürotisch. Ein altes Wählscheibentelefon stand neben einer Schreibtischlampe, die einen Papierstapel in warmgelbes Licht tauchte. Fuchs erhaschte einen Blick auf den obenauf liegenden Ausdruck, der nach einer Zeugenaussage aussah, und fragte sich, welche Delikte in diesem Ort normalerweise zur Anzeige gebracht wurden. Sicher waren Streitigkeiten unter Kleingärtnern oder mal ein Fall von Sachbeschädigung an der Tagesordnung. Da musste der Fall damals eingeschlagen haben wie eine Bombe.

Sie nahmen einander gegenüber Platz, und Juskowiak richtete das Wort an Fuchs: »Sie hatten ja eine ganz schön lange Anreise. Was verschlägt Sie denn in das wunderschöne Görmin?«

»Wir haben aktuell mit einem Serienmörder zu tun.«

»Serienmörder? Du liebes bisschen! Aber wie kann ich Ihnen da helfen?«

»Die Morde weisen einige Besonderheiten auf, die nahelegen, dass es sich um denselben Täter handeln könnte, der den Mord an dem Mädchen in Ihrem Dorf damals begangen hat.«

»Wie kommen Sie darauf?«

»Wir hatten unter anderem einen Treffer im ViCLAS.«

Juskowiak nickte, während er Fuchs anstarrte, als würde er geradewegs durch ihn hindurchsehen. Unvermittelt stand er auf und wandte sich der Kaffeemaschine zu. »Ja, ich erinnere mich gut an den Fall. Kaffee?«

Fuchs hätte in diesem Moment für einen frischen Kaffee

ein Verbrechen begangen, doch dann sah er die schmutzigen Tassen auf dem Schaumstofftischdeckchen und dahinter die staubbedeckte, fleckige Maschine, die vermutlich noch aus der Zeit vor der Wende stammte. Dankend lehnte er ab.

»Wissen Sie, normalerweise haben wir hier nicht mit solchen Dingen zu tun. Hier geht es sicher nicht so zu wie bei Ihnen in der Großstadt. Görmin ist ein ruhiger Ort. Jeder kennt jeden.« Juskowiak schenkte sich Kaffee ein, stellte die Tasse auf den Tisch und setzte sich wieder.

»Was können Sie mir zu dem Fall erzählen?«, fragte Fuchs.

Juskowiak räusperte sich. »War das dunkelste Kapitel meiner Amtszeit, so viel ist sicher. Wir hatten schon eine Weile davor mit wiederkehrender Schwerstkriminalität zu tun, bevor dann auch noch dieser Mord dazukam.«

»Was genau meinen Sie mit ›wiederkehrender Schwerstkriminalität‹?«

»Es gab eine Reihe von Vergewaltigungen.«

»Denken Sie, dass es sich bei den Vergewaltigungen und dem Mord an diesem Mädchen um ein und denselben Täter handelte?«

»Gut möglich. Wir konnten dafür zwar nie einen Beweis erbringen, aber ich habe den Verdacht nie ganz abschütteln können. Es gab Hinweise. Zum Beispiel war die Ermordete etwa im gleichen Alter wie die Vergewaltigungsopfer. Und irgendwie waren sie auch alle der gleiche Typ Frau.«

»Der gleiche Typ?«

»Ja, auf eine gewisse Art sahen sie sich ähnlich.«

»Was genau an ihnen war ähnlich?«

»Es waren alles sehr hübsche Mädchen und …«, er fuhr sich mit der Hand über das Kinn, wodurch seine ergrauten Bartstoppeln knisterten, »… sie alle hatten langes braunes Haar.«

Fuchs richtete sich kerzengerade auf. Er war wie elektrisiert. »Die Vergewaltigungsopfer *und* das Mordopfer?«

»Ja. Das kann natürlich Zufall gewesen sein, aber es war einfach auffällig.«

»Erzählen Sie weiter! Am besten fangen Sie ganz von vorne an!«

»Ganz von vorne? Herrje … Warten Sie einen Augenblick, ich hole besser die Akten.« Juskowiak stand wieder auf, um den Raum durch eine weitere Tür zu verlassen. Wenige Minuten später kam er mit einem Stapel Ordner zurück. Der oberste war aufgeschlagen, Juskowiaks Blick konzentriert auf die Zeilen geheftet. Er benetzte einen Finger mit Speichel, blätterte einige Seiten um und ließ sich wieder auf seinem Stuhl nieder.

»Es war im Oktober vor sieben Jahren. Oxana, die Kleine von den Kohlers, wollte mit ihrem Rad zum Querflötenunterricht fahren. Wie jeden Montag um kurz vor sechs. Sie nahm immer eine Abkürzung durch ein Wäldchen. Und das wurde ihr an jenem Tag zum Verhängnis, denn dort lauerte ihr der Täter auf. Er sprang hinter einem Baum hervor, stieß sie vom Rad und vergewaltigte sie.«

»Und sie hatte keine Idee, wer der Täter gewesen sein könnte? Nicht einmal einen leisen Verdacht? Wenn hier doch jeder jeden kennt.«

»Nein, sie war uns leider keine große Hilfe. Das arme blasse Ding. Stand völlig unter Schock. Muss ähnlich sein wie bei einem schweren Unfall, wenn die Betroffenen im Nachhinein bloß sagen, dass alles so schnell gegangen ist. Das Gehirn schaltete offenbar in eine Art Selbstschutzmodus.«

»Konnte sie sich denn wirklich an gar nichts erinnern?«

»An nichts Aufschlussreiches. Ansonsten wären wir dem nachgegangen. Wir sind zwar nur ein kleines Örtchen, aber die Grundlagen der Polizeiarbeit beherrschen wir auch.«

Fuchs hob die Hände. »Daran habe ich keine Zweifel.« Er musste behutsam vorgehen, wenn er keinen Widerstand bei dem Kauz provozieren wollte.

»Außerdem muss ich gestehen«, fuhr Juskowiak fort, »dass ich heilfroh war, dass die Bürger erst mal einen Fremden beschuldigten, anstatt ihn innerhalb der eigenen Reihen zu suchen. Was glauben Sie, wie schnell eine Ermittlung in einem Dorf wie Görmin zu einer Hexenjagd ausartet? Das konnten wir hier nicht gebrauchen.«

Fuchs nickte. Dieser Aspekt war ihm bisher nicht in den Sinn gekommen. Solche Gedanken musste er sich als Ermittler in der Anonymität einer Großstadt nicht machen.

»Jedenfalls war das arme Mädchen so traumatisiert, dass sie erst Wochen später den Mut fand, den Vorfall ihren Eltern zu beichten, und selbst dann vergingen noch einige Tage, bis die es der Polizei meldeten. Da war es natürlich längst müßig nach DNA- oder Spermaspuren zu suchen.«

»Wie ging es weiter?«

Juskowiak sah jetzt nicht mehr in die Akte. Offenbar waren ihm die meisten Details des Falls doch noch präsent. »Einige Monate war Ruhe, der Vorfall unter den Leuten fast vergessen. Wie es halt so ist, das Leben geht weiter.

Wir mussten uns eingestehen, dass die Ermittlungen im Sande verlaufen waren. Aber eines Tages geschah es erneut. Diesmal am helllichten Tag. Wieder wurde ein Mädchen vom Rad gerissen, allerdings nicht in demselben Wäldchen, sondern am Waldrand, ein gutes Stück von der Stelle entfernt. Und diesmal wurde die Tat auch nicht vollständig ausgeführt.«

»Wissen Sie, weshalb?«

»Das Opfer sagte aus, dass sie sich nach Leibeskräften gewehrt und der Täter daher von ihr abgelassen hatte.«

»Konnte sie denn eine Täterbeschreibung liefern?«

»Fehlanzeige. Ihre Aussage war leider ebenso unbrauchbar ... eher schon gruselig. Nachdem der Kerl geflohen war, hatte sie sich auf ihr Rad geschwungen und sich noch einmal umgedreht, um sich zu vergewissern, dass er ihr nicht folgte. Dabei habe sie nur eine Silhouette zwischen den Bäumen erkannt. Sie gab zu Protokoll, er sei mit der Umgebung verschmolzen. Wenn ich es nicht besser wüsste, würde ich sagen, dass wir einen Geist jagten.«

Fuchs runzelte die Brauen. »Ein Tarnanzug?«

»Das nehme ich an. Der Täter musste zufällig auf die Kleine gestoßen sein. Wie hieß sie noch mal?« Während er, die Frage wie ein Mantra vor sich hin murmelnd, einen Punkt an der Zimmerdecke fixierte, ließ er wieder seine Bartstoppeln knistern. »Fällt mir gleich ein. Jedenfalls war die Familie gerade erst hergezogen.«

»Wieso glauben Sie, dass sich Täter und Opfer zufällig begegnet sind?«

»Er konnte dem Mädchen nicht aufgelauert haben, weil sich erst kurz vor dem Vorfall ergeben hatte, dass sie diese

Strecke fahren würde. Es muss also ein typischer Fall von ›zur falschen Zeit am falschen Ort‹ gewesen sein.« Er registrierte Fuchs' fragenden Blick. »Sie war mit ihrer Mutter zuvor in einem Schreibwarenladen einkaufen gewesen, und als es ans Bezahlen ging, fiel der Mutter auf, dass sie zu wenig Geld dabeihatte. Da die Mutter partout nicht anschreiben lassen wollte, sollte die Tochter dem Ladenbesitzer das Geld später vorbeibringen. Aber dazu kam es nicht. Verdammt, wie hieß die Kleine bloß?«

»Wer wusste alles davon, dass das Mädchen diesen Weg nehmen würde?«

Juskowiak blätterte wieder in der Akte. Unvermittelt machte er eine Geste wie zur Lobpreisung des Herrn. »Alina Metzler! So hieß sie.« Dann tauchte sein Blick wieder in den Zeilen ab. Nach einer Weile nickte er. »Mutter, Tochter und Ladenbesitzer.«

»Der aber vermutlich ein Alibi hatte, da er zur Tatzeit im Laden stand?«

»Nicht direkt«, Juskowiak zögerte. »Es war ein Mittwochnachmittag, der Laden hatte zum Tatzeitpunkt geschlossen.«

»Aber Sie haben den Ladenbesitzer überprüft?«

»Selbstverständlich! Da Alina ihrer Mutter umgehend von den Geschehnissen berichtet hatte und sie anschließend bei mir aufgeschlagen waren, sind wir direkt jeder Spur gefolgt. Und das Erste, was ich gemacht habe, war natürlich, den Jungen der Dorns zu befragen.«

»Das ist der Ladenbesitzer, nehme ich an?«

»Ja.« Juskowiak nahm einen Schluck von seinem Kaffee.

»Weshalb kam er als Verdächtiger nicht in Frage?«

»Ich hatte nichts gegen ihn in der Hand. Vor allem aber habe ich ihn aufgrund einer Beobachtung, die ich während der Befragung gemacht habe, als Verdächtigen ausgeschlossen. Man lernt ja im Laufe der Jahre, auf Kleinigkeiten zu achten, entwickelt ein Bauchgefühl, wenn Sie verstehen, was ich meine.«

Fuchs nickte. Damit rannte man bei ihm für gewöhnlich offene Türen ein, wobei er diesmal Kreilings Aversion gegen Bauchgefühle nachvollziehen konnte. Juskowiak besaß zwar einen mächtigen Bauch, aber den nötigen Instinkt traute Fuchs dem Mann nicht zu.

»Jedenfalls habe ich Richard eingangs den Grund meines Erscheinens nicht genannt, sondern über Belanglosigkeiten geplaudert. Ich habe auf das Überraschungsmoment gesetzt, Sie verstehen?« Juskowiak zwinkerte Fuchs zu. »Während des Gesprächs kramte er dann einen Schlüsselbund aus der Hosentasche, um den Briefkasten zu öffnen, und wühlte darin herum, als suche er etwas. Als er es nicht fand, war er überrascht. Auf meine Frage, was er denn suche, sagte er, dass ihm eine Kundin Geld hatte einwerfen wollen, weil sie mittags im Laden ihr Portemonnaie nicht dabeigehabt hatte. Wäre der Junge der Vergewaltiger gewesen, hätte er ja gewusst, dass sich das Geld unmöglich in seinem Briefkasten befinden konnte.«

Fuchs dachte kurz nach. »Könnte das nicht ein cleverer Schachzug von ihm gewesen sein?«

Juskowiak winkte ab. »So viel Grips hatte der Junge nicht. Ich kannte ihn. Genau wie seine Eltern. Ich war Kunde in ihrem Laden, solange ich denken konnte. Wie fast jeder hier im Ort. Auch wenn viele Richard als Sonderling betrachteten und in ihm nur allzu gerne den Vergewaltiger gesehen hätten – zu einem derart intelligenten Zug war er meines Erachtens nicht imstande.«

»Wo finde ich diesen Richard Dorn?«

»Da kommen Sie leider zu spät.«

»Wieso?«

»Er lebt nicht mehr hier.«

»Und die Eltern?«

»Beide tot.«

»Wissen Sie, wo er hingezogen ist?«

»Nein, aber ich weiß, wieso er weggezogen ist.«

»Und zwar?«

Juskowiak setzte ein Lächeln auf, das aber nicht seine Augen erreichte. »Sie erinnern sich an die vorhin erwähnte Hexenjagd?«

Fuchs nickte.

»Irgendjemand aus der Nachbarschaft muss mich bei der Befragung an seiner Haustür beobachtet haben. So was macht in der Dorfgemeinschaft schnell die Runde. Man zog offenbar eigene Schlüsse, und dem Jungen blieb nach und nach die Kundschaft aus. Es gab nur wenige, die sich aus dem Geschwätz der Leute nichts machten und weiterhin dort einkauften. Aber offenbar waren das zu wenige, als dass er davon hätte leben können. Und nach dem Mord an dem Mädchen ein paar Monate später blieben auch die weg. Als ich eines Tages in seinen Laden kam, hat er mir das gesagt. Nicht vorwurfsvoll, aber ich habe doch ein schlechtes Gewissen bekommen. Eigenartig, nicht wahr? Dabei habe ich doch auch nur meinen Job gemacht. Der Junge war ein richtiger Pechvogel. Ein Einzelgänger, dem erst beide Eltern wegstarben und der dann auch noch sein Geschäft aufgeben musste, weil sich Gerüchte hier im Ort verbreiten wie ein verdammtes Lauffeuer. Wie dem auch sei, ich glaube nicht, dass er der ist, den Sie suchen. Jetzt habe ich aber auch mal eine Frage an Sie.«

»Bitte.«

»Was für einen Treffer hatten Sie im ViCLAS?«

Da Joachim vor seiner Abfahrt nach Görmin noch einige Kurznachrichten mit Lara gewechselt hatte, war er zumindest über die wichtigsten Details im Bilde.

»Die Sauberkeit der Leiche.«

»Die Sauberkeit der Leiche …«, wiederholte Juskowiak und schien augenblicklich wieder in seine Gedankenwelt abzudriften.

Doch Fuchs holte ihn jäh in die Gegenwart zurück: »Sagt Ihnen das etwas?«

»Ich erinnere mich dunkel daran, dass so etwas im Autopsiebericht stand. Keinerlei verwertbare Spuren an der Leiche oder so ähnlich. Müsste alles hier drin zu finden sein.« Er klopfte auf den dicken Stapel zusammengehefteter Blätter vor sich. »Mein früherer Kollege Wagner, der leider Gottes schon verstorben ist, hat damals die Daten für die Archivierung im ViCLAS weitergeleitet.«

»Kam Ihnen das nicht seltsam vor?«

»Soweit ich mich erinnere, fanden wir den Umstand einer derart akribisch gereinigten Leiche zwar bemerkenswert, haben daraus aber nur abgeleitet, dass der Täter mit Bedacht vorgegangen war. Ich frage mich ohnehin, wieso man nicht regelmäßig auf gesäuberte Leichname stößt, wo doch jedem, der hin und wieder einen Fernsehkrimi schaut, die Grundzüge der Kriminaltechnik bekannt sein müssten. Vor allem durch diese amerikanischen Produktionen wie *CSI* und wie der ganze Kram heißt.«

Fuchs deutete auf die Akte. »Darf ich?«

Juskowiak schob ihm den Stapel über den Tisch, und Joachim suchte die Akte mit dem Mordfall heraus. Er blätterte sie oberflächlich durch, bis er beim Autopsiebericht anlangte. *Institut für Rechtsmedizin der Universität Greifswald*, stand im Kopfteil des Dokuments. Darunter: *Gerichtliche Leichenöffnung §§87–91 StPO*. Hier und da tauchten Joachims Augen in den Text ein, nahmen Satzfragmente und einzelne Wörter wahr. *Weiblich. Weiß. Entwicklung der Brust im Tanner-Stadium IV. Haut-Weichteil-Mantel intakt. Filiforme Hämatome an den Oberschenkelinnenseiten.* Joachims Herzschlag beschleunigte sich. Er übersprang den ersten Abschnitt, bis er bei den Ergebnissen der Leichenöffnung anlangte. Gleich nach dem ersten Absatz fand er, was er suchte. *Subkutanes Décollement.*

Er versuchte, sich seine Aufregung nicht anmerken zu lassen. Keinesfalls wollte er den Eifer des Dorfpolizisten wecken. Am Ende witterte der noch Lunte und hängte sich an die Ermittlungen ran. Er hatte seine Chance damals gehabt – und sie offenbar vergeigt.

Fuchs klappte die Akte zu. »Können Sie mir hiervon Kopien machen?«

»Sicher. Aber heute schaffe ich das nicht mehr. Morgen Vormittag sind sie fertig.«

Obwohl sich Fuchs beim besten Willen nicht vorstellen konnte, dass Juskowiaks Terminkalender es nicht hergab, die Kopien noch heute anzufertigen, stimmte er zu. Was blieb ihm auch übrig? Die Akte konnte er auch noch studieren, wenn er zurück in Frankfurt war.

»Haben Sie eine Bleibe für heute Nacht?«, fragte Juskowiak, nachdem er den Aktenstapel mit einer Notiz versehen auf dem Kopierer deponiert hatte.

»Ich übernachte im Jägerhof.«

»Ansonsten hätten Sie auch in der Pension meiner Schwägerin unterkommen können.« Er winkte ab. »Aber der Jägerhof ist auch in Ordnung.«

»Ach, bevor ich es vergesse …«, sagte Fuchs, als er sich erhob und Juskowiak zum Abschied die Hand entgegenstreckte, »… wo hatten die Dorns ihren Laden?«

49

Nachdem er von Juskowiak die Adresse erhalten hatte, war er zu seinem Wagen gelaufen und hatte Lara eine Nachricht geschrieben. Es war nur fair, sie über den Stand seiner Recherche auf dem Laufenden zu halten. Anschließend war er zum Wohnhaus der Familie Dorn gefahren, einem bescheidenen Fünfzigerjahre-Bau in schlechtem Zustand wie die meisten Häuser in der Gegend. Fuchs ließ den Blick über die verwitterte Fassade wandern. Auf Augenhöhe hob sich ein unsauber gestrichenes Rechteck in hellerem Weiß von der restlichen Fassadenfarbe ab, so als hätte jemand etwas lieblos, aber zweckmäßig überpinselt. Unmittelbar an das Wohnhaus grenzte das Ladengeschäft. Laut Juskowiak hatte es sich einst um einen Schreibwarenladen gehandelt. Mit seinen großen, mit vergilbtem Papier abgehängten Schaufenstern und dem *Geschlossen*-Schild an der Eingangstür erschien ihm das Lädchen wie ein Sinnbild des aussterbenden Einzelhandels. Mittlerweile bestellten die Leute ja fast alles im Internet. Manche ließen sich sogar Lebensmittel nach Hause liefern. Mal sehen, wo das alles noch hinführte, dachte Fuchs und trat an eines der Schaufenster heran. An einigen Stellen hatte sich das Papier von der Scheibe gelöst und gab den Blick ins Innere frei. Er spähte hinein. Die Auslageflächen waren leer.

Ebenso die Regale im hinteren Teil des Raums. Vermutlich war das Haus nebenan genauso ungenutzt wie die Geschäftsräume. Trotzdem würde er einen Blick ins Innere riskieren. Allerdings sollte er für einen Einstieg die Dämmerung abwarten.

Als er sich umsah, fiel sein Blick auf einen alten Zigarettenautomaten mit Metallklappen unter den Schächten, der an einen Laternenpfahl vor dem Grundstück montiert war. Diese Teile hatte er schon seit Jahren nicht mehr gesehen. Wie beim Pawlowschen Hund, der bei einem Glockenton Speichel absondert, meldete sich seine Sucht. Er kramte die Zigarettenschachtel aus seinem Parka, nahm eine Kippe heraus, steckte sie zwischen die Lippen und durchsuchte die Taschen nach einem Feuerzeug. Wo war dieses verdammte Ding? Er wollte eine rauchen. Und zwar jetzt! Hilfesuchend blickte er sich um und entdeckte auf einem Nachbargrundstück eine ältere Frau, die gerade den Deckel einer Mülltonne aufklappte.

»Entschuldigung!« Mit der Zigarette zwischen den Fingern lief er zu ihr rüber. »Sie haben nicht zufällig ein Feuerzeug?«

»Soll höllisch ungesund sein«, erwiderte die Alte und verzog ihren Mund zu einem verschmitzten Grinsen. »Aber vielleicht kann ich Ihnen trotzdem helfen. Mein Mann hat früher geraucht, hat es sich aber abgewöhnt, nachdem er einen Schlaganfall hatte. Sagen Sie also später nicht, ich hätte Sie nicht gewarnt.«

Fuchs betrachtete die Zigarette argwöhnisch und steckte sie ins Päckchen zurück.

»Habe ich Ihnen die Lust verdorben?«

»Ich fürchte schon.«

»Das war nicht meine Absicht.« Die Frau lachte. »Ich habe ein Feuerzeug im Haus. Wenn Sie kurz warten, hole ich es.«

»Machen Sie sich bitte keine Umstände. Wie gesagt, für den Moment ist mir die Lust vergangen.«

»Wie Sie meinen.« Sie bückte sich nach den Tüten zu ihren Füßen, warf einen Filter mit Kaffeesatz, Eierschalen und Gemüsereste in die eine und stopfte Altpapier in die andere Tonne.

»Ich hätte noch eine Frage zu dem Haus dort drüben.«

Die Augen der Alten folgten seinem Finger. »Ja, was ist damit?«

»Es ist unbewohnt, oder?«

»Wollen Sie es kaufen?«

»Wer weiß? Steht es denn leer?«

»Beantworten Sie Fragen immer mit Gegenfragen?«

»Ist bei mir so eine Art Berufskrankheit. Und bei Ihnen?«

»Welche Berufsgruppe erkrankt denn daran?«

»Die Polizei.« Er streckte ihr seinen Ausweis hin.

»Sie sind aber nicht hier aus der Gegend.«

»Ihrem Dialekt nach Sie aber auch nicht.«

»Nein, ich bin damals aus Hamburg hergezogen.«

»Schöne Stadt. Was hat Sie denn hierher verschlagen?«

»Die Liebe«, antwortete die Frau lächelnd. »Sie sind wohl der Meinung, dass jemand, der bei klarem Verstand ist, nicht aus dem schönen Hamburg in ein solches Kaff ziehen würde, hm?«

Fuchs lachte. »Ertappt.«

»Das ist bald vierzig Jahre her. Mein Franz ist schon fast zehn Jahre tot.«

Fuchs wunderte sich über den Verlauf dieses Gesprächs. Innerhalb einer knappen Minute waren sie bei solch persönlichen Themen angekommen. Doch er hatte nicht das Gefühl, dass die alte Dame ihm aus Einsamkeit ein Gespräch aufzwingen wollte. Im Gegenteil. Sie war ihm auf Anhieb sympathisch, und er schätzte ihre direkte und unverfängliche Art. Wäre sie dreißig Jahre jünger gewesen, hätte es sich durchaus um einen Flirt handeln können – von seiner miserablen Einstiegsfrage einmal abgesehen.

»Haben Sie nie darüber nachgedacht, wieder zurückzugehen?«

»Nein. Einen alten Baum verpflanzt man nicht. Ich habe keine Verwandtschaft in Hamburg, und außerdem habe ich mich an das Leben hier gewöhnt. Die letzten vierzig Jahre habe ich hier gelebt und werde auch hier sterben.«

In ihrer Stimme schwang keinerlei Verbitterung oder Traurigkeit mit. Ihre Aussage wirkte auf Fuchs vielmehr wie die Erkenntnis einer Person, die mit sich und ihrem Leben im Reinen war, die erreicht hatte, was es zu erreichen gab und keinerlei Forderungen an Gott oder das Universum mehr stellte.

»Ich habe Sie von Ihren Fragen zu dem Haus abgelenkt. Was wollten Sie eigentlich wissen?«

»Kannten Sie die Dorns?«

»Natürlich. Aber ich dachte, Sie interessieren sich für das Haus.«

»Um ehrlich zu sein, geht es mir eher um die Bewohner.«

»Die Dorns gibt es schon eine ganze Weile nicht mehr.«

»Wie lange schon?«

»Der Sohn ist vor ein paar Jahren hier fortgezogen, und die Eltern sind schon vor längerer Zeit gestorben.«

»Wissen Sie, wo der Sohn hingezogen ist?«

»Tut mir leid, das weiß ich nicht.«

»Wissen Sie, warum er weggezogen ist?«

»Das Geschäft ging pleite. Vermutlich hatte es aber auch mit diesen Vorfällen zu tun.«

»Vorfälle?«

»Sie fragen doch nicht einfach so nach dieser Familie, wenn Sie nicht vorher schon Erkundigungen eingeholt haben.«

Fuchs lächelte. »Sie haben recht.«

»Manche hier im Ort glaubten, Richard hätte diese Verbrechen begangen.«

»Glauben Sie das auch?«

»Ich weiß es nicht. Im Zweifel für den Angeklagten, heißt es doch. Er war ein sehr ruhiger Junge, schüchtern, aber immer höflich. Jedenfalls ist es in einer so kleinen Gemeinde sicherlich anders als in einer Großstadt. Wenn hier einmal ein solches Gerücht im Umlauf ist, braucht das gemeine Volk für einen Schuldspruch keinen Richter mehr. Bis zur Lynchjustiz war es jedenfalls nicht mehr weit.«

»Was ist passiert?«

»Man beschmierte das Haus, sprühte Dinge wie *MÖRDER RAUS* und *PERVERSES SCHWEIN* an die Fassade, was Richard immer wieder überstrich. Daraufhin warf jemand eine Schaufensterscheibe ein. Lauter solche Sachen. Viele Leute hier sind einfach gestrickt.« Schwerfällig hob sie eine Kartonage vom Boden, die sie in mehrere Stücke riss und in eine der Tonnen warf. Dann klappte sie den Deckel runter. »Vielleicht wollte der Junge aber auch einfach etwas von der Welt sehen, nachdem er seine ganze Kindheit in diesem Haus verbracht hat.«

»Was meinen Sie damit?«

»Anscheinend hatte er als Säugling eine Hirnhautentzündung, und laut seiner Mutter hätten die Ärzte gesagt, dass ihm jede Form von Anstrengung schaden könnte. Deshalb durfte er nie draußen herumtoben. Alles Quatsch, wenn Sie mich fragen. Man soll ja nicht schlecht über die Toten reden, aber ganz dicht waren die Dorns nicht.«

»Hat man ihm etwas von dieser Erkrankung angemerkt?« Fuchs wusste, dass nicht nur psychiatrische Erkrankungen aus normalen Menschen Verbrecher machen konnten. Physische Traumata waren ebenso mögliche Ursachen für antisoziales Verhalten. Eine Narbe in dem Teil des Gehirns, der die Impulskontrolle steuerte, konnte durchaus Quelle des Bösen sein. Es gab Berichte über Mörder, die mit ihren Verbrechen erst begonnen hatten, nachdem ihr Hirn einen nachweislichen Schaden erlitten hatte. Einer hatte in seiner Kindheit einen Baseball gegen die Schläfe bekommen und anschließend zunehmende Verhaltensauffälligkeiten gezeigt, bis er letztendlich zum Serienmörder mutiert war.

»Sie meinen, ob er zurückgeblieben war?«

»Zum Beispiel.«

»Eher im Gegenteil. Ich hatte immer den Eindruck, er sei recht pfiffig.«

»Was können Sie mir über die Eltern erzählen? Kannten Sie sie gut?«

»Sie haben ja eine Menge Fragen. Wollen wir nicht hineingehen? Mir wird langsam kalt.« Die Alte vergrub die faltigen Hände in ihrer Strickjacke. »Dann kann ich auch nach dem Feuerzeug suchen und Ihnen eine Tasse Kaffee anbieten.«

50

»So, dann wollen wir mal.« Röhm straffte den Sicherheitsgurt und legte eine CD ein. Die Stimmen von Simon & Garfunkel klangen aus den Lautsprechern.

Hello darkness, my old friend
I've come to talk with you again …

»Es ist wichtig«, sagte Röhm, nachdem sie schweigend durch die Innenstadt gefahren waren, »dass man Zeugen und Angehörige nach einigen Tagen noch einmal befragt, wenn sich der erste Schreck gelegt hat.«

»Okay.« Lara erinnerte sich an Joachims Theorie, die genau das Gegenteil besagte: Befrage die Leute so früh wie möglich, später machen sie dicht oder ihre Erinnerungen sind verzerrt. Wo Joachim wohl gerade steckte? Ob er auf eine Spur gestoßen war? Wenn es dort etwas Brauchbares gab, würde er es finden, so viel war sicher. Was hätte sie darum gegeben, mit ihm unterwegs zu sein anstatt mit Oberstudienrat Röhm. Denn genau daran erinnerte sie ihr neuer Partner: an einen verklemmten, klugscheißenden Oberstudienrat. Sie sah aus dem Fenster in den grauen Winterhimmel. Die Wolken waren zu einer bleiernen Masse verschmolzen. Unvorstellbar, dass irgendwo über ihren Köpfen gerade die Sonne schien. Jetzt in einem Flieger sitzen. Richtung Süden. Barcelona vielleicht. Oder noch weiter. Burma, Neuseeland …

»Wie lange hast du eigentlich in der Schweiz gelebt?«, fragte Röhm.

»Bitte?«

»Ich habe deinen Lebenslauf studiert. Beachtlich. Wie lange warst du in der Schweiz?«

»Zwei Jahre.«

»Deine Arbeit über Fallanalytik ist wirklich gut.«

»Du hast sie gelesen?«

»Teilweise. Aber was ich gelesen habe, war sehr interessant.«

»Alles graue Theorie.«

»Aber deswegen bist du ja jetzt mit mir unterwegs, um die praktische Seite unserer Arbeit kennenzulernen.«

»Mhm.«

»Du wirst gleich merken, dass sich die Art und Weise zu ermitteln erheblich unterscheiden kann. Manche Kollegen tendieren eher zu … wie soll ich sagen … unkonventionellen Methoden. Was nicht heißt, dass sich damit nicht auch Ergebnisse erzielen lassen. Aber ich bin ein Verfechter bewährter Strategien.«

»Aha.« Lara verstand seine Anspielung und fragte sich, ob Röhm gar nicht merkte, wie plump er Fuchs diskreditierte. Sie würde einfach nicht weiter darauf eingehen und warten, bis Röhm das Thema wechselte. Tatsächlich ließ er damit nicht lange auf sich warten.

»Aber mal zu dir: Wie hast du eigentlich den Platz im Fallanalyse-Kurs beim FBI bekommen? Wen musstest du dafür bezirzen?« Röhm schnalzte mit der Zunge, und aus dem Augenwinkel sah Lara, dass er ihr zuzwinkerte.

»Ich hatte einfach Glück.«

»Jetzt mal nicht tiefstapeln. Ich kenne Leute, die sich dafür ein Bein ausreißen würden.«

»Wie du siehst, habe ich noch beide Beine. Und breit machen musste ich die dafür auch nicht, falls du daran gedacht hast.«

Röhm riss die Augen auf. »Nein, keinesfalls!«

Lara verkniff sich ein Grinsen. »Es hat sich einfach ergeben«, erklärte sie vage. »Zudem ließ es sich gut mit einem Besuch bei meiner Schwester kombinieren.«

»Du hast eine Schwester?«

»Ja.«

»Sie lebt in den Staaten?«

»Ja.« Falls Röhm diese Kombinationsgabe auch im Job an den Tag legte, war es ihr ein Rätsel, wie er es so weit hatte schaffen können.

»Ist sie auch …«, Röhm suchte nach dem richtigen Wort, »… ein Cop?«

»Nein, sie hat einen Amerikaner geheiratet und lebt dort auf einer Ranch. Pferde und so.«

»Aha. Was ganz anderes.«

»Genau.«

… disturb the sound, of silence

»Fools«, said I, »you do not know

Silence like a cancer grows.«

Sie verließen die Stadt über die Homburger Landstraße Richtung Bonames.

»Der Rest deiner Familie lebt auch drüben?«, fragte Röhm.

»Die ist in der Tat kein Thema, über das ich gerne spreche.«

»Ah. Stress, was?« Röhm gab sein röchelndes Lachen zum Besten und drückte einen Knopf am CD-Spieler, woraufhin dieser zum nächsten Lied sprang.

De, de de-de de-de, de-de de-de, de de-de
Do, do do-do do-do, do-do do
De-de de-de de de de-de de de de-de de
And here's to you, Mrs. Robinson,
Jesus loves you more than you will know.
Wo wo wo …

Wenn der Tag so weiterging, dachte Lara, würde sie wohl oder übel zum ersten Mal im Dienst zur Waffe greifen müssen.

Eine Viertelstunde später hielt der Wagen vor einem schwarzen Schmiedezaun, der ein großes Grundstück mit einem eindrucksvollen Haus von der kopfsteingepflasterten Straße abgrenzte. Röhm stellte den Motor ab und betrachtete das Gebäude über den Rand seiner Brille hinweg, als gäbe es an der Außenfassade einen Schriftzug zu lesen.

»Das müsste es sein.« Röhm schnallte sich ab und beeilte sich mit dem Aussteigen.

Im Rückspiegel sah Lara, wie er hinter dem Heck des Wagens vorbeilief. Als ihr seine kavalierhafte Absicht klar wurde, öffnete sie schnell die Beifahrertür und stieg aus. Röhm kam auf ihrer Seite an, da stand sie bereits auf dem Bordstein und knallte die Tür zu. Mit verdrießlicher Miene ging er voran zum Hoftor und drückte die Klingel. *Familie Hellmann* stand auf einem verschnörkelten Schild. Keine zwei Atemzüge später wurde das Tor elektrisch geöffnet. Als sie den Hof überquert hatten und vor einer breiten Treppe angelangt waren, erschien in der Haustür eine pummelige Frau Ende vierzig mit adretter Kurzhaarfrisur. Röhm joggte ihr mit federnden Schritten und ausgestreckter Hand entgegen. Aus der Nähe betrachtet, verrieten Hände und Dekolleté der Frau, dass sie älter war, als ihr Gesicht vermuten ließ. Lara bezweifelte, dass nur gute Gene und ein gesunder Lebenswandel dahintersteckten. Doch falls die Haare blondiert waren, war es gut gemacht. Auch auf den zweiten Blick konnte Lara keine große Ähnlichkeit zwischen dieser Frau und ihrer verstorbenen Tochter erkennen, was jedoch daran liegen mochte, dass Lara die Tochter nur als geschändete Leiche auf einem Foto gesehen hatte. Entgegen ihrer Erwartung wirkte Frau Hellmann gefasst. Sie begrüßte sie mit einem kräftigen Händedruck, bat sie anschließend herein und führte sie durch die Diele, die Lara eher als Foyer bezeichnet hätte. Im Wohnzimmer bot sie ihnen zwei wuchtige Sessel an. Die Einrichtung des Hauses zeugte von Wohlstand und Geschmack. Helle Räume, hohe Decken, große Bilder, wenig Schnickschnack.

»Mein Mann kann leider bei unserem Gespräch nicht dabei sein. Er ist in der Praxis und muss sich um die Patienten kümmern.«

»Sie führen die Praxis gemeinsam, ist das richtig?«, fragte Röhm.

»Das stimmt«, antwortete Frau Hellmann. »Er versorgt meine Patienten heute mit, da ich mir für unser Gespräch freigenommen habe.«

»Eine allgemeinmedizinische Praxis?«

Frau Hellmann nickte.

»Soweit ich weiß, war Ihre Tochter in der Chirurgie tätig. Hatte sie kein Interesse, eines Tages Ihre Praxis zu übernehmen?«

Frau Hellmann zögerte kurz, so als würde sie sich über die Art der Fragen wundern, antwortete dann aber ganz offen: »Christina hatte immer Sorge, dass man sie dann an uns messen würde. Nicht, dass mein Mann und ich Koryphäen wären – sie wollte einfach ihr eigenes Ding machen. Wie hat sie immer gesagt: ›Wer stets in den Fußspuren anderer wandelt, hinterlässt keine eigenen Abdrücke.‹«

Lara fielen die ruhigen Bewegungen der Frau auf, ihre maskenhafte Mimik, die beinah schlaftrunkene Art zu sprechen. Möglicherweise Nebenwirkungen von Beruhigungsmitteln, dachte sie, was auch die Gefasstheit erklären würde, die Frau Hellmann an den Tag legte.

Dagegen war Röhm regelrecht hektisch. Er richtete seine Brille, zwinkerte häufiger als nötig und wirkte fast unbeholfen, als suche er verzweifelt nach der nächsten Frage, die er stellen könnte. Lara verspürte einen Anflug von Mitleid, doch als Röhm wieder stur nach seinem Protokoll verfuhr und Christinas Mutter befragte, als wäre sie eine Verdächtige, die es durch Tricks und Kniffe zu überlisten galt, war sie schlagartig wieder genervt. Ihr kam Röhms Vortrag während der Fahrt in den Sinn: »Immer erst etwas Small Talk mit den Leuten machen, dann fühlen sie sich nicht bedroht und plaudern munter drauflos. Du musst schon bei diesen unverfänglichen Einstiegsfragen auf ihr Verhalten achten. Das ist wie beim Justieren eines Lügendetektors, verstehst du? Stell am Anfang ein paar Fragen, deren Antwort du bereits kennst. Und dann erhöhst du sukzessive den Druck.«

Das waren ja bahnbrechende Erkenntnisse, mit denen Röhm da aufgewartet hatte. Dieser Schwachkopf. Was er hier gerade exerzierte, war die pedantische Umsetzung irgendeines Leitfadens. Die Take-Home-Message eines Lehrbuchs. *Ermittlungsarbeit für Dummies* vielleicht. Oder *Die kleine Verhör-Fibel*. Röhm war ein richtiger Langweiler. Der Typ Mann, der seine Frau weckte, um sie an die Einnahme ihrer Schlaftablette zu erinnern. Wenn Lara ihren Vorgesetzten mit drei Worten charakterisieren müsste, wären dies: fantasielos, langweilig und unflexibel. Doch wer weiß, dachte sie, vielleicht würde Röhm sie gleich doch noch überraschen und eine Runde Waterboarding vorschlagen, um an Informationen zu kommen.

Eine Wanduhr schlug zur vollen Stunde. Siedend heiß fiel Lara ein, dass ihr Handy nicht lautlos gestellt war. In dieser Situation wäre es ihr höchst unangenehm gewesen, wenn der orientalische Klingelton losgedudelt hätte. Wie beiläufig zog sie das Telefon aus der Tasche und deaktivierte die Tastensperre. Eine Nachricht war eingegangen. Als sie sah, dass sie von Joachim stammte, machte ihr Herz einen Sprung.

Ich glaube, du hattest recht.

Scheint eine heiße Spur zu sein …

Melde mich wieder, wenn es was Neues gibt.

J.

Sie spürte einen Stich im Magen. Während Fuchs ihrem vielversprechenden Tipp nachjagte, hing sie an Röhms Rockzipfel, der sie mit geschwellter Brust von einer Sackgasse in die nächste manövrierte. Dieser Trottel. Lara war sich bewusst, dass sie Röhm eigentlich unrecht tat und ihre

Überheblichkeit im Grunde nur von ihrem Ärger über sich selbst herrührte. Sie hatte es verbockt, niemand sonst. Da war die Tatsache, dass man sie an Röhms Seite gestellt hatte, wahrscheinlich die gerechte Strafe. Sie hatte sich aufgeführt wie ein Flittchen.

Als sie eine Änderung in Röhms Tonlage wahrnahm, horchte sie auf und folgte wieder dem Inhalt der Unterhaltung.

»Wir danken Ihnen ganz herzlich für das Gespräch, Frau Hellmann.« Röhm erhob sich und reichte ihr eine Visitenkarte. »Wenn Ihnen noch etwas einfällt, können Sie mich zur normalen Arbeitszeit immer erreichen.«

Nachdem sie das Haus verlassen hatten und die Tür hinter ihnen ins Schloss gefallen war, spürte Lara eine Hand auf ihrem Rücken.

»Als Nächstes befragen wir noch mal die Eltern des ersten Opfers«, sagte er mit unverkennbarer Vorfreude in seiner Stimme.

»Oh ja.«

»Aber weißt du, was wir davor machen?«

Lara schüttelte den Kopf und registrierte, wie verkrampft sich ihr Lächeln anfühlte.

»Ich kenne da einen tollen Italiener, der einen wunderbaren und vor allem auch günstigen Mittagstisch anbietet. Nur auf den Wein müssten wir um diese Uhrzeit noch verzichten.« Röhm zwinkerte ihr zu.

»Leider habe ich absolut keinen Hunger.« Bei dem Gedanken an italienisches Essen drehte sich ihr der Magen um. Im nächsten Moment kam ihr der Gedanke, ob das mit dem Wein eine Anspielung gewesen war. Hatte Becker etwa mit seiner Eroberung geprahlt? Zuzutrauen war es ihm. Andererseits sollte selbst ein eitler Pfau wie Becker clever genug sein, in einer solchen Angelegenheit den Mund zu halten.

»Gut«, sagte Röhm pikiert und kramte sein Handy hervor, »dann bestelle ich mir eben eine Pizza zum Mitnehmen.«

51

Fuchs hatte die Erinnerung an Juskowiaks Kaffeemaschine verdrängt und das Angebot zu einer Tasse Kaffee in der warmen Stube bei Mathilda Boehme angenommen. Er war der alten Dame ins Haus gefolgt und hatte im Wohnzimmer auf einem braunen Sessel Platz genommen. Kurze Zeit später hielt er eine hauchdünne Porzellantasse mit köstlich duftendem Kaffee in der Hand, und Frau Boehme überreichte ihm ein wunderschönes Sturmfeuerzeug aus Metall, das er behalten sollte. Fuchs wollte das Geschenk zuerst nicht annehmen, doch die alte Dame duldete keine Widerworte. Sie trage die Erinnerung an ihren Mann im Herzen und hänge nicht an irgendwelchem Kram. Bei ihr würde das gute Stück bloß in einer Schublade herumliegen.

Anschließend setzten sie ihr Gespräch fort, und Mathilda Boehme beantwortete Joachims Fragen entgegen seinen Befürchtungen ohne Umschweife. Sie gab weder einen Schwank aus ihrer Jugend noch Geschichten aus dem Krieg zum Besten. Nur als Fuchs den zuständigen Polizeibeamten Juskowiak erwähnte, erzählte Mathilda von einer Begebenheit, die exakt in das Bild passte, das er sich bereits von dem Dorfsheriff gemacht hatte. Auch die Alte schien keine großen Stücke auf Juskowiak zu halten. Die Eheleute Dorn beschrieb sie als arbeitsame Menschen, den

Vater als verschlossen, die Mutter als gefühlskalt und aufgesetzt. Eine Frau, mit der sie nie warm geworden war. Sie bezweifelte, dass Richard mit diesen Eltern ein glückliches Los gezogen hatte.

Joachim trank einen Schluck Kaffee. »Wie würde Ihre Personenbeschreibung vom Sohn der Dorns aussehen?«

»Durchschnittlich groß, blondes Haar, hellblaue Augen.«

»Sie haben nicht zufällig ein Foto von ihm?«

»Das glaube ich nicht. Wie ich schon sagte, man hat den Jungen selten gesehen. Moment … Warten Sie!« Mathilda Boehme erhob sich aus dem Sessel und ging auf einen großen Wohnzimmerschrank zu, öffnete eine der unteren Türen und durchforstete eine fein säuberlich geordnete Reihe aus Fotoalben. »Franz hat sehr gerne fotografiert, und wir sind viel herumgekommen. Da hat sich über die Jahre einiges angesammelt. Vielleicht haben Sie Glück. Es gab da dieses Straßenfest …« Sie zog vier Alben aus dem Schrank und trug sie zum Wohnzimmertisch. »Wenn ich ein Foto von Richard habe, dann in einem dieser Alben.«

Fuchs befürchtete, dass er jetzt doch in die Falle einer einsamen, alten Dame getappt war. Fotoalben waren für gewöhnlich ein Garant für endlose Anekdoten. Mit einem Blick schätzte er die Seitenanzahl der Alben ab, rechnete mit einer halben Minute pro Seite und verfluchte sich, nach einem Foto des Jungen gefragt zu haben.

Mathilda schlug die erste Seite auf und deutete mit verzückter Miene auf ein Bild. »Das ist mein Franz. Da waren wir am Grand Canyon. Das ist bestimmt schon zwanzig Jahre her.«

»Mhm.«

»Und hier, das ist meine Schwester Katharina. Sie lebt im Schwarzwald und wird nächstes Jahr siebenundneunzig. Sie ist bettlägerig, aber ihr Geist ist immer noch scharf wie eine Rasierklinge. Auf dem Bild hier war sie trotz ihrer achtzig Jahre noch richtig fit, sehen Sie?«

»Mhm.«

»Schauen Sie nur, welch steinige Pfade sie noch wandern konnte.« Sie deutete auf das nächste Bild.

»Frau Boehme, nehmen Sie es mir bitte nicht übel, aber …«

Mathilda Boehme sah Joachim zuerst überrascht an, dann lachte sie auf. »Oh, entschuldigen Sie bitte! Ich wollte Sie nicht langweilen. Dabei habe ich es selbst immer gehasst, wenn mir Leute ihre Familienfotos zeigten. Zu jedem Bild gab es irgendeine Geschichte.« Sie blätterte rasch durch die Seiten, nun gezielt auf der Suche nach einem Foto von Richard Dorn. Etwa bei der Hälfte des zweiten Albums hielt sie plötzlich inne, und ihr Zeigefinger sauste auf ein Bild hinab. »Das ist er!«

Sie drehte das Album herum, sodass Joachim den etwa zehnjährigen Jungen mit dem goldblonden schulterlangen Haar betrachten konnte. Seine Hände hielt er ungelenk ineinander verschränkt, als sei es ihm unangenehm, fotografiert zu werden. Für ein Kind seines Alters war er auffällig adrett gekleidet. Hätte es sich um ein professionelles Familienfoto gehandelt, für das man sich üblicherweise herausputzte, wäre Joachim dieser Umstand vielleicht nicht weiter aufgefallen, aber bei diesem Schnappschuss auf einem Dorffest wirkte die Garderobe des Jungen gekünstelt, geradezu deplatziert. Ihm kamen die Bilder einer Fernsehreportage über amerikanische Schönheitswettbewerbe für Kinder in den Sinn. Aufgetakelte Mütter mit ihrem noch aufgetakelteren Nachwuchs. Besonders die unglücklichen Gesichter der Kleinen waren ihm im Gedächtnis geblieben, was trotz ihres einstudierten Dauergrinsens deutlich zu erkennen gewesen war.

Auch dieser Junge, der ihm nun von dem Foto entgegenblickte, wirkte wie eines dieser drapierten Püppchen. Ebenso unglücklich, jedoch ohne das falsche Grinsen. Hinter dem Jungen hockte eine junge Frau um die zwanzig, die offen in die Kamera lachte. Glattes braunes Haar fiel zu beiden Seiten ihres Gesichts hinab. Trotz ihrer auffälligen Blässe war sie ausgesprochen hübsch.

»Wer ist das?«, fragte er.

»Das Kindermädchen. Sie hat viele Jahre für die Dorns gearbeitet. Irgendwann ist Richard ins Internat gegangen, und dann kam sie nur noch in der Ferienzeit. Ich glaube, die Dorns hatten nie besonders viel Zeit für ihren Sohn. Eines Tages war er vermutlich zu alt für ein Kindermädchen. Zumindest habe ich sie dort nicht mehr gesehen.«

»Wissen Sie noch, wie sie hieß?«

»Du lieber Gott, lassen Sie mich überlegen … Sie war jedenfalls keine Deutsche. Ich glaube, sie kam aus Polen oder Rumänien, sprach aber sehr gut Deutsch. Wenn ich mich recht entsinne, war ihr Name Larissa.«

Wenn es jemanden gab, der ihm Informationen aus erster Hand über diese Familie liefern konnte, war es das Kindermädchen. Er musste mit ihr sprechen. Rumänien, dachte Fuchs, schon wieder die Walachei. Vielleicht käme er eines Tages doch noch dorthin. Andreas musste herausfinden, wo sie wohnte. In Görmin selbst lebten nicht einmal eintausend Seelen. Da durfte es kein allzu großes Problem darstellen, eine Frau namens Larissa ausfindig zu machen. War sie jedoch fortgezogen, sah es schlecht aus. Doch einen Versuch war es wert. Und im Anschluss wäre immer noch reichlich Zeit, in das Haus der Dorns einzusteigen.

52

Auf dem Weg zu seinem Wagen holte Fuchs sein Handy aus der Tasche, um Andreas anzurufen. Er sollte die Datenbank nach Personen in der Gegend durchsuchen, die auf den Namen Larissa hörten. Dabei bemerkte er, dass sein Telefon aus war. Wahrscheinlich war der Akku leer. Er stieg in den Wagen, schloss das Handy am Ladekabel an und startete den Motor. Nach einer knappen Minute ließ sich das Gerät wieder einschalten. Sofort trudelten die ersten Nachrichten ein. Andreas hatte versucht, ihn zu erreichen. Mehrfach. Es schien wichtig zu sein. Fuchs wartete noch einen Moment, ob auch ein verpasster Anruf oder eine Nachricht von Sophia dabei war, doch als nichts kam, rief er Andreas zurück.

»Na endlich!«, tönte es aus der Freisprechanlage. »Ich habe bestimmt schon fünfzigmal bei dir angerufen, aber ständig war dein Scheiß-Handy aus.«

»Der Akku war platt. Was ist denn los? Bist du fündig geworden?«

»Zuerst musste ich ja PW-Crack über den Rechner laufen lassen, um das Passwort zu knacken. Das hat zwar eine Weile gedauert, aber schließlich geklappt. Dann habe ich einen gewöhnlichen Virenscanner eingesetzt, der aber nur den üblichen Kram gefunden hat, den sich jeder auf den Rechner holt, der Filme oder Musik runterlädt. Aber dann, mein Lieber …«, Andreas legte eine Kunstpause ein, »… dann bin ich mit Echnaton angerückt.«

Joachim hatte keinen Schimmer, wovon Andreas sprach, doch er ahnte, dass sein Freund eine ehrfürchtige Reaktion erwartete. »Ernsthaft? Mit Echnaton? Und was ist dann passiert?«

»Du nimmst mich gerade auf den Arm, oder?«

»Auf keinen Fall.« Joachim unterdrückte ein Lachen. »Erzähl mir von Echnaton!«

»Blödmann!«

»Okay, ich bleibe jetzt ernst.«

»Das will ich dir auch raten. Das Programm hat nämlich etwas entdeckt.«

»Dieses Hintertür-Programm?«

»Ganz genau.«

Schlagartig war Joachim das Herumalbern vergangen. Eigentlich hatte er nicht wirklich daran geglaubt, dass sich das Programm auf Sophias Rechner befand. Vielleicht hatte er aber auch einfach nur gehofft, dass dem nicht so war. Doch jetzt erinnerte er sich an den Laptop, der aufgeklappt auf der Lehne von Sophias Sofas gestanden hatte, als sie übereinander hergefallen waren. Zwar war das Gerät im Eifer des Gefechts von der Lehne gerutscht, aber Joachim konnte nicht mit Sicherheit sagen, ob das zu Beginn oder erst am Ende ihrer ersten Nummer geschehen war. Bei der Vorstellung, dass der Mörder ihnen womöglich dabei zugesehen hatte, wurde ihm ganz anders.

»Joachim, bist du noch dran?«

»Ja.«

»Du weißt, was das heißt?«

»Mhm.«

»Aber jetzt kommt der Hammer! Das Programm ist immer noch auf dem Rechner drauf, und zwar nicht bloß als Abdruck in der Registratur, sondern die vollständig erhaltene Datei.«

»Das bedeutet?«

»Dass wir mit etwas Glück eine Art Mausefalle in der Hand haben. Wir müssen sie nur aufstellen und abwarten, bis sie zuschnappt.«

»Wie meinst du das?«

»Sobald unser Freund wieder aktiv wird, besteht zwischen beiden Rechnern eine Verbindung. Stell dir das vor wie einen Tunnel. Jeder Tunnel hat bekanntlich zwei Öffnungen, und je nachdem, von welcher Seite man sie betrachtet, kann jede davon sowohl Eingang als auch Ausgang sein. Wenn die Verbindung einmal steht, habe ich unter Umständen die Möglichkeit, ihn zurückzuverfolgen.«

»Unter Umständen?«

»Ich gehe davon aus, dass es klappt. Aber garantieren kann ich es nicht.«

»Warum nicht?«

»Technische Gründe, die du nicht verstehst.« Andreas lachte.

»Versuch es. Das mit dem Virus habe ich schließlich auch kapiert.«

»Er könnte gewisse Vorkehrungen getroffen haben, damit eine Rückverfolgung nicht möglich ist. Oder stell dir folgendes Szenario vor: Unser Freund startet sein

Programm, zapft also die Webcam dieses Laptops an, und statt einer hübschen jungen Dame sieht er …«

»… einen blassen Nerd mit Ziegenbart.«

»Du Drecksack! Aber du hast es erfasst.«

»Kannst du die Webcam nicht einfach deaktivieren?«

»Doch. Ich hoffe nur, dass er dann keinen Verdacht schöpft. Immerhin war die Webcam bisher aktiviert.«

Andreas hatte recht. Falls der Täter sie belauscht hatte, während Joachim mit Sophia über die geplante Überprüfung ihres Computers gesprochen hatte, war er bereits auf der Hut. Dazu hätte er bloß das integrierte Mikrofon anschalten müssen. In diesem Fall würde er den Teufel tun und eine zurückzuverfolgende Verbindung aufbauen, sondern versuchen, sämtliche Spuren zu verwischen. Doch dafür musste er sich wiederum auf Sophias Computer einwählen, denn nur so konnte er das Programm löschen. Fuchs überlegte, ob Sophia dadurch zu einer Art Lockvogel wurde, entschied jedoch erneut, dass sie in Sicherheit war, solange sich ihr PC bei Andreas befand.

»Wie gehst du jetzt weiter vor?«, fragte Joachim.

»Ich habe ein Programm eingerichtet, das mich alarmiert, sobald er sich einloggt.«

»Genial! Du bist wirklich ein Ass. Ich glaube, du hast dich damals genau für die richtige Arbeit entschieden.«

»Ich nehme das jetzt mal als Kompliment.«

»Als solches war es auch gedacht. Aber ich habe noch eine Bitte.«

»Warum wundert mich das nicht?«

»Weil ich dir ein Kompliment gemacht habe.« Joachim schnalzte mit der Zunge. »Kannst du für mich in der

Gemeinde Görmin und Umgebung alle Personen mit dem Vornamen Larissa ausfindig machen?«

»Görmin? Wo ist das denn?«

»Circa zweihundert Kilometer nördlich deiner alten Heimat.«

»Aha. Hast du auch einen Nachnamen für mich?«

»Leider nein.«

»Gut, ich probiere es und rufe dich gleich zurück. Und lass dein Handy an!«

Joachim legte auf.

Sechzehn Minuten und zwei Zigaretten später vibrierte es in seiner Mittelkonsole. Er nahm den Anruf entgegen.

»Ich habe deine Liste.«

»Wie viele sind es?«

»Elf in Görmin und den angrenzenden Gemeinden.«

»Das geht.«

»Können wir die Suche weiter eingrenzen? Nicht, dass mir ein Vorname nicht genügt – das ist wirklich eine üppige Personenbeschreibung –, aber das ein oder andere zusätzliche Detail könnte durchaus hilfreich sein.«

»Die Frau müsste jetzt um die vierzig sein. Ich habe sie auf einem zwanzig Jahre alten Foto gesehen, da war sie selbst etwa um die zwanzig.«

»Warte, dann können wir schon ein paar streichen. Diese hier ist erst achtundzwanzig …« Während Andreas vor sich hin murmelte, hörte Joachim zwischendurch immer wieder das Ratschen eines Kugelschreibers auf Papier. »Die Nächste ist zweiundsiebzig, diese vor Kurzem erst neunzehn geworden. So, die kann weg und die hier auch …

Simsalabim! Es bleiben drei übrig. Alter zwischen Ende dreißig und Anfang fünfzig.«

Joachim notierte die Adressen der Frauen. Zwei davon wohnten immer noch im Ort, eine war in das rund fünfundzwanzig Kilometer entfernte Grimmen gezogen. Zuerst würde er die beiden Adressen in Görmin abklappern.

Nachdem er die erste Adresse in sein Navi eingegeben hatte und den Anweisungen gefolgt war, stand er vor Tür Nummer eins. Eine junge Frau im Jogginganzug öffnete. Fettiges Haar, Glitzernagellack. Sie bestätigte zwar, dass ihre Mutter Larissa hieß, diese jedoch vor drei Jahren an Leberversagen gestorben sei. Als Kindermädchen sei sie nie tätig gewesen, sondern habe ihr Leben lang im Baumarkt gearbeitet.

Bei der nächsten Adresse klingelte Fuchs mehrmals, doch es schien niemand zu Hause zu sein.

»Sie wollen zu Frau Sokolović?«, fragte ein schlaksiger Mann um die fünfzig und kramte eine Wurfsendung aus einem Briefkasten.

»Ja.«

»Die sind in Kroatien zum Geburtstag ihrer Oma.«

Ob sie je als Kindermädchen tätig gewesen war, konnte ihr der Mann nicht sagen. War ja klar … Dieser elende Edward Murphy mit seinem verfluchten Gesetz!

Im Anschluss machte sich Fuchs auf den Weg zur dritten Adresse. Zwanzig Minuten später stand er vor der Haustür von Familie Crom. Unter dem Vordach hing eine Papierlaterne in Form eines roten Sterns mit einer flackernden Kerze darin. Der Treppenabsatz quoll über von

Kinderschuhen. In diesem Haus musste ein Dutzend Menschen leben, dachte Fuchs und drückte auf den Klingelknopf. Drinnen erklang hochfrequentes Hundegebell. Joachim tippte auf einen Terrier oder Spitz. Einen Moment später nahm er eine Bewegung hinter der schmalen Milchglasscheibe wahr, dann wurde die Tür einen Spaltbreit geöffnet. Unten tauchte die Schnauze eines Scotchterriers auf. Der Hund versuchte, sich mit aller Kraft durch den Türspalt zu quetschen.

»Rusty, aus!«, mahnte eine Frauenstimme, woraufhin die Hundeschnauze unter anhaltendem Gebell aus Joachims Blickfeld verschwand. Dann wurde die Tür ein weiteres Stück geöffnet, und Fuchs sah in ein dunkles Auge mit langen Wimpern.

»Entschuldigen Sie bitte die Störung, mein Name ist Joachim Fuchs. Bitte erschrecken Sie jetzt nicht, wenn ich Ihnen sage, dass ich von der Kriminalpolizei bin.«

Trotz seiner Vorwarnung weitete sich das Auge.

Joachim hob beschwichtigend die Hände. »Keine Sorge, es ist nichts Schlimmes passiert. Ich habe nur ein paar Fragen.«

»Worum geht es?«

»Waren Sie zufällig früher das Kindermädchen von einem gewissen Richard Dorn?«

Wieder weitete sich das Auge.

»Warten Sie bitte kurz!« Die Tür wurde angelehnt, und durch den Spalt sah Fuchs, wie zwei Hände den kläffenden Hund schnappten und davontrugen. »Schluss jetzt, Freundchen!«, zischte die Frau. »Sonst kommst du ins Gulasch.«

Eine Tür wurde geschlossen, woraufhin das Gebell gedämpft erklang. Als sich die Haustür nun öffnete, verschlug es Joachim beinahe die Sprache. Larissa Crom war eine ausgesprochen attraktive Frau. Es sah aus, als triebe sie regelmäßig Sport, und der enge Hausanzug aus schwarzem Nickistoff betonte ihre Figur zusätzlich. Ihr glattes dunkelbraunes Haar war zu einem lockeren Pferdeschwanz zusammengebunden und verstärkte die porzellanartige Blässe ihrer Haut. Fuchs spürte ein wohliges Kribbeln in der Magengegend, denn Larissa Crom erinnerte ihn an Sophia. Derselbe Typ Frau.

»Sind Sie die Frau, die ich suche?« Er lächelte verlegen, als ihm die Doppeldeutigkeit seiner Frage bewusst wurde.

»Ja, ich war früher einmal die Haushälterin der Dorns, das ist aber schon sehr lange her.«

»Ich weiß. Trotzdem hätte ich ein paar Fragen.«

»Sie sind von der Kriminalpolizei?«

Fuchs nickte und zog seinen Ausweis hervor. »Hinweise in einem aktuellen Fall haben mich hierhergeführt.«

»Ich hoffe, ich kann Ihnen weiterhelfen. Kommen Sie doch bitte herein.«

Er folgte der Frau ins Haus und schloss die Tür hinter sich. Drinnen war es angenehm warm, und es roch nach angebratenen Zwiebeln. Sein Magen knurrte. Er zog die Schuhe aus und stellte sie in den Eingangsbereich neben eine alte, mit Bauernmalerei verzierte Milchkanne, aus der zwei Regenschirme und ein Steckenpferd ragten. Larissa führte ihn durch den Flur, wo neben dem Schuhwerk von Erwachsenen weitere Kinderschuhe herumlagen.

»Sie waren aber fleißig«, sagte er mit einem Augenzwinkern und deutete auf den Boden.

Larissa sah ihn kurz irritiert an, lachte dann aber herzlich auf. »Ach so, nein, so fleißig auch wieder nicht. Unser Ältester feiert heute Geburtstag, und mein Mann macht mit der ganzen Rasselbande einen Ausflug auf den Abenteuerspielplatz. Wir hatten darum gebeten, dass die Kinder Gummistiefel mitbringen, für den Fall, dass das Wetter kippt. Daher die vielen Schuhe. Später gibt es hier noch Essen.« Sie deutete auf eine Sitzgruppe im Esszimmer, das unmittelbar an das Wohnzimmer angrenzte. »Bitte, setzen Sie sich doch!«

Joachim nahm Platz und schaute sich um. Er hatte längst aufgegeben, gegen den Voyeurismus oder das vielleicht nur natürliche Interesse am Leben der anderen anzukämpfen. Ein Blick auf die Einrichtung einer Behausung verriet ihm oft mehr über die Bewohner als ein einstündiges Gespräch. Auf einem Sideboard im Wohnzimmer stand ein kleiner Fernseher, daneben lag ein aufgeschlagenes Liederbuch und in einem Ständer lehnte eine klassische Gitarre. Sofort drängte sich ihm der Gedanke auf, dass die Familie einen Van mit einem Aufkleber in Fischform auf der Heckklappe besaß. Sein Blick fiel auf eine mit bunten Punkten bedruckte Plane, die vor dem Sofa ausgebreitet war. Darauf prangte der Schriftzug *Twister*. Er kannte das Spiel von seinen eigenen Kindern, hatte es aber selbst nie gespielt. Kinderbücher bestückten ebenso wie Erwachsenenliteratur ein schulterhohes Stufenregal, das als Raumteiler fungierte. Im Haus der Croms gab es offenbar keine räumliche Trennung von

Gemeinschaftswohnraum und Kinderzimmern. Fuchs hatte den Eindruck, dass hier glückliche Menschen wohnten.

Larissa setzte sich zu ihm an den Tisch und legte ihren Kopf schief. An ihrem Ohr baumelte eine silberne Creole.

»Wie kann ich Ihnen weiterhelfen?«

»Indem Sie mir etwas über Richard Dorn erzählen.«

Larissa blickte zur Zimmerdecke und atmete ein. Die Erinnerungen schienen sich nur mühsam mobilisieren zu lassen. Schließlich sah sie Joachim mit einem Ausdruck aufrichtigen Bedauerns an. »Richard war ein armer Kerl. Er hatte es nicht leicht.«

»Inwiefern?«

»Insgesamt. Bei Gleichaltrigen, in der Schule ... aber vor allem mit seinen Eltern. Ich habe mein Bestes gegeben, zumindest ein wenig Liebe in sein Leben zu bringen.«

»Erzählen Sie mir davon.«

»Seine Mutter war launisch und unberechenbar. Ich habe einige Male erlebt, dass sie den Jungen ohrfeigte, weil ihr etwas gegen den Strich ging. Einmal habe ich mich eingemischt, aber Frau Dorn ließ sich nicht gern in ihre Erziehungsmethoden hineinreden. Sie ist sehr wütend geworden.« Larissa sah Fuchs entschuldigend an. »Ich habe den Job wirklich dringend gebraucht.«

Fuchs nickte verständnisvoll. »Hatten Sie das Gefühl, dass Richard ebenfalls zu Gewalttätigkeit neigt? Häufig übernehmen Kinder ja die Verhaltensmuster der Eltern.«

»Nein, diesen Eindruck hatte ich nicht. Er war ein sehr ruhiges, sehr empfindsames Kind. Beinahe ... zerbrechlich. Ja, das ist das richtige Wort. Zerbrechlich.«

»Gab es weitere Merkmale, die ihn charakterisieren könnten?«

»Als er ein kleiner Junge war, hätte man ihn leicht für ein Mädchen halten können. Er hatte so wundervolles hellblondes Haar. Wie ein Engel.« Larissa lächelte, setzte bei ihren nächsten Worten aber wieder eine ernste Miene auf. »Ich glaube, dass Frau Dorn lieber ein Mädchen gehabt hätte. Sie kleidete Richard auch nicht, wie man einen Jungen normalerweise anzieht.«

»Was heißt das? Musste der Junge in Kleidchen rumlaufen?«

»Nein, das nicht. Aber sie zog ihm oft Hemden an, die wie Blusen aussahen, und suchte stets Kleidung für ihn aus, die sehr feminin wirkte, ohne dass man eindeutig sagen konnte, dass es Mädchensachen waren. Und er war immer picobello sauber. Wehe, er machte sich schmutzig.«

»Das lässt sich doch gar nicht verhindern, wenn Kinder draußen herumtoben.«

»Wenn sie denn draußen herumtoben dürfen. Die einzigen Flecken, die Richard sich zuzog, waren vielleicht Saucenflecken vom Essen. Draußen mit anderen Kindern zu spielen, war für ihn tabu.«

»Wegen der Hirnhautentzündung als Baby?«

»Ja, woher wissen Sie das?«

»Ich hatte schon Gelegenheit, mich mit einer ehemaligen Nachbarin zu unterhalten. Von Ihnen hat sie nur in den höchsten Tönen gesprochen.« Er schenkte Larissa ein sanftes Lächeln. »Wie lange haben Sie sich um Richard gekümmert?«

»Ich habe ihn als Kleinkind und während der Grundschulzeit betreut. Mit elf kam er in ein katholisches Internat. Dann haben mich die Eltern nur noch während der Ferienzeit einbestellt, wenn Richard zu Hause war. Das Internat hat ihn verändert.«

»Inwiefern?«

»Als er von dort zurückkam, hatte ich das Gefühl, etwas sei anders. Als wäre der letzte Funke Vertrauen in die Menschheit in ihm erloschen. Besser kann ich es nicht beschreiben.«

»Was glauben Sie, woran das lag?«

»Zuerst dachte ich, es wäre ein gewöhnlicher Abnabelungsprozess. Aber vielleicht ist auch irgendetwas in diesem Internat vorgefallen. Man hört ja immer wieder von Missbrauch und solchen Sachen.«

»Wie haben Sie den Vater des Jungen in Erinnerung?«

»Herr Dorn war ein sehr ruhiger Mensch. Er schien nie wirklich anwesend. Selbst wenn er zu Hause war, war er einfach nicht da. Verstehen Sie, was ich meine?«

Fuchs nickte. So unscharf diese Aussage auch sein mochte, sie hätte ebenso gut auf seinen eigenen Vater zutreffen können. »War er seinem Sohn gegenüber gewalttätig?«

Larissa schüttelte langsam den Kopf. »Nicht dass ich wüsste. Seine Mutter war der Aggressor. Einmal hatte Richard Dreck unter den Nägeln, da hat Frau Dorn seine Hände mit einer Bürste geschrubbt, bis sie ganz wund waren.«

Fuchs spürte ein Kribbeln in seinem Nacken. »Kamen Übergriffe dieser Art öfter vor?«

»Wenn, dann habe ich nichts davon mitbekommen.«

»Wann haben Sie Richard das letzte Mal gesehen?«

»Vor ein paar Jahren. Nachdem ich hörte, dass seine Eltern gestorben waren, kam ich bei ihm im Laden vorbei, um ihm mein Beileid auszusprechen. Aber es war eine unangenehme Begegnung. Es fühlte sich überhaupt nicht an, als hätte ich mich jahrelang um diesen Jungen gekümmert. Er war mir fremd.«

»Und seit diesem Tag haben Sie ihn nicht mehr gesehen?«

Larissa schüttelte sich kaum merklich. »Ich bin mir nicht sicher …«

Joachim neigte den Kopf und sah sie an, doch Larissa stockte, wusste offenbar nicht, ob sie weitererzählen sollte. »Was ist passiert?«, hakte er nach.

Zögerlich fuhr sie fort: »Da gab es ein paar Situationen, in denen ich das Gefühl hatte, dass mich jemand von draußen beobachtet. Einmal habe ich meinen Mann gerufen. Er ist rausgegangen und hat nachgesehen, konnte aber niemanden entdecken. Also hieß es, ich hätte mir das alles bloß eingebildet und ich solle bloß nicht so hysterisch werden wie die anderen im Dorf. Vielleicht war es wirklich nichts, aber ich habe nie aufgehört zu glauben, dass es Richard war. Nennen Sie es Intuition oder einfach nur Einbildung. Ich weiß es nicht.«

»Haben Sie den Vorfall der Polizei gemeldet?«

»Nein. Was hätte ich sagen sollen? Nicht einmal mein eigener Mann hat mir geglaubt.« Sie schüttelte den Kopf. »Die Vorfälle im Dorf und das Gerede der Leute hatten alle verunsichert.«

»Nicht ganz unverständlich.«

»Ja. Jedenfalls hörten die Verbrechen eines Tages auf, und der Alltag kehrte wieder ein. Bevor man sich versehen konnte, war alles vergessen und vorbei.«

»Denken Sie, dass Richard für die Vergewaltigungen und den Mord verantwortlich war?«

Larissa zuckte die Achseln. »Ich weiß es nicht. Es könnte jeder gewesen sein. Man sieht den Menschen nicht an, ob sie böse sind. Vielleicht war Richard aber auch nur der ideale Sündenbock.«

»Besitzen Sie ein Foto von ihm? Vielleicht eins, auf dem er schon etwas älter ist.«

»Ich muss mal gucken. Warten Sie.« Larissa stand auf und verschwand im oberen Stock des Hauses. Nach fünf Minuten kam sie mit ein paar losen Bildern in der Hand zurück, einige davon Polaroidfotos. Die Farben waren verblasst und hatten einen unnatürlichen Rotstich angenommen. Auf einem der Fotos stand ein Junge von etwa zehn Jahren mit ernstem Gesicht und einem Gewehr in der Hand vor einer Hecke. Fuchs erkannte Richard sofort. Hinter ihm standen seine Eltern, aufrecht und mit gezwungenem Lächeln, die eine Hand des Vaters auf Richards Schulter ruhend.

»Wieso hat er ein Gewehr in der Hand?«

»Herr Dorn war Jäger. Hin und wieder hat er Richard mit zur Jagd genommen. Er sollte seinem Vater auch beim Zerlegen der Tiere im Keller helfen, was Richard anfangs Albträume bescherte, aber Herr Dorn war der Meinung, dass das zum Mannwerden dazugehöre. Ich hatte für diese Jäger-Mentalität nie viel übrig. Offiziell reden sie immer von Artenschutz, aber in meinen Augen geht es ihnen nur ums Töten.«

»Wie können Sie so etwas nur behaupten?«, sagte Fuchs mit gespielter Entrüstung. »Ohne Jäger wären wir dem Untergang geweiht. Immerhin retten sie die Wälder vor Hirschen und Rehen.«

Larissa lachte. »Genau, die sind nie um eine Ausrede verlegen.«

Fuchs sah wieder auf das Bild. Nein, diese Familie machte keinen glücklichen Eindruck. Ernste Mienen, verkrampfte Körper. Die Wangen von Richards Vater wirkten trotz der verblichenen Farben rot wie die eines Hypertonikers, und er erinnerte Fuchs eher an einen Metzger als einen Schreibwarenladenbesitzer.

Larissa legte das Foto beiseite, nahm das nächste und beäugte es kritisch. »Seltsam … auf den Bildern kommt das überhaupt nicht rüber.«

»Was denn?«

»Richards Augenfarbe. Er hatte die blausten Augen, die man sich vorstellen kann.«

Fuchs fügte dem Bild, das er sich von Richard Dorn bisher gemacht hatte, dieses neue Merkmal hinzu. Super, dachte er, jetzt suchte er also nach Terence Hill in Frauenkleidern.

Es war an der Zeit, handfeste Beweise zu finden.

53

Um keinen Preis durfte er auffallen. Deswegen hatte er eigentlich die Dämmerung abwarten wollen. Aber was sollte er bis dahin tun? Wenn es in diesem Kaff noch Hinweise gab, dann hier, in diesem Haus. Schon auf den ersten Blick erkannte Fuchs, dass sich die von allen Seiten frei einsehbare Vorderseite mit den vergitterten Fenstern im Kellergeschoss und dem Hochparterre für einen Einstieg nicht eignete. Er folgte dem Pfad, der seitlich am Haus vorbeiführte. Unkraut spross zwischen den Ritzen der Waschbetonplatten hervor. Unter einem Fenster blieb er stehen und versuchte hineinzuspähen. Zu hoch. Er sprang ein paarmal in die Luft, um einen kurzen Blick ins Innere zu erhaschen, konnte aber nur wenig sehen. An der Rückseite des Hauses stieß er auf eine Terrasse. Offensichtlich war dort schon ewig nicht mehr geputzt worden, denn der Klinkerboden war übersät mit Vogelkot und überall lagen Moosballen und vertrocknete Kiefernnadeln herum. Vermutlich diente die Regenrinne an der grünen Wellblechüberdachung Vögeln als Nistplatz. Vor die Terrassentüre waren Gardinen gezogen. Fuchs näherte sich der Scheibe und versuchte, etwas durch den vergilbten Tüll zu erkennen, doch da es im Haus dunkel war, sah er rein gar nichts. Hier kam er nicht weiter.

Direkt neben der Terrasse befand sich ein Treppenabgang. Bevor er die Stufen hinabstieg, versicherte er sich, dass ihn niemand beobachtete. Unten in den Ecken vermoderte Laub, das der Wind dorthin getragen haben musste. Joachim drückte die Klinke einer massiven Metalltür herunter und rüttelte daran, doch sie rührte sich keinen Millimeter. Er suchte den Rahmen nach einem Schlüssel ab, fand aber nichts. Neben dem Eingang war ein kleines Fenster, das durch ein Lochgitter verdeckt wurde. Diese Dinger hielten vielleicht Ungeziefer und Nagetiere ab, aber ganz sicher keinen Einbrecher.

Er ging zu seinem Auto zurück und kehrte mit dem Bordwerkzeug sowie einem großen Kieselstein wieder, den er im Vorgarten entdeckt hatte. Er streifte sich Einmalhandschuhe über und machte sich ans Werk. Ohne große Mühe stemmte er das Blech auf und klappte es beiseite. Dann legte er seinen Schal ab, wickelte ihn um den Stein und schlug das Bündel gegen die Scheibe, die mit einem dumpfen Knacken zerbarst. Nachdem er die verbliebenen Splitter aus dem Rahmen gezogen und auf den Stufen abgelegt hatte, stieg er mit dem Kopf voran durch die Öffnung. Kanalgeruch hing in der Luft. Da sein Körper beinahe den gesamten Fensterrahmen ausfüllte, fiel kaum noch Licht in den Raum. Blind tastete er sich an der Wand entlang und bekam unter der Decke eine Rohrleitung zu fassen. Kräftig rüttelte er daran. Sie machte einen stabilen Eindruck. Er hielt sich mit beiden Händen daran fest und zwängte sich durch die Öffnung. Als er wieder festen Boden unter den Füßen spürte, ging er einen Schritt zur Seite, damit Licht in den Raum gelangen konnte. Er sah sich um. Wäscheleinen hingen schlaff zwischen den Wänden, und rechts von ihm stand ein alter Trockner. Der Abluftschlauch wirkte im Halbdunkel wie eine fette Schlange, die hinter dem Gerät hervorkroch. Seltsamerweise kam es ihm hier drinnen noch kälter vor als draußen.

Er verließ den Raum und gelangte in einen Flur, von dem drei Türen abgingen sowie eine Treppe, die nach oben führte. An der Wand entdeckte er eine Leiste mit Lichtschaltern und legte einen nach dem anderen um, doch nichts geschah. Daher kramte er das Feuerzeug hervor, das ihm die nette alte Dame geschenkt hatte, und nach mehreren Anläufen fing der Docht Feuer. Im Schein der Flamme flackerten weiß getünchte Wände auf. Unmittelbar links von ihm erblickte er eine Brandschutztür. Als er sie öffnete, stieg ihm der typische Ölgeruch eines Heizungsraums in die Nase. Der Heizkessel, ein rotes Ungetüm aus Metall, gehörte sicher nicht zur neuesten Generation seiner Art. Rohre ragten aus ihm hervor und verschwanden in der Decke. Hinter der zweiten Tür kam ein großer Raum mit Linoleumboden zum Vorschein. Durch das deckennahe Fenster drang ein schmaler Balken Licht ein und warf ein helles Rechteck an die gegenüberliegende Wand. Darunter stand eine Nähmaschine mit Fußtritt. Fuchs ging darauf zu und trat vorsichtig auf das gusseiserne Pedal, spürte den Widerstand, als sich das Schwungrad in Bewegung setzte, und für einen Moment fühlte er sich in seine Kindheit zurückversetzt. Wenn er bei seinen Großeltern zu Besuch war, hatte er oft aus Langeweile an der Nähmaschine seiner Großmutter herumgespielt. Gott, war das lange her! Er wunderte sich, dass er sich überhaupt daran erinnern konnte, und wandte sich von der Nähmaschine ab.

Aus einem Regal starrte ihn ein schwarzäugiger Kopf an. Erst auf den zweiten Blick sah er, dass die Augenhöhlen leer waren. Von dem fleischfarbenen Perückenkopf aus Plastik blätterte stellenweise der Lack ab. Daneben stapelten sich gefaltete Stoffe mit bunten Mustern. Unwillkürlich dachte Fuchs an *Das Schweigen der Lämmer* und Buffalo Bill, der sich Kleidungsstücke aus der Haut seiner Opfer nähte, genau wie Ed Gein, der als Romanvorlage gedient hatte und in den Fünfzigerjahren aus der Gesichtshaut seiner Opfer Masken und aus ihren Schädeln Futterschüsseln für seine Haustiere gefertigt hatte. Wer wusste, zu was ihr Täter noch imstande wäre. Vielleicht war er gerade erst dabei, sich warm zu laufen?

Im Flur stieß er gegen die letzte Tür, die stotternd aufschwang. Dahinter befand sich ein dunkler Raum mit weiß gefliestem Boden und einem vergitterten Ablauf in der Mitte. Im Schein der Flamme erkannte Fuchs schwere Ketten und Fleischerhaken, die von der Decke hingen. Das war offenbar der Schlachtraum des Vaters, in dem er damals seine Jagdtrophäen zerlegte. An einer Wand war ein großes Waschbecken installiert, und darunter lag ein zusammengerollter Gartenschlauch. Fuchs stellte sich vor, wie das Blut der getöteten Tiere mit hohem Druck von den Kacheln gesprüht wurde … Wie mit einem Dampfstrahler, kam es ihm unwillkürlich in den Sinn. Ansonsten war der Raum leer.

Er ging ins Erdgeschoss und fand sich in der Diele wieder. Links war die Haustür, rechts das Wohnzimmer mit den vergilbten Vorhängen. Vor ihm führte ein schmaler Flur in den hinteren Teil des Hauses. Halblinks lag die Küche. Prinzipiell war es egal, wo er mit der Suche begann, doch er entschied sich, zunächst die hinteren Räume des Hauses zu inspizieren. Er kam am Gästebad vorbei, das bis auf das Waschbecken, ein leeres Arzneimittelschränkchen darüber und die Toilette nichts Interessantes bot. Fuchs hob den Deckel vom Spülkasten. Das Wasser darin war verdunstet und hatte einen braunen Schmutzrand hinterlassen. Im angrenzenden Raum fand er eine hölzerne Schrankwand vor, an den Seiten Türen und Schubladen und in der Mitte eine große Holzfläche mit einem Knauf. Er zog daran, und zu seiner Überraschung kam ein Klappbett zum Vorschein. Die Matratze war übersät mit Stockflecken. In diesem Bett hatte sicher schon lange niemand mehr übernachtet, dachte er und sah unter der Matratze und im Bettkasten nach, fand aber auch dort nichts. In die Schubladen seitlich des Betts hatte man Kissen, Decken und Bettzeug gestopft. Alles miefte nach Kopfhaut und anderen Körperausdünstungen. Mit gerümpfter Nase sah er nach, ob es vielleicht in einer der Schubladen einen doppelten Boden gab. Doch auch hier: Fehlanzeige. Hinter den hohen Schranktüren stieß er auf ein großes Sortiment altmodischer Kleidung, die wohl am ehesten Dorns Eltern gehört hatte. Stichprobenartig durchforstete er die Taschen einiger Anzüge, Tweed-Jacketts und Pelzmäntel, fand aber lediglich einen Schildpattkamm in einer Manteltasche und Zuckerwürfel in den Anzughosen. Offensichtlich hatte Dorns Vater unter Diabetes gelitten und sich damit für den Fall einer Unterzuckerung gewappnet. Fuchs klopfte die Rückwand des Schranks ab, doch die gab ein solides Geräusch von sich und schien überall stabil verankert zu sein.

Auch das Bad sowie ein weiterer, fast vollständig ausgeräumter Raum gaben nicht viel her. Wahrscheinlich war dies sogar Richards Zimmer gewesen, und er hatte die meisten Sachen beim Umzug mitgenommen. Vier Abdrücke im Teppich zeugten von einem Bett, das dort einmal gestanden hatte. Auf einem Beistelltisch thronte eine fast kindsgroße Heiligenfigur aus Holz, die Hand zu einer mahnenden Geste erhoben. Fuchs glaubte einen der Apostel wiederzuerkennen. Offenbar waren die Dorns gläubige Leute gewesen. Wobei die zurückgelassene Figur die Vermutung nahelegte, dass das auf ihren Sohn weniger zutraf. Joachim überzeugte sich, dass der Teppich überall fest verleimt war und dass sich keine Hohlräume in den Wänden befanden. Auch sonst entdeckte er in dem Raum kein potenzielles Versteck.

Er ging wieder in den vorderen Teil des Hauses. In der Küche wellte sich der Bodenbelag mit Kachelmuster und legte in den Ecken fleckigen Estrich frei. Fuchs betrachtete die Küchenzeile. Ein Herd mit vier gusseisernen Kochplatten, die Scheibe des darunterliegenden Backofens von langjährigem Gebrauch ganz verrußt. Als er den Blick senkte, fielen ihm feine Rillen im Linoleum auf, die bogenförmig von der linken vorderen Geräteecke wegführten. Er ging in die Knie und strich mit den Fingern darüber. Kratzspuren, als hätte jemand den Ofen bewegt. Er kroch unter die Anrichte, um einen Blick dahinter zu werfen, doch ein Rippenheizkörper versperrte ihm die Einsicht, daher zwängte er seine Finger zwischen Wand und Geräterückseite und zog. Und tatsächlich – das Ungetüm ließ sich bewegen. Als Joachim den Ofen ein Stückchen nach vorne gezogen hatte, hörte er ein Scheppern. Sofort verspürte er ein vielversprechendes Kribbeln im Nacken. Nach einem weiteren kräftigen Ruck kroch er abermals unter die Arbeitsplatte und konnte in dem dunklen Spalt nun die Konturen eines Kästchens ausmachen. Mit einer umständlichen Verrenkung schaffte er es, die Blechschatulle hervorzuholen. Sie sah aus wie eine alte Schmuckdose, und an der Vorderseite prangte ein winziges Schlüsselloch. Er warf nochmals einen Blick hinter das Gerät, ob vielleicht der zugehörige Schlüssel noch dort lag, konnte aber beim besten Willen nichts erkennen. Daher grub er seine Fingernägel in die Ritze unterhalb des Deckels und versuchte, ihn mit aller Kraft zu öffnen. Vergeblich. Eher hätte er sich sämtliche Nägel rausgerissen. Dann würde er das Teil eben mit dem Schraubenzieher aufhebeln. Blöderweise lag der mit dem restlichen Werkzeug noch draußen vor der Kellertür. Da sowohl Haus- als auch Terrassentür abgeschlossen waren und jeweils kein Schlüssel steckte, musste er wohl oder übel wieder durchs Kellerfenster steigen. Zurück in der Waschküche schob er den Trockner unter das Fenster, kletterte drauf und sah, dass der Schraubenzieher noch auf dem Fenstersims lag. Er nahm ihn, setzte sich auf den Trockner und machte sich daran, die Schatulle aufzubrechen. Obwohl nur aus Blech, leistete sie erheblichen Widerstand. Schlussendlich gab das Schloss aber nach, und der Deckel sprang mit einem Klacken auf.

Im nächsten Moment richteten sich Joachims Nackenhaare auf. Er wusste nicht, was er erwartet hatte, aber darauf war er nicht gefasst gewesen. In der Kiste lag ein pinkfarbener Satin-Haarreif, verziert mit einem Schmetterling. Auf den Flügeln glitzerten bunte Pailletten. Daneben, zusammengelegt, noch etwas anderes. Mit spitzen Fingern nahm er das Stoffteil aus der Schachtel und entfaltete es. Obwohl er im Laufe seines Berufslebens schon einige grausame Dinge gesehen hatte, versetzte ihm der Anblick dieses banalen Gegenstands einen Stich in der Brust: ein weißer Schlüpfer mit gelben Punkten und einer kleinen Schleife am Saum. Zweifelsohne hielt er hier die Souvenirs eines Triebtäters in Händen. Da beide Beweisstücke aus Stoff waren, würde man keine Fingerabdrücke daran finden. Aber möglicherweise ließen sich welche am Kästchen selbst sicherstellen. Oder auch völlig andere Spuren. Wer wusste schon, ob dieses Schwein nicht masturbiert hatte, während er sich an seinen Erinnerungsstücken aufgeilte. Die Frage war nur, warum er diese Andenken zurückgelassen hatte. Vielleicht hatten die leblosen Objekte mit der Zeit ihren Reiz für ihn verloren. Der Hunger nach Befriedigung seiner krankhaften Triebe schien dagegen gewachsen zu sein.

Fuchs kramte einen Beweisbeutel aus der Innentasche seines Mantels und wollte das Kästchen samt Inhalt gerade darin verstauen, als vor dem Haus ein Automotor aufheulte. Einen Augenblick später erstarb das Geräusch. Eine Autotür wurde geöffnet und wieder zugeschlagen. Wer konnte das jetzt sein? Nebenan wohnte nur die alleinstehende alte Dame, und das Haus auf dem anderen angrenzenden Grundstück war zu weit entfernt, als dass man ein dort parkendes Auto so deutlich gehört hätte. Rasch ging er ins Nähzimmer und sah gerade noch, wie schwere Stiefel am Fenster vorbeitrampelten.

Er schlich in den Kellerflur, um etwaige Geräusche besser hören und orten zu können. Angespannt lauschte er in die Stille. Plötzlich, direkt neben seinem Kopf, ein ohrenbetäubendes Schrillen. Unwillkürlich machte er einen Satz zur Seite. Sein Herz raste. Dann entdeckte er an der Wand die Messingglocke mit dem vibrierenden Klöppel. Verdammte Klingel! Er dachte, der Strom wäre abgestellt worden. Es schrillte erneut. Wer war das? Abgesehen davon, dass die Haustür ohnehin abgesperrt war, konnte er kaum einfach öffnen. Egal wer dort draußen war – erst einmal Ruhe bewahren und abwarten. Es klopfte.

Waren das die Zeugen Jehovas? Die konnten schon mal so penetrant sein. Eine dumpfe Männerstimme war zu vernehmen. Fuchs war sich nicht sicher, aber er glaubte, seinen Namen gehört zu haben. Langsam beschlich ihn eine ungute Ahnung. Juskowiak. Niemand sonst wusste, dass er hier war. Dabei hatte er den Wagen extra ums Eck geparkt. Entwickelte dieser schwerfällige Kerl plötzlich doch Ermittlergeist? Was sollte er nun tun? Wenn der Dorfsheriff das zerschlagene Fenster entdeckte, würde er garantiert Meldung in Frankfurt machen. Und dann wäre die Kacke am Dampfen. Abgesehen davon, dass es hochnotpeinlich wäre, von Juskowiak zurechtgewiesen zu werden wie ein unartiger Schuljunge. Fuchs lauschte. Eine Weile war es still. Wenn er nicht reagierte, würde der Wachtmeister vielleicht aufgeben und wieder verschwinden. Kaum hatte er den Gedanken zu Ende gedacht, da nahm er eine Bewegung im Augenwinkel wahr. Ein Schatten glitt über die Wände. Wenn dieser Fettsack jetzt nicht zu seinem Wagen lief, war er auf dem Weg zur Hinterseite des Hauses. Wie zur Bestätigung hörte Fuchs kurze Zeit später Schritte auf der Außentreppe. Scheiße! Er ließ den Hinterkopf gegen die Wand sinken und schloss die Augen. Jetzt konnte er den Dingen nur noch ihren Lauf lassen.

»Das darf ja wohl nicht wahr sein!« Juskowiaks Empörung war nicht zu überhören. Offenbar hatte er die Scherben entdeckt. »Herr Fuchs, wie ich erfahren habe, sind Sie überhaupt nicht befugt, hier zu ermitteln. Herr Fuchs? Ich weiß, dass Sie da drin sind!« Er ließ die Worte kurz wirken. Als niemand antwortete, sprach er einfach weiter: »Es hat mich schon gewundert, dass Sie hier allein aufgekreuzt sind. Da habe ich mal auf der Polizeiinspektion in Frankfurt angerufen … Sie kommen jetzt sofort aus dem Haus und stellen sich!«

Polizeiinspektion? Das sagte doch kein Mensch mehr. Mich stellen? War der Kerl noch bei Trost? Fuchs hätte beinahe gelacht. Die ganze Situation war völlig absurd. Draußen wetterte Juskowiak in heftigem Sächsisch weiter, was es Fuchs zusätzlich erschwerte, ihn ernst zu nehmen, und er selbst versteckte sich im Keller wie ein gemeiner Strauchdieb. Aber was nun? Die Gefahr, dass sich der Dorfbulle mit seinem dicken Wanst durch das Kellerfenster zwängte, war zwar gleich null, aber wenn er dort draußen stehen blieb und Wache hielt – was dann?

»Ich werde jetzt Ihren Vorgesetzten verständigen, dass Sie sich unbefugt Zutritt zu diesem Haus hier verschafft haben. Hören Sie, Herr Fuchs?«

Joachim gab weiterhin keinen Mucks von sich. Er konnte sich von Juskowiak jetzt nicht die Tour vermasseln lassen. Der hatte seine Chance gehabt, hatte den Mörder und Vergewaltiger wahrscheinlich direkt vor der Nase gehabt, ihn aber ziehen lassen, weil er der Überzeugung war, Dorn hätte mit dieser Briefkasten-Aktion seine Unschuld bewiesen. Dabei war das möglicherweise bloß eine geniale Finte gewesen. Joachim traute dem Mann, dem er auf den Fersen war, einen solch cleveren Zug jedenfalls zu. Zudem bestand die Gefahr, dass Juskowiak versuchen würde, die Fundstücke zu beschlagnahmen, ja, sie vielleicht sogar verschwinden zu lassen, um Joachims Beweisführung zu vereiteln, denn sie waren gleichzeitig Zeugnis seines Versagens bei der damaligen Ermittlung.

»Herr Fuchs, wenn Sie jetzt nicht freiwillig aus dem Haus kommen, werde ich meine Kollegen verständigen. Dann holen wir Sie raus. Ersparen Sie uns doch die Unannehmlichkeiten!«

Er musste irgendwie aus diesem Haus kommen. Ungesehen. Und zwar sofort. Noch hatte Juskowiak keinen Beweis, dass tatsächlich er hier eingestiegen war. Die einfachste Möglichkeit wäre wahrscheinlich ein beherzter Sprung aus einem der Fenster im Erdgeschoss. Doch die lagen im Hochparterre. Das Risiko für eine Knöchelverstauchung war zu groß. Oder er brach sich am Ende noch das Sprunggelenk und Juskowiak fand ihn winselnd im Vorgarten liegen. Das würde der Peinlichkeit die Krone aufsetzen. Draußen krächzte ein Funkgerät. Fuchs hörte, wie eine Streife angefordert wurde.

Er schlich die Treppe hoch, warf einen flüchtigen Blick

ins Wohnzimmer, kontrollierte, dass sich hinter den Gardinen kein Schatten regte, ging in die Küche und sah durch das Fenster auf die Straße. Niemand zu sehen. Der Moment wäre günstig. Trotzdem – es war einfach zu hoch.

Plötzlich kam ihm eine Idee. Er ging ins Schlafzimmer, nahm ein Bettlaken aus dem Schrank, verdrillte es und machte einen Knoten in ein Ende. Da hörte er in der Ferne schon eine Polizeisirene. Kamen diese Knalltüten doch tatsächlich mit Signal! Als wäre er ein Schwerverbrecher. Aber wahrscheinlich war dieser Einsatz für die Jungs hier tatsächlich das Aufregendste der Woche.

Er schlich in die Küche und befestigte das unverknotete Ende des Lakens am Rippenheizkörper unter der Anrichte. Dann nahm er sein Handy, wählte die Nummer der Auskunft und ließ sich verbinden. Komm schon, geh ran! Nach sechsmaligem Klingeln wurde endlich abgehoben. Während er der Person am anderen Ende der Leitung sein Anliegen schilderte, öffnete er das Fenster und warf das lose Ende des Lakens hinaus. Er bedankte sich, legte auf und ging in Deckung. Wenig später schoss ein Streifenwagen ums Eck und kam schräg in der Hofeinfahrt zum Stehen. Das Heulen der Sirene erstarb, als hätte man einem Plattenspieler den Saft abgedreht, aber das Blaulicht auf dem Dach kreiselte weiter. Zwei Streifenpolizisten stiegen aus und musterten mit skeptischen Blicken die Front des Hauses. Der eine hob das Funkgerät an seine Lippen.

»Scheint, als wäre er schon getürmt. Over.«

»Sieht aus wie bei einem Gefängnisausbruch«, sagte sein Kollege.

Einen Augenblick später kam Juskowiak um die Ecke

gehechtet. »So ein verfluchter Mist!«, brüllte er, als er das halb offene Fenster mit dem heraushängenden Laken sah.

Jetzt komm schon, flehte Joachim, ich verlasse mich auf dich! Und tatsächlich – wie aufs Stichwort verdrehten die drei Polizisten die Köpfe. Von seinem Versteck aus konnte er Mathilda Boehme zwar nicht sehen, doch er stellte sich vor, wie die alte Dame sich über ihren Gartenzaun lehnte und mit einer energischen Geste die Straße hinunterdeutete. In die entgegengesetzte Richtung zu seinem parkenden Wagen. Einer der beiden Streifenpolizisten verfiel in einen zögerlichen Laufschritt, kehrte aber auf Juskowiaks Kommando wieder um. Dann sprangen die drei Polizisten in den Streifenwagen und fuhren mit quietschenden Reifen davon. Fuchs seilte sich aus dem Fenster ab, winkte Mathilda Boehme zum Abschied und verschwand um die Ecke.

54

Unmittelbar nach seiner wahnwitzigen Flucht aus dem Haus der Dorns war Fuchs Richtung Frankfurt aufgebrochen. Er hatte keine Lust auf eine zweite Nacht in einem quietschenden Bett, und zusätzlich befürchtete er, Juskowiak könnte ihn im Hotel Jägerhof aufsuchen, denn schließlich wusste er, dass Fuchs dort abgestiegen war. Außerdem juckte es Joachim in den Fingern, die Ermittlungen mithilfe seiner neu gewonnenen Erkenntnisse voranzutreiben.

Kurz nachdem er losgefahren war, hatte er mit Andreas telefoniert und erfahren, dass im Rhein-Main-Gebiet kein einziger Richard Dorn verzeichnet war. Wenn es sich bei dem Mann um ihren Täter handelte, hatte er also seinen Namen geändert. Mindestens das. Was hatten sie dann überhaupt in der Hand? Den früheren Namen, das Alter, und sie wussten, wie er einmal ausgesehen hatte. Immerhin. Sollten sie den Fall aber lösen, würden sie damit gleichzeitig auch die Verbrechen aus Görmin aufklären. Zwei Fliegen mit einer Klappe. Er konnte sich schon Kreilings verdrießlichen Gesichtsausdruck ausmalen, wenn er ihm die Hand schüttelte und sich ein Lob abrang. Vielleicht gäbe es sogar den goldenen Stern auf der Schulterklappe seiner Uniform. Eigentlich unbedeutend, denn die trug er ohnehin nur zu Anlässen, die das verlangten. Aber es wäre eine weitere Stufe auf dem Weg zum Direktor. Kriminalrat. Fuchs schmunzelte. Abgesehen von gewissen Annehmlichkeiten, die das mit sich brachte, beispielsweise den Aufstieg in die nächsthöhere Besoldungsgruppe, war die Vorstellung absurd. Mitarbeiterführung, aber nicht mehr selber ermitteln? Sesselpupsen hoch zehn! Nichts für ihn.

Während er im schwindenden Tageslicht an unbestellten Äckern und Feldern vorbeifuhr, dachte er an Sophia. Zwar hatte er sich vorgenommen abzuwarten, dass sie sich meldete, aber im Grunde war er für diese Spielchen zu alt. Mit einem verfrühten Anruf würde er schon nichts kaputtmachen. Trotzdem schwebte sein Finger eine Weile über der Tastatur seines Handys, während das Display ihren Namen anzeigte. *Sophia von Münch.* Schließlich drückte er die Wähltaste, doch kaum dass die Verbindung hergestellt war, meldete sich das automatische Mailboxsystem.

Er schluckte seine Enttäuschung runter und fokussierte seine Gedanken auf die nächsten Ermittlungsschritte. Vielleicht sollte er als Erstes die Schatulle bei der Spurensicherung abgeben. Dann war da immer noch diese ominöse Mailboxnachricht, die Michelle Mignat erhalten hatte. An ihrer Bedeutsamkeit hielt er weiterhin fest – egal wie sehr seine Kollegen auch wetterten. Eine Auswertung bei dem Spezialisten, der mit der Polizei kooperierte, kam jedoch nicht in Betracht. Er wollte einhundertprozentige Diskretion. Geriet die Information an den Falschen, wüsste das ganze Revier Bescheid, und Kreiling würde ihm den Kopf abreißen. Erst recht, wenn unverhofft eine satte Rechnung über eine Geräuschanalyse ins Haus flatterte. Am Ende müsste er diese noch selbst begleichen. Ihm kam eine Idee. Sie war vielleicht etwas unkonventionell, doch auf jeden Fall einen Versuch wert.

Als er von der Landstraße auf die Autobahn abgebogen war und den Beschleunigungsstreifen hinter sich gelassen hatte, rief er Lara an. Er war sich nicht sicher, ob sie rangehen würde, da sie seit dem Vorfall nur per SMS miteinander kommuniziert hatten, doch nach dem fünften Klingeln hob sie ab. Ihre Stimme war leise, fast brüchig. Oje, das war ja kaum mit anzuhören. Er würde das leidige Thema nicht ansprechen und vorerst auf sich beruhen lassen. Im Grunde wusste er auch nicht, wie sich die Dinge wirklich abgespielt hatten. Vielleicht hatte sich Lara nach ein paar Gläsern Wein einfach nur verplappert und Becker hatte es bewusst als Verleumdung dargestellt, um einen Keil zwischen sie zu treiben. Irgendwann würden sie über die Angelegenheit reden, aber im Moment gab es Wichtigeres.

»Ich glaube, wir haben die Identität unseres Täters geklärt.«

»Was? Nicht dein Ernst!«

Er sah zum Beifahrersitz, zu dem Beweisbeutel mit der Schatulle. »Doch, ich glaube, wir wissen jetzt, nach wem wir suchen.«

»Erzähl! Wer ist es?« Ihre Stimme flatterte fiebrig.

Joachim berichtete ihr von Richard Dorn, der zwar kurzzeitig ins Visier der Polizei geraten, aber wegen der vermeintlich cleveren Beobachtung des leitenden Ermittlers als Verdächtiger wieder aussortiert worden war. Er erzählte, wie er in das Haus eingestiegen war, die Beweisstücke in einer Blechkiste hinter dem Ofen gefunden hatte, beinahe auf frischer Tat vom Dorfsheriff erwischt worden, aber durch die Hilfe einer alten Dame ungesehen davongekommen war.

Sie lachte. »Du bist verrückt!«

»Danke, ich weiß. Und was habt ihr in der Zeit gemacht?«

»Ich war mit Röhm unterwegs. Er ist mein neuer Partner. Wir haben noch mal ein paar Leute befragt … die schon befragt worden waren. Äußerst aufschlussreich.«

Es kratzte im Hörer. Ein Rauschen, dann war die Verbindung weg.

»Lara?«

Verdammter Empfang!

Nach einer Weile flackerte der Empfangsbalken wieder auf, und er rief sie noch einmal an. »Pass auf, es gibt zwei Dinge, die wichtig sind«, sagte er. »Erstens musst du die Akten von diesem Juskowiak aus Görmin anfordern, damit sie vorliegen, wenn Kreiling danach fragt. Nach meinem Einbruch kann ich ja schlecht, wie ursprünglich geplant, morgen früh bei ihm vorbeistiefeln und die Kopien abholen.«

»Ähm … nein, besser nicht.«

»Vielleicht hast du ja auch eine Idee, wie man seine Beschwerde am Chef vorbeilotsen könnte.«

»Ich kümmere mich darum. Und was war das Zweite?«

»Ich glaube immer noch, dass wir diese Mailboxnachricht auswerten sollten. Könntest du mir den Rekorder besorgen? Er liegt in der linken oberen Schreibtischschublade in meinem Büro. Der Schlüssel für die Schublade klemmt hinter einer der Schuppen am Stamm meiner Dattelpalme auf dem Fensterbrett.«

»Aber du weißt, wie allergisch Kreiling auf die Aufzeichnungen reagiert hat. Wenn er spitzkriegt …«

»Dann sorg einfach dafür, dass er es nicht tut.«

»Du bist lustig. Ich habe das Thema noch einmal angeschnitten, und er hat mich daraufhin dermaßen zur Schnecke gemacht. Jede weitere Minute, die wir dafür investieren …«

»… ist die reinste Verschwendung von Steuergeldern.«

»Genau das.«

»Ich kenn ihn doch.«

»Wie wär's, wenn wir das Band einem unserer Analysten geben?«

»Auf keinen Fall! Aber ich habe eine andere Idee.«

»Und zwar?«

»Wem sagt man ein ausgezeichnetes Gehör nach?«

»Keine Ahnung … Fledermäusen?«

»Auch, aber die meine ich nicht.«

»Blinden?«

»Ganz genau.«

»Okay. Und wo willst du jetzt einen Blinden hernehmen?«

»Erinnerst du dich an den Bibliothekar vom Campus?«

»Ja. Du bist echt ein Fuchs!«

»Das ist wohl wahr.«

»Wo sollen wir uns treffen?«

Fuchs sah auf das Navi. »Heute wird das wohl nichts mehr. Habe noch ein paar Kilometer vor mir. Aber ich melde mich morgen früh bei dir.«

»In Ordnung. Ich besorge derweil den Rekorder.«

55

Lara warf ein Zweieurostück in den brummenden Automaten und drückte die Taste mit dem Cola-Logo. Rumpelnd landete eine Flasche im Schacht. Sie holte sie heraus, öffnete den Schraubverschluss und trank einen Schluck. Das Telefonat mit Joachim war angenehm verlaufen, und es hatte den Eindruck gemacht, als wäre er nicht mehr wütend. Ein Gefühl von Verbundenheit stellte sich ein. Im Grunde waren sie wirklich ein gutes Team gewesen. Wieso hatte sie das nur aufs Spiel gesetzt? Wie zur Strafe blitzten Erinnerungen an Beckers schwitzendes Gesicht über ihrem auf. An seine schlaffen Brüste und den dicken Bauch. Eine Figur, wie sie mächtige Männer hatten, die Frauen auch ohne trainierte Körper um den Finger wickelten. Unwillkürlich musste sie sich schütteln. Was um Himmels willen hatte sie sich dabei gedacht? Sie hatte diesen Typen von Anfang an nicht besonders attraktiv gefunden, aber anscheinend war ihr jedes Mittel recht gewesen, um Joachim eifersüchtig zu machen. Hatte sie ernsthaft geglaubt, dass er darauf anspringen würde? Sie war doch sonst so rational und hatte ihre Gefühle im Griff. Aber womöglich hatte sie Fuchs' ablehnende Haltung an dem gemeinsamen Abend in ihrer Wohnung stärker getroffen, als sie sich eingestehen wollte. Immerhin hatte sie einen ziemlich offensiven Versuch bei ihm gestartet und war grandios abgeblitzt …

Oder an allem war einfach nur der Alkohol schuld. Am Morgen nach dem Treffen mit Becker war sie jedenfalls nicht nur mit einem schlechten Gewissen, sondern auch mit einem höllischen Kater aufgewacht. Was ihr jedoch am meisten Kopfzerbrechen bereitete, war, dass sie sich beim besten Willen nicht erinnern konnte, welche ihrer Aussagen Becker verwendet hatte, um Joachim aus den Ermittlungen auszuschließen. Inzwischen wünschte sie fast, der Staatsanwalt hätte ihr was ins Getränk gemischt, um sie gefügig zu machen, denn mit dieser Erklärung könnte sie leben. Aber der Fehlgriff war passiert, und ihre geistige Selbstkasteiung brachte sie keinen Deut weiter. Stattdessen nahm sie sich vor, die Sache wiedergutzumachen, indem sie Joachim nach besten Kräften bei seinen Ermittlungen unterstützte.

Sie verließ den überheizten Raum mit den Snack- und Getränkeautomaten und ging den Flur zu Joachims Büro hinunter. Eine Reinigungsfrau mit Putzwagen kam ihr entgegen und nickte ihr freundlich zu. Am Griff baumelte ein Schlüsselring wie der eines Kerkermeisters. Schon aus einiger Entfernung erkannte Lara, dass Röhms Bürotür offen stand und drinnen schwaches Licht brannte. Offenbar war er noch bei der Arbeit. Da sie keine Lust hatte, mit ihm zu sprechen, musste sie zügig an seinem Zimmer vorbei. Vielleicht bemerkte er sie auf dem dunklen Flur nicht.

Als sie nur noch wenige Schritte von der Tür entfernt war, rauschte plötzlich ein Blitzlichtgewitter über sie hinweg. Wie angewurzelt blieb sie stehen. Mist! Die Putzfrau hatte die Flurbeleuchtung eingeschaltet, und etliche Neonröhren flackerten asynchron auf. Das war jetzt auch egal. Einfach weitergehen. Dummerweise konnte sie sich einen Blick in sein Büro nicht verkneifen, wo sie Röhm, vertieft in irgendeine Lektüre, hinter dem Schreibtisch sitzen sah. Als er sie bemerkte, hob er den Kopf. Sie grüßte ihn flüchtig und ging weiter.

»Na, auch noch fleißig?«

Lara erstarrte, schloss die Augen einen Moment und lehnte sich dann so weit zurück, bis Röhm wieder in ihr Blickfeld geriet. »Wollte gerade Schluss machen.«

Röhm stand auf und kam mit einer linkischen Bewegung hinter dem Schreibtisch hervor. »Das trifft sich gut!« Er schob die Tür weiter auf und lehnte sich an den Türrahmen. »Ich bin auch gleich fertig. Hast du schon gegessen?«

Lara war so überrumpelt, dass sie einen Augenblick zu lange mit ihrer Antwort zögerte. »Nein, keinen Hunger. Ich fühle mich heute nicht besonders und wollte mal früh ins Bett.«

»Ach so.« Er sah zu Boden und nickte. Als die peinliche Pause ein beinahe unerträgliches Ausmaß erreichte, fragte er: »Hast du eigentlich von dem Vorfall im Zoo gehört?«

»Welcher Vorfall?«

»Mit der Frau, die in das Gorillagehege gefallen ist.«

»Nein.« Lara war erstaunt. Normalerweise machten solche Nachrichten im Revier schneller die Runde als Ben Johnson auf der Aschenbahn.

»Im Frankfurter Zoo ist eine Frau ins Gorillagehege gefallen.«

»Echt? Und was ist passiert?«

»Na ja, als der große Silberrücken sie bemerkt, kommt er langsam auf sie zu, trommelt sich auf die Brust und brüllt.« Röhm unterstrich seine Worte mit einer entsprechenden Geste. »Die Frau gerät in Panik und ruft nach ihrem Mann, der oben hinter der Balustrade steht. ›Franz‹, ruft sie, ›was soll ich denn jetzt tun?‹ Und der Mann antwortet: ›Mach es wie bei mir und sag, du hast Kopfschmerzen.‹« Röhm schob den Unterkiefer vor, lachte röchelnd und sah auf seine Schuhe.

Lara stimmte in das Lachen mit ein. Aus Höflichkeit und aus Verlegenheit.

»Vielleicht ein andermal?«, fragte Röhm.

»Ja, vielleicht. Schönen Abend noch.«

»Danke, dir auch. Und gute Besserung!«, rief er ihr nach.

Lara war sich nicht sicher, ob in seinem Genesungswunsch ein ironischer Unterton mitschwang, aber sie hoffte, dass dem nicht so war. Weitere Spannungen am Arbeitsplatz konnte sie beim besten Willen nicht gebrauchen.

Die anderen Büros, an denen sie vorbeikam, schienen alle nicht mehr besetzt zu sein. Vor Raum Nummer 45 blieb sie stehen, vergewisserte sich, dass die Luft rein war und drückte behutsam die Klinke. Abgeschlossen. Mist. Daran hatten sie nicht gedacht. Irgendwie musste sie aber reinkommen. Bestimmt hatte Röhm einen Generalschlüssel, doch den konnte sie schlecht fragen. Er würde wissen wollen, was sie in Fuchs' Büro zu suchen hatte, und ihr fiel spontan keine plausible Ausrede ein. Außerdem würde er seinen Schlüssel bestimmt nicht aus der Hand geben, sondern ihr aufsperren und wie ein Wachhund in der Tür stehen bleiben. Am anderen Ende des Gangs klatschte ein Wischmopp auf den Boden. Plötzlich kam ihr eine Idee.

Sie betrat die Damentoilette am Ende des Korridors, warf ihrem Spiegelbild ein diabolisches Lächeln zu, schnappte sich den Seifenspender vom Waschbecken und warf ihn schwungvoll zu Boden. Der Kunststoff platzte auf, und zurück blieb ein großer Fleck in Apricot. Erst jetzt bemerkte sie, dass die Seife beinahe überall hingespritzt war. An die Wände, die Tür, ihre Hose. Sie zog einige Papiertücher aus dem Wandspender und versuchte, die Flecken von ihren Hosenbeinen zu wischen, doch damit machte sie alles nur schlimmer. Zwar war sie ein wenig über das Ziel hinausgeschossen, doch so sollte ihr Plan wenigstens aufgehen. Im Spiegel probte sie eine reuevolle Miene. Überzeugt von ihren Schauspielkünsten, verließ sie die Toilette wieder.

»Es tut mir schrecklich leid, aber mir ist da ein kleines Malheur passiert. Könnte ich mir kurz einen Lappen und den Wassereimer leihen?«

Die Reinigungskraft, eine hübsche junge Frau mit einer breiten Zahnlücke, deren Namensschild sie als *Boga* auswies, schaute Lara irritiert an.

»Mir ist der Seifenspender in der Toilette heruntergefallen.«

Mit slawischem Akzent versicherte die Frau, dass Lara sich keine Sorgen machen solle, denn so etwas könne schließlich jedem passieren. Während sie sich mitsamt dem Wagen in Bewegung setzte und jedes Hilfsangebot ausschlug, verspürte Lara einen Anflug von schlechtem Gewissen. Doch das war rasch verflogen, als sie sah, dass Boga das Zielobjekt tatsächlich am Wagengriff hängen ließ, während sie mit Eimer und Putzzeug bewaffnet in der Toilette verschwand. Angesichts der Schweinerei dort entwich ihr ein Seufzer. Das sollte sie eine Weile beschäftigt halten, dachte Lara und machte sich mit flinken Fingern daran, den Verschluss des Rings zu öffnen, um Schlüssel Nummer 45 abzunehmen. Eilig schloss sie die Tür auf und schob den Schlüssel wieder zurück an den Ring. Dann verschwand sie in Joachims Büro. Nachdem sie die Tür leise hinter sich geschlossen hatte, überlegte sie kurz, das Licht einzuschalten, entschied sich aber dagegen. Aufgrund des relativ breiten Türspalts würde man es von außen sofort sehen. Daher kramte sie ihren Schlüsselbund mit der kleinen LED-Taschenlampe aus der Hosentasche. Obwohl das Lämpchen nur halb so groß war wie ein Kugelschreiber, tauchte es fast den gesamten Raum in ein kühles, sanftes Licht.

Während Lara den Blick über die monochrome Umgebung schweifen ließ, überkam sie ein eigenartiges Gefühl wie beim Betreten eines fremden Schlafzimmers. Sie war noch nie allein in Joachims Reich gewesen. Der leere Bürostuhl erschien ihr wie das Sinnbild seiner Suspendierung. Der Schreibtisch war aufgeräumt. Neben einem fein säuberlich geschichteten Stapel Akten stand ein Foto mit zwei Kindern, die breit in die Kamera lachten. Lisa und Benjamin, wenn sie sich recht erinnerte. Lara hatte mit Kindern nicht viel am Hut, aber sie schätzte, dass die beiden, als es gemacht wurde, etwa im Grundschulalter gewesen sein mussten. Sie suchte nach Ähnlichkeiten zwischen ihnen und Fuchs, konnte jedoch keine erkennen. Aber das war ohnehin nie ihre Stärke gewesen. Wie sollten kleine Kinder mit ihren Stupsnasen, den Kulleraugen und ihren unreifen

Gesichtern überhaupt jemals den Eltern ähneln? Diese ganzen Beteuerungen der Leute, die sich voller Inbrunst über fremde Kinderwagen lehnten, hatte sie schon immer für Heuchelei gehalten. Hübsche Babys, besonders Neugeborene, hatte sie jedenfalls noch keine gesehen. Haarlose Riesenköpfe, zu Schreien verzerrte Münder, schrumpelige Haut – was bitte sollte daran süß sein?

Sie ging zum Fensterbrett und ließ den Lichtfleck über den Stamm der Dattelpalme wandern, bis sie den kleinen Schlüssel hinter einer der Schuppen entdeckte. Nachdem sie ihn hervorgefingert hatte, öffnete sie damit die obere Schreibtischschublade. Das Erste, was ihr ins Auge fiel, war Joachims Dienstwaffe. Lara erinnerte sich, dass er sie grundsätzlich nicht mit nach Hause nahm, sondern auf dem Präsidium deponierte. Der Rekorder lag im hinteren Teil, begraben unter Papierkram. Gerade als sie das Gerät an sich genommen hatte und die Schublade wieder zuschieben wollte, nahm sie eine Bewegung unter der Tür wahr. War Boga mit ihrer Schaumparty fertig? Wahrscheinlich schäumte sie mittlerweile selbst vor Wut. Lara beobachtete den Schatten, wartete, dass die Putzfrau weiterging, doch dann fiel ihr auf, dass die Bewegung von links gekommen war. Die Toilettenräume befanden sich aber rechts. Ein Schreck fuhr ihr durch die Glieder, als sich der unscharfe dunkle Fleck in die gut abgrenzbaren Schatten zweier Schuhe verwandelte, die vor der Tür verweilten. Instinktiv ging sie in die Hocke, schaltete die Taschenlampe aus und kroch unter den Schreibtisch. Schon im nächsten Augenblick hörte sie, wie die Klinke runtergedrückt wurde. Dann ertönte das Rauschen des Türblatts, das über den Teppich streifte. Sekunden gespannter Ruhe verstrichen. Ein Klicken. Leuchtstoffröhren tickten, während sie den Raum für einige Sekunden stroboskopartig erhellten. Schritte. Lara hielt die Luft an. Da die Schreibtischfront verblendet war, konnte man sie von vorne nicht sehen. Doch dann fiel ihr ein, dass sie die Schublade nicht geschlossen hatte. Sie biss sich auf die Zunge und verfluchte sich für ihre eigene Dummheit. Die Schritte kamen näher und blieben unmittelbar vor dem Schreibtisch stehen. Wer war das? Ihr Herz pochte. Lautlos drängte sie ihren Körper weiter in die Nische. Die Person entfernte sich wieder, ohne dass Lara orten konnte, wohin. In was für eine bescheuerte Lage hatte sie sich hier hineinmanövriert? Plötzlich tauchte ein Hosenbein in ihrem Sichtfeld auf. Ein schwarzer Schuh. Ein Herrenschuh. Wieder Stille. Papierrascheln. Plötzlich, direkt neben ihrem Kopf, ein Knall. Fast hätte sie aufgeschrien. Der Mann musste der Schublade einen kräftigen Stoß versetzt haben. Dann schlurfte er davon, schaltete das Licht aus und schloss die Tür. Lara verharrte ein paar weitere Sekunden reglos, bevor sie die verbrauchte Luft aus ihrer Lunge stieß und gierig nach frischer schnappte. Vorsichtig kroch sie unter dem Schreibtisch hervor, spähte um die Ecke des Schubladencontainers und sah zu ihrer Erleichterung, dass tatsächlich niemand mehr im Zimmer war. Draußen im Flur brannte noch Licht. Jemand redete. Sie schlich zur Tür und lauschte. Erkannte Röhms Stimme. Er hielt der Reinigungsfrau eine Predigt, dass sie die Räume nach dem Putzen wieder abschließen müsse, aber Boga versicherte ihm, dass sie noch in keinem der Büros gewesen sei, sondern bisher nur die Schweinerei der jungen Polizistin vom Toilettenboden entfernt habe. Lara schoss ein alarmierender Gedanke durch den Kopf, und als hätte sie es damit heraufbeschworen, hörte sie im nächsten Moment das Klimpern von Schlüsseln. Dann das Ratschen, als einer davon ins Türschloss gesteckt wurde, und das Klacken, als der Riegel einschnappte.

Eine Stunde und vierundzwanzig Minuten später betrat Lara die medizinische Hauptbibliothek und schmunzelte bei dem Gedanken an ihre filmreife Flucht aus dem Revier. Etwa eine halbe Stunde hatte es gedauert, bis Boga endlich mit dem Staubsauger angerückt war. In der Zwischenzeit hatte sich Lara das Gehirn zermartert, wie sie ungesehen verschwinden könnte, falls die Bürotür noch einmal aufgesperrt werden sollte. Schließlich war ihr ein genialer Einfall gekommen. Sie hatte den Stecker der Schreibtischleuchte gezogen, das andere Kabelende aus seiner Verankerung im Lampenfuß gerissen und die beiden blanken Drähte miteinander verbunden. Mit diesem präparierten Kabel in der Hand hatte sie unter dem Schreibtisch gewartet, bis die Reinigungsfrau endlich das Büro betreten, das Licht angeschaltet und den Staubsauger eingestöpselt hatte. In genau diesem Moment schob Lara den Stecker in die Dose. Es gab einen Lichtblitz und irgendwo im Inneren des Gebäudes ein mächtiges Klacken. Dann lag alles im Dunkeln. Boga hatte in einer fremden Sprache geflucht und den Raum verlassen, während Lara unter dem Tisch hervorgekrochen und über den Notausgang am Ende des Flurs getürmt war.

Nachdem sie den Rekorder an sich genommen hatte, war ihr der Gedanke gekommen, ihn selbst zu dem Blinden zu bringen. Wozu Zeit verlieren und ihm die Aufzeichnung erst morgen vorspielen? Joachim würde diese Gefälligkeit zu schätzen wissen, und es war das Mindeste, was sie tun konnte.

Die junge Frau hinter dem Tresen, die mit ihrer Frisur aussah wie ein Cockerspaniel, schaute Lara mit schief gelegtem Kopf durch eine Nickelbrille an.

»Hi, wir schließen gleich. Wie kann ich dir helfen?«

Im ersten Moment fand Lara es befremdlich, einfach so geduzt zu werden, doch dann freundete sie sich mit dem Gedanken an, dass man sie anscheinend für eine Studentin hielt. Wahrscheinlich war das hier so üblich.

»Ich wollte eigentlich mit deinem Kollegen sprechen.«

»Mit welchem?«

»Mit dem Blinden.«

»Johannes?«

»Wenn er so heißt.« Wie viele Blinde arbeiteten hier denn sonst noch?

»Da bist du leider zu spät. Er hatte die Frühschicht.«

»Kann ich ihn trotzdem irgendwie erreichen? Es ist ziemlich wichtig.«

»Ja, morgen früh ist er wieder hier.«

»Ich müsste aber heute mit ihm sprechen. Wie kann ich ihn erreichen?«

Die junge Frau seufzte theatralisch, zog einen laminierten Zettel unter der Schreibtischunterlage hervor, griff zum Telefon, tippte eine Nummer in den Ziffernblock und wartete, bis jemand abnahm.

»Hi, hier ist Petra. Hör mal, hier ist eine junge Frau, die dich sprechen möchte. Sie sagt, es sei dringend.« Während sie sprach, wickelte sie das Spiralkabel um ihren Finger. »Weiß nicht.«

Sie sah zu Lara auf. »Er fragt, wer du bist.«

»Lara Schuhmann von der Kriminalpolizei.« Das hatte immer die gewünschte Wirkung, wie sie auch jetzt am überraschten Blick ihres Gegenübers erkannte. »Sag ihm, ich muss nur kurz mit ihm sprechen, aber nicht am Telefon. Es wird auch nicht lange dauern.«

Petra wiederholte Laras Worte.

»Er fragt, ob Sie sich ausweisen können.«

Kaum gab man preis, dass man von der Kripo war, schon wurde man wieder gesiezt.

Lara zückte ihren Ausweis, den Petra eingehend studierte.

»Ja, sie ist von der Polizei. Okay. Ja, mach ich. Bye.« Sie legte auf, übertrug eine Adresse von der laminierten Karte auf ein Post-it und überreichte Lara den Zettel.

56

Aus der Ferne sah Lisa die Leuchtreklame des Varietétheaters. Als Kind war sie schon einmal hier gewesen, konnte sich aber nur schemenhaft daran erinnern. Sie hoffte, dass keine Clowns auftraten oder schlechte Zauberer, die Seidentücher aus ihrem Zylinder zogen. Sie trat ihre Zigarette aus, holte ein kleines Flakon aus ihrer Handtasche und sprühte sich etwas Parfum auf Hals und Haare. Anschließend durchwühlte sie die Tasche nach Kaugummis, drückte einen aus dem Blister und steckte ihn in den Mund. Eigentlich lächerlich, dass sie das Rauchen vor ihrem Vater noch immer verheimlichte. Immerhin war sie alt genug, und zudem rauchte er selbst. Er konnte ihr also wohl kaum Vorhaltungen deswegen machen, aber bestimmt wäre er enttäuscht, und das fürchtete sie am meisten.

Vor dem Eingang warteten bereits Gäste auf den Einlass, und aus der Dunkelheit strömten weitere herbei wie Motten an eine Laterne. Lisa ging die Gesichter der Reihe nach durch, konnte ihren Vater jedoch nirgends entdecken. Sie sah auf die Uhr. Zehn vor acht. Sicher wäre er jeden Augenblick hier. Sie überlegte, sich schon anzustellen, denn so könnte sie eventuell ein paar Meter gutmachen, bis ihr Vater auftauchte, und im Falle freier Platzwahl einen der besseren Ränge ergattern. Wie sie Papa kannte, hatte er die

Karten ohnehin noch nicht gekauft, sondern telefonisch reserviert und an der Kasse hinterlegen lassen. Die Schlange rückte langsam vor, schob sich am Empfangstresen vorbei und verschwand hinter einem schweren Vorhang aus Samt. Nur noch wenige Schritte, dann wäre sie an der Reihe. Erneut schaute sie auf die Uhr. Mittlerweile war es fast acht. Unpünktlich war ihr Vater eigentlich nicht. Sie nahm ihr Handy aus der Tasche und wählte seine Nummer. Besetzt. Vielleicht versuchte er, sie just in diesem Augenblick zu erreichen, um ihr mitzuteilen, dass er sich ein paar Minuten verspäten würde? Rasch legte sie auf und starrte eine Weile beschwörend auf das Display. Als jedoch nichts geschah, versuchte sie es erneut.

Der gewünschte Gesprächspartner ist zurzeit leider nicht erreichbar.

Eine junge Dame im blauen Blazer lächelte sie erwartungsvoll an.

»Entschuldigung.« Lisa steckte das Handy weg. »Eine Reservierung auf Fuchs?«

Schlanke Finger blätterten durch ein Hängeregister, stoppten abrupt und zogen zwei Karten hervor. »Zwei Mal Loge, bitte sehr. Einen schönen Abend.«

Lisa nahm die Karten entgegen und bedankte sich.

Erleichtert stellte sie fest, dass es zugewiesene Plätze gab. Also kein Grund zur Panik. Sie würde draußen warten, denn ihr widerstrebte der Gedanke, sich ohne Begleitung in den Saal zu setzen. Falls ihr Vater tatsächlich nicht auftauchen sollte, würde sie ganz allein am Tisch ein trauriges Bild abgeben. Hatte er ihre Verabredung wirklich vergessen? Denkbar war es.

Sie trat hinaus auf die Straße, steckte die Hände in die Manteltaschen und stieß eine Atemwolke hervor. Zehn Minuten würde sie ihm noch geben. Doch was dann? Auf einen einsamen Abend vor der Glotze hatte sie wirklich keine Lust, jetzt, wo sie sich schon auf Gesellschaft eingestellt hatte. Vielleicht könnte sie einfach was trinken gehen. Ein paar Straßenecken weiter gab es eine Bar, in der man häufig auf Kommilitonen traf. Das wäre eine Idee. Immer wieder sah sie auf die Uhr, versuchte noch einmal, ihren Vater zu erreichen, und loggte sich dann bei Facebook ein, um etwas zu posten:

Lisa Fuchs hier: Tigerpalast Frankfurt.

Vom Vater versetzt … Hat jemand spontan Lust auf Varieté?

Es dauerte ein paar Minuten, da kamen die ersten Antworten. Allerdings handelte es sich überwiegend um scherzhafte Kommentare. Die einzigen beiden ernst gemeinten Reaktionen stammten von Leuten, mit denen sie sich niemals ins Theater gesetzt hätte. Lisa entschied, die Karten zurückzugeben und das Geld in der Bar auf den Kopf zu hauen, doch die Dame im blauen Blazer schüttelte nur den Kopf. Die Karten seien bereits bezahlt und dürften nicht noch einmal verkauft werden. Lisa überlegte kurz und schenkte die Karten dann einem vorbeikommenden Pärchen, das sein Glück kaum fassen konnte. Im Anschluss setzte sie die Facebook-Community über ihr nächstes Vorhaben in Kenntnis und machte sich auf den Weg in Richtung Bar.

Als sie die Straße zwischen den hohen Gebäuden hinuntergegangen war, stand sie plötzlich vor einem Bauzaun, der ihr den Weg zur Hauptstraße versperrte. Sie überlegte, welche andere Möglichkeit es gab, zu der Bar zu gelangen, ging schließlich aufs Geratewohl ein Stückchen nach links und bog dann wieder rechts in ein Wirrwarr aus kleineren Gassen ab.

Das Klacken ihrer Absätze hallte mit einem unangenehmen Echo von den immer näher zusammenrückenden Hauswänden wider. Zudem gab es kaum Licht. Offenbar befanden sich in den Gebäuden vor allem Büros, denn fast alle Fenster waren dunkel. Kurz hatte sie das Gefühl, dass jemand hinter ihr lief, doch als sie sich umsah, war dort niemand. Trotzdem beschleunigte sie ihre Schritte. Ihre Mutter würde vermutlich die Krise kriegen, wenn sie wüsste, in welchen Gassen sie sich gerade herumtrieb.

Endlich entdeckte sie in einiger Entfernung eine Einmündung in eine belebtere Straße. Wenn sie nicht alles täuschte, lag dort auch die Bar. Mal sehen, wer von ihren Kommilitonen dort war. Ansonsten würde sie einfach neue Leute kennenlernen. Das Publikum dort war meistens angenehm. Keine Yuppies, keine notgeilen Greise, keine Snobs.

Wenige Meter vor der Mündung hauchte ihr plötzlich jemand ihren Namen ins Ohr. Noch bevor sie sich zu der Person umdrehen konnte, wurde ihr schwarz vor Augen.

57

Den Hauseingang erreichte man über eine dunkle Zufahrt, die sich wie ein Tunnel durch das Nachbarhaus bohrte. Bunte Schrammen an den Wänden ließen vermuten, dass die Einfahrt für einige Autos zu schmal war. Der Innenhof erschien ihr vor den hohen Fassaden wie der Boden eines Kessels. Vereinzelt rankte sich Efeu am Putz empor, die Blätter verwelkt, als hätte das Gemäuer sie vergiftet. Die meisten Balkone waren mit Unrat verstellt. Vermutlich kompensierten sie zu kleinen Wohnraum im Inneren, dachte Lara und klingelte bei Wales. Es dauerte eine Weile, bis sich eine Stimme aus der Gegensprechanlage meldete. »Ja, bitte?«

»Hier ist Lara Schuhmann von der Kriminalpolizei.«

»Ich nehme an, Ihr Besuch hat etwas mit diesem Fall zu tun, wegen dem neulich schon Ihr Kollege bei mir in der Bibliothek war?«

»Ja, richtig. Das war Kriminalhauptkommissar Fuchs.«

»Ist er auch wieder da?«

»Nein, ich bin allein. Ich habe nur eine Frage. Sie könnten uns eine große Hilfe sein.«

Der Türsummer ertönte.

»Vierter Stock, dritte Tür rechts.«

Oben wurde geöffnet, und vor Lara stand ein drahtiger

Mann mit kurzem Haar und Geheimratsecken. Er trug eine olivgrüne Cargohose, schwarze HiTec-Stiefel und ein rot-blau-kariertes Holzfällerhemd. So ein Outfit konnte sich nur ein Blinder aussuchen. Dabei gab es doch mittlerweile Farberkennungsgeräte, die die Farbe von Kleidungsstücken ansagten, wenn man sie gegen den Stoff hielt. Vielleicht war sein Gerät ja bei dieser wilden Kombination implodiert.

Lara wartete kurz, ob ihr der Mann mit den trüben Hornhäuten die Hand entgegenstreckte, doch als er dies nicht tat, ergriff sie stattdessen das Wort: »Ich kann mir vorstellen, dass es etwas befremdlich wirkt, wenn plötzlich die Polizei vor der Tür steht und um Mithilfe bei der Verbrechensaufklärung bittet, aber Sie werden gleich verstehen, warum ich zu Ihnen komme. Ich möchte Sie auch wirklich nicht lange stören.«

»Sie stören überhaupt nicht. Ganz im Gegenteil. Ich bin richtig neugierig, wie ausgerechnet ich Ihnen helfen soll. Ihr Kollege hat sich neulich nämlich sehr bedeckt gehalten, obwohl ich gerne mehr erfahren hätte.«

»Allzu viel darf ich Ihnen zu dem Fall natürlich auch nicht sagen, aber Sie haben sicher von den Morden an den Ärztinnen gehört?«

»Wer hat das nicht? Schlimme Sache.«

Lara überlegte, wie viel sie als Gegenleistung für die erbrachte Gefälligkeit preisgeben konnte, entschied sich aber zunächst, nicht allzu viel zu verraten. »Jedenfalls hat mein Erscheinen mit diesem Fall zu tun.«

»Geht es wieder um diese verschwundenen Bücher?«

»Nein, es geht um eine Tonbandaufzeichnung.«

»Aha.«

»Es ist die Aufzeichnung einer Mailboxnachricht. Allerdings sind darauf keine Stimmen, sondern nur Geräusche zu hören, und wir dachten, dass Sie möglicherweise einige davon identifizieren könnten.«

Eine Weile rührte sich der Blinde nicht, bis er plötzlich lauthals loslachte. Lara zuckte bei dieser unerwarteten Reaktion zusammen, stimmte dann aber zögerlich in das Lachen ein.

»Ich weiß, es ist etwas ungewöhnlich …«

»Ungewöhnlich? Das ist gut! Ich hoffe, dass nicht die ganze Verbrechensaufklärung solchen Klischees folgt. Weil ich blind bin wie ein Maulwurf, kann ich hören wie ein Luchs, was?« Das Lachen verebbte und löste sich auf wie ein Rauchfähnchen im Wind.

»Können Sie nicht? Ich dachte wirklich«, sagte Lara nun ohne jede Spur von Belustigung, »dass Blinde ein ausgezeichnetes Gehör haben.«

»Bestimmt nicht alle. Oder essen alle Polizisten Donuts und Chinanudeln aus Pappschachteln?«

»In Amerika ist das tatsächlich so«, konterte Lara. »Das heißt also, Sie können mir nicht helfen?«

»Das weiß ich noch nicht. Ich muss mir die Aufzeichnung erst einmal anhören.«

»Aber Sie sagten doch …«

»Entschuldigen Sie bitte, ich wollte Sie nicht verunsichern. Es ist schon richtig, dass viele Blinde besser hören können als sehende Menschen.«

»Ich habe mal einen Bericht über einen Blinden gesehen, der mit der Zunge schnalzt und sich anhand des Echos ein Bild von seiner Umgebung macht.«

»Ja, das gibt es. Sicher kann das Fehlen eines Sinnesorgans durch ein anderes kompensiert werden. Immerhin ist bei gesunden Menschen etwa ein Viertel der Gehirnmasse für die Verarbeitung von Seheindrücken reserviert. Da hoffe ich doch, dass dieser Teil auch bei mir für etwas gut ist.« Herr Wales lächelte. »Kommen Sie rein! Wir werden sehen, was ich tun kann.«

Sehen, was ich tun kann, wiederholte Lara in Gedanken. Sie hätte diese Formulierung im Angesicht eines Blinden gemieden.

»Schließen Sie bitte die Tür hinter sich.« Er ging voraus. »Ist das eigentlich die übliche Vorgehensweise bei der Polizei?«

»Was meinen Sie?«

»Dass Sie allein kommen?«

»Sagen wir einfach, dass ich mir nicht bei all meinen Schritten den Segen meines Vorgesetzten einhole.«

»Inoffiziell und im Alleingang, was?«

»Ja, kann man so sagen. Es wäre mir lieb, wenn das unter uns bliebe.«

»Keine Sorge! Von mir erfährt es niemand.«

Lara folgte ihm durch einen Flur mit kahlen Wänden. Zu ihrer Linken erhaschte sie einen Blick in einen karg möblierten Raum. An einer Seite stand eine braune Ledercouch, an der gegenüberliegenden Wand ein Fernsehapparat auf einer Kommode. Lara wunderte sich nicht weiter über das Fernsehgerät, denn sie wusste, dass es Sendungen für Sehbehinderte gab, in denen neben der normalen Tonspur Handlungsabläufe wie in einem Hörbuch geschildert wurden. Rechts befand sich eine kleine Küche, die sich auf den ersten Blick nicht von anderen Küchen unterschied. Die übrigen Türen waren verschlossen. Das Ende des Flurs grenzte an einen Raum mit einem alten Holztisch und vier abgewetzten Stühlen in der Mitte. Vermutlich das Esszimmer. Auch dieser Raum glänzte durch Abwesenheit irgendeiner Dekoration, weshalb Lara dem Blinden im Stillen den Preis für die ungemütlichste Wohnung der Stadt verlieh. Doch wozu sollte er es sich auch schön machen?

Sie nahmen Platz. Lara holte das Diktiergerät aus der Tasche und legte es vor sich auf den Tisch.

»Dann lassen Sie mal hören!«, sagte der Blinde.

Lara schob die Taste in die erforderliche Position. Aus dem Lautsprecher tönte Rauschen. *Rums.* Das Schleifgeräusch. Irgendwann das seltsame Klappern. Der Blinde wiegte den Kopf hin und her und deutete dann ein Lächeln an. »Ich kenne dieses Geräusch.«

Lara richtete sich auf. »Wirklich? Und was ist es?«

»Kann ich es noch einmal hören?«

Lara spielte das Band erneut ab.

»Ich weiß nicht … ich komme gerade nicht drauf. Aber ich kenne es. Ganz sicher.«

»Sie können es sich so oft anhören, wie Sie möchten.« Sie schob ihm das Gerät über die Tischplatte zu und berührte damit leicht seine Hand, damit er wusste, wo es lag.

Der Blinde nahm es vom Tisch und fingerte an den Knöpfen herum. »Wie spule ich zurück?«

»Hier.« Lara lehnte sich über den Tisch und führte den Daumen des Mannes auf die entsprechende Taste. »Ganz nach hinten ziehen und zum Abspielen einfach wieder loslassen. Wenn Sie die Taste nach vorne schieben, hält die Aufzeichnung an.«

Das leise Summen der Spulen war zu hören, gefolgt von einem Klicken, als der Anfang des Bandes erreicht war. Dann spielte er es erneut ab.

»Kennen Sie das Gefühl, wenn Ihnen etwas auf der Zunge liegt?«

»Ja …« Lara misslang es, ein Gähnen zu unterdrücken. »Entschuldigen Sie, ich komme in letzter Zeit nicht viel zum Schlafen.«

»Kann ich mir vorstellen. Möchten Sie einen Kaffee?«

»Wenn es Ihnen keine Umstände bereitet.«

»Dann hätte ich es nicht angeboten.« Er stand auf. »Milch und Zucker?«

»Ja, bitte.« Sie verkniff sich die Frage, ob sie helfen solle, da sie befürchtete, er könnte es als Beleidigung auffassen.

Während aus der Küche das Fauchen einer Kaffeemaschine drang, fragte Lara sich, ob ihr inoffizieller Besuch bei dem Blinden ein Fehler war. Drohten ihr Konsequenzen, wenn die Sache ans Licht kam? Wie würde sie Röhm oder Kreiling ihre Entscheidung erklären? Was aber, wenn das Band tatsächlich eine Spur barg? Dann könnte das Joachims Rehabilitation bedeuten. So oder so wüsste zumindest er ihren Einsatz zu schätzen. Und das wog im Moment schwerer als ihre Angst vor Sanktionen.

»So, einmal Kaffee mit Milch und Zucker.« Mit schlafwandlerischer Souveränität trug Wales die dampfende Tasse herein und stellte sie vor Lara auf den Tisch.

»Vielen Dank. Das ist wirklich nett von Ihnen. Ich hoffe, es hilft.«

»Ganz bestimmt. Ich habe ihn extra stark gemacht.«

Lara nahm einen Schluck. Wow, dachte sie, das war wirklich starker Kaffee. Wahrscheinlich würde sie später senkrecht im Bett stehen.

Wales setzte sich wieder, nahm das Diktiergerät zur Hand und spielte nach zwei Fehlversuchen nochmals die Aufzeichnung ab. »Ich weiß nicht, ich weiß nicht ... Ich bin so dicht dran, das spüre ich. Hatten Sie denn schon eine Idee? Vielleicht hilft mir das auf die Sprünge.«

Lara zählte sämtliche Einfälle auf, die sie oder Joachim zu diesem Geräusch geäußert hatten, doch Wales schüttelte nur den Kopf. Während er das Band immer und immer wieder abspielte, verspürte Lara eine zunehmende Übelkeit. Plötzlich krampfte sich ihr Magen zusammen. Reflexartig schlug sie sich eine Hand vor den Mund.

»Ist alles in Ordnung?«, fragte Wales, dem ihr Würglaut offenbar nicht entgangen war.

»Ich müsste mal auf die Toilette.«

»Gleich neben dem Eingang.«

Lara sprang auf und hechtete den Flur entlang. Sie hoffte inständig, dass sie es bis zur Toilette schaffte und sich nicht auf den Dielenboden erbrach. Am Gästebad angekommen, riss sie die Tür auf, schloss sie ebenso schnell wieder hinter sich, ging in die Hocke und klappte den Toilettendeckel hoch. Doch im selben Moment ließ der Brechreiz nach.

Was war denn das? Woher war diese plötzliche Übelkeit gekommen? Kauernd verharrte sie vor der Schüssel, horchte in sich hinein, ob sie dem Frieden trauen konnte. Nicht, dass sie sich in Sicherheit wähnte und sich plötzlich im Esszimmer übergab. Doch die Übelkeit war fast vollständig verschwunden, nur ein leichtes Schwindelgefühl war zurückgeblieben. Wie in Zeitlupe richtete sie sich auf und atmete tief durch. Ganz langsam meldete sich ein Verdacht. Aber war das möglich? Wie viele Tage lag ihre Nacht mit Becker zurück? Um Gottes willen, bitte nicht! Eigentlich zu kurz, um schon unter Schwangerschaftsübelkeit zu leiden. Oder? Was wusste sie schon davon. Sie ging zum Waschbecken, spritzte sich kaltes Wasser ins Gesicht und musterte sich anschließend in dem kleinen runden Spiegel, auf der Suche nach Anzeichen, die für oder gegen ihre Befürchtung sprachen. Irgendein Stigma. Als ihr dieses Wort in den Sinn kam, stieß sie ein geringschätziges Lachen aus. Ein Kind von Becker wäre in der Tat ein Stigma. Ein richtiger Schandfleck. Bitte, lieber Gott, tu mir das nicht an! Bitte! Trotzig straffte sie die Schultern. Egal – wenn es so ist, lasse ich es eben wegmachen. Dann ging sie auf weichen Knien zurück ins Esszimmer.

58

Fuchs schaltete den Tempomat ein. Glücklicherweise herrschte kaum Verkehr. Er hoffte, schnell zu Hause zu sein. Das Gespräch mit Lara hatte ihn in eine milde Euphorie versetzt, und das Bedürfnis, Sophias Stimme zu hören, kehrte zurück. Diesmal stärker. Erneut wählte er ihre Nummer, doch wieder meldete sich nur die Mailbox. Er legte auf und versuchte, den Stich in seiner Magengrube zu ignorieren. Dass Sophia sich noch nicht gemeldet hatte, war die eine Sache, aber warum hatte sie ständig ihr Telefon ausgeschaltet? Der Gedanke, dass sie ihm vielleicht aus dem Weg gehen wollte, versetzte ihm den nächsten Stich.

Als er erneut zu seinem Handy griff, bemerkte er den Eingang einer ungelesenen Nachricht.

Kostenfreie Anruf-Info. Lisa Handy hat um 19:56 Uhr versucht, Sie zu erreichen.

Ein Erinnerungsblitz durchzuckte ihn. So ein verdammter Mist! Er war mit Lisa verabredet gewesen, hatte Karten für das Varietétheater an der Kasse hinterlegen lassen. Wie hatte er das nur vergessen können? Wieder einmal hatte er seine Ex in all ihren Vorwürfen bestätigt. Er mochte ein noch so guter Ermittler sein – als Vater war er ein Versager. Blieb nur noch zu hoffen, dass Lisa ohnehin keine Lust auf die Show gehabt hatte und sich anderweitig einen schönen

Abend machte. Nichtsdestotrotz musste er sie anrufen und sich entschuldigen. Wenigstens hatte er einen triftigen Grund vorzuweisen, und dafür würde sie sicher Verständnis haben. Sie war eine erwachsene Frau, die die Bedeutsamkeit seiner Arbeit verstand, kein kleines Kind mehr.

Er wählte ihre Nummer. Während die Verbindung aufgebaut wurde, warf er die Zigarette, die er bis zum Filter runtergeraucht hatte, hinaus und schloss das Fenster. Im Rückspiegel sah er, wie die Funken der Glut auf dem schwarzen Asphalt zerstoben.

Das Freizeichen ertönte. Einmal. Zweimal. Dreimal. Viermal. Irgendwann ging die Mailbox ran. Fuchs legte auf. Er wählte die Nummer erneut. Wieder das Freizeichen. Wieder hob Lisa nicht ab. War sie jetzt doch beleidigt? Oder war sie so clever gewesen und hatte an der Kasse nach den Karten gefragt? Möglicherweise saß sie im mollig-warmen Theater, genoss die Show und ihr Handy war einfach lautlos gestellt. Sie könnte ihm zumindest eine SMS schreiben.

Nachdem er eine weitere Stunde gefahren war, versuchte er es erneut. Wieder nichts. Zunehmend machte sich eine innere Unruhe breit, die er nicht allein auf die Erkenntnis zurückführte, dass er ein Rabenvater war, oder darauf, dass Lisa ihm womöglich eine Standpauke halten würde, sofern sie seinen Anruf denn irgendwann entgegennahm. Da war noch etwas anderes. Sollte er Claudine anrufen und fragen, ob sie wusste, wo Lisa war? Wann sie das letzte Mal mit ihr gesprochen hatte? Allerdings war es äußerst zweifelhaft, dass Claudine ihn beruhigen würde. Falls sie auch nicht wusste, wo Lisa steckte, würde sie sich nur selbst Sorgen machen, und damit wäre keinem gedient. Im Gegenteil. Wenn die Fantasie mit ihr durchging, konnte sie richtig hysterisch werden. Seine Ex war im Laufe der Jahre immer ängstlicher geworden, was zum Teil sicher daran lag, dass sie durch seinen Job mitbekommen hatte, welche Tragödien sich tagtäglich in der Welt abspielten. Teilweise war ihre Besorgnis so weit gegangen, dass schon das ferne Heulen eines Martinshorns bei ihr Bilder ihrer verunglückten Kinder heraufbeschworen hatte. Lisa, die vom Pferd gestürzt war. Querschnittsgelähmt. Benjamin, das Auto im Graben versenkt. Tot.

Mit jedem Tuten aus der Freisprecheinrichtung verstärkte sich sein Unbehagen. Irgendwann ging wieder die Mailbox ran.

»Hi, hier ist Lisa. Bitte hinterlasst mir eine Nachricht, ich rufe euch zurück.« *Piep.*

»Hier ist Papa.« Er atmete tief durch. Es zupfte wieder an seinen Eingeweiden. »Tut mir leid, dass ich unsere Verabredung vergessen habe. Ich arbeite gerade an diesem Fall … du weißt ja, diese Morde an der Studentin und der Ärztin. Ich kann dich nicht erreichen und mache mir Sorgen. Die Show müsste ja bald zu Ende sein – falls du sie dir überhaupt angesehen hast. Bitte melde dich, wenn du das hier abhörst. Ich kann verstehen, wenn du sauer auf mich bist und deswegen nicht mit mir sprechen möchtest – aber schick mir dann bitte wenigstens eine SMS, damit ich weiß, dass es dir gut geht. Okay?« Er legte auf. Nach einer Weile gab er seinem inneren Drängen nach und rief Claudine an, doch auch sie ging nicht an ihr Handy. Diese verdammten Mobiltelefone! Wofür hatten die Leute diese Dinger, wenn sie nicht rangingen? Manchmal sehnte er sich die Zeiten zurück, in denen es nur Festnetzanschlüsse gegeben hatte.

Er registrierte, wie sein Fuß unwillkürlich das Gaspedal durchtrat. Zum Glück herrschte immer noch kaum Verkehr, sodass er das Tempo nur drosseln musste, wenn ein LKW ausscherte, um sich ein schwerfälliges Duell mit einem Mitstreiter zu liefern, oder das Navi eine Blitzer-Warnung ausspuckte. Inzwischen konnte er nachvollziehen, was in Claudines Kopf vorging, wenn sie sich Sorgen machte. Während der Fahrt hatte er sich regelrecht verrückt gemacht, hatte Lisa vor sich gesehen, aufgebahrt auf einem Sektionstisch, mit bleicher Haut und blauem Zwirn in den Lippen. Er hatte sich beschworen, die Ruhe zu bewahren, und immer wieder die aufkeimende Panik niedergerungen.

Mittlerweile war es halb zwölf, und Lisa hatte sich immer noch nicht gemeldet. Erneut wählte er ihre Nummer. Das Freizeichen. In Kürze erreichte er Frankfurt. Falls Lisa bis dahin immer noch nicht an ihr Telefon gegangen war, würde er bei ihrer Wohnung vorbeifahren und nach dem Rechten sehen. Allmählich machte ihn das hohle Tuten aggressiv. Nach dem nächsten Klingeln würde wieder die Mailbox anspringen. Zu seiner Überraschung wurde der Anruf plötzlich entgegengenommen.

»Hallo? Lisa? Hier ist Papa.«

Doch statt einer Begrüßung hörte er einen Schrei. Dann brach die Verbindung ab.

59

»Geht es Ihnen gut?« Die Stimme des Blinden klang seltsam.

»Danke, es geht schon wieder.« Lara rang sich ein Lächeln ab. Sie nahm Platz, hatte aber Mühe, die Sitzfläche zu treffen. »Wissen Sie inzwischen, um was für ein Geräusch es sich handelt?«

»Ich bin mir immer noch nicht ganz sicher, aber …«

»Aber es liegt Ihnen noch auf der Zunge, stimmt's?« Sie kicherte und wunderte sich im selben Augenblick über ihr merkwürdiges Verhalten.

»Ja.« Wales zog die Stirn kraus.

»Na los, spielen Sie es noch mal ab!«, hörte sie sich sagen und fragte sich, ob es für ihr Gegenüber auch wie ein Lallen geklungen hatte.

»Ist wirklich alles in Ordnung mit Ihnen?« Der Mann klang besorgt.

»Ich weiß nicht, mir ist irgendwie komisch.«

»Soll ich Ihnen ein Glas Wasser holen?«

»Keine schlechte Idee.« Lara wischte sich über das Gesicht, während der Blinde aufstand und in die Küche ging. Dann sah sie sich um und registrierte die eigenartige Atmosphäre des Raums. Diese unbelebte Einöde. Sterilität. Klinische Kälte. Vor ihren Augen lag ein Schleier. Wie feiner Nebel. War das Rauch? Brannte es etwa? Vielleicht hatte sie die ganze Zeit unmerklich Rauchgas inhaliert und litt bereits unter ersten Vergiftungssymptomen. Aber warum spürte Wales nichts davon? Er wirkte völlig sortiert.

»Bitte sehr.« Ein Wasserglas wurde vor ihr abgestellt. Das Geräusch klang sonderbar dumpf, als wäre das Glas in ein Geschirrtuch gewickelt. Lara wollte danach greifen, aber das Glas schien vor ihrer Hand zurückzuweichen. Dann wieder diese Stimme, nur diesmal wie aus weiter Ferne: »Ich vermute, das Wasser ist überhaupt nicht mehr nötig.«

Laras Blick suchte nach der Quelle dieser kryptischen Worte und machte einen Mund in einem verschwommenen Gesicht ausfindig. Sie wollte nach der Bedeutung dieser Aussage fragen, doch aus ihrer Kehle drang kein Laut. Mit letzter Kraft stemmte sie sich hoch und spürte sogleich, wie ihr schwarz vor Augen wurde. Bevor sie die Tischkante zu fassen bekam, verlor sie das Gleichgewicht. Im nächsten Moment schlug sie mitsamt dem Stuhl auf dem Boden auf.

»Nur langsam, sonst verletzen Sie sich noch!« Da war sie wieder, diese Stimme hinter einer Wand aus Watte.

Lara öffnete die Augen und sah die Silhouette eines Mannes, der sich zu ihr hinunterbeugte.

»Können Sie mich hören?«

Die Frage echote in ihrem Kopf.

»Helfen Sie mir!«

Eine Hand packte ihr Gesicht, der Daumen auf der einen, die Finger auf der anderen Wange. »Hallo? Wenn Sie mich hören, sprechen Sie bitte jetzt.«

Lara holte Luft und schrie aus Leibeskräften: »Hilfe! Helfen Sie mir!« Hatte sie wirklich geschrien?

Der Mann führte sein Ohr an ihren Mund. »Hast du was gesagt? Du musst schon deutlicher sprechen.« Er wandte sich wieder ab. »Na, wir gehen mal lieber auf Nummer sicher.«

Aus dem Augenwinkel nahm sie eine Bewegung wahr und spürte wenig später einen Einstich im Oberschenkel. Und mit einem Mal ahnte sie, was hier vor sich ging.

Aber wie ist das möglich?, war ihr letzter Gedanke, bevor sich der Nebel um sie herum verdichtete und sie darin versank.

60

Für ein paar Sekunden fühlte es sich an, als würde er fallen. Dann verkrampfte sich sein Magen, und der Fuß auf dem Gaspedal begann zu zittern. Er befürchtete schon, dass er rechts ranfahren müsste, doch irgendwie gelang es ihm weiterzufahren. Er rief Martin an, schilderte ihm die Lage und vereinbarte ein Treffen mit ihm vor Lisas Wohnung. Nachdem er wieder aufgelegt hatte, wunderte er sich, wie er den kurvigen Streckenabschnitt in solch einem Tempo zurücklegen konnte, ohne dass die Reifen die Bodenhaftung verloren. Bei zwei Grad über null mit nur einer Hand am Steuer. Und das trotz der lähmenden Angst, die mit einem Schlag Besitz von ihm ergriffen hatte. Lisas Schrei war wie eine Pfeilspitze in sein Ohr gedrungen. Sofort nachdem die Verbindung abgebrochen war, hatte er die Wahlwiederholung gedrückt, doch ihr Handy war auf einmal ausgeschaltet gewesen. Von diesem Moment an hatten sich seine Gedanken überschlagen. War sein wachsendes Unbehagen während der Fahrt tatsächlich eine düstere Vorahnung gewesen, und seine eigene Tochter war in die Fänge des Mörders geraten? An Intuition glaubte er ja, aber an Vorahnung? Das war einfach unmöglich! Lisa war doch blond! Der Mörder stand aber auf Brünette. Oder war er dieses eine Mal von seinem Beuteschema abgewichen? Lisa war jung, attraktiv, lebte in Frankfurt und studierte Medizin. Das waren ausreichend Übereinstimmungen! Ebenso gut konnte es sich um eine Offerte handeln, und der Mörder demonstrierte seine Macht auf eine möglichst perfide Art. Heutzutage war es doch ein Leichtes herauszufinden, ob jemand Kinder hatte und wo diese wohnten.

Nichtsdestotrotz gab es da auch diese leise Stimme, die sagte, dass es für all das eine harmlose Erklärung gab und er überreagierte. Nur so war auch zu erklären, dass er nicht gleich ein Polizeigroßaufgebot angefordert, sondern lediglich Martin um Hilfe gebeten hatte. Und der hatte ihn mit seiner besonnenen Reaktion ebenfalls in dieser Annahme bekräftigt. Andererseits hatte Martin auch keine Sekunde gezögert zu kommen, was Joachim wiederum ziemlich beunruhigt hatte.

Jetzt würde sich zeigen, ob er eine Gabe hatte oder zu einem nervösen Spinner mutiert war.

Bitte, lieber Gott, lass meine Tochter wohlbehalten die Tür öffnen!

61

Langsam beruhigte sich Lisas Herzschlag.

Als sie vor dem Varietétheater in der Kälte gestanden und auf ihren Vater gewartet hatte, wäre ihr dieser Ausgang des Abends im Traum nicht eingefallen. Enttäuscht von ihrem Vater war sie die dunkle Gasse entlanggeeilt und hatte plötzlich ein Flüstern vernommen. Diese Stimme … Sie hatte sie gleich erkannt, doch noch bevor sie sich umdrehen konnte, hatte er ihr seine Hände über die Augen gelegt. Da sie ihm den Spaß nicht verderben wollte, war sie auf sein Spiel eingegangen, hatte aber zuerst ein paar falsche Namen geraten. Anschließend hatten sie sich mit einer langen Umarmung begrüßt und waren zusammen in die Bar gegangen, wo sie geplaudert und Cocktails getrunken hatten. Wenig später waren sie dann ziemlich beschwipst zu ihrer Wohnung gefahren.

Und jetzt lag er neben ihr unter der Decke und kraulte ihren Rücken. Es war seltsam, wie sich die Dinge manchmal ergaben. Offenbar wollte es das Schicksal so.

»Ich überlege, ob ich deinem Vater zum Dank einen Blumenstrauß schicke«, sagte er.

Lisa lachte. »Ich war echt sauer auf ihn, aber so wie sich der Abend entwickelt hat, erwäge ich tatsächlich, ihm zu verzeihen.« Ihr Handy vibrierte. Vorhin hätte sie einen

Teufel getan ranzugehen, aber jetzt konnte sie ruhig mal nachsehen, wer da ständig anrief. Wahrscheinlich war es ihr Vater, der sich entschuldigen wollte. Sie drehte sich zur Seite, lehnte sich über die Bettkante, um nach ihrer Handtasche auf dem Boden zu greifen und wühlte darin nach ihrem Handy.

»Geh nicht ran!«, sagte er. »Ich weiß etwas Besseres.«

»Doch, ich muss.« Blind nahm sie den Anruf entgegen und führte den Hörer ans Ohr. Da packte Timo sie an der Hüfte, drehte sie schwungvoll auf den Rücken und vergrub sein Gesicht zwischen ihren Brüsten. Vergnügt schrie sie auf. Das Handy fiel ihr aus der Hand und schlug auf dem Boden auf.

62

Lisa spürte die Wogen der Lust. Nur noch wenige Stöße, dann würde sie abermals dieses Feuerwerk erleben. Doch da ertönte die Türglocke. Timo erstarrte in der Bewegung und sah zu ihr auf.

»Hat es gerade geklingelt?«

»Hat es.«

»Wer ist das?«

»Keine Ahnung. Normalerweise bekomme ich um diese Zeit keinen Besuch mehr.«

»Oh Gott, lass uns bitte weitermachen.«

Es klingelte wieder. Länger.

»Wir sollten nachsehen.«

»Och, nö. Bitte!«

»Doch, ich will wissen, wer das ist.«

Kurz mimte er den Beleidigten, schwang sich dann aber aus dem Bett, um sich Jeans und T-Shirt anzuziehen.

Gemeinsam stiegen sie die schmale Treppe hinab. Während Lisa nur in ein Handtuch gewickelt im Schutz der Dunkelheit auf der untersten Stufe stehen blieb, marschierte Timo selbstbewusst auf die Tür zu.

»Ich sehe nach.« Er öffnete und erstarrte.

»Keine Bewegung! Polizei!« Martin hatte beim Anblick des Fremden reflexhaft seine Waffe gezogen.

Der junge Mann hob die Hände. »Waren wir etwa zu laut?«

»Wer sind Sie?«, fragte Fuchs mit geballten Fäusten.

»Das könnte ich Sie genauso fragen.«

»Wo ist meine Tochter?« Die Frage schien sein Gegenüber mehr zu schockieren als die Waffe in Martins Hand.

»Entschuldigen Sie, ich wusste nicht …«, stammelte er und ging einen Schritt zur Seite, doch Fuchs trat nicht ein.

»Wo ist Lisa?«

»Da.« Der Kerl deutete ins Innere der Wohnung.

»Ich bin hier, Papa.« Lisa klang genervt, als hätte sie Situationen dieser Art schon etliche Male erlebt.

Während Lisa zur Tür kam, ließ Martin die Pistole sinken. Jetzt wirkte sie aufgebracht. »Kannst du mir mal bitte erklären, was das hier soll?«

»Vorhin am Telefon«, sagte Joachim perplex, »du hast geschrien!«

Lisa starrte ihn fassungslos an. »Das ist doch jetzt nicht dein Ernst?«

»Wieso hast du nicht zurückgerufen oder auf meine Nachricht reagiert?«

»Sonst geht es dir aber gut? Entweder war besetzt oder dein Handy war aus.«

»Dann hatte ich kurzzeitig keinen Empfang.«

»Wie auch immer. Du hast mich vor dem Theater stehen gelassen, schon vergessen?«

»Nein«, gab Fuchs kleinlaut zu.

»Na also.«

»Das tut mir auch wirklich leid, aber ich war wegen

dieses Falls nördlich von Berlin unterwegs und bin gerade erst zurückgekommen. Wir sind so dicht dran!« Mit Daumen und Zeigefinger deutete er einen Zentimeter an.

»Weißt du, Papa, ich bin dir deswegen schon gar nicht mehr böse«, Lisa breitete die Arme aus, »aber diese Aktion hier hättest du dir echt sparen können.«

»Entschuldige bitte. Ich habe mir Sorgen gemacht.«

»Warum? Weil ich nicht ans Telefon gegangen bin, nachdem du mich versetzt hast?«

Fuchs schwieg.

»Ich habe Timo in der Nähe des Theaters getroffen«, erklärte sie nun in ruhigerem Ton. »Wir sind in eine Bar gegangen, und wahrscheinlich habe ich das Handy dort einfach nicht gehört. Und später, als ich dann rangehen wollte, ist es mir aus der Hand gefallen. Ach ja, entschuldige – ich vergaß: mein Schrei. Du willst jetzt aber nicht wirklich, dass ich das näher erkläre?«

Joachim fehlten die Worte. Er war wie vor den Kopf gestoßen. Am liebsten wäre er im Erdboden versunken. Hätte er ihre Verabredung nicht vergessen, wäre das alles nicht passiert. Lisa ging es gut. Sie war nie in Gefahr gewesen. Er, der Rabenvater, hatte sie vergessen! Nur deshalb hatte sie jemanden zum Vögeln getroffen.

Er wusste nicht einmal, wer dieser Kerl überhaupt war. Vielleicht traf sich Lisa schon länger mit ihm, oder dieser Hanswurst war sogar der Exfreund, dessen Namen er ständig vergaß. Und zu allem Überfluss hatte er auch noch Martin mit in die Sache hineingezogen. Irgendwie würde er es wiedergutmachen müssen. Bei Lisa, bei Martin und vielleicht auch bei diesem Hanswurst.

Fuchs entschuldigte sich noch einmal, machte auf dem Absatz kehrt und ging mit hängenden Schultern davon. Er war müde und wollte nur noch ins Bett.

Nur noch ins Bett.

63

Diese verdammte Mailbox! Fuchs hatte inzwischen mehrfach versucht, Lara zu erreichen, doch ihr Handy war aus. Auch in ihrem Büro nahm sie nicht ab. Dabei wollten sie doch einen Treffpunkt zur Übergabe des Rekorders ausmachen. Genauso nervte es ihn, dass sich Sophia noch nicht gemeldet hatte. Spielte sie etwa Spielchen? Sie war zwar einige Jahre jünger als er, aber längst kein Teenager mehr. Doch war man für Spielchen jemals zu alt? Immerhin hatte er selbst ein paar Tage abwarten wollen, bis er sie anrief. Vordergründig, um sie nicht gleich zu erdrücken, vielleicht aber auch, um sich interessant zu machen.

Er stieg in seinen Wagen, trank einen Schluck von dem Kaffee, den er sich in der Rösterei um die Ecke geholt hatte, steckte sich die erste Zigarette des Tages an und überlegte, was er nun tun sollte. Schließlich schrieb er Lara eine SMS. Ein paar Minuten später rief er noch einmal an. Wenn sie weiterhin nicht abnahm, musste er wohl oder übel selbst im Präsidium vorbeifahren, obwohl er genau das hatte vermeiden wollen. Seine Finger trommelten auf das Lenkrad, sein Blick taxierte die Uhr. Zwanzig nach zehn. Lara würde wohl kaum noch schlafen. Saß sie in einem Meeting? Dann konnte sie doch wenigstens das Telefon einschalten und die Nachricht beantworten. Ein Satz würde reichen. Von ihm aus gerne nur ein einziges Wort. *MEETING*. Mensch, Lara, geh endlich ran!

Der gewünschte Gesprächspartner ist zurzeit leider nicht erreichbar.

Gleich platzte ihm der Kragen. Dabei hatte sich Lara wirklich bemüht, ihren Fehltritt auszubügeln, und er war gerade erst über seinen Schatten gesprungen. Was sollte nun dieser Scheiß? Er seufzte. Dann führte jetzt wohl kein Weg mehr an einem Besuch im Präsidium vorbei.

Wenig später parkte er den Wagen in einer Seitenstraße zur Adickesallee und ging zum Hintereingang des Gebäudes. Das Lämpchen in dem grauen Kasten neben der Tür sprang von Rot auf Grün. Glücklicherweise hatte man nicht seinen Touch-Key deaktiviert. Trotzdem fühlte er sich wie ein Eindringling, als er den Komplex betrat. Das Treppenhaus war wie gewohnt menschenleer. Vermutlich wurde es selten benutzt, weil die Türen mit *Feuertreppe* und *Notausgang* beschildert waren und die meisten seiner Kollegen dachten, dass ein Alarm losging und die Feuerwehr anrückte, sobald man sie öffnete. Vielleicht lag es aber auch einfach am Phänomen Mensch – das Herdentier. Man dackelte durch den Haupteingang, weil alle es taten.

In der Etage, in der sein Büro lag, lugte er ums Eck und vergewisserte sich durch das Türglas, dass niemand auf dem Flur war. Rasch schlich er zu seiner Bürotür, kramte den Schlüssel aus der Tasche und schob ihn vorsichtig ins Schloss. Ganz leise drehte er ihn, drückte behutsam die Klinke runter und öffnete die Tür. Dann huschte er hinein. Da er keine Zeit verlieren wollte, ging er direkt zu seinem

Schreibtisch. Der Schlüssel steckte noch in der Schublade. Wieso hatte Lara nicht wieder abgeschlossen und den Schlüssel zurück in das Versteck gelegt?

Er zog die Schublade auf, durchwühlte die Papiere, doch der Rekorder war weg. Also hatte Lara ihn doch abgeholt. So eine Scheiße! Jetzt war er völlig umsonst hier aufgeschlagen. Was nun? Er stockte. Ein Schreck fuhr durch seine Glieder. Noch etwas fehlte in der Schublade. Seine Pistole. Hatte Lara sie an sich genommen? Warum sollte sie? Das ergab überhaupt keinen Sinn. Die fehlende Dienstwaffe konnte ihn in ernsthafte Schwierigkeiten bringen. Die Teile mussten stets sicher verwahrt werden. Da kannten die Vorgesetzten kein Pardon, denn für Schäden, die aus einer unzureichenden Verwahrung der Waffe resultierten, haftete nicht der Beamte, sondern sein Dienstherr. Fuchs hatte sich diesbezüglich immer äußerst vorbildlich verhalten. Im Gegensatz zu den meisten Kollegen hatte er die Waffe nicht einmal mit nach Hause genommen, sondern stets auf dem Revier deponiert. Allein schon der Kinder wegen. Vor allem bei Benjamin hätte es nicht lange gedauert, bis er die Waffe entdeckt und seinen Freunden gezeigt oder sonst was damit angestellt hätte.

Was sollte er jetzt tun? Er musste das Fehlen der Waffe umgehend melden. Doch bevor er das tat, würde er mit Lara sprechen. Wenn er nur wüsste, wo sie steckte. Er griff zum Telefon auf seinem Schreibtisch und drückte eine der Kurzwahltasten.

»Du bist auf dem Revier?«, fragte Andreas erstaunt.

»Hast du was von Lara gehört?«

»Nein, wieso?«

»Später. Sei so gut und überspiel mir diese Tondatei der Mailboxnachricht auf ein transportables Abspielgerät.«

Andreas grummelte. »Gut, komm vorbei.«

Joachim legte den Hörer auf die Gabel und überlegte, wie er ungesehen zu Andreas gelangen konnte. Am besten nahm er die Feuertreppe bis zum zweiten Stock, durchquerte den Flur bis zum Haupttreppenhaus und ging einen Stock tiefer. Von dort aus gelangte er in den Flügel, in dem das Büro seines Freundes lag. Das war umständlich, aber so konnte er eine Begegnung mit Röhm oder Kreiling vermeiden.

Er öffnete seine Bürotür einen Spalt und spähte auf den Flur. Die Luft war rein. Rasch glitt er hinaus und machte sich daran, die Tür abzuschließen.

»Was tust du denn hier?«

Er fuhr herum. Hinter Röhm fiel die Toilettentür zu, während er den Reißverschluss seiner Hose zuzog.

Fuchs deutete Röhm in den Schritt. »Wäschst du dir gar nicht die Hände?«

»Bist du nicht beurlaubt?«

»Hausverbot habe ich aber nicht, oder?«

»Ich darf doch wohl fragen, was ein Kollege auf dem Revier zu suchen hat, der beurlaubt wurde.«

»Erstens habe ich mich quasi selbst beurlaubt und zweitens habe ich etwas hier vergessen.«

»Aha. Was denn?« Röhm verzog seine Lippen zu einem spöttischen Lächeln.

»Das geht dich einen Scheißdreck an.«

»Ach ja? Geht es mich auch einen Scheißdreck an, wenn

deine Dienstwaffe für jedermann zugänglich in deinem Büro herumliegt?«

Fuchs taxierte seinen Kollegen. Was sollte das nun werden? Hatte etwa Röhm die Waffe an sich genommen? »Schnüffelst du in meinem Büro herum?«

»War nicht nötig. Die Schublade stand sperrangelweit offen, und deine Bürotür war ebenfalls nicht verschlossen.«

»Was hattest du überhaupt in meinem Büro verloren?«

»Gestern Abend meinte ich, ich hätte Licht in deinem Büro gesehen.«

»Ach ja … und weil du dachtest, diese Lichtgestalt hätte sich in meiner Schreibtischschublade versteckt, hast du vorsichtshalber mal nachgesehen?«

»Wie gesagt, die Schublade stand offen und die Waffe lag obenauf. Du weißt, wie der Chef auf einen solch verantwortungslosen Umgang mit Schusswaffen reagiert.«

Joachim ballte die Fäuste, widerstand aber dem Impuls, Röhm die Rechte ins Gesicht zu schleudern. Das würde noch fehlen. Nein, dieser arrogante Drecksack würde ihn nicht aus der Fassung bringen. Er musste sich beruhigen, versuchen, taktisch vorzugehen. Röhm war ein Arschkriecher, ein Wichtigtuer mit Minderwertigkeitskomplexen. Wenn er es geschickt anstellte, konnte er ihn vielleicht manipulieren, ihn so weit beeinflussen, dass er ihm nicht wieder ein Bein stellte. Fuchs senkte den Blick, atmete durch und sah seinen Kollegen an. »Hast du die Waffe an dich genommen?«

»Das habe ich.«

»Gut. Danke dir. Wahrscheinlich war ich wegen der Beurlaubung so durch den Wind, dass ich einfach vergessen habe, die Schublade abzuschließen.«

»Und das Büro«, setzte Röhm nach.

Joachim ließ die nächste Zorneswelle vorbeirollen. »Und das Büro, ja.«

Hatte Röhm etwa auch den Rekorder? Um keinen Staub aufzuwirbeln, verkniff Joachim sich die Frage. Bestimmt hätte sein Kollege sonst geahnt, was er wirklich auf dem Revier suchte. Und dann würde es nicht lange dauern, bis auch Kreiling davon erfuhr.

»Hast du Lara gesehen?«, fragte er beiläufig.

Röhms Miene verfinsterte sich. »Das Gleiche wollte ich dich auch gerade fragen.«

»Was soll das heißen?«

»Dass sie nicht zur Arbeit erschienen ist.«

»Ist sie wieder krank?«

»Nicht dass ich wüsste.«

Fuchs' Brauen schoben sich zusammen. Die Sache wurde immer dubioser. Wo steckte Lara, und wo war der Rekorder? Hatte sie das Gerät nun geholt, oder hatte Röhm es eingesackt? Und weshalb sollte sie der Arbeit fernbleiben, ohne sich abzumelden? Das war definitiv nicht ihre Art. Warum war ihr Telefon die ganze Zeit aus, und weshalb meldete sie sich nicht? Es konnte etliche Erklärungen geben. Vielleicht hatte Röhm bloß noch nichts von ihrer Krankmeldung erfahren. Oder sie käme später zur Arbeit, weil sie einen Arzttermin wahrnehmen musste, und man hatte dies im Revier bloß vergessen. Wie auch immer – sie würde schon auftauchen. Jetzt musste er erst einmal zu Andreas, um die Kopie zu besorgen. Dann würde er den Blinden in der Bibliothek aufsuchen und – falls Lara bis dahin immer noch verschollen wäre – bei ihr zu Hause vorbeifahren.

Nachdem er Röhm nun begegnet war, brauchte er auch nicht mehr den Umweg über die unteren Stockwerke zu nehmen. Jetzt wäre es auch egal, wenn ihm Kreiling noch über den Weg lief.

Er betrat das Büro von Andreas. Der Raum war düster wie das Nachttierhaus im Frankfurter Zoo, nur dass in diesem Refugium hier Computermonitore für die spärliche Beleuchtung sorgten. Gehäuselüfter surrten monoton zum Rhythmus einer klackernden Tastatur.

Als Andreas ihn erblickte, sprang er vom Stuhl auf und nahm Fuchs in den Arm. »Schön, dich zu sehen.«

»Ebenso.«

Andreas löste die Umarmung und griff nach einem schwarzen Gegenstand auf dem Tisch. »Hier. Das ist ein MP3-Player. Lässt sich wie ein Diktiergerät bedienen. Bekommst du hin.« Andreas zwinkerte ihm zu.

»Vielen Dank für dein Vertrauen.«

»Was ist eigentlich bei dir los? Du bist beurlaubt, bist aber nicht zu Hause. Du schnüffelst irgendwo an der Grenze zu Polen herum und wirkst ständig gestresst.«

»Lange Geschichte.«

»Ich würde sie wirklich gerne aus erster Hand erfahren, anstatt mir meine Version aus dem Klatsch und Tratsch der Kollegen zusammenzubasteln.«

»Wirst du, versprochen. Aber nicht heute. Vielleicht schaffen wir es ja bald mal auf ein Bier.«

»Klar.«

Fuchs wedelte mit dem MP3-Player in der Luft. »Und danke hierfür.«

»Sagen wir, du revanchierst dich mit einer Kiste Bier?«

»Geht in Ordnung.«

»Moment! So leicht kommst du mir nicht davon. Die Bedingung ist, dass wir sie zusammen trinken.«

»An einem Abend?«

»Das sehen wir dann. Ansonsten auch gerne auf mehrere verteilt.«

64

Mit dem Abspielgerät in der Tasche machte sich Fuchs auf den Weg in die medizinische Hauptbibliothek. Am Tresen saß nicht wie erhofft der Blinde, sondern eine Frau mit Locken und Nickelbrille.

»Gestern Abend war doch schon eine Polizistin hier«, sagte die Frau irritiert.

»Ach ja? Erinnern Sie sich an den Namen?«

»Warten Sie …«, die Frau machte ein angestrengtes Gesicht, »… es war ein ganz gewöhnlicher Name.«

»Schuhmann?«

»Kann sein, aber sicher bin ich mir nicht.«

»Wie sah sie denn aus?«

»Mittelgroß, lange braune Haare, ein wenig blass.«

Fuchs nickte. Die Beschreibung passte. »Was wollte sie?«

»Mit Johannes sprechen.«

»Ist das Ihr blinder Kollege?«

»Ja, genau.«

Lara war also bereits hier gewesen. Anscheinend hatte sie bis zu ihrem Treffen alles erledigt haben und mit Ergebnissen aufwarten wollen, anstatt ihm nur den Rekorder zu übergeben. Aber wenn sie tatsächlich schon gestern Abend mit dem Blinden gesprochen hatte, warum hatte sie sich dann nicht längst gemeldet? Egal, ob ihr der Blinde weiterhelfen konnte oder nicht, sie hätte keine Sekunde gezögert, ihn darüber zu informieren.

»Wissen Sie, ob sie mit Ihrem Kollegen gesprochen hat?«

»Hier nicht, Johannes war schon zu Hause. Er hatte gestern die Frühschicht.«

»Ist er heute da?«

»Leider nein. Deswegen sitze ich ja hier. Er hat sich heute Morgen krankgemeldet, und ich war die Einzige, die spontan einspringen konnte. Ich habe Ihrer Kollegin aber seine Adresse gegeben.«

»Wissen Sie, ob sie auch bei ihm war?«

»Das nehme ich an, denn ich habe Johannes extra angerufen und gefragt, ob es in Ordnung ist, dass ich seine Adresse herausgebe. Er hatte kein Problem damit. Und Ihre Kollegin hat ziemlich gedrängt. Es schien wichtig zu sein.«

Fuchs nickte. »Verstehe. Ich müsste wirklich dringend mit ihm sprechen. Bestimmt hat er auch kein Problem damit, wenn Sie seine Adresse an mich herausgeben. Er kennt mich bereits.«

Die Frau lächelte und zeigte dabei ein paar schiefe Zähne. »Dürfte ich bitte trotzdem Ihren Ausweis sehen?«

Joachim legte das Dokument vor, erhielt die Adresse und versuchte anschließend ein letztes Mal, Lara per Telefon zu erreichen. Als wieder nur die automatische Ansage ertönte, fuhr er bei ihr zu Hause vorbei. Allerdings blieb auch sein Klingeln an der Tür unbeantwortet. Ein mit schweren Einkaufstüten behängter Hausbewohner, den es offenbar nicht im Geringsten interessierte, wer das Haus betrat, ließ ihn schließlich herein.

Nun stand er vor Laras Wohnungstür und klopfte. Die Sache wurde immer dubioser. Lara war am Vorabend in der Bibliothek gewesen, um mit dem Blinden zu sprechen. Somit hatte sie den Rekorder an sich genommen. Diese Frage war damit also geklärt. Wahrscheinlich hatte sie dabei vergessen, die Schublade abzuschließen und womöglich auch das Licht brennen lassen, weshalb Röhm in das Büro gegangen war und die Dienstwaffe in der geöffneten Schreibtischschublade entdeckt hatte. Auch wenn Lara etwas unsauber vorgegangen war, hatte sie ihm offenkundig einen Gefallen tun wollen. Dieser Gedanke rührte ihn. Und nun war sie wie vom Erdboden verschluckt.

Fuchs zog seine ADAC-Mitgliedskarte aus dem Portemonnaie und schob sie auf Höhe des Schlosses mit einer Ecke in den Spalt zwischen Türblatt und Rahmen. Nach ein paar ruckelnden Bewegungen klickte es, und die Tür war offen.

»Lara?«

Joachim war sich plötzlich auf unangenehme Weise seines Herzschlags bewusst. Was, wenn sie tot in ihrer Wohnung lag? So etwas kam vor. Dass junge Menschen starben. Einfach so. Und am Ende wusste keiner, warum. Langsam ging er durch die Wohnung und stieß eine Tür nach der anderen auf.

»Lara?«

Küche leer. Bad leer. Schlafzimmer leer. Schließlich warf er einen Blick in das Wohnzimmer und stieß erleichtert die Luft aus. Keine Leiche. Keine Lara. Doch das Rätsel um ihr Verschwinden blieb vorerst ungelöst.

Fuchs nahm sein Handy zur Hand und rief Andreas an.

»Kommst du mit dem MP3-Player nicht zurecht, oder wolltest du fragen, welche Biersorte ich am liebsten mag?«

»Kannst du Laras Handy für mich orten?«

»Echt jetzt?«

»Kannst du?«

»Technisch ist das kein Problem, aber …«

»Es eilt!«

Andreas spürte wohl den Ernst der Lage, denn schon im nächsten Augenblick klackerten seine Finger hektisch über die Tastatur. »Ich mache eine Triangulation, schaue also, innerhalb welcher drei Sendemasten sich das Handy befindet.« Es dauerte eine Weile, bis sich Andreas wieder meldete. »Ihr Handy ist aus.«

»Das wusste ich auch schon.«

»Dann sieht es schlecht aus.«

»Keine andere Möglichkeit?«

»Nein. Du weißt doch – man kann ein Handy nur orten, wenn es mit dem Handynetz verbunden ist.«

»Hast du irgendeine andere Idee?«

»Ich kann gucken, wo sie zuletzt eingewählt war. Je nach Knotenpunkt kann ich das Gebiet dann auf eine Fläche von einigen Quadratkilometern, bestenfalls von ein paar tausend Quadratmetern eingrenzen.«

»Gut, dann mach das bitte.«

»Wird aber einen Augenblick dauern. Kann sogar sein, dass ich dafür mit dem Netzbetreiber sprechen muss. Im schlimmsten Fall brauchen wir eine richterliche Verfügung.«

»Bitte nicht!«

»Ich melde mich bei dir, sobald ich etwas weiß.«

Fuchs legte auf, verließ Laras Wohnung und machte sich auf den Weg zu der Adresse, unter welcher der Blinde wohnte. Auf halber Strecke rief Andreas zurück.

»Sie war zuletzt gestern Abend in der Ecke Gartenstraße und Stresemannallee eingewählt. Das Gebiet hat eine Fläche von rund einhundertfünfundzwanzigtausend Quadratmetern.«

»Hört sich nach einem riesigen Gebiet an.«

»Nein. Ein Radius von circa zweihundert Metern. Als Planquadrat etwa dreihundertfünfzig auf dreihundertfünfzig Meter. Das Gute ist, dass es in der Nähe des Mainufers liegt und du somit einen Teil der nördlichen Fläche streichen kannst, denn dort verläuft der Fluss.«

»Ecke Gartenstraße, Stresemannallee sagst du?«

»Ja. Hilft dir das weiter?«

»Ich glaube schon. Ich melde mich später.« Fuchs legte auf und gab Gas. Straßenzüge flogen an ihm vorbei, Autos hupten verärgert, und Fußgänger scheuten in letzter Sekunde davor zurück, den Zebrastreifen zu überqueren. Nach sechs weiteren Minuten bog er in die Gartenstraße ein und erreichte die Abzweigung zur Vogelweidstraße. Haus Nummer 27 befand sich neben einer Durchfahrt zu einem Gebäudekomplex, vor dem gerade ein Parkplatz frei wurde. Fuchs stellte den Wagen ab und eilte durch die gedrungene Einfahrt in den Innenhof. Mehrere Häuser schienen wie zu einem einzigen Klotz zusammengeschmolzen. Fuchs fragte sich, warum diese architektonischen Verbrechen der Sechzigerjahre eigentlich nie bestraft worden waren. An der Tür ging er die Namensschilder durch. *Wales.* Er klingelte und wartete eine

Weile, als sich aber nichts tat, schellte er bei einem der Nachbarn.

»Ja?«, schnarrte es aus der Sprechanlage.

»Der Schornsteinfeger. Ich müsste mal bei Ihnen in den Keller.«

Es wurde aufgedrückt. Die Leute waren wirklich leichtgläubig. Oder er einfach ein guter Lügner. Vielleicht brachten Schornsteinfeger aber auch nicht nur denen Glück, die ihn berührten, sondern ebenso jenen, die sich als welche ausgaben.

Fuchs ging nach oben, prüfte die Namen an den Türschildern, klingelte zweimal bei Wales und legte ein Ohr ans Holz. Als er kein Geräusch aus dem Inneren der Wohnung vernahm, holte er sein Portemonnaie hervor und zog erneut sein Spezialwerkzeug aus dem Fach.

65

Es brauchte nur ein leichtes Ruckeln, schon war der Schnappmechanismus aus dem Schließblech gedrängt und die Tür geöffnet. Joachim hielt inne, lauschte, trat ein und zog die Tür hinter sich zu. Wie so oft in den Wohnungen anderer Leute war der Eigengeruch auch hier gewöhnungsbedürftig. Abgestanden. Muffig. Fremd. Und doch lag etwas in der Luft, das ihm vertraut erschien. Wie die Spur eines Parfums, das er kannte.

»Hallo? Herr Wales?«

Nichts.

Er fischte zwei blaue Latexhandschuhe aus der Innentasche seiner Jacke und streifte sie über. Dann ging er langsam den Flur hinunter, spähte nach rechts in ein kleines Bad mit Duschwanne und links in ein Wohnzimmer. Dort standen eine Couch und auf einem Sideboard ein alter Röhrenfernseher. Die Rollläden waren heruntergelassen. Dahinter kam eine Küche, und gegenüber lag das Schlafzimmer. Gemachtes Doppelbett, vorgezogene Gardinen. Schiebetürenschrank mit verspiegelter Front. Der Flur mündete in ein Esszimmer. Ein umgekippter Holzstuhl lag auf dem Boden. Auf dem Tisch stand eine Tasse mit einem Rest Kaffee, daneben ein volles Wasserglas.

»Herr Wales?«

Nichts. Hier war definitiv niemand. Er nahm die Tasse hoch und roch daran. Kaffee. Was für eine Überraschung. In blindem Aktionismus öffnete er einen mit Schnitzereien verzierten Schrank, fand darin Kristallgläser, Untersetzer aus Kork und ein Porzellanservice. Eine völlig unscheinbare Wohnung. Spärlich möbliert, geschmacklos, gewöhnlich. Gerade als er das Zimmer verlassen wollte, um die anderen Räume zu inspizieren, spürte er etwas unter seinem Schuh. Nachdem er einen Schritt zur Seite gegangen war, entdeckte er nichts auf dem Boden. Als er das Spielbein wieder belastete, bemerkte er jedoch erneut dieses Knirschen. Wahrscheinlich hatte sich ein Kieselstein im Profil der Sohle festgesetzt. Er hob den Schuh an, um nachzusehen. Im Hartgummiabsatz steckte ein schimmernder Gegenstand. Fuchs pulte ihn heraus, um ihn näher zu betrachten. Fassungslos starrte er das Teil in seiner Hand an, und schlagartig wurde ihm flau im Magen. Er kannte diese Anstecknadel mit dem Pandabär-Motiv.

Was sollte er jetzt tun? Seinen Chef verständigen? Trotz höchster Alarmbereitschaft meldeten sich Zweifel. Reichte das für einen Einsatz, oder würde Kreiling ihm seine Hypothesen wieder um die Ohren schlagen? Er konnte die zynischen Kommentare seines Chefs förmlich hören: Was, glauben Sie, ist passiert, Herr Fuchs? Dass der Mann Ihre Kollegin mit seinem Blindenstock erschlagen hat? Und dann käme der Anpfiff. Was er ohne Durchsuchungsbefehl in dieser Wohnung verloren hatte und wieso er sich überhaupt noch in die Ermittlung einmischte. Aber was brauchte er mehr? Lara war in dieser Wohnung gewesen, und danach hatte sie niemand mehr gesehen. Sie war weder erreichbar noch bei der Arbeit erschienen. Und die Person, die sie wahrscheinlich zuletzt gesehen hatte, meldete sich heute Morgen plötzlich krank, war aber nun nicht zu Hause. Dann dieser Anstecker ... der umgestürzte Stuhl. Trotzdem – er brauchte Gewissheit. Hier musste noch etwas sein!

Er betrat die Küche, riss auch dort Schubladen und Schränke auf und schloss sie wieder, als er nichts Interessantes darin entdeckte. Als Nächstes war das Schlafzimmer dran, aber auch das gab nicht viel her. Im großen Spiegelschrank war ein Staubsauger zwischen die hängende Kleidung gequetscht. Socken, Unterhosen und Gürtel waren ordentlich in den dafür vorgesehenen Fächern verstaut. Im Nachtschrank hätte bloß noch eine Bibel gefehlt, und Fuchs hätte sich wie in einem billigen Motel gefühlt.

Im abgedunkelten Wohnzimmer drückte er auf den Lichtschalter, woraufhin eine Milchglaskugel unter einem Deckenventilator aufglomm. An anderer Stelle baumelte ein Fliegenfänger von der Decke, an dem Insektenhüllen klebten. Auf dem Couchtisch lag eine Fernsehzeitschrift, darauf die Fernbedienung und eine Schale mit Potpourri. Fuchs schaute links hinter die Tür und sah einen antiken Sekretär mit geschwungenen Beinen. Er zog an einem der verschnörkelten Griffe. Die Schublade unter der Schreibfläche war entweder reine Deko oder sie hatte sich im verzogenen Holz dermaßen verklemmt, dass er sie nur mit einem Brecheisen aufbekommen würde. Doch er wollte keine Spuren hinterlassen. Noch konnte er die Wohnung verlassen, ohne dass es einen Beweis für seine Anwesenheit gab. Die beiden Schubfächer im oberen Teil des Sekretärs ließen sich problemlos öffnen. Im ersten lagen ein paar lose Schlüssel, Kleingeld und sonstiger Krimskrams. Im zweiten fand er ungeöffnete Post und – halb von der Kundenkarte eines Modegeschäfts verdeckt – ein grün-rotes Dokument im DIN-A5-Format mit verwischtem Stempel.

Schwerbehindertenausweis, stand über einem Feld. Darin waren in abgegriffener Schreibmaschinenschrift der Name des Inhabers sowie sein Geburtsdatum vermerkt. Links davon ein mit Lochnieten eingestanztes Passbild. Trotz der schlechten Bildqualität erkannte Joachim den Bibliothekar sofort wieder. Erneut meldeten sich Zweifel. Was war hier los? Was stimmte hier nicht? Als er sich kopfschüttelnd und beinahe kapitulierend auf die Couch sinken ließ, fiel sein Blick wieder auf den Tisch. Dann durchzuckte es ihn wie ein Blitz: die Fernsehzeitschrift!

Er schob die Fernbedienung und die Schale beiseite und blätterte durch die Seiten. Keine Blindenschrift. Für wen hatte ein Blinder eine Programmzeitschrift? Wozu brauchte er Spiegel in der Wohnung? Wer lebte hier noch?

Er stand auf, ging ins Bad, zog den Duschvorhang beiseite und öffnete den Hängeschrank über dem Waschbecken. Nur *eine* Zahnbürste. Zahnpasta, Rasierschaum, Q-Tips, Seife, Hautcreme. Kein Hinweis auf einen weiteren Bewohner. Als er seinen Arm nach einem Bastkörbchen auf einem Regalbrett ausstrecken wollte, sah er es: ein transparentes Kunststoffdöschen mit Schraubverschluss, halb versteckt in der Ecke hinter dem Zahnputzbecher. Das hatte hier definitiv nichts verloren. Wie elektrisiert musterte er den Behälter aus der Nähe, doch er war leer.

Dann fischte er das Körbchen herunter und schaute hinein. Stockte …

Sein Gehirn schien die Information nicht sofort verarbeiten zu können. Es war einfach zu absurd! Mit zitternden Fingern nahm er eine Verpackung heraus, die auf den ersten Blick Lidschatten, Rouge oder sonstige Kosmetika hätte enthalten können. Aber die Beschriftung erstickte jeden Zweifel im Keim.

66

»Kontaktlinsen?« Andreas' Stimme klang schrill aus dem Hörer.

»Ja, weiße Kontaktlinsen.« Entgeistert starrte Joachim die Verpackung in seiner Hand an.

»So Faschingslinsen, oder wie? Die Dinger sehen doch total unecht aus.«

»Nicht diese. Gib mal ein: *Dead Eye* und *SFX*. Vielleicht findest du was.«

Andreas' Computertastatur klackerte. »Ach du Scheiße! Die sind ja täuschend echt!«

»Unfassbar! Wie konnte ich nur so bescheuert sein?« Joachim packte sein Haar, als wollte er sich ein Büschel herausreißen.

»Der Typ ist clever, das muss man ihm lassen. Einen Blinden würde ja niemand verdächtigen.«

»Er hat uns alle verarscht!«

»Was ist mit Lara?«

»Die war hier, wie ich vermutet hatte.«

»Bist du sicher?«

»Ich habe ihre Anstecknadel auf dem Boden gefunden.«

»Scheiße. Und jetzt?«

Joachim brauchte einen Moment, um sich zu sammeln. »Du musst etwas für mich herausfinden. Ich habe hier einen Behindertenausweis gefunden, ausgestellt auf einen gewissen Johannes Wales. Der Kerl kann seine ganzen Taten kaum hier in der Wohnung begangen haben. Es ist ein Mehrparteienhaus, und er wohnt oben. Diese Bude ist also wahrscheinlich bloß eine Alibi-Adresse für sein Alter Ego. Es muss irgendeinen Ort geben, an dem er ungestört agieren kann. Such nach allem, was du in Verbindung mit diesem Namen finden kannst. Grundstücke, Garagen, Schrebergärten, einfach alles!«

»Das wird aber dauern.«

»Ich weiß, mach einfach so schnell es geht!«

»Wie hieß der Typ noch mal?«

Joachim buchstabierte den Namen.

»Gut, warte!« Tastenklackern.

»Also, schon mal die groben Infos vorab: Auf den Namen bekomme ich zwei Treffer. Der eine Kerl ist vierunddreißig und wohnt in der Staufenallee 26. Das ist in der Nähe vom Industriepark. Der zweite wohnt im Nibelungenweg 3, was irgendwo am Stadtrand liegt. Allerdings heißt der Typ Johann Wales und ist schon über siebzig.«

»Okay, was kannst du mir noch sagen?«

»Übrig bleibt dann wohl der Jüngere. Er ist der Sohn von Hans-Werner und Eleonore Wales. Er ist Alleinerbe der elterlichen Firma Alkuwa, die Kunststoff- und Aluminiumprofile herstellt. Die Firma liegt neben dem verlassenen Telona-Gelände. Du weißt, wo das ist, oder?«

»Ja.«

»Oh, warte mal kurz!«

Joachim hörte das dumpfe Brummeln einer Männerstimme aus dem Hörer. Wahrscheinlich hatte Andreas die

Sprechmuschel abgedeckt. Nach einer Weile meldete er sich wieder. »Ähm, Schatz? Ich muss Schluss machen, mein Chef ist gerade gekommen.«

»Dann ruf mich zurück, sobald der Alte weg ist!«

»Mhm … Essen um sieben ist super. Ja, ich dich auch. Bis später.«

Joachim steckte das Telefon wieder ein und legte die Kontaktlinsenverpackung zurück in den Korb. So eine Scheiße! Sein Kopf brummte, und in der plötzlichen Stille der Wohnung nahm er einen Druck sowie ein helles Pfeifen in seinem linken Ohr wahr. Ein Tinnitus oder gar ein Hörsturz würde ihm gerade noch fehlen! Im Flur auf und ab gehend, massierte er sich den Knorpel vor der Ohrmuschel, als wollte er Wasser aus dem Gehörgang pumpen. Hoffentlich meldete sich Andreas bald! Das Pfeifen im Ohr ließ etwas nach.

Johannes Wales. Johannes. Ihm kam ein Bibelvers in den Sinn: *Eines weiß ich wohl, dass ich blind war und bin nun sehend.* Das Johannes-Evangelium. Hatte der Kerl sich deshalb so genannt? Oder war das bloß Zufall? Im Grunde traf die Aussage auch auf ihn selbst zu, dachte er. Was war er die ganze Zeit so blind gewesen!

Sein Handy vibrierte. Er nahm ab.

»So, der Chef ist weg«, sagte Andreas.

»Gut, was hast du noch herausgefunden?«

»Kreiling ist erst in dieser Sekunde aus meinem Büro. Joachim, du musst ihm die Sache melden. Er hat nach dir gefragt – ob und wann ich zuletzt mit dir gesprochen habe.«

»Und was hast du gesagt?«

»Nichts natürlich. Aber sei mal ehrlich, die Lage gerät

doch völlig außer Kontrolle. Wenn du recht hast, ist Lara gerade in Lebensgefahr.«

Wenn sie überhaupt noch lebt, dachte Joachim, traute sich aber nicht, den Gedanken laut auszusprechen.

»Außerdem hast du dir unbefugten Zutritt zu einer Wohnung verschafft, womit die Beweise unter Umständen nichtig sind.«

»Hier war Gefahr im Verzug!«

»Ein gewitzter Anwalt zerreißt dir das in der Luft, wenn du Pech hast.«

»Scheiße, verdammt noch mal!«

»Ruf den Chef an! Lass die Hose runter. Das ist die einzige Chance. Die Sache ist für einen Alleingang eine Nummer zu groß.«

Der Widerstand in seinem Innern bäumte sich auf wie eine riesige Welle, die letztendlich jedoch brach und mit einem zurückbleibenden Gefühl der Leere und Resignation verebbte.

»Okay«, sagte Fuchs mit kraftloser Stimme. »Gib dem Chef bitte die Adresse von diesem Johannes Wales weiter. Ich mache jetzt Meldung.« Er legte auf, deaktivierte die Rufnummernübermittlung seines Handys und wählte die Nummer des Notrufs. Andreas hatte recht: Offiziell durfte er nie in dieser Wohnung gewesen sein. Mit verstellter Stimme und italienischem Akzent meldete er Auffälligkeiten in einer Nachbarwohnung im vierten Stock und nannte, nachdem er die Ernsthaftigkeit der Lage mehrfach betont hatte, Namen und Adresse dieses Nachbarn, wünschte jedoch explizit, anonym zu bleiben. Dann rief er Hermann Kreiling an und berichtete ihm in aller Kürze von seiner Reise nach Görmin, dem mutmaßlichen Mörder Richard Dorn, dem falschen blinden Bibliothekar Johannes Wales und zuletzt von Laras Unterfangen, diesem die Mailboxaufzeichnung vorzuspielen.

Eine ganze Weile sagte Kreiling nichts. Joachim befürchtete, dass dies nur die Ruhe vor dem Sturm war und sein Chef ihm gleich dermaßen den Marsch blasen würde, dass er sich für den Rest des Jahres, vielleicht sogar nie wieder, auf dem Revier blicken zu lassen brauchte.

»Ich muss Ihnen wohl nicht sagen, wie unprofessionell Ihr Vorgehen war, Herr Fuchs«, sagte Kreiling mit erstaunlich ruhiger Stimme. »Die Beschwerde dieses Zone-Polizisten wegen Hausfriedensbruchs lasse ich jetzt mal außen vor. Darum habe ich mich bereits gekümmert. Aber sehen Sie bitte zu, dass Sie sofort aus dieser Wohnung verschwinden. Wenn wir gleich anrücken, sind Sie weg! Falls wir Sie doch antreffen, können Sie Ihr Büro räumen. Endgültig. Ich hoffe, wir haben uns verstanden?«

»In Ordnung, Chef.«

»Und … Herr Fuchs?«

»Ja?«

»Gute Arbeit.«

67

»Sie sind auf dem Weg zur Wohnung«, warnte Andreas. »Hast du dich aus dem Staub gemacht?«

»Bin noch vor dem Haus, sitze aber schon im Auto.« Es rührte Joachim, wie sehr sich sein Freund um ihn sorgte.

»Dann sieh zu, dass du wegkommst! Kreiling war echt geladen.«

»Okay, ich fahre gleich los.«

»Joachim …«

»Ich bin ja schon weg. Da …«, sagte Fuchs und startete den Motor, »… hörst du?«

»In Ordnung.«

»Hat Kreiling sonst noch was gesagt?«

»Nichts, was dich betrifft. Er wollte nur von Olga auf die Schnelle noch eine Dragnet-Analyse mit den aktuellen Daten.«

»Und?«

»Laut Programm liegt der Industriepark in der roten Zone.«

»Na, dann kann ja nichts mehr schiefgehen.«

»Sei nicht so sarkastisch! Jedenfalls wurde das Einsatzteam dorthin geschickt.«

Nachdem Joachim aufgelegt hatte, starrte er gedankenverloren nach draußen. Wo steckte Lara bloß? Nach allem, was er gesehen hatte, gab es kaum Zweifel daran, dass sie in die Fänge dieses Verrückten geraten war. War sie überhaupt noch am Leben? Bei dem Gedanken wurde ihm übel. Er öffnete das Fenster einen Spalt und sog die kühle Luft ein. Wieso nur war sie auf eigene Faust losgezogen? Sie sollte ihm doch nur das Tonbandgerät aus dem Büro holen, mehr nicht! Bestimmt hatte ihr schlechtes Gewissen sie getrieben. Sie hatte ihren Fehler mit Becker wiedergutmachen wollen, und dies war ihr nun zum Verhängnis geworden. Doch auch er trug eine Teilschuld, gestand Fuchs sich ein. Er war zu unversöhnlich gewesen, hatte Lara mit seinem Verhalten, wenn auch unbeabsichtigt, vielleicht sogar zu ihrer Entscheidung gedrängt. So ein verdammter Mist! Er schlug auf das Lenkrad ein, bis seine Handballen schmerzten. Sein Magen fühlte sich an wie ein Säure speiender Vulkan.

Er sah auf die Uhr. Inzwischen durften seine Kollegen am Industriepark eingetroffen sein und langsam Stellung beziehen. Während er hier herumhockte wie ein Spieler auf der Strafbank. Wie groß hatte Kreiling den Einsatz wohl aufgezogen? Hatte er die Spezialeinheit alarmiert oder bloß eine Streife geschickt? Ein »Team« hatte Andreas gesagt. Das konnte viel bedeuten. Sollte er sich das Geschehen nicht wenigstens aus einiger Entfernung ansehen? Falls die Situation eskalierte, brauchten sie unter Umständen jeden Mann vor Ort. Vergiss es, schalt er sich in Gedanken. Kreiling war doch kein Amateur, und das Team würde den Einsatz auch ohne ihn schaukeln. Außerdem bot er besser keine Angriffsfläche mehr. Kreiling hatte während des Telefonats zwar beherrscht gewirkt, aber seine

Ansage war unmissverständlich gewesen. Wenn er sich jetzt widersetzte, würde der Alte ihn feuern, ohne mit der Wimper zu zucken. Aber was sollte er sonst tun? Lara war nicht zuletzt auch seinetwegen in diese missliche Lage geraten. Sein Kopf brummte wie ein Umspannwerk. Eins war sicher – er konnte unmöglich nur herumsitzen und nichts tun.

Sollte er bei Sophia vorbeifahren? Vielleicht konnte sie ihn beruhigen. Falls sie überhaupt zu Hause war. Und wenn sie sich seltsam verhielt? Distanziert, abweisend … oder erst gar nicht die Tür öffnete? Dann würde es ihm nur noch schlechter gehen! In dieser Verfassung wollte er sich ohnehin niemandem zeigen. Nein, besser nicht.

Er sah aus dem Fenster. Was war mit dieser anderen Adresse? Nibelungenweg 3, irgendwo am Stadtrand, hatte Andreas gesagt. Doch mit über siebzig kam der Bewohner als Täter wohl kaum in Frage. Zudem hatte Dragnet die Adresse im Industriepark als heiße Zone markiert. Na dann … im Grunde war alles klar. Bis auf die Sache mit Richard Dorn. War Fuchs in Görmin zufällig auf einen anderen Triebtäter gestoßen, oder war tatsächlich Dorn dieses kranke Schwein, das in die Rolle des Blinden geschlüpft war? Von den uralten Fotos, die er bei Mathilda Boehme und Larissa Crom gesehen hatte, konnte er nicht ohne Weiteres auf den Bibliothekar schließen. Die Veränderungen, die Menschen in der Zeit vom Schulkind zum Erwachsenen durchmachten, waren teilweise zu gravierend. Zudem hatte sich der Bibliothekar hinter einer Sonnenbrille versteckt, und sobald er sie abnahm, zogen seine grässlichen Augäpfel jedwede Aufmerksamkeit auf sich.

Das alles war mehr als sonderbar und ließ ihm keine Ruhe. Ein Bauchgefühl? Kreiling würde ihn steinigen. Vielleicht war die wahre Triebfeder aber auch der infantile Impuls, Kreilings heißgeliebter Software ein Schnippchen zu schlagen. Oder war es vielmehr das Grundprinzip eines jeden guten Ermittlers, allen Spuren nachzugehen, bis wirklich sicher war, dass diese zu nichts führten? Eigentlich eine Binsenweisheit! Doch was, wenn sie tatsächlich irgendein Detail übersehen hatten? Wenn die Software nicht alles in ihre Berechnungen mit einbezogen hatte? Gesunde Bedenken waren in jedem Fall angebracht. Immerhin hing Laras Leben davon ab. Musste daher nicht alles Menschenmögliche getan werden? Ihm war klar, dass er sich an Strohhalme klammerte. Aber egal – alles war besser als Däumchen zu drehen!

68

Der orange-braune Klotz, der einem riesigen Schuhkarton glich, nahm den Nieselregen mit stoischer Ruhe hin. Gute dreihundert Meter von dem Firmengebäude der Alkuwa entfernt stand Kreiling an ein Einsatzfahrzeug gelehnt und bat seine Kollegen um Ruhe. Er kniff die Augen zusammen. Soweit er die Szenerie überblicken konnte, verriet nur das vom Dach der Fabrikhalle baumelnde Seil, dass etwas Ungewöhnliches vor sich ging. Das Spezialeinsatzkommando hatte also dort oben Stellung bezogen. Die Tatsache, dass sich noch keine Gaffer vor den Eingängen der Bürokomplexe gegenüber versammelt hatten, wertete er als Zeichen, dass die Teams diskret vorgegangen waren. Normalerweise zogen die schwarz gekleideten Einsatzkräfte mit ihren Sturmhauben und Titanhelmen die Aufmerksamkeit der Leute auf sich wie Unfälle oder brennende Häuser. Dabei waren derartige Einsätze keine Seltenheit. Allein in Hessen wurde rund fünfhundert Mal im Jahr auf die Dienste des SEK zurückgegriffen.

Kreiling bellte in sein Funkgerät: »Team Alpha, bitte kommen!«

Es knackste, dann meldete sich eine kratzige Stimme: »Hier Team Alpha.«

»Wie ist die Lage bei Ihnen?«

»Wir nähern uns dem Wohnhaus.«

»Zugriffszeitpunkt?«

»Unklar. Wir mussten über das Hallendach und anschließend durch den Garten.«

»Weshalb der Umweg?«

»Hinten ist das Haus von einer meterhohen Mauer umschlossen. Der angrenzende Teil des Gartens ist durch große Fenster komplett einsehbar. Wir wären quasi auf dem Präsentierteller.«

»Warum sind Sie nicht durch die Halle gegangen?« Kreiling rang um Beherrschung, während sein Blick auf den großen Rolltoren an der Gebäudefront ruhte. »So haben Sie jetzt ungeklärtes Gelände im Rücken.«

»Ist uns klar, aber haben Sie eine Vorstellung, was die Tore beim Hochschieben für einen Lärm veranstalten? Dann könnten wir ebenso gut klingeln.«

»Was ist mit den Fenstern über den Toren?«

»Wir konnten beim Hochklettern einen Blick hineinwerfen. Nur das vordere Viertel der Halle ist einsehbar. Dahinter versperren riesige Regale die Sicht. Für jemanden, der sich da drinnen verschanzt, ein idealer Schutzwall, während wir ohne Deckung dastünden. Ohne mich.«

»Gibt es Dachfenster?«

»Dachhauben aus Kunststoff. Blickdicht.«

»Haben Sie …?«

»Endoskop-Kameras? Am Mann! Aber der Kunststoff ist sehr dick. Zu laut zum Aufbohren.«

»Über die Hofeinfahrt ging auch nicht?«

»Überwachungskameras.«

»Hm.« Kreiling musterte den Ausdruck der Luftbilder.

Nicht nur die Fabrikhalle, auch das dahinterliegende Wohnhaus war riesig, der Garten dagegen richtig klein. »Was ist das für ein Tunnel, der von der Halle zum Haus führt?«

»Wir schauen gerade drauf. Irgendein Verbindungsgang. Circa fünf Meter lang. Wie es von hier oben scheint, allerdings ohne Türen oder Fenster. Uns bleibt wohl nichts anderes übrig, als direkt am Haus einen Einstieg zu finden.«

Mit einem Filzstift zeichnete Kreiling den geplanten Zugriffspfad ein. Eine rote Linie, die über das Dach der Halle und die Rasenfläche links neben dem Verbindungsgang an das Haus heranführte.

»Irgendwelche Auffälligkeiten?«

»Negativ. Bisher alles ruhig. Wir seilen uns jetzt ab und melden uns, sobald sich was Neues ergibt.«

»In Ordnung.« Kreilings Backenzähne mahlten. Er wusste, dass er sich ab jetzt besser heraushielt. Die Teams wechselten ansonsten die Sendefrequenz, denn ab sofort würden sie sämtliche Gespräche über die im Helm integrierten Kommunikationssysteme auf das Nötigste reduzieren. Gleich, wenn sie in unbekanntes Terrain vordrangen, wo hinter jeder Ecke eine Gefahr lauern konnte, war ein ungeduldiger Sesselpupser, der glaubte, alles besser zu wissen, oder ihnen Befehle ins Ohr brüllte, das Letzte, was sie brauchten. So sahen ihn die Jungs, da machte er sich keine Illusionen. Auch er war einmal jung gewesen und hatte seine Meinung über die Führungsetage gehabt. Sesselpupser. Punkt. Manchmal sehnte er sich die Zeiten zurück, in denen er selbst an vorderster Front gekämpft hatte. Doch mittlerweile war er dafür schlichtweg zu alt. Beim SEK war das schlimmer als im Profifußball. Selbst Klaus Fichtel, der älteste Bundesligaspieler aller Zeiten, war bei seinem letzten Einsatz Ende der Achtziger zwanzig Jahre jünger gewesen als er jetzt. Wenn er das nun mit dem Durchschnittsalter seiner Jungs auf dem Dach verglich, ging er schon fast als Fossil durch. Nur noch drei Jahre, dann hatte er es geschafft. Dann würde man ihm das Gnadenbrot erteilen. Er ließ das Funkgerät sinken und blickte Huber und Kern mit mürrischer Miene an.

»Dann warten wir mal ab.«

69

Allmählich trieb sie an die Oberfläche. Ihr Gehirn versuchte, die verschiedenen Sinneseindrücke zu einem logischen Ganzen zu verknüpfen. Doch aus irgendeinem Grund durchbrach sie die Oberfläche nicht. Sie trieb einfach einem matten Lichtschein entgegen, während dieser schwarze Tümpel sie in der Tiefe festzuhalten schien und ihre erst trägen, dann von aufkeimender Furcht immer schnelleren Schwimmzüge verhöhnte. War das ein Traum? Wenn, dann ein verdammt schlechter. Eine ganze Weile dümpelte sie in diesem Grenzland zwischen Traum und Wirklichkeit umher, hatte bisweilen das Gefühl zu fallen, als säße sie in einem trudelnden Flugzeug, das unaufhaltsam der Erde entgegenrast. Neue Empfindungen rückten in den Vordergrund. Erst Übelkeit. Dann die harte Unterlage. Ein leichter Zug an ihren Knöcheln. Doch unter all diesen Empfindungen stach eine zunehmend hervor. Durst. Ihr Mund war so trocken, dass sich ihre Zunge anfühlte wie ein Stück Leder. Nicht einmal beim Erwachen nach ihrer Blinddarmoperation hatte sie einen solchen Durst verspürt. Infernalisch! Sie brauchte Wasser! Binnen weniger Sekunden dominierte dieser Gedanke jeden anderen. Wasser!

Sie schlug die Augen auf. Wasser! Das matte Licht an der Oberfläche des Tümpels entpuppte sich als gleißende

Glühwendel einer nackten Birne. Ringsherum buckliges Mauerwerk. Feuchte, modrige Luft. Als sie bemerkte, dass sie ihre Hände nicht frei bewegen konnte, betastete sie die Unterlage. Sie war sich nicht sicher, aber es fühlte sich an wie … Vorsichtig kratzte sie mit den Fingernägeln darüber und bekam sofort eine Gänsehaut. Gebürstetes Metall. Unwillkürlich dachte sie an die Obduktionstische in der Rechtsmedizin. Doch das war unmöglich. Oder? Vielleicht war sie scheintot? Sie wäre nicht die Erste, die nach einer ärztlichen Fehleinschätzung in der Rechtsmedizin landete. Aber das traf in ihrem Fall nicht zu. Sie befand sich eindeutig in einem Keller. Dann diese Übelkeit … Wieso um alles in der Welt kam ihr plötzlich der Gedanke an eine Schwangerschaft? Die Antwort folgte in Form einer blitzartigen Sequenz: Becker, der sich mit verschwitztem Leib auf ihr abmühte. Das war leider kein Traum, fiel ihr ein, sondern eine Erinnerung! Ein weiterer, diesmal stärkerer Anflug von Übelkeit brandete über sie hinweg. Mehr Bilder tauchten auf. Wie sie aufs Klo rannte und gegen einen heftigen Brechreiz ankämpfte. Wo war das noch gleich gewesen? Bilder einer fremden Wohnung flackerten vor ihrem geistigen Auge auf. Ein Flur. Ein Esszimmer. Das Tonband. Ein Stuhl, der umkippte … Siedend heiß fiel es ihr ein: Sie war zu dem Blinden gefahren und hatte ihm die Aufzeichnung vorgespielt. Irgendwann war ihr schlecht geworden, sie war zur Toilette gestürzt, hatte sich beinahe übergeben, und kurz nachdem sie wieder ins Esszimmer zurückgekehrt war, waren ihre Beine eingeknickt.

Und nun lag sie hier in diesem Keller. Aber wie war das möglich? Wie sollte Wales sie hierher verfrachtet haben?

Unmöglich! Es sei denn – der Gedanke ließ sie erschaudern –, er agierte nicht allein. Das war die Lösung! Wales war nur der Handlanger des wahren Täters. Allmählich fügten sich die Teile zu einem großen Ganzen. Und mit dieser Einsicht kam die Panik.

Schlagartig war das Durstgefühl verpufft. Ein anderer Impuls herrschte nun vor: Fluchtinstinkt. Sie versuchte, sich zu bewegen, bemerkte dann aber wieder, dass etwas ihre Handgelenke umklammerte. Auch ihre Knöchel waren fixiert. Das Adrenalin schoss jetzt wie Stromstöße ihren Rücken empor und verlieh damit jeder Faser ihres Körpers ungeahnte Kräfte. Wie bei einem genetischen Programm, das bereits jeder Embryo abspulen konnte, versuchte sie, Arme und Beine schützend an ihren Körper heranzuziehen, doch die Fesseln gaben kaum nach. Dann probierte sie es mit einem gezielten Ruck, doch das wurde bloß mit einem lauten Rasseln von Ketten quittiert, die gegen den Metalltisch schlugen. Wenn sie aber einen konstanten Zug auf ihren Arm ausübte, könnte sie dann vielleicht aus einer der Fesseln schlüpfen? Sie zog und zog, bis ihre Muskeln zitterten, doch das einzige Ergebnis waren unerträgliche Schmerzen an ihrem Handgelenk. So wurde das nichts. Eine weitere Welle der Panik baute sich in ihr auf, und sie registrierte, dass sie begonnen hatte zu hyperventilieren. Ganz ruhig! Einatmen, Luft anhalten, langsam ausatmen. Einatmen, Luft anhalten, ausatmen. Nach einer Weile merkte sie, dass sich ihr Herzschlag etwas beruhigte. Wenn sie auch nur die geringste Chance haben wollte, musste sie sich konzentrieren. Denk nach, verdammt, denk nach!

Als Erstes galt es, sich einen Überblick über die Lage zu

verschaffen. Sie war an Armen und Beinen gefesselt. An die Verschlüsse der Schnallen kam sie nicht heran. Also gab es höchstens eine Chance, wenn ihr Entführer auftauchte und die Fesseln löste. Falls er einen Knöchel losmachte, könnte sie ihm einen Tritt gegen den Kehlkopf versetzen, was ihn für eine ganze Weile kampfunfähig machen dürfte. Falls er ihre beiden Beine befreite, könnte sie ihn damit umklammern und in eine Beinschere nehmen. Sie hatte einmal gehört, dass die Halsschlagadern schon ab einem Druck von zwei Kilogramm kein Blut mehr durchließen. Nach spätestens dreißig Sekunden würde der Kerl das Bewusstsein verlieren. Ein paar Minuten länger ohne Blutzufuhr, und er wäre mausetot. Zumindest würde er aufgrund des langen Sauerstoffmangels einen Hirnschaden erleiden, der ihn für den Rest seiner erbärmlichen Existenz dahinvegetieren ließe. Starrend, sabbernd und mit vollgepisster Windel. Beides wäre ihr recht. Aber selbst wenn ihr dieses Vorhaben gelänge, wäre sie immer noch an diesen Tisch gefesselt. Dann hätte sie zwar ihre Ermordung verhindert, sich aber am Ende selbst dem Tod geweiht, da sie in diesem Kellerloch verdursten würde. Außerdem – warum sollte sie dieser Wahnsinnige überhaupt von den Fesseln befreien? Und was, wenn es sich wirklich um zwei Täter handelte?

Sie sah sich um. Rechts von ihr ein schmaler Durchgang mit Rundbogen. Zu ihrer Linken ein breites Metallregal mit diversen Gegenständen darin. Glasgefäße mit rot-braunem Inhalt, eine Art gelierte Flüssigkeit. War das etwa Blut? Etwas abseits davon lagen Gummischläuche, Kanülen und ein Stauschlauch. Ja, das war Blut. Vermutlich von den Opfern. Eine Etage darüber lag etwas, das aussah wie eine Fernbedienung, daneben eine Schere. Wenn sie da nur irgendwie herankäme ... Auf dem obersten Brett stand eine Art Fernglas mit Riemen dran. Sie hob den Kopf von der Unterlage und konnte über die Tischkante hinweg den Teil einer Gerätschaft erkennen, der sie an den Handgriff einer überdimensionalen Heißklebepistole erinnerte. Hinten am Handstück war ein dickes Kabel angeschlossen. Was immer das war – es konnte ihr im Moment auch nicht helfen. Wenn sie ihren Hals verrenkte, sah sie den Abschnitt des Raums zu ihrem Kopfende, doch dort war nichts außer dem Gemäuer. Voller Verzweiflung starrte sie an die Decke und überlegte fieberhaft, ob sie irgendeine Option übersehen hatte.

Dabei nahm sie etwas kaum Merkliches wahr. Als hätte sich der Luftdruck im Keller verändert. Zuerst dachte sie, ein Geräusch hätte ihre Aufmerksamkeit geweckt, doch alles war still. Erst als sie wie ferngesteuert den Kopf nach rechts schnellen ließ, wurde ihr klar, dass sie aus dem Augenwinkel die Gestalt unter dem Gewölbe wahrgenommen haben musste.

Da stand er und starrte sie an. Im Halbdunkel des Durchgangs wirkten seine Augäpfel beinahe klar. Klar und blau. Er sah sie an und rührte sich nicht. Irgendwann verschwand er wieder. Lara hörte ein Geräusch wie beim Schließen einer Tresortür. Plötzlich war er zurück, betrat wie in Zeitlupe den Raum, den Blick unnachgiebig auf sie geheftet. Jetzt, als das Licht der Glühlampe seine Iris traf, erkannte sie, dass es keine optische Täuschung gewesen war. Seine Augen wiesen eindeutig keine weißliche Trübung mehr auf. Wie war das nur möglich? Es war der Blinde aus der Bibliothek, und doch waren seine Augen klar und von einem intensiven Blau. Es gab nur eine Erklärung: Vor ihr stand sein Zwillingsbruder. Sehend.

Der Mann ging um den Tisch herum, auf dem sie gefesselt lag, steuerte auf das Regal zu und griff zielsicher nach der Fernbedienung. Er drückte einen der Knöpfe, und sie fuhr zusammen, als plötzlich ohrenbetäubende Heavy-Metal-Musik das Gemäuer erzittern ließ. Der Mann legte die Fernbedienung zurück, griff nach der Schere und ließ sie langsam auf- und zuschnappen.

70

Markus Ritter, ein Meter sechsundneunzig, Vater eines dreijährigen Sohnes und schnellster Schütze der Einheit, klappte das ballistische Visier seines Helms herunter und stemmte sich gegen die Dachkante. Während er sich abseilte, gaben ihm seine Kollegen von oben Deckung. Als er wieder Boden unter den Füßen spürte, zog er seine Waffe und drückte sich flach an die Wand des Verbindungsgangs. In kurzen Abständen folgte das dreimalige Sirren beim Abseilen seiner Kollegen. Dann war wieder alles ruhig. Ritter tippte sich auf die Brust, deutete dann auf seinen Partner Daniel Guldan mit der Nummer 2 und wies zur Terrassentür, von der man nur einen schmalen Streifen Glas erkennen konnte. Anschließend signalisierte er Nummer 3 und 4, dass sie das Haus über die Kellertreppe entern sollten. Simultanes Nicken.

In geduckter Haltung schlich er im toten Winkel sämtlicher Fenster auf das Haus zu. Seine Kollegen folgten im Gleichschritt. Kurz vor der Fassade teilte sich die Gruppe in Zweierteams auf. Ritter spähte ums Eck. Durch die Spiegelung in den Scheiben konnte er nichts erkennen. Ihm blieb also nichts anderes übrig, als an die Scheibe heranzutreten und das einfallende Tageslicht mit der Hand abzuschirmen. Er gab Daniel ein Zeichen, der mit der

Waffe im Anschlag in die Hocke ging. Dann sprintete er los, verbarg sich in einem Winkel, wartete kurz, ob sich irgendetwas tat und schnellte, nachdem alles ruhig geblieben war, nach vorne. Rasch scannte er den Wohnraum. Niemand drin. Er winkte Daniel Guldan herbei und zeichnete mit dem Finger einen imaginären Kreis auf das Fenster, ohne dabei die Räumlichkeiten aus den Augen zu lassen. Daniel verstand, zog sogleich einen Glasschneider aus dem Rucksack. Das typische Kratzgeräusch ertönte, als er einen Kreis aus der Scheibe schnitt. Da es sich um eine Doppelverglasung handelte, musste er das Werkzeug ein zweites Mal ansetzen. Anschließend griff Markus durch das Loch und bediente den Hebel, der die Terrassentür anhob. Während er die riesige Tür wie in Zeitlupe aufschob, hielt er die Luft an, denn ihm war klar, dass dieses Unterfangen keinesfalls so leise vonstattengehen würde wie das Schneiden des Glases, da sich mit der Zeit allerlei Dreck in den Führungsschienen gesammelt hatte, der nun unter dem Gewicht der Tür verräterisch knirschte. Immer wieder hielt er inne und lauschte, ob sich etwas im Haus regte.

Als die Tür weit genug geöffnet war, schlüpften sie hindurch und fanden sich in einer Leseecke wieder, die ein paar Stufen tiefer lag als das angrenzende Wohnzimmer. Deckenhohe und bis auf den letzten Platz gefüllte Bücherregale umrahmten eine durchgesessene, aber teuer wirkende Couch. Auf einer Ottomane lag eine gefaltete Pelzdecke. Vermutlich echt. In die Wand links neben den Stufen war ein Kamin eingelassen. Mit den Waffen im Anschlag schlichen die beiden voran. Auf der nächsten Ebene schob sich ein Esstisch ins Blickfeld, die linke Ecke des Raums wurde von einer goldenen Voliere dominiert. Rechts führte ein großer Durchgang zu einem weiteren Raum. Geradeaus ging es in die Küche, rechts daneben zweigte ein Flur ab. Große, sich teilweise überlappende Teppiche schluckten das ohnehin spärliche Licht. Während Ritter einen Fuß vor den anderen setzte, schnellte sein Kopf abwechselnd zu beiden Seiten. Ganz allmählich konnte er den angrenzenden Raum einsehen. Doch gerade als sich dort eine Silhouette abzeichnete, schrie links neben ihm jemand auf.

»Sie da!«

Er fuhr herum, richtete seine Heckler & Koch in Richtung der Stimme. Noch bevor er den Abzug drücken konnte, entdeckte er den Graupapagei in der Voliere. Doch die Erleichterung war nicht von Dauer. Blitzschnell drehte er sich wieder um, erkannte dann aber, dass er kurz zuvor nur die Umrisse einer hölzernen Butler-Figur gesehen hatte. Der Vogel krakeelte und hob abwechselnd die Klauen von der Stange, als würde er tanzen.

»Sie da! Sie da!«

Verdammtes Vieh – er hatte es schlichtweg übersehen. Zum Glück hatte auch sein Kollege nicht vor Schreck die Waffe abgefeuert. Ritter warf ihm einen Blick zu, woraufhin Daniel erst hilflos die Schultern zuckte und dann mangels besserer Einfälle ein imaginäres Messer an seiner Kehle vorbeiführte. Ritter schüttelte den Kopf. Er bedeutete seinem Partner, die Umgebung im Auge zu behalten, während er zurück in die Leseecke schlich. Dort holte er die Pelzdecke, die er über dem Käfig ausbreitete. Das Tier flatterte wild umher, beruhigte sich dann aber plötzlich. Ritter schloss für einen Moment die Augen und atmete tief durch.

Um nach diesem lautstarken Zwischenfall sicherzugehen, dass niemand mehr auftauchte, behielten sie für geschlagene zwei Minuten die Zugänge im Auge und lauschten. Erst dann führten sie ihren Erkundungsgang fort. Von dem gewinkelten Flur gingen eine Gästetoilette und ein Arbeitszimmer ab, die jedoch beide leer waren. Geradeaus führte eine wuchtige Holztür mit Strukturglasfenstern in ein Treppenhaus. Dort befand sich auch die Haustür. Links ums Eck gelangte man ins Obergeschoss und durch eine Tür rechts von ihnen vermutlich in den Keller. Bässe wummerten unter dem Türspalt hindurch. Ritter deutete mit dem Kinn in diese Richtung und gab Daniel Feuerschutz, während der die Kellertür öffnete und sofort wieder hinter der Wand in Deckung ging. Niemand da. Nur eine leere Treppe, die wie erwartet nach unten führte. Die Musik klang noch immer gedämpft. Entweder war der Keller verdammt groß oder sie mussten weitere Türen passieren. Wahrscheinlich beides.

Langsam stiegen sie in die Dunkelheit hinab, bis sie in einem langen Durchgang standen. Sämtliche Lampen waren ausgeschaltet, und die Abwesenheit von Fenstern tat ihr Übriges. Lichtschalter waren tabu, da sie nicht wussten, wo überall das Licht angehen würde. Daher knipste Ritter seine Taschenlampe an, hielt sie mit horizontal gewinkeltem Arm vor seinen Körper und legte die Hand mit der Waffe quer darüber. In dieser Position ließ er den Lichtstrahl über Wände und Nischen wandern. Zu beiden Seiten gingen um einige Meter versetzt angelegte Gänge ab. Die erste Abzweigung rechts war nach wenigen Schritten erreicht. Ritters Kopf schnellte vor und sofort wieder zurück.

Der Gang war stockdunkel und etwa drei oder vier Meter lang. An seinem Ende befand sich eine massive Tür. Von dort schien die Musik zu kommen. Allmählich konnte Ritter Instrumente identifizieren. Eine arrhythmische Kakophonie aus Gitarre, Schlagzeug und Gebrüll. Death Metal oder so ein Scheiß.

Nachdem er einen weiteren Blick riskiert und sich vergewissert hatte, dass dort niemand lauerte, schaltete er die Taschenlampe wieder aus. Nun erkannte er Lichtreflexe unter dem Türspalt. Sein Herz hämmerte, doch er versuchte, diesen Umstand zu ignorieren. Er fragte sich jedes Mal, ob diese Furcht je verschwinden würde. Wie viele Einsätze bräuchte es dafür noch? Die Realität war völlig anders als irgendwelche Einsatzübungen. Wer behauptete, dass ihm in diesen Situationen nicht der Arsch auf Grundeis ging, der log.

Er bog in den Gang ein. Nur noch die paar Schritte, dann waren sie am Ziel. Ritter drehte sich zu Daniel um, wollte ihm signalisieren, dass er die Endoskop-Kamera startklar machen sollte, als in seinem Augenwinkel eine Gestalt auftauchte. Ein kurzer Ruck ging durch seinen Schussarm, doch bevor er die Waffe auf das Ziel richten konnte, starrte er selbst in die Mündung einer Pistole. 9 mm, wenn er sich nicht irrte. Nummer 3 und 4 waren aus einem Zwischengang aufgetaucht, der ihm beim Spähen entgangen war. Unter anderen Umständen hätte dies den sicheren Tod bedeutet. Mit beschwichtigenden Gesten ließen alle ihre Pistolen sinken. Anschließend tauschten sie sich mittels Zeichensprache darüber aus, wer welche Bereiche gesichert hatte. Team 2 hatte den restlichen Keller geklärt, womit nur noch der Raum übrig blieb, aus dem die Musik dröhnte. Ritter machte seinen Kollegen verständlich, dass zunächst eine Sichtung mit der Endoskop-Kamera erfolgen sollte und das weitere Vorgehen davon abhing, was der Blick durch den Türspalt offenbarte.

Während Daniel die Kamera startklar machte, hoffte Ritter, dass die Tür nicht verriegelt war. An dem kleinen Monitor hing ein dünner geriffelter Schlauch. Als er an einem der Rädchen am Bildschirm drehte, wand sich der Schlauch wie eine Mamba. Daniel ging in die Hocke. Gerade als er das Schlauchende unter dem Türspalt hindurchschieben wollte, ertönte ein markerschütternder Schrei. Unmöglich zu sagen, ob von einem Mann, einer Frau oder einem Kind. Die vier sahen sich an. Kein Zweifel – etwas Schreckliches geschah hinter dieser Tür. Es klang, als würde jemand abgeschlachtet werden.

Und noch ein Schrei.

Und wieder.

»Zugriff!«, zischte Ritter.

Alle reagierten blitzschnell, als hätten sie genau diese Situation immer wieder geprobt: 3 und 4 brachten sich mit den Waffen im Anschlag in Position, Daniel zog die Kamera zurück, sprang beiseite und drückte dabei die Türklinke runter, während Ritter bereits wie ein Karatekämpfer durch die Luft wirbelte.

71

Fuchs gab die Adresse in sein Navi ein und folgte den Anweisungen der Stimme, überquerte den Main, fuhr von der Stresemann- auf die Kennedyallee und von dort weiter auf die Mörfelder Landstraße, die er ein gutes Stück nach der Commerzbank-Arena wieder verließ. Dann bog er nach rechts auf einen asphaltierten Feldweg ab, der nach etwa zweihundert Metern in einen geschotterten Waldweg überging. Skeptisch beäugte er das Navigationsgerät, das ihn nun aufforderte, der Straße für einen Kilometer zu folgen. Wahrscheinlich war es eine Abkürzung. Am Stadtrand wimmelte es bekanntlich von Schrebergärten und Freizeitgrundstücken, die oft nur über unbefestigte Wege erreichbar waren. Irgendwo südlich von ihm musste der Flughafen liegen, nordwestlich lag Schwanheim und östlich Neu-Isenburg. Obwohl das Rhein-Main-Gebiet als Ballungsraum galt, hatte Fuchs das Gefühl, durch die Walachei zu gurken. Da war sie wieder, diese verdammte Walachei. Nichts als Bäume. Der Wald verdichtete sich mit jedem Meter, und zu allem Überfluss begann es auch noch zu nieseln. Ob sein Navi wirklich funktionierte oder ihn vielmehr irgendwo in die Pampa lotste?

Irgendwann tauchte links ein kleines Haus auf. Fuchs drosselte das Tempo. Das Grundstück wirkte verlassen, was ihn jedoch nicht verwunderte. Wer wollte denn hier schon wohnen? Seltsamerweise handelte es sich um ein richtiges Haus, nicht bloß um eine abgeschiedene Hütte für romantische Wochenenden. Er fuhr weiter. Zum Zielort waren es laut Anzeige noch sechshundert Meter. Nach einer Kurve passierte er ein Blockhaus. Auf dem Dach drehte sich ein Wetterhahn im Wind, und in der Einfahrt stand ein roter Geländewagen, von dessen Ladefläche ein Mann in Latzhose und Karohemd Holzscheite entlud. Offenbar gab es hier doch Menschen. Einsiedler. Noch vierhundert Meter. Kiesel knackten unter den Reifen und prasselten gegen den Unterboden des Wagens. Die Schlaglöcher auf dem Weg mehrten sich. Rechts lockerte sich der Baumbestand und gab die Sicht auf eine Schneise frei. Zu seiner Überraschung sah er dort etwas, das er in dieser Region schon seit seiner Jugend nicht mehr gesehen hatte: Auf einem hohen Holzmast thronte ein riesiges Nest, und darin stand ein großer Vogel, der sich mit dem langen Schnabel das schwarz-weiße Gefieder putzte. Der Weg machte eine langgezogene Rechtskurve, wobei Fuchs das Tier im Auge behielt. Seit wann gab es in dieser Gegend wieder Störche? Dass die Hälfte aller Weißstörche nicht in den Süden zog, wusste er, nicht jedoch, dass sie sich hier wieder angesiedelt hatten. Ein Zeichen, dass sich einige Arten ihre Lebensräume zurückeroberten. So wie der Wolf. Wobei dieser Umstand in der Bevölkerung nicht nur auf Gegenliebe stieß. Da hatten Störche die bessere Lobby. Immerhin brachten sie die Kinder, anstatt sie in den Wald zu verschleppen, um sie dort zu zerfleischen.

Fuchs trat auf die Bremse. Vor ihm war zwischen den

Baumstämmen etwas Weißes aufgeblitzt. Die Fassade eines Hauses. Das musste es sein. Er ließ den Wagen in einiger Entfernung ausrollen, schaltete den Motor ab und stieg aus.

Langsam näherte er sich dem Grundstück und ließ seinen Blick über einen großen Bretterverschlag und das heruntergekommene Landhaus wandern. Im Vorgarten türmte sich Unrat. Neben einer vermoderten Sitzgruppe aus Holz standen ein verrosteter Rasenmäher, eine gefüllte Regentonne und ein schrottreifes Fahrrad. Auf dem Boden lagen Eimer, Backsteine, Bretter und jede Menge sonstiges Gerümpel herum. Das Haus hatte ein von Moos und Flechten überwuchertes Dach, in dessen Giebel ein Trophäenbrett mit einem Geweih hing. Türen und Fenster waren durch verwitterte Holzläden verschlossen, die Fuchs sonst nur von Stallungen oder Bauernhöfen her kannte. Er war zwar auf dem Land aufgewachsen und zog ein Plätzchen im Grünen jedem Stadtpark vor, doch die Vorstellung, in dieser Einöde hier zu leben, überstieg selbst seine Naturverbundenheit.

Er näherte sich einem Tor, ein mit Maschendraht bespanntes Rechteck aus feuerverzinkten Rohren. Um die Pfosten war eine Kette geschlungen, die durch ein schweres Schloss gesichert war. Es wies kaum Flugrost auf, konnte also noch nicht lange hier hängen. Sein Blick glitt zum Boden, entdeckte ein hauchzartes Profil im Erdreich. Reifenspuren. Sie führten unter dem Tor hindurch und verloren sich auf dem gekiesten Bereich vor dem Haus. Ansonsten wirkte alles wie ausgestorben.

Resigniert schüttelte er den Kopf. Was machte er hier überhaupt? Stakste irgendwo im Wald vor einem Haus herum und sammelte Spuren. Pseudospuren. Wenn er nur wüsste, wie der Einsatz seiner Kollegen lief. Hatten sie Lara vielleicht schon gefunden? Er zog sein Handy aus der Tasche, in der Hoffnung auf einen verpassten Anruf oder eine Nachricht. Kein Empfang. War ja nicht anders zu erwarten. Zu den feinen Tröpfchen auf dem Display gesellten sich nun größere dazu. Verwirrt schaute er zum Himmel und spürte den eiskalten Regen im Gesicht. Jetzt fing es auch noch an zu schütten. Schluss damit! Er würde sich ins trockene Auto setzen, irgendwo hinfahren, wo er Empfang hatte, und warten, bis man ihn kontaktierte.

Ein letztes Mal reckte er seinen Hals, ließ den Blick über das Haus, den Schuppen und diese Rumpelkammer von einem Garten wandern und lauschte. Doch er vernahm nur das kontinuierliche Rauschen des Regens, das alle anderen Geräusche des Waldes verschluckte. Dann ging er zurück zu seinem Wagen. Gerade als er die Tür öffnen wollte, hörte er es. Und alle Dämme, die das Adrenalin in seinem Körper zurückhielten, brachen.

72

»Neiiin! Bitte nicht.« Lara begann mit den Beinen zu strampeln, doch die Ketten boten kaum Spiel. Mit langsamen Bewegungen schnitten sich die Scherenbranchen durch den Stoff ihrer Hose, bis sie kurz vor ihrem Schritt Halt machten. Aus Angst, er könnte sie damit schneiden, blieb sie reglos liegen, konnte aber das Zittern nicht unterdrücken. Der Mann klappte das halbierte Hosenbein auseinander und betrachtete ihre nackte Haut. Als er den Kopf hinabsenkte, um an ihr zu riechen, und dann mit seiner Nasenspitze ihren Unterschenkel hinauffuhr, fing sie an zu wimmern.

»Bitte!«, schrie Lara gegen die Musik an. »Bitte nicht! Lassen Sie mich gehen! Ich werde auch niemandem etwas verraten, das schwöre ich!«

Wales sah einen Moment auf, als wollte er sein Interesse an ihren Worten bekunden, fuhr dann jedoch unbeirrt fort. Er hielt erst an der Stelle inne, an der auch zuvor die Schere gestoppt hatte. Kurz verweilte er dort mit seinen Lippen und richtete sich anschließend wieder auf, um sich dem zweiten Hosenbein zu widmen. *Ratsch. Ratsch.* Die Schere arbeitete sich durch den Stoff. Auf einmal verstummte die Musik. Die plötzliche Stille ließ die Szenerie noch bedrohlicher wirken.

»Bitte!«, sagte sie und hoffte, dass es nicht nach Winseln klang.

Ratsch.

Ratsch.

In diesem Augenblick wurde ihr klar, dass er sie niemals von den Fesseln befreien würde. Nicht solange sie lebte. Sie war diesem Monster hilflos ausgeliefert.

Es gab höchstens noch eine Chance: Solche Täter wurden durch Dominanzgefühle erregt. Sie geilten sich an der Angst ihrer Opfer auf, und genau die würde sie ihm verweigern. Die einzige Waffe, die sie jetzt noch hatte, war ihr Verstand. Sie musste Wales an seiner empfindlichsten Stelle treffen, und die gab es sicher. Der Typ war doch völlig kaputt. Eine gescheiterte Existenz. Aber allem voran war er ein Psychopath, und auch die hatten eine Achillesferse. Meist ein traumatisches Kindheitserlebnis. Bestimmt hatte es auch in seiner Kindheit einen Auslöser für sein abnormes Verhalten gegeben. Wenn sie es richtig anstellte, konnte sie zumindest mental die Oberhand gewinnen, ihn vielleicht sogar so weit beeinflussen, dass er seine sexuellen Gelüste ihr gegenüber verlor. Ja, sie würde dieses Schwein abtörnen. Bestimmt konnte sie damit zumindest Zeit schinden. Denn das war alles, worum es jetzt noch ging. Zeit.

Ihre Kollegen suchten sicher schon nach ihr. Was aber, wenn ihre Rechnung nicht aufging? Im schlimmsten Fall provozierte sie ihn damit nur. Aber wenn sie ihn wütend genug machte, brachte er sie vielleicht im Affekt um. Dann wäre sie zumindest einer Vergewaltigung entgangen. Und womöglich einem quälenden, langsamen Tod.

73

Kurz bevor Ritters Fuß gegen das Türblatt krachte, drückte er das angewinkelte Bein mit aller Kraft durch. Die Tür flog auf und knallte gegen eine Wand. Noch bevor Ritter einen stabilen Stand einnehmen und die Waffe ausrichten konnte, waren auch seine Kollegen hereingestürmt.

»Polizei! Keine Bewegung!«, schrie Nummer 3.

Ritter registrierte mehrere Dinge gleichzeitig: die verdächtige Person, die von einem Drehstuhl aufsprang und entsetzt in ihre Richtung starrte. Einen Computermonitor mit bewegten Bildern. PET-Flaschen auf dem Boden, darin eine goldgelbe Flüssigkeit. Poster mit nackten Frauen an den Wänden.

»Runter auf den Boden, Hände hinter den Kopf!«, brüllte Ritter und nickte dann in Richtung Nummer 4. »Mach die Scheißmusik aus!«

Nummer 4 zog einen Stecker, und schlagartig war es still. Nur das Stammeln des Hausbewohners war zu hören.

»Wer … wer sind Sie?« Wie in Zeitlupe hob er die Arme, schien aber den dunklen Fleck, der sich in seinem Schritt ausbreitete, überhaupt nicht wahrzunehmen. Nur der qualvolle Schrei aus den Computerlautsprechern weckte kurz seine Aufmerksamkeit, wohl weil gerade seine Spielfigur niedergestreckt wurde.

Sie würden dem Typ nun Handschellen anlegen, ihn mitnehmen und verhören, obwohl Ritter sein Monatsgehalt darauf verwettet hätte, dass ihre Aktion ein Flop war. Von einer entführten Frau gab es hier jedenfalls nicht die geringste Spur. Wahrscheinlich war diese Polizistin inzwischen wieder aufgetaucht, während sie hier diesen blamablen Auftritt hingelegt hatten. So wie die Sache aussah, hatten sie lediglich einen Vollblutzocker aufgescheucht, der sich vor Schreck in die Hose gepisst hatte. Das Spiel schien den Kerl derart zu fesseln, dass er sich den Gang zur Toilette buchstäblich sparte und lieber in PET-Flaschen urinierte. Wie Apfelsaft sah das jedenfalls nicht aus. Am liebsten hätte Ritter laut aufgestöhnt. Nein – Markus Ritter musste sich korrigieren: Am liebsten hätte er lauthals gelacht. Doch wenn er mit seiner Annahme recht behielt, würde er das später nachholen. Mit seinen Kollegen. Bei einem Bier.

74

Sein Kopf schnellte in die Richtung, aus der das Geräusch gekommen war. Joachim erblickte den großen Vogel, der den Hals derart nach hinten verrenkte, dass der Kopf fast seinen Rücken berührte, und mit seinem langen dünnen Schnabel klapperte wie mit Kastagnetten. Irrtum ausgeschlossen. Das war das Geräusch vom Band!

Jetzt hieß es handeln. Und zwar schnell! Er schwang sich über das Tor und lief zu dem Bretterverschlag. Durch einen breiten Spalt konnte er einen weißen Transporter erkennen. Demnach war jemand hier. Auch der Transporter passte ins Bild. Fuchs schlich zum Hauseingang. Ein paar hölzerne Stufen führten zu einer Tür mit einem rostigen Schloss. Er hielt inne und blickte noch einmal zurück. Laub auf dem Weg. Parkplatz in der Nähe des Hauses. Außentreppe aus Holz. Er war richtig! Rasch holte er sein Portemonnaie heraus, entschied dann jedoch, zuvor eine Runde um das Haus zu drehen. Auf der Rückseite stieß er auf einen Treppenabgang, der mit Sperrmüll verbarrikadiert war, als hätte dort jemand einen riesigen Jenga-Turm aus Schrott errichten wollen. In die Lücken waren blaue Plastiksäcke gestopft worden, sodass der Eingang unten kaum sichtbar war. Hier war kein Durchkommen. Auch die Fensterläden waren verschlossen. Probehalber zog er behutsam daran, um niemanden im Inneren des Hauses aufzuscheuchen, doch von außen waren sie nicht zu öffnen. Schnell warf er noch einen Blick ums Eck auf die vierte Hausseite. Da sich dort, abgesehen von einer an der Wand montierten Satellitenschüssel, ein ähnliches Bild bot, kehrte er zum Hauseingang zurück.

Er lauschte an der Tür, bevor er sich mit seiner ADAC-Karte am Schnappmechanismus zu schaffen machte, doch sie schien abgesperrt zu sein. Rasch lief er zu seinem Wagen und holte ein Pickset aus dem Handschuhfach. Er hatte das Tastbesteck zwar ewig nicht mehr benutzt, war aber immer gut mit dem Dietrich gewesen.

Zunächst führte er den Spanner ein, dann den ersten Pick. Vorsichtig fühlte er im Schlüsselkanal nach den Stiften, schob einen nach dem anderen beiseite, und tatsächlich – das Schloss hielt nur kurz stand. Ganz langsam schob er die Tür auf und spähte durch den immer größer werdenden Spalt, bis er die dunkle Diele vollständig einsehen konnte. Rechts drei Türen und links eine weitere. Geradeaus ein offener Durchgang, in dem Raum dahinter eine Couch.

Fuchs versuchte, durch das Buntglasfenster in der ersten Tür rechts zu schauen, konnte aufgrund der Dunkelheit aber nichts erkennen. Vorsichtig drückte er die Klinke runter und warf einen Blick hinter die Tür. Ein Treppenabgang aus Stein. Bevor er dort hinunterging, musste er das Erdgeschoss sichern. Er schloss die Tür wieder und sah sich nach einem Gegenstand um, den er auf der Türklinke platzieren konnte und der Lärm machte, wenn er zu Boden fiel. Er erblickte ein paar alte Bartschlüssel an einem Schlüsselbrett. Das sollte gehen. Er nahm einen davon ab, stellte ihn mit dem Bart auf die Klinke und lehnte das Griffende ans Holz. Sobald jemand durch diese Tür käme, würde ihn der herunterfallende Schlüssel verraten. Zudem lenkte dies die Person vielleicht für einen Moment ab, was Fuchs einen entscheidenden Vorteil verschaffen könnte.

Er öffnete die nächste Tür. Diffuses grünes Licht drang durch den Spalt. Als er sie ganz aufgeschoben hatte, erkannte er, dass das Licht von drei Computerbildschirmen ausging, die auf einem Schreibtisch standen. Offenbar war darauf der Bildschirmschoner aktiv. Seltsame, sich ständig ändernde Zeichen rannen wie Regentropfen an einer Scheibe hinunter und hinterließen grünliche Schweife, die Sekunden später wieder verblassten. Er suchte nach dem Lichtschalter. *Klick.* Eine kupferne Pendelleuchte sprang an. Der Anblick, der sich nun bot, bescherte ihm ein Kribbeln. Am Kopf, im Nacken, überall. Unter dem Tisch standen zwei offene Computergehäuse, beide mit zahlreichen Platinen bestückt, an denen LEDs blinkten. Zwischen den Computern lehnten elektronische Bauteile und Kästen, deren Funktion er nicht kannte. Der Raum erinnerte Joachim in vielerlei Hinsicht an den Arbeitsplatz seines Freundes Andreas, nur dass es bei ihm wesentlich ordentlicher zuging. Aber eines war sicher: Hier agierte kein Amateur. Kurz erwog er, die Maus zu bewegen, um den Computer aus dem Ruhemodus zu wecken und zu sehen, was der Bildschirm anzeigte, doch dann ließ er von dem Einfall ab. Erstens hatte er keine Zeit zu verlieren und zweitens Sorge, dass er damit einen Alarm auslöste. Bei diesen Computerfreaks wusste man nie. Sollten sich die Experten darum kümmern.

Als er sich zum Gehen wandte, fiel sein Blick auf einen Stapel Bücher in einer Ecke. Mit zusammengekniffenen Augen trat er näher, bis er die Titel auf den Buchrücken entziffern konnte. Augenheilkunde, Anatomie, Chirurgie, Neurologie. Eine Anleitung zum Programmieren und ein Buch über das Hacken. Ein alter Bildband mit abgestoßenen Ecken: *Verteidigung und Überleben im Tierreich – Tarnung, Täuschung, Giftwaffen und Verstecken.* Doch was war das? Wieder dieses Kribbeln. *Medizin des Mittelalters* und *Die kleine Aderlass-Fibel.* Jetzt hatte er wirklich genug gesehen. Er musste weiter. Lara suchen.

Hinter der nächsten Tür fand er die Küche. Kleine Kochzeile mit Ofen und ein paar Schränken. Sonst nichts. Als Nächstes das Wohnzimmer. Ein Holzschrank, das Sofa, ein Sideboard mit Glotze. Wieder nichts. Nächster Raum. Das Bad. Toilette, Waschbecken, Duschwanne. Fehlanzeige. Dann ab in den Keller. Es half ja nichts.

Joachim nahm den Schlüssel von der Türklinke, steckte ihn ein und öffnete die Tür. So leise wie möglich nahm er Stufe um Stufe, erstarrte, als etwas unter seinen Sohlen knirschte, lauschte einen Moment und ging weiter. Unten angekommen fand er sich in einem Flur wieder, von dem, soweit er das in der Dunkelheit erkennen konnte, drei Türen abzweigten. Diesmal war er vorbereitet, denn er hatte vorhin im Auto eine kleine Taschenlampe eingesteckt, die er nun einschaltete.

Alte Holztüren mit Metallbeschlägen, zwei davon mit einem rostigen Riegel. Fuchs' Anspannung wuchs, während er zunächst den ersten Raum, eine Abstellkammer, inspizierte und dann einen Blick hinter die zweite Tür warf. Der

Strahl der Taschenlampe glitt über geflieste Wände, einen Betonboden und eine Waschmaschine. Feuchte Kleidung hing über einer Wäschespinne. Der letzte Raum schien eine Art Durchgangszimmer zu sein. Vier Stufen führten nach unten. Auf dem Boden lagen ein Eimer und eine Schaufel. Am anderen Ende schien sich eine dunkle Nische zu befinden. Mit dem Lichtstrahl voran ging Fuchs darauf zu und erkannte, dass es sich um einen schmalen Durchgang handelte, der ums Eck führte. Auf Zehenspitzen ging er weiter und landete in einem etwa vier auf fünf Meter großen Raum.

Vor ihm stand ein Tapeziertisch. An der Wand links hingen Regalbretter mit allerhand Krempel darauf: Werkzeuge, Mörtel, Spachtelmasse, Silikonkartuschen, Pinsel, Farbeimer und Lackdosen. An der benachbarten Wand war ein solides Metallregal montiert, das aber bis auf ein paar verstaubte Einmachgläser mit uralter Marmelade, Konservendosen aus einer anderen Epoche und leeren PET-Flaschen nichts Interessantes enthielt.

Das war doch nicht möglich! Irgendetwas musste hier doch sein! Das sagte ihm nicht nur sein Bauch. Dieses abgelegene Haus. Der Transporter. Der Storch. Der Raum mit den Computern. Das konnte kein Zufall sein. Etwas war hier faul.

Was, wenn das Haus eine Sackgasse war und das Versteck sich nicht hier drinnen, sondern draußen befand? Eine Bodenluke zu einem unterirdischen Verschlag zum Beispiel. Irgendwo auf dem Grundstück oder vielleicht sogar in dem Schuppen. Mit etwas Laub und Erde bedeckt, wäre eine Falltür so gut wie unsichtbar. Wie damals bei den Vietcong. Doch bevor er jetzt blindlings wieder nach draußen stürzte, musste er sichergehen, dass er nichts übersehen hatte.

Also von vorne. Er ging noch einmal nach oben und sah sich jedes Zimmer nach einem Muster an: Zuerst alle Dinge betrachten, die da waren, aber nicht hinpassten. Anschließend hielt er Ausschau nach Dingen, die fehlten. Doch bis auf das Computerzimmer, wo einiges ganz offensichtlich nicht hingehörte, half ihm diese Technik diesmal nicht weiter. Schließlich stand er wieder vor den Regalböden mit den Werkzeugen.

Mörtel. Silikon. Pinsel. Was war hier falsch? Er durchquerte den Raum. Von links nach rechts, von vorne nach hinten. Was gehörte nicht hierher? Und was gehörte hierher, war aber nicht da? Und dann fiel ihm etwas auf. Wie von Geisterhand gewann das Bild in seinem Kopf an Kontrast. Nicht die Gegenstände im Raum waren die Lösung – es war der Raum selbst!

Kurz überschlug er die Abmessungen, schritt den Raum nochmals ab. Sechs Schritte von links nach rechts. Acht von der Tür bis zur hinteren Wand. Jetzt genau überlegen: Die Kellertreppe zweigte oben direkt neben der Haustür ab. In der Ebene hatte sie schätzungsweise eine Länge von drei Metern. Plus die paar Schritte bis zu dem Durchgangszimmer rechts, das in diesen Raum hier führt … War das Kellerfundament denn nicht deckungsgleich mit dem Erdgeschoss erbaut worden? Das wäre ungewöhnlich, unter bautechnischen Aspekten sogar völlig sinnlos. Er sah an die Decke. Unmittelbar über ihm musste das Wohnzimmer liegen. Aber war das nicht wesentlich größer als dieser

Raum hier? Er ging zurück in den Kellerflur und betrachtete die Metalltür zur Außentreppe. Der schwere Riegel daran rührte sich keinen Millimeter. Dann entdeckte Fuchs eine kräftige Schweißnaht, und ihm fiel wieder der ganze Unrat ein, der den Zugang blockierte. Offenbar sollte hier niemand hereinkommen. Oder hinaus.

Wenn ihn sein räumliches Vorstellungsvermögen nicht trog, fehlten hier einige Meter Raum. Mit gleichmäßigen Schritten maß er nun die Distanzen auf der Kellertreppe, im Erdgeschoss und an der Außenwand des Hauses ab, ging wieder in den Keller und durchsuchte noch einmal die anderen Räume. Aber dort fand er weder einen Durchgang noch versteckte Türen oder sonstige Erklärungen für diesen weißen Fleck auf seiner inneren Karte. Das Geheimnis musste in der Werkzeugkammer liegen. Zielstrebig ging er dorthin zurück, klopfte mit dem Knöchel sachte die Wände ab, doch jede einzelne klang solide. Das war einfach unmöglich! Vielleicht gab es irgendwo einen versteckten Hebel, der eine Geheimtür öffnete. Frustriert und von blindem Aktionismus gepackt, griff Fuchs nach einer der Konservendosen auf dem Metallregal, doch als er sie in die Hand nehmen wollte, bemerkte er, dass dies nicht ging. Als würde das Teil eine Tonne wiegen. Bei der nächsten Dose dasselbe. Nachdem er bei jeder einzelnen Konserve das gleiche Ergebnis erhalten hatte, ging er zu den PET-Flaschen über. Doch auch die schienen wie mit dem Regal verschmolzen. Erst durch einen kräftigen Ruck löste sich eine der Flaschen, und Fuchs erkannte an ihrem Boden einen Klecks ausgehärteten Kunstharzes. Auf die Schnelle fiel ihm nur ein plausibler Grund ein, warum man den Inhalt eines Regals an den Böden festkleben sollte: Damit nichts umfiel, wenn es bewegt wurde!

Fuchs stellte die lose Flasche auf den Boden, umklammerte die beiden vorderen Regalpfeiler und zog, was das Zeug hielt. Er lehnte sich sogar mit seinem ganzen Gewicht zurück, aber das Regal hing bombenfest an der Wand. Daher versuchte er, seine Finger hinter die Streben zu bekommen, doch da passte kaum ein Blatt dazwischen. Sein Blick fiel auf die Köpfe kräftiger Sechskantschrauben. Das Regal war also tatsächlich an der Wand fixiert worden. Er ging in die Hocke und tastete unter dem untersten Regalboden nach Auffälligkeiten. Erst vorne, dann an den Seiten, dann hinten. Hinten rechts stießen seine Finger auf einen Widerstand. Ein dünner Vorsprung aus Metall. Eine Art Bügel. Sein Herzschlag beschleunigte sich, das Kribbeln in seinem Nacken wurde stärker. Fuchs zog an dem Teil und drückte daran herum, doch es gab immer nur ein wenig nach, ohne dass etwas geschah. Erst als er zwei Bewegungen kombinierte – das Metallstück Richtung Regalboden drückte und gleichzeitig zu sich heranzog –, ertönte ein erlösendes Klicken.

75

»Komm schon, nimm mich!«, sagte sie um einen lasziven Ton bemüht.

Wales hielt inne, wirkte plötzlich wie versteinert. Langsam hob er seinen Blick und sah sie irritiert an.

»Oder bekommst du gar keinen hoch?« Sie registrierte, wie sich seine Kiefermuskulatur anspannte. »Was bist du nur für ein Mann?«, setzte sie voller Verachtung nach. »So eine jämmerliche Kreatur. Kannst es einer Frau nur besorgen, wenn sie betäubt ist! Oder tot. Du impotentes Schwein! Leichenficker! Was würde deine Mutter jetzt sagen, wenn sie dich sehen könnte?«

Wales' ganzer Körper schien sich zu versteifen, und seine Backenzähne mahlten jetzt sichtbar. »Mach mich nicht wütend!«, presste er hervor.

Da! Sie hatte ins Schwarze getroffen. Plötzlich war ihr, als könne sie ihn lesen wie ein offenes Buch, auf dessen Seiten die Ursachen für seine Perversion niedergeschrieben waren. Sie musste sie lediglich in eine psychologische Waffe verwandeln und gegen diesen Irren richten.

»Geilt dich so was hier auf, weil dich dein Vater missbraucht hat?«

»Halt dein Maul!«

»Oder war es deine Mutter? Soll es auch geben.«

Wales wandte sich ab.

»Nein, es war dein Vater«, spie sie ihm hinterher, »habe ich recht? Und dein Hass auf Frauen resultiert daher, dass deine Mutter Bescheid wusste. Doch sie war eine so schwache Frau … hat immer ihre Klappe gehalten und so getan, als wisse sie von nichts.« Lara hoffte, dass sie nicht zu hoch pokerte, aber im Moment zeigten ihre Worte eindeutig Wirkung.

Wales krümmte sich allmählich, als bereiteten ihm ihre Worte körperliche Schmerzen. Wenn sie so weitermachte, hatte sie eine reelle Chance, ihn in einen Zusammenbruch zu treiben.

»Wo war deine Mutter, als Papa nachts zu dir ins Bett gestiegen ist? Hat sie einfach den Fernsehapparat laut gestellt, damit sie deine Schreie nicht hören musste? So wie du eben die Musik? Hast du deinem letzten Opfer deswegen den Mund zugenäht?«

Sein Körper fing jetzt an zu beben wie ein Vulkan kurz vor der Eruption. Bahnte sich bei ihm gerade ein Heulkrampf an? Weiter so! Gleich hast du ihn, gleich ist er gar!

»Mit jeder Frau, die du hier in diesen Keller holst, willst du dich eigentlich an ihr rächen, nicht wahr? An deiner feigen Mutter, die zugelassen hat, dass dich dein eigener Vater missbraucht.«

Lara schwieg, lauschte den Lauten, die er von sich gab. Ein leises Wimmern. Aber irgendwie klang es seltsam. Unter anderen Umständen hätte sie es vielleicht für ein Kichern gehalten.

Wie zur Bestätigung ihres Gedankens drehte sich Johannes Wales plötzlich um und lachte schallend los. Abrupt fing er sich wieder. »Entschuldigung. Tut mir wirklich leid, aber die Parallelen zu den Sterbephasen von Kübler-Ross sind einfach zu komisch. Nur die Reihenfolge passt nicht ganz. Eigentlich kommt der Zorn vor dem Verhandeln. Doch am Ende wird es wieder stimmen. Nämlich dann, wenn du dein Schicksal akzeptierst.« Er sah sie mit ernster Miene an. »Mal ehrlich – du hast nicht wirklich gedacht, ich würde mich wegen deiner abstrusen Theorien wie ein geprügelter Hund ins Körbchen verziehen, oder?« Er neigte den Kopf und bedachte sie mit einem milden Lächeln. »Keine Sorge – ich werde dich ficken. Und zwar, solange du noch lebst. Du wirst keine Sekunde davon verpassen. Und danach habe ich noch eine Überraschung für dich. Falls du es nicht schon ahnst.«

Lara konnte es nicht fassen. Dieses Schwein hatte sie von Anfang an verarscht, war immun gegen ihre psychologische Kriegsführung gewesen, hatte sie aber im Glauben gelassen, die Oberhand errungen zu haben. Doch sie war sich fast sicher, dass seine Reaktion zu Beginn echt gewesen war. Ihre Worte hatten ihn getroffen. Er hatte sich anschließend bloß wieder gefangen und den Spieß umgedreht. Jetzt spielte wieder er seine Überlegenheit aus. Wenn sie richtiglag, sollte sie mit ihrer nächsten Verbalattacke einen Treffer landen. Vielleicht konnte sie ihn noch einmal in die Enge treiben? Doch schon nach der Hälfte des Satzes verschlug es ihr die Sprache, weil Johannes Wales mit einer raschen Bewegung einen Ballknebel vom obersten Regalbrett holte. Lara schrie auf und presste dann die Lippen aufeinander, doch Wales bohrte ihr seine Finger in die Wangen, bis sich ihr Mund vor Schmerz reflexartig öffnete. Dann schob er ihr den Knebel hinein und schnürte den Lederriemen hinter ihrem Kopf fest.

Lara hatte das Gefühl zu ersticken. Der große Ball in ihrem Mund verursachte zudem einen heftigen Würgereiz. Wenn sie sich jetzt erbrach, würde sie ersticken, und zwar an ihrer eigenen Kotze. Was für ein Tod! Noch vor wenigen Augenblicken hatte sie sich trotz ihrer misslichen Lage überlegen gefühlt. Jetzt kehrte die Panik zurück.

Ihr Peiniger schlurfte zum Regal, wo er sich den Stauschlauch schnappte, den er ihr um den Oberarm zurrte. Seelenruhig riss er eine Verpackung auf, entnahm dieser eine dicke Kanüle und schraubte sie auf einen der Gummischläuche.

»Eigentlich bist du schon so blass, wie ich es mag, aber ich werde dir trotzdem noch ein wenig abzapfen. Das hilft auch, dein Temperament zu zügeln.«

Routiniert klopfte er ihre Armbeuge ab, bis die Haut brannte. Lara konnte nur tatenlos dabei zusehen, wie ihre Vene anschwoll, als zeigte sie ihre Bereitschaft, sich anzapfen zu lassen. Wenn ihr Körper sich schon diesem Schicksal beugte, warum weigerte sich ihr Verstand immer noch, es zu akzeptieren? Eine Träne lief über ihre Wange.

Wales zwinkerte. »Vorsicht … Piks.«

Dann stach er zu.

76

Dieses Klicken wirkte auf seinen Herzmuskel wie der Startschuss zu einem Sprint. Er legte die Taschenlampe auf den Boden, der Lichtkegel schien in seine Richtung. Rasch richtete er sich auf, hielt sich wieder an den Regalpfeilern fest und zog. Diesmal tat sich was. Ganz langsam kam ihm das Regal entgegen, und wie er nun erkannte, mitsamt dem von ihm umrahmten Wandabschnitt. Ein gut dreißig Zentimeter dicker Betonbrocken verkleidet mit einer kräftigen Schicht Dämmwolle. Die Konstruktion musste auf Schienen gelagert sein, denn trotz ihres Gewichts glitt sie beinahe lautlos auf. Dann tauchte noch eine Lage Noppenschaum auf, wie sie in Tonstudios an den Wänden hing. Aus diesem Versteck drang garantiert kein Laut nach draußen. Allmählich fiel gedämpftes Licht zwischen den Schaumstoffzipfeln hindurch. Fuchs öffnete die Geheimtür gerade so weit, dass er durch den Spalt passte. Er spähte ums Eck. Bis auf einen schmalen, spärlich beleuchteten Durchgang mit Gewölbedecke konnte er von dort, wo er stand, nichts weiter entdecken. Das Licht schien aus einem anderen Raum zu kommen, der sich vermutlich rechts nach dem Durchgang anschloss. Bevor er dort hineinging, brauchte er eine Waffe. Reflexartig griff er an seine Seite, doch dann fiel ihm ein, dass sich seine Pistole in Röhms Obhut befand.

Alternativ hätte sie in seiner Schreibtischschublade auf dem Revier gelegen, wie immer, wenn er nicht im Dienst war. Und im Grunde war er das auch nicht. Verflucht!

Was war das? Ein Geräusch. Er spitzte die Ohren und sah sich gleichzeitig nach einem Gegenstand um, den er als Waffe benutzen konnte. Sein Blick fiel auf eine alte Sichel an der Wand. Besser als nichts. Er nahm das rostige Werkzeug von seiner Wandhalterung. Jetzt gab es kein Zurück mehr. Aber er musste leise sein, durfte keinesfalls riskieren, dass die Schienen verräterisch quietschten, wenn er die Geheimtür noch weiter herauszog.

Da war es wieder! Er hatte sich also nicht getäuscht. Aus dem Nachbarraum war Gemurmel zu hören. Höchst konzentriert quetschte er sich durch den Spalt, setzte erst den einen Fuß in den Durchgang und zog dann den hinteren nach. Dabei spürte er eine hauchzarte Erschütterung an seiner Schuhsohle. Einen Sekundenbruchteil später prallte die Plastikflasche mit einem hohlen Klackern auf den Boden. Kurz schien die Zeit stehen zu bleiben. Genau wie sein Herz. Tatsächlich setzte es einen Schlag aus. Das Gemurmel verstummte, und sein Puls begann zu rasen. Einen Wimpernschlag später gedämpfte Schreie. Panisch. Flehend. Hysterisch.

Lara! Offenbar brüllte sie gegen einen Knebel an. Er war enttarnt. Jetzt! Ohne nachzudenken, preschte Fuchs vorwärts, passierte mit zwei großen Schritten den Durchgang und stand dann in dem angrenzenden Raum. Seinem Gehirn blieb nur ein kurzer Augenblick, die Situation zu erfassen: grelles Licht von einer nackten Glühbirne. Lara mit einem Ballknebel im Mund, gefesselt auf einem Tisch, in ihrem Arm eine Kanüle. Daran ein Schlauch. Blut tropfte in ein Gefäß. Ihre Augen in Todesangst geweitet. Am Fußende stand Wales, hinter ihm ein Regal. Er hielt irgendwas in der Hand, machte mit gestrecktem Arm zielgerichtet einen Satz zur Seite, während Fuchs, zum Angriff bereit, mit der Sichel ausholte.

Dann ein *klack*, und das Licht ging aus. Mit einem Schlag war es stockdunkel. Fuchs sah die Hand vor Augen nicht mehr. Nicht einmal die Taschenlampe, die noch im Werkraum auf dem Boden lag, spendete etwas Licht. Allmählich verschwamm auch das Bild, das sich einen Moment zuvor auf seiner Netzhaut eingebrannt hatte.

Mit seiner Linken nach Hindernissen tastend, mit der Rechten die Waffe umklammernd, setzte er einen Fuß vor den anderen. Seine Fingerspitzen berührten den Metalltisch, dann Laras Schulter.

»Bleib ganz flach liegen!«, schärfte er ihr im Flüsterton ein. Nachdem er die Lage ihres Körpers im Raum verinnerlicht hatte, ging er in die Richtung, in der er Wales vermutete. Dabei schwang er die Sichel in Brusthöhe vor sich her. Wales war kleiner als er, und so würde er den Scheißkerl an einer empfindlichen Stelle treffen. Die Klinge zischte durch die Luft. Er schrak zurück, als er mit dem Knie gegen ein Hindernis stieß – irgendein schwerer Gegenstand mit einer Verschalung aus Kunststoff, die unter seinem Gewicht etwas nachgab. Fuchs wich dem Hindernis aus und ging einen Schritt weiter. Zwei Schritte. Drei.

Wusch.

Wusch.

Irgendwann musste er das Schwein doch erwischen. Kaum hatte er den Gedanken zu Ende gedacht, stoben

Funken vor ihm auf, als die Klinge an der Wand entlangschrappte. Fuchs hielt inne, lauschte, und tatsächlich rührte sich sein Widersacher. Allerdings ein gutes Stück von ihm entfernt zu seiner Linken. Ein metallisches Schaben war zu hören. Vermutlich hatte Wales sich einen der Gegenstände von dem Regal geschnappt. Fuchs hatte in dem kurzen Augenblick, bevor das Licht ausgegangen war, zwar einiges wahrgenommen, aber nichts von dem erkannt, was auf dem Regal gelegen hatte. Hoffentlich war Wales jetzt nicht ebenfalls bewaffnet. Am Ende noch mit einer Pistole. Fuchs hörte einen Ton wie von einem Kamerablitz, der sich auflud. Wenn der Kerl eine Kamera hier unten hatte, machte er wahrscheinlich Fotos von seinen Opfern. Doch in dieser Situation konnte er nur eines damit im Schilde führen.

Abschirmend hielt Fuchs sich seine freie Hand vor die Augen, für den Fall, dass Wales ihn tatsächlich blenden wollte. Sobald Fuchs die Quelle des Blitzlichts sah, würde er sich mit der Sichel auf ihn stürzen. Doch nichts dergleichen geschah. Stattdessen hörte er Schritte. Ganz leise. Sie kamen jetzt von weiter vorne, etwa vom Kopfende des Foltertischs. Fuchs nahm die Sichel in die linke Hand und hangelte sich mit der rechten an der Wand entlang. Gleich musste er am Fußende des Tischs ankommen.

»Bleib – flach – liegen«, zischte er, bei jedem seiner Worte mit der Sichel in die Luft stoßend.

Die Schritte entfernten sich wieder. Wales schien sich völlig mühelos in der Dunkelheit zu bewegen, als hätte ihn seine Rolle als Blinder darin geschult.

Ich – krieg – dich – du – Schwein.

Als Antwort auf seine gedankliche Hasstirade ertönte

ein leises Quietschen. Wie das Aufdrehen eines Wasserhahns, schoss es Fuchs durch den Kopf. Zur Bestätigung seiner Annahme war das Rauschen von Wasser in der Leitung zu hören.

Fuchs war wie versteinert. Er ahnte, was als Nächstes kam. Der verkleidete Kasten, gegen den er gestoßen war … Wenn gleich ein Generator ansprang, hatte er ein Problem. Er überwand seine Schockstarre und ging in die Hocke. Für eine mannstoppende Wirkung würde Wales sicher auf sein Gesicht zielen. Aber solange er am Boden hockte, ging der Strahl ins Leere. Doch dann fiel ihm ein, was er die ganze Zeit über verkannt hatte: Dieser helle Ton war gar nicht von einem Kamerablitz gekommen – Wales hätte ihn ansonsten längst benutzt. Der Kerl war auch mitnichten darin geübt, sich in der Dunkelheit zu bewegen wie ein Blinder …

Fuchs kam eine Idee. Wenn er mit seiner Annahme richtiglag, gab es vielleicht eine Möglichkeit, den Spieß umzudrehen. Er rief sich noch einmal das Bild des Raums ins Gedächtnis. Wales hatte etwa hier gestanden, wo er gerade auf dem Boden kauerte, und hatte dann einen Satz zur Seite gemacht. Etwa einen Meter Richtung Regal.

Seine Gedanken wurden von einem lauten Brummen unterbrochen. Es war so weit! Ein ohrenbetäubendes Fauchen setzte ein, und plötzlich war die Luft von Sprühnebel erfüllt. Einen Wimpernschlag später donnerte ihm schon der Wasserstrahl gegen die Stirn, hart wie die Kante eines Bretts. Fuchs stolperte zurück, die Sichel fiel ihm aus der Hand, Mund und Nase füllten sich mit Wasser. Auf allen vieren krabbelte er rücklings in die Richtung, in die Wales zu Anfang gesprungen war. Dabei tastete er hektisch die

Wand ab, während er seinen anderen Arm wie ein Schutzschild vor die Augen hielt.

Endlich bekamen seine Finger den kleinen Kasten zu fassen, suchten die quadratische Erhebung in der Mitte, und als sie fündig wurden, legte er den Schalter um. Schlagartig war es wieder hell.

Wales, der die Sprühlanze des Hochdruckreinigers in den Händen hielt wie ein Kindersoldat sein Maschinengewehr, warf den Kopf in den Nacken und schrie auf. Reflexartig ließ er die Lanze fallen und riss sich das Nachtsichtgerät vom Kopf. In diesem Moment sprang Fuchs auf, machte einen Satz in Wales' Richtung, und noch bevor er ihm die Schulter in den Unterleib rammte, fischte er die Sprühlanze vom Boden. Wales, durch den Stoß von seinen Füßen geholt, rappelte sich bereits wieder auf, doch da hatte Fuchs schon die Düse in Position gebracht und drückte ab.

Der Kopf des Mörders verschwand in einer Wolke aus Wasser. Benommen mit den Armen rudernd, taumelte er zurück. Fuchs folgte ihm auf dem Fuß, den Wasserstrahl unerbittlich auf sein Gesicht gerichtet. Erst als Wales unter qualvollen Lauten und ohne jegliche Gegenwehr mit dem Rücken an der Wand hinabrutschte, ließ Fuchs den Hebel los.

Der Wasserdampf verzog sich und gab Wales' Gesicht frei. Der Anblick jagte Fuchs einen Schauder über den Rücken. Zwischen seinen zerfetzten Lidern quoll jeweils ein rotes Rinnsal hervor wie die Tränen einer Blut weinenden Madonna.

Blut! Rasch drehte Fuchs sich um und zog behutsam die Kanüle aus Laras Arm.

77

Sachte klopfte Joachim an die Tür von Zimmer 202. Erstaunlicherweise hatte sich bislang weder im Fahrstuhl noch auf dem Korridor dieses beklemmende Gefühl eingestellt, das ihn seit seinem Krankenhausaufenthalt damals wie ein Fluch zu verfolgen schien. Eigentlich war er sogar entspannt. Kaum zu glauben. Entweder lag das an den wiederholten Konfrontationen mit diesen Einrichtungen in den letzten Wochen, oder seine Nebennierenrinden hatten einfach sämtliche Stresshormone aufgebraucht. Wie auch immer – es fühlte sich gut an.

Nachdem er einen Moment gewartet hatte, trat er ein. Lara saß im Bett, das Kopfteil in aufrechter Position, und starrte wie gebannt auf den Fernseher an der gegenüberliegenden Wand. Der Nachrichtensprecher verkündete gerade die neuste Wendung im Fall des Aderlass-Mörders.

Erstaunlich, wie emotionslos solche Ereignisse vorgetragen wurden, dachte Fuchs. Im Gegensatz dazu überschlugen sich die Stimmen von Moderatoren förmlich, wenn halbwüchsige Millionäre ein rundes Leder im Tor versenkten. Brot und Spiele. Das war nun einmal die Realität.

Als Lara ihn durch die Tür kommen sah, winkte sie ihn aufgeregt herbei. »Komm schnell!«

»… *handelt es sich um den einunddreißigjährigen Richard*

Dorn, der aus Görmin, einer Gemeinde in Mecklenburg-Vorpommern, stammt. Man geht davon aus, dass Dorn für mindestens zwei weitere Morde in Thüringen und Sachsen verantwortlich ist. Laut Polizeisprecher lassen sich Parallelen zu den Fällen der ermordeten Studentinnen aus Jena und Leipzig aus den Jahren 2013 und 2015 aufzeigen. Es wird weiterhin angenommen, dass er den pensionierten Förster Johann Wales ermordete und seine Opfer später in dessen Haus in einem Waldgebiet bei Schwanheim verschleppte. Spürhunde haben auf dem Grundstück eine Leiche entdeckt, die vermutlich dem zweiundsiebzigjährigen Förster gehört.«

Joachim wusste inzwischen, dass der kauzige Förster trotz einer Querschnittslähmung, die er vor vielen Jahren bei einem Unfall erlitten hatte, in seinem abgeschiedenen Waldhaus wohnen geblieben war. Eines Tages hatte er über eine Stellenanzeige einen Pfleger gesucht, da der Vorgänger aus familiären Gründen nach Polen zurückkehren wollte. Wahrscheinlich hatte Dorn für seine Pläne eine Weile nach einem geeigneten Unterschlupf suchen müssen, bis er auf die Anzeige des alten Försters gestoßen war. Er hatte ihn ermordet und im Garten hinter dem Haus verscharrt. Anschließend brauchte er nur noch den Behindertenausweis des Alten zu fälschen. Als Fuchs in Dorns Wohnung auf den Ausweis gestoßen war, hatte er angenommen, dass dieser bloß abgegriffen gewesen war. In Wahrheit hatte Dorn das Dokument mit einem eigenen Foto bestückt, aus dem *Johann* einen *Johannes* gemacht und das Geburtsdatum angepasst. Danach brauchte er nur noch in die Rolle des blinden Bibliothekars zu schlüpfen. Für den Job in der Uni-Bibliothek hatte man ihm aufgrund der Behinderten-Quote sogar einen Vorzug eingeräumt. Obwohl es sich bei Dorn um einen perfiden Mörder handelte, kam Fuchs nicht umhin, dessen Kalkül zu bewundern.

»Gestern gelang der Polizei dann der entscheidende Schlag. In letzter Sekunde stellten sie den Täter, der zu diesem Zeitpunkt die Fallanalystin der Ermittlungsgruppe in seiner Gewalt hatte. Der Täter wurde hierbei schwer verletzt und wird derzeit unter höchsten Sicherheitsvorkehrungen im Universitätsklinikum Frankfurt behandelt. Laut Aussage der Ärzte, die sich auf ihre Schweigepflicht berufen, schwebe er jedoch nicht in Lebensgefahr. Die notwendige Behandlung wird schätzungsweise noch ein bis zwei Wochen dauern, bevor mit einer Verlegung in die Haftanstalt von Preungesheim gerechnet werden kann. Meine Kollegin Sarina Franke ist gerade vor Ort. Neben ihr der zuständige Staatsanwalt, der die Ermittlungen leitete und sich zu einigen Auskünften bereit erklärt hat.«

Der Bildausschnitt rechts über dem Sprecher vergrößerte sich, bis er die gesamte Bildfläche einnahm und eine attraktive Reporterin zeigte, die vor dem Klinikgebäude stand. Nach einer kurzen Einleitung hielt sie Nikolaus Becker ein klobiges Mikro ins Gesicht. Die Kameraperspektive wechselte zu einer Nahaufnahme des Staatsanwalts.

Fuchs hatte den Eindruck, dass Becker es kaum abwarten konnte, endlich zu sprechen.

»Vielen Dank. Zuerst einmal möchte ich die exzellente Polizeiarbeit loben. Dieser Fall zeigt wieder einmal, wie wichtig eine gute Zusammenarbeit von Polizei und Staatsanwaltschaft ist. Nur dann kann selbst ein solch komplexer Mordfall in einer angemessenen Zeit gelöst werden.«

Fuchs prustete. »Dass ich nicht lache!«

»Der Bürger hat für gewöhnlich keine Vorstellung«, fuhr Becker fort, während er sich mit einer Hand über das Haar strich, *»wie aufwendig eine solche Ermittlung ist und was das für die einzelnen Beamten bedeutet. Schlaflose Nächte sind da das geringste Problem.«*

»Das können wir tatsächlich nur erahnen«, sagte Sarina und lächelte in die Kamera. *»Wie wir gehört haben, wird der Täter derzeit noch medizinisch versorgt. Wie geht es dann weiter? Wann können wir mit dem Beginn der Verhandlung rechnen, und welches Strafmaß kann der Täter erwarten?«*

»Nun, von Seiten der Polizei ist der Fall vorerst abgeschlossen. Für die Staatsanwaltschaft geht die Arbeit jetzt erst richtig los. Zwar gibt es natürlich noch einiges zu prüfen, aber bisher haben wir keine Zweifel daran, den richtigen Täter gefasst zu haben. Somit werden wir, sobald sich der Gesundheitszustand des Verdächtigen gebessert hat, Anklage erheben. Das Strafmaß hängt dabei selbstverständlich von vielen Faktoren ab. In diesem speziellen Fall wird zunächst die psychische Verfassung des Täters zu prüfen sein, um dann zu entscheiden, ob eine Unterbringung in einer Justizvollzugsanstalt oder einer Einrichtung für forensische Psychiatrie erfolgt.«

»Verzeihen Sie meine etwas ketzerische Frage, aber könnte auch dieser Täter bei guter Führung eines Tages wieder auf freien Fuß kommen?«

Becker neigte den Kopf. *»Das ist eine Entscheidung, die nicht ich zu treffen habe und die zum aktuellen Zeitpunkt unmöglich vorhergesagt werden kann. Eine anschließende Sicherheitsverwahrung ist genauso möglich wie eine vorzeitige Entlassung wegen guter Führung. Aber lassen Sie uns doch erst einmal den Prozess abwarten. Dann sehen wir weiter.«* Becker hob belehrend einen Finger. »*Seien Sie jedoch gewarnt – eine solche Verhandlung dauert für gewöhnlich ihre Zeit.*«

Lara zielte mit der Fernbedienung auf den Fernseher, woraufhin Staatsanwalt Becker zu einem kleinen Punkt in der Bildmitte zusammenschnurrte.

Freudestrahlend sah sie Fuchs an. »Schön, dass du da bist.« Er erwiderte ihr Lächeln und holte einen Strauß Lilien hinter dem Rücken hervor. Lara bedankte sich und deutete in die Zimmerecke. Erst jetzt bemerkte Fuchs das Meer aus Blumen, das sich vom Tisch auf den Boden ergoss.

»Wow! Da muss ich mich mit meinem mickrigen Sträußchen ja schon fast schämen.«

»Außerdem sind es Grabblumen, oder?«

Fuchs winkte energisch ab. »Im Christentum gilt die weiße Lilie als Symbol für Jungfräulichkeit und Reinheit.«

Lara wich seinem Blick aus. »Wäre eine schwarze Orchidee da nicht passender?«

»Wollte ich eigentlich, hatten sie aber leider nicht.« Er lachte. »Wo soll ich sie hinstellen? Gibt es überhaupt noch eine Vase?«

»Musst du mal schauen. Ansonsten steck sie einfach zu einem der anderen Sträuße.«

Fuchs betrachtete die Blumen. Er erkannte Rosen, Astern, Nelken, Federschopf, Halskraut, Amaryllis, Rittersporn und Hyazinthen. Einige hatten sich bezüglich der Blumenwahl der Jahreszeit angepasst und gemäßigte Farben gewählt. Andere feierten Laras gerettetes Leben mit knallbunten Sträußen, die scheinbar jede Blume enthielten, die der Laden hergegeben hatte. Er fragte sich, ob die

Ruhmeskrone in einem der Sträuße des Namens wegen oder aufgrund ihrer hübschen Blüten gewählt worden war.

Erstaunt bemerkte er ein Arrangement, das er zunächst für mehrere Einzelsträuße gehalten hatte. »Wahnsinn, von wem ist der denn?« Er ging in die Hocke und griff nach der Karte. »Darf ich?«

Lara winkte ab, wirkte plötzlich verlegen. »Frag lieber nicht.«

Fuchs las den Text und grinste. »Ernsthaft?«

»Sieht so aus.«

Fuchs hatte zwar einen passenden Kommentar dazu auf den Lippen, verkniff ihn sich aber. Lara hätte ihn sicher als Stichelei aufgefasst, was es im Grunde auch gewesen wäre. Aber wenn er ehrlich war, stand ihm ein solcher Scherz nicht zu, denn dann könnte man ihn und Sophia ebenso verurteilen.

Zwischenzeitlich hatte Fuchs schon überlegt, welche Retourkutsche er Becker erteilen könnte, hatte sogar mit dem Gedanken gespielt, ihm irgendwie dieses Hintertürprogramm zukommen zu lassen, um dann seinen Rechner nach illegalem Material zu durchforsten. Allerdings war er selbst in Sachen Computer nicht firm genug, um den Plan umzusetzen, und zudem war es fraglich, ob Andreas ihm bei solch einem Komplott geholfen hätte. Abgesehen davon brachte ihn Rachsucht nicht weiter. Wie hatte Buddha schon gesagt: *Wut festhalten, ist wie Gift trinken und darauf warten, dass der andere daran stirbt.*

Nachdem er nun diese Zeilen gelesen hatte, bekam der Wunsch nach Vergeltung weitere Risse. Zudem hatte es bezüglich der Vorwürfe gegen die Staatsanwaltschaft bereits eine Untersuchung gegeben. Ohne Ergebnis. Vielleicht war es an der Zeit, Beckers Unschuld einzusehen.

Betrachtete man die Dinge retrospektiv, war doch alles gut gelaufen. Es war durchaus möglich, dass sich die Ereignisse nur so positiv entwickelt hatten, weil er von dem Fall abgezogen worden war und sich dadurch entschieden hatte, auf eigene Faust loszuziehen. Wäre er im Team geblieben, hätte er vermutlich nie Dorns Elternhaus unter die Lupe genommen und das Kästchen hinter dem Ofen entdeckt. Er wäre selbst in die Bibliothek gefahren, hätte Dorn das Band vorgespielt, und der Ausgang der Ermittlung wäre ungewiss gewesen. Vielleicht wäre es Dorn daraufhin zu heiß geworden und er wäre wieder untergetaucht, hätte an einem anderen Ort unter einer anderen Identität weitergemordet.

Bei all diesen rationalen Erklärungen musste sich Fuchs aber auch niedrigere Beweggründe für seinen Sinneswandel eingestehen. Da war zum einen das Ego, denn ohne dass er es wollte, sonnte sich seine männliche Eitelkeit in dem Bewusstsein, dass Lara ihn offenbar anziehender fand als den Staatsanwalt. Zum anderen war unerwiderte Liebe eine gerechte, vielleicht sogar ausreichende Strafe für Becker.

Fuchs steckte die Lilien in eine der Vasen und betrachtete seine Kollegin. Sie sah müde aus, hatte aber schon wieder etwas Farbe im Gesicht. An einem Infusionsständer hing eine Blutkonserve, zum größten Teil schon eingelaufen.

Sie bemerkte seinen Blick. »War wohl etwas viel, was er mir abgezapft hat. Nach dem Beutel ist aber Schluss. Was sollte das überhaupt mit dem Blut?«

»Da werden wir wohl warten müssen, bis er vernommen

wurde. Vielleicht erzählt er es uns. Bis dahin können wir nur spekulieren. Mir ist aber etwas eingefallen, das der Kommissar in Görmin gesagt hat. Er bezeichnete das erste Opfer als ›armes blasses Ding‹, und auch das Kindermädchen der Dorns, das sich jahrelang um ihn gekümmert hat, war auffällig blass. Mag sein, dass Dorn eine Obsession auf dieses Erscheinungsbild entwickelt hat.«

»Komisches Gefühl zu wissen, dass er in diesem Moment auch irgendwo hier in der Klinik liegt.«

»Keine Sorge – er wird gut bewacht.«

»Das will ich hoffen.« Sie machte eine Kopfbewegung in Richtung einer zusammengerollten Zeitung, die Fuchs unter dem Arm trug. »Was hast du da?«

Er reichte ihr die Zeitung mit einem Augenzwinkern. »Wie es aussieht, bist du jetzt berühmt.«

Lara las die Schlagzeile und den Vorspann und schüttelte dann entrüstet den Kopf. »Was für ein Quatsch! So ist das doch überhaupt nicht gewesen. Zum Glück ist das kein seriöses Blatt.«

Fuchs zog die Stirn kraus. »Ich schätze, die Berichterstattung wird in den anderen Medien nicht sonderlich davon abweichen.«

»Aber warum? Du hast den Täter gestellt, nicht ich.«

»Sagen wir mal so«, Joachim deutete auf die aufgeschlagene Zeitung in Laras Schoß, »erstens verkauft sich diese Schlagzeile da eindeutig besser, und zweitens solltest du deine Version lieber schleunigst vergessen.«

»Wieso?«

»Überleg doch mal! Suspendierter Cop ermittelt auf eigene Faust, verschafft sich ohne Durchsuchungsbefehl

Zutritt zu einem Haus, verletzt den Täter dabei schwer … Habe ich etwas vergessen?«

»Aber das ist nicht fair!«

Er lächelte. »Falls es dich beruhigt: So komme ich noch mal in den Genuss eines anonymen Heldenstatus.« Seine Miene wurde ernst. »Ich bin einfach nur froh, dass ich rechtzeitig gekommen bin und dass es dir gut geht. Dorn kommt hinter Schloss und Riegel, wo er hingehört. Das ist alles, was zählt.«

Laras Augen wurden feucht. Sie streckte beide Hände nach Fuchs aus. »Es tut mir so leid.«

Als er sie in die Arme schloss, liefen Tränen über ihre Wangen. »Ist doch gut. Es ist vorbei.«

Sein Handy vibrierte, und sie lösten sich aus der Umarmung. Fuchs kramte das Telefon hervor und starrte auf das Display.

»Sophia?«, fragte Lara, die offenbar seinen Gesichtsausdruck gelesen hatte.

Er nickte. »Ich kann sie auch später …«

»Geh ran!« Lara deutete mit ihrem Kinn Richtung Tür und hob dann spielerisch mahnend einen Finger. »Aber wage es ja nicht abzudampfen, ohne dich zu verabschieden!«

Fuchs schenkte ihr ein warmes Lächeln. »Versprochen.«

Dann ging er hinaus auf den Flur und schloss die Tür hinter sich. Nachdem er sich kurz gesammelt hatte, nahm er den Anruf entgegen.

»Hi. Ich bin es.« Sie klang nervös.

Fuchs hoffte, dass man ihm seine eigene Nervosität nicht ebenso anhörte. »Schön, dich zu hören.«

»Stimmt es, was sie in den Nachrichten sagen?«

»Ja. Wir haben ihn.«

Sophia atmete erleichtert aus.

Fuchs überlegte kurz, entschied sich dann aber, ihr die Information zu geben: »Wir haben übrigens auch auf deinem Computer dieses Spionageprogramm gefunden.«

Eine Weile sagte Sophia nichts. Scheinbar musste sie diese Information erst verdauen.

»Du hast wirklich Glück gehabt«, sagte Fuchs.

»Kaum zu glauben, das alles. Da hockte dieser Kerl tatsächlich als falscher Blinder in unserer Bibliothek und hatte Zugriff auf die Daten tausender von Studentinnen und Ärztinnen. Niemand wäre jemals auf die Idee gekommen, dass sich in Wahrheit ein Mörder dahinter versteckt. Es heißt, er wurde bei der Festnahme verletzt?«

»Ja.«

»Inwiefern?«

»Er wird wahrscheinlich sein Augenlicht verlieren.«

»Wie das?«

»Hochdruckreiniger.«

»Was für eine Ironie des Schicksals.«

Fuchs schnaubte. »Absolut. Aber lass uns nicht weiter über ihn reden. Wie geht es dir?«

»Ich weiß es nicht. Besorgt. Erleichtert. Verwirrt. Ich … ich wollte mich die ganze Zeit melden, aber mir ist das alles über den Kopf gewachsen. Christinas Tod, der Stress bei der Arbeit … die Sache mit dir … Ich brauchte eine Auszeit. Zeit zum Nachdenken. Daher habe ich mich bei meinen Eltern verschanzt.«

»Kann ich verstehen. Aber bezüglich zwei deiner Probleme habe ich gute Nachrichten.«

»Und die wären?«

»Erstens geht es Merit Ohlsen wieder gut. Sie wird wohl die Tage auf eine normale Station verlegt. Und zweitens ist man bei der Analyse von Dorns Computern auf ein Dokument gestoßen, das Laborwerte einer gewissen Patientin zeigt.«

»Das bedeutet?«

»Blutwerte von Merit Ohlsen!«

»Ich verstehe nicht …«

»Dorn wollte sie aus dem Weg räumen. Vermutlich hatte er Sorge, dass sie ihn identifizieren könnte, sobald sie zu sich kommt. Da sie aber ständig bewacht wurde, musste er sich etwas einfallen lassen. Also hat er den Server der Uni gehackt. Dann brauchte er bloß noch einen Screenshot von ihrem Laborbericht zu machen, einige Blutwerte zu verändern, was wohl schon mit ganz simplen Programmen möglich ist, und die manipulierte Seite auf eurem Bildschirm einzuspielen. Ihm war wohl bewusst, wie ein Arzt auf diese Entgleisungen reagieren würde. An medizinischer Bildung hat es ihm offenbar nicht gefehlt.«

»Aber wie ist so etwas möglich?«

»Er muss irgendwie an die IP-Adresse eures Computers im Arztzimmer gelangt sein.«

Sophia dachte kurz nach. Dann dämmerte es ihr. »Der Techniker … das war *er*!«

»Was meinst du?«

»Er hat an jenem Tag unter dem Tisch im Arztzimmer gelegen und angeblich etwas am PC repariert. Ich konnte sein Gesicht nicht sehen, aber ich wette, dass er es war!«

»Das können wir überprüfen. Der IT-Abteilung des

Klinikums müsste ja bekannt sein, ob an besagtem Tag irgendwelche Wartungsarbeiten durchgeführt wurden.«

Einen Moment war es still in der Leitung. Sophia schien etwas abzuwägen, doch schließlich sagte sie: »Deine beiden Nachrichten waren wirklich gut. Aber hast du vielleicht auch eine frohe Botschaft für Problem Nummer drei?«

Fuchs zögerte einen Moment, überlegte, ob er ihre Aussage nicht nur seinen eigenen Wünschen entsprechend falsch auslegte. Doch als ihm auf die Schnelle keine andere Interpretationsmöglichkeit einfiel, antwortete er: »Eine Sache gibt es tatsächlich noch … Ich möchte dich gerne wiedersehen.«

78

Nachdem Fuchs das Telefonat mit Sophia beendet hatte, war er zurück zu Lara gegangen, um sich von ihr zu verabschieden. Als er ihr Kreilings Entscheidung mitgeteilt hatte, dass sie beim nächsten Fall wieder zusammenarbeiten würden, waren ihre Augen erneut feucht geworden. Rasch hatte er sie in die Arme genommen und an seine Brust gedrückt wie ein tröstender Vater sein Kind. Er konnte sich tatsächlich keinen besseren Partner an seiner Seite vorstellen. Trotzdem glaubte er, dass es richtig gewesen war, ihr in dieser labilen Verfassung sein Vorhaben zu verschweigen. Das Vorhaben, dem er in dieser Sekunde mit äußerst gemischten Gefühlen gegenüberstand.

Die Türklinke zu dem gut bewachten Raum in der Hand, drängte sich der Gedanke auf, umzukehren und nach Hause zu fahren. Die Befragung einem Kollegen zu überlassen, der emotional weniger involviert war. Aber wenn er heute noch Antworten auf seine quälenden Fragen wollte, gab es keine Alternative. Außerdem musste er es einfach selbst hören. Aus erster Hand. Er atmete tief durch und trat ein.

Das Licht in dem Raum war gedämpft, die Jalousien heruntergelassen. Er schloss die Tür hinter sich, ging ein paar Schritte und blieb vor einem Bett stehen. Der Mann darin lag reglos auf dem Rücken, ruhig und gleichmäßig atmend, als würde er meditieren. Ein weißer Verband verdeckte seine Augen. Kurz überlegte Fuchs, die Deckenbeleuchtung einzuschalten, ließ es aber bleiben. Die Aussage der Ärzte war eindeutig gewesen: kein helles Licht, und der Augenverband darf keinesfalls abgenommen werden!

Fuchs spürte seinen Herzschlag, zwar nicht schnell, aber kräftig. Dazu ein bohrendes Unbehagen in den Eingeweiden. Er empfand Abscheu und Wut. Aber da war noch ein anderes Gefühl. Ein schwer fassbares. Enttäuschung? Ernüchterung? Desillusion! Ja, er war desillusioniert. Der Vorhang war gefallen und das Geheimnis um diesen Mann gelüftet. Jetzt lag Dorn vor ihm. Der erste Serienmörder seiner Laufbahn. Doch er war nicht das Monster, das sich Fuchs so sehr wünschte, sondern ein Mensch mit kaputten Augen und dünnen Beinen, die aus einem Flügelhemd hervorragten. So wie er dalag – Hände, Rumpf und Knöchel mit Fixiergurten am Bettrahmen gefesselt –, wirkte er beinahe zerbrechlich. Trotz dieses erbärmlichen Anblicks kam Fuchs nicht umhin, einen Anflug von Bewunderung zu verspüren. Der Aufwand, den Dorn für seine Maskerade betrieben hatte, war unglaublich. Er hatte die Rolle des Blinden gespielt, um unbemerkt morden zu können. Und jetzt wollte Fuchs wissen, warum. Was hatte ihn angetrieben? Warum die braunhaarigen Frauen? Was sollten die Aderlässe, was der Dampfstrahler?

Er zog sich einen Stuhl heran und nahm Platz, sah sich im Zimmer um, während er nach den richtigen Worten suchte. Der Raum war auffällig leer. Wahrscheinlich hatte man sämtliche Gegenstände entfernt, die sich als Waffe eigneten oder Dorn zu einem Suizid verleiten könnten. Auf dem Nachtschrank stand ein Tablett, darauf ein blauer Schnabelbecher aus Plastik, vermutlich mit Tee oder Wasser gefüllt. Daneben lag ein Toast mit Marmelade, geradezu liebevoll in mundgerechte Stücke geschnitten.

Fuchs spürte Zorn in sich aufwallen. »Na, keinen Hunger?«, zischte er in die Stille, erhielt jedoch keine Antwort. »Dabei hat sich jemand solche Mühe bei der Zubereitung Ihres Essens gegeben. Selbst die Kruste wurde entfernt, wie für ein kleines Kind. War das etwa Ihr Wunsch?«

Keine Reaktion. An der Wand tickte eine Uhr.

Fuchs seufzte. Irgendwie musste er den Kerl aus der Reserve locken. »Ich gehe davon aus, dass Sie wach sind, aber keine Lust haben, mit mir zu sprechen. Müssen Sie auch nicht. Sie haben ja das Recht, die Aussage zu verweigern. Doch ich bin gar nicht hier, um Ihnen ein Geständnis aus den Rippen zu leiern. Das wäre ohnehin überflüssig. Bei der erdrückenden Beweislast wird man Sie bis zum Ende Ihrer Tage wegsperren.« Die Stuhlbeine scharrten über den Boden, als er näher an das Bett heranrutschte. »Ob Sie es glauben oder nicht – mein Besuch ist privater Natur. Ich dachte mir, dass es selbst jemandem wie Ihnen guttun könnte, sich seine Sünden von der Seele zu reden. Was halten Sie davon? Hm? Sehen Sie es als eine Art Beichte.«

Etwas an der Atmung des Mannes änderte sich.

Fuchs lehnte sich ein Stück vor. »Sind Sie gläubig? Vermutlich nicht. Diese hölzerne Heiligenfigur in Ihrem Elternhaus haben Sie jedenfalls zurückgelassen. Andererseits waren Sie einige Jahre in einem katholischen

Internat. Dort wird man Ihnen doch die Religion nähergebracht haben! Oder sind Ihnen nur die Pfarrer nähergekommen?«

Der Mann verzog hämisch einen Mundwinkel. »Mein Bedarf an Beichten ist für dieses und viele weitere Leben gedeckt.« Er sprach leise, seine Stimme klang heiser.

»Dann erzählen Sie es mir einfach, um meine Neugier zu befriedigen. Was hat Sie zu Ihren Taten getrieben?«

Dorn schwieg.

»Ich meine«, fuhr Fuchs fort, »was für ein unvorstellbarer Druck muss in einem Menschen herrschen, dass er Frauen solche Dinge antut? Sie missbraucht, ermordet und die Leichen schändet.«

Keine Antwort.

»Haben Sie eigentlich schon mal unter Ihrem Verband hervorgelugt, einen Blick gewagt? Die Ärzte verraten ja nicht viel, aber zwischen den Zeilen hört man, dass es wohl schlecht um Ihr Augenlicht steht. Wahrscheinlich werden Sie nie wieder etwas sehen. Wie fühlt sich dieser Gedanke an? Glauben Sie, Ihre Rolle als Blinder hat Sie auf ein Leben in Dunkelheit vorbereitet?«

Es folgte ein scharfes Ausatmen. »Wenn es wirklich um die Beweggründe für meine Taten ginge, hätte ich eher den Besuch Ihrer Kollegin erwartet. Ist nicht sie die Profilerin?«

Fuchs schnaubte. »Vielleicht scheut sie nach ihrer letzten Begegnung ein Wiedersehen?«

»Das glaube ich kaum. Sie ist eine taffe Frau. Der Grund für Ihr Erscheinen, Herr Fuchs, ist ein anderer: In Wahrheit sind Sie hier, weil wir beide uns ähnlicher sind, als Sie denken.«

»Bitte ersparen Sie mir dieses Geschwafel! Zwischen uns besteht nicht die geringste Ähnlichkeit.«

»Nein? Blicken Sie nicht gerade auf mich herab und genießen Ihre Überlegenheit?«

»Ich erfreue mich an der Aussicht auf Gerechtigkeit!«

Dorn schüttelte den Kopf. »Wir wissen beide, was mich erwartet: eine warme Zelle, drei geregelte Mahlzeiten und – falls Sie mir mein Augenlicht doch nicht vollständig geraubt haben – der Zugang zu einer Bibliothek. Nicht zu vergessen das tägliche Sportprogramm zum Abbauen von Spannungen und ein Fernsehgerät. Ich glaube, es gibt sogar Kabelanschluss. Ist das eine gerechte Strafe für meine Taten?«

Fuchs spürte, wie seine Kiefer mahlten, seine Hände sich zu Fäusten ballten. Er musste sich beherrschen, damit er diesem wehrlosen Mistkerl nicht an die Gurgel sprang. »Das ist eben die Strafe«, sagte er mühsam beherrscht, »die das Gesetz für Leute wie Sie vorsieht.«

»Hätten Sie diese Strafe für mich gewählt, Kommissar Fuchs?«

»Es ist nicht meine Aufgabe, das Strafmaß festzulegen.«

»Seien Sie ehrlich! Welche Strafe habe ich in Ihren Augen verdient? Was würden Sie mit mir anstellen, wenn niemand davon erführe?«

»Wenn Sie wollen«, presste Fuchs hervor, »sehen Sie das, was Ihnen in dem Keller widerfahren ist, als meine persönliche Bestrafung an.«

Dorn nickte grinsend, doch Fuchs hoffte, dass dieses Lächeln nicht bis unter den Mullverband reichte.

»Sie mögen in mir ein Monster sehen, Herr Fuchs, aber

in Wirklichkeit ist das alles eine Frage der Perspektive. Aus den Augen einer Katze, die sich an einen Ast klammert, ist der zähnefletschende Hund unter dem Baum ebenso ein Monster wie die Katze vor dem Loch für die Maus. Aus der Sicht der Mädchen war ich vielleicht die Katze, aus meiner Sicht waren Sie der Hund.«

»Wirklich eine wunderschöne Fabel, aber haben Sie auch so etwas wie eine Krankheitseinsicht?«

»Krankheit? Sie haben offenbar nicht verstanden … Wir beide sind Jäger, wir stehen lediglich auf anderen Seiten des Gesetzes. Sie glauben, Sie wären etwas Besseres, aber schauen Sie sich doch an! Ihre Anspielung auf das Internat und die Pfarrer, der Hinweis auf mein Leben in Dunkelheit – Sie sind genauso sadistisch wie ich.«

»Stellen Sie meine Aussagen wirklich auf dieselbe Stufe wie Ihre Morde? Dann sind Sie noch verrückter, als ich dachte.«

»Ich denke, Sie wollen mich einfach nicht verstehen, Herr Fuchs. Aber falls Sie tatsächlich nur über diesen begrenzten Horizont verfügen, werden wir keine gemeinsame Gesprächsebene finden.«

So gehoben, wie Dorn daherredete, vermutete Fuchs, dass er zusätzlich an einer narzisstischen Persönlichkeitsstörung litt. Wenn das der Fall war, kam er auf einem anderen Weg vielleicht weiter. Er erhob sich und trug den Stuhl zurück an seinen Platz. »Wie Sie wollen. Dann wird die Öffentlichkeit eben ihr eigenes Bild von Ihnen zeichnen. Den Medien werden sicher spannendere Geschichten einfallen, um die Lücken zu füllen.« Er ging Richtung Tür.

»Was wollen Sie?«, zischte Dorn.

Fuchs blieb stehen und drehte sich um. Erstaunlich, dass selbst ein Mörder offenbar Angst um seinen Ruf hatte.

»War Nancy Blum der Grund, weshalb Sie nach Frankfurt gezogen sind?«

»Wer soll das sein?«

»Ich bitte Sie … Sie haben Ihre Opfer mit Computerprogrammen ausspioniert, ihnen aufgelauert, sie verschleppt, alles minutiös geplant und wollen nun nicht einmal ihre Namen kennen? Bitte beleidigen Sie nicht unser beider Intelligenz!«

Dorn lächelte. »Es tut mir leid, wenn ich nicht Ihren Ansprüchen genüge.«

»Mir ist klar, weshalb Sie diese Verbindung leugnen«, fuhr Fuchs mit fester Stimme fort, »aber glauben Sie wirklich, es macht jetzt noch einen Unterschied, ob man Ihnen drei, vier oder fünf Morde zur Last legt?«

Das Lächeln auf Dorns Lippen verblasste, während er offenkundig nachdachte. Schließlich sagte er: »Ich wollte Ihnen nicht die ganze Ermittlungsarbeit abnehmen, schließlich werden Sie dafür bezahlt. Aber Sie haben recht – es macht jetzt wohl keinen Unterschied mehr.«

»Liege ich richtig damit, dass Ihnen Nancy in Leipzig begegnet ist?«

Dorn wollte sich aufrichten, doch die Fixierung stoppte die Bewegung. »Oh! Gerne hätte ich Ihnen applaudiert, Herr Kommissar, aber wie Sie sehen, bin ich leider verhindert.«

»Verraten Sie mir, wo Nancy Ihnen zum ersten Mal begegnet ist?«

Dorn seufzte theatralisch. »Im Café Gundlach in der

Leipziger Altstadt. Ich habe dort eine Zeit lang gejobbt. Da hängen viele Studenten rum.« Sein Grinsen kehrte zurück. »Falls Sie mit meinem alten Chef Mario sprechen, richten Sie ihm einen lieben Gruß von mir aus! Er kennt mich als Alex. Ich würde zu gerne sein Gesicht sehen, wenn er hört, wer damals seine Gäste bediente.«

Fassungslos schüttelte Fuchs den Kopf. Er musste an Dorns Metapher denken und sah eine Katze vor sich, die vom Rand eines Gartenteichs die Goldfische anstiert, jede Sekunde bereit zuzuschlagen.

»Eines Tages war sie plötzlich verschwunden«, fuhr Dorn fort, »und es dauerte eine Weile, bis sie mir verriet, wo sie steckte, denn ich hatte weder Einsicht in ihre persönlichen Daten noch Zugriff auf ihren Rechner.«

Fuchs dämmerte, worauf Dorn anspielte. »Sie meinen ihr Profilbild bei Facebook. Die Skyline. Daher wussten Sie auch, dass sie ihr Medizinstudium in Frankfurt fortsetzte.«

Als Antwort reckte Dorn beide Daumen in die Luft. Dabei verrutschte das Flügelhemd, und für einen kurzen Moment blitzte etwas Fleischfarbenes an seinem Brustkorb auf.

»Woher haben Sie diese Narbe?«, fragte Fuchs.

Rasch ließ Dorn seine Arme sinken.

Joachim kamen die Dampfstrahlerwunden der Opfer in den Sinn, während sein Gegenüber hartnäckig schwieg.

»Haben Sie an den Frauen ausgelebt, was Ihnen selbst widerfahren ist?«

Tick … tick … tick …

Dorns haarsträubende Aussage über ihre vermeintliche Ähnlichkeit drängte sich wieder in sein Bewusstsein. Der

Umstand, dass dieser Mörder eine Narbe an fast der gleichen Stelle besaß wie er, fühlte sich abstoßend an. Geradezu verstörend. Vielleicht juckte Dorns Narbe ja auch bei Wetterumschwüngen oder wenn er an die Situation zurückdachte, in der ihm die Verletzung zugefügt worden war. Einen Augenblick lang wog Fuchs tatsächlich ab, ob er Dorn von seiner eigenen Narbe erzählen sollte, damit ihm dieser im Gegenzug etwas aus seiner Vergangenheit anvertraute. Doch er verwarf diesen Einfall gleich wieder. Er wollte partout kein intimes Detail mit diesem Verrückten teilen, selbst wenn es einen tieferen Einblick in dessen kranke Seele bedeutet hätte.

Er konnte sich ohnehin vorstellen, woher diese Verletzung stammte. Wenn Dorns Mutter mit ihrem Reinlichkeitstick tatsächlich so brutal gewesen war, wie Larissa Crom gesagt hatte, war es gut möglich, dass sie es eines Tages übertrieben hatte. Doch offenbar wollte Dorn über dieses Thema nicht sprechen.

»Warum immer wieder derselbe Typ Frau?«, fragte Fuchs stattdessen. »Brünett. Jung. Blass.«

Dorn zuckte die Schultern. »So mag ich sie eben.«

So mag ich sie eben. Fuchs wiederholte den Satz im Geiste. So wie Dorn ihn ausgesprochen hatte, klang die Erklärung ebenso einleuchtend wie erschütternd.

»Aber diese Vorliebe hat eine Wurzel«, hakte er nach. »Haben Sie die Frauen stellvertretend für eine andere Person getötet?«

»Wer sollte das sein?«

»Zum Beispiel Ihr Kindermädchen.«

Eine Weile sagte Dorn wieder nichts. Entweder dachte

er über Joachims Aussage nach, oder er überlegte, was er preisgeben sollte. Schließlich rang er sich eine Antwort ab: »Ich hätte Larissa niemals verletzt.«

»Aber die Ähnlichkeit zu Ihren Opfern ist doch kein Zufall!«

»Was wollen Sie sonst noch wissen?«, fragte Dorn ungehalten.

Offenbar hatte Fuchs einen wunden Punkt getroffen. Wenn er den Bogen jetzt überspannte, machte Dorn eventuell dicht. Das wollte er nicht riskieren.

»Warum haben Sie Frau Luzius' Leiche im Bankenviertel drapiert und ihr auch noch Mund und Augen zugenäht?«

Der Verband über Dorns Augen rutschte eine Spur tiefer, so als runzelte er die Brauen. »Darauf sind Sie nicht selbst gekommen? Offenbar habe ich Ihnen zu viel zugetraut.«

»Offensichtlich. Verraten Sie es mir dennoch?«

Ein stolzes Lächeln huschte jetzt über sein Gesicht. »Natürlich! Ich wollte Verwirrung stiften. Nachdem Sie plötzlich in der Bibliothek aufgekreuzt waren und nach diesen Büchern gefragt hatten, musste ich Sie irgendwie von mir fortlocken. Ich hoffte, dass Sie vielleicht diesen Banker ins Visier nehmen, den Exfreund von Fräulein von Münch. Dass Sie nicht mal eine Assoziation zwischen Seidengarn und Krawatte herstellen konnten, enttäuscht mich schon etwas. Zudem lassen doch auch Banker ihre Kunden ausbluten. Sie hätten so viel Interpretationsspielraum gehabt …«

Also hatte Fuchs mit seiner Vermutung richtiggelegen.

Der Täter hatte sie in die Irre führen wollen. Doch dann hatte Kreilings Pflichtgefühl dem Dekan gegenüber Dorn tatsächlich in die Karten gespielt. Besser man dachte gar nicht erst darüber nach, wie viele zielführende Ansätze im Laufe einer Ermittlung wieder verworfen wurden. Es leuchtete eben leider kein grünes Lämpchen auf, wenn man auf der richtigen Spur war.

»Und die Aderlässe?«

»Wie ich schon sagte – ich mag sie eben blass.«

Fuchs schluckte. Auch hier hatte er den richtigen Riecher gehabt. Dorn mochte seine Opfer blass. So einfach war das. Erneut spürte er das leere Gefühl der Ernüchterung. Was hatte er erwartet? Eine bessere, bedeutsamere Erklärung? Eine, die er nachempfinden könnte, die ihn zufriedenstellen würde? Er entschied, dass eine solche nicht existierte. Vermutlich hätte Dorn noch weitere Fragen beantwortet, doch bei Joachim war mit einem Schlag die Luft raus. Er konnte, nein, er wollte diesen Menschen nicht verstehen. So ungern er sich das eingestehen wollte – mit einer Sache würde Röhm recht behalten: Es war nicht wichtig, diese Typen zu begreifen, sondern sie zu stoppen. Und das war ihnen gelungen.

»Danke«, sagte er mit matter Stimme und verließ das Zimmer.

Er wollte nur noch raus. Weg von diesem Mörder. Raus aus der Klinik. Sich anderen Dingen widmen. Wichtigeren. Er verabschiedete sich von den Wachposten vor der Tür und sah auf sein Handy. 14:10 Uhr. Noch hatte er ausreichend Zeit, die Einkäufe zu erledigen, den Tisch zu decken und das Essen vorzubereiten. Seeteufel mit Bandnudeln und als Dessert Crème Brûlée. Um achtzehn Uhr würden die Gäste kommen. Lisa und Benjamin und seine Eltern. Er wusste nicht, wann die Familie zuletzt vereint gewesen war. Obwohl eine Person fehlen würde, denn Claudine hatte abgesagt. Vermutlich, weil sie Lothar nicht vor den Kopf stoßen wollte. Lothar, der Sensible. Joachim hatte ihn zwar nicht explizit eingeladen, doch bei einer Nachfrage Claudines hätte er sicherlich zugestimmt. Er hatte auch überlegt, Sophia einzuladen, doch obwohl er sie gerne dabeigehabt hätte, war es hierfür vielleicht noch ein bisschen früh. Ein bisschen.

Epilog

Die nächste Stunde ist entscheidend. Hiervon hängt alles ab. Ich sitze in einem Rollstuhl im Untersuchungsraum und warte auf den Arzt. Meine Gedanken rasen wie Elektronen über eine Platine. Seit Tagen rauben sie mir den Schlaf. Doch inzwischen sind es wieder gute Gedanken. Geistreich. Gewieft. Effektiv. Der Plan in meinem Kopf gewinnt an Schärfe, und ich warte auf den Moment, an dem sich die Dinge fügen. Auf den Knotenpunkt, an dem die Ereignisse unweigerlich zusammenlaufen wie viele kleine Flüsse, die sich zu einem Strom vereinigen, um gemeinsam ins offene Meer zu fließen.

Bis gestern waren meine Gedanken von Wut beherrscht, die wie ein Geschwür an meiner Magenwand nagten. Schuld daran war mein Besucher, der kam, um seine giftigen Samen zu säen. Ich höre ihn reden, mit dieser selbstgerechten Art – seinen mahnenden Finger in alte Wunden bohrend, vergnügt wie ein Tümmler, der in einen Makrelenschwarm vorstößt. Was wollte er hören? Dass ich Frauen ermorde, weil ich eine schwierige Kindheit hatte? Weil meine Eltern lieblose Menschen waren? Weil sie mir zum vierten Geburtstag ein Scrabble schenkten, obwohl ich keinen einzigen Buchstaben kannte? Weil mich Mutter im Keller mit dem Schlauch abspritzte, wenn ich ein schmutziger Junge war?

Dank dieses verfluchten Ermittlers drängt sich auch jetzt wieder eine Erinnerung empor: Ohne anzuklopfen kommt Mutter in mein Zimmer. Sie ahnt, was ich unter der Bettdecke treibe, und wütend schlägt sie das Laken zurück. Starrt voller Entsetzen auf mein entblößtes Geschlecht, zieht mich wutschnaubend am Ohr in den Keller hinunter, um mir die Faxen ein für alle Mal auszutreiben … Als sie am Abend die klaffende Wunde desinfiziert, sagt sie beiläufig, dass Larissa nicht mehr kommen wird. Ein leichtes Mädchen wie sie brächte mich nur auf dumme Gedanken.

Eine Welle der Wut ergreift Besitz von meinem Körper, und ich spüre, wie sich jeder Muskel anspannt. Wenn wir uns eines Tages wiedersehen, Kommissar, werde ich extra für Sie von meinem Schema abweichen. Und dann heißt es: männlich und grau meliert.

Der Wachmann rutscht schnaufend auf seinem Hocker hin und her, während ich mit knackenden Knöcheln die Armlehnen umklammere, als könnte ich das Metall mit bloßen Händen zerquetschen. Ein Schwall aus Schweiß und kaltem Rauch zieht zu mir herüber – ein Geruch, der mich stark an den Alten erinnert. Vor meinem inneren Auge erscheinen Bilder: Wales' spärlich behaarter Kopf, als ich ihm die Schlinge um den Hals lege, seine knochigen Finger, die panisch nach einem Spalt zwischen Draht und Kehle suchen. Doch die Garotte kennt keine Gnade. Der Draht gräbt sich in die Haut, und seine Augen, plötzlich rot und geädert, treten aus ihren Höhlen. Seine Zunge schiebt sich aus dem Mund. Er schnappt nach Luft wie ein Karpfen an Land nach Wasser. Hatte dieser arme Tropf tatsächlich geglaubt, dass ich ihn ein Leben lang pflegen würde? Ich habe ja nicht mal das Grab hinter dem Haus umsorgt, das ich für ihn ausgehoben hatte.

Einem Sterbenden ins Gesicht zu sehen ist äußerst aufschlussreich. Man erkennt, dass die ganzen Geschichten über das Sterben Lügen sind. Die Mär von einem Gefühl bedingungsloser Liebe, während man einen Tunnel mit einem Licht am Ende durchschreitet ... Wie all die anderen Ammenmärchen über Adam und Eva, Gott und das Paradies ... Wir belügen einander, um uns die Angst zu nehmen, und wir lügen, um andere gefügig zu machen. So macht es die Kirche seit zweitausend Jahren, so macht es die Menschheit, seitdem sie existiert. Beim Sterben spult sich nicht unser Leben wie ein Film vor unseren Augen ab, sondern wir sehen all jene Dinge, die uns verwehrt blieben. Die losen Enden unserer Erinnerung. Nur so erklärt sich dieser immer gleiche Blick, der alle Sterbenden verbindet. Sie reißen die Augen auf ... und staunen. Sie verstehen, bedauern und akzeptieren. Die Kübler-Ross-Phasen im Zeitraffer. Platon hätte gesagt, wir kehren zurück ins Reich der Ideen.

Die Tür geht auf, Schritte hallen durch den Raum. Eine Ärztin stellt sich vor, ergreift aber nicht meine Hand. Ich bin überrascht, dass sie eine Frau schicken. Doch mir ist es recht. Mit ihrer jugendlichen Stimme bittet sie mich, zu einer Apparatur am Ende des Zimmers zu gehen. Nachdem ich ungelenk aufgestanden bin, legt mir Frau Doktor eine Hand auf den Rücken, um mir den Weg zu weisen. Mit der Rechten halte ich das Flügelhemd fest, damit ich nicht halbnackt durch das Zimmer stolziere. Mit der Linken taste ich nach Hindernissen, obwohl ich bezweifle, dass mich Dr. Heydeck gegen eine Wand laufen lassen würde.

»In drei Schritten kommt ein Rollhocker«, weist sie mich an, »bitte nehmen Sie dort Platz.«

In ihren Worten vernehme ich eine gewisse Strenge, ohne sagen zu können, ob das an mir liegt oder ihrem üblichen Auftreten entspricht. Trotz ihrer Warnung stößt mein Knie gegen den Stuhl, weil ich ihn schon nach zwei Schritten erreiche. Entweder kann Frau Doktor keine Distanzen einschätzen, oder sie wollte mich testen. Als ich das Kunstleder unter meinen Fingern spüre, rücke ich den Hocker zurecht und setze mich. Ich soll das Kinn vor mir in eine Mulde legen und die Stirn gegen einen Bügel aus Kunststoff drücken.

»Augen auf«, sagt die Ärztin und betätigt einen Knopf. Es wird hell, und winzige, filigrane Muster erscheinen, wie wenn man sich die Lider reibt, was ich seit meiner Operation jedoch tunlichst vermeide. Ich höre den Atem der Ärztin und ein Klicken in der Apparatur, während sich Muster und Helligkeit wandeln. Nach einigen Minuten erhebt sich Frau Doktor und bittet mich, einen Platz weiter zu rutschen.

»Bitte das Kinn auflegen. Augen auf.«

Nun hocke ich mit dem Gesicht vor einer Halbkugel, deren Innenfläche einer weißen Leinwand gleicht. Kommentarlos nimmt Dr. Heydeck das Gerät in Betrieb. Auch ohne eine Erklärung weiß ich, dass es sich um ein Perimeter handelt. In der Mitte der Fläche leuchtet die Prüfmarke auf, ein kleiner heller Punkt, dem ich jedoch keine Beachtung schenke. Ich ignoriere, wie er an unterschiedlichen Stellen erscheint, und starre stur geradeaus.

»Was sehen Sie?«, fragt die Ärztin.

»Nichts.«

»Nichts?«

»Halt, warten Sie – eben war da ein Licht.«

»Welche Farbe und welche Form hatte es?«

»Nur ein Fleck ohne richtige Form. Rötlich, wie wenn man mit geschlossenen Lidern in die Sonne schaut.«

»Dankeschön. Sie dürfen sich jetzt umdrehen.«

Ich gehorche.

»Was sehen Sie dort hinten an der Wand?«, ertönt ihre Stimme plötzlich neben mir.

»Ich sehe wieder ein Licht, nur viel schwächer. Und da ist ein Schatten.«

»Auf beiden oder nur auf einem Auge?«

Abwechselnd schließe ich die Augen. »Nur auf dem linken.«

»Auf dem rechten sehen Sie nichts?«

»Nein. Gar nichts.«

Ein Luftzug streift mein Gesicht, als Dr. Heydeck mit einem angetäuschten Schlag überprüft, ob ich blinzle. Fast muss ich lachen. Diesen Test hat auch Thomas Gottschalk bei seinen Wettkandidaten angewandt, nachdem ihn Ende der Achtziger der Buntstift-Lutscher verarscht hatte. Der Mann hatte vorgegeben, die Farbe der Stifte am Geschmack zu erkennen, und den Schwindel noch am Ende der Sendung gestanden. Ich zucke nicht mit der Wimper und höre, wie Frau Doktor durch den Raum schreitet. Sie lässt sich auf einem Stuhl nieder und greift zu einem Diktaphon.

»Patient: Richard Dorn, geboren am 23.11.1985. Untersuchende Ärztin: Dr. Sybille Heydeck. Testung auf Restsehstärke am zehnten postoperativen Tag nach Entfernung eines Hyphämas und Rekonstruktion des Ziliarkörpers mit Refixation der Iris bei Iridodialyse beidseits. Naht des Bulbus rechts sowie Einsatz einer asphärischen Linse links wegen Linsendislokation. Ursächlich für die genannten Verletzungen ist eine Bulbusberstung rechts sowie eine Bulbuskontusion links durch …« Dr. Heydeck stockt. Sie sucht nach einer adäquaten Formulierung in meiner Gegenwart. »… durch eine Wasserstrahlverletzung.«

Sie fährt fort, diktiert die Befunde ihrer Untersuchung, spricht von gut verheilten Wunden meiner geflickten Lider, von einer Kontusionsrosette der rechten Linse und einer inzwischen vollständig gesetzten Glaskörperblutung, wodurch die Einsicht auf die Netzhaut wieder gegeben sei. Ich stelle mir das vor wie bei einer Schneekugel, deren Flocken, nachdem man die Kugel geschüttelt hat, wieder auf den Boden gesunken sind.

»Beim Spiegeln des Augenhintergrunds findet sich rechts die bekannte Aderhautruptur. Hinsichtlich der Sehtests fehlt beim Preferential Looking eine Fokussierung auf starke Kontraste. Weiterhin zeigt der Patient keine Fixierung der Prüfmarke am Goldmann-Perimeter.«

Ihren Trick mit dem Hocker und den Gottschalk-Test erwähnt sie nicht. Wahrscheinlich gelten sie nicht als probate Mittel.

»Zusammenfassend haben wir eine vollständige und irreversible Blindheit des rechten Auges sowie eine ausgeprägte Visuseinschränkung mit einer Restsehstärke von unter fünfzehn Prozent links. Die Erblindung des rechten Auges erklärt sich zwar nicht allein aus der Lokalisation und Ausprägung der Aderhautruptur, doch hier dürfte vielleicht ein Summationseffekt der zuvor genannten Verletzungen den Befund erklären. Die verbleibende Sehstärke auf dem linken Auge lässt sich durchaus mit dem Verletzungsmuster korrelieren.«

Amen. Vielen Dank. Sie hat es gefressen. Ich umarme Sybille in Gedanken, und sie lässt es zu. Eines Tages werden wir uns wiedersehen – geht mein Plan auf, sogar schon bald. Ich möchte diesem göttlichen Vorgang noch einmal beiwohnen und das ekstatische Gefühl erleben, wenn das Leben entweicht. Wie damals, mit Vater bei der Jagd, als er das Reh nicht tödlich getroffen hatte und sein Messer ansetzen musste. Ganz langsam legte sich eine Ruhe über das Tier wie eine schwere Decke, während das Blut aus seiner Schlagader pulsierte.

Ich muss nur Geduld haben. Mein Augenblick wird kommen. In wenigen Tagen soll meine Verlegung stattfinden. Falls ich scheitere, werden sich andere Chancen ergeben. Bis dahin mangelt es mir im Gefängnis an nichts. Wir leben in einer guten Zeit. Früher hätte man mich wahrscheinlich geköpft wie einst Eugen Weidmann und Marie Antoinette. Ich schließe die Augen und stelle mir vor, auf dem Schafott zu knien. Ich höre das Schlürfen der Klinge, die hinabrast, spüre den hellen Schmerz im Nacken und sehe, wie sich die Welt um ihre Achse dreht. Dann schlägt mein Kopf im Fangkorb auf. Kalter Stahl an meiner Wange. Es wird hell.

Ich blinzle in die grelle Deckenbeleuchtung, und meine Lider wischen die Bilder hinfort wie ein Schwamm die Kreidezeichnung von einer Tafel.

»Sie dürfen sich wieder in den Rollstuhl setzen. Der Transportdienst bringt Sie gleich zurück auf Ihr Zimmer.«

Ich nicke und sehe der Ärztin nach. Das braune Haar fällt ihr wie ein seidener Vorhang über die Schultern. Das weiße Poloshirt hat sie in den Bund ihrer hautengen Jeans gesteckt. Ich erahne eine Stickerei auf ihrem Gürtel, bunt und verspielt.

»Vielen Dank! Und bis bald«, rufe ich ihr nach.

Sie dreht sich um und schenkt mir einen irritierten Blick. Grüne Augen. Schöne Augen. Dann verlässt sie den Raum.

Mein Dank gilt allen, die bei der Entstehung dieses Buchs mitgewirkt haben: an erster Stelle meiner Frau Vicy, die sich zu jeder Tages- und Nachtzeit geduldig meine Ideen anhörte und mir mit ihrer wertvollen, oft kritischen Meinung zur Seite stand. Meinem Agenten Niclas Schmoll, meinen beiden Lektorinnen Jana Breunig und Ivana Marinović sowie meiner Testleserin Steffi Wolak. Nicht zuletzt möchte ich Frau Flemmer, meiner ehemaligen Deutschtutorin, danken, die meine Freude am Lesen entscheidend mitgeprägt und mir stets das Gefühl gegeben hat, womöglich ein gewisses Talent für das Schreiben zu besitzen.